HEYNE

BASTIAN ZACH · MATTHIAS BAUER

DAS BLUT DER PIKTEN

HISTORISCHER ROMAN

WILHELM HEYNE VERLAG
MÜNCHEN

Der Verlag weist ausdrücklich darauf hin, dass im Text
enthaltene externe Links vom Verlag nur bis zum Zeitpunkt
der Buchveröffentlichung eingesehen werden konnten.
Auf spätere Veränderungen hat der Verlag keinerlei Einfluss.
Eine Haftung des Verlags ist daher ausgeschlossen.

Dieses Buch ist auch als E-Book erhältlich.

Verlagsgruppe Random House FSC® N001967

Vollständige deutsche Erstausgabe 09/2016
Copyright © 2015 by Bastian Zach und Matthias Bauer
Copyright © 2016 der deutschsprachigen Ausgabe
by Wilhelm Heyne Verlag, München,
in der Verlagsgruppe Random House GmbH,
Neumarkter Str. 28, 81673 München
Dieses Werk wurde vermittelt durch die
AVA International GmbH Autoren- und Verlagsagentur, München
www.ava-international.de
Printed in Germany
Redaktion: Heiko Arntz
Umschlaggestaltung: Nele Schütz Design, München,
unter Verwendung eines Motivs von
© Arcangel Images/Collaboration JS
Grafiken: Copyright © 2016 by Bastian Zach
Satz: KompetenzCenter, Mönchengladbach
Druck und Bindung: GGP Media GmbH, Pößneck
ISBN: 978-3-453-41939-1

www.heyne.de

Wir danken von ganzem Herzen allen Kriegerinnen und Kriegern, die all die Jahre unermüdlich an unserer Seite gekämpft haben. Dieses Buch ist für euch.

Bastian Zach/Matthias Bauer

Anno Domini 937

Man sagt, dass die alten Götter durch die Augen der Raubtiere blickten, um die Menschen zu beobachten.

Die Menschen lebten und starben, und mit ihnen lebten und starben die Götter. Neue Menschen wurden geboren und schufen neue Götter, aber die Raubtiere blieben.

Über Jahrtausende streunten Bären durch die Wälder, schwammen Haie im Wasser, durchstreiften Adler den Himmel.

Und über allem schien das Heulen des Wolfs zu liegen.

GRÖNLAND

In Todesangst hetzte er der Küste entgegen, stolperte immer wieder über den steinigen, mit Moos und Flechten bewachsenen Boden. Sein Schwert hielt er fest mit der Rechten umklammert, den Schild hatte er weggeworfen, um schneller vorwärtszukommen.

Aber er lief nicht auf etwas zu – da war keine Befestigung, die erklommen werden musste, kein Feind, der sich ihm entgegenstellte, auch nicht seine Familie, die den grauhaarigen Krieger nach einem seiner zahllosen Raubzüge willkommen hieß.

Stefnir Halldórsson lief zum ersten Mal in seinem Leben vor etwas davon.

Er war ein Nordmann, vom Blute derer, die die Welt seit bald zwei Jahrhunderten mit ihren pfeilschnellen Langbooten und ihrem Kampfesmut erschütterten. Von den eisigen Küsten Islands über Britanniens finstere Wälder und die Hochmoore der Skoten, vom Reich der Franken bis zum Schwarzen Meer, ja bis in die Sandwüsten des Südens waren sie vorgedrungen und versetzten die Menschen in Angst und Schrecken.

Aber heute flohen nicht die Mönche der Klöster, die die Wikinger immer wieder plünderten, oder die Frauen und Kinder, die den Ansturm auf ein Dorf überlebt hatten. Heute floh der hünenhafte Krieger – Panik in den Augen, der Atem pfeifend und unregelmäßig.

Als er und seine Gefährten vom Drachenboot aus die Küste und die Rauchsäulen entdeckt hatten, die hinter den Hügelkuppen in den Himmel stiegen, hatten sie auf Gold gehofft, oder zumindest auf Proviant und Hilfe für die Kranken. Nach den Wochen der Irrfahrt war es eine verzweifelte, wilde Hoffnung, und sie trugen sie an Land der unbekannten Insel, hinein ins Hügelgebiet.

Als Finnur, Stefnirs ältester Freund, plötzlich mit zwei Pfeilen im Kopf tot zusammengesackt war, wie eine Gliederpuppe, deren Fäden man durchtrennt hatte, war diese Hoffnung brutal zerschlagen worden.

Dem Nordmann stand der Anblick noch immer vor Augen – das Gesicht seines Freundes, eingefroren im Moment des Todes, die Augen aufgerissen, die Hände verkrampft. Und die Stille, nachdem der Körper auf dem Boden aufgeschlagen war.

Hektisch hatten sich die Nordmänner umgesehen, aber keiner von ihnen konnte einen Bogenschützen oder sonst einen Feind ausmachen. Und dann waren weitere Pfeile gekommen, sirrend und todbringend, wie aus dem Nichts, und –

Stefnir blickte gehetzt hinter sich, konnte aber noch immer keinen Verfolger ausmachen. Plötzlich war ihm, als sei er der einzige Mensch auf diesem Eiland, ein Spielball der Götter, die im Augenblick offenbar danach trachteten, ihn feige auf der Flucht, statt ehrenhaft im Kampf sterben zu lassen.

Er lief schneller, die kalte Luft brannte in seiner Brust wie Feuer. Kleine Lichtblitze begannen vor seinen Augen zu tanzen, erst vereinzelt, dann immer mehr. Er wusste, dass er es nicht mehr weit bis zum Boot hatte. Hinter der nächsten Hügelkuppe würde es angelandet liegen und –

Er sah die Wurzel nicht, fühlte nur den harten Ruck,

dann gaben seine Füße nach, sein Schwert entglitt ihm. Der Krieger stürzte und schlug mit voller Wucht auf dem steinigen Boden auf.

Zwischen struppigen Büschen und mit bunten Flechten überwachsenen Steinen blieb er liegen, am Ende seiner Kräfte. Sein Herz pochte so heftig, als wollte es sich aus seinem Brustkasten befreien. Der Schweiß unter dem Brillenhelm lief ihm in Strömen über das glühende Gesicht, sein Atem ging nur noch röchelnd.

Stefnir spürte, wie ihm die Sinne zu schwinden drohten. Er kannte das Gefühl, wenn die Schwärze nahte, die alles verschlingen wollte. Aber er wusste auch, was er in einem solchen Moment zu tun hatte. Er schloss die Augen und atmete tief und beherrscht durch, achtete nicht auf den Würgereiz, den Schmerz in der Brust, das Zittern in den Beinen.

Langsam wich die Schwärze, der Nordmann wurde ganz ruhig.

Und mit dieser Ruhe nahm er seine Umgebung überdeutlich wahr:

Die Meeresbrandung, die sich in einiger Entfernung an dem flachen Fjord in einem immerwährenden Kommen und Gehen brach.

Die Rufe der Seeadler, die am Himmel ihre Kreise zogen, untermalt vom zänkischen Geschrei der Möwen.

Und die sanfte Brise, die über die Hügel strich, und über Stefnirs lange, verschwitzte Haare, die im Nacken unter seinem Helm hervorquollen. Die ihn beinahe zärtlich streichelte – in den Schlaf, in den Tod ...

Sollte es so enden? Sollte er sterben wie ein Weib oder ein alter, kraftloser Mann?

Der Nordmann gab sich einen Ruck. Er sammelte seine verbliebenen Kräfte und rappelte sich mühsam auf. Er griff sein Schwert, dessen Klinge ihm jungfräulich entgegenblitzte, da es noch nicht einen Spritzer Blut abbekommen hatte, seit sie aufgebrochen waren.

Mit unbeflecktem Schwert wird dich Odin nicht an seiner Tafel willkommen heißen.

Die Worte seines Vaters, der in Walhall auf ihn wartete. Oder im Himmel, wie manche seiner kreuztragenden Kameraden sagen würden. Aber daran glaubte Stefnir nicht, er betete immer noch die alten, starken Götter an. Umso größer war die Angst, auf dieser verdammten Insel nicht ehrenvoll im Kampf zu sterben, sondern einfach zu krepieren.

Er hörte ein Geräusch und blickte auf. Was er sah, ließ seine düsteren Gedanken schlagartig verschwinden – vor ihm, in nicht einmal zehn Fuß Entfernung, stand ein Bogenschütze. Er hatte sich Moos und Grasbüschel mit Lederriemen auf den Leib gebunden und sah aus, als wäre er gerade dem Erdboden entwachsen. Der Mann war nur mit einem ledernen Waffenrock und einem Hemd aus grobem Stoff bekleidet, an seiner linken Körperhälfte, dort, wo ein Riss im Hemd klaffte, blitzten große bläuliche Zeichnungen hervor. Der Nordmann kannte diese Art der Bemalung, sie war unter die Haut geritzt, auf dass man sie ein Leben lang behielt. Rotblonde Haare, in die vereinzelte Zöpfe eingeflochten waren, fielen dem Krieger bis auf die Schultern. Sein Blick war selbstbewusst, die hohen Wangenknochen unterstrichen sein stolzes Auftreten.

Gebannt starrte Stefnir den Krieger an. In der Ferne heulte ein Wolf auf.

Trotz der stummen Bedrohung, die der Mann ausstrahlte, hatte der Nordmann den Eindruck, als hätte er jemanden vor sich, mit dem er in einem anderen Leben die Nacht hindurch Met saufen und Lieder grölen könnte. Jemanden, auf den man zählen konnte. Aber hier und jetzt war er das letzte Hindernis vor dem rettenden Boot.

Oder das Tor nach Walhall.

Den Bogen hatte der Krieger in seiner Linken, aus der Rechten, die zu einer Faust geballt war, ragten drei Pfeile heraus. Ungerührt stand er da, wie aus Stein gemeißelt.

Stefnir grinste schief. Noch bevor der Bogenschütze einen Pfeil einnocken konnte, würde er ihn mit seinem Schwert spalten, wie unzählige Feinde vor ihm.

So sei es.

Der Nordmann holte tief Luft, griff zum Schwert und schnellte in die Höhe. Er sah noch, wie der Bogenschütze eine flinke Bewegung machte –

Im nächsten Moment sackte Stefnir Halldórsson tot zu Boden, durchbohrt von drei Pfeilen.

»Kineth?«

Die rauchige Stimme einer Frau, nicht weit entfernt.

Er reagierte nicht, sondern kniete sich neben den toten Nordmann und schnitt ihm den Hals auf, um sicherzugehen, dass er auch wirklich tot war. Dann zog er behutsam die Pfeile aus dem leblosen Körper. Er prüfte, ob die Eisenspitzen noch am Schaft waren und schob die Pfeile dann in den Hüftköcher zurück.

»Kineth, hast du ihn –« Die Frau hatte ihn erreicht und brach ab, als sie den Toten erblickte. Erleichterung zeichnete sich auf ihrem fein geschnittenen Gesicht ab.

Kineth erwiderte ihren Blick, bemüht, seinen Stolz zu verbergen.

»Haben wir alle erwischt?«, fragte er, obwohl er die Antwort bereits kannte, und richtete sich auf.

Ailean nickte. Mit einer anmutigen Bewegung strich sie sich die dunkelblonden Locken aus der schweißnassen Stirn und zog die silberne Spange zurecht, die ihre üppige Haarpracht im Nacken bändigte.

Die beiden betrachteten den leblosen Körper, der in die Erde blutete. Ailean fühlte einen seltsamen Moment der Schwermut, jetzt wo die Erregung des Kampfes abgeklungen war. Warum mussten die ersten Menschen, die seit Generationen auf sie trafen, ausgerechnet mit dem Schwert in der Hand kommen?

»Wir sollten nachsehen, wohin der Krieger wollte.« Kineth' Stimme riss sie aus ihren Gedanken.

»Warten wir auf die anderen. Wir wissen nicht, ob es noch mehr von ihnen gibt.« Ailean bückte sich und wischte ihre beiden blutigen Kurzschwerter, die einst einem römischen Legionär gedient hatten, am Gewand des toten Nordmanns sauber. Dann schob sie sie in ihre Gürtelschlaufen zurück.

»Du hast dich heute nicht schlecht geschlagen«, bemerkte Kineth.

»Wenn du das sagst.« Aileans Stimme klang spöttisch, aber sie wusste, dass er es ehrlich meinte. Obwohl sie kein Blut verband, waren sie wie Geschwister aufgewachsen, hatten unter demselben Dach gewohnt, am selben

Tisch gegessen und vom selben Familienoberhaupt Prügel bezogen, wenn sie es verdienten.

Kineth grinste und deutete auf Aileans Hals und Schultern, wo zahllose Blutspritzer die kunstvollen blauen Zeichnungen bedeckten. Sie begann die Spritzer wegzuwischen, aber es war ein vergebliches Unterfangen.

»Ich schlage den Bach vor«, sagte er.

»Später.« Ailean deutete hinter ihn.

Ein Trupp Krieger näherte sich ihnen im Laufschritt. Augenblicke später waren sie da, ein bunter Haufen von Männern und Frauen. Wie Kineth und Ailean hatten sie Moos und Flechten am Körper festgebunden, eine überaus wirkungsvolle Tarnung, auf die ihre Angreifer nicht vorbereitet gewesen waren. Durch den Kampf hatte diese Tarnung Risse bekommen, bei manchen schimmerten die blauen Körperverzierungen durch.

Caitt, der beinahe ebenso groß war wie Kineth, trat auf diesen zu und streckte ihm die Hand entgegen. »Wir haben sie geschlagen, Bruder.«

Kineth ergriff die Hand und drückte seinen Stiefbruder kurz an sich. »Das haben wir.« Er löste sich von Caitt. »Verluste?«

Das Lächeln auf Caitts Gesicht verschwand. »Baird, Pòl und Eòsaph. Ob Helori durchkommt, werden wir noch sehen, er hat viel Blut verloren.«

Kineth nickte. Er wusste, dass sie heute überraschend einen Sieg errungen hatten, doch jeder Sieg hatte seinen Preis. Er deutete auf den Toten. »Ich fürchte nur, dass das noch nicht alle waren.«

Caitt blickte von dem Brillenhelm des toten Nordmannes zu Kineth. Nur er kannte die andere, verborgene

Bedeutung von Kineth' Worten. Beide hatten geahnt, dass dieser Tag einst kommen würde – jener Tag, an dem ein Geheimnis aus ihrer Kindheit keins mehr sein würde.

Aber dafür war jetzt keine Zeit. Caitt räusperte sich. »Du magst recht haben.« Er wandte sich an alle. »Zur Küste, aber bleibt in Deckung!«

Gleich darauf waren sie verschwunden, und nur der Leichnam des Wikingers, der allein unter dem bleigrauen Himmel lag, kündete davon, dass sie jemals hier gewesen waren.

Das Langschiff der Nordmänner lag am Fjord, und obwohl der Drachenkopf am Bug unbeirrbar nach vorne blickte, glich das Schiff einem Meerestier, das zum Sterben an Land gekrochen war.

So zumindest schien es Kineth und den anderen, die auf der Kuppe eines Hügels lagen und von dort aus das Drachenboot beobachteten. Keiner von ihnen hatte je ein solches Schiff, mit dem man die hohe See zu bezwingen vermochte, gesehen oder war auf einem gefahren. Sie kannten es nur aus Erzählungen. Am Bug türmte sich aufgeworfene Erde, am Heck, wo zwei Anker heruntergelassen waren, löste sich die Gischt der Brandung auf. Die Planken schienen unbeschadet zu sein, das Rahsegel war eingeholt worden. Das Deck war menschenleer, ebenso die Rudersitze – über zwanzig an jeder Seite –, nur ein Haufen Decken lag am Bug.

Niemand hielt Wache vor dem Schiff. Die einzigen Fußspuren, die von dem gestrandeten Koloss wegführten, waren vermutlich die der Krieger, welche im Hinterland den Boden mit ihrem Blut tränkten.

»Vielleicht ist es eine Falle«, flüsterte Bree und spielte nervös an einem ihrer langen roten Zöpfe. Sie blutete aus mehreren Schnittwunden, die sie sich im Kampf zugezogen hatte, aber es schien sie nicht weiter zu stören. Sie blickte zu ihrer jüngeren Schwester Moirrey, die alle nur Mally nannten, und hoffte, dass diese die Warnung verstanden hatte.

Hatte sie aber nicht.

»Es gibt nur eine Möglichkeit, das herauszufinden«, sagte Moirrey, sprang auf und rannte wild schreiend auf das Schiff zu.

Für einen Augenblick waren alle wie gelähmt – dann stieß Bree einen zornigen Laut aus und hechtete ihrer Schwester nach.

»So viel zu einem Überraschungsangriff«, sagte Caitt, gab den anderen ein Zeichen und stürmte ebenfalls den Hügel hinunter.

Je näher Kineth dem Schiff kam, umso beeindruckender, aber auch bedrohlicher wirkte es auf ihn. Die Bordwände ragten vor ihnen auf wie die mächtigen Palisaden einer Festung.

Bree hatte Moirrey unterdessen eingeholt und hielt sie fest. Kineth und die anderen schlossen zu den beiden Frauen auf.

»Bist du von Sinnen?«, zischte Bree die Jüngere an und versetzte ihr eine kräftige Ohrfeige.

Moirrey lächelte nur dreist. »Einer musste den Anfang machen, sonst lägen wir immer noch da oben.«

Caitt riss Bree grob zurück. Er trat zu Moirrey, packte mit eisernem Griff ihren Arm. Das Lächeln der jungen Frau verschwand schlagartig. »Du gefährdest uns alle, Weib«, sagte er leise. »Wenn du mir so deinen Mut beweisen willst, ist dir das gründlich misslungen.«

»Caitt –«, begann Bree.

»Still!« Caitt fixierte Moirrey weiter mit seinen hellen Augen, die an Eisschollen auf einem See erinnerten. An einen See, unter dessen trügerischer Oberfläche Verborgenes lauerte. »Du bist die Letzte, die da hinaufgeht. Eher noch würde ich die alte Mòrag schicken.«

Moirreys Wangen färbten sich rot. Ihre Augen waren Schlitze, ihre Hand fuhr zu ihrem Schwert.

»Es reicht, Mally. Schluss jetzt!« Bree drängte sich zwischen Caitt und ihre Schwester. »Zurück mit dir!« Ihre Stimme hallte in der Stille wider.

Moirrey zögerte, doch dann gehorchte sie. Der Blick, den sie Caitt zuwarf, war voller Hass.

Caitt gab Gair, einem gedrungenen jungen Mann mit mehrfach gebrochener Nase und verschmitztem Blick, ein Zeichen. »Du, Aleyn und Lugh. Rauf mit euch!«

Gair gehorchte sofort, packte eines der grobfasrigen Taue, die vom Schiff herunterhingen, und begann behände nach oben zu klettern. Die anderen beiden Männer folgten ihm.

Kineth und die anderen Bogenschützen nockten ihre Pfeile ein und gingen in Stellung, sollte der Feind überraschend den Kopf über die Bordwand heben. Die anderen bildeten einen Halbkreis, um einen Angriff von außen abwehren zu können.

Angespannt blickten sie den dreien nach, die sich nach oben hangelten. Außer dem Rauschen der Brandung, dem Geschrei der Vögel und dem Knarzen des Schiffsrumpfs war nichts zu hören.

Ailean sah besorgt zu Kineth. Die Todesverachtung, mit der sie heute Morgen die Nordmänner bekämpft hatten, und das Gefühl des Triumphes waren verschwunden. Hier, im Schatten des Schiffs, blieb nur die beängstigende Vorahnung, dass sich mit der Ankunft der Fremden ihr aller Schicksal verändert hatte. Zum ersten Mal seit hundert Jahren standen sie einem anderen Volk gegenüber. Und nicht irgendeinem – es waren Nordmänner gewesen wie diese hier, die dafür verantwortlich waren, dass sie sich in alter Zeit auf diese Insel hatten flüchten müssen.

Gair erreichte als Erster die Reling und lugte vorsichtig darüber. Offenbar konnte er keinen Feind erkennen, denn er schwang sich auf das Deck und war verschwunden. Aleyn und Lugh taten es ihm gleich.

Am Boden warteten alle auf ein Zeichen, was an Deck vor sich ging. Doch nichts geschah.

Plötzlich lehnte sich Gair über die Bordwand. »Am Bug liegen ein paar Männer. Sie leben.« Er sah sich um, dorthin, wo sie vom Hügel aus den Haufen mit Lumpen gesehen hatten. »Aber wie es aussieht, nicht mehr lange ...«

»Was fehlt ihnen?«, wollte Caitt wissen.

Gair zuckte mit den Schultern. »Weiß nicht. Ihre Haut ist übersät mit Bläschen und Pusteln, es stinkt nach Pisse, Scheiße und was weiß ich was.«

»Rührt nichts an!«, rief Kineth hinauf und wandte sich

an Caitt. »Wir sollten das ganze Schiff verbrennen, so wie es daliegt.«

»Bist du von Sinnen?«, stieß Caitt aus. »Noch nie hat sich ein Schiff an unsere Küste verirrt, und du willst es vernichten?«

»Kineth hat recht«, erwiderte Ailean. »Was nützt es uns, wenn wir alle dabei sterben? Wir wissen nicht, an welcher Krankheit diese Männer leiden.«

»Vielleicht ist es verflucht«, fügte Bree unsicher hinzu.

»Verflucht?« Caitt stieß ein verächtliches Knurren aus. »Warum muss bei euch Weibern immer gleich alles mit einem Fluch belegt sein?« Er sah wieder zur Bordwand hinauf. »Gair! Sieh nach, ob einer von ihnen fähig ist zu sprechen.«

Gair nickte und verschwand wieder.

»Sichert die Hügelkanten!«, wies Kineth die Schwertkämpfer an, die daraufhin an den erhöhten Positionen Stellung bezogen.

»Und wenn sie nicht unsere Sprache sprechen?« Ailean sah ihren Bruder voller Sorge an.

»Dann werden wir weitersehen«, antwortete Caitt gepresst. Er wusste natürlich, dass Kineth und Ailean nur an das Wohl des Dorfes dachten. Auch ihm war nicht wohl bei dem Gedanken, was dort an Deck womöglich lauerte. Aber er war sich bewusst, dass ein Anführer Entscheidungen zu treffen hatte, auch wenn sie sich im Nachhinein vielleicht als falsch erweisen konnten. Und er war ein Anführer, auch wenn sein Vater dies anders sah.

Ungeduldig schritt er auf und ab, strich dabei über seinen geflochtenen Kinnbart, wie immer, wenn er nervös war. Der heutige Tag würde in die Geschichte seines Volkes eingehen. Zum ersten Mal hatten sich die Krieger im Kampf beweisen können, eine Ehre, die seinem Volk seit der Flucht hierher versagt geblieben war. Und er war mittendrin gewesen – so musste sich König Brude, Sohn des Bili, gefühlt haben, als er einst den nordumbrischen König Ecgfrith am Kranichsee vernichtend geschlagen hatte.

Und genauso triumphal wird der heutige Tag auch enden. Egal, was noch kommt.

»Hier ist einer«, schallte es vom Deck des Schiffs. »Und er spricht unsere Sprache.«

»Dann her mit ihm!«, befahl Caitt und sah zu Kineth und Ailean. »Tretet besser ein paar Schritte zurück. Wer weiß, welcher Teufel in ihn gefahren ist.«

Aileans Augen und die der anderen weiteten sich vor Entsetzen bei dem Gedanken daran, dass sich der Leibhaftige selbst an Bord befinden könnte.

Kineth grinste und winkte verächtlich ab. »Wenn es der Teufel wäre, würden wir ihn sicherlich nicht so einfach befragen können.«

Ailean nickte, machte aber trotzdem ein schnelles Kreuzzeichen.

Gleich darauf drängte Gair einen ausgemergelten Mann, der aussah, als wäre er hundert Jahre alt, über die Bordwand und kletterte ihm nach. Aleyn und Lugh folgten den beiden. Am Boden angekommen stieß Gair den Mann mit einem Tritt auf die Knie. Das Gesicht und der kahlrasierte Schädel des Alten sowie seine Arme waren rot gefleckt. Immer wieder kratzte er sich, sein Blick war fahrig.

»Er sagt, er heißt Olaf Eijol-irgendwas«, sagte Gair zu den anderen, die sicheren Abstand hielten.

»Ólaf Eyjólfursson«, berichtigte ihn der kniende Mann

mit heiserer Stimme. Gair blickte ihn drohend an. »Dein Name kümmert hier niemanden, alter Mann!« Er wandte sich wieder an Caitt und die anderen. »Er sagt, sie kämen von den Hebriden und wollten nach Island und sind hier nur zufällig gelandet.«

»Es heißt«, sagte Kineth, »die Nordmänner seien die erfahrensten aller Seefahrer. Sogar weitab der Küste können sie den Kurs halten.«

Der Alte sah den Krieger mit den seltsamen blauen Mustern auf der Haut ratlos an. Er hatte keine Ahnung, worauf er hinauswollte.

»Warum seid ihr dann hier gelandet? Das war doch kein Zufall!«

Der Alte sah zu Boden und biss sich auf die Lippen. Gair zückte sein Schwert und hielt es dem Alten an die Kehle. »Du antwortest besser, Ólaf *Eyjólfursson*.«

Der Alte überlegte einen Moment. Er wusste, dass er nichts zu verlieren hatte. »Wir sind in einen schweren Sturm geraten.« Seine Worte hatten eine seltsame Färbung, aber seine Rede war flüssig und verständlich. »Es war, als wollte Thor uns ins Meer schleudern, damit Rán uns mit ihrem Netz fangen konnte. Aber wir haben standgehalten. Allerdings... ging etwas verloren.« Er zögerte erneut, bevor er fortfuhr. »Unser Sólarsteinn. Ohne ihn wurde es schwierig, auf hoher See zu navigieren, wenn die Wolken die Sonne schluckten. Und als die Krankheit an Bord ausbrach, sind wir gänzlich vom Kurs abgekommen. Wir sind also hier gelandet, in der Hoffnung auf Hilfe und Unterschlupf.«

Caitt verzog spöttisch das Gesicht. »Sagt mir, Ólaf Eyjólfursson – wer in Gottes Namen sucht Hilfe und

Unterschlupf mit dem Schwert in der Hand? Für mich hatte es eher den Anschein, als wolltet ihr holen, was nicht euer ist!«

Ólaf schwieg, suchte nach den richtigen Worten.

Kineth kam ihm zuvor. »Und diese Krankheit, die an Bord herrscht. Warum hast du sie, und die Krieger, die an Land gingen, nicht?«

»Ich weiß es nicht«, sagte der Alte schulterzuckend. »Ich habe sie als Erster bekommen. Schmerzen im Rücken, eisiger Frost hat mich geschüttelt. Der Hals wie in Flammen, und schweres Fieber, das kam und ging. Und dann diese juckenden Bläschen …«

Wieder kratzte er sich so fest über Kopf und Arme, dass er rote Striemen hinterließ. Angewidert trat Gair weiter von ihm zurück. »Wie viele von euch sind an Deck und in der Lage, allein herunterzuklettern?«

»Es … es sind zehn, aber sie sind zu schwach«, antwortete Ólaf leise.

Caitt überlegte kurz, dann atmete er tief durch. »Wenn du uns hilfst, das Schiff von den Kranken zu säubern, lasse ich dich am Leben, alter Mann.«

»Was soll mit den Kranken passieren?«, fragte Gair.

»Ihr werdet sie hier am Fjord verbrennen, gemeinsam mit ihrer Kleidung, ihren Decken und was sie sonst noch bei sich haben. Einzig Waffen und Schmuck nehmt ihr ihnen ab.«

Gair zögerte.

Der Alte hob wie flehend die Hände. »Ihr wollt sie bei lebendigem Leibe verbrennen?«

Gair sah Caitt an, schüttelte den Kopf. »Ich vergreife mich nicht an dahinsiechenden Männern.«

»Dann soll er dir helfen«, Caitt deutet auf den alten Mann. »Gib ihm einen Dolch, damit er ihnen den Gnadenstoß versetzt. Und, Gair ...?«

»Ja?«

»Ihr drei werdet die nächsten Tage das Dorf meiden wie ein Tier das Feuer, verstanden?«

Gair nickte erneut. Er verstand nur zu gut.

Blutrot versank die Sonne im Meer. Sie schickte ihre letzten Strahlen auf die mit Gras bewachsenen Dächer der halb unterirdischen Behausungen, die sich kreisförmig angeordnet in einer Senke befanden. Aus ihrer Mitte ragte, wie ein Walross unter Robben, ein großes Haus.

Die etwa zwanzig Hütten hatten Wände aus Felsbrocken, Grassoden und Torf, aus Holz waren nur die geschnitzten Schutzgötter oder Kruzifixe über den Eingängen. In keiner der Hütten brannte Licht, dafür leuchtete es aus dem großen Gebäude umso heller. Es hatte als einziges schmale Fenster, die mit Lederhäuten verhangen waren, und besaß im Gegensatz zu den anderen Gebäuden ein halbrundes Dach. Es war die Festhalle und gleichzeitig das Haus des Herrschers des Dorfes, Brude, Sohn des Wredech. Und es schallte lebhafte Musik heraus.

Im Inneren gaben Trommeln einen rasenden Rhythmus vor, Fidel und Flöte legten beschwingte Melodien darüber, wie man sie schon lange nicht mehr gehört hatte. Das ganze Dorf war versammelt, tanzte, lachte und trank.

In der Mitte des kuppelförmigen Raums brannte ein offenes Feuer, in das zwei junge Mädchen immer wieder Robbenöl gossen. Die folgende Stichflamme erhellte kurzzeitig selbst den hintersten Winkel des Raumes, in dem sich die Waffen und Rüstungsteile der geschlagenen Nordmänner auftürmten.

Neben dem Feuer drehten drei Frauen einen gewaltigen Spieß mit einem Rentier, das brutzelnd vor sich hin garte. Der Bratenduft erfüllte den ganzen Raum – für alle Dorfbewohner eine willkommene Abwechslung zu Beeren und Getreidegrütze. Immer wieder schnitten die Frauen Fleischstücke ab und legten sie auf kleine Holzbretter, von denen sich jeder nehmen durfte.

Nicht weit vom Feuer hockten auf mit Fell bedeckten Steinen die Krieger der Garde, unter ihnen Kineth, Ailean und Caitt.

Dahinter, auf einem Thron aus Birkenholz, der mit feinen Schnitzereien verziert und ebenfalls mit Fellen bedeckt war, saß Brude, Sohn des Wredech. Er verstand, dass sein Volk feiern wollte, denn schließlich hatte es sich seit Generationen der Vorbereitung zum ersten Mal im Kampf bewährt. Daher hatte er ihnen dieses Fest geschenkt, auch wenn für ihn die Ankunft der Nordmänner kein Grund zum Feiern war. Die immer gleichen Fragen gingen ihm durch den Kopf. Wussten noch andere, dass es dieses Eiland gab? Würden bald noch mehr Nordmänner in noch größerer Zahl kommen? Würden die Seinen standhalten? Und was war mit dieser seltsamen Krankheit an Bord des Drachenbootes?

Doch Brude trachtete danach, sich seine Sorgen nicht anmerken zu lassen, und lächelte den Feiernden aufmunternd zu. Iona, seine Frau, die etwas tiefer zu seiner Linken saß, hatte ihm vor dem Fest die langen braunen Haare sowie den Bart kunstvoll geflochten, sodass keine Strähne die großflächige ornamentale Bemalung verdecken konnte, die seine entblößte Brust zierte – das Piktische Tier, das Zeichen ihres Volkes, ein Wesen ähnlich einem Pferd, aber mit langer, schnabelartiger Schnauze, einem vom Hinterkopf herabhängenden Zopf, rundlichen, am Ende aufgerollten Gliedmaßen und einem hängenden, ebenfalls am Ende gerundeten Schwanz.

Auch wenn viele der Krieger und Bauern seines Volkes eine ähnliche Bemalung hatten – die von Brude war die größte. Und er war stolz darauf.

Wie lange hatte er sein Volk nicht mehr so unbeschwert lachen und tanzen sehen? Brude konnte sich nicht erinnern. Alle Sorgen schienen vergessen, die Mühe und Arbeit, der Kampf ums tägliche Überleben, aber auch die kleinlichen Streitigkeiten und alten Fehden. Groß und klein, alt und jung – alle waren sie gekommen und feierten.

Wirklich alle?

Brude blickte sich um, aber er konnte Beacán, den Priester des Dorfs, nirgendwo sehen.

Der alte Spielverderber verpasst noch vor lauter Beten das Fest, dachte Brude. Doch dann schüttelte er den Kopf. *Und wenn schon.*

Er sah zu seiner Frau, die gerade Nechtan, dem Kind seiner Schwester Eibhlin, die Brust gab. Lange hatte er auf einen Thronfolger warten müssen und nun war endlich es soweit: Ihr Kind würde, wie es Brauch war, Brudes Nachfolger werden. Obwohl beinahe dreißig Jahre alt, war es für Eibhlin das erste Kind gewesen. Ihr Körper jedoch war von der schweren Geburt zu entkräftet, als dass sie ihren Sohn hätte stillen können. Und da Iona bereits die dritte Totgeburt in Folge gehabt hatte, empfand sie es als ein Geschenk, dieses Kind säugen zu dürfen.

Brude drückte liebevoll die Schulter seiner Frau, die daraufhin zu ihm aufsah. Sie lächelte, glücklich über die allgemeine Heiterkeit, die im Raum herrschte. An den morgigen Tag mochte Brude gar nicht denken. Nach solch einem Fest würden sie ihre Sorgen wohl nur umso deutlicher spüren. Mit einer gewissen Wehmut wandte er sich daher wieder dem Festtreiben zu.

»Auf unsere Krieger! Auf jene, die leben, und die anderen, die euch Lumpenpack nicht länger ertragen müssen!«, rief in diesem Moment Dànaidh, Sohn des Earwine, sprang auf und leerte sein Trinkhorn in einem Zug. Der Schmied, den alle nur *Òrd* – den Hammer – nannten, torkelte rückwärts, wäre fast gestürzt und konnte sich gerade noch an einem der riesigen Walknochen abstützen, die das Grundgerüst des Gebäudes bildeten. »Auf den Sieg und darauf, dass es neues Eisen zum Schmieden gibt!«

Die jungen Krieger im Raum johlten begeistert und erhoben ihrerseits die Hörner auf ihre Kameraden und auf den Schmied, der mit seiner rauen, aber aufrichtigen Art vielen als Vorbild diente. Dànaidh blickte in sein Trinkhorn – und fiel vornüber wie ein gefällter Baum.

Ailean rutschte näher an Kineth heran, der den Trubel mit unbewegtem Gesicht beobachtete. Sie ahnte bereits, was ihm durch den Kopf ging. »Glaubst du, es werden noch mehr kommen?«

Er zuckte mit den Schultern. »Der Alte hatte behauptet, dass sie vom Kurs abgekommen und nur deshalb hier gelandet seien.«

»Ich weiß, aber was glaubst *du*?«

»Ich glaube, wir sollten uns dann Sorgen machen, wenn es soweit ist«, antwortete er knapp und hoffte, dass Ailean es damit auf sich beruhen ließ. Denn tief in seinem Inneren wusste er es besser. Er tauschte einen kurzen Blick mit Caitt und spürte, dass auch sein Bruder an jenen Sommer zurückdachte, der nun schon eine Ewigkeit zurücklag – und ihm doch so deutlich vor Augen stand, als wäre es gestern gewesen.

Ailean ließ nicht locker, lehnte sich auf Kineth' Schoß und beugte sich zu Caitt hinüber. »Was meint Ihr, o Bruder, werden noch mehr Nordmänner landen?« Sie war offensichtlich nicht mehr ganz nüchtern.

»Ich meine, du solltest entweder aufhören zu trinken«, entgegnete Caitt, dessen Gesicht gerötet war, »oder endlich anfangen zu saufen!« Er lachte schallend auf und schubste seine Schwester grob von sich weg, sodass diese bedenklich ins Schwanken geriet.

»Roh wie ein Ochse«, murmelte sie, ergriff Kineth' Hand und legte ihren Kopf auf seine Schulter. »Warum ist Caitt nur immer so garstig mit mir?«

Kineth musste schmunzeln. Sie spielte, von der Trunkenheit beflügelt, das kleine Mädchen, das sie längst nicht mehr war. Im Kampf jedenfalls konnten sich nur wenige mit ihr messen – Frauen ebenso wie Männer.

»Caitt liebt dich, Ailean. So wie ich.«

»Ich weiß, wie du mich liebst«, sagte Ailean mit schwerer Zunge.

Das weißt du nicht, dachte Kineth und hielt für einen Moment inne. Plötzlich war ihm alles zu viel, er stand abrupt auf und ging auf die andere Seite des Feuers, wo die Bauern saßen. Der Raum drehte sich leicht. Erst jetzt spürte er das viele Ql, das er getrunken hatte. Das mit Krähenbeeren gewürzte Bier, gebraut aus dem bisschen Getreide, das auf der kargen Insel wuchs und nicht als Nahrung oder Tierfutter benötigt wurde, war ein hinterhältiges Gesöff, das man nicht unterschätzen durfte.

»Elpin, mein Freund!«, rief Kineth lauthals und setzte sich neben den rotgesichtigen Burschen, der mit seinen siebenundzwanzig Jahren nur wenig älter war als er selbst.

»Kineth, Sohn des Uist!«, rief dieser ebenso laut. »Drei Pfeile in die Brust des Nordmannes, schneller als ein Flügelschlag? Ist das wahr?«

Kineth packte Elpin im Nacken, zog ihn zu sich und grinste breit. »Freche Lügen sind das!« Er schüttelte in gespielter Empörung den Kopf. »Natürlich war ich schneller als der Schlag eines Flügels!«

Die beiden Freunde und die Männer, die um sie herumsaßen, lachten aus voller Kehle. Dann holte Elpin ein kleines Holzbrett hervor, legte blank polierte, ovale Steine, sandfarbene und graue, darauf und sah Kineth herausfordernd an. »Bereit?«

Kineth winkte ab. »Ich hab zu viel Ql getrunken, um gegen dich anzutreten.«

»Wer kämpfen kann, kann auch spielen.« Elpin ließ nicht locker. »Der Verlierer muss der alten Mòrag einen Kuss auf den Mund geben.«

Unwillkürlich blickte Kineth sich nach der ausgezehrten alten Frau um, deren schlaffes Gesicht ein zahnloser Mund zierte. Sie musste oft für derartige Spieleinsätze herhalten, und bei dem Gedanken schauderte es Kineth. Aber ihm war auch klar, dass Elpin nicht aufgeben würde. Er blickte auf das Spielbrett, auf dem drei Kreise zu sehen waren, die an acht Punkten miteinander verbunden waren. Auf sechs der Punkte lagen jeweils zwei Steine. Kineth schüttelte den Kopf, kniff die Augen zusammen. Nein, es war jeweils nur ein Stein, der auf den einzelnen Punkten lag – wie es sich gehörte.

Kineth seufzte übertrieben und machte den ersten Zug.

Die Sonne war schon lange untergegangen und hatte einem prachtvollen Sternenhimmel Platz gemacht. Aus Brudes Haus drangen noch immer Musik, Gelächter und Gegröle.

»Noch ein Ql!« Caitt stand schwankend auf und streckte einer jungen Magd breit grinsend sein Trinkhorn entgegen. Diese lächelte höflich und schenkte das Horn halb voll.

»He, du willst wohl, dass ich nüchtern zu meinem Weib ins Bett steigen muss«, protestierte Caitt. »Mehr davon, ich vertrag's!« Seine geröteten Augen und die lallende Aussprache verrieten jedoch anderes. Doch die Magd tat, wie ihr geheißen.

Caitt dankte es ihr mit einem festen Klapps auf den Hintern und trat näher an sie heran. »Oder willst du vielleicht, dass ich in dein Bett steige?«

»Genug!«, polterte Brude mit tiefer Stimme. Caitt zuckte zusammen, die Magd eilte davon. »Caitt, du kannst jetzt die Wacht von Gair übernehmen.«

Einen Moment lang sah Caitt seinen Vater an, als hätte der ihn aufgefordert, zurück in die alte Heimat zu schwimmen. »Warum schickst du mich? Soll Kineth doch –«

Brude stand auf. Gespräche verebbten, man reckte neugierig die Hälse. Als Caitt die Blicke der Leute auf sich ruhen sah, stieß er ein missmutiges Grunzen aus, schob demonstrativ sein Trinkhorn in die Gürtelschlaufe und stapfte davon.

Aus einer Gruppe, die nahe bei der Tür saß, stand Galena auf, seine junge Frau. Mit gutmütigem Blick hielt sie einen Umhang aus Rentierfell in der Hand. Caitt blieb vor ihr stehen.

»Nimm den. Auch starken Männern ist kalt«, sagte sie.

Caitt stierte seine Frau einen Augenblick lang an, dann schlug er ihr mit der flachen Hand ins Gesicht. Ohne den Umhang zu nehmen, stürmte er zum Tor hinaus. Galena wischte sich über die gerötete Wange und verharrte einen Augenblick, dann setzte sie sich zu den anderen Frauen. Als wäre nichts geschehen, begann sie sich mit ihnen zu unterhalten.

»Habt ihr etwa schon genug?«, rief Brude den Leuten zu, die noch immer gafften. Selbst die Musik hatte jetzt ausgesetzt. Doch wie aufs Stichwort fingen die Musikanten wieder an zu spielen, und die Menschen nahmen ihre Gespräche wieder auf.

Brude nahm auf seinem Stuhl Platz und seufzte tief. Er blickte zu Kineth, der noch immer mit Elpin Mühle spielte, lachend und scherzend. Dann sah er zum Tor, hinter dem Caitt verschwunden war. Es schmerzte ihn, was aus seinem Sohn geworden war, auch wenn er um seine Versäumnisse als Vater wusste.

Doch das Fest ging weiter. Kurze Zeit später spürte Brude in seinem Herzen wieder die tiefe Genugtuung, dass es ihm vergönnt war, einen Abend wie heute ausrichten zu können. Auch wenn es dieses Jahr kein Ql mehr geben würde, da der Rest des wenigen Getreides für das Vieh im Winter bestimmt war.

Brude leerte sein Trinkhorn und schloss die Augen. Die überraschende Landung der Nordmänner hatte neben den drei Toten, die sie zu beklagen hatten, letztendlich doch auch etwas Gutes. Sie waren alle wieder geeint.

Und das war es wert.

Kineth riss den Vorhang, der vor dem Eingang zu seiner Hütte hing, mit einem heftigen Ruck zur Seite und torkelte ins Innere. Kaltes Mondlicht durchflutete den engen Raum, erhellte schemenhaft die grob gezimmerten Truhen und ein Lager aus Stroh auf der Erde, auf dem mehrere Felle dick zusammengerollt lagen. Von den lehmigen Wänden starrten die gebleichten Schädel eines Eisbären und dreier Walrossbullen, die Trophäen und Schutzgeister in einem waren. Am Kopfende des Lagers hing ein aus Zweigen geflochtenes Kreuz, um das die scharfkantigen Zähne unterschiedlichster Tiere gesteckt waren, manche so groß wie eine Hand.

Kineth schwankte zu seinem Nachtlager und ließ sich einfach drauffallen.

Mit einem spitzen Schrei fuhr eine Gestalt neben ihm hoch, die sich in die Felle eingemummt hatte.

»Was zum –?« Kineth richtete sich mühsam auf.

Die Gestalt kniete sich hastig hin, richtete sich die Haare. Dann streifte sie die Felle ab, entblößte ihren nackten Körper.

»Ailean?« Kineth traute seinen Augen nicht. Es war Brudes Tochter, die da nackt vor ihm hockte. Plötzlich begann sich der Raum um ihn her unangenehm zu drehen. Er ließ sich wieder aufs Lager sinken. »Was zur Hölle machst du hier?«

Ailean rieb sich den Schlaf aus den Augen. »Ich habe auf dich gewartet.«

»Du hast zu viel getrunken hast. Das Ql bekommt dir nicht …«

Sie beugte sich vor und drückte ihm die Hand auf den Mund. »Schhhh.«

Kineth gab ein Knurren von sich. Ailean zog die Hand zurück und legte sich provozierend auf den Rücken. Kineth konnte nicht anders, als sie zu betrachten: Das Licht des Mondes ließ ihren Körper wie aus Elfenbein geschnitzt erscheinen, die spiralförmigen Bemalungen auf ihrer Haut wanden sich vom Rücken über ihre Schultern, umspielten die Narben auf der linken Seite ihres Halses und führten zu ihrem dunkelblonden Haar, das sich im Mondlicht wie ein Fächer aus gleißendem Silber ausbreitete.

Sie war hier, nur für ihn, so, wie Kineth es sich immer erträumt hatte.

Geschieht dies wirklich?

Ailean räkelte sich vor ihm, fuhr sich mit den Händen über die Hüften, hinauf zu ihren weichen Brüsten, umschloss sie.

»Ich weiß, dass du mich willst, wolltest es schon immer«, raunte sie. Sie verharrte einen Augenblick in ihrer aufreizenden Pose, dann kicherte sie wie ein junges Mädchen. »Zieh jetzt nur nicht den Schwanz ein.«

»Hör zu«, Kineth fiel das Atmen schwer, »das ist keine so gute Idee…«

»Du willst das hier nicht?« Ailean spielte mit ihren Brustwarzen, die vor Erregung hart wurden. »Oder das?« Sie fuhr mit der rechten Hand ihren zart gewölbten Bauch hinunter, über ihr Schambein und vergrub sie zwischen ihren Beinen. »Nein?«

Kineth seufzte. »Ailean, bitte…«

Ehe Kineth recht wusste, wie ihm geschah, hatte Aileen sich rittlings auf ihn geschwungen und drückte ihn zu Boden. Er schlug unsanft mit dem Hinterkopf auf dem gestampften Erdboden auf. Sie kniete sich mit ihrem ganzen Gewicht auf seine Arme, ihr nackter Körper thronte über ihm, ihre Brüste hingen spitz über seinem Gesicht.

Wenn er jetzt den Kopf hob und die Zunge streckte…

»Ich kann dich auch mit Gewalt nehmen.« Ailean packte ihn unsanft bei den Haaren, dann begann sie seine Wange zu küssen. Langsam wanderte sie weiter nach unten, leckte mit der flachen Zunge über seinen Hals.

Das Dach über Kineth drehte sich, er wusste nicht, ob er sich vor Lust die Kleider vom Leibe reißen oder vor

Übelkeit hinausstürmen sollte. Als Ailean immer weiter an ihm hinunterrutschte, ergab er sich schließlich in sein Schicksal.

Ailean begann, die Verschnürung seiner Hose zu lösen. Kineth schloss die Augen.

Kineth riss die Augen auf. Wirre Gedanken wechselten sich blitzartig mit Bildern eines Traums ab, dessen Inhalt im selben Augenblick verflog, da Kineth versuchte, sich daran zu erinnern. Aber es hatte etwas mit nackter Haut und wollüstigen Weibern zu tun, und mit –

Ailean?

Hatte sie wirklich hier auf ihn gewartet?

Er setzte sich auf. Sein Schädel dröhnte, allein der Gedanke an Ql verursachte ihm Übelkeit, aber was war es für ein prächtiges Fest gewesen! Auch wenn er nicht mehr wusste, wann und wie er in seine Hütte gekommen war, oder warum er am kalten Boden und nicht auf den Fellen lag.

Kineth streckte sich. Je länger er darüber nachdachte, desto unwahrscheinlicher erschien ihm, dass Ailean hier gewesen war. Es musste ein Traum gewesen sein, wenn auch ein ungewöhnlich lebhafter. Am besten vergaß er die ganze Sache und versuchte erst mal wieder Leben in seinen Körper zu bringen.

Kineth blickte zum Eingang. Unter dem Vorhang aus Seelöwenhaut drang fahles Zwielicht herein. Es war offensichtlich noch früh am Morgen. Er überprüfte, ob sein

Dolch im Stiefelschaft steckte, dann stand er auf und ging nach draußen.

Ein allumfassender, aschener Himmel reichte bis zum Horizont und traf dort auf die allumfassende, spiegelglatte See. Kineth rieb sich den Hinterkopf, der schmerzte, als hätte er einen Schlag dagegen bekommen. Aber vermutlich war er gestern einfach ausgerutscht und hingefallen.

Langsam ging er hinter die Hütte und pisste lange in die dafür ausgehobene Grube.

Ein anhaltender, kalter Wind zog ihm das Pochen aus dem Schädel, doch er konnte sich immer noch nicht daran erinnern, was gestern vorgefallen war, nachdem er die Halle verlassen hatte.

Und warum musste er fortwährend an Ailean denken?

Weil sie sich dir gestern in der Halle in eindeutiger Absicht genähert hat.

Kineth runzelte die Stirn und genoss die Stille, die nur vom Blöken der Schafe und Meckern der Ziegen unterbrochen wurde, die unweit des Dorfes herumliefen. Er sah sich um: In den anderen Hütten schien alles noch zu schlafen. Kein Feuer, keine Stimmen, kein Kindergeschrei.

Ein Ast knackte. Kineth schielte weiter nach hinten: Elpin stahl sich gerade nackt aus der Hütte der alten Mòrag, seine Kleider unter dem Arm. Er erstarrte, als er den Freund erblickte. Kineth band sich die Hose zu und machte eine obszöne Geste.

Elpin schnitt eine betretene Grimasse, dann verschwand er zwischen den Hütten.

Da wirst du deiner Frau aber einen ordentlichen Bären aufbinden müssen, mein Freund.

Kineth musste innerlich lachen. Zumindest würde Elpin nicht schon wieder Vater werden. Fünf Kinder in vier Jahren von drei Frauen waren wahrlich keine schlechte Leistung. Auch wenn nur noch drei der Kinder am Leben waren. Aber die alte Mòrag hatte zumindest eine Weile etwas zum Träumen.

Kineth ging zum Bach, der das Dorf durchschnitt, kniete sich hin und trank gierig das eiskalte Nass. Dann tauchte er den Kopf ganz unter. In dieser Stellung verharrte er, versuchte, seinen Herzschlag zu beruhigen. Auch als seine Lungen reflexartig pulsierten, blieb er unter Wasser. Erst im allerletzten Moment, als die Atemnot seinen Körper förmlich zu zerreißen drohte, hob er den Kopf und atmete tief ein. Seit Jahren wiederholte er dieses Ritual jeden Morgen, warum wusste er nicht. Aber inzwischen konnte er länger die Luft anhalten als jeder andere Mann im Dorf.

Mit schnellen Bewegungen wusch sich Kineth unter den Achseln und das Gemächt, dann stand er auf und ging in Richtung Küste davon.

Er war noch keine vierzig Schritte gegangen, als er auf der Wiese einen Mann liegen sah, alle viere von sich gestreckt. Es war Caitt. Kineth ging zu ihm und stieß ihm unsanft mit dem Stiefel in die Seite.

»Aufwachen, Caitt!«

Dieser öffnete die Augen, blickte verwirrt um sich. »Was ... wo ...?«

»Es ist früher Morgen«, klärte Kineth ihn auf. »Du solltest eigentlich Gair ablösen. Sehr weit bist du nicht gekommen.«

Caitt stöhnte, runzelte ungläubig die Stirn. Seine Glieder waren steif von der Kälte der Nacht. Er rieb sich die Arme.

Kineth streckte seinem Stiefbruder die Hand entgegen.

»Ich habe keine Ahnung mehr, was geschehen ist«, sagte dieser und ließ sich aufhelfen. »War es ein gelungenes Fest?«

»Du hast Galena ins Gesicht geschlagen.«

Caitt machte eine wegwerfende Geste. »Dann hat sie bestimmt wieder irgendeine Dummheit gemacht.«

Kineth nickte. »Sie wollte dir einen Umhang mitgeben, damit du nicht frierst.« Kineth, der Caitt immer noch an der Hand hielt, drückte diese fester zu. »Wahrlich eine große Dummheit.«

Caitt ächzte, dann schüttelte er Kineth verärgert ab. »Hab sie nicht darum gebeten.«

»Sie wird's auch bestimmt nicht wieder tun.« Die Art, wie sein Stiefbruder mit seiner Frau umging, gefiel ihm nicht. Aber Caitt musste selbst wissen, was er tat.

Liebe muss man sich verdienen, nicht erschlagen. Die Worte von Kineth' Vater. Solche Spitzfindigkeiten hatte Brude seinem Sohn sicherlich nicht mit auf den Weg gegeben.

»Ich gehe zum Schiff«, sagte Kineth.

»Ich komm gleich nach.« Caitt war bleich geworden, sein Gesicht zuckte. Dann drehte er sich ruckartig um und übergab sich ins hohe Gras.

Das Drachenboot lag wie am Tag zuvor am Fjord, war jedoch mit Tauen und Pflöcken an Land festgebunden, damit die Flut es nicht mit sich riss. Davor lagen nebeneinander aufgereiht die zehn Kranken, eingehüllt in ihre

Decken. Neben ihnen hockte der alte Ólaf und döste vor sich hin.

In einigen Schritten Entfernung stand Gair Wache, Aleyn und Lugh schliefen noch. Als er Kineth erblickte, winkte er erfreut. »In Gottes Namen, ist das verdammte Fest endlich vorüber?«

Kineth nickte.

»Sag mir, dass es furchtbar langweilig war«, sagte Gair, »dass es nichts zu fressen gab und das Öl wie Pisse geschmeckt hat!«

»So und nicht anders war es«, antwortete Kineth freundschaftlich. »Aber Brude hat euch dreien eine Sonderration aufgehoben.«

Gairs Augen blitzten vor Freude, als konnte er das gebratene Fleisch schon jetzt schmecken.

»Was hat sich hier getan?«, wollte Kineth wissen.

»Wir haben die Kranken von Deck geholt. Vier sind in der Nacht verstorben, die anderen sechs sind sehr schwach.«

»Haben sie Wasser bekommen?«

Gair nickte. »Aber sie haben es gleich wieder ausgespien. Es sieht nicht gut aus.«

»Und der Alte?«

»Wortkarg, aber harmlos. Weiß gar nicht, was der an Bord sollte. Kann kaum seine Pisse halten, geschweige denn ein Schwert.«

Kineth grinste, er mochte Gairs direkte Art.

Die beiden sahen, wie Caitt mit unsicheren Schritten den Hügel heruntergestapft kam.

»Ist seine Laune wie immer nach einer durchzechten Nacht?« Gair feixte.

»Schlimmer. Sei lieber vorsichtig.«

Wenig später hatte Caitt sie erreicht und baute sich vor ihnen auf. »Weck den Alten!«, herrschte er Gair an. Sein Atem stank nach Ql und Erbrochenem, Gair verzog das Gesicht.

»Immer langsam. Was hast du vor?« Kineth drückte Caitt einen Schritt zurück.

»Was ich vorhabe? Unser Volk zu schützen!« Caitts Stimme wurde lauter. »Woher willst du wissen, dass sich diese Krankheit nicht bereits den Weg ins Dorf gebahnt hat und heute Morgen alle mit Blasen übersät aufwachen?«

»Niemand aus dem Dorf hat sie berührt«, gab Kineth zurück.

»Aber wissen kannst du es nicht, oder?«

Kineth seufzte. Er kannte Caitts rechthaberische Art, und im Moment ging sie ihm mehr denn je auf die Nerven. »Nein, wissen kann ich es natürlich nicht. Hab ja nicht nach dem Aufwachen in jede Hütte geblickt.«

»Na also.« Caitt beruhigte sich wieder. »Wir werden jetzt tun, was wir gestern bereits hätten tun sollen. Wir verbrennen die Kranken und mit ihnen diese Krankheit.«

»Ich glaube nicht, dass es unserem Vater gefallen würde, Menschen bei lebendigem Leibe zu verbrennen.«

»Unser Vater hat mir gestern den Befehl dazu gegeben.« Caitt packte Kineth am Kittel und musterte seinen Stiefbruder aus schmalen Augen. »Willst du ihn fragen?«

Kineth schwieg. Er wusste, dass Brude und Caitt recht hatten – die Gefahr war zu groß für das Dorf. Trotzdem schien es ihm unrecht.

»Dachte ich mir.« Caitt ließ ihn wieder los.

»Und der Alte?«

»Mag am Leben bleiben. Wir werden in den nächsten Tagen beobachten, wie es ihm geht. Sollte er gesund werden, kann er bei uns arbeiten.«

»Dann lass mich mit ihm reden.«

»Bitte.« Caitts Stimme triefte vor Spott.

Kineth beugte sich zu dem alten Mann, rüttelte ihn sanft an der Schulter. »Ólaf?«

Der Alte schreckte zusammen, als wäre neben ihm der Blitz eingeschlagen.

»Es ist soweit. Erlöse deine Kameraden. Sie sind ohnehin des Todes.«

»Aber –«

»Tu, was ich dir sage, dann wird dir nichts geschehen.« Kineth gab dem Alten seinen Stiefeldolch. Dieser nahm ihn, zögerte.

»Was ist?«

»Ohne ein Schwert in der Hand werden sie nicht in die andere Welt kommen«, stieß der Nordmann mit heiserer Stimme hervor.

Caitt runzelte die Stirn. »Ich dachte, ihr seid Christen?«

»Sind wir auch«, entgegnete der Alte.

Caitt nickte Gair zu, der Ólaf sein Schwert vor die Füße warf. Dieser hob es mühsam auf, kniete sich zum Ersten seiner Kameraden und drückte ihm das Schwert in die Hand. Dann machte er ihm mit dem Daumen ein Kreuzzeichen auf die Stirn, murmelte ein paar Worte – und stieß ihm den Dolch ins Herz. Der Körper des Kranken zuckte einige Male, dann war er starr, für immer.

Der Alte ging zum Nächsten.

Stumm beobachteten Kineth, Caitt und Gair die Prozedur. Doch während Kineth und Gair der Toten gedachten, strahlte Caitts Gesicht in düsterem Triumph.

Wenig später brannte am Stand ein Berg aus Toten, angefeuert durch trockenes Buschwerk und Tran. Ólaf stand daneben, den Kopf gesenkt. Mittlerweile waren fast alle Dorfbewohner aus ihren Hütten gekommen und umringten das Feuer. Auch Brude erwies den Nordmännern die letzte Ehre. Viele der Kinder hatten sich in die erste Reihe gedrängt, damit ihnen nichts entging. Als sich jedoch die ersten Körper unter der Hitze der Flammen wie von Geisterhand aufrichteten, liefen sie schreiend davon.

Der süßliche Geruch verbrannten Menschenfleisches mischte sich mit der Seeluft zu einem Übelkeit erregenden Miasma. Schweigend blickten die Bewohner und ihr Herrscher auf das prasselnde Feuer, das die Toten verzehrte.

Nach einer Weile trat Beacán hervor. Der Priester war hager, von kleiner Statur, das Gesicht blass, die Nase gerötet. Die Tonsur trug er mit Stolz, gleich wie die alten Druiden, denen er sich innerlich immer noch verbunden fühlte. Seine braune Kutte aus grobem Leinen bestand fast nur noch aus Flicken. Mit der Linken hielt Beacán ein Holzkreuz in die Höhe und murmelte Gebete, die nach Latein klangen, aber nicht mehr viel mit der alten Sprache zu tun hatten. Der Priester verstand seine Aufgabe als eine Art Handwerk, und das hatte er von seinem Vater gelernt, wie dieser von seinem Vater davor. Es gab keine Schriften mehr, und so veränderte sich so manches Gebet im Laufe der Jahre. Beacán sah dies aber nicht als Problem, da er seine Aufgabe im Dorf als Erhalter des christlichen Glaubens und nicht als Vorbeter eingemeißelter Riten verstand. Immer wieder machte er mit der Rechten Kreuzzeichen, ging auf die Knie und stand wieder auf. Ob ihm dies jemand gleichtat, war ihm einerlei.

»Was passiert nun mit dem Alten?«, wollte Ailean wissen, die neben Kineth stand. Ihre geröteten Augen erinnerten ebenfalls an das gestrige Fest.

»Er wird leben und arbeiten«, antwortete Kineth.

Ailean nickte zufrieden. Sie lächelte Ólaf an, der ihren Blick unsicher erwiderte. In diesem Moment bemerkte sie, wie Caitt einem der Bogenschützen etwas ins Ohr flüsterte und unmerklich auf den Alten deutete. Sie zuckte zusammen, wollte dem alten Nordmann eine Warnung zurufen – doch zu spät. Der Schütze spannte blitzschnell seinen Bogen, legte an und schoss dem Alten in den Kopf. Mit ungläubigem Blick torkelte dieser rückwärts und fiel ins Feuer, wo die Flammen über ihm zusammenschlugen.

»Nein!« Ailean schrie entsetzt auf. Sie fuhr herum, suchte ihren Vater, hoffte, er würde Caitt zurechtweisen.

Doch Brude starrte weiter in die Flammen, ohne eine Miene zu verziehen. Er hatte den Tod des alten Mannes heute Morgen beschlossen, denn zu groß war die Gefahr, die von ihm ausging. »Das Volk zuerst« – so hatte er es von seinem Vater gehört, und so würde er es auch an seinen Nachfolger weitergeben.

Niemand sprach ein Wort. Dann fielen Regentropfen und verdampften zischend in den Flammen.

Kineth blickte Caitt und Brude an, Enttäuschung und Wut stiegen in ihm auf. Bevor eines der beiden Gefühle die Oberhand gewinnen konnte, drehte er sich um und verließ die Totenfeier.

Vom Fjord her stieg nur noch eine zaghafte Rauchsäule in den Himmel.

Kineth hatte sich auf einem der höheren Hügel, die das Dorf umgaben, niedergelassen. Er lehnte an der gut zehn Fuß hohen Stele, die sich dort befand. Im Rücken spürte er das Relief des mit Knotenmustern gefüllten Kreuzes, um das weitere Symbole seines Volkes angeordnet waren. Auf der anderen Seite waren auf gleicher Höhe die Symbole eines nach unten gewandten Halbmonds, eines V-Stabs über einem Doppelkreis sowie das Piktische Tier kunstvoll eingemeißelt. Ein halbes Dutzend dieser Steine waren rund um das Dorf errichtet worden, Symbole des Schutzes und der Macht. In ihrer alten Heimat, so hatte Brude einst erzählt, standen Hunderte dieser prächtigen Stelen über das ganze Land verteilt und dienten auch als Grenzmarkierungen und Wegweiser.

Kineth griff hinter sich und strich über den grauen Stein. Die einst raue Oberfläche war längst glatt gewaschen. Diese Monolithen waren das ewig währende Zeugnis seines Volkes.

Vielleicht das Einzige, was wirklich Bestand hat.

Er atmete tief die feuchte Luft ein. Der Regen machte ihm nichts aus, im Gegenteil, er gab ihm das Gefühl, eins mit der Landschaft zu sein. Er dachte an seine Kindheit, wie er mit den anderen durch die unendliche Weite des Eilands gelaufen war – unverwundbar, unbesiegbar.

Sein Blick verlor sich in der zerklüfteten Landschaft

mit ihren in allen Farbschattierungen blühenden Flechten, die sie als Kinder oft gesammelt hatten. Es waren zauberhafte Gewächse, die zu vielem dienten: Man konnte sie als Heilmittel verwenden oder Wolle damit färben, sogar essen konnte man sie.

Genau hier hatte er als Junge mit seinem Vater gesessen und dessen Geschichten gelauscht. Von Menschen, die über sich hinauswuchsen und das schier Unmögliche schafften. Von Tieren und Ungeheuern, die die Menschen narrten oder aber ihnen zu Hilfe eilten. Und von den Schneeriesen, deren Reich am Horizont begann, dort, wo immerwährendes Eis herrschte. Bis Kineth' Vater selbst einem solchen Ungeheuer gegenübergestanden hatte und im Kampf zwar seinen Sohn, jedoch nicht sein eigenes Leben hatte retten können. Bei dem Gedanken spürte Kineth die Narben auf seinem Rücken, die er damals davongetragen hatte.

Kineth wischte sich die Regentropfen aus dem Gesicht und mit ihnen die Tränen. Er wusste, dass manche Wunden niemals heilten. Dann blickte er zu Boden, wo sich kleine schmutzige Pfützen im Erdreich bildeten.

Am Ende werden wir alle wieder eins.

Er sollte nicht so viel grübeln. Schon als Junge hatte ihn Caitt deswegen gehänselt. Bei dem Gedanken daran konnte sich Kineth ein Lächeln nicht verkneifen. Je länger er hier saß, desto weniger konnte er Caitt zürnen, denn im Grunde hatte sein Stiefbruder wohl richtig gehandelt. Die Gefahr, dass der Alte die Krankheit ins Dorf trug, war einfach zu groß gewesen. Es ärgerte ihn jedoch, dass Caitt ihm ins Gesicht gelogen hatte, denn der Befehl war nicht von seinem Stiefbruder gekommen, der hatte ihn nur ausgeführt. Der Befehl war von seinem Vater gekommen.

Hat er das Vertrauen in mich verloren?

Der Regen wurde dichter. Die Wiesen dampften und erweckten den Eindruck, als würden sie atmen – und durch den Atem bewegte sich ein Schatten auf Kineth zu. Langsam, aber zielgerichtet.

Der Schatten war keine vier Fuß hoch. Der geschmeidige Gang ließ keinen Zweifel zu: ein Wolf. Kineth griff zu seinem Schwert und kniff die Augen zusammen. War das etwa –

Das Tier beschleunigte seinen Trott, erreichte die Hügelkuppe. Ein kurzes Aufheulen, dann schmiegte der Weißwolf seinen Kopf an Kineth' Hüfte. Dieser packte ihn an den Ohren und kraulte ihn. Das weiche gräulichweiße Fell, das mit vereinzelten schwarzen Haaren durchzogen war, fühlte sich dicht und warm an. Tynan – »der Dunkle«, so hatte ihn Kineth scherzhaft getauft –, bleckte die Zähne und stieß ein wohliges Grollen aus.

»Da bist du endlich wieder, du Herumtreiber.« Kineth warf den Wolf auf die Seite und rieb ihm den Bauch. Vor drei Jahren hatte er den abgemagerten Welpen im Hinterland gefunden. Das Jungtier hatte sich an den kalten Körper seiner Mutter geschmiegt, die schon mehrere Tage lang tot gewesen sein musste. Kineth nahm sich des Welpens an und zog ihn groß. Die Leute im Dorf hatten Bedenken geäußert, doch Tynan fügte sich ohne Schwierigkeiten in die Menschengemeinschaft ein. Sogar die Kinder tollten mit ihm herum.

Trotzdem zog er, wann immer es ihm beliebte, hinaus in die Wildnis. Für seine Nahrung musste Kineth daher schon lange nicht mehr sorgen. Der junge Weißwolf riss mehr Lemminge, Schneehasen und Vögel, als Kineth ihm je hätte schießen können.

»Hast du dich vollgefressen? Und mir nichts mitgebracht?« Kineth sah dem Wolf in die dunklen Augen. »Ich glaube eher, du hast dich ausgetobt. Hast die eine oder andere Wölfin beglückt.«

Tynan hatte den Kopf gehoben, als würde er den Worten seines Herrn nachsinnen.

»So ist es recht! Den Sommer muss man genießen, solange man kann. Kalt und finster wird es noch früh genug.«

Kineth ließ von dem Wolf ab. Tynan stellte sich auf die Beine, die, wie bei Weißwölfen üblich, recht kurz waren, und sah Kineth an.

»Ich frage mich, was die Ankunft der Nordländer noch mit sich bringt.« Kineth kraulte den Wolf unter den Lefzen. »Ich habe jedenfalls kein gutes Gefühl bei der Sache. Kannst du das verstehen?«

Tynan entzog sich seinem Herrn und schüttelte sich den Regen aus dem nassen Fell.

»Verstehe. Es ist dir ganz einerlei. Schön, dann ab mit uns ins Trockene.«

Kineth stand auf und ging Richtung Dorf. Tynan folgte ihm in gemächlichem Trott.

In der Festhalle roch es noch immer nach gebratenem Rentierfleisch und verbranntem Holz. Caitt hatte sich nach der Feuerbestattung hierher zurückgezogen. Nun hockte er auf einem Fell, das auf dem gestampften Erdboden lag, und schärfte träge sein Schwert mit einem Schleifstein, als der Türvorhang zur Seite gerissen wurde und Ailean wutentbrannt hereingestürmt kam. Caitt hatte sie schon früher erwartet. Er wusste, was kommen würde.

»Warum hast du das befohlen?«, schrie sie.

»Die kleine Ailean. Immer auf der Seite der Schwachen.« Er sah seine Schwester nicht an, sondern schliff mit aufreizender Ruhe sein Schwert weiter.

Ailean wischte sich die regennassen Locken aus dem Gesicht und riss sich mit Mühe zusammen. Sie kannte die Spielchen ihres Bruders. »Nun?«

»Warum bist du so erzürnt? Du kennst die Antwort doch bereits.« Caitt legte den Schleifstein beiseite. »Und abgesehen davon, dass wir es uns nicht leisten können, noch ein weiteres hungriges Maul zu füttern – er war keiner von uns, genauso wenig wie jene, die du gestern der Reihe nach abgestochen hast.«

»Ganz genau, Bruder, das war er nicht! Und das ist auch der Grund, warum ich weder Vaters Entscheidung noch dein Handeln verstehen kann.« Sie ging um Caitt herum und setzte sich auf eine Truhe. »Wir leben hier am Rande der Welt, abgeschnitten von allen anderen Völkern. Unsere Ernten reichen kaum aus, um uns zu ernähren. Wir können keinen Handel treiben, weil wir keine seetüchtigen Schiffe haben. Und dem ersten Mensch, der sich zu uns her verirrt, den wir befragen könnten, wie es denn da draußen in der Welt zugeht, dem jagen wir einen Pfeil in den Schädel? Verdammt nochmal!«

»Und um ihn zu befragen, hättest du ihn bei uns wohnen lassen?«

»Ja, warum denn nicht?«

»Damit hättest du vielleicht das ganze Dorf krank gemacht.«

»Ach was! Gair hat die ganze Zeit neben ihm gehockt, und es geht ihm bestens.«

»Noch.« Caitts Stimme klang gereizt. »Hast du dir die Kranken angesehen? Willst du, dass wir alle so enden?«

»Ich will, dass wir etwas über die Welt erfahren.«

»Das werden wir, denn das Schiff haben wir ja nicht verbrannt.«

Ailean stieß einen frustrierten Seufzer aus. Natürlich wusste sie, dass sie keinen Platz für einen unnützen Esser hatten. Aber sie hätte einfach gern den Geschichten aus der Fremde gelauscht.

»Und um das Ganze zu beenden«, sagte Caitt und begann wieder sein Schwert zu schleifen, »Befehl ist Befehl! Das gilt für uns alle. Wenn du dich beschweren willst, beschwer dich bei Vater.« Er grinste breit.

Ailean stand auf, ging zu ihrem Bruder und tätschelte ihm herausfordernd die Wange. »Vielleicht tu ich das.« Sie lächelte und ging Richtung Tür. »Und vielleicht stellt sich dann heraus, dass du seine Befehle nur mal wieder falsch verstanden hast.« Sie sah mit Befriedigung, dass sein Gesicht dunkelrot vor Zorn wurde, und verließ die Halle.

Nachdem es zu regnen aufgehört hatte, zog sich Kineth ein trockenes Gewand an und ging erneut zum Drachenboot hinunter. Tynan lief neben ihm durchs nasse Gras und hielt unablässig Ausschau nach Wühlmäusen oder sonstiger Nahrung.

Als sie über die Hügelkuppe kamen, sah Kineth, wie einige der Kinder wild um das Schiff herumliefen. Sie hatten sich aus Holzstückchen kleine Schiffe gebaut und spielten nun mit ihren Holzschwertern die Eroberung fremder Länder. Ein paar Bauern legten gerade die sterblichen Überreste der verbrannten Nordmänner in Körbe aus Birkenholz und luden diese dann in ein Fischerboot, um sie weiter draußen ins Meer zu werfen – so hatten sie es gestern auch mit den erschlagenen Kriegern getan. Denn trotz der spätsommerlichen Wärme war der Boden bereits ab drei Fuß Tiefe steinhart, und ein Feind hatte sich die Mühsal eines ausgehobenen Grabes nicht verdient, wie Brude und die anderen Dorfältesten beschlossen hatten. Beacán, Kineth und einige andere waren nicht dieser Meinung gewesen, konnten sich aber nicht durchsetzen.

Die Bauern verluden den letzten Korb, zwei Mann stiegen ins Boot und ruderten los. Neben dem Schiff der Nordmänner wirkte das Fischerboot wie ein verkrüppelter Zwerg, dachte Kineth, besonders deshalb, weil das kleine Boot aus Planken unterschiedlicher Größe zusammengezimmert war – den Überbleibseln der Schiffe ihrer Vorfahren, mit denen sie hier gelandet waren.

Tynan erkannte jetzt Ailean, die beim Drachenboot neben Caitt und Gair stand. Das Tier setzte sich in Bewegung und lief auf sie zu. Sie konnte gerade noch in die

Hocke gehen, als der Wolf sie auch schon ansprang und sie beinahe umgerissen hätte.

»Da ist ja mein kleiner Schneehase wieder!« Liebevoll kraulte sie Tynan am Kopf und unter der Schnauze.

Caitt, der daneben stand, machte einen Schritt zur Seite. Er hatte einen gesunden Respekt vor Wildtieren und machte keinen Hehl daraus.

»Schau, wer auch da ist«, sagte Ailean, die Caitts Reaktion bemerkt hatte. »Der liebe Caitt.«

Tynan knurrte, und Caitt packte unwillkürlich den Griff seines Schwerts, ließ es aber wieder los, als Kineth hinzukam. »Halt deine Felldecke auf Abstand, Bruder.«

»Worauf warten wir?« Es war Unen, Sohn des Gest, der mit seiner tiefen Stimme die Frage stellte. Unen war fast doppelt so alt wie Kineth, konnte im Kampf aber trotzdem immer noch mithalten. Er überragte alle leicht um einen Kopf, sein weißgraues, verfilztes Haar stand wirr ab, dafür war sein Vollbart kurz und gepflegt. Die Falten in seinem Gesicht zeugten von schmerzlichen Erlebnissen, und sie waren seit dem Jahr, als seine Frau und seine drei Kinder starben, immer tiefer geworden. Trotzdem leuchteten unter buschigen Brauen gütige blaue Augen hervor. Die Leute im Dorf mochten seine ruhige Art und nannten ihn nicht nur wegen des Kragens aus Bärenfell, den er das ganze Jahr über trug, Mathan – den »Bären«.

Caitt sah Kineth düster an. »Jetzt, wo wir endlich vollzählig sind, auf nichts mehr.«

Unen nickte, packte eines der Taue, die an der Bordwand herunterhingen, und begann daran hochzuklettern. Kineth nahm ebenfalls ein Tau und tat es ihm nach. Sie hatten gerade das Deck erreicht, als Unen sich zu ihm umdrehte. »Was, wenn wirklich böse Geister auf dem Schiff umgehen?«, fragte er mit leiser Stimme.

Kineth betrachtete den Koloss von einem Mann. »Mathan, mein Freund, jeder Geist, der dich erblickt, macht sich sofort aus dem Staub.« Er klopfte dem Riesen auf die Schulter und ging zum Bug.

Wo die Siechen gelegen hatten, waren die dunklen Holzplanken auffallend verfärbt. Wahrscheinlich waren die Kranken nicht mehr in der Lage gewesen, ihre Notdurft über der Bordwand zu verrichten, dachte Kineth.

Dann ging er langsam Richtung Heck und sah sich um. Neben den Rudersitzen waren die Riemen verstaut. Sie war aus Kiefernholz, gehobelt und geteert und alle noch intakt. Die Riemenlöcher, die in die oberste, besonders verstärkte Plankenreihe geschnitten waren, waren mit Riemenklappen verschlossen. Die Nordmänner mussten also mit viel Rückenwind im Segel eingelaufen sein.

Hier im Heck waren einige Fässer vertäut. Kineth öffnete die Holzdeckel und sah hinein: In einem war Mehl gelagert, in anderen Butter sowie getrockneter Heilbutt. Daneben standen Truhen, die mit gepökeltem Fleisch gefüllt waren, und einige Eimer.

»Das Schiff sieht seetüchtig aus!«, rief Ailean aufgeregt.

Kineth drehte sich zu ihr um. »Ja. Aber ohne diesen Sólarsteinn, von dem der Alte gesprochen hat, ist es offenbar nicht zu navigieren. Also, halt die Augen offen!«

»Und wie sieht er aus?«

Kineth zuckte mit den Schultern. Wenn er ehrlich war, hatte er keine Ahnung.

Caitt, der mit Gair ebenfalls an Deck gekommen war,

suchte unter dem Segel, das zusammengelegt an Deck lag, fand aber nichts. Allerdings fielen ihm viele Risse zwischen den einzelnen vernähten Stoffbahnen auf, die aus blau und grün gefärbter Wolle bestanden. Gemeinsam mit Unen packte er es, warf er es von Bord und rief zu den Bauern, die noch beim Schiff standen: »Lasst es flicken! Es wird noch einiges aushalten müssen!«

Als die Flut kam, geriet das Drachenboot in Bewegung, schwankte leicht hin und her. Kineth saß auf einer Planke am Heck. Er hatte die Suche nach dem Stein unterbrochen und genoss das Rauschen der Brandung und das Knarren der Planken.

»Hier ist was!«, rief Ailean, während sie am Bug unter einen Rudersitz kroch und mit der Hand etwas ertastete.

Unen und Caitt eilten zu ihr, Kineth erhob sich ebenfalls und ging zu ihnen.

Ailean sah zu ihnen auf. »Das hatte sich unten verkeilt.« Triumphierend präsentierte sie ihnen eine kleine, mit kunstvollen Schnitzereien verzierte und mit eisernen Beschlägen versehene hölzerne Schatulle.

Caitt nahm ihr die Schatulle aus der Hand und öffnete sie. Drin lag ein viereckiger Gegenstand, groß wie eine Hand und in Filz eingewickelt.

»Nun mach schon«, sagte Kineth. Alle blickten gespannt, während Caitt das Ding auswickelte. Die Spannung verflog, als ein grober, durchsichtiger Klotz zum Vorschein kam.

»Was ist das?« Caitt sah ratlos zu den anderen.

Kineth nahm den Klotz, hielt ihn sich vors Auge. Er betrachtete Ailean. »Ich kann dich zweimal sehen.«

Unen trat mit ernster Miene vor. Er schnappte sich das Ding, wog es in der Hand. Dann hielt er es gegen den Himmel und sah hindurch. Er bewegte es ein wenig hin und her, und seine Miene erhellte sich. »Ihr Jungspunde habt einfach keine Ahnung. Das ist ein Kristall, einer der legendären Sonnensteine. Damit kann man den Stand der Sonne bestimmen, auch wenn sie hinter Wolken verborgen ist.«

»Also weiß man immer, ob man auf Kurs ist oder nicht«, sagte Kineth nachdenklich.

»Und in der Nacht?« Ailean sah Unen verständnislos an.

»In der Nacht hast du die Sterne, Mädchen.« Unen zwinkerte ihr zu.

Jetzt nahm Caitt den Stein und blickte durch ihn in den grauen Wolkenhimmel, dorthin, wo er die Sonne vermutete.

»Was siehst du?«, fragte Ailean.

»Nur zwei helle Punkte.«

»Nun drehst du den Kristall so lange, bis die zwei hellen Punkte eine Position erreicht haben, in der ihre Leuchtkraft identisch ist.« Unen machte es mit der Hand vor. »Dann zeigt der Kristall genau die Richtung der Sonne an.«

Caitt brauchte einen Moment. Dann zeigte sich ein breites Grinsen auf seinem Gesicht. Er setzte den Kristall ab und wies mit dem Finger in eine Richtung. »Dort sollte die Sonne sein. Wenn Mathan recht hat und uns nicht was vorgaukelt.«

Als stünden die himmlischen Mächte mit Unen im Bund, riss in diesem Augenblick die Wolkendecke auf, und die Sonne kam zum Vorschein – genau dort, wohin Caitt gezeigt hatte.

»Vorgaukeln, was?« Unen schnappte sich erneut den Kristall, wickelte ihn in den Filzlappen und legte ihn in die Schatulle zurück. Er schloss sie und ging damit zur Bordwand. »Ich werde diesen Schatz Brude bringen. Der weiß meine Erfahrungen besser zu schätzen als ihr Haderlumpen.«

Die anderen quittierten dies mit lautem Lachen. Nur Ailean blieb ernst, sie trat nah zu Kineth.

»Bedeutet das, dass wir von hier fortsegeln können?«

Caitt hatte ihre Worte gehört. Er wechselte einen Blick mit Kineth.

»Ja«, antwortete Kineth und sah in die Ferne, »jetzt können wir segeln.«

Die Sichel des Mondes schwamm in einem Lichtermeer aus Sternen und tauchte die Landschaft in ein silbriges Zwielicht. Doch die Menschen auf der Hügelkuppe unweit des Dorfes blickten gebannt auf das Feuer, das die Anwesenden in einen roten Schein tauchte. Es waren vor allem Kinder, Jungen und Mädchen. Ihre Gesichter und Arme waren mit blauen Mustern und Tieren bemalt. Viele hatten kleine Holzschwerter und Schilde neben sich liegen, manche auch selbst gebastelte kleine Schiffe.

Aus ihrer Mitte ragte Brude hervor, mit entblößter Brust, einen Helm auf dem Kopf und sein Schwert in der Hand. Als er sich räusperte, flogen alle Blicke zu ihm. Mit ernster Miene sah das Dorfoberhaupt in die Runde, strich sich über den Bart und wartete geduldig, bis auch das Jüngste der Kinder ihm seine volle Aufmerksamkeit schenkte.

»Es ehrt mich, dass ihr euch alle hier versammelt habt, ihr zukünftigen Krieger, Handwerker und Bauern unseres Volks.« Seine tiefe, durchdringende Stimme ließ die Zuhörer erschauern. »So sagt mir denn, wovon ich euch heute erzählen soll: von den Eisriesen im Norden unserer Insel und wie sie von unseren Vorvätern bezwungen wurden, als diese hier landeten?«

Ein, zwei Kinder nickten schüchtern.

»Oder von Oswald, dem König der Nordumbrier, und wie er gegen den mercischen König Penda fiel, rituell verstümmelt, seine Körperteile auf Speeren aufgespießt und zur Schau gestellt?«

Wieder hielt sich die Zustimmung in Grenzen, einige Kinder schüttelten sogar erschreckt den Kopf.

»Oder von unserem Volk und wie es lebte, bevor wir hierherkamen?«

Kaum hatte er die Worte gesprochen, als die Kinder, zum Zeichen ihrer Zustimmung, schon losschrien. Brude konnte sich ein Lächeln nicht verkneifen. Wie hatte er auch nur für einen Augenblick annehmen können, dass sich die Kinder diesmal eine der anderen Geschichten aussuchen würden? Aber dass er sie fragte, gehörte zum Ritual.

Brude schürte mit seinem Schwert die Glut, dass die Funken in den Nachthimmel stoben. Dann räusperte er sich erneut und begann.

»Vor Hunderten von Jahren, als unser Volk noch in

der alten Heimat lebte, bestand es nicht nur aus diesem Dorf und einigen Dutzend Männern und Frauen so wie heute ...«

»Und Kindern!«, rief ein kleines Mädchen vorlaut in die Runde.

»Und Kindern, ganz recht, kleine Siomha! Wir waren ein großes Volk, ein stolzes Volk, und unser Land reichte so weit, wie das Auge vom höchsten Hügel aus sehen konnte. Die meiste Zeit im Jahr waren die Wiesen saftig und grün, die Erde war fruchtbar und die Wälder dicht und voller Wild. Der Winter war nur von kurzer Dauer und nicht so kalt wie hier. Überall im Land gab es Steinbrüche, um Brücken, Häuser, ja sogar Festungen zu errichten. Und das Vieh war artenreich und wohl genährt.«

Brude blies die Backen auf, die Kinder lachten.

»An drei Seiten war unser Reich von Wasser umgeben, es bot uns Schutz und Nahrung zugleich. Nur im Süden grenzte unser Königreich an andere Völker, die Dalriader und die Nordumbrier. Mit ihnen trieben wir Handel oder ...«, Brude hob sein Schwert, »... führten Krieg. Nur die Tapfersten der Tapfersten konnten sich behaupten und gingen gestärkt aus den Kämpfen hervor.« Er sah in die Runde. »Wie ist es mit euch? Gehört ihr zu den Tapfersten der Tapferen?«

Die Kinder stutzten einen Moment, dann packten sie ihre Holzschwerter und Schilde und stießen – Jungen wie Mädchen – ein markerschütterndes Kriegsgeheul aus. Brude stimmte in ihren Schrei mit ein.

Dann senkte er sein Schwert und rammte es neben dem Feuer in den Boden.

»Doch dann, eines Tages, kam ein anderes Volk«, fuhr

er fort, »das unsere Nachbarn im Süden schlug und unterwarf. Dieses Volk war ein Volk der Schreiber. Diese Leute hielten alles auf Stoff fest, weil sie sich nichts merken konnten. Sie gaben uns einen Namen, nannten uns *picti* – die Bemalten. Selbst waren sie jedoch zu wehleidig, um sich auch mit solchen Bildern zu schützen und zu stärken.«

Brude schlug sich auf die Brust, dort, wo das Piktische Tier seine Haut zierte. Die Kinder starrten voller Bewunderung hin, und einige überprüften, ob die blauen Linien und Kreise, die sie auf ihre Arme gemalt hatten, nicht verwischt waren.

»Sie selbst nannten sich *romani*, und ihre Soldaten trugen goldene Rüstungen und große Schilde und Speere. Aber sie liefen nicht wie Krieger, sondern gingen ›in Reih und Glied‹, so nannten sie es – wie Gänse im Gleichschritt. Ich frage euch: Wer zieht schon im Gänsemarsch in den Kampf?«

Die Kinder lachten bei der Vorstellung von den Gänsen, die in den Krieg zogen.

Brude nickte zufrieden. »Und deshalb haben sie uns auch nicht bezwingen können. Im Gegenteil. Als sie nicht mehr weiter wussten, bauten sie eine Mauer, quer durchs ganze Land, so viel Angst hatten sie vor uns! Sie zerteilten ihre Gold- und Silberteller und bezahlten uns damit, auf dass wir sie in Frieden leben ließen.«

Brude machte eine herablassende Geste. Wieder lachten die Kinder.

»So plötzlich, wie sie gekommen waren, so plötzlich waren sie wieder verschwunden. Unser Volk aber blieb und trotzte seinen Feinden.«

Atemlos hingen die Kinder an seinen Lippen, als Brude erzählte, wie sie sich gegen die Angelsachsen und dann gegen die Nordmänner verteidigt hatten. Den Kindern schien es, als ob Bilder im Funkensturm aufstiegen, so lebendig erzählte das Dorfoberhaupt. Sie sahen den legendären König Uuen vor sich, der nahe der sturmumtosten Küste gegen eine Übermacht kämpfte und diese in blutigem Kampf bezwang. Und wie hinter ihm plötzlich eine Flotte von Wikingerschiffen aus dem Nebel auftauchte.

»Erst als König Uuen im Kampf gegen die Nordmänner feige verraten wurde, fiel er.« Brude seufzte tief. »Und so endete die Herrschaft unseres Volkes. Nach Uuens Tod ergriffen die ruchlosen Skoten, angeführt von dem Sohn des Alpin, die Gelegenheit und eroberten unser Reich. Wir wurden gnadenlos gejagt, der Feind kannte kein Erbarmen, weder mit Männern noch mit Frauen.«

Brude zog das Schwert aus dem Boden und zeigte in die Runde.

»Noch mit Kindern.«

Bei diesen Worten ging ein Raunen durch die Schar.

»Um der völligen Auslöschung zu entgehen, beschlossen unsere Vorfahren, die alte Heimat zu verlassen. Und so sind die wenigen Überlebenden hierher gesegelt und haben eine neue Heimat gegründet. Für uns alle.«

Brude verstummte. Das Prasseln des Feuers schien lauter als zuvor.

Dann waren Schritte zu hören, die sich dem Feuer näherten. Iona trat aus der Dunkelheit hervor, sie hatte Nechtan im Arm. »Deine Erzählungen werden von Mal zu Mal spannender«, sagte sie und lächelte die Kinder an. »Aber jetzt es ist schon spät.«

Brude wandte sich an die Kinder. »Ihr habt es gehört. Geht jetzt nach Hause, damit ihr morgen ausgeruht die nächste Schlacht schlagen könnt!«

Die Kinder sprangen auf und rannten laut grölend hinunter zum Dorf.

Iona gab ihrem Mann einen Kuss. »Wirst du nicht müde, ihnen immer wieder die gleiche Geschichte zu erzählen?«

»Nicht solange sie nicht müde werden, mir zuzuhören…«, erwiderte Brude und klopfte mit der Handfläche auf den Platz neben sich. Iona setzte sich, Brude legte ein Fell über ihre beiden Schultern.

»Es heißt, Ailean hätte heute auf dem Schiff etwas gefunden, womit man weit aufs offene Meer hinausfahren kann.«

Brude nickte. »Ja, einen Sonnenstein. Mathan hat ihn mir gebracht.«

Iona öffnete den Mund, um etwas zu sagen. Schloss ihn dann aber wieder.

»Liebes?« Brude sah seine Frau an.

Iona seufzte. »Das Leben hier ist hart«, sagte sie leise, »aber es ist zumindest eines, bei dem wir nicht in ständiger Angst vor Überfällen leben müssen.« Brude wollte etwas einwenden, aber Iona kam ihm zuvor. »Ich weiß, was du sagen willst. Ja, unser Volk hat einst regen Handel getrieben, und hier müssen wir mit dem leben, was uns geblieben ist, ich weiß…« Sie deutete auf ihren kunstvoll gearbeiteten goldenen Halsschmuck. »Eine Pfeilspitze aus Eisen für die Jagd ist mehr wert als das hier.«

Iona legte den Kopf auf die Schulter ihres Mannes. Beide schwiegen, sahen hinab zu den Hütten, die still unter dem Sternenhimmel lagen. Die letzten Holzscheite knackten im Feuer.

Schließlich sah Iona ihrem Mann in die Augen, die müde wirkten. »Wie hast du entschieden?«, fragte sie.

Bailey blickte starr vor sich hin, als er antwortete. »Noch habe ich gar nichts entschieden.«

Die Kammer war eng und finster, die Luft darin voll Rauch. Auf dem grob gezimmerten Bett waren mehrere Felle ausgebreitet. Eine Frau lag darauf, in einem einfachen, grob gewebten Kleid, Schweiß auf der Stirn, die Augen im totenblassen Gesicht im Fieberwahn verdreht – Eibhlin, die Mutter des kleinen Nechtan. Immer wieder stöhnte sie laut, ihre Hände waren in die Felle verkrallt, als gälte es, ihr Leben festzuhalten.

Brude betrat die Kammer. Er verharrte einen Augenblick vor dem Bett und betrachtete bekümmert seine kranke Schwester, dann setzte er sich zu ihr. Sanft nahm er ihre Hand, die in seiner großen Pranke fast verschwand. Dann strich er ihr über die schweißnasse, glühende Stirn.

»Wie geht es dir?«, fragte er leise.

Eibhlin öffnete die Augen. Sie erkannte ihren Bruder und lächelte gequält.

Brude wartete keine Antwort ab. »Ailean hat einen Stein auf dem Schiff der Nordmänner gefunden«, fuhr er fort und versuchte aufmunternd zu klingen. »Sie nennen ihn einen Sonnenstein. Mit ihm soll es möglich sein, die offene See zu überqueren.«

Seine Schwester versuchte zu sprechen, brachte jedoch keinen Laut heraus. Brude nahm einen Becher mit Wasser, stützte Eibhlins Kopf und gab ihr zu trinken.

»So ist gut. Du musst trinken, hörst du?«

Eibhlin lehnte sich zurück und nickte tapfer. Nach einer Weile begann sie sich den Unterleib zu kratzen, erst vorsichtig, dann immer stärker, bis Brude sie am Arm packte.

»Hör auf damit! Sonst heilt die Wunde nie«, rief er aus. Seine Stimme war voller Sorge.

Bei der Geburt von Nechtan hatte es Probleme gegeben. Das Kind lag schief im Mutterleib. Die Frauen, die bei der Geburt halfen, hatten das Kind schließlich mit einem Schnitt aus dem Bauch der Mutter geholt. Eibhlin hatte viel Blut verloren, mehr, als es der ohnehin schon hageren Frau zuträglich gewesen war. Seither lag sie im Fieber, und die Wunde verheilte nur äußerst langsam. Immerhin – dass sie jetzt juckte, war ein gutes Zeichen. Man musste Eibhlin nur daran hindern, zu kratzen.

»Es ist gut, lass mich los«, sagte Eibhlin mit schwacher Stimme. Ihr Bruder tat, wie ihm geheißen. »Was ist mit dem Schiff?«

Brude blickte sie nachdenklich an. »Wie gesagt, mit dem Schiff und dem Sonnenstein hätten wir jetzt zum ersten Mal die Möglichkeit, Innis Bàn zu verlassen.«

»Du willst fort von hier? Aber wohin denn? Hier ist unser Zuhause. Wir wurden hier geboren, wie unsere Vorfahren ...« Eibhlin hustete. »Warum sollten wir alles zurücklassen? Und was wird aus den Kindern, was aus den Alten und Schwachen?«

Brude schwieg.

»Was wird aus Nechtan? Willst du einen Säugling mit aufs Meer nehmen?« Sie stutzte. »Du ... du willst uns doch nicht hier zurücklassen, oder?«

Brude strich Eibhlin über die Wange. »Natürlich nicht.«

Iona betrat die Kammer, Nechtan im Arm. »Er hat sich richtig satt getrunken. Der Kleine will ein kräftiger Herrscher werden, das ist sicher.« Sie blickte auf Eibhlin, die ihre Augen wieder geschlossen hatte. »Worüber habt ihr gesprochen?«

»Über dies und das. Du weißt ja, wie es ihr geht«, antwortete Brude und erhob sich. »Sie fiebert noch immer. Aber ich glaube, die Wunde verheilt endlich.«

Iona lächelte ihren Mann kurz an, dann drehte sie sich um und verließ die Kammer. Sie wusste, dass er sie belogen hatte.

Der Walrossbulle stieß einen grunzenden Laut aus. Er hob seinen massigen Kopf und sah sich um. Er war über zehn Fuß lang, seine gelblich braune Haut deutete darauf hin, dass er bereits Dutzende Jahre alt war.

Moirrey und Flòraidh, die hinter einem Felsen kauerten, nahmen je einen Pfeil aus ihren Köchern und nockten ihn in die Sehne ihres Bogens. Sie waren aufgeregt, denn selten entfernte sich ein solch prächtiges Tier so weit von der Gruppe. Und wenn man sich den Plätzen näherte, auf denen sie in der Sonne schliefen, schlug unweigerlich eines von ihnen Alarm. Noch bevor der erste

Pfeil sein Ziel erreichte, waren die meisten Robben bereits ins Wasser geglitten.

Die Jagd auf jene weißen Bären, die auf Eisschollen lagen, hatten sie seit Langem aufgegeben. Auch wenn man sie traf, blieben sie nicht liegen, sondern glitten mit letzter Kraft ins Wasser und rissen die wertvollen Metallspitzen der Pfeile mit in den Abgrund.

Moirrey und Flòraidh blickten zu Bree, die in einiger Entfernung hinter einem Rauschbeerenstrauch hockte. Sie aß genüsslich die süßen Beeren, während sie auf ein Zeichen von Unen wartete, der auf einer Anhöhe im Gras lag.

Unen hatte zuvor die Lage geprüft und sich vergewissert, dass keine Raubtiere in der Nähe waren. Er machte ein schnalzendes Geräusch mit der Zunge.

Bree blickte nach vorn, visierte den Bullen an, den das Geräusch nicht alarmiert hatte. Auch wenn diese Tiere an Land schwerfällig und langsam wirkten, wusste sie, wie gefährlich ein wütendes oder verletztes Walross sein konnte. Sie hielt die Luft an, dann nickte sie den beiden jungen Frauen zu.

Moirrey und Flòraidh standen auf, spannten ihre Bögen, schossen und griffen den nächsten Pfeil. Bevor das erste Geschoss sein Ziel erreicht hatte, folgten ihm bereits zwei weitere.

Der Walrossbulle hatte keine Chance. Noch bevor er Witterung aufnehmen konnte, trafen ihn die Geschosse in Leib und Kopf. Er bäumte sich auf und schnaubte laut, dann bewegte er sich in Richtung Wasser. Aber der Weg war zu weit, nach kurzer Zeit verließen ihn die Kräfte. Der Jäger war zur Beute geworden.

Die Krieger liefen auf ihn zu, Bree und Unen hatten zur

Sicherheit ihre Schwerter gezückt. Fünf Pfeile hatten getroffen, Moirrey zog den sechsten aus dem torfigen Boden und hielt ihn Flòraidh hin.

»Deiner«, sagte sie triumphierend.

Die große Kriegerin mit den blonden Haaren lächelte wissend. »Nein, kleine Mally, den hast du verschossen. Meinen habe ich mit einer Kerbe markiert.«

Moirrey prüfte den Pfeil, dann verzog sie das Gesicht und schob den Pfeil in ihren Hüftköcher zurück.

»Gräm dich nicht, du lernst es schon noch.« Flòraidh grinste und tätschelte ihr die Wange. Moirrey stieß die Hand trotzig weg.

»Er lebt noch«, stellte Bree fest.

Unen blickte einen kurzen Moment lang auf das Ungetüm, das nur mehr schwach schnaubte. Er erhob das Schwert.

»Ich mach das«, sagte Bree und trat neben das Walross.

»Pass auf, das ist –« Weiter kam Unen nicht. Blitzartig schlug das Walross mit seiner rechten Flosse aus und fegte Bree zu Boden. Im gleichen Augenblick stieß Unen sein Schwert tief in den Nacken des Tieres, das endgültig erstarrte.

»Bree!« Moirrey kniete sich zu ihrer Schwester, die bewegungslos dalag. Aber zum Glück hatte sie sich nur die Stirn blutig geschlagen, sonst fehlte ihr nichts. Stöhnend rappelte sie sich auf, Moirrey stützte sie.

»Manchmal frage ich mich, ob ihr mir überhaupt zuhört, wenn ich euch etwas erkläre!«, sagte Unen wütend. »Bogenschützen setzen erst ab, wenn das Tier erlegt worden ist.«

»Ja, Mathan«, antworteten Moirrey und Flòraidh schuldbewusst.

»Und niemals stellt man sich auf die rechte Seite eines Walrosses, verflucht nochmal.«

»Ja, Mathan«, sagte auch Bree und schüttelte Moirreys Hand ab. Für einen Moment schwankte sie leicht, dann stand sie gerade.

»Wenn diese Tiere zuschlagen, dann mit der rechten Flosse. Nur sich vor die Stoßzähne zu stellen, wäre noch dümmer.« Unen zog sein Schwert aus dem Tier, seine Stimme wurde sanfter. »Was gebrochen?« Bree schüttelte den Kopf und wischte sich das Blut von der Stirn.

»Wenn du Glück hast, bleibt dir eine hübsche Narbe«, fuhr Unen fort und wischte sein blutiges Schwert im Gras ab. »Ich hol den Karren. Zerteilt das Tier schon mal, als Ganzes werden wir es nicht mitnehmen können.«

Während sich Unen entfernte, umstanden die drei Frauen ihre Beute.

»Verdammtes Vieh«, schimpfte Bree und gab dem Walross einen Tritt. Sofort strahlten Knöchel und Schienbein einen pulsierenden Schmerz aus.

»Ich kann es verstehen«, sagte Flòraidh. »Ich würde mich auch bis zum letzten Atemzug wehren.« Sie schnallte sich den Bogen um, zückte ihr Kurzschwert und begann, dem Walross die hintere Flosse abzuhacken.

Moirrey zog ebenfalls ihr Schwert und half Flòraidh. »Dieser Stein, den Caitt da gefunden hat ... Ob man damit wirklich aufs offene Meer hinaussegeln kann?«

»Soweit ich weiß, hat Ailean ihn gefunden«, erwiderte die blonde Kriegerin. »Aber wie soll das gehen? Wenn man auf See ist und kein Land mehr sieht, hilft einem auch ein Stein nicht weiter. Dann ist man schneller am Ende der Welt angekommen, als einem lieb ist.«

»Ailean hat den Stein aber nicht zu Brude gebracht, sondern Mathan«, stelle Bree richtig und rieb sich das Schienbein.

»Dann sollten wir vielleicht Mathan fragen, wenn er mit dem Karren zurückkommt?«, sagte Moirrey spitz.

»Frag ihn ruhig, kleine Schwester«, entgegnete Bree gereizt, »aber er wird dir wohl das Gleiche erzählen wie mir. Dass es an Brude ist, eine Entscheidung zu treffen.«

»Und wenn ich Mathan ganz nett frage?«

Bree schlug ihrer Schwester das Schwert aus der Hand. »Dann bist du nachher so klug wie zuvor, nur um eine Erfahrung reicher – oder einen Kopf kürzer.«

Moirrey funkelte ihre Schwester an. Flòraidh beobachtete das Geschehen amüsiert. Die beiden Breemally-Schwestern, wie sie im Dorf genannt wurden, lagen sich entweder in den Haaren oder waren ein Herz und eine Seele. Dazwischen schien es nichts zu geben.

»Wenn du noch einmal meine Waffe schlägst, dann –« Moirrey ergriff ihr Schwert und streckte es ihrer Schwester entgegen.

»Was dann?« Bree machte sich den Hals frei und drückte ihn gegen die Schwertspitze. Ein winziger Tropfen Blut trat unter der Spitze hervor.

Das Grinsen auf Flòraidhs Gesicht verschwand. Das war kein harmloses Geplänkel mehr, das war ernst. Einen Moment lang herrschte absolute Stille, dann schien ihr das Rauschen des Windes, der über die Grashügel strich, ohrenbetäubend.

»Kann ich euch bei etwas behilflich sein?«, rief Unen

ächzend, während er den kleinen Wagen über die bucklige Graslandschaft zog. Die Schwestern blickten gleichzeitig zu dem schwitzenden und keuchenden Mann und konnten sich ein Lachen nicht verkneifen – der Koloss von Mann und das kleine Gefährt, das sich ihm auf dem buckeligen Gelände zu widersetzen schien wie ein störrisches Tier, gaben ein heiteres Bild ab.

»Es freut mich, wenn ich die Menschen zum Lachen bringe«, sagte Unen und stellte den Wagen neben ihnen ab. »Aber noch mehr würde es mich freuen, wenn das Walross bereits zerteilt wäre.«

Mit bedächtigem Schritt ging Kineth durch das Dorf auf die Festhalle zu. Rund um ihn herrschte reges Treiben, denn die einzelnen Handwerker hatten in dem Augenblick ihre Arbeit aufgenommen, als Unen und die Kriegerinnen das Walross ins Dorf gekarrt hatten. Kineth hatte mitgeholfen, die Haut, die teilweise vier Finger dick war, vom Fettgewebe zu trennen. Dann hatten er und Éimhin, ein kraftlos wirkender Bursche, der erst vor Kurzem das Mannesalter erreicht hatte, die kurzen stoppeligen Haare abgeflämmt. Danach hatten sie die Haut vor die Hütte des Gerbers gehängt, der sie mit Rauch und Tran zu Leder verarbeiten würde.

Es gefiel Kineth, wenn das ganze Dorf mit einer Sache beschäftigt war. In solchen Momenten fühlte er sich wie in einer einzigen großen Familie. Aus den Hütten hämmerte, schabte, klopfte und brutzelte es. Das Fett war gesammelt worden und wurde nun gepresst oder ausgeklopft, um daraus Tran zu gewinnen, der hauptsächlich als Lampenöl und zum Heizen verwendet wurde. Gedärm und Innereien wurden zu Essen verarbeitet. Das Fleisch wurde von den Knochen gelöst und gemeinsam mit den Flossen in die Erde eingegraben, wo es monatelang haltbar blieb und einen köstlichen, geradezu berauschenden Geschmack entwickelte. Die Knochen wurden schließlich als Baumaterial verwendet und aus den Stoßzähnen Kämme, Schmuck und Spielzeug gefertigt.

Eine Schar schreiender Kinder, die ihn beinahe umgelaufen hätte, riss Kineth aus seinen Gedanken. Das Erste der Kinder hielt einen kleinen Knochen des Walrosses in die Luft, wie eine Trophäe, die es ergattert hatte. Die anderen Kinder liefen ihm lachend hinterher.

Wenige Schritte von der Festhalle entfernt, empfing ihn ein vertrauter, süßlich metallischer Geruch. Tynan tauchte zwischen zwei Hütten auf und gesellte sich zu ihm. Er leckte sich die sonst weiße Schnauze, die jetzt rot von Blut war.

»Na, warst du wieder bei Lair betteln?« Kineth sah in eine der Hütten, in der in einem Kessel das Blut des Walrosses gekocht und zu Wurst verarbeitet wurde. Lair, die Köchin, lächelte ihn verschwitzt an, ohne das Rühren mit einem großen Holzspaten zu unterbrechen. »Ich danke dir«, sagte Kineth.

»Tynan kann ich nun mal nichts abschlagen!«, rief sie fröhlich heraus.

Kineth kraulte dem Wolf kurz den Kopf und lächelte ihr zu.

Und so manchem Manne auch nicht, wie man weiß.

Am Eingang zur Festhalle blieb er kurz stehen und sah in den Himmel. Nicht mehr lange, und die Nacht würde hereinbrechen.

Eine Nacht näher dem Winter.

Kineth hasste die finstere Zeit, in der man zur Tatenlosigkeit verdammt war, wenn sich draußen der Schnee türmte und die Kälte jede Bewegung zur Qual machte. Die Dunkelheit schlug den Menschen aufs Gemüt, machte sie mürrisch und reizbar.

Zumindest machte sie *ihn* mürrisch und reizbar.

Kineth nahm noch einen tiefen Atemzug, dann betrat er die Halle.

Brude, Sohn des Wredech, saß auf seinem Thron, die Schwertspitze am Boden, den Knauf in der rechten Hand. Zu seiner Linken hatte sein Weib Platz genommen. Zur Abwechslung einmal nicht mit dem Kind in den Armen, wie Kineth bemerkte.

Rings um den Thron saßen die Krieger der Garde auf Fellen, hinter ihnen alle anderen Krieger. Dann kamen die Bauern und Handwerker, die nicht gerade mit der Verarbeitung des Walrosses beschäftigt waren. Stimmengewirr erfüllte den Raum.

»Ist der verlorene Sohn endlich zurückgekehrt!«, rief Caitt dem Neuankömmling spöttisch entgegen und erntete einige verhaltene Lacher.

Kineth tat, als habe er nichts gehört, ging zur Mitte des Raums und nahm seinen Platz in den Reihen der Garde ein. Tynan rollte sich neben ihm zusammen.

Brude hob die linke Hand, das allgemeine Gemurmel verstummte. Er überdachte nochmals in aller Kürze, was er vorhatte zu sagen. Er wusste, dass er sein Volk immer nach bestem Wissen und Gewissen geführt hatte, Zögern kannte man von ihm nicht. Warum sollte er ausgerechnet heute damit anfangen? Und doch –

»Wie ihr alle wisst«, fing er an, »sind vor einigen Tagen Nordmänner an unserer Küste gestrandet. Sie dachten, sie hätten leichtes Spiel mit uns.« Er grinste. »Das war ein Irrtum.«

Die Krieger johlten zustimmend.

»Ein Irrtum, der uns ein Geschenk eingebracht hat. Ein Schiff, ähnlich wie jene, mit denen unsere Vorväter einst dieses Eiland erreicht haben. Auf ihrer Flucht vor einem Feind, von dem es hieß, er sei unbesiegbar.«

»Ich dachte, wir erfahren hier was Neues«, flüsterte Moirrey ihrer Schwester zu. Bree gab ihr mit einer unwirschen Handbemerkung zu verstehen, dass sie schweigen solle.

»Wie es heute, drei Generationen später, in unserer ehemaligen Heimat aussieht – wir wissen es nicht«, fuhr Brude fort. »Denn bisher war nicht daran zu denken, den Weg übers Meer, zurück in die alte Heimat, zu wagen.« Er machte eine bedeutungsschwangere Pause. »Doch jetzt hat sich die Situation geändert. Meine Tochter Ailean hat auf dem Schiff der Nordmänner etwas gefunden – einen Sonnenstein.«

Brude faltete das Filztuch auseinander, das auf seinem Schoß lag, und hielt den Kristall in die Höhe. Ein Raunen ging durch die Menge. Brude blickte zu Unen, der ihm aufmunternd zunickte. »Dieser Kristall, so man ihn kundig zu verwenden weiß, ermöglicht es einem Seemann, selbst bei dichter Wolkendecke sicher zu navigieren.«

Brude zögerte. »Nun, es gibt einige unter uns, die der Meinung sind, dass wir es mit seiner Hilfe schaffen könnten...«

Jubel brauste auf, Hochrufe ertönten, alles redete aufgeregt durcheinander.

Brude hatte erwartet, dass sein Volk davon begeistert sein werde. Dass man ihn für die kühne Entscheidung lieben, ja vergöttern würde, und dass sein Name in die Chroniken als der eingehen würde, der alles gewagt und alles gewonnen hatte. Er hob erneut die Hand und wartete, bis die Menge wieder ruhig geworden war. Er schluckte schwer, denn umso härter fiel es ihm jetzt, sein Volk zu enttäuschen.

»Ich weiß, ihr seid der langen Winter überdrüssig, der Kälte und der Entbehrungen. Seid es leid, dem harten Boden mühsam karge Ernten abzuringen. Jeder von euch würde lieber heute als morgen ein Schiff besteigen, wenn es ihn in wärmere Gefilde tragen würde. Das versteh ich nur zu gut. Aber ich frage euch: Wohin genau wollt ihr segeln?«

Die Stille war vollkommen. Niemand rührte sich.

»Wisst ihr, auf wenn ihr in der alten Heimat treffen werdet? Die Skoten? Die Nordmänner? Oder sind gar die Romani zurückgekehrt? Ihr wisst es nicht, und ich weiß es auch nicht. Ich weiß nur, dass wir hier etwas geschaffen haben, das uns ein Überleben ermöglicht. Und dass wir den Feind, so denn einer kommt, nicht zu fürchten brauchen. Denn hier sind wir zu Hause, hier kennen wir jeden Flecken.«

Kineth und Caitt sahen sich an. Beide zögerten, obwohl ihnen bewusst war, dass jetzt womöglich der beste

Zeitpunkt war, das Geheimnis, das sie seit ihrer Kindheit teilten, zu offenbaren. Das Geheimnis, dass dort draußen –

Brude holte tief Luft. »Darum sage ich euch, es ist besser zu halten, was man hat, als zu riskieren, dass man alles verliert!«

Kineth und Caitt schwiegen, die Gelegenheit war verflogen.

Unruhe machte sich in der Halle breit. Brude wusste, dass seine Leute sich beweisen und für die ihren etwas Neues, etwas Besseres schaffen wollten. Und er wusste auch, dass er seinen Worten noch mehr Gewicht verleihen musste. »Doch nehmen wir an, wir würden das Boot bemannen und gen Osten segeln. Wie viele würden wir auf die Reise schicken, Unen, Sohn des Gest?«

Unen sah ihn erstaunt an, es hatte ihn schon seit Ewigkeiten niemand mehr mit seinem richtigen Namen angesprochen. »Wie groß die Besatzung sein müsste? Ich würde sagen, so um die vierzig, besser fünfzig Krieger, wenn man sich beim Rudern abwechselt.«

»Fünfzig Männer und Frauen, also«, fuhr Brude fort. »Und natürlich sollten dies nur die Tapfersten und Besten sein, immerhin erwartet man ja einen Feind, den man nicht kennt, richtig?«

Unen nickte.

»Das hieße aber, dass diejenigen, die zurückbleiben, von fünfzig Kriegern weniger verteidigt würden. Was würde mit ihnen das nächste Mal geschehen, wenn Feinde an Land gingen? Und überhaupt: Wie könnt ihr sicher sein, dass Gott euch heil die See überqueren lässt?«

Beacán trat aus dem Schatten hervor und breitete die

Arme aus. »Der Herr gibt und nimmt, aber dem – äh – bußfertigen Manne solle kein Unheil geschehen!«

Unen stand langsam auf, es wirkte, als würde sich ein Bär erheben. Er strich sich kurz über seinen ergrauten Vollbart, der eine breite Narbe an seinem Hals verbarg, dann fixierte er Beacán. »Was genau soll das heißen, Priester? Wann hat dein Herr schon je einen Unterschied zwischen Geben und Nehmen gemacht?«

Brude rollte mit den Augen, Beacán sah sich unsicher um. »Nun – äh – ja, immerhin stehst *du* noch hier, oder?«

»Oh ja, das tue ich.« Unens Stimme wurde lauter. »Anders als mein Weib und meine drei Kinder. Möchtest du vielleicht sagen, dass sie weniger bußfertig waren als ich?«

»Äh – der Herr nimmt zuerst die zu sich, die er – äh – besonders liebt«, stammelte Beacán.

»Also einerseits gewährt dein Herr denen Schutz, die bußfertig sind, aber diejenigen, die besonders bußfertig sind, nimmt er früher zu sich. Willst du das damit sagen?«

»Genug!«, donnerte Brude. »Mathan, lass den Priester in Ruhe, er tut nur sein Bestes.«

»Ja, für seinen Gott.« Unen setzte sich wieder und sah zu Brude auf. »Wir hatten einst die besten Götter. Sie waren hart, aber gerecht, nicht feige und zweideutig. Wenn du wissen willst, welcher Gott versichert, dass wir heil die See überqueren werden, dann antworte ich dir: jeder, nur nicht dieser Gott!«

Brude nickte Unen beschwichtigend zu und deutete Beacán gleichzeitig, in den Schatten zurückzutreten. Der hagere Priester gehorchte, sichtlich erleichtert.

Caitt war der Auseinandersetzung ungeduldig gefolgt und hatte zuletzt kaum noch an sich halten können. Er wollte nicht über Götter streiten, sondern über die einmalige Möglichkeit, die sich ihnen bot. Nun sprang er auf und ergriff das Wort. »Unsere Vorfahren waren sich der Gefahr einer solchen Reise bewusst und haben es trotzdem gewagt!«

»Ganz recht, das haben sie«, erwiderte sein Vater. »Aber nicht weil sie es wollten, sondern weil sie es mussten. Und von den fünfzehn Schiffen, mit denen sie aufgebrochen waren, haben es gerade einmal acht Schiffe hierher geschafft. Acht!« Brude spürte, wie Zorn in ihm aufstieg. Verstand ihn denn niemand? Sogar sein eigener Sohn begehrte gegen sein Urteil auf.

Kineth beobachtete Herrscher und Sohn, während er Tynan hinter den Ohren kraulte. Er musste an einen Ausspruch seines Vaters denken: *Wenn man nur lange genug in der Scheiße hockt, kommt es einem irgendwann vor, als säße man auf Gold.* Wie es schien, sollte er wieder einmal recht behalten.

Ailean stand auf. »Ich weiß nicht, ob es klug ist, das Leben so vieler Menschen zu riskieren. Aber Gott hat uns ein Schiff geschenkt und damit vielleicht einen Weg gewiesen.«

Zustimmende Rufe hallten durch den Raum.

Ein Bauer aus den hinteren Reihen meldete sich zu Wort. »Und niemand unter euch kann leugnen, dass die Winter härter und die Sommer immer kürzer werden. Die Getreideernten gehen zurück und somit auch das Futter für das Vieh im Winter. Ich für meinen Teil habe es gründlich satt, bei Schnee und Eis mit dem Vieh zusammengepfercht unter einem Dach zu hausen, um es im Frühjahr auf Händen auf die Weide zu tragen, weil es nicht mehr allein laufen kann!«

»Ich verstehe eure Einwände«, erwiderte Brude. Er zwang sich, mit ruhiger Stimme zu sprechen. »Aber für wen soll gekämpft und Land erobert werden, wenn hier in der Zwischenzeit alle sterben?«

»Dann hätten es zumindest jene besser, die sich im Kampf bewährt haben«, warf Caitt ein.

»Weise Worte, mein Sohn.« Brude umklammerte den Griff seines Schwertes jetzt so fest, dass seine Knöchel weiß wurden. »Die Worte eines Kriegers. Aber hast du die Bauern gefragt, die zurückbleiben würden? Hier geht es nicht darum, was gut für den Einzelnen ist, es geht darum, was gut für unser Volk ist, verflucht noch mal!« Brude schlug mit seinem Schwert auf den steinharten Boden, dass es laut klirrte. »Ihr Jungen wollt die Wände eines Hauses einreißen, ohne euch darüber Gedanken zu machen, was mit dem Dach geschieht!« Er stand abrupt auf. »Mir ist die Entscheidung nicht leichtgefallen, aber sie ist endgültig. Wir bleiben hier. Und jetzt hinaus mit euch allen!«

Er wies mit der Hand zum Tor und beobachtete mit düsterer Miene, wie die Leute nach und nach den Raum verließen. Es waren nicht ihre Widerworte, die ihn so zornig gemacht hatten, es war seine Unfähigkeit, eine riskante Entscheidung zu treffen.

Ich werde nie ein guter Kriegsherr werden.

Das war ihm schmerzhaft klar geworden, als er mit Iona in der Nacht am Feuer gesessen hatte. Während die letzten Krieger enttäuscht nach draußen gingen, verfluchte Brude die Nordmänner, die solches Unheil über das Eiland gebracht hatten. Er verfluchte sie auch dann noch, als das Tor längst zugefallen war und Stille in der Halle einkehrte.

Die Nacht war hereingebrochen. Über dem Meer zog ein Gewitter auf, am Horizont zuckten bereits die ersten Blitze. Doch die Handvoll Krieger, die sich neben dem Drachenboot der Nordmänner versammelt hatten, ließ sich davon nicht beirren. Noch saßen sie im Trockenen, und in ihrer Mitte loderte ein wärmendes Feuer.

Unen hatte seine Knochenflöte dabei. Mit seinen großen Pranken spielte er eine erstaunlich flinke, kleine Melodie. Er schien die anderen aufheitern zu wollen, denn die Stimmung war gedrückt. Zu sehr hatte man untereinander die Hoffnung geschürt, eines jener Wagnisse einzugehen, von denen später in Liedern und Erzählungen ehrfürchtig berichtet werden würde.

»Ich versteh ihn nicht.« Caitt warf wütend ein Holzscheit ins Feuer. »Ich verstehe ihn wirklich nicht!«

»Da gibt es auch nichts zu verstehen«, warf Bree ein. »Die Ernte wird jedes Jahr schlechter, der Viehbestand schrumpft. Diese Insel ist unser Verderben, doch Brude will sie nicht verlassen. Er fürchtet den schnellen Tod auf See und zieht den langsamen Tod in dieser Einöde vor.« Sie spuckte hinter sich. »Zauderer haben noch nie große Taten vollbracht.«

»Ich sehe das genau so«, pflichtete ihr Ailean bei. »Ich

sage euch, was wir machen sollten: Wir nehmen uns das Schiff und beweisen allen, wozu wir imstande sind.«

Bis jetzt hatte Kineth wortlos zugehört, aber die Richtung, die das Gespräch einschlug, behagte ihm nicht recht. »Brude sorgt sich einfach um das Wohl derer, die nicht mitkommen können. Als unserer Oberhaupt ist er der Meinung, entweder alle oder keiner.« Er sah Ailean an. »Oder willst *du* dafür geradestehen müssen, wenn wir gegen Vaters Entscheidung handeln, nur um zu einem Friedhof, der einst unser Dorf gewesen ist, zurückzukehren?«

Ailean schwieg für einen Augenblick, und als sie antwortete, war ihre Stimme kalt. »Wie klug du bist, Kineth. Genau das ist es, was ich will.«

Flòraidh versuchte, die gereizte Stimmung zu besänftigen. »Wir dürfen nicht vergessen, dass Brude uns bisher weise und gerecht geführt hat, oder etwa nicht?«

»Das würde Drest aber anders sehen«, sagte Moirrey halblaut.

Bei der Erwähnung des Namens zuckte Ailean zusammen. Unen hörte auf zu spielen. Ohne ein Wort zu sagen stand der Hüne auf, ging zu der jungen Frau und gab ihr eine schallende Ohrfeige.

»Nein, würde er nicht, denn er ist tot«, sagte er mit blitzenden Augen und entfernte sich.

Kineth blickte ihm nach. Drest, der Sohn des Schmieds, erschien vor seinem inneren Auge, er hatte eine Ewigkeit nicht mehr an ihn gedacht. An ihn und jenen schicksalhaften Tag, als Drest von Brude auf den Dorfplatz geschleift und hingerichtet worden war.

Ein Tag, an dem Brude weder weise noch gerecht gehandelt hat.

»Was hat den denn gebissen?«, sagte Moirrey mehr zu sich selbst. Sie rieb sich die brennende Wange.

»Tu nicht so ahnungslos«, sagte Bree mit einem unsicheren Blick zu Ailean.

»Dem werd ich –«

Bree packte sie am Arm. »Nichts wirst du. Beruhig dich, *Moirrey*.«

Diese entzog sich trotzig dem Griff ihrer Schwester, blieb aber sitzen.

»Wie also lautet unser Entschluss?« Caitt sah in die Runde. Niemand antwortete.

Der Wind wurde stärker und drückte das bereits niedrig brennende Feuer zu Boden. Caitt schüttelte verächtlich den Kopf. »Mein Vater scheint euch mit seiner Zauderei alle angesteckt zu haben. Mir reicht's!« Er stand auf und stapfte davon. Die anderen sahen ihm nach, bis er in der Dunkelheit verschwunden war.

Das Grollen über dem Meer wurde lauter. Blitze erhellten die Meeresoberfläche wie gleißende Säulen, die einen Moment später wieder verschwunden waren. Als die ersten Regentropfen fielen, brachen die Krieger auf. Nur Ailean und Kineth blieben zurück. Es war, als hätten sie nur darauf gewartet, allein zu sein.

»Ich – wollte dich nicht so angreifen«, sagte sie leise.

Kineth seufzte. »Egal, wie wir darüber denken. Vater hat die Entscheidung für uns alle getroffen. Und nur die Zeit wird zeigen, ob es die richtige war.«

Ailean nickte, ohne den Blick von den sich am Boden windenden Flammen zu nehmen. »Aber was meinst *du*?«

Kineth fühlte den Zwiespalt in sich. Er wollt Brude gegenüber loyal sein, gleichzeitig war sein Wunsch aufzubrechen übergroß.

Brude denkt an das Volk, du hingegen nur an das Abenteuer und den Ruhm, der dir winkt.

Kineth schüttelte den Kopf, wie um den Gedanken zu verscheuchen. »Ich denke, wir sollten es wagen.«

Ailean sah ihn überrascht an. »Du siehst die Sache also wie Caitt und ich?« Sie lachte. »Man könnte glauben, du wärst einer von uns.«

»Das bin ich, und das weißt du.« Pflichtschuldig setzte er nach: »Kineth, Sohn des Brude.«

Kineth, Sohn des Uist, sagte seine innere Stimme.

»Kineth, *adoptierter* Sohn des Brude«, neckte ihn Ailean. »In deinen Adern fließt nicht unser Blut.«

Kineth schmunzelte. »Und was macht dich so sicher, dass in deinen Adern Brudes Blut fließt? Du siehst Brude und Caitt nicht einmal in der finstersten Nacht ähnlich.«

»Na warte!« Ailean wollte Kineth einen Stoß verpassen, aber der ergriff ihren Arm und dreht ihn ihr auf den Rücken.

»Dass das Weibsbild trotzig und unbedacht ist, war mir bekannt. Dass sie auch eingebildet und schwach ist, ist mir neu.« Damit stand er auf und wandte sich zum Gehen. Im nächsten Augenblick hörte er hinter sich ein wütendes Schnauben, und bevor er sich umdrehen konnte, sprang ihn Ailean an und riss ihn zu Boden. Sie packte seine Handgelenke und drückte sie zu Boden.

»Wer ist jetzt schwach?«

Vor Kineth' Augen blitzten Bilder auf. Er hatte dies schon einmal erlebt – ihr Gesicht über dem seinen, ihre nackten Schenkel auf seinen Armen …

Sie sah ihn herausfordernd an. »Magst du es so?«

In diesem Moment wusste er, was damals in seiner Hütte geschehen war. Sie hatte sich auf ihn geschwungen, so wie jetzt. Und dann ...

Ein Lächeln huschte über Aileans Gesicht. »Du erinnerst dich?« Ihre Lippen waren nur eine Handbreit von Kineth' entfernt. Er bräuchte nur den Kopf leicht zu heben, und –

Die ersten Regentropfen fielen.

»Haben wir ...?« Kineth sprach den Satz nicht zu Ende.

»Nein, haben wir nicht.« Ailean sprang auf. »Ich kann mir was Schöneres denken, als einem schnarchenden Mann beizuwohnen.«

Ihr Lachen mischte sich mit dem Donnern des Unwetters, dann lief sie ins Dorf zurück.

Das Gewitter dauerte die ganze Nacht. Starker Regen kam auf und wollte sechs Tage lang nicht weichen. Himmel und Meer waren zu einem einzigen grauen Schleier verwoben, der das Land wie ein triefendnasses Leichentuch überzog. Schnell rückte Brudes Entscheidung, das Drachenboot nicht zu nutzen, in den Hintergrund, da jeder im Dorf damit beschäftigt war, seine Behausung trocken zu halten, das Dach zu flicken oder die Wassermassen durch kleine Gräben am Boden umzuleiten. Selbst Tynan war das Wetter zu unwirtlich und er verbrachte die meiste Zeit des Tages in Kineth' Hütte – zusammengerollt neben der wärmenden Feuerstelle.

Am Morgen des siebten Tags erwachte Kineth.

Irgendetwas war anders.

Er richtete sich auf und versuchte, seine Umgebung mit allen Sinnen wahrzunehmen – es roch nach verbranntem Feuerholz und frischem Gras – die Luft war feucht, aber mild – das Meckern und Blöken des Viehs war gelegentlich zu hören, sowie die Rufe einzelner Vögel – sonst herrschte Stille. *Totenstille.*

Kineth sprang auf und trat vor die Hütte. Eine blutrote Sonne tauchte das Dorf in warmes Licht. Überall schwirrten Insekten umher, im Gras glitzerten die Tropfen wie kostbare Edelsteine, und die sonst aufgewühlte schäumende See war spiegelglatt.

Tynan trottete neben seinen Herrn, gähnte ausgiebig und streckte die Schnauze in die Höhe.

»Ich denke, wir haben es überstanden«, sagte Kineth und tätschelte dem Wolf den Kopf. Dieser nahm Witterung auf, hetzte los und lief in die Wildnis davon.

Die wohltuende Wärme der Morgensonne im Gesicht ging Kineth zur Festhalle. Schon von Weitem erkannte er Flòraidh und Ailean. Sie standen zusammen mit einer Frau, die wild gestikulierte. Irgendetwas war offensichtlich geschehen. Er ging auf die Frauen zu und erkannte Fenella, Gairs Frau, die in Tränen aufgelöst war. Ailean versuchte, sie zu trösten.

»Was ist los?«, fragte er.

»Gair ist erkrankt«, antwortete Ailean. »Und das Kind ebenso.«

»Fieber?«

Fenella nickte. »Schon seit zwei Tagen. Aber heute Morgen ist es besonders schlimm. Er redet wirr, ist kaum ansprechbar. Nicht einmal Sonnenwendkraut hat seine Stirn abgekühlt.«

Kineth und Ailean tauschten einen besorgten Blick.

»Was ist mit Aleyn und Lugh? Die beiden waren gemeinsam mit Gair auf dem Schiff«, sagte Kineth. »Wir müssen –«

Flòraidh ließ ihn nicht ausreden. »Wartet, ich sehe nach«, rief sie und eilte davon.

Die drei verfolgten sie mit Blicken, als sie in der Hütte von Aleyn verschwand. Als sie kurz darauf wieder erschien, lachte sie und machte obszöne Beckenbewegungen, die darauf schließen ließen, dass Aleyn es gerade mit seiner Frau trieb.

Jetzt betrat Flòraidh die Hütte nebenan, die Lugh gehörte. Als sie wieder herauskam, war ihr das Lachen vergangen. Sie lief zu ihnen zurück, ihr besorgter Blick verriet alles.

»Lugh ist leichenblass, schwitzt und glüht vor Fieber.«

»Hast du ihn berührt?«, fragte Ailean besorgt.

Flòraidh schüttelte den Kopf.

»Was soll ich denn jetzt machen?« Fenella sah Kineth verzweifelt an.

Kineth streckte die Hand, als wollte er der Frau tröstend auf die Schulter klopfen, doch im letzten Moment zog er sie wieder zurück. »Geh zu Gair und eurem Sohn«, sagte er. »Bleib bei ihnen und versuch, ihr Fieber zu senken. Lugh werden wir auch zu euch bringen.« Kineth sah Flòraidh an. »Wir werden eine Wache vor der Hütte platzieren.« Flòraidh nickte.

»Eine Wache?« Fenella verstand nicht.

»Zu eurer Sicherheit. Du wirst regelmäßig berichten,

wie es den Kranken geht. Wenn du etwas benötigst, werden wir es euch bringen.« Kineth bemühte sich, der Frau ein ermutigendes Lächeln zu zeigen, aber es wollte ihm nicht recht gelingen. »Ansonsten dürft ihr die Hütte nicht verlassen. Hast du verstanden?«

Fenella schüttelte den Kopf. »Aber ich mache es, wie du sagst.« Dann eilte sie davon.

»Ich kümmere mich um die Wachen«, sagte Flòraidh.

Kineth nickte. »Niemand darf die Hütte betreten oder verlassen«. Dann wandte er sich Ailean zu. »Wir müssen es Vater sagen.«

»Ich weiß«, sagte sie. Aber ihre Gedanken waren woanders. Sie überlegte, ob sie es ansprechen sollte. Dann gab sie sich einen Ruck. »Was unternehmen wir wegen des Drachenboots? Wollen wir mit den anderen noch einmal darüber beraten?

»Das Drachenboot?« fragte Kineth ungläubig. »Sollte die Krankheit der Nordmänner weiter um sich greifen, brauchen wir uns keine Gedanken mehr darüber zu machen, ob wir irgendwo hinsegeln oder nicht. Denn dann werden wir nur noch mit einer Sache beschäftigt sein: unsere Gräber auszuheben.«

Der Eisbär hatte einen langen Weg hinter sich. Er war Tage und Nächte auf einer Eisscholle über das Meer getrieben, nachdem er sich auf seinem angestammten Jagdgrund zu weit vorgewagt hatte und das Eis unter ihm plötzlich gebrochen war.

Jetzt, als die ersten Strahlen der Morgendämmerung das ruhige Meer und die fremde Küste vor ihm erhellten, war der Bär vor allem eines: hungrig. Er witterte bereits die Seehunde, die sich zahlreich hinter den Klippen tummelten. Seine Lefzen verzogen sich, seine großen gelben Zähne schienen sich aus dem Maul zu schieben, seine schwarzen Augen funkelten. Und doch blieb er ruhig, als die Eisscholle sich gen Land bewegte.

Sein Instinkt hatte ihn nicht getrogen – Augenblicke später tauchten Schiffe mit gestreiften Segeln aus einem Fjord auf.

Der Eisbär drückte sich tiefer auf die Scholle, während die beiden Schiffe lautlos an ihm vorbeiglitten und am Horizont verschwanden.

Die Prophezeiung

Tynan lief durchs Dorf, das seit Tagen wie entvölkert war. Keine Kinder, die mit ihm spielten, niemand, der ihn streichelte oder ihm etwas zu fressen gab. Kein Ruf, kein Gelächter. Der Wolf blieb am Dorfplatz stehen und sah sich um: Selbst aus der Festhalle drang kein Licht, obwohl der Himmel grau und düster war. Tynan drehte sich einmal im Kreis, dann lief er davon und ließ die traurige Stätte hinter sich.

Im Innern der Halle saß Brude auf seinem Thron, den Kopf auf die Hand gestützt. Er war seit Tagen schwermütig, aber heute war es besonders schlimm. Am Morgen hatte er mit Iona nur wenige Worte gewechselt. Dann hatte er kurz nach Eibhlin gesehen, deren Fieber in den letzten Tagen zwar deutlich zurückgegangen war, sie aber matt und entkräftet zurückgelassen hatte.

Nun war er in der kalten Halle, denn er hatte kein Feuer machen lassen. Auch die Wachen der Garde hatte er hinausgeschickt. Er starrte auf die gebogenen Walrippen, die als Wandstützen verbaut worden waren, und stellte sich vor, er wäre wie Jonas im Inneren eines großen Fisches gefangen. Der Gedanke gefiel ihm. Dort wäre er wenigstens geschützt vor den Plagen, die sein Volk auf diesem Eiland heimgesucht hatten.

Was war aus seinem Volk geworden? Was aus den tatkräftigen Männern und Frauen, die bisher allen Gefahren mutig ins Auge gesehen hatten, die alle Herausforderungen angenommen und bewältigt hatten? Sie hatten der Kälte getrotzt und dem kargen Boden, sie waren mit der Abgeschiedenheit zurechtgekommen und auch mit ihren Zwistigkeiten, der Missgunst und dem Neid. Aber die Krankheit, die mit den Nordmännern gekommen war, war eine neue Art von Bedrohung, der sie sich nicht gewachsen fühlten, und deshalb zogen sie sich angsterfüllt in die vermeintliche Sicherheit ihrer Hütten zurück und beteten zum Herrn.

Aber was war das für ein Herr, der ihnen, den Leidgeprüften, eine solche Plage schickte, fragte sich Brude bitter.

Wie aufs Stichwort kam Beacán hereingeeilt, das Gesicht hochrot und verschwitzt. Brude setzte sich auf und empfing den Priester mit mürrischer Miene.

»Herr, es – äh – gibt etwas – äh – Neues zu berichten!« Der Priester blieb vor dem Thron stehen und versuchte, zu Atem zu kommen.

»Gut oder schlecht?«

Beacán schüttelte den Kopf, dann nickte er. Brude hätte ihn in diesem Moment am liebsten mit einem Fußtritt aus der Halle befördert. Aber er bemühte sich, ruhig zu bleiben. »Nun rede schon!«

»Gair – äh – geht es besser. Das – äh – Fieber ist zurückgegangen, die Flecken werden weniger ...«

»Ich nehme an, das ist die gute Nachricht?«

»Ja, Herr. Aber sein – äh – Sohn wird immer schwächer. Und Fenella ist ebenfalls erkrankt. Sie – äh – hat so hohes Fieber, dass sie niemanden mehr erkennt.«

Brude schlug mit der flachen Hand auf die reich verzierte Armlehne.

»Wie steht es um Lugh?«

Beacán schüttelte nur den Kopf.

Brude stöhnte. »Bereite alles für die Beerdigung vor.«

Beacán nickte bedächtig. Er öffnete den Mund, um etwas zu sagen, schloss ihn dann aber wieder.

»Was ist denn noch?«, herrschte Brude ihn an.

»Es geht um – äh – Mathan. Er – äh – hat erneut Gott gelästert, in aller Öffentlichkeit. Er muss zur Rechenschaft gezogen werden …«

Brude funkelte ihn an. »Ach ja? Dann werde ich dir jetzt etwas sagen, Beacán, Sohn des Bricriu. Vielleicht hat Mathan gar nicht Gott gelästert. Vielleicht hat er nur gesagt, wie es ist: Wann immer uns etwas Gutes widerfährt, heißt es, es sei Gottes Barmherzigkeit zu verdanken. Wann immer uns etwas Schlechtes widerfährt, sind wir und unsere Sünden schuld. Wo aber sind nun unsere großen Sünden?«

Der Priester schwieg.

»Wenn du mich fragst«, fuhr Brude fort, »so versuchst du nur, deine eigene Stellung zu festigen. Also komme mir nicht mit erhobenem Zeigefinger, sonst könnte es sein, dass ich eines Tages einen Beweis für deine Behauptungen einfordere, Priester.«

Auf Beacáns Wangen erschienen rote Flecken. »Das – äh – ist ein Sakrileg. Ihr dient –« »Ich diene meinem Volk. Und du mir. Vergiss das niemals!« Er starrte dem Priester in die Augen, bis dieser den Blick senkte. Brude lehnte sich zurück. »Und jetzt raus mit dir!«

Beacán drehte sich um und ging Richtung Tor, blieb aber noch einmal stehen und sagte, ohne sich umzuwenden: »Als Euer Diener möchte ich – äh – Euch einen Rat geben. Die Menschen im Dorf – nun – äh –, sie verkriechen sich in ihre Hütten. Ihr – äh – solltet mit gutem Beispiel vorangehen und Euch – äh – zeigen ... Ja.«

Brude stand mit einem Ruck auf. Der Priester zuckte zusammen, dann lief er nach draußen.

Welche Impertinenz sich der Kuttenträger anmaßte, dachte Brude.

Und wie recht er hat.

Der Herrscher stieg von seinem Thron, bückte sich und zog eine geschwärzte Truhe darunter hervor. In den hölzernen Deckel waren spiralförmige Ornamente und Triskelen geschnitzt, die sich um ein Kreuz rankten. Brude kniete davor und begann zu beten, in der Hoffnung, dass ihm die sterblichen Überreste des heiligen Drostan, die er in der Truhe wusste, dabei helfen würden, eine Entscheidung zu treffen.

Zwei Schreie durchschnitten in dieser Nacht die Grabesstille, die das Dorf umgab. Der Erste, als der Mond am höchsten stand – Lugh heulte im Fieberkrampf entsetzlich auf, um dann für immer zu verstummen. Der Zweite kurze Zeit später, als Gair die leblosen Körper seiner Frau und seines Sohnes fand.

Als der Morgen graute, ging Beacán zur Hütte von Gair. In den Händen hielt er zwei Holzlatten, die er klappernd zusammenschlug und in der Form eines Kreuzes hochhielt. Er murmelte seine Gebete, befahl die Seele der Verstorbenen dem Herrn, sprach ein paar tröstende Worte und ging zum nächsten Haus. Nach Beacáns Besuch stimmten die Frauen in den Hütten leise uralte Lieder an, die den verstorbenen Seelen sicheres Geleit zu den Göttern garantieren sollten. Und so erklangen sanfte Melodien, die sich wie eine weiche Decke über das ganze Dorf legten.

Beacán hörte die Lieder und schüttelte missbilligend den Kopf. Aber er sagte nichts und traf alle Vorbereitungen für die Beerdigung.

Die Sonne stand bereits tief, als der Trauerzug sich zu dem Friedhof begab, der sich einige Hundert Schritt außerhalb des Dorfes befand und über mehrere Hügel erstreckte. Er bestand aus Dutzenden von Gräbern, die mit Steinen bedeckt waren. Viele von den Holzkreuzen, die sie zierten, waren bereits stark verwittert.

Am Morgen waren drei neue Gräber ausgehoben worden, nur zwei Handbreit tief, weil der Boden auch im Sommer vereist und hart wie Stein war. In ihnen lagen, in Tücher eingehüllt, der Körper der Toten. Einige Dorfbewohner hielten kleine Lampen mit Talglichtern in Händen, die in der eintretenden Dämmerung ihr warmes Licht aussandten.

Als Moirrey, Bree und Flòraidh die Grabstelle erreichten, kniete der Priester bereits davor und murmelte seine Gebete. Moirrey zog sich ihre wollene Kapuze über den Kopf, denn mit der Dämmerung kam die Kälte.

»Ich hab darüber nachgedacht, was Ailean neulich vorgeschlagen hat«, raunte sie den beiden anderen zu, die sie fragend anblickten. »Dass wir uns das Schiff der Nordmänner heimlich nehmen sollten.«

Bree begann mit einem ihren Zöpfe zu spielen. »Aha?«

»Ich meine, wir müssen ja nicht gleich bis ans Ende der Welt reisen. Zuerst ein paar Tage in die eine Richtung, dann wieder zurück.« Sie zuckte mit den Schultern. »Wir sind schließlich keine Sklaven, oder?«

»Nein«, gab Flòraidh mit gedämpfter Stimme zurück, »aber der Proviant für eine solche Fahrt gehört dem Volk, nicht dir oder mir. Und ohne Proviant kommen wir nicht weit.«

Moirrey schnaubte verächtlich. Sie wollte etwas erwidern, aber in diesem Moment hatte Beacán seine Gebete beendet. Er erhob sich und sprach abschließend die rituellen Worte aus der Heiligen Schrift. »Bedenke Mensch, Staub bist du, und zum Staube kehrst du zurück.«

Dann trat er zur Seite und gab Gair ein Zeichen, ans Grab zu treten. Dieser legte ein kleines Holzschwert, das er heute Morgen geschnitzt hatte, auf das Leichentuch seines Sohnes. Als nun vier Männer damit begannen, Steine auf die Körper zu schichten, trat er wortlos zurück.

Caitt ging zu Gair. Er wollte ihn umarmen, aber dieser zuckte zurück.

»Warum musstest du mir nur den Befehl geben?«, flüsterte Gair.

Caitt räusperte sich. »Ich weiß, es ist furchtbar«, sagte er zu Gair. »Du hast ein großes Opfer gebracht.«

Dieser nickte mit versteinerter Miene. »O ja, das habe ich. Und das wirst auch du noch.«

Caitt warf ihm einen ungläubigen Blick zu, aber Gair blickte starr zu Boden. Groll stieg in Caitt auf.

Was weißt du schon vom Los eines Anführers? Was von der Schwere der Entscheidungen, die man treffen muss?

Caitt wandte sich ab und ging davon, bevor er noch etwas Unbedachtes gesagt hätte.

Elpin, der neben Unen stand, sah Caitt nach. »Er hat befohlen, was befohlen werden musste«, sagte er.

Unen brummte zustimmend.

»Trotzdem trauere ich mit Gair. Der Tod der Nächsten ist immer wie ein Dolchstoß.« Noch während die Worte seinen Mund verließen, schoss es Elpin siedend heiß ein, dass Unen jedes seiner drei Kinder bereits beerdigt hatte. Sein Gesicht wurde hochrot, er wollte im Boden versinken.

Der Mann der Garde blickte auf den jungen Bauer herunter, der bekannt dafür war, manchmal erst zu sprechen und dann zu denken – und legte ihm beruhigend die Hand auf die Schulter.

»Dann hoffen wir, dass hier für lange Zeit niemand mehr trauern muss.«

Nachdem die Männer die letzten Steine auf die Gräber gelegt hatten, blieben alle noch eine Weile stumm stehen, im Bewusstsein, dass ihre Gemeinschaft wieder etwas kleiner geworden war. Doch trotz der Trauer war unter den Bewohnern auch Erleichterung zu spüren, denn mit den beiden Toten begruben sie den Einfall der Nordmänner endgültig und konnten wieder in ihr gewohntes Leben zurückkehren.

Zumindest glaubten sie das.

»Wir müssen mit dir reden, Vater.«

Ailean war mit Kineth und Caitt nach dem Begräbnis in die Festhalle zurückgekehrt, wo Brude ein ordentliches Feuer hatte entfachen lassen. Als Ailean sprach, sah ihr Vater aus, als hätte man ihn aus einem Traum gerissen. Er räusperte sich geräuschvoll, dann blickte er Ailean an.

»Wir?«

»Meine Brüder und ich.«

»Ihr schickt also eure Schwester vor?« Brude beäugte Kineth und Caitt misstrauisch, aber er wollte im Grunde nur ablenken, da er ahnte, was folgen würde.

»Niemand schickt mich«, sagte Ailean bestimmt. »Aber viele im Dorf können nicht verstehen, warum wir die Gelegenheit nicht beim Schopf ergreifen.«

»Dann verstehen sie es eben nicht«, antwortete Brude verbissen. »Ein Hase, der unvorsichtig seinen Bau verlässt, wird auch nicht verstehen, warum er von einem Adler gerissen wird.«

»Das mag sein«, warf Kineth ein. »Aber nicht alle Hasen werden gerissen, denn manch einer spürt, wann er sich in seinen Bau zurückzuziehen hat – und wann er ihn verlassen kann.« Er machte eine Pause. »Und unser Volk will ihn verlassen.«

»Tut es das? Nun, dann scheint ja jeder besser als ich zu wissen, was das Volk will.« Brude ballte die Fäuste, dass seine Knöchel weiß wurden. Erst als Iona ihre Hand auf sein Knie legte, entspannte er sich wieder ein wenig.

Kineth ließ nicht locker. »Es wird doch alles in jedem Jahr weniger. Die Ernten, das Vieh – lass es uns wagen. Lass uns lieber bei dem Versuch sterben, zu leben, als unversucht –«

»Das ist es also, was du willst? Sterben? Hat dir das Begräbnis so gut gefallen?«

Kineth rollte mit den Augen.

»Und du, Caitt«, fuhr Brude fort, »reicht dir eine Beerdigung? Oder willst du noch jemanden in den Tod schicken?«

Caitt wurde rot vor Zorn und Schuldgefühlen, aber er fasste sich schnell. »Nein, das will ich nicht! Und wenn ich es rückgängig machen könnte, würde ich es, das kannst du mir glauben. Aber ich musste eben jemandem befehlen, das Schiff zu untersuchen, und –«

»Und da du selbst nicht genug Mumm in den Knochen hattest, durften wir heute Gairs Frau und Sohn verscharren«, provozierte Brude ihn weiter.

»Du hättest doch das Gleiche getan«, ereiferte sich Ailean.

»Lass es, Schwester.« Caitt spie die Worte fast aus und stand auf. »Wenn ich ein Vorbild suche, das seinen Arsch nicht aus seiner gottverdammten Halle kriegt, dann werde ich zu dir aufblicken, Vater, und nur zu dir!« Er stampfte wutentbrannt hinaus.

Brude sprang auf und zog sein Schwert. »Schweig, du verfluchter Narr!«, rief er Caitt hinterher. »Niemand redet so mit Brude, dem Sohn des Wredech, niemand! Auch du nicht!« Er wandte sich an Kineth und Ailean. »Und wenn noch einer von euch meine Entscheidungen anfechten will, dann soll er dies besser mit einem Schwert in der Hand tun! Hat das nun jeder verstanden?«

Ohne ein weiteres Wort verließen seine Kinder die Halle. Sie hatten nur zu gut verstanden.

Iona blickte ihnen nach. Brudes laute Stimme hallte ihr

noch immer in den Ohren. Sie wandte sich wieder ihrem Gemahl zu, der sie fuchsteufelswild anfunkelte. Dann gab sie ihm eine schallende Ohrfeige.

»Und morgen sagst du jedem Einzelnen von ihnen, dass du ihn liebst. Hast *du* das verstanden?«

Brude nickte verdutzt.

»Gut«, fügte Iona hinzu. »Und vielleicht wäre es besser, manchmal auf sein Weib zu hören, als auf seine halb schwachsinnige Schwester.« Dann gab sie ihrem Mann einen Kuss auf den Mund und verließ ebenfalls die Halle.

Das Rauschen eines Flusses hatte Ailean schon immer beruhigt, am meisten aber, wenn sie dabei angeln konnte. Dann fühlte sie sich, als wären sie, die Rute und der Fluss eins, eine Verbindung, die nur durch das gelegentliche Anbeißen eines Seesaiblings unterbrochen wurde. Die Tatsache, dass ihr Eimer heute leer blieb, störte sie nicht im Geringsten, denn sie hatte das Dorf weit hinter sich gelassen und sich hierher zurückgezogen, um über den Wutausbruch ihres Vaters und seine Worte nachzudenken.

Natürlich wusste sie, dass sein Zorn gewöhnlich genauso schnell verflog, wie er gekommen war. Und doch schien es diesmal anders zu sein.

Tatenlos hatte sie miterleben müssen, wie ihr Vater über die Jahre von einem lebenslustigen Mann zu einem gebrochenen, missmutigen Herrscher geworden war. Sie wusste, dass er sie liebte, trotzdem sie noch jeden von ihm vorgeschlagenen Ehemann abgeschmettert hatte.

Lange würde er das nicht mehr dulden, auch das wusste sie, aber zumindest wollte sie es so lange sie konnte hinauszögern.

Und dann was? Den Nächstbesten nehmen? Was würde Kineth dazu sagen?

Ailean ärgerte sich über ihre eigenen Gedanken. Natürlich fühlte sie sich zu ihrem Stiefbruder stärker hingezogen, als sie zugab. Aber was wäre, wenn sie diesem Gefühl nachgeben würde?

Dann würdest du das Interesse an ihm noch in der gleichen Nacht verlieren, in der du ihn hattest.

Ailean war sich nicht sicher, ob das stimmte, aber das unbestimmte Gefühl in ihrem Bauch gab ihr recht. Sie liebte das Spiel, sie liebte den Weg; nicht den Sieg oder das Ziel.

Wirklich nur den Weg?

»Hätte ich mir denken können, dass ich dich hier finde!« Flòraidh kam schnellen Schritts auf Ailean zu. »Du hättest auch von einem der Boote an der Küste aus fischen können, dann hätte ich mir den Fußmarsch erspart.«

Diese verzog unmerklich das Gesicht. »Ich wollte ein wenig allein sein.«

Flòraidh setzte sich neben Ailean ans Flussbett. »Kann ich gut verstehen«, sagte sie, ohne es so zu meinen. »Brude konnte man ja heute durchs ganze Dorf hören. Nicht einmal Mòrag musste sich sonderlich anstrengen, dem Geschrei zu folgen.«

Ailean zuckte mit den Schultern.

»Mally meinte, sie würde sogar ohne Proviant auf See hinausfahren«, legte Flòraidh den Köder aus.

Aber Ailean biss nicht an. »Dann sollte sie dies aber tunlichst ohne mein Wissen versuchen!« Sie packte die Angelrute und stand auf. »Mein Vater ist immer noch unser Herrscher, und soweit ich weiß, gilt sein Wort! Oder hast du dazu auch etwas anderes gehört?«

Bevor Flòraidh antworten konnte, stapfte Ailean davon. Flòraidh stieß ein verärgertes Ächzen aus, dann lief sie Ailean hinterher. Als sie sie eingeholt hatte, packte Flòraidh Ailean am Arm und hielt sie fest. »So hab ich das nicht gemeint, und das weißt du! Ich bin immer loyal.«

Ailean funkelte sie an. »Bist du das?«

Flòraidh gab ihr einen schnellen Kuss auf die Wange. »Wenn du das immer noch nicht weißt, dann musst du blind sein.«

Die beiden Frauen blickten sich tief in die Augen. Ailean spürte, wie ihr Zorn wich und einer tiefen Beklemmung Platz machte. Beklemmung – und etwas anderes, das sie nicht verstand, aber auch gar nicht verstehen wollte.

»Schluss mit der Herumweiberei!« Caitts Stimme schallte über die Wiesen. »Brude verlangt, dass sich das ganze Dorf versammelt!«

Flòraidh drehte sich langsam um, ohne Aileans Arm loszulassen. »Und er schickt dich, um uns Weiber einzusammeln? Ehrenvolle Aufgabe für seinen Erstgeborenen.«

Caitt kam näher. »Halt dein vorlautes Maul, oder –«

»Oder was? Wirst du mich auch schlagen wie deine Frau?«

Caitt holte aus, aber Ailean riss sich aus Flòraidhs Griff und ergriff Caitts Arm. »Genug, Bruder.«

Langsam senkte Caitt den Arm, ohne den Blick von Flòraidh abzuwenden. Diese zog einen schmalen Dolch aus ihrem Gürtel. Sie drehte ihn provokativ in der Hand und setzte dabei ein zynisches Grinsen auf. »Ich bin eine freie Frau! Vergiss das nicht, Caitt, Sohn des Brude.«

Die Sonne war bereits untergegangen, aber die Flammen, die aus Gairs Hütte züngelten, erhellten den Dorfplatz und warfen gespenstische Schatten auf die kunstvoll verzierte Stele, die die Mitte des Platzes beherrschte. Man wollte nicht die geringste Gefahr eingehen, dass die Krankheit erneut um sich griff, und hatte daher beschlossen, die Behausung dem Feuer zu opfern. Gair hatte an diesem Tag eine Hütte, die schon lange leer stand, am anderen Dorfende bezogen.

Brude stand mit dem Rücken zur Stele und sah im Schein der Flammen aus wie ein Feuergott. Bei ihm waren Beacán und Iona. Vor ihnen hatte sich das ganze Dorf versammelt. Auf Brudes Wink hin hob der Priester jetzt die Hände, und in wenigen Augenblicken verstummten die Gespräche und das Murmeln der Menge. Stille trat ein, die durch das gleichmäßige Prasseln der lichterloh brennenden Hütte nur verstärkt wurde.

»Männer und Frauen, hört mich an!«, begann Brude mit durchdringender Stimme. »Ich habe euch hier zusammengerufen, um Rat zu halten.«

Ein Raunen ging durch die Menge, die Leute sahen sich fragend an. Noch nie hatten sie einer Versammlung der Dorfältesten beigewohnt. Das Gemurmel wurde lauter, und Brude hob die Hand, um die Ruhe wiederherzustellen.

»Die ungewöhnliche Lage, in der wir uns befinden, erfordert ungewöhnliche Maßnahmen. Es gilt eine Entscheidung zu treffen, die wie keine Entscheidung zuvor in der Geschichte unseres Volkes, unser Schicksal bestimmen wird. Angesichts dessen habe ich mich entschlossen, euch alle um eure Meinung zu fragen!«

Die Bewohner des Eilands stutzen eine Weile. Dann brandete Jubel auf, Hochrufe auf Brude wurden laut. Dieser reckte den Kopf in die Höhe und genoss die Anerkennung sichtlich.

Kineth, der in der ersten Reihe der Zuhörer stand, warf Caitt und Ailean einen Blick zu. Die drei blickten mit ernsten Mienen vor sich hin. Sie alle ahnten bereits, wie die Entscheidung ausfallen würde.

»Männer und Frauen!«, rief Brude jetzt. »Ihr alle wisst, wie es um uns steht. Unser Leben ist voller Entbehrungen, die letzten Ernten waren schlecht. Noch reichen unsere Vorräte, aber eine erneute Missernte könnte unser Verderben bedeuten. Deswegen verlangen einige von euch, das Schiff der Nordmänner seetüchtig zu machen und auf die Suche nach fruchtbareren Gefilden zu gehen, ja womöglich heimzukehren in das Land unser Vorfahren.« Er machte eine Pause, in der angespannte Stille herrschte. »Ihr wisst, was das bedeutet«, fuhr er fort. »Wir müssen unsere geringen Vorräte teilen, und die Zurückbleibenden sind möglichen Eindringlingen schutzlos ausgeliefert, weil unsere tapfersten Krieger auf See sind ...«

Unmut wurde laut. Brude sah in die Menge. Er erblickte Caitt, der seinen Vater wütend anfunkelte.

»Aber natürlich *kann* eine solche Seereise auch die Rettung bringen.« Brude hob beschwichtigend die Hände. »Wie wir uns auch entscheiden – wir gehen in jedem Fall eine große Gefahr ein. Und deshalb frage ich euch.« Er ließ den Blick über die Männer und Frauen schweifen, die vor ihm standen, bevor er fortfuhr. »Wenn ihr dafür seid, gemeinsam hierzubleiben, dann hebt die rechte Hand.«

Zuerst hoben sich nur wenige Hände, dann wurden es immer mehr. Schließlich waren es so viele, dass Brude ein Lächeln nicht unterdrücken konnte.

»Und nun sollen diejenigen unter euch die Hand heben, die dafür sind, ins Ungewisse aufzubrechen!«

Die Hände, die sich nun hoben, waren eindeutig in der Minderzahl. Die Breemally-Schwestern waren darunter, Flòraidh, Dànaidh, der Schmied und Unen, natürlich Ailean, Caitt und Kineth – und auch Iona.

»So sei es!«, rief Brude unter allgemeinem Jubel und wandte sich zum Gehen, als ihn der strafende Blick seiner Frau traf, die Nechtan im Arm wog. Brude hielt einen Moment inne, dann schritt er zur Halle.

»Warum überrascht mich das alles nicht«, sagte Bree, die bei Moirrey stand.

»Wenn du ein Schaf fragst, was es fressen will, wird es auch nicht Fleisch verlangen, verflucht noch einmal«, fügte ihre Schwester enttäuscht hinzu.

Caitt, der ihre Worte gehört hatte, nicke. »Deshalb soll man Schafe auch nicht fragen.«

Kineth erwachte am nächsten Morgen aus unruhigen Träumen. Ein pochender Kopfschmerz quälte ihn, und er ging zum Bach, wo er sich das heiße Gesicht kühlen wollte. Doch der Anblick des Bachbetts ließ ihn erstarren – es war ausgetrocknet.

Kineth blickte in Richtung der Berge, wo der Bach entsprang, konnte aber nichts Ungewöhnliches erkennen. Ein beklemmendes Gefühl keimte in ihm auf, ihm war als hätte jemand damit begonnen, seinen Arm abzubinden, und nun wurden bereits die ersten Finger taub.

Nach und nach fanden sich die Bewohner des Dorfes ein, starrten ungläubig auf das trockene Bachbett. Sonderbare Vermutungen wurden ausgesprochen, Menschen, Tiere und Götter dafür verantwortlich gemacht. Schließlich sorgte Brude für Ruhe und schickte Heulfryn los, den jungen Zimmermann und schnellsten Läufer des Dorfs, um die Ursache zu erkunden. Dieser kehrte nach Mittag zurück und wusste nur zu berichten, dass der Bach bis an seine Quelle trocken war.

Beacán trat mit einer theatralischen Geste vor. »Es – äh – ist ein Zeichen des Himmels! Betet und – äh – tut Buße und der Herr wird euch eure – äh – Sünden vergeben und euch behüten und – äh – beschützen.«

»Du irrst!«, rief Mòrag, die jetzt aus ihrer Hütte gehumpelt kam. Alle Blicke richteten sich auf die alte Frau, die mit ihren weißen struppigen Haaren und ihren fahrigen Bewegungen aussah wie ein Gespenst. Beacán wollte etwas sagen, aber Mòrag ließ ihn nicht zu Wort kommen. »Das ist kein Zeichen deines Gottes. Das ist die letzte Prophezeiung des Uuradach!« Ein Raunen ging durch die Menge.

»Alte Schauergeschichten«, stieß Beacán abschätzig hervor. »Die kannst du – äh – für dich behalten, heidnische Seherin.«

Mòrag fixierte den Priester mit eisigem Blick. »Schauergeschichten? Und was predigst du?«

Beacán straffte sich die Kutte zurecht. »Das Wort des Herrn, des einzig wahren Gottes.«

»Das Wort des Herren aus jenem Buch, das noch vor deiner Geburt wie Zunder verbrannt ist, und das du nur vom Hörensagen kennst?«

Mòrag grinste ihn zahnlos an, der Priester ballte die Fäuste. Warum zum Teufel wurde sein Wort seit Ankunft dieser Nordmänner immerzu hinterfragt?

Weil die Menschen Fragen haben, auf die du keine Antworten kennst. Du kannst ihnen noch so oft das Wort des Herrn predigen – es wird ihnen nie erklären, warum ihre Kinder sterben und sie selbst zu einem Leben hier am Rande der Welt verdammt sind. Und wenn du ehrlich bist, verstehst du es selbst auch nicht.

»Schläfst du, Priester?«, stichelte die Alte weiter. »Was sagt dein Herr zu einem solchen Ereignis?«

Zorn durchflutete Beacán, er wollte die Alte schütteln und sie anbrüllen, dass es nicht um Antworten und um Verstehen ging, sondern um Gehorsam gegenüber Gott. Und dass man den, der ohne diesen Gehorsam war, den Zorn Gottes spüren lassen musste.

Aber nichts davon drang über die Lippen des Priesters.

Er wusste, dass es besser war zu schweigen, zumindest im Augenblick, denn alles, was er jetzt sagte, würde der Seherin in die Hände spielen. Aber wenn er, der Vertreter des Allmächtigen, nur tun könnte, was er wollte, dann würde hier kein Stein auf dem anderen bleiben.

»Ich kann dir jedoch sagen, wovon die alten Überlieferung kündet«, fuhr Mòrag fort, »ich kann es euch allen sagen! Aber ich fürchte, dass es euch nicht gefallen wird ...«

»So sprich!« Brudes Stimme donnerte über den Platz und beendete den Disput zwischen den beiden.

Die alte Frau deutete eine Verbeugung an, dann holte sie tief Luft. »Die letzte Prophezeiung aus den Überlieferungen des Uuradach beginnt gleich einem Fluch: ›Wenn die Ernte verkommt, wenn das Vieh darbt und die Quelle versiegt, dann bricht endgültig Nacht über das Volk herein‹«, rezitierte sie. »›Nur das Grab des Letzten der Könige vermag diese Nacht zu vertreiben und das letzte Reich zu erschaffen.‹«

Nachdem Mòrag diese Worte gesprochen hatte, herrschte Schweigen. Nur Beacán schüttelte voller Verachtung den Kopf. »Unsinn. Wir haben die Ernte eingefahren und unser Vieh lebt.«

Die Alte lächelte bitter. »Der Bach ist nur der Anfang ...«

In diesem Moment hörten sie es – ein Prasseln, das immer lauter wurde. Alle fuhren herum, sahen mit Schrecken den dicken Rauch, der von dem Langhaus, das ihnen als Vorratslager diente, aufstieg.

»Feuer! Feuer!«, rief Unen, der bereits wild gestikulierend zum Brunnen rannte. Ein Teil der Menge folgte ihm, die Übrigen stoben in Panik auseinander.

Als Kineth beim Brandherd eintraf, wurde ihm sofort das Ausmaß der Katastrophe bewusst. Das Feuer hatte bereits das ganze Langhaus ergriffen, Qualm drang aus allen Öffnungen. Noch war das Dach intakt, aber im Innern brannte es lichterloh.

Männer und Frauen rannten und holten alles aus den umliegenden Hütten, was sich mit Wasser füllen ließ. Viele rannten zum Bach, nur um festzustellen, dass sie hier kein Wasser schöpfen konnten. Andere liefen zum Strand – ein aussichtsloses Unterfangen, denn der Weg war viel zu weit.

»Zu den anderen Scheunen!«, rief Kineth, der inmitten der Menge war, so laut er konnte. In dem halben Dutzend kleinerer Scheunen, die hier beim Langhaus standen, waren die Vorräte für den täglichen Bedarf gelagert. »Räumt sie, bevor die Flammen auf sie übergreifen!«

Er sah sich um, fand zwei Eimer und lief damit zu der kleinen Scheune, die dem Brand am nächsten war. Er riss das Tor auf, füllte die Eimer mit Getreide und entleerte sie in einiger Entfernung auf der Wiese. Dann lief er zurück. Die anderen Bewohner fingen ebenfalls an, die Scheunen leerzuräumen. Immer wieder drückte der Wind den beißenden Rauch zu Boden, sodass viele nur mit zusammengekniffenen Augen arbeiten konnten.

Ailean trug gerade mit Caitt einen leeren Holzbottich herbei, als ein furchtbares Grollen sie zusammenzucken ließ; dann folgte ein Windstoß, und über dem brennenden Langhaus erhob sich ein gleißender Feuerpilz – der Dachstuhl war eingebrochen. Nun hatten die Flammen genügend Luft zum Atmen und begannen sich erbarmungslos durch den Wintervorrat von Mensch und Tier zu fressen. Einen Augenblick lang standen die Menschen wie versteinert da. Ihnen wurde bewusst, dass die Vorräte in der Hauptvorratshalle endgültig verloren waren.

»Macht weiter, verdammt nochmal!«, schrie Caitt, dessen Gesicht, Oberkörper und Arme bereits schwarz vom Ruß waren. Er stand bei einer der Scheunen und füllte gemeinsam mit Ailean mit bloßen Händen Getreide in den Bottich, den sie dann zur Wiese schleiften.

Völlig außer Atem musste Kineth eine kurze Pause machen. Seine Hände zitterten, seine Muskeln brannten. Seine Beine fühlten sich an, als würden sie jeden Moment einknicken. Verzweifelt sah er sich um: Einige Kinder schaufelten Erde in die Flammen, bis es ihnen zu heiß wurde und sie mit rot glühenden Gesichtern aufhören mussten. Männer und Frauen rannten herum, einige stürzten, fluchten oder schrien vor Verzweiflung. Kineth sah, wie ein Mann sich zu nah an das brennende Langhaus begab. Seine Kutte fing Feuer. Die Männer, die bei ihm waren, rissen sich die Kleider vom Leib, um mit ihnen die Flammen zu ersticken.

So musste die Hölle aussehen, von der Beacán so gern erzählte, ging es Kineth durch den Kopf. Die Hölle auf Erden, das Ende des Dorfes.

Kineth begann von Neuem mit den Eimern zum Lager zu laufen.

Das Ende oder der Neubeginn...

»Glaubt ihr denn, ich wüsste das nicht?«

Brude saß auf seinem Thron und sah abwechselnd zu Caitt, Ailean und Kineth. Ihre Gesichter waren müde von den Strapazen des vergangenen Tages. Zwar hatten die Dorfbewohner es geschafft zu verhindern, dass das Feuer auf die Scheunen übersprang, aber keiner von ihnen hatte in der Nacht ein Auge zugetan. In der Morgendämmerung waren die Menschen immer noch damit beschäftigt gewesen, Wasser vom Meer herbeizuholen, um die Glut des abgebrannten Langhauses zu besprengen, damit das Feuer nicht wieder aufflammte.

Caitt, Ailean und Kineth hatten bis zum Schluss mitgeholfen. Jetzt waren sie erschöpft ins Festhaus zurückgekehrt, wo Iona sie stumm empfing und zu Brude führte.

Es war Ailean, die das Wort als Erste ergriffen hatte. In ruhigen Worten hatte sie ausgesprochen, was ihnen allen klar war: Die Vorräte in der Scheune würden vielleicht bis über den Winter reichen, aber nur für die Menschen – nicht für das Vieh.

Brude atmete schwer. Die Worte seiner Tochter drangen zu ihm wie aus weiter Ferne. Für einen Moment wurde ihm schwarz vor Augen, doch dann fing er sich wieder. Hilfesuchend blickte er sich um. Er sah Iona, die ihm aufmunternd zunickte.

»In Gottes Namen also«, sagte Brude schließlich. »Ich wünschte, mir bliebe eine andere Wahl, aber dem ist wohl nicht so.«

Brude blickte zu Ailean und Kineth, die ihm ebenfalls zunickten. Dann wandte er seinen Blick weiter nach hinten, zu der Gestalt, die sich in den Schatten verbarg – zu Caitt. Stumm wartete er auf eine Regung seines Sohnes.

Dieser wusste, was der Mann auf dem Thron von ihm wollte. Aber so sehr es ihn innerlich mit Freude erfüllte, dass die Dinge nun einen anderen Lauf nahmen, so sehr widerstrebte es ihm, seinem Vater Gehorsam zu zollen. Er war nicht wie Ailean, und bei Gott, er war nicht wie Kineth, dem Caitts Meinung nach immer alles Gute mühelos in den Schoß gefallen war. Caitt hatte sich fortwährend behaupten müssen, und dies bedeutete, dass er manchmal anders handelte, einfach um anders zu handeln.

Nach einer schieren Ewigkeit brach es aus Caitt hervor. »Jetzt interessiert dich auf einmal meine Meinung? Habe ich plötzlich doch genug Mumm in den Knochen?«

Brude schwieg.

Dafür sprang Kineth auf und ging zu seinem Stiefbruder. Er fasste Caitt im Nacken und drückte ihn an sich. »Es gibt eine Zeit für den Kampf, und es gibt eine Zeit für das Gespräch«, sagte er leise und packte den anderen bei den Haaren. Dann zog er dessen Kopf zurück und sah ihm eisern in die Augen. »Und wenn dir irgendetwas an unserem Volk liegt, dann weißt du, was jetzt zu tun ist, Bruder.«

Caitt versuchte, sich den Schmerz von Kineth' Griff nicht anmerken zu lassen. Seine Augen fuhren hin und her, als würde er etwas in Kineth' Gesicht suchen und nicht finden – doch er hatte verstanden. Kineth ließ ihn los, schlug mit seiner Stirn leicht gegen die seines Stiefbruders und ging wieder zu seinem Platz.

»Ich bin damit einverstanden, Vater«, sagte Caitt leise.

»Dann ist es beschlossen.« Brude holte tief Luft. »Das Schiff ist seeklar zu machen!«

Ailean, Kineth und Caitt wandten sich bereits zum Gehen, als ihr Vater sie noch einmal zurückrief.

»Eins noch. In vier Tagen, wenn Vollmond ist, sollen die Ältesten zusammenkommen, und die alte Mòrag wird die Zeichen deuten. Geht und sagt es den anderen!«

Die drei verließen die Halle.

»Zufrieden?«, fragte Brude seine Frau, ohne sie anzusehen.

Iona trat zu ihm. »Sagen wir, ich bin nicht unzufrieden«, sagte sie mit einem Lächeln.

Brude blickte weiterhin starr vor sich hin. Er schien mit den Gedanken woanders zu sein.

»Was ist mit dir?«, fragte Iona. »Woran denkst du?«

»Glaubst du, dass das Feuer ein Unfall war?«, gab Brude zurück.

Iona sah ihren Mann verdutzt an. »Alle glauben, der Funkenflug von Gairs Hütte wäre Schuld gewesen. Was denkst du?«

»Ich denke, dass jeder, der mich zu dieser Entscheidung hätte zwingen wollen, es auf diese Weise nun erreicht hätte.«

Iona stellte sich vor ihren Mann, beugte sich zu ihm und packte ihn unsanft am Bart. »Dann verdächtigst du also auch mich?«

Brude hob den Kopf, sah seine Frau an. Sah ihr dunkles, gelocktes Haar, das ihr sanft über die Schultern fiel. Sah die blaue Schlange, die sich unter ihrer Haut den Hals hinauf bis zu ihrem rechten Ohr schlängelte. Und verlor sich schließlich im tiefen Grün ihrer sanften Augen.

»Du verstehst es zumindest sehr gut, ein Feuer zu entfachen.«

Iona lächelte. Brude fasste sie um die Hüften und zog sie mit einem Ruck zu sich auf den Schoß.

Die Sonne war bereits untergegangen, doch die Wolken leuchteten noch glutrot. Kineth saß auf dem großen Stein vor seiner Hütte und streichelte Tynan über das Fell. Der Wolf hatte sich mehrere Tage lang nicht blicken lassen und war erst jetzt zurückgekehrt. Kineth beneidete das Tier dafür, dass es einfach kommen und gehen konnte, wie es wollte. Er wusste nichts von den Zwängen, die das Dorfleben mit sich brachte, und von der Mühsal und Not, einer großen Gemeinschaft das Überleben zu sichern.

In den vergangenen Tagen war eingetreten, was Kineth befürchtet hatte. Die Leute murrten, weil das Trinkwasser von weither geschleppt werden musste und weil niemand wusste, wie sie den Winter überstehen würden. Ein Gerücht machte die Runde, das Feuer im Langhaus sei womöglich Brandstiftung gewesen. Verdächtigungen wurden laut, alte Fehden, längst vergessen, flammten erneut auf. Während Caitt manches Streitgespräch zu belustigen schien, musste Brude sich mehrmals täglich mit abstrusen Behauptungen und Beschuldigungen auseinandersetzen.

Doch als Eilidh, eine Frau mit dem Auftreten eines betrunkenen Raufboldes und einem ebensolchen Aussehen, mit ihren beiden ebenso streitsüchtigen Brüdern Keiran und Kane den jungen Illiam auf den Hauptplatz gezerrt, ihn wüst beschimpft und der Brandstiftung bezichtigt hatte, reichte es Brude endgültig. Mit gezielten Fragen brachte er Eilidhs Lügengebilde zum Einsturz, bis sich herausstellte, warum sie Illiam eigentlich so sehr verachtete: Trotz mehrfacher Versuche ihrerseits und der anschließenden *Überredungskünste* ihrer Brüder weigerte sich Illiam, mit Eilidh eine Bindung einzugehen, geschweige denn, sie zu beschlafen. Eher würde er sich von »einem Walross begatten lassen«, konstatierte er vor der versammelten Dorfgemeinschaft. Daraufhin verhängte Brude, dass Eilidh mit fünf Stockhieben auf den Rücken ein »Nein« zu akzeptieren hatte, und mit weiteren fünf Stockhieben auf die Hände in Zukunft die Finger von Illiam zu lassen habe.

Eilidh flehte zum Allmächtigen, ihr die Strafe nachzusehen, nicht ohne Beacán aus den Augen zu lassen, doch dieser schritt nicht ein. Nachdem die Bestrafung unter lautem Wehklagen seitens Eilidhs vollzogen worden war, gab es keinen weiteren Versuch eines Rufmords mehr.

Trotzdem hatte Kineth mit Besorgnis festgestellt, dass Keiran und Kane wegen der ihrer Meinung nach ungerechten Bestrafung ihrer Schwester gegen Brude Stimmung machten. Obwohl sie dabei zumeist auf taube Ohren stießen, da alle im Dorf wussten, wie verlogen Eilidh war, breiteten sich Misstrauen und Trübsal weiter aus wie eine unsichtbare Krankheit.

Kineth betrachtete den Abendhimmel, an dem jetzt der Vollmond aufging. Heute traten die Ältesten zusammen, um die Weissagungen der alten Mòrag zu hören. Das war schon lange nicht mehr geschehen. Auch dies zeigte, wie viel für das Dorf auf dem Spiel stand.

Als der Mond vollständig zu sehen war, stand Kineth

auf und machte sich auf den Weg. Tynan trottete hinter ihm her.

Schon bald hatte er das Dorf hinter sich gelassen und erkannte den schwachen Schimmer eines Lagerfeuers, das auf einem der Hügel entfacht worden war. Die Flammen erhellten die Stele, die wie ein glühender Finger in den Himmel ragte. Vor dem steinernen Monolith saßen die Dorfältesten im Halbkreis, außerdem die Garde des Dorfs sowie Iona mit einigen Frauen.

Gerade als Kineth den Hügel hochsteigen wollte, holte ihn Caitt ein. Tynan knurrte, aber Caitt beachtete ihn nicht.

»Was glaubst du, was die alte Mòrag sehen wird?«, fragte er unumwunden.

Kineth schnalzte mit der Zunge. »Wenn ich das wüsste, würden wir sie nicht brauchen, oder?«

Caitt rempelte ihn unsanft. »Du weißt, wie ich es meine.«

»Ich glaube«, begann Kineth erneut, »dass es nicht so sehr darauf ankommt, was *sie* sieht, sondern was *wir* sehen.«

»Du redest schon genauso in Rätseln wie die Alte.« Caitt wischte sich die langen Haare aus dem verschwitzten Nacken. »Wir hätten Vater längst von unserem Fund erzählen sollen. Vielleicht wären wir dann schon auf hoher See.«

»Vielleicht«, gab Kineth zu. »Sollte es sich der alte Dickschädel wieder anderes überlegen, können wir es ihm immer noch sagen.«

Caitt nickte und fügte leise hinzu: »Unser Geheimnis.«

Kineth musste schmunzeln.

Das Geheimnis.

Es war lange her. Sie hatten sich damals weit vom Dorf entfernt, weiter als es ihnen erlaubt war. Und während sie mit ihren Holzschwertern bewaffnet Anhöhe um Anhöhe eingenommen, jeden Riesen, jedes Tier und jedes Ungetüm, das sich ihnen in den Weg gestellt hatte, erschlagen hatten, waren sie einen Hang hinuntergerollt und schließlich schwindlig und glücklich lachend auf dem Rücken liegen geblieben.

Und dort hatten sie ihn entdeckt. Neben ihnen, im hohen Gras, halb vom Erdreich verschluckt. Ihnen war sofort klar, dass das Ding nicht von ihnen stammte, nicht von den Menschen im Dorf und nicht von ihren Vorfahren. Es war ein Brillenhelm, das Eisen verrostet, die Verzierungen fast unkenntlich, und doch hatten die beiden Kinder etwas derartig Prächtiges und Geheimnisvolles noch nie gesehen.

An diesem Abend schlossen sie einen Pakt, schworen, dass sie keiner Menschenseele davon berichten würden, denn dann würde man ihnen ihren Schatz mit Sicherheit wegnehmen, und das würden sie nicht zulassen.

Sie hatten den Helm an Ort und Stelle versteckt und waren, sooft sie sich davonstehlen konnten, hingelaufen, um die alten Sagen nachzuspielen. Einen Sommer lang waren sie unbezwingbare Krieger in der Gestalt von Jungen mit einem viel zu großen Helm auf dem Kopf. Doch als sie nach einem langen, harten Winter ihren Schatz im Frühling wieder aufsuchen wollten, war er verschwunden – und tauchte nie wieder auf.

Lange Jahre hatten Caitt und Kineth kaum mehr an

ihren Fund gedacht, bis zu dem Tag, als sie den toten Nordmann sahen, der eben solch einen Brillenhelm trug. Schlagartig war ihnen bewusst geworden, dass sie nicht die Ersten auf diesem Eiland waren. Und dass die Nordmänner irgendwann wiederkehren würden.

»Unser Geheimnis«, wiederholte Caitt halblaut, wechselte dann jedoch das Thema. »Hast du Beacán gesehen?«

Kineth schüttelte den Kopf. »Der ist den ganzen Tag nicht aus seiner Hütte gekrochen. Gair hat kurz nach ihm gesehen, aber er war in seine Gebete vertieft.«

»Gebete? Stinksauer ist er, dass wir nicht den ›einen wahren Gott‹ um Hilfe bitten – und damit ihn.« Caitt grinste spöttisch.

Kineth verzog keine Miene. »Wenn wir aufbrechen, wird ein Gott nicht reichen. Wir werden die Hilfe aller Götter aller Völker brauchen, das versprech ich dir.«

Caitts Grinsen wurde noch breiter, aber er sagte nichts.

Sie hatten die Hügelkuppe erreicht. Jetzt sahen sie, dass Mòrag bereits anwesend war. Sie saß, mit entblößtem Oberkörper, den Kopf gesenkt, vor dem Feuer und bewegte sich rhythmisch hin und her.

Kineth und Caitt hockten sich zu den Männern der Garde. Tynan beschnupperte kurz die Stele, dann lief er davon. Er würde die Nacht auf seine Weise nutzen.

Es war kalt geworden, doch die Flammen wärmten angenehm. Kineth blickte in die Gesichter der anderen, die im Feuerschein wie grimmige Totenmasken wirkten. Die letzten gemurmelten Gespräche verstummten. Eine beinah greifbare Anspannung schien alle zu erfassen, schien die Gruppe wie einen undurchdringlichen Ring um die Seherin in ihrer Mitte zu binden, die noch immer den Oberkörper hin- und herbewegte.

Schließlich hob Mòrag den Kopf und verweilte einige Momente lang regungslos. Zwei Männer, die Trommeln vor sich hatten, begannen, einen ruhigen Takt zu schlagen. Mòrag nahm einen der Tiegel zur Hand, die vor ihr standen. In ihm war eine grünliche Paste, die sie aus den getrockneten Blattrosetten des Waids, vermengt mit Wasser und Urin, hergestellt hatte. Mòrag begann, sich die faltige Haut ihres Halses mit der Farbe zu bestreichen, dann zog sie Linien über ihre schlaffen Brüste und ihre knochigen Arme. Schließlich fuhr sie mit ausgestrecktem Zeige- und Mittelfinger in den Tiegel, holte den letzten Rest der Farbe heraus und zog zwei dicke Linien über ihr Gesicht, von der Stirn über die Nase bis zum Kinn.

Dann ergriff sie einen zweiten Tiegel, in dem sich getrocknetes und gehäckseltes Wurzelwerk und Pilze befanden. Sie nahm eine Handvoll heraus und warf sie ins Feuer. Es prasselte, die Funken stoben, und beißender Rauch stieg auf. Mòrag wedelte den Rauch zu sich, hüllte sich in ihn ein, als wollte sie sich reinigen. Dann begann sie leise zu summen.

Nach einiger Zeit stimmte sie den *einen*, uralten Gesang an. Es klang, als würden zwei Stimmen zugleich singen, kehlig vibrierend die eine, die andere mit feinem Flötenton. Niemand, der diesen Gesang hörte, konnte sich seiner Wirkung entziehen. Viele der Anwesenden kannten ihn bereits, aber die meisten der jungen Krieger wurden zum ersten Mal Zeugen dieses einzigartigen Ritus. Gebannt beobachteten sie die alte Frau, die mit halb geöffneten Mund dasaß und, ohne die Lippen zu bewegen, Klänge hervorbrachte, die aus einer anderen Welt zu kommen schienen.

Die Trommler wurden leiser, bis die Stille der Nacht nur noch vom Gesang der alten Frau erfüllt war.

Plötzlich verstummte sie.

»Was siehst du?«, fragte Brude. Seine Stimme klang unsicher.

»Die Prophezeiung des Uuradach«, flüsterte Mòrag, »... das Grab des Letzten der Könige ... ein Reich erschaffen, ein letztes Reich ...« Sie bebte, als würde sie etwas Unaussprechliches sehen, dann fuhr sie fort. »Das Grab ... ist der Schlüssel, aber das Schloss dazu, wo ist ... ich kann kein Schloss erkennen ... ich sehe – Dunkelheit, ich sehe – Tod.« Mòrag begann zu zittern, als würde sie schrecklich frieren. »Der Tod vieler – Dutzender und Aberdutzender ... ihre zerschmetterten Leiber tränken fruchtbaren Boden ...« Tränen liefen der alten Frau über die schlaffen Wangen.

Brude sah besorgt zu den Kriegern. Ihre Mienen waren starr auf die Alte gerichtet, als sähen sie die toten Leiber bereits vor sich.

Moirrey griff die Hand ihrer Schwester, die den Druck erwiderte.

»Was siehst du noch?«, fragte Brude erneut.

»Ich sehe ... ich sehe einen schwarzen Stein, den größten aller Steine«, fuhr sie fort, »... er ist – bedeckt mit Bildern ... zwei Scheiben, die sich drehen und doch nicht berühren ... ich sehe – das Kreuz der Christen. Aber auch das Tier unseres Volks, das sich über einem fischschwänzigen Ungeheuer windet ...«

»Wir suchen einen *Stein*?« Caitt beugte sich zu seinem Vater vor. Dieser zuckte unschlüssig mit den Schultern.

»Ein Stein und ein Grab... Sie beide werden das Schicksal unseres Volkes besiegeln«, sprach Mòrag weiter mit krächzender Stimme. Ihre Augenlider flatterten.

»Wo befindet sich dieser Stein?«, fragte Brude eindringlicher.

Mòrag sah sich mit geschlossenen Augen um, als würde sie etwas suchen. »Ein Platz... Steine inmitten eines grünen Meeres, aber nahe der See... die Bilder verschwinden...«

Brude konnte seine Ungeduld kaum mehr zügeln. Am liebsten hätte er die Alte kräftig durchgeschüttelt. »Wo ist dieser Ort?«

»Die alten Götter blicken auf den Stein. Aber auch sie können ihn kaum noch erkennen. Ich...« Die Alte stöhnte, rhythmisch, als würden Wellen der Lust sie durchströmen. Ihr Stöhnen hatte etwas Furchterregendes. Sie zuckte ein letztes Mal, dann sackte sie stumm in sich zusammen.

Zwei der Ältesten standen auf und gingen zu der alten Frau, die wie tot dalag. Doch kaum hatten sie sie aufgerichtet, öffnete Mòrag wieder die Augen. Unsicher sah sie in die Runde. Die beiden Männer wichen ehrfürchtig zurück.

»Habt ihr gehört, was ihr hören wolltet?«, fragte Mòrag.

Brude zuckte mit den Schultern. »Ja. Und nein.«

Die Alte lächelte zahnlos. »Also ja.« Sie blickte in den Sternenhimmel. »Lasst mich jetzt allein!«

Während Mòrag noch eine Handvoll Kräuter ins Feuer

warf und sich erneut in Rauch hüllte, erhoben sich die Krieger und verließen den heiligen Ort. Als Brude zusammen mit Kineth und Elpin aufbrechen wollten, deutete die Alte auf Letzteren. Brude wandte sich Elpin zu und gab ihm mit einem Schlag auf die Schulter zu verstehen, dass er zu bleiben hatte.

Elpin wurde blass, aber er fügte sich und trottete zu der Alten.

»Du bist nicht bei mir«, sagte Iona leise und hielt inne. Sie blickte auf ihren Mann, der unter ihr lag. Schweißperlen tropften von ihrer Nasenspitze auf sein Gesicht, das wie das ihre vor Erregung gerötet war.

Brude strich sich das zerzauste Haar aus der Stirn. Dann verschränkte er mit einem tiefen Seufzen die Arme im Nacken. »Du willst also nicht mehr?« Er mied die Augen seiner Frau, blickte an die hölzerne Decke der engen Schlafkammer.

Iona rutschte von ihm herunter und packte mit festem Griff sein schlaffes Glied. »Ich kenne meinen Mann. Und ich weiß, wenn seine Gedanken ihn davon abhalten, sein Weib zu befriedigen.« Ein Lächeln huschte ihr über die Lippen, dann küsste sie Brude auf die Wange, die immer noch heiß war. »Du kannst es ja später noch einmal versuchen.«

»Ich ... mir gehen die Bilder nicht aus dem Kopf. Ein Grab. Ein Stein. Ein Feld voller Toter ...« Brude setzte sich auf. »Was ist, wenn *wir* mit den Toten gemeint sind?

Was, wenn wir bei dem Versuch, uns gegen das Schicksal zu stellen, alle sterben werden?«

Iona strich ihm sanft über die Brust, zeichnete die Linien des Piktischen Tieres nach. »Dann ist auch das unser Schicksal.«

Brude stieß ein unzufriedenes Knurren aus. »Ich weiß nicht, ob es klug war, die alte Mòrag zu befragen. Wir sind nicht weiter als zuvor.« Er stand auf, zog sich die Hose an und band sie zu.

»Ich bin auch nicht weiter als zuvor«, flüsterte Iona und fuhr sich aufreizend mit der Hand zwischen die Beine. »Komm wieder zu mir.«

»Nein, ich muss frische Luft schnappen«, sagte Brude und verließ die Hütte, noch während er in sein Hemd schlüpfte.

Nun stieß auch Iona ein unzufriedenes Knurren aus. Sie rollte sich auf den Rücken, fuhr sich mit der Hand zwischen die Beine und begann zu vollenden, wonach ihrem Mann nicht der Sinn stand.

Brude atmete tief die kühle Luft der Nacht ein.

In keiner der Hütten ringsum brannte ein Licht, alles war still, alles schlief. Er ging langsam bis ans Ende des Dorfes, dann stieg er auf einen der bewachten Hügel. Die Feuerschale war erloschen und wirkte wie ein schwarzes, erstarrtes Skelett. Auch die Gestalt der Wache, die daran lehnte, glich einem leblosen Körper.

Doch als Brude sich auf zehn Schritt genähert hatte, fuhr der Mann in die Höhe. »Halt! Wer da?«

»Schon gut, Sohn des Llyn, ich bin's«, sagte Brude, der Heulfryn an seiner nasalen Stimme erkannte.

»Brude!« Der junge Mann klang erleichtert und verwundert.

»Na, alles ruhig?« Der Herrscher stellte sich neben ihn und blickte zum Horizont, wo sich Wolken sammelten. Im Mondlicht glitzerte eine unruhige See.

»Kein Schiff, keine Nordmänner«, berichtete Heulfryn. »Nur ab und zu ein Walfisch, der Wasser spritzt.«

Brude nickte. Leichter Wind wehte vom Meer herein, ließ die Wellen tanzen und fuhr den beiden Männern durch die Kleidung.

»Regen?«, fragte er und deutete aufs Meer.

»Ich fürchte, ja«, antwortete Heulfryn und zog sich den dicken Wollumhang enger um den Hals.

Brude klopfte ihm auf die Schulter. »Wollen wir hoffen, dass es bis zu deiner Ablösung noch trocken bleibt.«

Heulfryn lächelte dankbar.

Als Brude den Hügel wieder hinabstieg, setzte der Wind für einen Moment aus. Ihm war, als könnte er eine liebliche Melodie hören, die jemand weit entfernt auf einer Flöte spielte. Brude zog die Augenbrauen zusammen, hielt sich die Hand ans Ohr – doch in dem Augenblick setzte der Wind wieder ein und verschluckte jedes andere Geräusch.

Brude schüttelte den Kopf. Er musste sich getäuscht haben. Dann stapfte er in Richtung Dorf.

Kurz bevor er die ersten Hütten erreicht hatte, brach der Wind so plötzlich ab, wie er aufgekommen war. Erneut hörte Brude es – es war eine Flötenmelodie, lieblich und verspielt, die aber nicht aus einer der Hütten zu kommen schien, sondern von weiter weg.

Brude machte kehrt und folgte der Melodie, die ihn zu locken schien, weiter und weiter, ins Hinterland hinein ...

Schließlich erreichte er die sanften Hügel, auf denen sich die Gräber seines Volkes befanden, und er erkannte schon von Weitem eine dunkle Gestalt, die zusammengekauert bei einem der Steinhaufen hockte – und von der die Melodie ihren Ursprung zu nehmen schien.

Eine sonderbare Furcht befiel Brude. Ihm wurde bewusst, dass er keine Waffe bei sich trug, und dass auch niemand seiner Garde in der Nähe war. Wenn das eine Falle war –

In diesem Moment riss die liebliche Melodie ab, die Gestalt wandte den Kopf. Brude hielt die Luft an. Er fühlte sich wie einst als kleiner Junge, wenn er sich verlaufen hatte.

»Langweilt dich dein Weib im Bett so sehr, dass du mir hierher folgen musst?« Es war die tiefe, durchdringende Stimme von Unen.

Erleichterung durchströmte Brude, aber gleichzeitig ärgerte er sich über seine kindische Furcht.

Und du willst ein Anführer sein?

»Soll ich dir alle Einzelheiten erzählen?«, entgegnete der Herrscher und stieg den Hügel zu der dunklen Gestalt empor.

»Danke, aber ich habe genug Schauergeschichten für einen Abend gehört.« Unen reichte Brude die Hand.

Dieser ergriff sie und setzte sich neben Unen. »Was in Gottes Namen machst du hier mitten in der Nacht, Mathan?«

Unen schob die kleine Knochenflöte unter seinen Umhang. »Wenn ich nicht schlafen kann, komme ich hierher und spiele für mein Weib und meine Kinder. Und jeden anderen, der hier liegt und es hören will.«

»Du denkst, du beschwichtigst damit ihre Geister?«

Unen lachte auf. »Beschwert hat sich zumindest noch niemand!« Dann wurde er wieder ernst. »Und wenn es nicht die Geister beschwichtigt, dann wenigstens mich.«

Brude fuhr sich durch den Bart. »Du konntest nicht schlafen?« Er wartete die Antwort nicht ab. »Ich auch nicht. Die Prophezeiung der alten Mòrag –«

»Ich weiß«, unterbrach ihn Unen, »ihre Worte gehen mir auch durch den Kopf. Ich muss die ganze Zeit an die alten Geschichten unseres Volkes denken. Ich habe das Gefühl, als würde ich den Ort, von dem die Alte sprach, aus irgendeiner dieser Geschichten kennen.«

Brude sah ihn erwartungsvoll an.

»Ich habe immer wieder ihre Worte wiederholt: ›Ein schwarzer Stein auf einem Platz, auf den die alten Götter blicken‹. Ein geweihter Ort also. Und geheimnisvolle Zeichen. Wie diese hier.«

Unen öffnete seinen Umhang und zeigt mit der Hand auf seinen Hals, auf die Zeichnung zweier Kreise, die von einer gezackten Linie durchbrochen wurden. »›Zwei Scheiben, die sich drehen und doch nicht berühren …‹«

Unen schloss den Umhang, bevor er fortfuhr. »Ein heiliger Ort, an dem die Druiden mit den alten Göttern sprachen, lange bevor unser Volk begonnen hatte, an den *einen* Gott zu glauben. Ich habe lange gegrübelt – und plötzlich schoss es mir ein wie ein Blitz: Clagh Dúibh.«

Brude war, als würde ein Bild vor ihm aufflackern, das im nächsten Moment wieder in der Dunkelheit verglomm. »Clagh Dúibh?«

»Der Vater meines Vaters hat davon erzählt, dass die Druiden aller Stämme unserer Ahnen einmal im Jahr an jenem Ort zusammenkamen. Sie versammelten sich auf dem Hügel, umgeben von Stelen, und sie sprachen mit den Göttern. Und aus ihrer Mitte soll eine gewaltige Stele emporgeragt haben, aus schwarzem, mattem Stein, über und über mit den Zeichen unseres Volks und unserer Götter verziert. Es hieß, wenn die Götter zu den Druiden sprachen, dann begannen diese Zeichen zu glühen.«

»Der schwarze Stein ...«, wiederholte Brude.

In Unens Augen trat ein Funkeln. »Ja, mein Freund. Der schwarze Stein von Clagh Dúibh wird uns den Weg weisen. Wenn wir ihn finden, finden wir auch das Grab unseres letzten Königs. Und dann ...«

»Dann gibt es wieder Hoffnung für unser Volk«, sagte Brude.

»So ist es, mein Freund, so ist es.«

Jeder Hammerschlag, den Dànaidh mit sicherer Hand führte, ließ die Funken stieben. Der kahl rasierte, mit blauen Zeichnungen übersäte Schädel des Schmieds glänzte, während Brion und Tyree die Blasebälge betätigten, die das Schmiedefeuer anfachten. Für einen Mann war Dànaidh eher klein gewachsen, doch an seinen Oberarmen wölbten sich beeindruckende Muskelberge. Es gab nur wenige Krieger auf der Insel, die dem Schmied an Kraft gleichkamen.

In seiner Hütte stapelten sich die Waffen, die sie den

Nordmännern abgenommen hatten – Schwerter, Äxte, Dolche. Viele von ihnen waren in tadellosem Zustand, mussten nur neu geschliffen werden. Doch einige waren im Kampf so sehr in Mitleidenschaft gezogen, dass sie nicht zu retten waren. Daher schmiedete Dànaidh neue Klingen für alte Griffe und neue Griffe und Knäufe für intakte Klingen. Es war eine willkommene Abwechslung, denn meist suchte er die Wiesen des Eilands nach auf der Erde liegenden Metallklumpen von brüchiger Qualität ab und verarbeitete sie zu Messern und Spießen. Aber jetzt konnte der Schmied endlich tun, wozu er sich berufen glaubte. Er fühlte sich bereits wie jener Donnergott der Nordmänner, den man aus den alten Geschichten kannte. Auch wenn es der Gott der Feinde war.

Obwohl Dànaidh die Schmiedekunst der Nordmänner eine gehörige Portion Respekt abrang, war er zu dem Schluss gekommen, dass es nichts gab, was man nicht noch verbessern konnte. Also streckte, stauchte, bog und lochte er unablässig vor sich hin. Sein verbissener Blick verbarg die Freude, die es ihm bereitete, das Metall zu formen.

Er hatte auch allen Grund, guter Dinge zu sein – es hieß, man werde bald aufbrechen und das Meer bezwingen. Natürlich müsste er sein Weib zurücklassen, aber er wusste, dass Gràinne Trost in den Worten Gottes finden würde. So manches Mal hatte es ihn verdrossen, dass Gràinne die christlichen Gebote strenger einhielt, als selbst der Pfaffe es für nötig hielt. Doch jetzt, musste er zugeben, war ein gottesfürchtiges Weib durchaus von Vorteil.

Gràinne hatte ihre beiden Söhne Brion und Tyree in

die Ehe gebracht, doch Dànaidh zog sie wie seine eigenen Kinder auf. Die Jungen waren fleißig und halfen ihm jeden Tag in der Schmiede. Auch heute waren sie wieder an den Blasebälgen aus Robbenhaut.

Mit kritischem Blick betrachtete Dànaidh die rot glühende Handaxt, der er gerade eine besonders harte Schneide aufgeschmiedet hatte, und tauchte sie schließlich in den Bottich mit Wasser. Nachdem das laute Zischen und der alles vernebelnde Dampf verklungen waren, sah er zu Brion.

»Diese Klinge wird nicht nur Fleisch und Knochen, sondern ganze Helme spalten, das versprech ich dir!«

Brion blickte ehrfürchtig in den Bottich.

Dànaidh lächelte zufrieden. »Ihr könnt etwas Luft schnappen«, sagte er zu den Jungen, die sogleich nach draußen liefen.

Dànaidh nahm einen Krug Wasser, trank ihn in einem Zug aus und goss sich einen zweiten über den Schädel. Dann trat er ebenfalls vor die Schmiede und beobachtete zufrieden das Treiben der Dorfbewohner. Auf einen Schlag wollte niemand mehr etwas davon wissen, dass man sich noch vor wenigen Tagen dagegen entschieden hatte, das Schiff der Nordmänner zu nutzen, im Gegenteil: So gut wie jeder bekräftigte, von Anfang an dafür gestimmt zu haben.

Sie klammerten sich an einen Strohhalm, das wusste Dànaidh. Aber immerhin waren sie nicht mehr länger zur Untätigkeit verdammt.

Mit der spätsommerlichen Sonne im Rücken kamen zwei Gestalten auf den Schmied zu.

»Ist schon alles geschmiedet, dass du hier herumlungern kannst?« Moirrey verschränkte die Arme und baute sich vor dem Schmied auf, der kaum größer war als sie selbst.

»Sieh an, die Breemally-Schwestern. Ich habe gehört, dass ihr mit auf die große Reise dürft«, sagte Dànaidh mit ernster Miene. »Wo es doch hier so viele Kittel zu stopfen gibt.«

Moirrey tätschelte dem Schmied die Wange. »Und noch mehr vorlaute Mäuler!« Dann betrat sie die Werkstatt. Der Schmied und Bree folgten ihr.

»Wie geht es meinen Schwertern?«, wollte Bree wissen.

Der Schmied zögerte. »Hast du, worum ich dich gebeten habe?«

Als Antwort streckte Bree ihm zwei Lederhalfter entgegen, die sie gerade vom Gerber geholt hatte. »Mit besten Grüßen von Donyerth. Und er meinte, du sollst dir dein Zeug beim nächsten Mal selbst abholen, er hätte noch einen Rest Beerenschnaps.«

Dànaidh nickte gespielt schuldbewusst und nahm die Halfter entgegen, von denen einige Striemen hingen. Er begutachtete sie, schlaufte den einen an der linken Seite seiner Hüfte in den Gürtel ein, den anderen an der rechten und band beide mit den Riemen am jeweiligen Oberschenkel fest. Dann nahm er zwei Schmiedehämmer und ließ sie mit dem Stiel voran in die Halfter gleiten.

Die Breemallys tauschten verwunderte Blicke.

»Und damit willst du kämpfen?«, fragte Moirrey.

Dànaidh drehte sich blitzschnell um, zog noch in der Bewegung den rechten Hammer und schleuderte ihn um Haaresbreite an Moirreys Gesicht vorbei. Mit lautem

Krachen schlug das Werkzeug hinter ihr eine eiserne Schale von der Wand.

Moirrey verzog keine Miene. »Beeindruckend. Dann hoffen wir mal, dass dich nicht mehr als zwei Feinde angreifen.«

Der Schmied zog die buschigen Augenbrauen nach oben und schnaubte nur verächtlich.

»Òrd, ich hab dir die Ledertaschen besorgt, die du haben wolltest«, begann Bree erneut. »Was ist nun mit meinen Schwertern?«

Dànaidh ging zu seiner Werkbank und zog unter einem schmutzigen, groben Tuch zwei Kurzschwerter hervor. »Griff und Klinge bilden nun eine untrennbare Einheit«, sagte Dànaidh, und seine Stimme bekam etwas Weihevolles. »Und ich habe bei beiden eine kurze Parierstange ergänzt.«

Der Schmied hielt Bree eins der Schwerter hin, das sie verwundert entgegennahm. »Parierstange? Was soll das?«

»Sieh sie dir erst einmal an.«

Die Kriegerin fuhr behutsam mit der Hand die blattförmige Klinge hinab, so als würde sie einem Kind über die Wange streichen. Die neue Parierstange, das Querstück zwischen Klinge und Griff, war nicht nur wunderschön verziert, sondern auch so nach vorn gebogen, dass sie einem Angreifer mit einer größeren Waffe leicht standhalten konnte.

Ein zufriedenes Lächeln machte sich auf Brees Gesicht breit. »Prächtig. Meine Hände werden es dir danken.«

»Soll ich lieber hinausgehen?« Moirrey sah ihre Schwester herausfordernd an und machte eine eindeutige Auf- und Abwärtsbewegung mit ihrer rechten Hand.

Bree blickte zu ihrer dreisten Schwester, dann wieder zum Schmied. »Im Kampf! Im Kampf werden es dir meine Hände danken! Weil sie jetzt besser – wenn man abrutscht, dann –«

»Ja ja, im Kampf«, setzte Moirrey nach und verstärkte die Bewegung.

Bree wurde rot. Schnell griff sie ihr zweites Schwert und ließ beide Waffen in die Lederschlaufen ihres Gürtels gleiten. »Danke, Òrd!« Dann schlug sie mit der Faust Moirrey auf den Oberarm. »Dumme Ziege.« Sie eilte hinaus.

Dànaidh und Moirrey brachen in Gelächter aus. Das Lachen war befreiend, es ließ sie die Sorgen um ihr Volk vergessen, auch wenn es nur für wenige Augenblicke war.

»Meine Hände werden es dir danken!«, äffte Moirrey ihre Schwester nach. Schließlich beruhigte sie sich wieder. »Manchmal kommt es mir vor, als wäre ich die Ältere von uns beiden.«

»Ach was«, sagte Dànaidh, »Bree hat es nur gut gemeint.«

Für einen Augenblick starrten sich die beiden stumm an, dann brachen sie erneut in Gelächter aus.

Brude war, als wollte der Husten seiner Schwester nicht enden. Mit jedem Ächzen schien Eibhlin mehr ihres ohnehin schon schwachen Lebens zu verlieren, bis der Reiz endlich nachließ und sie sich matt den blutigen Ausstoß von den Lippen wischte.

Brude reichte ihr einen Becher mit Wasser, doch

Eibhlin nippte kaum daran, ließ sich erschöpft wieder auf die Bettstatt sinken.

»Wir verlassen also unsere Heimat?«, sagte sie schließlich mit heiserer Stimme.

Brude stellte den Becher ab. »Nicht doch«, beschwichtigte Brude und sprach dabei wie ein Vater mit seinem Kind. »Vier Dutzend von uns, mehr passen nicht auf das Schiff. Für alle anderen bleibt das Leben vorerst so, wie es immer schon war.«

Eibhlin nickte, als würde sie sich mit dieser Erklärung zufrieden geben.

Der Herrscher nahm ihre Hand. Er versuchte, seine Worte heiter klingen zu lassen. »Wir machen es wie die Nordmänner. Wir gehen auf Raubzug und kehren schwer beladen zurück, mit Silber und Gold, edlen Stoffen und Sklaven.«

»Sklaven?« Eibhlin hüstelte. »Was sollen wir mit Sklaven? Wir können uns selbst kaum ernähren.«

Brude lächelte bitter.

Krank magst du sein, liebste Schwester, todkrank sogar. Aber sticheln kannst du, als würde dir nichts fehlen.

»Natürlich brauchen wir keine Sklaven. Wenn wir zurückkehren, dann –«

Eibhlin sagte etwas Unverständliches.

Brude beugte sich näher zu ihr.

»WIR?«, wiederholte sie kaum hörbar.

»Natürlich werde ich die Fahrt anführen, immerhin bin ich –«

Eibhlin entzog ihm die Hand. »Du lässt mich also zurück.« Sie seufzte. »Aber mach dir keine Sorgen. Wenn du wieder kommst, werde ich nicht mehr sein …«

»Sprich nicht so!«, fiel Brude ihr ins Wort. »Du wirst dich erholen. Und Iona ist hier, sie sorgt für dich.«

»Du weißt, wie deine Frau über mich denkt.«

Brude wandte den Blick ab.

Ich weiß vor allem, wie du über meine Frau denkst.

»Ich habe dich nie um etwas gebeten«, sagte Eibhlin und griff nach der Hand ihres Bruders. »Ich habe dich nie um etwas gebeten, aber jetzt tue ich es: Bleib bei mir. Lass die Jungen sich bewähren, die sind noch voller Tatendrang. Denk an Nechtan. Sorge für ihn – er ist die einzige Hoffnung für unser Volk.«

Brude spürte, wie ihn die alten Zweifel ergriffen. Seine Schwester hatte es schon immer geschafft, ihn zu verunsichern, mit ihren Vorhaltungen und Ermahnungen, ihren gut gemeinten Ratschlägen und kaum verhohlenen Drohungen. Aber damit war es jetzt vorbei. Die Entscheidung war gefallen, es gab kein Zurück mehr.

Und was ist, wenn sie recht hat?

Jedes Jahr, das verstrich, hatte ihn müder und erschöpfter werden lassen, hatte sein Inneres langsam, aber stetig ausgehöhlt. Nie hatte er sich im Kampf beweisen müssen, warum also jetzt damit beginnen?

Und warum nicht?

»Mein Entschluss steht fest«, sagte er und versuchte seiner Stimme die nötige Festigkeit zu verleihen.

Eibhlin richtete sich mühsam auf. »Du bist der Herrscher dieses Dorfes, nur weil ich damals gesagt habe, was sie hören mussten.« Sie lächelte matt. »Bruder, ich habe es nie bereut.« Jetzt sah sie ihm eiskalt in die Augen. »Zwinge mich nicht, es jetzt zu tun.«

Brude wusste nicht, ob er vor Schmach im Boden

versinken oder den Kopf seiner Schwester packen und an der Wand zerschmettern wollte. Wie konnte sie es wagen?

»Bleib hier«, wiederholte sie, »und ich schweige. Geh, und ich rede. Aber dann brauchst du nicht zurückzukommen.«

Brudes Gedanken rasten in seinem Kopf hin und her, ihm war, als hätte er noch nie im Leben eine Entscheidung getroffen. Schweißperlen traten ihm auf die Stirn, sein Mund war trocken. Sollte er sich ihr beugen? Ein einzelner Satz hallte in seinem Innern wieder.

Niemand darf erfahren, was sie weiß, niemals.

Kraftlos setzte er sich wieder auf, wagte nicht, seine Schwester anzublicken. »Wen würdest du statt meiner schicken?« Seine Worte waren nur ein Murmeln.

»Schicke Caitt.« Brude wollte etwas einwenden, aber sie ließ ihn nicht zu Wort kommen. »Ich weiß, dass du Kineth bevorzugst. Du wolltest ihn immer zu deinem eigentlichen Sohn machen...«

Brude hob die Hand, um sich Gehör zu verschaffen. »Vergiss nicht: Er ist das siebte Kind, Eibhlin, das siebte Kind!»

»Eine Zahl, die für sich steht, nichts weiter.«

»Aber alles spricht für Kineth: Er ist nicht nur mutig und geschickt im Kampf, er ist auch beherrscht und handelt klug. Eigenschaften, die man bei Caitt vergeblich sucht.« In seiner Stimme schwang Enttäuschung und Verbitterung mit.

»Aber er ist von deinem Blut, Bruder. Von unserem Blut. Und bis Nechtan das Alter erreicht, in dem er ein ebenso weiser wie gerechter Herrscher wie sein Onkel wird, sollte es doch unser Blut sein, das unser Volk führt, oder nicht?«

Brude antwortete nicht.

»Unser Blut«, wiederholte sie leise.

Schließlich nickte der Herrscher. »Dann also Caitt.« Er stand auf. »Und nun schlaf wieder. Es wird alles gut werden.«

»Wird es das?«, fragte sie mit dünner Stimme.

Er strich ihr über das Haar. »Das wird es, ich versprech es dir.«.

Brude zog den Wollvorhang, der Eibhlins Kammer vom Rest des Hauses trennte, hinter sich zu. Als er sich umdrehte, sah er seine Frau auf sich zukommen. Nechtan lag dick eingemummt in ihren Armen.

»Wie geht es ihr heute?«, rief sie ihm munter entgegen.

Brude zuckte mit den Schultern.

»Beacán sucht dich.«

Brude stieß einen Seufzer hervor.

Der Nächste, der mich quälen will.

»Er wartet vor der Halle«, fügte Iona hinzu, die ihren Mann nun erreicht hatte.

Dieser nickte und gab ihr einen flüchtigen Kuss auf die Wange. »Ich werde übrigens hier bleiben«, sagte er beiläufig und war schon im Begriff zu gehen, als Iona ihn am Arm festhielt. Ihre Fröhlichkeit war schlagartig verflogen.

»Du wirst was?«

»Es ist besser so. Unser Dorf braucht mich nun umso mehr.«

»Das Dorf.« Sie blickte ihn verständnislos an. »Zum

ersten Mal kann sich unser Volk, kannst *du* dich beweisen, so wie es unsere Vorfahren getan haben – und nun willst du hier bleiben?«

»Ich will nicht, Weib, ich muss. Meine Pflicht liegt bei denen, die mich brauchen, nicht bei denen, die mich wollen.«

»Es ist deine Schwester, die da aus dir spricht.«

Brude packte seine Frau grob am Kinn. »Manchmal weißt du einfach nicht, wann es genug ist, oder?«

Manchmal weißt du das selbst nicht.

Iona verzog keine Miene, funkelte ihn nur eiskalt an. Nechtan begann, in ihren Armen zu weinen.

Der Herrscher blickte auf das Kind, dem dicke Tränen die Wangen hinunterliefen. Er zog seine Hand zurück. »Möchtest du nicht lieber, dass dein Mann bei dir ist, als dass er siegreich und tot ist?«

»Nein«, entgegnete Iona. »Ich möchte einen Mann bei mir, der siegreich ist.«

Brudes Miene versteinerte. Er machte auf der Stelle kehrt und ließ seine Frau stehen. »Sag Caitt deinen Wunsch«, rief er über die Schulter zurück. »Vielleicht bringt er dir ja einen solchen Mann mit!«

Iona fletschte die Zähne als Antwort, ungeachtet dessen, dass Brude es nicht sehen konnte. Dann zog sie Nechtan enger zu sich und küsste ihn sanft auf die Wange. Gleich darauf hörte er auf zu weinen.

Sie sah zu dem Vorhang, hinter dem Brudes Schwester vor sich hinsiechte. Eigentlich hatte sie Nechtan eine Weile zu seiner Mutter bringen wollen, in der Hoffnung, dass dies ihre Genesung beschleunigen würde.

Für einen Augenblick verharrte sie regungslos.

Dann drückte sie Nechtan fester an sich, drehte sich um und ließ den Vorhang und die Frau, die dahinter lag, zurück.

Als Brude vor die Halle trat, erblickte ihn der Priester und eilte sofort zu ihm.

»Du glaubst also auch – äh – an diese Trugbilder, die die Alte von sich gibt?«, kam Beacán ohne Umschweife zur Sache.

»Sei gewarnt, Mann Gottes. Ich bin heute nicht mehr in der Stimmung, mir noch mehr Vorhaltungen anzuhören«, sagte Brude grollend.

»Nichts – äh – liegt mir ferner«, beschwichtigte der Priester und umklammerte ein armlanges Holzkreuz. »Aber die – äh – Art und Weise, wie wir – äh – übergangen werden –«

»Wir?« Brude sah Beacán herausfordernd an.

»Gott der Allmächtige und – äh – ich.«

Brude packte den Mann an der Kutte und zog ihn näher zu sich heran, als ihm lieb war. »NICHT – IN – DER – STIMMUNG!«

Beacán nickte eingeschüchtert.

»Außerdem«, sagte Brude und lockerte seinen Griff, »warst du ebenfalls zu der Zusammenkunft eingeladen. Dass du nicht erschienen bist, war deine Entscheidung, nicht die meine.« Er ließ den Mann wieder los.

Der Priester straffte sich die Kutte. Als ob er einem solch heidnischen Ritual jemals beiwohnen würde. Es hätte ihn bei vielen im Dorf, die bereits an ihm zweifelten, nur noch unglaubwürdiger erscheinen lassen.

»Ich – äh – werde mich auf alle Fälle nicht auf diese Reise – äh – begeben.«

»Ganz recht, das wirst du auch nicht.«

Beacán wirkte plötzlich enttäuscht. »Nein? Wen schickst du – äh – denn?«

»Das wirst du schon noch früh genug erfahren. Aber es werden 49 an der Zahl sein.«

Das Gesicht des Priesters erhellte sich für einen Moment. »Sieben mal ...« Er bekreuzigte sich schnell. »Weise – äh – gewählt.« Dann entfernte er sich einen Schritt von Brude. »Was ich – äh – dir eigentlich sagen wollte ist: Ich kann diese Reise – äh – auch nicht segnen.«

Der Herrscher glotzte Beacán an, als hätte ihm dieser gerade verkündet, im Namen Gottes sein Weib schänden zu wollen.

»Denn – äh – es ist nicht der Wille des – äh – Herrn, des einzig wahren Gottes«, fügte er noch hastig hinzu und streckte dem Herrscher sein Holzkreuz entgegen, als könnte es ihn beschützen.

Brude atmete tief ein und hielt die Luft einen Augenblick lang an. Dann sprach er gefährlich langsam. »Hör gut zu, du Gottesversteher. Jeder, der sich auf dieses Schiff begibt, riskiert sein Leben, damit unser Volk nicht nur besser leben, sondern überleben wird. Sie werden den Schutz aller Götter brauchen, damit zumindest einige wenige von ihnen lebend wieder zurückkommen. Wenn ich könnte, würde ich jeden Priester, jeden Druiden und jeden Seher auf dieser Welt um ein Gebet zum Schutz unserer Krieger bitten.« Brude überlegte kurz. »Nein, nicht bitten, ich würde sie dazu zwingen, mit allem, was mir möglich ist.«

Der Priester umklammerte das Kreuz nun so fest, dass seine Knöchel weiß wurden.

Brude atmete erneut tief durch. »Solltest du dich also weigern, sie zu segnen, dann werde ich dir höchstpersönlich dieses Holzkreuz so tief in deinen heiligen Arsch schieben, dass es dir bei deiner nächsten Predigt aus dem Rachen ragt. Habe ich mich verständlich ausgedrückt?« Brude starrte den Priester an, wäre er ein Beutetier, das er jeden Moment reißen würde.

Beacán schluckte. »Da – äh – habe *ich* mich missverständlich ausgedrückt, verzeih«, sagte er hastig. »Natürlich werde ich – äh – die Reisenden segnen.« Der Priester bekreuzigte sich und blickte zu Boden.

Brude bekreuzigte sich betont langsam und setzte ein süßliches Lächeln auf. »Natürlich wirst du das.«

Zum ersten Mal, seit Wroid mit seiner blutigen Arbeit begonnen hatte, wagte Kineth es, an seinem Körper hinunterzusehen: Auf seiner Brust, auf der einzigen noch nicht bebilderten Stelle seiner linken Körperhälfte, prangten die schwarzblauen Umrisse des piktischen Tiers. Die Haut rundherum war gerötet, feine Blutstropfen perlten an manchen Stellen hervor und liefen in feinen roten Fäden hinab.

Kineth atmete tief durch. Obwohl seine Haut wie Feuer brannte, spürte er eine tiefe innere Befriedigung, dass ihn das schützende Symbol seines Volkes nun sein Leben lang begleiten werde.

»Sehr gut«, sagte Kineth anerkennend zu Wroid, der neben ihm auf dem Boden vor seiner Hütte kniete. Der junge Mann mit dem Gesicht eines abgemagerten Frettchens hatte diese Form der dauerhaften Körperbemalung von seinem Vater gelernt. Sein Vater stach für gewöhnlich nur einfache Ornamente unter die Haut, Wroid hingegen hatte sich inzwischen zu einem wahren Meister entwickelt, was dazu führte, dass die Leute sich, zum Verdruss des Alten, nur noch an Wroid wandten.

»Freu dich nicht zu früh«, antwortete dieser und tauchte den fein gezackten Kamm, den er aus dem Zahn eines Walrosses geschnitzt hatte, in die Schale mit Ruß. »Das wird noch eine Weile dauern.«

Kineth schloss die Augen.

Wroid setzte den Stab, an dessen Ende der Kamm befestigt war, erneut auf Kineth' Haut. Schneller als das Auge folgen konnte, klopfte er mit einem Schlägel aus Seehundknochen auf den Stab und begann, den Körper des Tiers mit feinen spiralförmigen Linien zu füllen.

»Nicht, dass wir Wichtigeres zu tun hätten, also nimm dir ruhig alle Zeit der Welt.« Aileans Stimme. »Zumindest wird der Mann immer schöner, je älter er wird.«

Kineth öffnete die Augen und wollte hinter sich blicken, aber das mahnende Räuspern von Wroid hieß ihn, still zu liegen.

»Man sollte nichts unversucht lassen, dem Weibsvolk zu gefallen«, sagte Kineth ernst.

Ailean hockte sich neben ihn. Kineth konnten ihren mit Lederbändern straff umwickelten Busen sehen. Er drehte vorsichtig den Kopf und sah im Schein der Mittagssonne ihre Locken leuchten, die über ihre mit Ornamenten verzierten Schultern fielen.

»Und welches Weibsvolk genau meinst du?«, neckte ihn Ailean. »Das unsre oder jenes, das du zu erobern gedenkst?«

»Natürlich jenes, das man erobern muss. Männer begehren immer das, was sie nicht haben.«

»Schade«, erwiderte Ailean spitz. »Gerade heute wäre mir nach körperlicher Nähe zumute gewesen.«

Kineth grinste unverfroren. »Dann wird das ein einsamer Tag für dich.«

»Ich werde es überleben.« Ailean erhob sich. »Wenn ihr hier fertig seid, komm zum Schiff. Vater will uns alle sehen.«

Kineth nickte. Der Augenblick der Nähe war verflogen. Jetzt war sie nur noch die Tochter, die einen Befehl ihres Vaters an den Stiefsohn überbrachte.

Als Ailean gegangen war, schloss Kineth wieder die Augen, und Wroid setzte erneut den nadelspitzen Stab an.

Sechs Männer aus dem Dorf mühten sich ab, das geflickte und gefettete Segel mit Tauen an der Rah festzumachen. Es war jedoch nicht die Art der Befestigung, die den Männern zu schaffen machte, sondern der böige Wind, der immer wieder heftig in die großflächigen Stoffbahnen fuhr und sie ihnen aus den Händen riss.

»Vielleicht solltet ihr warten, bis der Wind sich gelegt hat«, rief Brude, als er sich gemeinsam mit Ailean und Caitt dem Schiff näherte. Und leise an Caitt gewandt: »Einer ein größerer Ochse als der andere.«

Kineth stand mit blankem Oberkörper bei Flòraidh, Unen und Dànaidh sowie einer Handvoll Krieger.

Caitt trat auf ihn zu. »Wroid hat gute Arbeit geleistet«, sagte er, als er Kineth' neue Körperverzierung erblickte. Und schlug mit der flachen Hand drauf, dass es nur so klatschte.

Die Umstehenden johlten. Auch Kineth rang sich ein Lächeln ab, obwohl der Schmerz seinen ganzen Körper durchfuhr. Es war Brauch, dass sich jeder, der eine neue Bemalung hatte, diese Form der »Anerkennung« gefallen lassen musste.

Brude wartete, bis sich die allgemeine Heiterkeit gelegt hatte, dann wandte er sich mit erhobener Stimme an alle. »Hört mich an! Es sind nur noch sieben Tage und Nächte bis zur Sichel des Neumonds. Wenn der Wind günstig steht, brechen wir an diesem Tag auf, das heißt ...« Er räusperte sich. »*Ihr* brecht auf.«

Die anderen sahen den Herrscher verständnislos an.

»Was meinst du?« Ailean trat näher zu ihrem Vater.

»Das heißt, dass ich hierbleiben werde«, erklärte Brude. »Zum Schutze all jener, die nicht mitkommen können.«

»Du lässt uns im Stich?« Ailean verschränkte die Arme.

Einen Moment war Brude versucht, seine Tochter zurechtzuweisen. Ihn in aller Öffentlichkeit der Feigheit zu bezichtigen, war eine ungeheure Anmaßung. Aber er ließ sich nicht beirren.

»Mein Entschluss steht fest. Ich bin überzeugt davon, dass ihr Neunundvierzig unserem Volk große Ehre machen werdet. Und so Gott will, werdet ihr erreichen, wovon unsere Vorfahren nicht einmal zu träumen wagten: eine neue Heimat zu finden auf dem Boden unserer alten Heimat.«

»Und wer soll uns führen, wenn nicht du?« Dànaidh sah Brude an und kratzte sich den kahlen Schädel.

Brude runzelte die Stirn. Dann holte er tief Luft. »Ich habe diese Entscheidung nicht leichtfertig getroffen. Es braucht jemanden, der Willens ist zu führen, aber stark genug, um nicht zu herrschen.«

Alle sahen zu Kineth.

Caitt verzog das Gesicht und ballte die Fäuste ob der drohenden Erniedrigung. Wieder einmal würde sein Vater ihm Kineth vorziehen, wieder einmal würde Zuneigung vor Blut gelten. Wieder einmal würde er ihm nicht die Möglichkeit zuteilwerden lassen, sich zu beweisen.

»Deshalb habe ich entschieden«, sagte Brude ohne Hast, »meinem Sohn Caitt das Kommando zu übertragen.«

Totenstille. Alle, auch Caitt, sahen den Herrscher ungläubig an.

»Ganz recht.« Brude legte Caitt die Hand auf die Schulter.

Der reckte sich und konnte sich ein selbstgefälliges Grinsen nicht verkneifen.

Brude klopfte seinem Sohn noch einmal auf die Schulter, dann wendete er sich ab und ging zurück ins Dorf.

Kineth machte als Erster einen Schritt auf Caitt zu und streckte ihm die Hand entgegen. »So schnell kann man zum Anführer werden«, sagte er. »Ich gratuliere.«

Caitt bedachte Kineth mit einem skeptischen Blick. Aber ob dieser die Bemerkung spöttisch gemeint hatte oder nicht, war seiner Miene nicht anzusehen. »Danke, kleiner Bruder.« Caitt erwiderte den Händedruck, dann wandte er sich an die anderen. »Die Zeit drängt, es gibt viel zu tun!« Er beachtete die argwöhnischen Gesichter nicht. »Noch Fragen?«

Moirrey wollte gerade zu einer Frechheit ansetzen, wurde allerdings durch einen beherzten Stoß in die Rippen von Bree daran gehindert.

»Dann los!« Caitt drehte sich um und ging denselben Weg wie sein Vater zurück ins Dorf.

»Das darf nicht wahr sein«, keuchte Moirrey, die nach dem Stoß noch immer nach Luft rang.

»Ich kann mir auch gut vorstellen, wem wir das zu verdanken haben«, fügte Unen knurrend hinzu. »Dieser missgünstigen Vettel von –«

»Es reicht!« Ailean stützte die Hände in die Hüften. »Vaters Befehl, unser Schicksal. Genug gesagt.«

Eine Woche lang herrschte im Dorf geschäftiges Treiben. Die Handwerksmeister – Bäcker, Brauer, Seiler, Zimmermann, Schmied, die Fischer und Bauern –, sie alle arbeiteten Tag und Nacht. Die Frauen nähten und flickten, und auch die Kinder bis hin zu den Kleinsten halfen fleißig mit. Seit vielen Jahren hatte man nicht mehr eine solche Eintracht im Dorf erlebt.

Schließlich war jede Arbeit getan, und auch der Proviant und die Schiffsausrüstung waren an Bord gebracht und verstaut worden. Die letzte Nacht vor der Abfahrt war da.

Manche der Neunundvierzig verbrachten sie im Kreise ihrer Familie. Manche waren bei ihren Freunden oder Geliebten, wieder andere feierten in der Halle mit den letzten Reserven an Beerenschnaps und Pilzen, die es im Dorf noch gab und die an sie verteilt worden waren.

Kineth jedoch hatte beschlossen, die Nacht an der Küste zu verbringen. Er schnürte in seiner Hütte ein Bündel mit seinen wenigen Habseligkeiten und schulterte seine Waffen. Beim Hinausgehen ließ er den Vorhang im Eingang offen – ein Zeichen, dass jedem Obdach geboten würde, der es benötigte. Denn wer konnte schon wissen, ob sie jemals zurückkommen würden?

Wissen kannst du es nicht, aber alles ist besser als hierzubleiben.

Kineth blickte nicht zurück, sondern ging geradewegs zu Brudes Haus. Er durchquerte die Halle mit den Feiernden und wollte gerade an ihnen vorbei, als Éimhin, einer der Männer, seinen Becher hob. »Kineth – trink mit uns!«

»Ein andermal. Ich halte meinen Kopf für morgen lieber klar.«

Éimhin grinste. »Warum? Nimm dir ein Beispiel an unserem Anführer.«

Am Ende der Tafel lag Caitt, den Kopf auf der wuchtigen Tischplatte, und schnarchte. Wut stieg in Kineth hoch, aber er zügelte sie sofort. So wie es Brudes Entscheidung gewesen war, Caitt das Kommando zu übertragen, so war es Caitts Entscheidung, wie er die letzten Stunden in der Heimat verbrachte. Solange er morgen auf beiden Beinen stand, konnte er die ganze Nacht hindurch saufen.

»Sein Weib hat sich mit ihm gezankt. Was ist das für eine Frau, die einem Mann die letzte Nacht in seiner Heimat verdirbt?« Éimhin schüttelte den Kopf.

Kineth ließ sich auf keine Diskussion ein. »Morgen an der Küste.« Er nickte Éimhin und den anderen knapp zu.

»Morgen an der Küste, Sohn des Uist!« Éimhin trank seinen Becher mit einem Zug leer und winkte der Magd, ihm nachzuschenken.

Iona gab Nechtan die Brust und sang dabei leise ein Lied. Sie bemerkte Kineth nicht, der die beiden stumm betrachtete.

Iona kam dem am nächsten, was er als Mutter bezeichnen würde, auch wenn sie ihm nie die gleiche Zuneigung hatte zuteilwerden lassen wie ihren leiblichen Kindern Ailean und Caitt. Trotzdem empfand er so etwas wie dankbare Liebe für sie, und je länger er die beiden Gestalten ansah, umso mehr wurde ihm klar, wofür er und die Neunundvierzig das Dorf verlassen würden.

Als Iona Kineth bemerkte, umspielte ein knappes Lächeln ihr Gesicht. Sie legte Nechtan auf ein Fell, dann stand sie auf und drückte den Krieger kurz an sich. Sie legte die rechte Hand sanft auf seine Wange und blickte ihm in die Augen. Für einen Moment herrschte eine innige Verbundenheit zwischen den beiden, so wie er sie sich als Junge oftmals ersehnt hatte. Iona wollte etwas sagen, hielt jedoch inne, bevor ein Laut ihre Lippen verlassen konnte, und widmete sich wieder Nechtan.

Die Innigkeit war wieder zerrissen, der Moment vorbei. Und Kineth wusste auf einmal mit erschreckender Klarheit, dass, sollte er je zurückkehren, im Dorf nichts mehr so sein würde, wie es gewesen war.

Die Nacht war sternenklar, vom Mond war nichts zu sehen. Die dünne Sichel würde sich erst morgen zeigen. Kineth mochte es, wenn sich die Lichtgestalt des Mondes verbarg, dann war ihm, als würde er Land und Meer so sehen, wie sie zu Anbeginn der Zeit waren, vor der Schöpfung des Lebens.

Dick eingemummt in Felle lag er unweit des Schiffes am Ufer. Seine Seekiste, die ihm auch als Rudersitz dienen würde, stand neben ihm, Tynan hatte sich zu seinen Füßen zusammengerollt.

Kineth spürte, dass sein bisheriges Leben an einem Endpunkt angelangt war. Was immer sie auf der Fahrt über das Meer erleben würden, Kineth wusste, dass er in sein altes Leben nie mehr zurückkehren würde.

Er dachte an die wenigen Momente, die ihm von seinem Vater in Erinnerung geblieben waren, und an jenes Ereignis, das er nie vergessen können würde: Noch keine sieben Winter alt hatte er sich unerlaubt vom Dorf entfernt. Er hatte gespielt, war auf große Entdeckungsreise gegangen. Dem Bachlauf folgend hatte er sich vorgestellt, auf fremde Krieger zu treffen, mit denen er kämpfen und die er bezwingen würde. Er wusste nicht, wie lange er so unterwegs war, als er unweit des Baches auf ein kleines weißes Bärenjunges stieß. Kaum größer als ein Kaninchen tapste es vor sich hin und stieß dabei klägliche Laute aus. Kineth hatte sich langsam angeschlichen, hatte vermieden, mit dem Wind zu gehen, damit er nicht gewittert wurde. Als der kleine Bär schließlich zum Greifen nah gewesen war, hatte ihm vor Aufregung das Herz so stark in der Brust geklopft, dass er es bis in den Kopf hinauf gespürt hatte – einen Augenblick später stand dieses Herz still, als sich ein riesiges weißes Ungetüm vor ihm aufbäumte und ihn anbrüllte.

Kineth war wie versteinert gewesen, unfähig, sich auch nur einen Schritt nach hinten zu bewegen. Ihm wurde schlagartig bewusst, dass diese Bestie seinen Tod darstellte. Ohne Vorwarnung, ohne Wahlmöglichkeit und ohne Erbarmen.

Was dann geschah, sah Kineth nur in einzelnen Bildern vor sich, als wären sie in eine der Stelen gemeißelt:

Der Speer, der das Monstrum in den Bauch traf –

Der Schrei seines Vaters, der sich mit gezücktem Schwert dem Ungetüm stellte –

Der Hieb mit der Pranke, der ihn zu Boden riss –

Das Begräbnis seines Vaters und die damit einhergehende innerliche Leere, die ihn für lange beherrschte. Selbst dann noch, als ihn Brude, Sohn des Wredech, als sein eigen Fleisch und Blut angenommen hatte.

An seine Mutter konnte sich Kineth nicht mehr erinnern, sie war bei seiner Geburt gestorben, aber das Gesicht seines Vaters war immer schemenhaft da. Kaum ein Tag verging, an dem er nicht an ihn denken musste und sich wünschte, er hätte seinem Vater den Gehorsam entgegengebracht, den dieser verdient hatte.

Dann wäre er vielleicht noch am Leben.

In seine Felle gehüllt, dachte Kineth an das, was hinter ihm lag, und das, was vor ihm lag.

Ich kann nicht wiedergutmachen, was geschehen ist, Vater. Aber ich will alles tun, um unser Volk zu retten, damit dein Opfer einen Sinn hat.

Der Gedanke hatte etwas Tröstliches. Dann übermannte Kineth der Schlaf, und er stürzte in ein schwarzes, traumloses Nichts.

Nach Sonnenaufgang trafen sie beim Schiff ein: die Krieger, die Handwerker, die Bauern und all die anderen aus dem Dorf. Niemand wollte das Schauspiel verpassen, wenn das Schiff in die Fluten glitt, um ins Unbekannte aufzubrechen.

Brude ließ die Neunundvierzig in einer Reihe aufstellen. Dann ging er von Mann zu Mann, von Frau zu Frau, legte jedem Einzelnen die Hand auf die Schulter und sprach beschwörend: »Dem Volk das Leben, den Wagemutigen die Ehre, den Helden die Ewigkeit.«

Neunundvierzigmal.

Nach dieser gefühlten Ewigkeit trat Beacán mit ausgebreiteten Armen vor die Gruppe und begann mit seiner Predigt. Hinter ihm hielten Dànaidhs Söhne ein zehn Fuß hohes Kreuz aus Holz fest, das der Priester in den letzten Tagen eigenhändig angefertigt hatte. Aus der Sicht der Neunundvierzig erweckte es eher den Eindruck, als wollte es Beacán erschlagen denn über ihn wachen.

Nach jedem Teil der Predigt, die aus unzusammenhängend wirkenden Geschichten aus dem Heiligen Buch zu bestehen schien, hob Beacán hervor, wie sehr der einzig wahre Gott seine schützende Hand über die Gruppe legen würde. Danach drehte er sich jedes Mal unsicher zu Brude, als erwartete er, dass er für seine Worte gelobt würde. Der Herrscher jedoch nahm ihn nicht zur Kenntnis und blickte nur starr zum Horizont.

Als die Predigt endlich zu Ende war, gingen die Neunundvierzig an Bord. Manche von ihnen verabschiedeten sich ein letztes Mal von den Ihren: Elpin winkte seinen drei Kindern und seiner Frau zu und schenkte der alten Mòrag ein wissendes Lächeln; Gair blickte zu den Hügeln hinauf, hinter denen die Gräber von seiner Frau und seinem Sohn lagen. Dànaidh grüßte seine Stiefsöhne und sein Weib, die die beiden Jungen so fest im Arm hielt, als wären sie das Letzte, was ihr geblieben war. Und Caitt hielt vergeblich nach Galena Ausschau, die nicht mit ans Ufer gekommen war. Der Sohn des Brude war blass im Gesicht, aber ansonsten deutete nichts auf den Schnaps hin, dem er sich noch vor wenigen Stunden mit Inbrunst hingegeben hatte.

Dann wurden die Anker eingeholt und die Taue gelöst. Die Ruderer ergriffen die Riemen und brachten das Schiff hinaus ins offene Meer, über dem eine kalte graue Wolkendecke hing.

Bald darauf frischte der Wind auf und die Wellen schlugen höher. Das Rahsegel wurde gehisst, die Ruderriemen wurden an den Bordwänden verstaut. Es dauerte nicht lange und das ihnen vertraute Land war nur noch eine dünne Linie am Horizont. Kineth stand am Bug, den Wind in den Haaren, über sich den kunstvoll geschnitzten Drachenkopf. Zu seinen Füßen lag Tynan und schlief. Es war nicht Kineth' Idee gewesen, das Tier mit an Bord zu bringen, aber seit dem gestrigen Abend war der Wolf nicht von seiner Seite gewichen.

Als schließlich der einzige Teil der Welt, den sie bisher gekannt hatten, am Horizont verschwunden war, hatte sich eine merkliche Unruhe unter den Kriegern breitgemacht. Auch Kineth wurde schlagartig bewusst, das sie nun gänzlich von Wasser umgeben waren. Noch nie war jemand von ihnen so weit hinaus aufs offene Meer gefahren.

Die Blicke der Männer richteten sich gen Himmel, wo sich die Sonne noch immer hinter der grauen Wolkendecke versteckte. Jetzt bückte sich Caitt im Heck des Schiffs nach seiner Seekiste. Er öffnete sie und entnahm ihr eine hölzerne Schatulle. Der Anführer der Neunundvierzig nahm den Sonnenstein in die Hand, sah eine Weile durch ihn hindurch und wies mit ruhiger Hand die weitere Richtung an ...

Langsam versank die Sonne am Horizont. Ein Falke flog über die Hügellandschaft, seine Silhouette zeichnete sich scharf vor dem blutroten Himmel ab.

Der Falke war jung und stark, im Gegensatz zu seinen älteren Artgenossen hatte er kein Revier. Er dachte nicht, er hatte kein Ziel, nur der Instinkt nach Beute trieb ihn voran. Er tötete, fraß und flog – und es war allein der Triumph des blitzschnellen Zuschlagens, der Augenblick, wenn er die Krallen in sein Opfer grub und sich mit ihm gen Himmel hob, der in ihm so etwas wie ein Gefühl von Ekstase aufkommen ließ.

Die kraftvollen Schwingen des Raubvogels hatten ihn weit über düstere Wälder und Moore getragen, über fruchtbare Ebenen, steile Berge und reißende Flüsse. Einzig die Orte, die vom Kampfeslärm der Menschen widerhallten, mied er.

Jetzt näherte sich der Falke der Küste. Die Ruinen einer Festung wurden sichtbar, vor der untergehenden Sonne. Es war die Festung eines starken Volkes, das vor langer Zeit von der Insel verschwunden war.

Aber davon ahnte der Falke nichts, und wenn, wäre es ihm einerlei gewesen. Er öffnete seine Schwingen weit, wollte eben über die Ruine und auf das Meer hinausfliegen, als er zögerte.

Starker Wind kam auf und wehte vom Meer herein. Schwarze Wolken bauten sich am Horizont auf.

Der Instinkt des Falken war durch Jahrtausende geschärft. Ohne zu zögern flog er eine elegante Kurve und glitt wieder landeinwärts, entfernte sich schnell von der Ruine und den immer größer werdenden Wolken.

Hinter dem Horizont

»Eine neue Heimat auf dem Boden unserer alten Heimat. Das Einzige, das wir entdecken werden, ist der verfluchte Meeresboden«, stieß Ailean hervor.

Hätte Kineth noch die Kraft dazu gehabt, hätte er geantwortet. Aber er konzentrierte sich nur mehr auf seine beiden Hände, die das Steuer umklammerten. Hände, die vor Nässe und Kälte beinahe gefühllos waren, so wie der Rest seines Körpers.

Also biss er die Zähne zusammen und sagte nichts. Gemeinsam mit Ailean hielt er weiterhin das Steuer, das kaum zu bändigen war und sich wie ein Raubtier wand, das aus seinem Gefängnis ausbrechen wollte. Es war aus dem Lot, so wie alles in dieser Hölle.

Kineth wusste nicht mehr, wie lange der Sturm schon tobte. Es hatte keine Bedeutung mehr in dieser Welt, die nur mehr aus riesigen Wellenbergen bestand, auf denen das Schiff balancierte, und brodelnden Tiefen, in die es hinabstürzte. Eine Welt aus Regen und eisiger Gischt, die den Kriegern jede Wärme aus Leib und Knochen zog, die ihnen mit orkanartigen Böen ins Gesicht peitschte und mit Blitz und Donner die Sinne raubte.

Eine Welt, in der nur mehr das nackte Überleben zählte.

Diese Aufgabe zumindest erfüllten die Männer und Frauen an Bord noch. Wer seinen Dienst versehen hatte, kroch über die Planken, die von Meerwasser und Erbrochenem glitschig waren, band sich wieder an seinen Platz fest und schloss die Augen. Die tauben Lippen murmelten ein Gebet, im letzten, verzweifelten Versuch, nicht wahnsinnig zu werden.

Wir wollten die neue Welt, wir haben sie bekommen, dachte Kineth bitter, als er in die fahlen Gesichter seiner Kameraden blickte.

Und jetzt wird sie uns verschlingen, noch bevor wir uns der Ahnen würdig erwiesen haben. Uns und dieses schwimmende Grab.

Der Drachenkopf vorne am Bug schien ihm widersprechen zu wollen und reckte sich trotzig gegen das Unwetter. Aber sonst war nicht mehr viel übrig vom stolzen Schiff der Nordmänner – das eingeholte Rahsegel war zerfetzt, der Mast neigte sich bedrohlich nach allen Seiten, die Vorräte waren über Bord gegangen. Das Deck war leer bis auf das wenige, was man in der Eile mit Tauen hatte sichern können.

Dass eine solche Sicherung eigentlich das Wichtigste war, was man im Angesicht eines Unwetters tun musste, hatten die Neunundvierzig bitter lernen müssen. Die ersten Wogen waren wie aus dem Nichts gekommen, hatten Éimhin und Gaeth an Deck stehend überrascht und widerstandslos fortgerissen. Ihre Hilfeschreie wurden vom schäumenden Meer ertränkt, und binnen weniger Augenblicke war es, als hätten die beiden Männer niemals existiert. Seitdem schlangen sich alle dicke Seile um die Leiber, wenn sie ihren Platz erreicht hatten, und verließen diesen nicht einmal, um ihre Notdurft zu verrichten.

Jetzt hörte Kineth ein lautes Stöhnen. Es war Caitt, der sich nicht weit von ihm zitternd an die Reling kauerte und das Tau umklammerte, das ihn an Bord hielt. Caitt hatte diesen Platz seit Beginn des Sturmes nicht verlassen und übergab sich in regelmäßigen Abständen, auch wenn sein Magen nur mehr bittere Galle hochdrückte. Sie litten alle an der Krankheit der See, aber bei Caitt war es besonders schlimm.

Für Kineth war der Mann hinter dieser Krankheit fast nicht mehr erkennbar. Der Mann, der Brudes Vertrauen genoss, der Mann, der das Schiff kommandiert hatte, ihr –

»– Anführer? Wir werden sehen.« Unen grinste.

Caitts Gesicht wurde rot. »Was willst du damit sagen?«

»Bis jetzt war es leicht. Da brüstet sich ein jeder gern Anführer.«

»Willst du damit sagen, ich wäre dem, was auf uns zukommt, nicht gewachsen?« Caitt trat einen Schritt näher zu dem Riesen, blieb aber in sicherem Abstand.

Unen antwortete nicht, nahm seine Flöte und begann ein spöttisches Liedchen zu spielen. Elpin und Gair klatschten im Takt dazu mit den Händen, die anderen lachten.

Caitt drehte sich abrupt um und ging zum Steuer, wo Ailean stand und das Schiff ruhig im Wind hielt. »Alles in Ordnung?«, fragte er mürrisch.

»Das siehst du doch. Ich brauche keinen Aufpasser.« Sie sah ihn nicht an, ihr Blick war aufmerksam nach vorne gerichtet.

Caitt schlenderte ziellos weiter, dann nahm er sich ein Stück Dörrfleisch aus einer der Vorratskisten und lehnte sich kauend an die Reling. Er schloss die Augen und genoss den Wind, der ihm durch die Haare fuhr.

Kineth, der vorne am Bug saß, grinste. Er wusste, dass es seinem Bruder zu ruhig war, dass er den Kampf wünschte und Taten sprechen lassen wollte, wie auf dem Eiland gegen die Nordmänner.

Sei auf der Hut vor dem, was du dir wünschst. Es könnte in Erfüllung gehen.

Ihm selbst war es hingegen sehr recht, wie alles bisher gelaufen war. Der Wind kam stets aus Westen, sodass sie kaum zu rudern brauchten. Die See war ruhig. Der Sólarsteinn wies den Weg unter der Wolkendecke hindurch und der Horizont schien endlos, voller Hoffnung und Freiheit.

Kineth fühlte sich, so seltsam das in ihrer Lage auch schien, mit sich im Reinen. Und es ging nicht nur ihm so; auch wenn jeder an Bord wusste, warum sie hier waren, und nur in Ansätzen ahnte, wie schwierig und tödlich ihr Unterfangen war – sie waren unterwegs, die Ersten ihres Volkes seit Generationen. Sie aßen, tranken und schliefen unter einem Himmel ohne Grenzen und in einer Welt, die in alle Richtungen offen schien. Sie lachten über Elpins Späße und trennten die zankenden Breemally-Schwestern. Sie lauschten Unens Flötenspiel, überhörten gutmütig Caitts protzige Worte und bewunderten Ailean, die eine natürliche Begabung dafür zu haben schien, das Schiff so zu steuern, dass es eins mit der See war. Und wenn Kineth fast ohne hinzusehen Fisch und Vogel schoss, damit sie frisches und nicht nur geräuchertes Fleisch essen konnten, klatschten sie begeistert.

Mit einem Wort – sie lebten.

Am Abend des fünften Tags ihrer Reise saß Kineth auf seinem Platz im Bug, als ein Winseln ihn aus seinen Gedanken riss. Tynan stand vor ihm und blickte ihn sehnsüchtig an. »Ich weiß. Aber wir werden bald Land erreichen. Dann hast du wieder festen Boden unter den Pfoten und kannst jagen.« Er kraulte den Weißwolf hinter den Ohren.

Kineth blickte wieder in die untergehende rote Sonne. Alles war gut, und er betete, dass es so weitergehen würde. Wenn nicht, würde Caitt ein bisschen mehr zeigen müssen als das, was er bisher geleistet hatte. Die Männer und Frauen akzeptierten ihn aus Respekt vor Brude, aber diesen Respekt konnte er sich leicht verspielen.

Plötzlich sah der Krieger schwarze Silhouetten am Himmel, die rasch größer wurden. Es waren Seeadler, Scharen davon. Sie kamen aus der Sonne und flogen krächzend über das Schiff hinweg.

Unens Flötenspiel brach ab. Er blickte mit zusammengekniffenen Augen von den Adlern zum Horizont.

»Was ist großer Mann?« Moirreys Stimme klang spöttisch. »Machen dir die paar Vögel Angst?«

Unen antwortete nicht. Er betrachtete das Segel, und auch die anderen bemerkten, dass der Wind stärker und das Meer unruhiger wurde.

»Seht!« Ailean deutete nach vorne.

Am Horizont zogen schwarze Wolken auf, so schnell, wie die Männer und Frauen es am Festland noch nie erlebt hatten. Die See brodelte stärker, und der Wind wurde schneidend kalt. Die Wolken begannen die Sonne zu verschlingen. Es war ein unheimlicher Anblick, der jeden an Bord erschauern ließ.

Es war wie das Ende der Welt.

Wieder wurde das Schiff in seinen Grundfesten erschüttert, schwappten Unmengen von eiskaltem Meerwasser über die geschundene Mannschaft und die ächzenden Planken und Spanten. Schreckensrufe gellten auf und waren einen Moment später vom Heulen des Windes verschluckt.

Kineth sah Ailean am Steuer wanken, aber sie fiel nicht. Sie senkte den Kopf und rang nach Luft. Dann biss sie die Zähne zusammen, stand wieder aufrecht.

»Ailean, geh«, rief er. »Schick Dànaidh!«

Sie schüttelte den Kopf. »Schick du ihn doch! Ich bin nicht müde.«

Kineth wusste nicht, woher sie die Kraft nahm. Aber ihre Augen blitzten, ihr Haar flatterte im Sturm, ihr Kinn war energisch vorgereckt – Brudes Tochter schien entschlossen, ihr Volk nicht im Stich zu lassen.

»Ich bleibe.« Er packte mit ihr das Steuer fester und starrte nach vorne, in der Hoffnung, einen Ausweg aus den immer größer werdenden Wellentälern zu finden.

Kineth erinnerte sich daran, wie er und manch anderer immer wieder ihren Unmut über die Sturmtage auf dem Eiland geäußert hatten, über die Feuchtigkeit und die Langeweile. Er lächelte grimmig. Nie mehr, in seinem ganzen Leben, würde er einem Sturm auf festem Boden mit Unmut begegnen. Wenn sie das hier überlebten, würde er jedem Festlandsturm ins Antlitz lachen und ihn mit einem Becher Öl feiern.

Die nächste Woge schwappte mit unerbittlicher Gewalt über das Schiff und brach mit solcher Wucht darüber zusammen, als wolle sie es geradewegs auf den Meeresgrund drücken. Wieder hörte man Schreien und

Rufen, die Männer und Frauen wurden wie Puppen durcheinandergeworfen.

Kineth fühlte, wie sich das Steuer in seinen Händen drehte und wendete, fast war ihm als könne er ein Fauchen hören. Für einen kurzen Moment versagten ihm die Kräfte, und dieser Moment genügte – seine klammen Hände rutschten ab. Das Steuer schwang herum und riss Ailean mit sich, schleuderte sie zur Reling.

»Kineth!« Der Schrei erstarb ihr auf den Lippen, als sie gegen die Bordwand prallte. Im selben Augenblick neigte sich das Schiff nach Backbord und stürzte in ein Wellental. Ailean, die versucht hatte, sich aufzurappeln, verlor das Gleichgewicht und kippte über die Reling.

Kineth sprang auf. Mit einem mächtigen Satz hechtete er ihr hinterher, seine Hände flogen über die Rundschilde, die an der Außenseite der Reling befestigt waren, packten blindlings zu – und bekamen Ailean zu fassen, die sich mit letzter Kraft an einen der Schilde klammerte. Der Ruck riss Kineth fast die Arme aus den Schultern, aber er ließ sie nicht los.

»Hilf mir!«, rief sie panisch. Sie verlor den Halt, der Rundschild entglitt ihr.

Im selben Moment umfasste Kineth sie an beiden Handgelenken. Er wollte sie hochziehen, doch es gelang ihm nur mit Mühe, sie überhaupt zu halten. Die Muskeln seiner Arme brannten, als läge er auf einer Streckbank.

Und dann, langsam und unerbittlich, begann Ailean aus seinen Händen zu rutschen. Er sah in ihre schreckerfüllten Augen, sah die Todesangst in ihrem Gesicht, ein Gesicht, das noch vor Kurzem, vor diesem Sturm, so ruhig und sicher gewesen war, als sie mit der See gesteuert –

Kineth erstarrte innerlich.

Mit der See.

Auf einmal verstand er, warum Ailean das Schiff so gut im Griff hatte: Sie steuerte *mit* dem Meer, und nicht dagegen. Er musste ebenso verfahren; würde er jetzt versuchen, sie nach oben zu ziehen, würde sie ihm entgleiten, denn die Backbordseite fuhr nach oben. Er musste Geduld haben, nur ein bisschen Geduld ...

»Kineth!« Ailean entglitt weiter seinem Griff, aber er wartete, bis das Schiff den Wellenkamm erreichte – die Backbordseite fuhr wieder nach unten –

Jetzt!

Kineth griff über die Schilde und packte Ailean am Hemd. Sie schlang reflexartig ihre Arme um ihn. Einen Augenblick lang hatte er sie fest im Griff, als er selbst abzurutschen begann. Beim nächsten Wellenberg würde das Schiff wieder nach oben fahren, er und Ailean nach unten, in die Fluten, in den Tod.

Er rutschte weiter, sah Ailean in die Augen, wusste, dass es vorbei war –

Da spürte er zwei Pranken, die ihn am Kittel packten und ihn und Ailean mit schier übermenschlicher Kraft an Deck rissen. Beide stürzten auf die Planken, rangen nach Luft.

»Schön hiergeblieben!« Unen kniete keuchend neben ihnen, auch er hatte seine letzten Kräfte mobilisiert.

Kineth fühlte sich so kraftlos, dass ihm alles vor den Augen verschwamm. Nur mit Mühe konnte er Dànaidh und Flòraidh erkennen, die mit dem Steuer kämpften.

Unen erhob sich. »Gut gemacht, Junge.«

Kineth spürte Aileans Hand, die die seine drückte. Er

wollte etwas sagen, als er ein heftiges Grollen hörte. Es war ein Laut, den Kineth noch nie gehört hatte und der sofort Urängste in ihm weckte, wie damals, als er als Kind den alten Geschichten gelauscht hatte. Geschichten, in denen Riesen Himmel und Erde erschütterten und der Mensch das verletzlichste Wesen in einer feindlichen Welt war.

Es war ein Laut, der ihn jede Müdigkeit vergessen und schlagartig in die Höhe schießen ließ.

»Was zur Hölle ist das?«, rief Unen und blickte sich um.

Dann hob sich das Schiff rasend schnell. Erst jetzt erkannte Kineth, woher das Grollen kam: Es kam aus den Tiefen des Meeres selbst, während sich unter ihnen eine Welle aufbaute, groß wie ein Berg, und sie dem schwarzen Himmel entgegendrückte, hinein in Blitz und Donner.

»Allmächtiger!« Ailean bekreuzigte sich.

Vom Deck ertönten die Schreie der anderen, Caitt brüllte etwas, aber es war nicht zu verstehen. Kineth umklammerte die Reling, blickte in den Abgrund hinab, der sich immer tiefer unter ihnen auftat. Er wusste, dass sie verloren waren. Keine Rettung, keine Rückkehr. Nicht für sie und das Schiff und nicht für die Menschen in der fernen Heimat. Ihr aller Schicksal war besiegelt.

Immer weiter ging es hinauf, in schwindelerregende Höhen, bis sie den Wellenkamm erreicht hatten. Für einen Moment schien alles stillzustehen – aber anstatt in die Tiefe zu stürzen hielt die Welle sie in ihren Klauen gepackt und trug sie mit grauenerregender Schnelligkeit vorwärts. Kineth und die anderen sahen mit Schrecken, dass das Schiff am Rande des Kamms balancierte. Weit unten lauerten die pechschwarzen Fluten des Wellentals. Es war ein Tanz mit dem Tod, der für immer vorbei sein würde, wenn die Welle sie loslies und sie nach unten stürzten.

Die Schreie an Bord verstummten, mit einem Mal war es totenstill an Bord. Die Gesichter waren aschfahl, die Augen weit aufgerissen.

»Flòraidh! Dànaidh! Lasst das Steuer los!« Es war Ailean, die sich ein paar Schritte von Kineth entfernt am Mast festhielt. »Jetzt walten andere als wir. Lasst es los!«, wiederholte sie, als die beiden sich nicht rührten.

Flòraidh und Dànaidh gehorchten. Sie ließen das Steuer los und kauerten sich ins Heck.

Ailean stand auf. Sie sah sich um, sah zu den Männern und Frauen, die sich schicksalsergeben an ihre Plätze festkrallten und das Ende erwarteten.

Dann tat sie das, was die Könige und Kämpfer ihres Volkes im Angesicht des Endes immer schon getan hatten. Sie zog ihr Schwert, reckte es gen Himmel und stieß den Kampfschrei ihrer Ahnen aus.

Alle sahen Brudes Tochter an, sahen die blitzende Klinge. Nach einem Augenblick des Zögerns zogen sie ebenfalls die Waffen und reckten sie mit ihr in den Sturmhimmel. Der Kampfschrei der Krieger übertönte den Sturm und gellte über die schwarzen Fluten.

Und mit einem Mal war jede Angst fort, waren die Männer und Frauen nicht mehr auf der todbringenden Welle, sondern auf dem Rücken des Piktischen Tieres, das sich aus den lichtlosen Abgründen erhoben hatte und sie aus dieser Hölle forttrug.

Zum Horizont, wo sich ein schmaler Streifen Licht abzeichnete.

Die Dämmerung hatte bereits eingesetzt und warf fahles Zwielicht auf die Bucht und die hügelige Landschaft, die sich wie die Wogen eines grünen Meeres bis zum Horizont erstreckte.

Über der Bucht, mit dem Rücken zu einem schroffen Hügel, lag ein befestigtes Dorf. Auf dem Hügel selbst thronte ein aus Stein erbautes, festungsähnliches Gebäude, das so verschachtelt wirkte, als hätten mehrere Baumeister miteinander im Streit gelegen. Ringsum von Palisaden geschützt, die Hänge mit angespitzten Pfählen gesichert, lag es da wie ein erstarrtes Ungeheuer.

Comgall blickte auf die See hinaus. Die Wellen schlugen donnernd auf das vorgelagerte Riff. Weit draußen war der Himmel über dem Meer stockfinster, es blitzte und donnerte. Wenn die Wellen schon hier so stark waren, musste dort ein gewaltiger Sturm toben.

Käme er doch näher und verschlänge die verfluchten Nordmänner.

Er ballte die Faust und schlug sie gegen die Steinmauer. Dann zog er seinen Umhang, der aus kostbarer Seide gearbeitet war, enger, seine Finger berührten dabei kurz den verkrusteten, dunkelroten Fleck an der Schulter. Unwillig runzelte er die Stirn, starrte weiter aus dem Fenster seiner Festung.

Wie konnten sie es wagen, ihn so zu demütigen? Er war

Comgall, Sohn des Aidan, Herrscher über Cattburgh und der einzige Fürst, der sich auf den Inseln hielt, seit die Männer mit den Langbooten vor langer Zeit gekommen und alles unterworfen hatten. Er hatte seine einstigen Freunde und Feinde gegen die Nordmänner fallen sehen, aber er war noch da. Er hatte taktiert, hatte sich arrangiert, hatte –

Einen hohen Preis bezahlt.

Ja, er hatte sich die vermeintliche Freiheit erkauft wie die knabenliebenden Herrscher des Südens. Und wenn schon. Er war hier, er herrschte, und nur das zählte.

Hinter ihm knackten die Scheite im Feuer, das Geräusch wirkte überlaut in der leeren Halle.

Wenn du herrschst, warum ist deine Halle dann kahl und leer? Warum biegen sich die Tische nicht unter gebratenem Fleisch und frischem Brot, unter Wein und Ale? Wo sind die Gäste, wo die Krieger, wo ist das Weibsvolk?

Egill Skallagrimsson und sein aus Island geschissenes Gesindel, dachte Comgall bitter. Vorgeführt haben sie mich, wie einen Sklaven, wie einen –

Für einen Augenblick war ihm, als hätte er draußen auf dem Meer etwas gesehen, zwischen zwei Blitzen. Die vertrauten, verhassten Umrisse eines ihrer Schiffe – eines *Langschiffs*.

Aber das war unmöglich, niemand wagte sich bei einem solchen Sturm auf See, schon gar kein Nordmann. Die Herren der Meere hatten an einem Tag wie heute ihre Boote an Land gezogen und aßen, tranken und vögelten. Oder zählten die Beute.

Deine Reichtümer.

Comgall knirschte mit den Zähnen. Lange Zeit war

alles gut gegangen: Konstantin herrschte in Alba, die Nordmänner über weite Teile von Hjaltland, wie sie die eroberten Inseln nannten, und den südlichen Teil von Hjaltland überließ man ihm, Comgall. Gegen Bezahlung natürlich.

Vor einem Jahr war die alte Ordnung das erste Mal erschüttert worden, als andere Nordmänner – sie kamen wie die Fliegen aus allen Richtungen, wer konnte sie schon auseinanderhalten – im Broch von Mousa auf seinen Schatz gestoßen waren. Zum Glück hatten sie nur einen kleinen Teil gefunden, aber gestern ...

Gestern, im Schutz der Nacht, waren die Nordmänner wiedergekommen, diesmal unter der Führung von Egill Skallagrimsson. Sie hatten nicht nur den Rest des Schatzes geraubt, sondern auch seine Schiffe zerstört und seine besten Männer gefangen genommen, um sie als Sklaven zu verkaufen. Wahrscheinlich saßen sie jetzt gerade im Broch (in *seinem* Broch, verdammt noch mal), ließen Gold und Silber durch ihre Finger gleiten und verhöhnten ihn.

Comgall holte tief Luft, jede Einzelheit stand noch vor seinen Augen. Wie sie lachend an die Wände seiner Ruhmeshalle gepisst hatten, wie räudige Köter, die ihr Revier markierten ...

Und? Hatten sie nicht allen Grund dazu, du Feigling?

Noch immer beherrschte der beißende Gestank den Raum. Wut durchströmte ihn, er hatte doch die Mägde die Halle schrubben lassen, bis ihre Knöchel blutig waren. Aber offenbar war das nicht genug gewesen, er würde sie –

Da! Da war es wieder, jetzt konnte er es ganz deutlich

sehen. Es war ein Drachenboot, das aus dem Sturm kam und sich der Küste näherte.

»Giric!«, rief Comgall. »Giric!«

Nichts geschah.

»Giiiiiric!« Seine Stimme dröhnte durch die leere Halle.

Jetzt waren eilige Schritte zu hören, ein hagerer Mann mit rattenhaften Gesichtszügen tauchte aus dem Dunkel auf. Sein Gewand war aus einfachem Leinen, aber die Schwertscheide, die an seiner Seite hing, war prächtig verziert. Es steckte jedoch kein Schwert darin.

»Vergebung, Herr, ich –«

»Schweig!«, rief Comgall und packte Giric am Genick. »Es interessiert mich nicht, ob du gerade geschissen oder wen oder was du gerade gefickt hast. Wenn ich rufe, bist du innerhalb eines Flügelschlags hier, verstanden?«

»Herr –«

»*Verstanden*?« Comgalls blaue Augen funkelten wie Eis.

Giric sah zu Boden. »Es wird nicht wieder vorkommen.«

»Das will ich dir auch geraten haben. Niemand soll glauben, dass sich hier etwas ändert, nur weil sich ein paar räudige Hunde aus dem Norden ausgetobt haben.« Immer noch hielt er Giric am Genick gepackt, drückte ihn jetzt zum Fenster.

Giric sah das Drachenboot und riss die Augen auf. »Allmächtiger, wir müssen sofort –«

Comgall lachte auf und ließ Giric los. »Beruhige dich. Siehst du nicht, dass das Segel eingeholt ist und wie schief das Schiff im Wasser liegt? Und wie langsam es ist? Das hat der Sturm ausgespien, und was er an Bord übriggelassen hat, dürfte keine Gefahr mehr darstellen.«

»Aber Herr, wir haben nur wenige waffenfähige Männer im Dorf.«

»Ruf sie zusammen, und lass sie an der Bucht Aufstellung nehmen. Du weißt wo.«

»Ja, Herr.«

»Und Giric – sag den Mägden, sie sollen die Halle noch einmal schrubben. Hier stinkt es wie im Hinterhof einer Kaschemme!«

Giric nickte.

»Und wenn sie es diesmal nicht richtig machen, lasse ich sie jeden Stein einzeln ablecken, verstanden?«

Giric nickte erneut und entfernte sich mit raschem Schritt. Beim Gehen blickte er noch einmal zurück, sah die Gestalt, die am Fenster stand und es mit seinem massigen Körper fast zur Gänze ausfüllte.

Gebe Gott, dass die Nordmänner bis an die Zähne bewaffnet sind und dir der Länge nach den feisten Leib aufschlitzen, dachte er hasserfüllt. *Dann wird es ein Freudenfest in Cattburgh geben, von dem man noch lange sprechen wird.*

Mit Ausnahme von Dànaidh, der das Ruder hielt, hatten sich alle am Bug des Schiffes versammelt. Staunend betrachteten sie die nadelspitzen Felsen, die vor der Küste aus dem Wasser ragten, manche Dutzende Fuß hoch. Sie sahen wie die steinernen Speere eines Riesen aus, der sie hier hineingesteckt und irgendwann vergessen hatte. Hinter den Speeren, nur schemenhaft durch den Regenschleier erkennbar, lag eine Bucht und darüber ein Dorf mit einer Festung. Niemand von den Männern und Frauen an Bord hatte je zuvor ein derart machtvolles Bauwerk gesehen.

»Wer vermag ein solches Bollwerk zu erbauen?«, fragte Heulfryn. »Die Menschen, die darin wohnen, müssen wahrlich unbesiegbar sein.«

Caitt gab Heulfryn einen Schlag auf den Hinterkopf. »Genau so unbesiegbar wie die Nordmänner, die zu uns gekommen sind, du Narr?«

Ailean warf Kineth einen skeptischen Blick zu, sagte aber nichts.

Es begann wieder stärker zu regnen, dicke Tropfen prasselten auf das Schiff. Am Himmel zogen Raubmöwen kreischend ihre Kreise, auf der Suche nach Beute.

Kineth sah, dass sich nicht weit vor ihnen die Wellen an den Klippen brachen. Zwischen den Felsen war eine breite Durchfahrt, auf die sie jetzt zusteuerten. »Egal, wo wir hier auch sind, wir müssen anlegen. Aber möglichst ungesehen.«

»Ungesehen? Du hast deinen Mumm wohl im Sturm gelassen, was?«, knurrte Caitt. »Alle zurück an die Ruder! Wir fahren in die Bucht!«

Kineth dachte daran, wie Caitt tagelang sein Innerstes dem Meer geopfert hatte und zu keinem Befehl fähig gewesen war, aber er schwieg. Der Ausdruck auf den Gesichtern der anderen sprach ebenfalls Bände, während sie an die Ruderplätze gingen.

»Ich habe kein gutes Gefühl«, wandte Ailean sich an

Caitt. »Vielleicht sollten wir einen anderen Landeplatz suchen und uns dem Dorf aus sicherer Distanz nähern.«

»Geschwätz! Wir gehen unverzüglich an Land. Nach dem Sturm sollte uns das hier wie das Paradies vorkommen.«

»Amen«, sagte Heulfryn, der neben Moirrey ruderte.

Wie der Blitz war Caitt bei dem jungen Zimmermann. »Hast du was gesagt, Kleiner?«

Heulfryn blickte unsicher auf, schüttelte dann den Kopf.

»Gut«, sagte Caitt und schritt in Richtung Bug, wo Ailean stand.

Moirrey grinste und gab Heulfryn einen freundschaftlichen Klaps auf die Schulter. »Sehr gut, *Kleiner*.«

Heulfryn schoss das Blut in die Wangen. Er wollte etwas erwidern, doch er kam nicht dazu.

»Felsen!« Aileans Schrei fuhr allen durch Mark und Bein. »Beidrehen, Dànaidh! Nach Steuerbord, schnell!«

Kineth war im nächsten Moment bei ihr. Was er sah, ließ ihm das Blut in den Adern gefrieren: Vor ihnen, höchstens hundert Schritt entfernt, ragten gezackte Steinformationen knapp über der Wasseroberfläche – mitten in der Durchfahrt.

»Interessant«, murmelte Comgall. Er hielt sich mit Giric und weiteren zwanzig Männern hinter den großen Steinbrocken verborgen, die zwischen Bucht und Dorf lagen. Vor ihnen, gegen die See hin, wurden die Schalen von Krebsen, Muscheln und ausgefressene Krabben, die das Festmahl von Ottern gewesen waren, unbarmherzig ausgewaschen und langsam wieder zurück ins Meer gespült.

Die Männer trugen Kettenhemden und waren mit Bogen, Schwert und Speer bewaffnet. Nur Giric, der neben Comgall lehnte, trug keine Waffe. Seine Hand fuhr aus Gewohnheit trotzdem immer zur Schwertscheide, während er das feindliche Schiff beobachtete.

Und zuckte zurück, wenn sie fühlte, dass die Scheide leer war.

Bastard.

Aber was sollte er tun? Er konnte nur hoffen, dass Comgall ihm eine Waffe zugestand, wenn es zum Kampf kam.

Jetzt begann sein linkes Bein zu kribbeln, es war eingeschlafen. Er verlagerte das Gewicht und zog dabei den Stiefel halb aus der matschigen Erde. Es gab ein schmatzendes Geräusch, der Regen hatte den Boden in Morast verwandelt.

Comgall hörte das Geräusch und blickte Giric an. »Wärst lieber am warmen Feuer, hm?«

Giric sagte nichts.

Comgall wandte sich ab und lugte wieder durch den schmalen Spalt zwischen den Felsen in Richtung Meer. »Vielleicht erledigt sich unser Problem ja von selbst. In jedem Fall sind das seltsame Nordmänner, scheinen noch nie Untiefen passiert zu haben. Da sind ja Girics Bälger bessere Seefahrer.«

Einige der Männer grinsten hämisch.

»Rudert! Rudert!« Caitt schrie aus Leibeskräften. »Unen, Elpin, auf die andere Seite!«

Die beiden hechteten zu den übrigen Ruderern. Sie pullten jetzt mit aller Kraft nur auf einer Seite, versuchten das Schiff an den Klippen vorbei in die schmale Fahrrinne zu manövrieren, die gerade breit genug war für ein schmales Drachenboot.

»Kineth!«, brüllte Caitt jetzt und deutete nach Backbord. Dieser half Dànaidh am Ruder. Gemeinsam hielten sie in die vorgegebene Richtung.

Langsam änderte das Schiff seinen Kurs, schwerfällig und störrisch wie ein alter Ochse. Die Felszacken kamen unbarmherzig näher, alle hielten den Atem an.

Dann waren sie in der Fahrrinne.

»Riemen hoch!« Caitt rief es vom Bug aus, ohne sich umzudrehen.

Das Schiff trieb zwischen den niedrigen Klippen hindurch, die zum Greifen nah schienen.

»Wir ... wir haben es geschafft!«, rief Caitt und sah sich freudestrahlend um.

Die Spannung fiel von den Kriegern ab, Jubel ertönte, Gelächter. Dann ging ein sanfter Ruck durch das Schiff, im nächsten Moment liefen sie am Strand auf. Zum ersten Mal seit Tagen hatten sie wieder festen Boden unter sich.

Und zum ersten Mal, seit Generationen, wieder Neuland.

»Schade«, sagte Comgall und gab Giric ein Zeichen. Der ließ die Bogenschützen einnocken.

Das Schiff war gelandet, aber noch rührte sich nichts an Bord. Comgall linste weiter durch den Spalt. Giric betrachtete seinen breiten Rücken.

Ein Hieb, und es ist vorbei.

Aber Giric wusste, dass es ihm dazu an Mut gebrach,

sogar wenn er jetzt ein Schwert hätte. Er war ein flinker Kämpfer, aber mit Comgall konnte sich niemand messen. Andere Herrscher waren ebenfalls brutal und hinterhältig, aber wenigstens feige oder schlecht im Kampf. Deshalb konnte man sich ihrer irgendwann entledigen. Aber an Comgall kam keiner vorbei, es sei denn steif und leblos. Das wusste dieser, und deshalb war die Niederlage gegen die Nordmänner für ihn unerträglich. Und deshalb machte er Giric persönlich dafür verantwortlich und demütigte ihn, indem er ihm untersagte, ein Schwert zu tragen.

Für Giric war es schon schlimm genug, sein Schwert an den Feind verloren zu haben. Die Klinge war auf den Inseln einzigartig, denn sie war aus fränkischem Stahl gearbeitet. Giric hatte das Schwert von seinem Vater bekommen, der vor ihm Kommandant der Festung gewesen war, als Insignie seiner Familie und seines Amts. Der Verlust war für Giric kaum zu ertragen, aber noch schlimmer war die Demütigung, die Comgall ihm jetzt zuteilwerden ließ, denn was war ein Kommandant ohne Schwert? Was war er vor seinen Männern? Er war ein Nichts, und auch wenn niemand es offen aussprach, spürte er die Geringschätzung, die ihm entgegenschlug, sowohl in der Festung als auch bei den Leuten im Dorf.

»Sie kommen.«

Die Stimme seines Herrn.

Giric hob die Hand, die Bogenschützen spannten und legten an.

Caitt hatte ein Tau über die Reling geworfen und wollte sich eben hinablassen, als Kineth ihn zurückhielt. »Warte noch.«

Er betrachtete aufmerksam die Bucht, die im Dämmerlicht vor ihnen lag, und die nass glänzenden Gesteinsbrocken.

Alle sahen ihn aufmerksam an. Tynan schlich neben seinen Herrn und knurrte leise.

Langsam nahm Kineth seinen Bogen von der Schulter, dann nahm er drei Pfeile zur Hand.

»Die sehen nicht aus wie Nordmänner«, flüsterte Giric, der jetzt ebenfalls durch zwei Felsen zum Strand blickte.

»Natürlich nicht«, erwiderte Comgall verächtlich. »Deshalb manövrieren sie das Schiff auch so kläglich. Leichte Beute, die schießen wir noch an Bord ab.«

Giric war skeptisch. »Aber irgendwo müssen sie das Schiff ja herhaben. Freiwillig gibt kein Nordmann sein Drachenboot her.«

»Wahrscheinlich war irgendwo ein Scharmützel, das keiner überlebt hat, und diese Wegelagerer haben sich das Schiff gekrallt. Aber sie werden es so und so nicht mehr brauchen.«

»Aber –«

»Es ist genug!« Comgalls Stimme klang furchterregend. »Lass schießen, oder du kannst dich gleich zu ihnen dazustellen.«

Giric trat von dem Spalt zurück, sah zu den Bogenschützen. Dann hob er die Hand.

Kineth kniff die Augen zusammen. War da nicht etwas, zwischen den Steinen – ein Funkeln... wie von einem Helm –

Girics Faust fuhr herunter.

Kineth wirbelte herum. »Schilddach!«

Blitzschnell griffen sich die Männer und Frauen an Bord die wenigen Rundschilder, die ihnen der Sturm gelassen hatte, und gingen in Formation. Handgriffe, die sie auf ruhiger See wieder und wieder geübt hatten, bis sie alle im Schlaf beherrschten. Im selben Moment prasselte ein Dutzend Pfeile auf sie ein, blieb in der Bordwand und im aufgeweichten Holz der Schilde stecken. Ein Schmerzensschrei war zu hören – Donyerth, der Gerber. Ein Pfeil hatte seinen Schild durchbohrt und die Hand dahinter gleich mit. Er biss die Zähne zusammen, hielt die verwundete Hand mit dem Schild aber weiterhin in Position.

Comgall stieß ein verächtliches Grunzen aus. Offenbar konnten die Lumpen an Bord besser kämpfen als segeln. Aber er würde sie schon kleinkriegen.

Er deutete Giric, erneut schießen zu lassen.

Kineth schnellte unter dem Schilddach hervor und hob seinen Bogen. Die anderen sahen ihn nicht schießen, sahen nur eine einzige, fließende Bewegung, und ein Pfeil war auf dem Weg.

Giric wollte eben erneut den Befehl zum Schießen geben, als er das Sirren hörte. Einen Atemzug später fiel Gabhran, der Bogenschütze neben ihm, tot um. In seinem Kopf steckte ein Pfeil.

Alle starrten auf den Toten, trauten ihren Augen nicht:

Ein Pfeil auf diese Entfernung, durch diesen schmalen Spalt!

»Die müssen mit dem Teufel im Bunde sein«, murmelte einer der Bogenschützen.

Comgall funkelte ihn an. Der Mann sah betreten zu Boden. Die anderen musterten ihren Herrn verstohlen, warteten auf eine Entscheidung, einen Befehl.

Giric räusperte sich. »Was sollen wir tun?«

Comgall sah auf den toten Mann am Boden.

Sie mögen erbärmliche Seeleute sein, aber sie verstehen zu schießen.

Sein Blick glitt von dem Toten zum Schiff in der Bucht.

Wenn dies keine Nordmänner sind, sondern Feinde der Nordmänner... dann sind sie vielleicht genau das, was du brauchst.

»Wir lassen sie leben«, verkündete er, »und verhandeln. Giric, du gehst!«

Die Krieger sahen den Mann, der hinter den Steinen hervorkam. Er hielt Bogen und Speer in der Hand, ging langsam auf sie zu.

Dann blieb er stehen, warf die Waffen vor sich auf den Boden und trat einen Schritt zurück.

Kineth legte sich den Bogen um seine Schulter, griff das Tau und schwang sich über Bord, bevor Caitt noch protestieren konnte.

Die Wolken hatten sich verzogen, es hatte aufgehört zu regnen. Die Nacht war hereingebrochen, und der Mond schien silbern über Meer und Land.

Egill Skallagrimsson schritt bedächtig über die Planken des Schiffes. Er prüfte Taue und Segel, nahm die Ruder in die Hand, rüttelte an den festgezurrten Fässern und Kisten. Alles war in Ordnung, wie immer.

Der Wachposten war den abendlichen Rundgang seines Anführers gewohnt. Es war nicht zuletzt diese Hingabe, die Egills Ruf auf den Eislanden begründet hatte. Im Frieden oder Krieg – Egill, Sohn des Skallagrímur, hielt seine Schiffe und Krieger stets kampfbereit. Das wusste jeder. Und wer es nicht glauben wollte, dem erging es wie Ivar, der letztes Jahr mit den Winterstürmen nach Borg gesegelt war, um sich mit dem großen Egill zu messen. Kurze Zeit später lagen Schiff und Feind am Meeresboden, ein reiches Opfer für Rán, die immerhungrige Göttin der See.

Jetzt nickte Egill dem Posten zu und ging von Bord.

Das Schiff und ein zweites lagen nicht weit von den Ruinen und dem mächtigen Turm vor Anker. Egill schritt gleichmäßig und rasch auf die Ruinen zu, die vom flackernden Schein mehrerer Feuer erhellt wurden.

Der Beutezug war ein voller Erfolg gewesen. Alles, was Bjorn über Hjaltland erzählt hatte, stimmte. Sie hatten die große Halbinsel gefunden, die Ruinen, den Turm, den sie hier auf den Inseln Broch nannten, und, nur einen halben Tagesmarsch entfernt, das befestigte Dorf.

Und den Schatz.

Egill grinste, als er daran dachte, wie mühelos sie im Dunkel der Nacht in das Dorf und die Festung eingedrungen waren. Nicht offen angreifen, sondern den Feind überlisten – das war man von Nordmännern nicht gewohnt. Aber Egill Skallagrimsson war kein gewöhnlicher Nordmann, auch der Herr der Festung, der Fürst von Cattburgh, hatte das schnell feststellen müssen. Als dieser – ein Mann von der Statur eines Wildschweins und demselben Gemüt – sich mit seiner sogenannten Leibgarde gegen sie gestellt hatte, war es bereits zu spät gewesen. Wenige Tote später waren die Männer gefangen, die Frauen genommen und alles Gold und Silber aus den Gewölben geholt.

So war es mit denen, die sich alles erkauften, dachte Egill. Sie lebten selbstgefällig und bestachen ihre Feinde, bis jemand kam, den keine Abmachungen kümmerten und der ihnen mühelos Gold und Leben nahm, weil sie mit den Jahren weich und unvorsichtig geworden waren.

Wobei Egill sich in diesem Fall sogar großmütig gezeigt hatte. Der Fürst hatte mit dieser Ratte, die sich sein Kommandant schimpfte, und den Resten seiner Männer vor ihm gekniet und ergeben sein Schicksal erwartet. Egill jedoch hatte sein blutiges Schwert an dessen seidenem Umhang abgewischt und es zurück in die Scheide gesteckt. Dann hatte er sich zu dem Fürst hinuntergebeugt und ihm gutmütig die Wange getätschelt.

»Leb weiter und besorg dir einen neuen Schatz. Auf dass wir uns wiedersehen mögen.«

Sie hatten sich in der Halle erleichtert und mit ihrer Beute und den Gefangenen die Festung verlassen. Es war ein guter Tag gewesen – und Egill hatte bis zum Abend kein einziges Mal mehr pissen müssen.

Plötzlich verharrte der Nordmann und lauschte: Aus dem Schatten des Turmes kam das rhythmische Keuchen eines Mannes und einer Frau. Langsam ging er auf das Geräusch zu, trotz seiner Größe und Kraft bewegte er sich leichtfüßig und flink.

Er sah die Umrisse eines stehenden Mannes mit heruntergelassenen Hosen und einer über einen großen Stein gebeugten Frau.

Unmut stieg in Egill auf. Neben Gold und Silber hatten sie auch an die vierzig Männer und Frauen aus der Festung mitgenommen. Auf den Märkten des Südens würden sie einen hohen Preis für sie bekommen, für die jüngsten und hübschesten sogar einen exzellenten. Aber dafür mussten sie unversehrt bleiben.

Er trat hinter den Mann und versetzte ihm einen unsanften Stoß. Der zuckte erschreckt zusammen. »Irik Snorrason. Hatte ich mich unklar ausgedrückt, als ich befahl, dass die Geiseln zu schonen sind? Niemand will ein Weib kaufen, das grün und blau geprügelt wurde, nur damit du deinen Schwanz in es hineinstecken kannst.«

»Egill, ich ... ich musste sie nicht mit Gewalt nehmen. Sie wollte es ... das ist Caoimhe ...«

Die Frau wandte sich Egill zu, wischte sich die Haare aus dem verschwitzten Gesicht und lächelte unsicher.

»Du willst sie freikaufen?«

Irik nickte verbissen. »Ja. Sie wird meine Frau.«

Egill musste schmunzeln. »Na, dann lass dich nicht aufhalten, mein Freund.« Er klatschte Irik mit der flachen Hand auf den nackten Hintern und ließ die beiden dort weitermachen, wo er sie unterbrochen hatte.

»Egill, komm her und stärke dich!« Bjorn stand auf und streckte seinem Anführer, der sich dem Feuer näherte, ein Trinkhorn entgegen. Die Lagerfeuer waren notdürftig durch einen halb verfallenen Steinkreis geschützt. Es waren fast keine Decksteine mehr vorhanden, aber es genügte, und man hatte einen guten Überblick nach allen Seiten.

Auch die anderen Männer, die an den Feuern saßen, standen auf und hoben die Trinkhörner.

Egill nahm das Horn. »Auf uns! Und dass Odin und seine Raben weiterhin noch viel von den Männern der Eislande sehen werden!«

Die Männer jubelten, dann tranken alle.

Egill nahm am Feuer Platz, die Gespräche setzten wieder ein. Der Geruch nach gebratenem Fleisch lag in der Luft.

Bjorn blickte auf das Schwert, das Egill trug. »Ich kann kaum glauben, dass der Mann so ein Schwert hatte. Fränkischer Stahl auf Hjaltland.« Er schüttelte den Kopf.

»Die besten Waffen für die besten Kämpfer.« Die beiden Männer lachten, dann deutete Egill zum Turm. »Die Gefangenen?«

»Zahm wie die Lämmer.«

»Gut.« Egill trank zufrieden das Horn leer und legte es neben sich. Dann streckte er die Füße aus und fuhr sich über den frisch rasierten Hinterkopf. »Wir werden nicht mehr lange bleiben«, sagte er schließlich. »Der Mond ist beinahe voll, der Sturm hat sich verzogen und der Wind steht günstig.«

Bjorn nickte. »Mir ist es recht. Ich fand schon damals, als ich mit Thora hier gestrandet war, dass das ein seltsamer Ort ist.« Er blickte auf den Steinkreis und die Überreste der uralten Hütten, dann auf den Turm, der im Mondlicht aussah wie ein gigantischer Baumstamm.

»Die schöne Thora«, sinnierte Egill. »Ich vermute, du hast alles unternommen, damit sie sich nicht fürchten muss.«

Bjorn lachte. »Es herrschte Winter, ich hatte sie eben erst zu meinem Weib genommen, und sonst gab es nichts zu tun. Die meiste Zeit habe wir in unseren Fellen gelegen.« Er seufzte. »Die Frau war einfach unersättlich. An manchen Tagen konnte ich nicht mehr –«

Egill winkte ab. »Danke, ich sehe es bildhaft vor mir. Und trotzdem hattest du noch Zeit, dir Gedanken über diesen Platz zu machen?«

»Im Ernst – irgendetwas stimmt hier nicht. Der Ort ist im Grunde ideal für eine Siedlung. Man ist von drei Seiten durch die See geschützt, der Weg vorne zum Festland ist leicht zu verteidigen. Und trotzdem ist alles verlassen, seit Ewigkeiten, wie man sieht.«

Egill wischte sich die Reste des Mets aus dem Bart. »Erzähl das Thorolf, wenn er hierherkommt.«

Bjorn schüttelte den Kopf. »Lieber nicht. Dein Bruder würde wahrscheinlich jeden, der auch nur im Geringsten so etwas wie Zweifel empfindet, eigenhändig in die Eislande zurückwerfen.«

»Du kennst ihn ganz gut.« Egill zwinkerte Bjorn zu. Nachdem dieser mit Thora eines Tages in Borg aufgetaucht war, waren er und Egill gute Freunde geworden. Auch Thorolf, der Bjorn anfangs misstraute, hatte schon bald eingesehen, dass es besser war, den Mann auf seiner Seite zu wissen. Bjorn war stark, zuverlässig und hatte einen eisernen Willen, denn es war selten, dass jemand auf große Fahrt ging, die Tochter eines Königs entführte, mit ihr in den hohen Norden floh, allen Gefahren trotzte und dann sogar am Leben blieb, um die Früchte seines Raubzugs zu genießen. Inzwischen erwartete seine Frau sogar ihr zweites Kind.

»Glaubst du, Thorolf ist bereits bei König Æthelstan?«

Egill zuckte mit den Schultern. »Wenn er nicht in den Sturm geraten ist, sicher.«

»Ich bin gespannt, ob der König unser Angebot annimmt.«

»Der König«, Egill nahm das Trinkhorn wieder in die Hand und füllte es nach, »braucht jeden Mann, auch einen Nordmann.« Er nahm einen großen Schluck. »Der Krieg in Britannien wird kommen. Und dann werden wir Odins Hallen füllen, wie noch niemand vor uns. Dass wir das in Æthelstans Diensten tun, wird dem Rabengott einerlei sein.«

Er setzte das Trinkhorn erneut an und leerte es in einem Zug.

Caitt setzte den Trinkkrug ab. Wie hatte der Herr dieser Halle das Gebräu genannt, Ale? Das klang fast wie Ql, aber wenn er ehrlich war, schmeckte es besser als das heimatliche Gebräu. Dann aß er gierig ein weiteres Stück Fleisch, das Fett tropfte ihm aus den Mundwinkeln in den struppigen Bart.

Auch Kineth und die anderen verschlangen das würzig gebratene Fleisch, die knusprigen Brotlaibe, Eier und

Käse und all die anderen Speisen, die es hier im Überfluss zu geben schien.

Noch nie hatten sie in einer so großen Halle getafelt. Niemand von ihnen hatte eine Vorstellung davon, wie es möglich war, etwas Derartiges zu bauen. Auch die kunstvoll geschnitzten und weich gepolsterten Stühle schienen eher für sagenhafte Könige bestimmt als für gewöhnliche Menschen.

Doch all diese Gedanken waren verflogen, seit die Speisen aufgetragen wurden. Es war warm, es gab zu essen, und das war alles, was für die Krieger zählte, wo immer sie auch sein mochten.

Comgall lehnte in seinem thronähnlichen Stuhl an der Stirn der Tafel und musterte sie finster.

Wieder Leben in der Halle. Fackeln an den Wänden, das große Feuer in der Mitte, Saufen und Fressen. Aber anstatt inmitten deiner siegreichen Männer sitzt du inmitten von Fremden, die seltsam sprechen, wie Tiere aussehen und sich auch so benehmen. Der weiße Wolf, den sie bei sich haben, hat mehr Anstand als sie.

Darüber hinaus war nicht nur ihre Haut über und über bemalt, sondern sie hatten sogar Weiber in ihren Reihen, die an der Seite der Männer kämpften. Comgall schüttelte es innerlich bei diesem Gedanken – ein Weib mit einem Speer in der Hand. Der einzige Speer, den ein Weib in der Hand halten sollte, war der eines Mannes.

Aber du bist auf diese Tiere angewiesen.

Caitt rülpste, dann wischte er die Finger an seinem Lederrock ab. »Wir sollen dir also helfen, gegen die Nordmänner zu kämpfen?«

Giric schlug mit seinem Trinkbecher auf den Tisch.

»Was unterstehst du dich!« Er sah den Fremden empört an. »Fürst Comgall, Sohn des Aidan und Herr über Cattburgh, hast du respektvoll mit ›Ihr‹ anzusprechen!«

Caitt blickte irritiert zu Kineth und Unen, die bei ihm saßen. Aber die beiden waren mit Essen beschäftigt und zuckten nur die Schultern.

»Wir sollen also *Ihr* gegen die Nordmänner helfen?«, versuchte es Caitt erneut.

Comgall musste schmunzeln. »Vergiss es. Ja, ihr sollt die Hunde, die mich ruchlos überfallen haben, vernichten, meine Männer befreien und mir mein Hab und Gut zurückbringen.« Er gab Giric, der neben ihm saß, ein Zeichen, er solle Caitt nachschenken. Dieser tat mit zusammengekniffenen Lippen, wie ihm geheißen. »Wobei ich so meine Zweifel habe, ob ihr wirklich den Mut habt, es mit ihnen aufzunehmen.«

Caitt trank den wieder gefüllten Krug leer und lehnte sich zurück. »Woher, glaubt Ihr, haben wir das Schiff? Sie haben uns überfallen, und wir haben sie bis zum letzten Mann niedergemacht – diese *Herrscher* der Meere.« Er grinste dreist. »Aber sagt«, fuhr er dann fort, »warum sollen wir Euch helfen? Was ist mit diesem Konstantin, von dem Ihr uns erzählt habt? Was ist das für ein König, der sein Reich nicht schützen kann?«

Comgall zuckte mit den Schultern. »Der König sitzt auf dem Festland und bereitet den Krieg vor. Was hier auf den Inseln geschieht, kümmert ihn nicht.« Er beugte sich vor. »Und dich braucht es auch nicht zu kümmern, Fremder, wo immer du her kommst ...«

»Innis Bàn ist der Name unseres Eilands«, sagte Caitt mit Stolz.

Comgall wirkte unbeeindruckt. »Nie davon gehört.« Er blickte zu Giric, der zuckte mit den Schultern.

»Wie auch immer«, fuhr der Fürst fort. »Hast du Erfolg, wird dein Schiff repariert, und ihr erhaltet genügend Proviant für die Weiterreise.«

Caitt blickte ungerührt zurück. »Proviant und die Lage des Ortes, den wir suchen.«

»Wie gesagt, das lässt sich herausfinden.« Comgall lehnte sich wieder in seinem Stuhl zurück. »Aber zunächst: Töte sie und bring mir mein Gold.«

»Das werden wir. Aber wer garantiert uns, dass Ihr Euch an die Vereinbarung haltet?«

Comgall lächelte schief. »Auf eurem geheimnisvollen Eiland habt ihr wohl noch nie von mir gehört, sonst wüsstet ihr, dass ich mein Wort zu halten pflege. Und ich rate dir, dasselbe zu tun.« Sein Blick schweifte ans Ende der Tafel, wo Ailean bei den Breemallys saß. »In jedem Fall kann es nicht schaden, Geiseln zu stellen, nur zur Sicherheit. Der kleine Lockenkopf da würde mir gefallen.«

»Der kleine Lockenkopf ist meine Schwester. Hüte deine Zunge!«

Comgalls Lächeln verschwand. »Dann die Blonde.« Er deutete auf Moirrey. »Und das ist nicht verhandelbar.«

»Wen bekommen wir?«

Comgall klopfte Giric auf die Schulter. »Meinen Befehlshaber und besten Mann, Giric, Sohn des Erskine. Er wird euch zu den Nordmännern führen.«

Caitts Blick schweifte zwischen Giric und Comgall hin und her. Der Fürst von Cattburgh lächelte. »Nun, sind wir handelseinig?«

Caitt zögerte, aber als er antwortete, war seine Stimme fest. »Das sind wir.«

Comgall nickte zufrieden. »Giric! Schenk nach!«

Bree beobachtete, wie Caitt und Comgall ihre Trinkkrüge hoben. »Dein Bruder scheint einen neuen Freund gefunden zu haben.«

Ailean spülte das letzte Stück Fleisch mit einem Schluck Ale hinunter. »Sieht so aus.« Wenn sie ehrlich war, berührte es sie im Augenblick nicht besonders, was Caitt mit dem Herrn der Halle zu besprechen hatte. Sie war so satt, dass sie das Gefühl hatte, jeden Moment zu platzen, und die Wärme des großen Feuers machte sie benommen. Jetzt noch schlafen, und dann –

Sie riss sich zusammen. Sie waren dem Sturm vielleicht entkommen, aber die eigentliche Aufgabe lag noch vor ihnen. Und Comgall bewirtete sie sicher nicht aus bloßer Gastfreundschaft. Sie traute weder ihm noch seinem Befehlshaber-ohne-Schwert.

Ailean erinnerte sich wieder an das unbehagliche Gefühl, das sie empfunden hatte, als die Bucht und das Dorf mit der Festung vor ihnen aus den Regenschleiern aufgetaucht war. Dasselbe unbehagliche Gefühl hatte sie jetzt, wenn sie Comgall ansah. Er wirkte ebenso düster und gefährlich wie seine Festung.

Jetzt stand Caitt auf und trat zu Kineth und Unen. Er sprach mit ihnen, sie standen ebenfalls auf. Die drei kamen auf Ailean und die Breemallys zu …

»Wir sollen also einen unbekannten Gegner auf uns unbekanntem Boden angreifen?«, fragte Bree ungläubig.

Caitt hatte sie und die anderen ans entfernte Ende der Halle geführt, um ihnen mitzuteilen, was er mit Comgall besprochen hatte. »Und Mally zurücklassen?«, fuhr sie fort. »Das kann doch nicht dein Ernst sein. Eher würde ich sie bei Luzifer selbst als bei diesem Schwein da drüben lassen.«

»Vielleicht hast du mich nicht verstanden. Ich frage euch nicht, ich sage es euch.« Caitts Stimme klang beherrscht, aber seine Augen bewegten sich unruhig zwischen ihnen hin und her. »Wenn wir mit unserem Schiff weiterreisen wollen, sind wir auf Comgall angewiesen.

»Ich trau ihm nicht«, sagte Ailean. »Lass Mally nicht bei ihm zurück!«

»Ach was«, erwiderte Caitt. »Mally kann sich ihrer Haut wehren. Die Vereinbarung mit dem Fürst ist getroffen, und ich sehe nicht ein, warum wir Vereinbarungen nicht halten sollten. Das ist zwischen denen, die herrschen, üblich.«

»Also zwischen dir und Comgall?«, brummte Unen.

»Zwischen wem denn sonst, Mathan?« Caitt fixierte erst Unen, dann alle anderen.

Niemand sagte ein Wort. Dann räusperte sich Kineth. »Schön gesagt. Aber vielleicht sollte nun die sprechen, die es betrifft.«

Alle sahen Moirrey an, die den Kopf gesenkt hielt. Dann blickte sie auf.

»Ich bleibe«, sagte sie mit fester Stimme.

Bree legte ihr die Hand auf die Schulter. »Mally –«

»Ich bleibe!« Sie sah Caitt an. »Ich muss unserem großen Anführer ausnahmsweise recht geben – ich kann auf mich aufpassen. Also tut, was ihr tun müsst, und kommt schnell zurück.«

Caitt nickte beifällig. »Dann sind wir uns einig.«

»Wenn du es so nennen willst.« Moirrey drehte sich um und ging an die Tafel zurück, wo sie sich neben Heulfryn setzte.

Comgall hatte die kleine Gruppe nicht aus den Augen gelassen. Es war vor allem der Riese, den sie Unen nannten, der seine Aufmerksamkeit erregt hatte. »Der Mann sieht aus, als könnte er es mit Egill und seinen Männern alleine aufnehmen. Ich glaube, der Allmächtige meint es gut mit uns.«

Giric machte bei Erwähnung des bevorstehenden Kampfes ein betretenes Gesicht.

»Was ist denn? Hat mein tapferer Befehlshaber Angst? Sei dankbar, jetzt kannst du die Scharte der Niederlage auswetzen. Geh dein Weib beglücken, oder wie auch immer du das nennst, ihr brecht in wenigen Stunden auf. Egill wird die Insel gewiss nach Vollmond mit ablaufendem Wasser verlassen.«

»Wie Ihr befehlt.« Giric zögerte. »Wenn ich noch etwas sagen darf…«

»Was? Raus damit«, rief Comgall unwirsch aus.

Giric holte tief Luft. »Fragt Ihr Euch gar nicht, woher diese Fremden kommen? Sie sprechen unsere Sprache, wenn auch auf eine Art, wie ich es noch nie gehört habe. Sie kommen von einer unbekannten Insel, und die blauen Zeichnungen auf der Haut –«

Comgall grinste. »Vielleicht weiß ich ja, wer diese Leute sind und warum sie diese Zeichnungen haben?

Vielleicht kenne ich sogar den Ort, von dem dieser Tölpel, den sie Anführer nennen, dauernd faselt – Clagh Dúibh.«

»Ihr wisst, wer sie sind?«

Comgalls Grinsen verschwand. »Und wenn schon. Das geht dich einen Dreck an. In Kürze ist diese unglückselige Geschichte vorbei, und nichts wird daran erinnern, dass sie je geschehen ist.«

Giric blickte Comgall misstrauisch an. »Angenommen, wir besiegen die Nordmänner. Werdet Ihr die Fremden gehen lassen?«

»Angenommen, du wärest ich. Würdest du mir dann deine geheimen Absichten verraten?«

Giric sagte nichts, und Comgall nickte selbstgefällig. »Eben. Und jetzt scher dich hinaus.«

Giric erhob sich, deutete eine Verbeugung an und verließ die Halle.

Die Fackeln waren gelöscht, nur das Feuer glomm noch rot vor sich hin. Es war ruhig in der Halle, bis auf vereinzeltes Schnarchen.

Caitt und die anderen schliefen auf den Fellen, die Comgall hatte bringen lassen. Bei der Tür stand Dànaidh Wache, er hatte Kineth vor Kurzem abgelöst. Caitt hatte es nicht für nötig befunden, hatte aber schließlich dem Drängen der anderen nachgegeben, die der Meinung waren, dass ein Wachposten nicht schaden konnte.

Heulfryn lag wach und starrte an die Decke, die weit

oben im Dunkeln verschwand. Er dachte an Moirrey, die sich freiwillig diesem Scheusal als Geisel anbot.

Mally, die Kämpferin. Mally, die vor nichts Angst hatte. Mally mit den blonden Haaren und den blaugrünen Augen. Immer wenn sie ihn ansah, hatte er das Gefühl, dass sie jeden seiner Gedanken lesen konnte.

Meine Mally.

Er schalt sich einen Narren, an so etwas überhaupt zu denken, nur weil sie in der letzten Zeit öfter mit ihm geredet hatte – oder eher: ihren Spott mit ihm getrieben hatte. Er wusste genauso wie alle anderen, dass Moirrey kein Kind von Traurigkeit war, wie es seine Mutter vorsichtig ausgedrückt hatte, und das betraf ihre Fertigkeit mit Pfeil und Bogen ebenso wie ihre Lust auf Männer.

Und wer war er schon? Ein Junge. Noch grün hinter den Ohren. Heulfryn, der »Zimmermann«. So hatte ihn Caitt an Bord genannt. Und es stimmte, er übte das Handwerk seines Vaters aus. Trotzdem hatte er immer ein Krieger sein wollen, deshalb war er auch gegen den Widerstand seines Vaters mit auf die Fahrt gegangen. Für sein Volk, und für sich, damit er endlich bei seinen Kameraden die Anerkennung fand, nach der es ihn verlangte.

Er wollte ein Kämpfer sein, der die Ahnen stolz machte.

Moirrey hatte diese Probleme nicht. Was ihre Kunst mit dem Bogen anging, war nur Kineth ein besserer Schütze, und so war sie wertvoll, für die Krieger und für ihr Volk.

Er jedoch ...

Plötzlich fühlte er eine Hand an seiner Seite, hörte das Flüstern, ein warmer Hauch an seinem Ohr. »Komm.«

Die kleine Kammer befand sich am anderen Ende der Halle, Heulfryn hatte sie während des Mahles gar nicht bemerkt. Moirrey entzündete eine Öllampe mit einem glimmenden Span, den sie vom Feuer mitgenommen hatte. Eine winzige Flamme erhellte das Innere des Raumes. Am Boden lagen Felle, an den Wänden standen Krüge und Fässer.

»Was ist das hier?«, flüsterte er, sein Herz pochte.

Sie deutete auf eines der Fässer. »Eine Vorratskammer. Damit das fette Schwein bei seinen Festen nicht zu lange warten muss.«

»Mally, du darfst nicht bei ihm –«

Sie trat zu ihm und küsste ihn. Ihre Lippen waren warm, ihre Zunge schlang sich verheißungsvoll um die seine. Heulfryn fühlte die Erregung in seinen Lenden, presste Moirrey an sich.

Sie genoss seine ungestüme Leidenschaft, trotzdem löste sie sich von ihm. »Immer langsam«, flüsterte sie und strich ihm mit der flachen Hand über seine Hose. Dann küsste sie ihn wieder, nur um sich abermals von ihm zu lösen.

Er griff nach ihr, aber sie machte einige Schritte rückwärts, nahm einen tönernen Becher, der auf einem der Fässer stand, und füllte ihn mit Wein. Sie trank einen guten Schluck, dann gab sie ihn Heulfryn, der ihn in einem Zug leerte. *Vermutlich hätte er auch getrunken, wenn ich ihm Gift gereicht hätte,* dachte Moirrey belustigt. Sie nahm ihm den Becher aus der Hand und wischte ihm mit dem Daumen langsam die Tropfen Wein ab, die an seinen Lippen und seinem spärlichen Bart hängen geblieben waren.

Dann zog sie ihr Gewand über den Kopf. Ihre Haut mit den dunklen Zeichnungen schimmerte seiden im Licht der Kerze, ihr Bauch war zart gewölbt, ihre Brüste klein und fest und mit einem spiralförmigen Muster bemalt. Heulfryn konnte seine Augen nicht von ihnen lassen, er wollte sie endlich berühren.

»Das erste Mal?«

»Wa… was?« Heulfryn sah sie fragend an.

»Hast du es schon mit einer Frau getrieben?«

Er wurde rot, blickte zu Boden.

Sie lächelte schelmisch. »Das dachte ich mir.«

Heulfryn sah sie verwundert an, ließ sich dann aber widerstandslos von ihr zu Boden drücken. Sie setzte sich auf ihn, nahm seine Hände und führte sie zu ihren Brüsten. Dort hielt sie diese so lange fest, bis er sie fest umschlossen hatte. »Spürst du, wie mein Herz klopft?«

Heulfryn nickte, sah Moirrey wieder in die Augen. »Ich wollte immer nur dich. Mein ganzes Leben.«

»Du hast mich diese Nacht.«

Moirrey begann langsam ihr Becken vor- und zurückzubewegen, genoss den Anblick des jungen Mannes unter sich, der nicht wusste, was er zuerst tun solle. Sie beugte sich nach vorn, sodass er ihre Brustspitzen mit seinem Mund erreichen konnte, und begann leise zu stöhnen.

»Du hast mich diese Nacht«, wiederholte sie. »Und dann sehen wir weiter.«

Als der Morgen dämmerte, zog Nebel auf und hüllte das Dorf und die Festung ein. Die dichten weißen Schwaden verschluckten jeden Laut und jedes Licht, die aufgehende Sonne war nur zu erahnen.

Giric saß in seiner Schlafkammer auf der Bettkante und rieb sich die Schläfen, sein Schädel dröhnte vom vielen Wein gestern.

Ébha, sein Weib, und seine beiden Söhne Ferchar und Domnall saßen in der Kammer nebenan bereits am Tisch, aßen Fleisch und Brot und tranken verdünnten Wein.

Er kleidete sich an. Ging zu den anderen und bediente sich vom Fleisch, das er verspeiste, ohne sich zu setzen.

»Nun«, sagte er schließlich, »ich breche jetzt auf.«

Ébha sah nicht auf, als sie antwortete: »Ich wünsche dir Glück.« Sie wischte sich eine Strähne ihres blonden Haares aus dem Gesicht und gab Ferchar, dem jüngeren der beiden, ein weiteres Stück Fleisch. Der ältere, Domnall, musterte seinen Vater aufmerksam. »Kämpft ihr wieder gegen Nordmänner?«

»Ja. Aber diesmal werden wir siegen.«

Der Junge nickte nur und nahm sich ebenfalls noch ein Stück Fleisch.

Die Kammer war still, bis auf die schmatzenden Geräusche der Essenden.

Diesmal werden wir siegen.

Tapfere Worte, die aber niemand in diesem Raum zu glauben schien, am wenigsten sein Weib. Die letzte Nacht mit ihr war genauso verlaufen wie die vielen davor: Wann immer er sich Ébha näherte, ganz gleich ob zärtlich oder ungestüm, zuckte diese zusammen, als würde ein Untier über sie herfallen, und verweigerte sich ihm. Die Zurückweisungen seines Eheweibs trafen ihn ebenso schwer wie die Demütigungen, denen er als Befehlshaber der Festung durch Comgall ausgesetzt war. Jeder wusste, wie der Herr der Festung über seinen »besten Mann« dachte. Auch Ébha litt unter den spitzen Zungen und den giftigen Worten der anderen Frauen, deren Gehässigkeit einen neuen Höhepunkt nach der Niederlage gegen die Nordmänner gefunden hatte.

Giric wusste nicht, was er tun sollte, natürlich hätte er sein Weib mit Gewalt nehmen können, aber er brachte es nicht über sich. Er hatte Ébha aus Liebe zur Frau genommen, und er liebte sie immer noch. Statt sie zu zwingen, betrank er sich lieber.

Er seufzte. Ein despotischer Herr, eine Familie, die ihn verachtete, ein Weib, das ihn zurückwies – wenn er heute nicht sein Schwert zurückgewann, würde er hoffentlich im Kampf sterben.

Giric drehte sich um und verließ den Raum.

Die Krieger hatten sich im Innenhof der Festung versammelt. Das Gewand, das sie trugen, war zum ersten Mal seit vielen Tagen trocken, im Übrigen hatten sie nur ihre Waffen und etwas Wegzehrung bei sich – sie mussten schnell und wendig sein.

Kaum jemand sprach, die Mienen der Männer und Frauen waren ernst. Unen stand neben Kineth und blickte in den Nebel. Er war immer dichter geworden und verbarg mittlerweile auch den massiven Turm mit der Halle, der sich neben dem Hof in die Höhe reckte. Unen nahm sein Schwert und klopfte damit auf den Schild, den er in der anderen Hand trug. Der Laut verlor sich in den

Schwaden. »Bei allen Göttern, man sieht kaum die Hand vor Augen.«

»Wenigstens sieht unser Gegner genauso wenig wie wir«, gab Kineth zurück, der die Riemen um den Schaft seines Lederschuhs fester band.

Neben ihm wog Caitt prüfend seinen Speer in der Hand. »Und wenn er uns sieht, wird es zu spät sein.«

Ailean und Flòraidh warfen sich einen vielsagenden Blick zu.

»Wird es gehen?«, fragte Kineth Donyerth, dessen linke Hand mit Leinenstreifen umwickelt war und an den Willkommensgruß des Fürsten von Cattburgh erinnerte.

»Der Pfeil ist glatt durchgegangen, keine Splitter. Um den Schild zu tragen, reicht es.«

Kineth klopfte ihm auf die Schulter.

»Ich sehe, ihr seid guten Mutes!« Comgall betrat den Innenhof, Giric zu seiner rechten, Moirrey auf der linken Seite. »Den werdet ihr auch brauchen.«

Caitt grinste. »Mach dir keine Sorgen. Schon bald hast du wieder, was dir gehört.«

Giric räusperte sich. »Macht *Euch* keine Sorgen ... was *Euch* gehört ...«, verbesserte er halbherzig.

Comgall winkte gönnerhaft ab. »Aber, aber, genug der Förmlichkeiten, wir sind doch jetzt so etwas wie Waffenbrüder, oder nicht?«

»Denk an unsere Vereinbarung«, fuhr Caitt unbeirrt fort, »das Schiff wird repariert, und wir bekommen Proviant. Und sie«, Caitt deutete mit der Spitze seines Speeres auf Moirrey, »sehen wir so wieder, wie sie jetzt vor uns steht.«

»Ich würde doch nicht das Leben unserer wertvollen Geisel aufs Spiel setzen«, sagte Comgall grimmig und packte Giric an der Schulter. »Und jetzt geht!« Er gab Giric einen Stoß. Der taumelte, fing sich aber und stellte sich neben Kineth und Caitt.

»Wie lange wird sich der Nebel halten?«, fragte Kineth ihn.

»Das weiß nur der Allmächtige. Manchmal weicht er tagelang nicht.«

»Und wohin geht die Reise?«, wollte Ailean von ihm wissen.

»Knapp einen halben Tagesmarsch von hier haben sie ihr Lager aufgeschlagen, wie man uns berichtete. Wir haben also keine Zeit zu verlieren.«

Giric wirkte ruhig und beherrscht, fast zu ruhig. Kineth nahm sich vor, ihn im Auge zu behalten.

Bree trat zu Moirrey und umarmte sie. »Gib auf dich acht.«

Moirrey zwinkerte ihr zu. »Gib lieber du auf dich acht. Ich muss nicht kämpfen, sondern nur in netter Gesellschaft auf euch warten.«

Bree umarmte ihre Schwester noch einmal und ließ heimlich ein Messer mit einer langen, gezackten Klinge in der Tasche ihres Umhangs verschwinden.

Moirrey spürte die Waffe und lächelte. Sie ging nicht davon aus, dass sie von der Waffe würde Gebrauch machen müssen, aber sicher war sicher.

Bree wandte sich um und ging zu den anderen.

Heulfryn, der neben Dànaidh stand, sah zu Moirrey, versuchte einen Blick von ihr zu erhaschen, aber vergebens. Den ganzen Morgen hatte sie ihn noch nicht einmal beachtet. Es war, als wäre die vergangene Nacht überhaupt nicht geschehen.

»Wir brechen auf!« Caitt nickte Giric zu. »Geh voran.«

Giric übernahm die Führung und ging in Richtung des Tors. Die Krieger folgten ihm und waren nach wenigen Augenblicken wie Geister im Nebel verschwunden.

Bjorn ging auf die Schiffe zu, oder zumindest dahin, wo er sie vermutete. Der Nebel hatte alles verschluckt, Mensch, Tier, das Land und das Meer.

Er fühlte sich unbehaglich und schutzlos. Wenn seine Feinde wüssten, wo er war, würden sie unverzüglich herkommen und ein Blutbad auf der Insel anrichten. König Hroald hatte ihm die Entführung seiner Tochter immer noch nicht verziehen, und Thoras Bruder Thorir wartete nur auf eine Gelegenheit, gegen ihn und Egill vorzugehen. Gegen Egill, Sohn des Skallagrímur, Bruder des Thorolf.

Und Blutsbruder von Thorir.

Bjorn wunderte sich insgeheim immer noch, dass Egill sich auf seine Seite und nicht auf die Seite seines Blutsbruders gestellt hatte. Sowohl er als auch später Thorolf hatten ihn und Thora mit offenen Armen aufgenommen, auch als Hroalds Schiffe aus Thule Nachricht von der Entführung gebracht hatten. Die Schiffe und die Männer aus Thule waren ohne Thora nach Hause gesegelt, und das kleine Dorf Borg hatte zwei neue Bewohner.

Dass sie für ihr neues Wohnrecht mit Comgalls Schatz zahlten, hatte sicher mit Egills Entscheidung zu tun, da machte sich Bjorn nichts vor. Und auch die Tatsache, dass es noch mehr Beute bei Comgall zu holen gab und dass nur Bjorn wusste wo, mochte eine nicht unwichtige Rolle spielen.

Aber Egill hätte alles auch mit Gewalt erreichen können, er hätte Thora foltern und damit alles aus Bjorn herausholen können. Dann wäre es ein Leichtes gewesen, Bjorn zu töten, Thora an ihren Vater auszuliefern, dafür die Belohnung einzustecken und sich dann Comgalls Schatz zu holen.

Aber Egill handelte nicht nur aus Berechnung. Er hatte ihn vielmehr beschützt, und sie waren schon bald Freunde geworden.

Plötzlich tauchten vor Bjorn Schatten im Nebel auf. Seine Hand fuhr zum Schwert, dann erkannte er, dass es Egill und einer der Wachposten waren.

Egill grinste und deutete auf Bjorns Hand, die immer noch am Griff seines Schwertes lag. »Kannst du nicht mehr Freund von Feind unterscheiden?«

Bjorn ließ sein Schwert los. »Ich habe dich gesucht. Die Männer fragen, wann wir aufbrechen.«

»Lieber heute als morgen. Bislang war uns das Glück gewogen, aber ich habe das Gefühl, wir sollten es nicht unnötig strapazieren.«

»Soll ich also den Befehl geben, alles klarzumachen?«

»Tu das. Wenn sich dieser verdammte Nebel gelegt hat, laufen wir aus.«

Geführt von Giric liefen die Krieger durch den Nebel. Von der Landschaft war kaum etwas zu sehen. Hügel tauchten plötzlich vor ihnen auf und verschwanden hinter ihnen wieder. Ringsum herrschte eine gespenstische Stille. Nur das Keuchen der Männer und Frauen war zu hören, und das Knirschen der Schritte auf dem steinigen Boden.

Zweimal legte ihr Führer eine Rast ein, in der sie an einem Bach ihren Durst löschen konnten. Als sie eine dritte Etappe zurückgelegt hatten, hob Giric die Hand und drehte sich zu ihnen um. Er wirkte noch so frisch wie am Morgen, als sie aufgebrochen waren.

Es scheint mehr in dem Mann zu stecken, als man vermuten sollte, dachte Kineth.

»Es ist nicht mehr weit«, sagte Giric mit gedämpfter Stimme.

»Schade. Gerade, wo wir so schön im Trott sind«, japste Elpin, aber niemand achtete auf seinen Scherz.

Caitt sah sich um. Die Sonne musste hoch am Himmel stehen, aber der Nebel war noch immer undurchdringlich. Er wandte sich an Giric. »Und jetzt?«

Dieser räusperte sich. »Die Nordmänner lagern auf einer Halbinsel. Dort befindet sich ein Broch, in dem –«

»Das wissen wir alles«, sagte Caitt. »Wie kommen wir auf diese Halbinsel?«

»Nun, der Platz ist naturgemäß gut zu verteidigen. Die Halbinsel ist auf drei Seiten von Wasser und Klippen umgeben. Die Nordmänner müssen nur gegen die Landseite Wachen aufstellen, das andere besorgt die See.«

»Hast du auch etwas Erfreuliches zu berichten?«, brummte Unen.

»Nun, es gibt einen geheimen Pfad zu der Halbinsel, von dem die Nordmänner nichts wissen können. Er, äh, er führt über das Meer.«

Caitt starrte ihn ungläubig an. »Über das Meer? Wir sollen wie der Erlöser übers Wasser wandeln?«

»Es sind Steinplatten, direkt unter der Wasseroberfläche. Sie führen von der Küste zu den Klippen und zu einem Durchlass, und von da weiter zum Broch und dem Steinkreis.«

Unen schüttelte den Kopf. »Platten unter dem Meer. Verkauf uns nicht für dumm!«

»Das ist keineswegs meine Absicht.« Giric ließ sich nicht aus der Ruhe bringen. »In alter Zeit, lange bevor unsere Vorfahren hierherkamen, war auf der Halbinsel eine große Siedlung. Die Bewohner errichteten Steinkreise, so wie es sie in ganz Britannien gibt. Und jeder, der Herrscher wurde, musste über die Steinplatten zu dem Kreis gehen. So ist es überliefert.« Er machte eine kurze Pause. »Als unsere Vorfahren dann die Inseln eroberten, war der Widerstand hier am heftigsten. Als Warnung für alle anderen wurde die Siedlung zerstört, und die Bewohner wurden getötet.«

»Und warum ist der Ort dann verlassen, wenn er so vorbildlich zu verteidigen ist?«, fragte Kineth.

»Das Land wurde unfruchtbar, niemand weiß warum. Dann raffte Krankheit das Vieh dahin. Seitdem wird der Ort gemieden, bis auf den heutigen Tag.«

»Die Nordmänner scheint das nicht zu stören«, wandte Kineth skeptisch ein.

Giric lächelte bitter. »Das hat mein Herr allein sich zuzuschreiben. Er hat den schlimmen Ruf des Ortes ausgenutzt und Gold und Geschmeide im Turm versteckt. Mit diesem Schatz erkauft er sich seit Beginn seiner Herrschaft die Freiheit von den Nordmännern, die die Inseln beherrschen. Vor knapp einem Jahr sind dann andere Nordmänner beim Turm aufgetaucht, angeführt von Bjorn Brynjolfsson. Sie haben einen Teil des Schatzes entdeckt und waren weg, bevor wir sie aufhalten konnten. Comgall hat den restlichen Schatz daraufhin in seine Festung bringen lassen. Aber natürlich ist Bjorn zurückgekommen – diesmal mit Egill Skallagrimsson.« Giric lächelte wieder vielsagend. »Vielleicht haben sie den Bann des Ortes ja gebrochen.«

»Er hat deinem Herrn kein Glück gebracht, und er wird auch den Nordmännern kein Glück bringen«, sagte Caitt entschieden.

»Egill Skallagrimsson ist ein mächtiger Gegner. Er beherrscht die Eislande und –«

»Uns beherrscht er nicht«, unterbrach ihn Caitt. »Und jetzt führ uns weiter!«

Heulfryn hatte den Worten des Befehlshabers der Festung gebannt gelauscht. Doch als sie weiter durch den Nebel liefen, wanderten seine Gedanken zurück zu Moirrey. Sie ging ihm nicht aus dem Kopf, war immer bei ihm, bei jedem Schritt, den er machte, jedem Atemzug, den er tat. Er spürte noch immer ihren lustvollen Körper, hörte ihre unterdrückten Schreie, fühlte ihre Berührungen ...

Als er zur Seite blickte, blickte er in das grinsende Gesicht von Dànaidh, der zu ihm aufgeschlossen hatte. »Was siehst du mich so an?«

»Du vergisst wohl, dass ich gestern Wache hatte, als du und Mally euch davongeschlichen habt?«

Heulfryn spürte, wie ihm die Röte ins Gesicht stieg.

Dànaidh gab ihm einen Schlag auf die Schulter. »Keine Sorge. Es geht niemanden an, was ihr beide in den Tiefen der Nacht treibt. Ihr habt es doch ordentlich getrieben?«

Heulfryn zögerte, nickte dann.

»Warum dann so ein griesgrämiges Gesicht?«

»Ich weiß nicht, es ist nur ... als wir heute Morgen aufbrachen, hat sie mich keines Blickes gewürdigt.«

Dànaidh lachte laut auf. »Das ist alles? Du hast ihr einmal gefallen, dann wirst du ihr auch noch einmal gefallen. Glaub einem alten, erfahrenen Mann.«

Heulfryn versuchte ein Lächeln, das ihm nicht ganz gelang.

Dànaidh richtete den Blick vor sich in den Nebel. »Aber jetzt behalte einen klaren Kopf und einen starken Arm. Du bist meine Deckung im Kampf, und da kann ich niemanden brauchen, der einem Liebchen hinterherträumt.«

»Du kannst dich auf mich verlassen.«

Als Giric sie wenig später halten ließ, hörten sie es – das Rauschen des Meeres.

»Wir sind da«, sagte Giric mit gesenkter Stimme. Er deutete geradeaus in den Nebel. »Dort ist der Zugang zur Halbinsel. Ich nehme an, sie haben Wachen aufgestellt, womöglich auch einen Wall errichtet.« Er zeigte nach links. »Dort liegt das Meer, dort befindet sich der Beginn des Pfades. Sobald es Nacht ist, führe ich euch hinab, die Platten sind selbst im Mondlicht gut zu erkennen.«

»Wozu auf die Nacht warten?«, fragte Kineth. Auch er hatte die Stimme gesenkt.

Alle blickten ihn ungläubig an.

»Wir sollten jetzt zuschlagen«, fuhr er fort.

»Am helllichten Tag?«, zischte Caitt.

»Hell ist es, in der Tat, aber das ist ja gerade der Vorteil«, entgegnete Kineth. »Der Nebel bietet uns mehr Schutz als die Dunkelheit.«

»Vorausgesetzt, der Nebel hält sich noch so lange«, gab Giric zu bedenken.

»Deswegen sollten wir schnell handeln. Ich schlage vor, wir teilen uns. Ein Teil bleibt hier und soll die Nordmänner glauben lassen, dass wir über die Landseite angreifen. Die anderen gehen über den Steinpfad, überraschen sie von hinten.«

Caitt schüttelte den Kopf. »Wir machen es so, wie ich gerade gesagt habe: Wir warten, bis es dunkel ist, überwältigen die Wachen und –«

»Lass uns den Nebel zu unserem Vorteil nutzen. Sei kein Narr!«

»Wen nennst du hier –« Seine Hand fuhr zu seinem Schwert. Aber im gleichen Augenblick war Ailean bei ihm und packte seinen Arm.

»Dafür ist keine Zeit!«, fauchte sie.

Dieser starrte sie an, die Hand immer noch am Schwertgriff.

Ailean hielt seinem Blick stand. »Du weißt, dass Kineth recht hat.«

Alle schwiegen, nur das Rauschen der Meeresbrandung war zu hören. Dann stieß Caitt einen unwilligen Laut aus und ließ das Schwert los.

Nun meldete sich Unen zu Wort: »Wir sollten die Gefangenen befreien. Damit haben wir auf einen Schlag gut zwei Dutzend Mann mehr, die mit uns gegen die Nordmänner kämpfen. Und wir müssen nach Möglichkeit versuchen, ihren Anführer gefangen zu nehmen oder zu töten.« Er wandte sich an Giric. »Wie sieht der Anführer der Nordmänner aus?«

»Egill Skallagrimsson ist größer als die meisten seiner Männer, hat blonde Haare, bis zu den Schultern. Er trägt einen Bart, wie du ihn hast.« Giric deutete auf Caitts geflochtenen Bart. »Und ...« Er zögerte.

»Was?« Nun wurde auch Kineth ungeduldig.

»Er trägt ein kostbares Schwert. Der Griff ist mit Gold verziert, die Klinge ist aus fränkischem Stahl.«

»Du hast scharfe Augen. Ich könnte nicht sagen, wie der Schwertgriff meines Gegners aussieht.«

Giric zuckte mit den Schultern, schwieg aber.

Caitt wandte sich an Kineth. »Du gehst mit einem Dutzend von uns über diesen Steinpfad und wartest bei den Klippen. Wenn ihr hört, dass wir angreifen, schlagt ihr zu. Entweder ihr tötet diesen Egill, oder ihr befreit die Gefangenen.«

Kineth wandte sich ab und wollte gehen, doch Caitt hielt ihn am Arm zurück. Er senkt die Stimme und raunte ihm zu: »Und ich hoffe für dich, dass dein Plan aufgeht – *Bruder*.«

Als Kineth und sein Trupp – unter ihnen Ailean, Flòraidh und Dànaidh – die Küste erreichten, deutete Giric auf eine Stelle in der Brandung.

»Hier ist es«, flüsterte er.

Die Krieger sahen ins Wasser. Tatsächlich – sie erkannten weiß gewaschene Steine, in regelmäßigen Abständen, aufgereiht wie die Wirbelknochen eines sagenhaften Seeungeheuers.

»Es sind genau zwölf Dutzend«, sagte Giric. »Wenn ihr zählen könnt, zählt. Man täuscht sich sonst leicht in der Entfernung.«

»Das werden wir.« Kineth bückte sich und zog einen Dolch aus seinem Stiefel.

Giric wich einen Schritt zurück.

Kineth wies auf Tynan. »Warte mit dem Wolf hier auf uns«, sagte Kineth. »Und nimm das.« Er gab Giric den Dolch. »Für alle Fälle.«

Giric starrte erst den Dolch, dann Kineth an. »Aber bedenkt – ich bin eure Geisel.«

»Dein Herr ist weit weg. Ich glaube, dass man dir vertrauen kann.« Kineth deutete auf Tynan, der sich neben Giric auf den Boden gedrückt hatte. »Und mein Wolf offenbar auch, sonst hätte er dich längst in Stücke gerissen.«

Er wandte sich zu den anderen und gab ihnen ein Zeichen. Dann ging er bedächtig die ersten Schritte ins Meer, betrat vorsichtig die Platte, die vor ihm lag. Der Stein war rutschig, schnell würden sie nicht gehen können.

Beim zweiten Schritt spürte er eine Unebenheit unter seinem Schuh. Er sah genauer hin und erkannte, dass ein Fußabdruck in den Stein gemeißelt war.

Der Weg des Königs.

Kineth kam sich wie in einem eigenartigen Traum vor. Hier standen sie, im Meer, und gleichzeitig wie im Nichts, denn alles verschwand im Nebel. Und plötzlich war es

Kineth, als hörte er Stimmen aus längst vergangenen Zeiten, Stimmen, die aus dem Meer kamen und ihn in das undurchdringliche Nichts lockten...

Er schüttelte den Kopf. Sie durften keine Zeit verlieren, Caitt würde sich bald auf den Weg machen.

Zögernd machte Kineth einen Schritt vorwärts, betrat die nächste Platte...

Moirrey saß auf einer Fensterbank und starrte hinaus in den Nebel, der noch immer undurchdringlich war. Hinter ihr, allein an der großen Tafel, sprach Comgall dem Wein zu, wie er es getan hatte, seit die Krieger aufgebrochen waren.

Moirrey dachte an die Männer und Frauen, die da draußen waren und für das Überleben ihres Volkes kämpften. Und sie dachte an einen ganz Bestimmten von ihnen, dachte an die vergangene Nacht, an die Wonnen, die er ihr bereitet hatte, trotz seiner Unerfahrenheit. Natürlich hatte sie schon lange gewusst, was er für sie empfand und sich geschmeichelt gefühlt. Dann hatte sie mit ihm gespielt, wie mit den anderen Männern, die sie sich genommen hatte. Aber er war nicht wie die anderen – in dieser Nacht war er ihr so nahegekommen wie noch kein Mann zuvor, hatte sie tief im Innersten berührt.

Das beunruhigte sie.

Moirrey wollte nicht, dass ein Mann diese Macht auf sie ausübte, und deshalb hatte sie ihn heute beim Aufbruch bewusst nicht beachtet. Aber jetzt fragte sie sich, ob das nicht ein Fehler gewesen war, ob es nicht besser war, jeden Moment auszukosten, und sei er noch so kurz...

»Nun, mein Mädchen? Machst du dir Sorgen um deine Leute?«

Moirrey drehte sich nicht um. »Ich bin nicht dein Mädchen.«

»Aber ein Mädchen bist du doch, das reicht mir schon. Deine Leute dürften übrigens bereits angekommen sein.«

»Sie dürften bereits gesiegt haben.«

Comgall lachte kehlig auf. »Wenn du das sagst.« Er war offensichtlich bester Laune. »Ich glaube nicht, dass sie es schaffen. Aber sie werden auf alle Fälle einigen Nordmännern die Köpfe einschlagen. Mit dem Rest habe ich dann leichtes Spiel.«

»Die Worte eines Feiglings.«

Er lachte wieder. »Was für ein Weibchen! Du würdest dich gut in meiner Halle machen.«

Moirrey drehte sich zu ihm um. »In diesem nach Pisse stinkenden Gemäuer? Nein danke. Und was brauchst du mich überhaupt? Hast du kein Weib abbekommen, niemanden, der deine Brut austrägt?«

Für einen kurzen Augenblick huschte ein Ausdruck über Comgalls Gesicht, den man mit einigem guten Willen als Trauer hätte deuten können. Doch den guten Willen wollte Moirrey nicht aufbringen.

»Im letzten Winter wurden viele von uns vom Fieber dahingerafft.«

»Nun, das ist bedauerlich, aber...«

Er winkte ab. »Der Herr hat's gegeben, der Herr hat's genommen. Aber wir beide leben immerhin.« Er strich sich mit den fettigen Händen über die dicken Oberschenkel und sah sie lüstern an. »Und Mann und Weib können sich die Zeit angenehmer vertreiben als mit herumsitzen und warten. Das Leben ist so schnell vorbei«, sagte er und klopfte auffordernd auf seinen Schenkel.

Moirrey setzte ein verschmitztes Gesicht auf. »Da magst du recht haben.« Sie öffnete ebenfalls die Beine und fuhr langsam mit der Hand ihren Kittel hinunter.

Comgalls gerötete Augen verformten sich zu Schlitzen, sein fleischiger Mund öffnete sich in Erwartung.

Plötzlich hielt Moirrey inne. »Aber wann schickst du einen, der es mir so richtig gut macht?«

Comgalls Blick gefror. Er stand auf und schritt zu ihr. Für einen so grobschlächtigen Mann bewegte er sich außergewöhnlich schnell, dachte Moirrey noch, als er schon bei ihr war und sie blitzschnell am Genick packte.

»Was bildest du dir ein, du Fotze?« Er zog sie an sich, sein Atem stank nach Wein. »Warte nur! Wenn meine Männer mit dir fertig sind, wirst du nie mehr so ruhig auf deinem hübschen Arsch sitzen können wie jetzt!«

»Ich mag vielleicht nicht mehr sitzen können. Du jedoch –«, Moirrey zückte das Messer, das ihr Bree zugesteckt hatte, und drückte es Comgall ans Gemächt, »wirst gar nichts mehr können. Zumindest nichts von Wert.« Ihre Stimme klang sicher, auch wenn sie sich nicht im Mindesten so fühlte. Wenn Comgall wollte, würde er seine Männer rufen, und dann konnte sie nur noch versuchen, sich so teuer wie möglich zu verkaufen.

Für einen Augenblick rührte sich keiner der beiden, dann löste sich Comgall von ihr mit einem gezwungenen Lächeln. »Wie du willst.«

Moirrey atmete innerlich auf.

Comgall lächelte noch immer. »Du hast Mut, das respektiere ich.« Er sah auf das Messer »Behalte deine *Waffe*.« Er ging zur Tafel zurück, setzte sich und schenkte sich einen neuen Becher Wein ein. »Ich werde weiter trinken, und du wirst weiter in den Nebel starren. Aber bete zu Gott, dass deine Freunde bald zurückkommen. Beim nächsten Mal nehme ich mir, was ich will.«

»Wir werden sehen.« Moirrey drehte sich um, sah aus dem Fenster.

Der Nebel begann sich zu lichten.

Fünf Dutzend Steine hatte Kineth bislang gezählt. Er drehte sich um. Hinter ihm war Ailean, dann kamen Dànaidh, Heulfryn, Gair und die anderen, zuletzt Flòraidh. Das Laufen im kalten Wasser, die rutschigen Steine, der Nebel – all das forderte ihre volle Konzentration.

Kineth wartete, bis Ailean bei ihm war. »Wir haben nicht einmal die Hälfte geschafft«, flüsterte er. »Es dauert länger als gedacht.«

Ailean nickte. »Und viel Zeit bleibt uns nicht mehr«, sagte sie und deutete über Kineth' Schulter.

Er fuhr herum, sah, was sie sah: Der Nebel begann sich aufzulösen. Nicht weit vor ihnen erschienen geisterhaft die Klippen, dahinter dräute der dunkle Umriss des mächtigen Turms.

Egill, Bjorn und noch einige weitere Nordmänner standen beim Eingang des Turms, als sie bemerkten, dass es heller wurde.

»Es ist so weit«, sagte Egill zu den Männern. »Holt die Gefangenen! Bjorn, du sammelst unsere Leute beim Lager ein. Wir sehen uns bei den Schiffen.«

Bjorn nickte und eilte in Richtung der Ruinen.

Caitt und Unen hatte sich mit den anderen vor dem Zugang zur Halbinsel hingekauert und beobachteten über einen Hügelkamm das Geschehen. Der Nebel begann sich zu lichten, sie konnten nur hoffen, das Kineth und die anderen es bereits geschafft hatten. Caitt erkannte schemenhaft die in die Erde gerammten Palisaden und zwei Wachen, die regungslos an ihnen lehnten oder saßen – offenbar rechneten sie nicht mit einem Angriff.

»Glaubst du, Kineth und die anderen sind schon da?«, raunte Caitt Unen zu.

Unen zuckte mit den Schultern. »Keine Ahnung. Aber wenn sich der Nebel auflöst, stehen sie da mitten im Meer wie Zielscheiben. Wir müssen unverzüglich angreifen, dann erkaufen wir für sie vielleicht ein wenig Zeit.«

Caitt sah zu Ofydd und den anderen Bogenschützen, dann wieder zu Unen.

»Die Zeit läuft ab«, sagte Unen. »Gib den Befehl!«

Gib den Befehl.

Caitt wusste, dass es dann kein Zurück mehr gab. Dann würden sie kämpfen, und dann würde sich zeigen, ob der Kampf auf dem Eiland Können oder Glück gewesen war. Und auch wenn er davon überzeugt war, dass sie allen Gegnern überlegen waren, auch wenn er es immer wieder vor den Kriegern betonte – ein Zweifel in seinem Herzen war da, auch wenn er ihn vor den Kriegern nie zeigen würde.

Caitt sah wieder zu den Palisaden. Jetzt waren die Wachen gut zu erkennen. Vier Mann. Hinter ihnen schälte sich langsam der Turm aus dem Grau ...

»Kineth – was sollen wir tun?«

Kineth hörte die Verzweiflung in Aileans Stimme, seine Gedanken rasten, sein Blick irrte ziellos umher.

Aber er wusste keinen Ausweg.

Sie würden es nie rechtzeitig zurück zu Giric schaffen, und zum Turm auch nicht. Sie saßen in einer Todesfalle, und wenn kein Wunder geschah, würden sie in wenigen Augenblicken, wenn der Nebel weg war, von den Pfeilen der Nordmänner durchbohrt werden.

Egill ging in den Turm, um den Abtransport der Gefangenen voranzutreiben. Er wusste nicht warum, aber er verspürte den Drang, so schnell wie möglich aufzubrechen.

Du kannst dem Schicksal der Nornen nicht entrinnen. Aber du kannst es versuchen.

Warum fiel ihm dieser Spruch gerade jetzt ein?

Caitt gab sich einen Ruck und nickte Ofydd und Jowan zu. Diese nockten ihre Pfeile in die Sehnen, spannten die Bogen und visierten die Wachen an.

»Schießt!«, rief Caitt.

Die Pfeile sirrten durch die Luft und schlugen in die Leiber der Wachen. Augenblicke später schrien die Männer auf und gingen zu Boden.

»Schildwall!«, rief Caitt. Die Männer rund um ihn gingen in Formation und hielten ihre Schilder vor und über sich. »Bogenschützen: Schießt auf alles, was sich bewegt!«

Er hatte die Entscheidung getroffen, hatte den Befehl gegeben.

Gebe Gott, dass es der richtige war.

Die Gefangenen saßen aneinandergefesselt auf dem gestampften Lehmboden des Turms. Egill rümpfte die Nase, der Gestank nach Angst und Scheiße war überwältigend, aber immer noch nicht so schlimm wie auf einem Schlachtfeld.

Einer der Männer fiel ihm auf. Im Gegensatz zu den anderen hielt er den Kopf nicht gesenkt, als Egill hereinkam, sondern starrte ihn hasserfüllt an. Er hatte Augen klein wie Kieselsteine, sein Mund war dünn wie eine scharf geschliffene Klinge.

Egill beugte sich zu ihm. »Du hast noch Stolz im Blick. Gefällt mir. Aber sei versichert: Es wird das Erste sein, was dir deine neuen Herrn brechen werden. Das oder jeden einzelnen Knochen in deinem –«

Plötzlich drangen Schreie von außen herein.

Der Mann grinste unmerklich. Egill zog sein Schwert und stürzte zur Tür.

Bjorn, der das Lager erreicht hatte, starrte in die Richtung, aus der die Schreie gekommen waren. Auch die anderen Männer hoben verdutzt ihre Köpfe.

»Zu – den – Waffen!«

Bjorns Stimme dröhnte über die Ruinen, schien den Nebel endgültig zu vertreiben.

Kineth hörte den Lärm, der aus dem immer dünner werdenden Nebel gellte.

»Lauft«, zischte er den anderen zu. »Lauft um euer Leben!«

Er hechtete nach vorne, über die glitschigen Platten, der Küste entgegen. Ailean und die anderen folgten. Heulfryn rutschte aus und stürzte ins Wasser. Bevor er ganz versank, packte ihn Dànaidh und riss ihn in die Höhe. »Weiter, du Tollpatsch!« Heulfryns Fuß schmerzte, der Knöchel brannte wie Feuer, aber er biss die Zähne zusammen und humpelte weiter, über die weißen Steine, auf den Turm zu.

Bjorn fluchte, als er die Palisaden erreichte. Von der anderen Seite wurden Pfeile abgeschossen, und seine Männer hatten nichts Besseres zu tun, als sich treffen zu lassen und zu verbluten.

»Worauf wartet ihr noch? Schilde hoch!«, brüllte er.

Die Männer gehorchten und bildeten einen Schildwall.

»Bogenschützen – schießt!«

»Wenn sie merken, wie wenige wir sind, werden sie uns überrennen«, sagte Caitt.

»Kineth wird kommen«, entgegnete Unen und bemühte sich, seinen eigenen Worten Glauben schenken. »Wir müssen ihm einfach ein bisschen mehr Zeit verschaffen.«

Ein Hagel aus Pfeilen prasselte auf ihre Schilder nieder und ließ alle verstummen.

Kineth erreichte die Klippen als Erster, dicht gefolgt von Ailean. Vor ihnen lag der schmale Durchlass, von dem

Giric gesprochen hatte, dahinter der Turm. Aus diesem strömten Nordmänner in Richtung der Palisaden, vorneweg ein großer Mann mit langen blonden Haaren, das Schwert in der Hand.

Egill. Der Anführer.

Im selben Augenblick, als Kineth der Gedanke durch den Kopf ging, lag auch schon der Bogen in seiner Hand, einen Herzschlag später flog ein Pfeil durch die Luft.

Egill sah Bjorn und die Männer, die sich bei den Palisaden verschanzten. Er wollte eben einen Befehl ausstoßen, als er ein Sirren hörte, das von der Meeresseite kam. Blitzschnell duckte er sich – ein Pfeil sauste über ihn hinweg und bohrte sich in den Mann hinter ihm.

Irik Snorrason fiel gurgelnd um.

Kineth senkte enttäuscht den Bogen.

Noch nicht, Egill Skallagrimsson. Aber bald.

Dann hatten sie den Durchlass hinter sich und verschanzten sich bei einigen alten Mauerresten, die sich hier befanden. Mit Flòraidh und Bree, die den Bogen ihrer Schwester übernommen hatte, jagte Kineth Pfeil um Pfeil auf die Nordmänner beim Turm und weiter hinten bei den Palisaden.

Caoimhe, die sich seit der letzten Nacht bereits als Weib eines tapferen Nordmanns gesehen hatte, brach in Tränen aus. Panisch stürzte sie zu Irik, der zuckend am Boden lag. Sie kniete sich zu ihm, hob seinen Kopf. Einen Moment lang sah er sie mit klarem Blick an, bevor er die Augen verdrehte und sein Herz zu schlagen aufhörte.

Voller Entsetzen drückte die Frau den Kopf des Kriegers an ihre Brust, als zwei weitere Pfeile auch ihr Leben mit einem Schlag auslöschten.

Bjorn und seine Männer wussten nicht, wie ihnen geschah, als die Pfeile von hinten auf sie niederregneten. Bevor sie reagieren konnten, fielen die ersten Toten und Verwundeten zu Boden.

»Egill – sie kommen von zwei Seiten!«
»Das sehe ich selbst! Geht in –«
Wieder ging ein tödlicher Pfeilhagel auf Egill und seine Männer nieder. Sie hoben die Schilde, die Pfeile schlugen wuchtig ein. Lodin, der am Rand stand, fiel röchelnd um, einen Pfeil in der Kehle.

Caitt sah die Verwirrung, die bei den Nordmännern herrschte, hörte die Schreie der Verwundeten. Das war ein gutes Zeichen. Er blickte zu Unen, der ihm mit grimmigem Grinsen zunickte.
»Macht sie nieder!«, schrie Caitt, sprang auf und brach mit gezücktem Schwert aus dem Schildwall aus.
Brüllend folgten ihm Unen und die anderen.

Egill sah Bjorns Männer bei den Palisaden in Bedrängnis, sah die Männer, die mit ihm aus dem Turm gekommen waren, von Pfeilen durchbohrt fallen. Das war der Augenblick, als er jede Überlegung aufgab und nur mehr fühlte, wie ihn berserkerhafte Wut durchströmte. Wut, in der er aufging, in der er alles vergaß, bis auf die hinterhältigen Bogenschützen bei den Ruinen, die seine Männer töteten.

Wie durch einen roten Nebel sah er sie, packte sein Schwert fester und stürzte sich ihnen entgegen, den Kampfschrei der Eislande auf den Lippen.

Heulfryn, der neben Dànaidh stand, wich unwillkürlich vor dem riesenhaften Angreifer und seinen Männern zurück. Wie die Tiere sprangen die Nordmänner sie an, Klingen blitzen, trafen auf Schild und Fleisch.

Dànaidh stieß einen wilden Schrei aus, packte seine beiden Hämmer und hieb auf seine Gegner ein wie mit Dreschflegeln.

Heulfryn wehrte den ersten Hieb des Anführers ab, der ihn um einen Kopf überragte, dann den zweiten – erneut der stechende Schmerz in seinem Fuß, er knickte um – und fühlte im nächsten Moment einen eiskalten Schmerz in der Kehle. Dann war da Blut – sein Blut? –, warm und sprudelnd, und ein Bild.

Mally.

Dann ein roter Schleier vor seinen Augen.

Meine Mally

Er ging zu Boden.

Bjorn bemerkte mit einem Male, dass die Pfeile weniger wurden. Er und seine Männer sahen Egills Angriff bei den Ruinen gegen die Bogenschützen. Neuer Mut durchströmte sie, Bjorn hob sein Schwert. »Nach Walhall!«

»Nach Walhall!«, schrien die anderen.

Dann stürmten sie gegen die Angreifer.

Entsetzt sah Ailean, wie Heulfryn fiel. Alles ging schief, die Nordmänner waren von einem anderen Schlag als jene, gegen die sie in ihrer Heimat gekämpft hatten. Um sie herum wogte der Kampf, verkeilten sich die Gegner ineinander und gingen erst auseinander, wenn einer leblos auf die Erde fiel.

Auf einmal erloschen die Schreie und das Klirren der Waffen, Ailean hörte nur mehr ihren Herzschlag, der in ihren Ohren dröhnte. Die Schlacht zerfiel in Bilder, in Augenblicke, die rasend schnell wechselten oder sich zur Ewigkeit dehnten.

Ihre beiden Kurzschwerter, die unablässig abwehrten und zustießen –

Kineth und Flòraidh, die ans Wasser zurückgedrängt wurden –

Bree, die ihren Bogen verloren hatte und mit dem Rücken gegen eine Ruine stand –

Dànaidhs Hämmer, die unbarmherzig zwischen die Nordmänner wirbelten und zermalmten, wo sie trafen –

Gair, der nur noch blind seinen Schild vor sich hielt, in der Hoffnung, dass damit die Schwerthiebe aufhören würden –

Caitt und Unen in Bedrängnis, weiter hinten bei den Palisaden –

Unen. Plötzlich erinnerte sie sich an seine Worte: »Wir müssen versuchen, den Anführer gefangen zu nehmen oder zu töten.«

Den Anführer.

Sie wirbelte herum. Die Lähmung, die sie ergriffen hatte, war von ihr abgefallen.

Töten.

Die Kampfgeräusche drangen wieder mit voller Lautstärke auf sie ein. Ailean packte ihre beiden Schwerter fester und rannte auf den riesenhaften Nordmann zu, der Heulfryn getötet hatte und der ohne Zweifel Egill sein musste. Im Lauf parierte sie den Angriff eines anderen Nordmanns und rammte ihm beide Kurzschwerter zugleich in die Brust. Der Mann ging gurgelnd zu Boden. Schon war sie vor Egill, holte mit ihren Schwertern aus, doch mitten in der Bewegung sah sie das Blitzen seiner Klinge, zweimal, und ihre Schwerter flogen ihr aus den Händen. Dann spürte sie seine Hand, die sie am Hals packte.

»Unen! Wir müssen weg!« Caitt, der aus einer tiefen Kopfwunde blutete, war verzweifelt. Um sie tobte das Chaos, die Nordmänner trieben sie immer weiter zurück.
Unen lachte wie ein Verrückter auf. »Niemals! Siegen oder sterben!« Sprachs und spaltete dem Nordmann vor ihm mit seinem Schwert den Schädel.

Kineth und Flòraidh sahen Ailean und den Nordmann, der sie an der Kehle gepackt hatte und das Schwert hob. Kineth wollte zu ihr, aber zwei Nordmänner warfen sich auf ihn und stießen ihn zu Boden.
Bevor Flòraidh ihm helfen konnte, durchbohrte ein Pfeil sie an der Schulter. Sie schrie auf und ging ebenfalls zu Boden.

Egill starrte die Frau an, hörte ihr Keuchen, wusste, dass er nur noch ein wenig zudrücken musste.
Auf einmal wich der blutrote Nebel, ihr Gesicht stand überdeutlich vor ihm –
Töte sie.

Die blaue Bemalung ihres Halses, ihre grünen Augen, das dunkelblonde Haar –
Töte sie!
Warum zögerte er? Was war es, dass –
Ein Knurren, dann sprang ein weißgrauer Schatten auf ihn zu.

Lichtblitze tanzten vor Aileans Augen, sie bekam keine Luft mehr. Egills Hand lag wie eine eiserne Klammer um ihren Hals.
Auf einmal löste sich die Hand, Ailean sank zu Boden. Gierig sog sie die Luft ein, sah Tynan, der sich knurrend in den Arm des Nordmannes verbissen hatte. Egill bleckte die Zähne, schwang den Arm und schüttelte den Wolf scheinbar mühelos ab, der in hohem Bogen zur Seite flog. Gerade wollte Egill sein Schwert aufheben und sich wieder Ailean zuwenden, als ein Fuß das Schwert auf die Erde drückte.
Augenblicke später blitzte eine Klinge an Egills Hals auf. Es war Giric, der den Dolch hielt.
Jenen Dolch, den Kineth ihm gegeben hatte.
»Gib auf!«
Weder Klinge noch Stimme zitterten.
Die Nordmänner in Egills unmittelbarer Umgebung sahen, dass sich ihr Anführer in der Gewalt des Mannes befand, von dem sie wussten, dass er der Befehlshaber der Festung von Cattburgh war. Der hagere Mann war ihnen bei ihrem letzten Aufeinandertreffen wenig furchteinflößend vorgekommen, doch jetzt, mit dem Dolch an der Kehle von Egill, wirkte er wild entschlossen. Die Krieger aus dem Norden riefen sich Kommandos zu

und wichen zurück, versammelten sich vor Egill, während sie sich gegenseitig Deckung gaben. Ihre Widersacher taten es ihnen gleich und versammelten sich hinter Giric.

Schließlich war der Kampf völlig abgeebbt, alle blickten zu Egill und Giric, die wie versteinert dastanden.

»Der Mann mit dem Schwert. Ich habe dich wohl unterschätzt.« Egills Stimme war ruhig, trotz der Klinge an seinem Hals.

»Gib auf«, sagte Giric noch einmal, »und ich garantiere dir und den Deinen euer Leben. Wehr dich, und du stirbst einen unehrenhaften Tod – und wirst Walhall nie erreichen.«

»*Du* hast nicht die Macht, Leben zu garantieren.«

»Mein Herr ist kein Narr. Als Geiseln oder Sklaven seid ihr mehr wert als tot.«

Giric drückte den Dolch fester in Egills Hals, aus einem haarfeinen Schnitt rann Blut hinab. »Und jetzt entscheide dich, Egill Skallagrimsson. Leben oder Tod.«

Eine Ewigkeit schien zu vergehen – dann ließ Egill das Schwert los und streckte die Hände von sich. Nun ließen auch seine Kameraden die Waffen sinken.

Das blutbefleckte Schwert blieb liegen, der Griff mit den goldenen Verzierungen glitzerte in den Strahlen der Sonne.

Der Mann stand reglos vor den Gräbern. Über ihm ballten sich Wolken drohend am grauen Himmel zusammen und wurden im nächsten Augenblick von Windböen wieder auseinandergerissen.

Er spürte den schneidenden Wind nicht, der über die Hügel des Eilands peitschte und an den verwitterten Holzkreuzen zerrte. Er fühlte und sah nichts, lauschte nur den Stimmen, die in seinem Kopf widerhallten.

Der schwarze Stein unserer Ahnen wird uns den Weg zum Grab unseres letzten Königs weisen.

Hier ist unser Zuhause. Hier wurden wir geboren, und hier werden wir auch sterben.

Was immer unser Schicksal sein mag, der Weg ist uns vorherbestimmt.

Aber eine Stimme war lauter als alle anderen, übertönte sie in ihrer nüchternen Endgültigkeit.

Das Fieber ist völlig zurückgegangen, die Flecken werden weniger ... die Flecken werden weniger ... die Flecken werden weniger ...

Der Mann tastete an seine Hüfte, wo er heute früh den ersten Fleck entdeckt hatte. Kein Frost, kein Fieber, nur dieses eine, juckende Bläschen. Irgendwie war das sogar noch schlimmer, als wenn die Krankheit sofort mit Macht ausgebrochen wäre. Die winzige, kranke Stelle an seinem Körper schien ihm höhnisch zuzuzwinkern und den Anfang vom Ende zu verkünden – seinem Ende.

Deshalb war er vor Stunden hierhergekommen, um Rat zu suchen, vielleicht von den Toten, vielleicht vom Allmächtigen, vielleicht von den Göttern der Alten.

Aber er hatte nichts gefunden. Da waren nur das Heulen des Windes und die Stimmen in seinem Kopf.

In der Ferne war ein Donnergrollen zu hören, das einen Sturm verhieß. Der Mann lächelte bitter. Ein Sturm schien passend für das, was dem Eiland blühte, jetzt, wo ihn das Schicksal in Gestalt der Krankheit der verdammten Nordmänner ereilt hatte.

Das Lächeln verschwand. Der Mann wusste, dass er nichts mehr tun konnte. Er musste zurückgehen, allen die Wahrheit sagen, und dann auf das Unausweichliche warten. Er ballte die Fäuste, als er daran dachte, welch mahnende Worte der Priester sprechen würde. Worte über Buße, über Rechtschaffenheit und Gottesfurcht. Worte, die nicht ihm oder den anderen helfen würden, sondern nur dem Priester selbst.

Das Donnergrollen wurde lauter.

Brude, Sohn des Wredech, Herrscher über das Eiland und das Volk, das es bewohnte, drehte sich um und ging mit langsamen Schritten auf die Hügel zu, hinter denen sein Dorf lag…

Die Fledermaus hatte ihre scharfen Krallen in den Deckenbalken geschlagen und schlief kopfüber.

Neben ihr lagen die Reste ihrer Beute, einer kleinen Schwalbe, die sie über den nächtlichen Hügeln erwischt hatte. Sie hatte den kleinen, leblosen Körper zurück in ihr Versteck gebracht und sich danach an ihm gütlich getan. Dann war sie eingeschlafen, lange bevor der Tag anbrach.

Das Versteck war wie geschaffen für die Fledermaus. Die Halle war groß und hoch, und offenbar hatte niemand je bemerkt, dass ein kleiner Teil der steinernen Decke herausgebrochen war. Und genauso hatte nie jemand bemerkt, dass hinter dem Teil ein kleiner Hohlraum lag. Die Aushöhlung war trocken und ruhig, und sie war sicher für ihre einzige Bewohnerin, denn ihre Artgenossen verbargen sich draußen in Höhlen und Spalten, wie sie es schon immer getan hatten.

Vielleicht war es kein Zufall gewesen, der die Fledermaus einst hierher geführt hatte. Vielleicht lag es ja am Geruch der Halle.

Für die Menschen war er nicht wahrnehmbar, aber für die Jägerin der Nacht und ihre feine Nase war es so, als ob die Luft damit geradezu getränkt war.

Der Geruch nach Niedertracht und Blut…

Die Halle

Moirrey fielen beinahe die Augen zu, aber sie starrte weiterhin eisern aus dem Fenster. Die Sonne hing dunkelrot am Rande des Horizonts, schon bald würde das Land in Finsternis liegen.

Es war still, bis auf das unablässige Rauschen der Meeresbrandung. Die Geräusche, die in einem Dorf und einer Festung unter normalen Umständen immer zu hören waren, Geräusche die von Mensch, Tier und Arbeit sprachen, waren verstummt. Auch die krächzenden Möwen waren vom Himmel verschwunden.

Alles schien den Atem anzuhalten, schien zu warten, wer über die Hügel zurückkommen würde, Freund oder Feind.

Moirrey hörte ein Rülpsen hinter sich, dann knallte ein Trinkbecher auf den Tisch. Comgall hatte sich wie sie den ganzen Tag nicht von der Stelle gerührt, aber im Gegensatz zu ihr hatte er gegessen und getrunken. Er hatte ihr wiederholt angeboten, mit ihr zu tafeln, aber sie hatte abgelehnt. Sie wusste, dass sie ihn wieder reizen würde, wenn sie ihm gegenüber saß, dagegen konnte sie nichts machen, das lag ihr im Blut. Ihr Mund war schneller als ihr Kopf, und das würde sie irgendwann einmal den selbigen kosten, hatte Bree sie immer wieder ermahnt.

Außerdem würde sie so und so keinen Bissen hinunterbekommen. Die Angst um ihre Schwester und die anderen lag wie ein Stein in ihrem Bauch. Angst, die mittlerweile so stark war, dass sie sich beherrschen musste, um nicht zu zittern. Denn mit jedem Augenblick, der verstrich, wurde ihr die Gefährlichkeit ihrer Lage mehr bewusst.

Sie hatte sich ohne zu zögern als Geißel zur Verfügung gestellt, weil sie davon überzeugt war, dass die Ihren siegen würden.

Aber wenn nicht?

Comgall würde sie nicht töten, oder zumindest nicht gleich. Er würde sie benutzen, um seine Lust zu stillen, und wenn er ihrer überdrüssig war, würde er sie seinen Männern überlassen, und wenn die ihrer überdrüssig waren, war wahrscheinlich kaum mehr so viel von ihr übrig, dass eine Bestattung lohnte.

Darauf würde sie es nicht ankommen lassen. Immerhin hatte sie das Messer ihrer Schwester, und das würde sie ohne zu zögern gegen sich selbst richten.

Ohne zu zögern? Bist du sicher?

Sie ballte unbewusst die Fäuste, bohrte die Fingernägel in die Handflächen.

Komm zurück, Bree.

Komm zurück ... Heulfryn.

Auch über ihn hatte sie lange nachgedacht, und sie hatte beschlossen, keine Spielchen mehr zu spielen, wenn die Sache gut ausging. Es war in dieser Nacht zwischen ihnen etwas Besonderes geschehen, da gab es keinen Zweifel. Dieses Besondere galt es nun zu bewahren, zu vertiefen und weiterzuführen. Sie würde mit Heulfryn zusammen sein, und –

Eine Bewegung, auf einem der Hügel.

Moirrey atmete scharf ein, beugte sich weiter aus dem Fenster. Hinter sich hörte sie das Scharren eines Stuhles, dann Schritte. Comgall tauchte neben ihr auf, drückte seinen Bauch gegen ihre Seite, aber sie beachtete ihn nicht.

Eine Gestalt erschien auf dem Hügel, dann wurden es rasch mehr, sie kamen näher. Jetzt sah Moirrey einen vierbeinigen Schatten, der voranlief, sah den Riesen zwischen den Männern und Frauen, und Gefangene in Fesseln hinter ihnen. Sie stieß einen Freudenschrei aus.

»Sie haben es geschafft!«

»Scheint so«, sagte Comgall nachdenklich.

Dann bemerkte sie die Tragbahren, mehrere davon. Das konnten nur die Ihrigen sein, die Körper der Feinde würde niemand mitschleppen.

»Mir scheint aber auch, dass ihr nicht unverwundbar seid.« Comgall kratzte sich an der Wange, an einer eitrigen Pustel.

Eine eisige Hand schien Moirreys Herz zusammenzupressen, sie drängte sich an Comgall vorbei und lief aus der Halle.

Fackeln und Feuerschalen erleuchteten den Hof der Festung. Ein starker Wind, der mit den heimkehrenden Kriegern gekommen zu sein schien, ließ die Flammen zittern. Kalte Böen zerrten an den Gewändern der Männer und Frauen, die in der Mitte des Hofes standen und in deren Gesichtern eine Mischung aus Erschöpfung und Stolz zu lesen war.

Alle blickten zu Comgall, der langsam die Stufen hinabschritt. Im Hof angekommen musterte er die gefesselten Nordmänner, die von Caitts Kriegern umgeben waren.

»Wir haben gesiegt und unseren Teil der Abmachung eingehalten. Nun ist es an dir, den deinen zu halten«, sagte Caitt mit bestimmter Stimme.

Comgall ignorierte ihn, wandte sich stattdessen an Giric, der neben Caitt stand. »Du hast also dein Schwert wieder?«

Giric zog es aus der Scheide und hielt es Comgall hin. »Ich habe es Egill Skallagrimsson eigenhändig abgenommen und –«

»Behalte es«, sagte dieser mit einer wegwerfenden Handbewegung. Er sah zu Moirrey, die regungslos neben einer Bahre stand und ungläubig auf die Leiche hinabstarrte, einen jungen Mann, dessen Kehle zerfetzt war.

Den Mut eines Kriegers, aber im Herzen doch nur ein verliebtes Weib.

Comgall trat jetzt zu Egill, der an der Spitze seiner Männer stand, die Hände gefesselt, das Kinn trotzig erhoben.

»Du hast recht behalten, Egill Skallagrimsson«, sagte Comgall überheblich. »Du *bist* wiedergekommen.« Er deutete auf die Kisten voller Gold und Silber, die die Nordmänner geraubt und die jetzt wieder in die Festung zurückgefunden hatten. »Aber neue Schätze kann ich dir leider nicht bieten.«

»Ich nehme auch die alten.«

»Du hattest deine Chance.« Comgall grinste. »Irgendwie kommt mir das alles sehr bekannt vor. Nordmänner in meinem Hof, neben meinen Schätzen. Es fehlt nur noch ein Mann auf den Knien.«

Er gab einem seiner Männer, der ein Gefangener der Nordmänner gewesen war und jetzt mit Schwert und Speer neben Egill stand, ein Zeichen. Der Mann trat hinter Egill und schlug ihm mit dem Schaft des Speers brutal in die Kniekehlen. Egill knickte kurz ein. Er biss die Zähne zusammen und wankte, fiel aber nicht.

Comgall schüttelte den Kopf. »Was ist denn los mit dir? Haben dich die Nordmänner im Turm zu ihrem Liebchen gemacht, dass du jetzt nicht mal mehr einen Gefangenen in die Knie zwingen kannst?«

Der Mann wurde rot, holte noch einmal aus. Der Speer klatschte gegen Fleisch, diesmal fiel Egill auf die Knie, auch wenn kein Laut über seine Lippen kam.

Comgall nickt zufrieden und beugte sich über den Nordmann. Er schlug ihm ins Gesicht, dann noch einmal und noch einmal. Blut floss aus Egills Nase, aber immer noch blieb er stumm.

Der Fürst machte einen Schritt zurück und wischte sich die Hand an seinem Umhang ab. »Du bist stark, Egill aus den Eislanden. Vielleicht der Stärkste von allen. Aber in meinem Verlies wirst du schreien, wie du noch nie zuvor geschrien hast.«

»Wir werden sehen.« Egills Gesicht war ausdruckslos.

»Das werden wir in der Tat.« Comgall deutete auf Moirrey. »Sie hat übrigens auch noch vor Kurzem den Kopf nicht hoch genug recken können. Und jetzt steht sie gebeugt über einem Toten.«

Caitt räusperte sich. »Was du mit dem Nordmann machst, ist deine Sache. Wir jedoch —«

»Ja, ihr habt gut gekämpft«, fuhr Comgall ihm ins Wort. »Euer Schiff wird repariert, ihr bekommt Vorräte und alles was ihr braucht. Seid meine Gäste – ein solcher Sieg will gefeiert werden!«

Kineth beobachtete, wie Egill und seine Nordmänner durch eine steinerne Pforte in der Vorburg geführt wurden, die wohl ins Verlies hinabführte. Er beobachtete weiter, wie Comgall und Caitt die Stufen hinaufschritten, die zum Gang und zur Halle führten. Der Fürst hatte seine dicke Hand auf Caitts Schulter gelegt.

Der eine ins Verlies, der andere in die Siegeshalle.

Kineth hatte kein gutes Gefühl, auch wenn sie gesiegt hatten. Ihre Verluste schmerzten – er blickte zu den Bahren, auf denen Heulfryn, Braigh, Tira, Mochán und Sorcha lagen –, aber sie hielten sich in Grenzen, vor allem dank Girics mutigen Eingreifens auf dem Schlachtfeld. Heute würden sie feiern und in den kommenden Tagen lossegeln, um Clagh Dúibh zu finden.

Sie waren auf dem richtigen Weg – warum dann also dieses Kribbeln im Bauch?

Weiter oben brachten Comgall und Caitt die letzten Stufen hinter sich und verschwanden im Turm.

Moirrey saß allein neben Heulfryns Leichnam. Ailean und Bree hatten versucht, sie von ihm fortzubringen, aber sie hatte sie weggeschickt. Sie wollte allein sein mit ihrem Schmerz, und es war ihr einerlei, dass alle diesen Schmerz bemerkten.

Der Hof hatte sich nach und nach gelehrt. Die Nordmänner waren in den Verliesen verschwunden, die

Krieger waren Caitt und Comgall gefolgt. Nur die Wachposten standen in den Wehrgängen der Mauern.

Immer noch brauste der Wind und zerzauste die Gewänder und Haare der fünf Toten, die nebeneinander aufgereiht lagen. Sie würden morgen begraben werden.

Moirrey strich Heulfryn sanft über die Wangen und die geschlossenen Augen. Das Gesicht wirkte trotz der hässlichen Wunde an der Kehle friedlich und schön. Sie fuhr ihm über die blutverkrusteten Lippen. Noch kein Tag war vergangen, seit seine Lippen ihren Körper liebkost hatten. Seine heißen Lippen, die jetzt so kalt waren.

Nun endlich kamen die Tränen, flossen ihr über die Wangen, als sie endgültig begriff, dass er tot war und dass sie ihn nie wieder berühren würde. Es war vorbei, bevor es begonnen hatte, alles war vorbei.

»Er hat dich geliebt.«

Moirrey drehte sich mit tränenblinden Augen um. Dànaidh stand vor ihr, ein blutiger Schnitt zog sich über seine linke Wange.

»Woher willst du das wissen?«

Der Schmied nahm ihren Arm, aber sie schüttelte ihn ab. Er seufzte. »Manchmal ist die Liebe schrecklich kurz. Aber die Erinnerung daran bleibt uns ein Leben lang.«

Moirrey wischte sich die Tränen aus den Augen und holte tief Luft. »Du redest viel über die Liebe. Ich wundere mich, dass du Zeit zum Schmieden hast, wenn du dir doch offenbar so viele Weisheiten von den Weibern abholst.«

Dànaidh lächelte. »Das klingt schon eher nach dir.

Ceana, meine erste Frau, war ähnlich, bis Drest –« Er brach ab, sein Lächeln verschwand.

Moirrey erinnerte sich; Drest, der Sohn von Dànaidh und Ceana, war ein wilder Bursche gewesen. Eines Tages war er über Ailean hergefallen und wollte sie vergewaltigen, sie hatte sich nur mit Mühe und Not retten können. Brude hatte Drest darauf hinrichten lassen. Dànaidh und Ceana hatten sich dem Wohl der Gemeinschaft gebeugt, aber Ceana war bald darauf ertrunken an der Küste aufgefunden wurden. Dànaidh hatte es immer bestritten, aber das Gerücht, dass Ceana den Freitod gewählt hatte, hielt sich hartnäckig.

»Ich habe sie sehr geliebt«, fuhr Dànaidh fort. »Der Schmerz vergeht nicht, aber man lernt, mit ihm zu leben.«

Die beiden schwiegen. Der Wind wurde stärker, ließ sie frösteln.

Auf einmal schämte sich Moirrey. Der Mann hatte Frau und Sohn verloren, und sein jetziges Weib hatte eine spitze Zunge und vertilgte mehr Ql als die meisten Männer des Eilands, wie man munkelte. Wie konnte sie sich da herausnehmen, um jemanden zu trauern, den sie kaum gekannt hatte?

Kaum gekannt? In dieser Nacht hast du ihn ein Leben lang gekannt.

Moirrey griff noch einmal nach Heulfryns eiskalter Hand, drückte sie.

So sei es. Ich werde dich nie vergessen. Und ich werde dich ehren, indem ich für dich und die Unseren kämpfe und siege.

Sie ließ seine Hand los, legte sie ihm auf die Brust.

Wir sehen uns wieder. In einem anderen Leben.

Als sie sich Dànaidh zuwandte, verengten sich ihre Augen. »Wer hat ihn getötet?«

Dànaidh schüttelte stumm den Kopf, aber Moirrey wandte den Blick nicht von ihm ab. Er seufzte. »Der Anführer war es. Der, den sie Egill nennen.«

Moirrey blickte zur Vorburg, ihre Hand fuhr zu ihrem Dolch. Im nächsten Augenblick fühlte sie die schwielige Faust des Schmieds, der ihre Hand und den Dolchgriff eisern umschloss.

»Lass mich los, ich –«

»Der Herr dieser Halle sieht mir nicht so aus, als ob er Egill ungeschoren davonkommen lässt. Und er sieht mir nicht nach einem Mann aus, dem man seine Rache verderben sollte.«

Moirrey riss sich los.

»Mally«, sagte Dànaidh, »lass es!« Er sah die junge Frau streng an. Seine Stimme verriet, dass er keinen Widerspruch duldete.

Sie atmete heftig, dann wurde sie ruhig, ihre Schultern fielen zusammen. Sie nickte wortlos.

Der Schmied atmete erleichtert auf. Er sah über den leeren Hof, dann zu den Stufen, die zum Gang hinaufführten. »Wir sind schon viel zu lange hier draußen. Man soll die Toten ehren, aber das kann man auch mit einem Fest tun. Also komm!«

Das Verlies der Festung bestand aus einem einzigen großen Raum. Er war in den grob gezackten Fels geschlagen worden, der Boden bestand aus festgestampfter Erde. Es war so kalt, dass Egill seinen Atem sah, die Luft war dumpf und roch nach Blut.

Seine Männer, knapp drei Dutzend an der Zahl, standen an den Wänden. Ihre Hände waren mit Ketten an eiserne Ringe gefesselt, die über ihren Köpfen in die Wand eingelassen waren. Das Stöhnen der Verwundeten bildete ein gleichbleibendes, immerwährendes Geräusch im Hintergrund.

Hinter dem Tor, das aus einem geschmiedeten Eisengitter bestand und der einzige Zugang zum Raum war, standen zwei Wachposten. Aber es hätte nicht einmal das Tor gebraucht, geschweige denn die Wachen, dachte Egill. Ketten und Ringe waren nicht zu sprengen, es gab kein Entkommen.

Bjorn stand neben Egill, sein Kittel war übersät mit dunkelroten Flecken. Er hatte eine tiefe Wunde am rechten Oberschenkel, das Beinkleid hatte sich mit Blut vollgesogen. Sein Gesicht war blass, aber seine Augen waren noch voller Leben.

Leben und Wut.

Egill wusste, wie sein Freund sich fühlte. Die Schande, besiegt worden zu sein, schmerzte mehr als jede Wunde. Und für ihn als Anführer war die Schande am größten. Er, Egill Skallagrimsson, Herrscher der Eislande, hatte sich ergeben müssen. Und das nicht nur irgendwelchen blaubemalten Wilden, die seltsam sprachen – besiegt hatte ihn der Mann mit dem Frankenschwert, und das auch noch kampflos.

Warum hast du aufgegeben? Ein Nordmann ergibt sich nicht.

Ja – warum? Um sein Leben war es ihm nicht gegangen, auch nicht um den Weg nach Walhall; er war der festen Überzeugung, dass Odin wahre Krieger wie ihn aufnahm, egal, wie sie starben. Mit dieser Überzeugung stand er zwar weitgehend alleine, aber das scherte ihn nicht.

Was ihn wirklich zu der Entscheidung gebracht hatte aufzugeben, war die Erkenntnis, dass seine Männer ohne ihn verloren gewesen wären. Hätte er sich gewehrt, hätte ihm der Mann die Kehle aufgeschlitzt. Seine Männer hätten weitergekämpft, aber ohne Führung wären sie dem Gegner unterlegen gewesen.

So jedoch ...

So waren sie am Leben und hatten vielleicht noch eine Chance. Comgall mochte ein rachsüchtiger Bursche sein, aber Gold hatte Rache schon oft aufgewogen. Kräftige Nordmänner gaben kräftige Sklaven ab, und für die gab es auf den Märkten gutes Gold.

Und Sklaven konnten aus ihrer Gefangenschaft fliehen.

Um sich selbst machte er sich allerdings keine Hoffnungen. Comgall würde an ihm mit Wonne die Demütigung auslöschen, die ihm zugefügt worden war. Aber Bjorn und die anderen würden leben.

Er wandte sich an seinen Freund. »Was macht dein Bein?«

»Es ist noch dran.« Bjorn spuckte aus. »Aber lieber wäre ich auf dem Schlachtfeld gestorben, als für immer in dieser verhurten Festung zu verrotten.«

»Du wirst hier nicht verrotten. Comgall wird euch auf dem Sklavenmarkt verkaufen, also gebt auf euch acht und flieht, sobald sich eine Möglichkeit bietet.«

»Und du?«

»Ich nehme nicht an, dass mich dieses Schweinegesicht gehen lassen wird.«

Bjorn lachte kurz auf. »Da magst du recht haben, Egill Skallagrimsson. Aber sag mir eines – wenn wir so wertvolle Sklaven sind, warum hat man dann nicht unsere Wunden versorgt?«

Caitt nickte immer wieder ein. Sie hatten gegessen und getrunken, und jetzt machte sich Erschöpfung in ihm breit. Der Kampf, der Rückmarsch und jetzt das Gelage forderten ihren Tribut, und er war sich sicher, dass es seinen Kriegern ähnlich ging. Aber Comgall ließ es an nichts fehlen, und es wäre eine Beleidigung gewesen, sich in einer weit entfernten Ecke zusammenzurollen und auszuruhen, so wie es der verdammte Wolf seines Bruders machte.

Scheiß auf den Schlaf. Wenn wir wieder auf See sind, kannst du noch lange genug schlafen.

Er riss sich zusammen, hob den leeren Trinkbecher und winkte einer Magd, die fast noch ein Kind war, ihm nachzuschenken. Sie zögerte, eine andere Magd ging mit schnellen Schritten zu ihm und füllte seinen Becher mit Ale.

Caitt deutete auf die jüngere Frau. »Traut sie sich nicht zu mir?«

Die Magd nahm den Trinkkrug vom Becher weg. »Verzeiht, Herr – sie ist sehr schüchtern.«

Caitt grinste. »Und du nicht?« Er merkte, wie er lallte,

was ihm sonst nicht so leicht passierte. Die Magd wurde rot und zog sich zurück.

Caitt hob den Becher und wandte sich Comgall zu, dieser nahm ebenfalls seinen Becher und stand auf. Comgalls und Caitts Krieger taten es ihnen gleich, die Gespräche in der Halle verstummten.

Es war still, bis auf den Wind, der um die Festung pfiff und die Fackeln und das große Feuer in der Mitte der Halle flackern ließ.

»Ihr habt tapfer gekämpft, ihr Männer und Frauen aus der Fremde, und ihr habt meine Feinde besiegt!« Comgalls Stimme dröhnte durch die Halle. »Niemand soll sagen, dass der Herr von Cattburgh ein Geizhals ist. Wenn ihr morgen auslauft, werdet ihr auf eurem Schiff einen angemessenen Teil Gold und Silber vorfinden.« Er sah zu Caitt. »Und dir und den Deinen wünsche ich den Segen der Götter für eure weitere Fahrt. Wo immer sie euch auch hinführt.«

»Ich danke dir im Namen Bru-«, Caitt brach ab, fasste sich wieder. »Ich danke dir für deine Großzügigkeit. Möge der Allmächtige seine, äh schützende Hand über dich halten.«

In der ganzen Halle stießen Trinkbecher zusammen.

Kineth, der zwischen Ailean, den Breemallys und Giric saß, trank einen Schluck und blickte Giric an.

»Dein Herr weiß zu feiern.«

Ein hartes Lächeln erschien auf Girics hagerem Gesicht. »Das wohl.«

»Und er scheint ein großzügiger Mann zu sein. Schenkt uns Gold und Silber.«

Giric murmelte etwas, das Kineth nicht verstand. Er beugte sich vor. »Was hast du gesagt?«

»Ich sagte: *Timeo danaos et dona ferentes*. Das ist Latein und heißt: *Ich fürchte die Danaer, auch wenn sie Geschenke bringen.*«

»Und was soll das bedeuten?«

Giric nahm seinen Trinkbecher, der mit Wein gefüllt war, und leerte ihn in einem Zug. Dann lehnte er sich näher zu Kineth. »Man hat mir berichtet, dass ihr in der Nacht, als ihr hier in der Halle geschlafen habt, einen Wachposten an der Tür aufgestellt habt.«

»Ja?«

»Heute Nacht stellt drei auf. Und schlaft mit Waffen in den Händen.«

»Willst du damit sagen –«

Giric schüttelte den Kopf. »Ich sage gar nichts. Aber in dieser Halle lohnt es sich immer, vorsichtig zu sein. Trotz aller Abmachungen.«

»Ich werde diesem Nordmann verdammt noch mal seinen Kopf abschneiden und in seinen Arsch schieben!« Auch Moirrey hatte mittlerweile einen unverkennbaren Zungenschlag, aber sie hatte die Trinkbecher auch schneller gelehrt als Dànaidh und Unen, und den beiden konnte man beim Trinken normalerweise nichts vormachen.

»Das wirst du schön sein lassen«, sagte Bree, die neben ihr saß. »Du hast Glück gehabt, dass dir dieses Schwein nichts angetan hat. Wenn du den tötest, an dem er sich die nächsten Tage auslassen wird, wird er sich rächen, und wir haben weder Zeit noch Berechtigung, uns mit ihm anzulegen.«

»Das hab ich ihr auch schon gesagt«, meinte Dànaidh.

»Du wirst Heulfryn vergessen. Und Egill auch.« Flòraidh winkte einer Magd, die ihr einschenkte. »Ich danke dir.« Sie lächelte der Magd zu, die das Lächeln höflich erwiderte.

»Klar, dass *dir* das Männervergessen leichtfällt.« Moirreys Stimme hatte einen gehässigen Klang, sie streckte die Zunge aus dem geöffneten Mund und fuhr damit einige Male auf und ab. Dann blickte sie von Flòraidh zu Ailean. »Aber es soll Frauen an dieser Tafel geben, die einen Schwanz zu würdigen wissen.«

Ailean schoss das Blut in die Wangen, aber Flòraidh blieb unbeeindruckt. »Frag die Krieger, die meine Bettstatt geteilt haben, bevor du so einen Unsinn verbreitest.«

Wieder schnellte Moirreys Blick zwischen Flòraidh und Ailean hin und her. »Es kommt nicht darauf an, mit wem man es tut, sondern mit wem man es *will*.«

»Du bist betrunken. Und jetzt hüte deine Zunge!« Aileans Stimme war scharf.

»Ich –«

»Mally! Es ist genug.« Bree hatte ihre Schwester an der Schulter gepackt, ihre Augen blitzten.

Moirrey schüttelte Brees Hand ab, dann nahm sie den nächsten Becher und stürzte ihn hinunter. »Ach geht doch zum Teufel, alle miteinander!«

Giric dachte daran, was er Kineth gesagt hatte. Er war dem Mann zu Dank verpflichtet; hätte Kineth ihm nicht den Dolch dagelassen – und den Wolf –, säßen sie alle jetzt nicht hier. So aber war es gut: Er hatte das Schwert seines Vaters wieder und seine Stellung in der Festung aufs Neue gestärkt.

Timeo danaos et dona ferentes.

Der Satz war ihm vorhin einfach so herausgerutscht. Oder vielleicht auch nicht – er kannte seinen Fürst, und er hatte das instinktive Gefühl, dass dieser nicht daran dachte, sein Wort gegenüber den Kriegern zu halten. Andererseits hatte er keine Beweise, und deshalb mussten die Andeutungen, die er Kineth gegenüber gemacht hatte, genügen.

Ich fürchte die Danaer, auch wenn sie Geschenke bringen.

Erskine, sein Vater, hatte ihm die Worte als Kind einst beigebracht und ihm die Geschichte dazu erzählt: der lange Krieg der Griechen gegen Troja, und wie die Griechen schließlich zum Schein abgezogen waren und ein riesiges Pferd als Geschenk zurückgelassen hatten. Die jubelnden Trojaner hatten das Pferd in ihre Stadt gezogen, ohne zu wissen, dass sich griechische Soldaten darin verbargen. In den finstersten Stunden der Nacht waren die Soldaten aus dem Pferd geschlüpft und hatten Troja bis auf die Grundmauern niedergemacht.

Giric war beeindruckt gewesen, hatte seinen Vater aber oft gefragt, warum die Trojaner so leichtgläubig gewesen waren, ein Geschenk des Feindes anzunehmen. Erskine hatte gelacht und gesagt, dass die meisten Menschen, auch die Herrscher, nur das sahen, was sie sehen wollten. Und nur die, die darüber hinaus sahen, waren jene, die Imperien begründeten.

Der wahre Grund, warum Erskine seinem Sohn die Geschichte immer und immer wieder erzählt hatte, war, um ihm zu verdeutlichen, dass er keinem seiner Herrn wirklich trauen konnte und immer vorsichtig sein musste. Er wusste, wovon er sprach, denn bevor er in Comgalls Dienst getreten war, war Erskine ein weit gereister Söldner gewesen, der jede menschliche Niedertracht miterlebt hatte. Er selbst hatte jedoch stets darauf geachtet, seinen Namen makellos zu halten; auch wenn er seine Dienste gewöhnlich dem verkauft hatte, der ihm an meisten bezahlte, war er für seine Loyalität bekannt gewesen. Comgall hatte ihm nicht zuletzt deshalb für einen reichen Sold die Sicherung von Cattburgh gegen die Nordmänner anvertraut.

Erskine hatte den Dienst zur vollsten Zufriedenheit Comgalls erfüllt, sodass nach dem frühen Tod des Vaters der Sohn übernahm. Giric war ein guter Befehlshaber gewesen, und auch wenn Erskines Fußstapfen übergroß waren und Comgall den Sohn nie mit dem Respekt behandelte, den er dem Vater entgegengebracht hatte, gab es für den Fürst keinen Grund zur Klage. Giric wusste jedoch bis heute nicht, warum Comgall mit den Jahren angefangen hatte, ihn gering zu schätzen. Dass er ihn nach der Niederlage gegen die Nordmänner gedemütigt hatte, verstand er noch, denn Comgall war von Natur aus grausam und roh; aber er war auch gerissen und pragmatisch, sonst hätte er sich nicht so lange als Fürst von Cattburgh gehalten. Es musste einen anderen Grund für die Geringschätzung gegenüber dem »besten Mann« geben, und Giric würde ihn irgendwann herausfinden.

Er blickte zu Comgall, sah die toten Augen in dem aufgedunsenen Gesicht. Sah die Hand mit dem Trinkbecher, der von einer jungen Magd gefüllt wurde, sah Caitts Becher, der von einer anderen Magd gefüllt wurde. Ein Gedanke blitzte in ihm auf, er bemühte sich, ihn zu fassen, aber da war er schon wieder verschwunden.

Das Tor zur Halle öffnete sich. Ébha trat ein und ließ ihren Blick über die Halle schweifen. Sie trug ein wundervolles Gewand, wie es einem Fest gebührte. Giric fiel zum ersten Mal seit Langem wieder auf, wie schön seine Frau war: ihr blondes Haar, das glatt über die Schultern fiel, ihre blauen Augen, ihr voller Busen …

Aber er war nicht der Einzige, dem es auffiel.

Comgall hatte sich ebenfalls der Tür zugewandt. Er grinste Ébha lüstern an und blinzelte ihr zu.

Giric spürte, wie sein Inneres gefror.

Comgall drehte sich wieder um, sah dass Giric ihn anstarrte. Sein Grinsen verzerrte sich zu einer höhnischen Grimasse.

Giric schnellte hoch und ging mit schnellen Schritten auf Ébha zu. Er packte seine Frau am Arm und zerrte sie aus der Halle.

Sie waren alleine im Hof. Die Wachposten auf den Wehrgängen hatten sich in die hintersten Ecken zurückgezogen, um Schutz vor dem eisigen Wind zu suchen.

Giric stieß Ébha mit dem Rücken gegen die Wand unter dem Vorsprung, unter dem die fünf Leichen aufgebahrt waren.

»Das ist es also?«, schrie er. »Du und er?«

Sie antwortete nicht. Aber sie musste nichts sagen, er

wusste die Wahrheit auch so. »Ich bringe ihn um! Ich bringe dieses Schwein um!«

»Giric –«

»Ich bringe ihn um!« Er schluchzte fast vor Wut. Jahrelange Demütigungen, und jetzt das: Der Herr der Halle fickte sein Weib, und das vermutlich schon seit ewig, und jeder hatte es gewusst. Jeder außer ihm.

»Nein, das wirst du nicht.« Ihre Stimme war ruhig, sie strich ihm über die Wange. Irgendetwas in ihrer Stimme ließ seine Wut verfliegen, und er fühlte sich nur mehr erschöpft.

»Wie lange schon, Ébha?«

»Es ... begann vor einigen Jahren«, sagte sie mit leiser Stimme. »Er meinte, dass er dich töten lassen würde, wenn ich ihm nicht gefügig wäre.«

»Und warum hat er mich nicht töten lassen? So wäre alles sehr viel einfacher gewesen.«

»Du bist ein guter Befehlshaber. Warum sich das verderben? So konnte er mich und dich haben. Aber natürlich hat er dich mit der Zeit immer mehr verachtet, denn wer schätzt den, den er hintergeht?«

»Und deshalb hast du mich zurückgewiesen.« Girics Stimme war kalt. »Vielleicht hast du es ja genossen? Den fetten Schwanz des fetten Fürsts von Cattburgh in dir, immer und immer wieder?«

»Wenn du wüsstest, was er –« Sie brach ab, sah zu Boden.

Schweigend standen sich die beiden gegenüber. Der Wind heulte unablässig, zerrte an ihnen und den Gewändern der Toten.

Als Ébha ihn wieder anblickte, waren Tränen in ihren

Augen. »Ich konnte nicht mehr. Wenn du in mir warst, habe ich ihn gesehen, und das hat alles, was gut war zwischen uns, zerbrochen. Wenn ich es dir gesagt hätte, hätte entweder er dich getötet oder du ihn, und dann wärst du hingerichtet worden. So oder so hätte ich keinen Gemahl und deine Söhne keinen Vater mehr gehabt.«

»Meine Söhne – oder seine?« Immer noch war seine Stimme kalt und ohne Gefühl, sie klang fremd in seinen Ohren, als ob jemand anderer spräche.

Sie trat einen Schritt näher zu ihm hin, sodass ihre Gesichter sich fast berührten. »Es sind unsere Söhne, das schwöre ich beim Allmächtigen und dem Blut der Ahnen.«

Giric schwieg.

»Vielleicht bin ich deswegen heute in die Halle gekommen. Vielleicht wollte ich, dass es aufhört.« Sie zögerte, dann strich sie ihm noch einmal über die Wange. »Ich liebe dich. Ich bin dein Weib geworden, weil du ein aufrechter, tapferer Mann bist. Ich habe dich nicht verdient, aber wenn du mich immer noch willst, bin ich die Deine. Und nur mehr die Deine.«

Giric rauschte das Blut in den Ohren. Er wollte beide töten, Comgall und Ébha, er wollte die Welt aus den Angeln reißen und für seine Demütigung büßen lassen. Er stieß sie weg, zog sein Schwert, das Schwert seines Vaters, hob es –

Ébha sah ihn unbewegt an.

Dann ließ er die Klinge sinken, steckte das Schwert wieder weg. Er zog sie an sich und küsste sie.

Gierig erwiderte sie seinen Kuss, fühlte, wie sie auf Armen und Beinen eine Gänsehaut bekam. Ein unbändiges Verlangen ergriff Besitz von ihr, ein Verlangen, das sie schon seit Ewigkeiten verloren glaubte. Ihre Hand strich an seinem ledernen Beinkleid hoch, sie spürte seine Erregung. Ébha drehte sich um, mit dem Kopf zur Wand, und raffte ihren Rock hoch. Seine Hand glitt über ihren Hintern, und weiter, zwischen ihre Beine. Sie griff nach hinten, fuhr in seine Hose und packte sein hartes Glied. Er atmete schwer, aber sie hielt ihn noch etwas auf Abstand. Dann ließ sie ihn los, damit er in sie eindringen konnte. Ein bittersüßer Schauer durchfuhr sie, zum ersten Mal seit einer schieren Ewigkeit konnte sie sich ihm ohne Schuldgefühle hingeben, und es fühlte sich an wie damals, als sie jung und unbeschwert waren. Nein, es war besser, es war so, wie es überhaupt noch nie gewesen war. Es war, als wäre die Welt um sie herum wie ausgelöscht.

Sie spürte nicht den eisigen Wind, der um die alten Mauern der Feste strich, als wollte er sie abschleifen.

Sie kümmerte sich nicht um die Toten, die starr auf den Bahren neben ihnen lagen.

Und sie sah nicht die Bewaffneten, die über den Hof schritten und im Eingang zum Verlies verschwanden.

Als sie sich mit ihrem Mann vereinigte, gab es nur sie beide, und alles war gut.

Comgall dachte immer noch amüsiert daran, wie Giric Ébha aus der Halle gezerrt hatte.

Hat der Schwachkopf also doch noch einen Funken Verstand in seinem Schädel.

Wenn er ehrlich war, wunderte es ihn, dass Ébha so lange ihr Plappermaul gehalten hatte. Andererseits war er ihrer bereits vor Monaten überdrüssig geworden, er hatte sie nur noch zu sich bestellt, wenn keine Magd greifbar war. Ihr Unwille ihm gegenüber, der seine Gier anfangs ins Unermessliche gesteigert hatte, besaß nur mehr einen faden Nachgeschmack, auf den er beileibe verzichten konnte.

Dass Giric nun wusste, dass sein Weib ihm untreu war, machte die ganze Sache allerdings wieder reizvoll. Jetzt, wo er sein Schwert und damit scheinbar auch seine Eier wiedererlangt hatte, konnte er sich nur zwischen seinem Posten und seinem Weib entscheiden. Comgall konnte kaum erwarten zu erfahren, wofür sich sein »bester Mann« entscheiden würde.

Aber zuvor galt es Wichtigeres zu tun.

Er gab Talorc, dem hünenhaften Kommandanten der Wache, ein Zeichen. Der Mann nickte und verließ mit einem halben Dutzend seiner Kameraden die Halle.

Egill spürte seine Arme nicht mehr, alles Blut schien aus ihnen geflossen. Neben ihm hing Bjorn in seinen Ketten, die Augen geschlossen. Das Stöhnen der Verwundeten war leiser geworden, viele waren ohne Bewusstsein, manche bereits im Wundfieber.

Gib nicht auf. Versuche alles.

Aber was sollte er noch versuchen? Die Ketten gaben nicht nach, die Ringe an den Mauern auch nicht. Vielleicht konnte er einen der Wachposten mit den Beinen niederstoßen, wenn dieser die Ketten überprüfte, aber dann? Der zweite Posten blieb immer an der Tür, als

Sicherung. Aber es war immerhin eine Möglichkeit. Er würde es mit Bjorn besprechen, und dann –

Das Tor sprang auf, fiel krachend an die Wand. Ein halbes Dutzend Männer in Kettenhemden kamen herein, angeführt von dem Mann mit den stechenden Augen, der vor Kurzem noch sein Gefangener im Turm gewesen war.

Im Hof, unter dem Mauervorsprung, richteten Giric und Ébha ihre Kleidung. Sie umarmte ihn lächelnd, er drückte sie fest an sich und war sich mit einem Male sicher, dass die gerade erlebte Lust nur der Beginn von etwas wunderbarem Neuen war. Und dieses Neue wollte er um keinen der Preis der Welt wieder verlieren.

Gedankenverloren sah er in den Hof, zum Eingang des Verlieses. Ein Wachposten stand davor.

Ein Posten vor *dem Verlies?*

»Der ruhmreiche Herrscher von Borg, gefürchtet auf den Meeren des Nordens.« Der Mann mit den stechenden Augen trat dicht zu Egill hin. »Dann wollen wir doch mal sehen, wie es mit *deinem* Stolz steht.«

»Kommst du, um die Sache zu beenden?« Egills Herz schlug schneller.

Der Mann winkte ab. »Nichts geht heute zu Ende. Zumindest nicht für dich.« Sein Blick glitt über die anderen Gefangenen, und mit einem Mal machte sich Eiseskälte in Egill breit.

»Du dachtest wohl, dass deine Leute ein Schicksal als Sklaven erwartet, so wie du es für uns vorhattest«, fuhr Talorc fort, »und damit ein Schicksal mit der Chance auf Freiheit – irgendwann.« Er verzog seinen dünnen

Mund zur Grimasse eines Lächelns. »Aber das Schicksal entscheidet nicht über Männer, Egill Skallagrimsson. Männer entscheiden über Männer. Männer wie mein Herr.«

Er nickte den anderen zu, sie zogen ihre Kurzschwerter.

Ébha küsste Giric auf die Wange, dann löste sie sich von ihm. »Wie geht es jetzt weiter mit uns?«

»Wenn die fremden Krieger weg sind, verlassen wir Cattburgh.«

»Und wohin?«

Er zuckte mit den Achseln. »Für einen Mann mit Schwert gibt es immer einen Platz.«

Sie sah ihn besorgt an. »Aber Comgall –«

Er drückte sie erneut an sich, küsste sie. »Er sollte besser nicht versuchen, mich daran zu hindern.«

Wieder fiel sein Blick auf den Wachposten. Ein ungutes, kribbelndes Gefühl verdrängte die Lust, die er eben noch gespürt hatte. Sanft löste er sich von Ébha.

»Vielleicht sollten wir nicht so lange warten. Mach unsere Söhne abmarschbereit, nur zur Sicherheit«, flüsterte er und ließ sie zurück.

Egill glaubte, den Verstand zu verlieren. Das Verlies war zum Höllenschlund geworden, zu einem Schlachthaus, in dem seine Männer das Schlachtvieh waren.

Mitleidslos wiederholte sich die Prozedur, immer und immer wieder: Einer der Bewaffneten trat zu einem Gefangenen, packte ihn am Kopf und riss diesen nach hinten. Dann schnitt er ihm mit mehreren Bewegungen in den Hals, bis das Blut zu spritzen begann. Hörte sich der Gefangene am Anfang noch an, als wäre er ein Schwein, das quiekend seinem Schicksal zu entrinnen versuchte, blieb davon nach wenigen Herzschlägen nur noch ein gutturales Röcheln übrig, und selbst das verstummte kurz darauf.

Dann kam der nächste Gefangene an die Reihe.

Die Lebenden wandten sich panisch in ihren Ketten, Schreie verloren sich in den unterirdischen Gemäuern. Im Leben waren sie tapfere Nordmänner gewesen, die den Tod auf dem Schlachtfeld nicht gescheut hatten; aber unwürdig hingeschlachtet zu werden, war ein unehrenhafter Tod und somit das Schlimmste für einen Krieger aus dem Norden.

Egill war ebenfalls zum Schreien zumute, er wollte den Henkern seinen ganzen Schmerz und seine Wut entgegenbrüllen. Aber stattdessen unterdrückte er die Regung, denn der Anführer ließ ihn nicht aus den Augen. Wahrscheinlich hatte er den Auftrag, Comgall in allen Einzelheiten zu berichten, wie Egill unter dem Tod seiner Männer gelitten hatte. Und diesen Triumph würde der Nordmann niemandem gönnen – und wenn es das Letzte war, was er in diesem Höllenschlund fertigbrachte.

Schon bald bildeten sich unter den ausgebluteten Nordmännern scharlachrote Pfützen. Nur mehr wenige waren am Leben, darunter Bjorn. Doch Comgalls Henker näherten sich unerbittlich.

Dieser sah Egill an, er wirkte seltsam ruhig. »Sag Thora, dass ich sie mehr als alles geliebt habe.«

»Bjorn –«

»Sag, dass ich es nicht bereut habe, wegen ihr fast einen

Krieg angezettelt zu haben. Und dass ich alles wieder so machen würde, wenn ich die Gelegenheit dazu hätte.«

Dem Mann neben Bjorn wurde die Kehle aufgeschnitten, sein Blut schoss in einer pulsierenden Fontäne aus seinem Hals.

Bjorn starrte Egill beschwörend an. »Versprichst du mir das?«

Egill wurde plötzlich von Trauer überwältigt. Niemand würde Thora die Worte ihres Mannes mitteilen, schon gar nicht er. Aber es war seine Pflicht, seinem Freund in den letzten Momenten seines Lebens nicht die Hoffnung zu nehmen. Sein Mund war trocken, er schluckte.

»Ich – ich verspreche es.«

Björn nickte zufrieden. Er streckte seinen Hals, als wollte er ihn feilbieten und schloss die Augen. Schon packte ihn jemand an den Haaren, er spürte einen brennenden Schnitt am Hals, rot und tief. Bilder blitzten auf, von den blauen Fjorden Thules, den grünen Wiesen und Eisfeldern, und von ihr, Thora, und von seinem Sohn.

Plötzlich tanzten Lichtblitze vor seinen Augen, hell und funkelnd wie die sich in den Wellen des Meeres spiegelnde Sonne, dann wurde alles schwarz.

Und tot.

Giric blieb vor dem Wachtposten stehen, verschränkte die Arme. »Was machst du hier? Dein Posten ist unten vor dem Verlies, nicht hier oben.«

Der Mann wich seinem Blick aus. »Direkter Befehl vom Herrn.«

»So so – direkter Befehl. Das wollen wir doch mal sehen!«

Giric machte Anstalten, durch das Tor zu gehen, doch der Posten versperrte ihm weiter den Weg. Girics Hand fuhr zum Knauf seines Schwertes.

Der Mann zögerte, trat dann aber zur Seite.

Als es vorbei war, wischten die Henker ihre blutbefleckten Kurzschwerter sauber. Nichts in ihren Gesichtern verriet, dass sie soeben das Leben von knapp drei Dutzend wehrlosen Männern ausgelöscht hatten.

Seinen Männern.

Er hatte versagt, hatte sie alle auf dem Gewissen. Er hätte sich beim Turm töten lassen sollen, dann wäre es nicht zu diesem Schlachten gekommen. Egill fühlte eine alles umfassende Leere in sich, die nur mehr der Tod ausfüllen konnte. Er hoffte auf ewige Verdammnis in Hels Reich – er hatte viel zu büßen.

Jetzt trat der Anführer zu ihm, durchbohrte ihn mit seinen kalten Augen. »Sehe ich da etwa Trauer?« Er schüttelte gespielt mitfühlend den Kopf. »Du brauchst nicht um deine Männer trauern, du solltest sie beneiden. Sie haben es hinter sich.«

»Rede nicht. Tu es einfach.« Egill streckte ihm den Hals entgegen.

Der andere setzte ein hinterhältiges Grinsen auf. »Das hättest du wohl gern. Deine Männer waren Säue, also haben wir sie geschlachtet wie Säue. Aber du bist der Preisochse, dir wird sich unser Herr persönlich widmen.« Er schlug mit der Stiefelspitze in eine Blutlache, sodass Egill bis zur Hüfte vollgespritzt wurde. »Und ich garantiere dir, ehe der erste Tag um ist, wirst du dir wünschen, hier im Blut deiner Kameraden ersoffen zu sein.« Er zog die Nase durch, dann spuckte er Egill ins Gesicht.

»Was ist hier los?«

Alle drehten sich zum Tor. Giric stand da, die Hand wie beiläufig am Schwertknauf.

Ébha machte sich Sorgen. Sie hatte bis jetzt gewartet, in der Hoffnung, dass ihr Mann doch noch zurückkommen würde. Was hielt ihn so lange auf?

Sie hoffte, dass es keinen Ärger geben würde, nicht, nachdem sie sich wiedergefunden hatten, und nicht, nachdem sie endlich beschlossen hatten, diese widerwärtige Festung und damit ihr altes, widerwärtiges Leben hinter sich zu lassen.

Mach unsere Söhne abmarschbereit, nur zur Sicherheit.

Ébha überlegte fieberhaft, dann fasste sie einen Entschluss. Sie lugte auf den Hof, der Wachposten vor dem Verlies war verschwunden. Mit schnellen Schritten ließ sie den Mauervorsprung hinter sich und lief zu dem Stiegenaufgang, der zu den Wohngemächern führte.

»Nun?«

Immer noch stand Giric im Tor, seine Stimme war ruhig. Er musste sich beherrschen, um sich nicht anmerken zu lassen, wie bestürzt er über das Blutbad war. Aber die Männer vor ihm würden jede Schwäche riechen, und das konnte er sich nicht leisten. Vor allem nicht vor Talorc, der das Gemüt eines Bluthundes hatte.

Der große Mann räusperte sich. »Direkter Befehl vom Herrn. Den Schweinen zukommen zu lassen, was sie verdienen.«

Die Männer der Wache lachten dreckig.

»Und den da«, Talorc deutete auf Egill, »für die nächsten Tage aufbehalten.«

»Warum weiß ich nichts davon?«

Talorc zuckte mit den Achseln. »Wie ich schon sagte – direkter Befehl vom Herrn.«

Girics Augen verengten sich zu Schlitzen. »Und was ist mit den fremden Kriegern oben im Festsaal? Gibt es da auch einen direkten Befehl, von dem ich nichts wissen sollte?«

Der andere blickte ihn durchdringend an. »Ihr habt den Kampf gegen die Nordmänner entschieden, und dafür bin ich Euch dankbar. Ich will keinen Streit mit Euch. Geht zum Herrn und fragt ihn selbst.«

Giric spürte, wie der Zorn in ihm hochkroch. Er zog sein Schwert ein Stück weit aus der Scheide. »Ich bin immer noch der Befehlshaber dieser gottverdammten Festung!«

Talorc sah ihn unbeeindruckt an. »Und ich bin Kommandant der Wache. Ich gehorche dem, der die oberste Befehlsgewalt hat. Und das seid in diesem Falle nicht Ihr, Herr.«

Giric schnaubte, aber er wusste, dass er machtlos war, zumindest im Augenblick. Er schob das Schwert wieder in die Scheide zurück. »Keiner macht hier einen Finger krumm, bis ich es ihm sage! Talorc – mitkommen!«

Kineth wunderte sich, dass Giric die Halle zuvor so plötzlich verlassen hatte, aber allem Anschein nach hatte er Ärger mit seinem Weib. Comgall wiederum strahlte die Ruhe selbst aus und trank Caitt, der seine Augen kaum mehr offen halten konnte, immer wieder zu.

Vielleicht war das auch alles nicht von Bedeutung, und Kineth wollte so und so nicht nachdenken. Sein Kopf fühlte sich heiß und schwer an, und eine eigenartige Trägheit machte sich in ihm breit.

Und das, obwohl er schon seit Längerem nichts mehr getrunken hatte. Er wusste nicht warum, aber etwas sagte ihm, dass er besser daran tat, einigermaßen bei Sinnen zu bleiben.

Man hat mir berichtet, dass ihr in der Nacht, als ihr hier in der Halle geschlafen habt, einen Wachposten an der Tür aufgestellt habt.

Ja?

Heute Nacht stellt drei auf. Und schlaft mit Waffen in den Händen.

Unbemerkt zog Kineth seinen Dolch, den Giric ihm wiedergegeben hatte, aus dem Stiefel und schob ihn unter das Lederarmband, das sich in seinem Ärmel verbarg.

Ébha kniete schwer atmend vor ihren beiden Söhnen. Sie war so schnell zu der Kammer gelaufen, wie sie konnte – Panik hatte sie ergriffen, wie aus dem Nichts, auf einmal konnte ihr alles nicht schnell genug gehen.

Ferchar und Domnall sahen sie beunruhigt an.

»Was ist denn, Mutter?«, fragte Domnall.

»Hört mir jetzt gut zu. Schleicht euch durch den kleinen Seitenausgang aus der Festung, dann lauft so schnell ihr könnt und versteckt euch unten im Dorf bei der alten Grian. Sie ist uns treu ergeben und wird auf euch acht geben.«

»Und du?« Der Mund des kleinen Ferchar zitterte.

»Wenn ich bis morgen früh nicht bei euch bin, soll euch Grian nach Norden bringen, zu eurem Onkel. Er wird sich um euch kümmern, bis euer Vater und ich nachkommen.«

»Mutter –« Jetzt füllten sich auch Domnalls Augen mit Tränen.

»Reiß dich zusammen. Du bist für deinen Bruder verantwortlich«, fuhr Ébha ihn an. Im selben Augenblick taten ihr die scharfen Worte schon leid, aber sie zeigten Wirkung. Domnall straffte sich und wischte sich über die Augen.

Sie umarmte ihre Söhne, strich ihnen über die Wangen und küsste sie auf die Stirn. Ihr Herz zersprang fast, so sehr liebte sie die beiden.

Allmächtiger, hilf ihnen. Steh ihnen bei. Nimm mich, wenn du es für nötig erachtest, aber verschone sie.

Dann löste sie sich von ihnen und öffnete die Truhe, die an der Wand stand. Sie nahm einen Bogen und einen Köcher mit mehreren Pfeilen heraus.

»Das sind die Waffen eures Vaters. Erinnert ihr euch an die Lektionen, als ihr gemeinsam mit ihm geübt habt?«

Die Jungen sahen sie mit großen Augen an, dann nickten sie tapfer.

»Gebraucht sie wohl und richtet sie gegen jeden, der euch Böses will.«

Ébha gab ihren Söhnen die Waffen. Domnall schulterte den Bogen, Ferchar den Köcher.

Dann ging Ébha zur verschlossenen Tür. Gerade als sie sie öffnen und hinausspähen wollte, ob die Luft rein war, donnerten von der anderen Seite Schläge dagegen.

Moirreys Kopf fiel auf den Tisch. Bree klopfte ihr auf die Schulter. »Mally! Wach auf!« Sie sah, wie Unen gähnte, wie Flòraidh sich die Augen rieb. Elpin, der eben noch seinen Scherz losgeworden war, was der Unterschied zwischen einem Nordmann und einem gehäuteten Walross war, sank plötzlich auf seinem Stuhl zusammen.

Bree selbst hatte heute fast nichts getrunken, weil sie Moirrey im Auge behalten wollte. Nicht auszudenken, wenn ihre kleine Schwester ihre Drohung wahrmachte und Comgall sein Spielzeug nahm.

Bree fühlte sich wach, aber da war sie unter ihren Kameraden offenbar die Einzige.

Was geschieht hier?

Mit einem Mal war sie auf der Hut. Doch bevor sie mit den anderen darüber sprechen konnte, schwang das Tor zur Halle auf.

Giric und Talorc betraten die Halle. Giric blieb vor Comgall stehen. »Warum werden die Gefangenen exekutiert, ohne dass ich davon Kenntnis erhalte?« Seine Augen blitzten.

Comgall sah Giric amüsiert an. »Deine Impertinenz beiseite – *das* ist es, was du mich fragen willst? Was mit Männern geschieht, die erst vor wenigen Tagen ruchlos über uns hergefallen sind?« Er winkte Talorc zu. »Fesselt ihn!«

Zwei Wachen ergriffen Giric. Dieser erkannte mit einem Mal, dass er einen fatalen Fehler begangen hatte, vielleicht seinen letzten. Und alles nur wegen ein paar toter Nordmänner. Welcher Teufel hatte ihn nur geritten, seinen Herrn herauszufordern?

Talorc zog eine Lederschlaufe aus seinem Gürtel, stülpte sie über Girics Hände und zog sie mit einem Ruck so fest, dass dessen Knöchel weiß wurden. »Wie gesagt: Ich will keinen Streit mit Euch«, flüsterte Talorc und sicherte die Lederfessel mit einem Knoten.

»Giric, Sohn des Erskine, du bist und bleibst wie dein Vater«, sagte Comgall verächtlich. »Ihr habt mir beide viel zu viel Anstand. Immer bereit, Blut für die rechte Sache zu vergießen, aber wenn es schmutzig wird, zieht ihr die Schwänze ein.«

»Wagt es nicht, den Namen meines Vaters in den Dreck zu ziehen! Er hat Euch immer treu gedient, hat für Euch –«

»Sieh an, da zeigt jemand seinen Schwanz! Da fällt mir ein«, Comgalls Stimme bekam einen süffisanten Klang, »du und dein Weib habt euch doch sicher so einiges zu erzählen gehabt?«

Girics Kopf wurde rot vor Zorn, am liebsten hätte er seine Hände um Comgalls Kehle gelegt und sie zerquetscht.

»Hat sie dir gesagt, wie oft ich sie gefickt habe? Und wie sie mich angefleht hat, es ihr wieder und wieder zu besorgen, weil du Schlappschwanz es nicht konntest?«

Giric öffnete den Mund, brachte aber kein Wort heraus. Die Männer der Wache grinsten.

Comgall machte eine verächtliche Armbewegung. »Aber ich kann dich beruhigen. Ich bin an dir und deiner Sippe nicht mehr interessiert. Ihr seid ab sofort aus meinen Diensten entlassen – für immer!«

Der Herr der Halle erhob sich.

»Genug davon! Jeder weiß, dass ich es verabscheue, häusliche Zwistigkeiten vor Gästen auszutragen.« Er nahm seinen Trinkbecher. »Meine treuen, unbekannten Gäste – es ist an der Zeit, noch einmal auf euch und euren großen Sieg zu trinken!«

Comgall nahm einen großen Schluck, seine Männer, die unter den Kriegern saßen, taten es ihm lautstark gleich. Von Caitts Kriegern tranken nur wenige, wer noch wach war, unten ihnen Kineth, sah Comgall mit stumpfem Blick an.

Comgall stellte den leeren Becher ab. »Und es ist an der Zeit, dass ich euch eine Geschichte erzähle! Sie trug sich vor hundert Jahren zu, als der Norden des Festlandes von denen beherrscht wurde, die die Romani *Pikten* nannten.« Er machte eine Pause. »Das bedeutet die *Bemalten*. Man sagt, sie bekamen diesen Namen, weil sie blaue Zeichnungen auf der Haut hatten. So wie ihr.«

Kineth lief es bei diesen Worten kalt den Rücken herunter. Er schob den Dolch im Ärmel etwas weiter vor, aber schon diese kleine Bewegung fiel ihm schwer.

»Dann kamen die Vorfahren unseres Herrschers Konstantin und schafften, was die Romani nie erreicht hatten: Sie besiegten die Pikten. Es war Kenneth, Sohn des Alpin, der diese Großtat vollbrachte, und wisst ihr wie?«

Niemand sprach ein Wort. Kineth sah, dass Unen und die anderen nach ihren Waffen tasteten, aber ihre Bewegungen waren unsicher, irgendwie verwischt.

»Kenneth, Sohn des Alpin, lud die bedeutendsten Sippen der Pikten zu einem großen Festmahl in einer prächtigen Halle ein. So eine wie diese.« Er deutete um sich. »Und da saßen sie dann, diese blau bemalten Gäste.« Er grinste in die Runde. »So wie ihr.«

Kineth war wie gelähmt. Er wollte aufspringen, wollte alle warnen, aber er konnte nicht.

»Und plötzlich gingen unter den Bänken Falltüren auf, und diese dummen blau bemalten Gäste fielen hinunter und wurden von spitzen Pfählen aufgespießt.« Comgall stach mit einem dicken Zeigefinger in die Luft.

Jetzt war es totenstill in der Halle.

»So hat Kenneth, Sohn des Alpin, also Piktland erobert. Wenn das Vieh den Stärksten aus seiner Herde verliert, folgt es eben dem Zweitstärksten.« Comgall hob beschwichtigend die Hand. »Aber keine Angst. Ich habe keine Falltüren unter meiner Tafel, und ich werde euch auch nicht aufspießen wie die Schweine. Es ist wahrlich genug Schweineblut geflossen heute.«

Auf ein Zeichen Comgalls erhoben sich seine Männer, die gerade noch mit Caitts Kriegern gezecht hatten, von den Bänken. Schnell entwaffneten sie die Krieger, die sich nicht rühren konnten, sondern hilflos dabei zusehen mussten, wie ihnen Schwerter und Dolche abgenommen wurden. Nur Kineth' Dolch blieb unentdeckt.

»Nun, meine dummen blau bemalten Gäste, ihr fragt euch vielleicht, warum ihr euch nicht rühren könnt?« Comgall blickte amüsiert durch die Halle. »Es dürfte euch entgangen sein, dass wir heute aus verschiedenen Krügen getrunken haben. Unsere Krüge enthielten Wein und Ale. Eure auch, aber mit etwas Schwarzem Bilsenkraut und noch einigen anderen, sehr hilfreichen Kräutern versetzt. Richtig gemischt verursachen sie die Lähmung oder Bewusstlosigkeit desjenigen, der sie einnimmt.«

Die Wachen begannen damit, Caitt und den Seinen die Hände zu fesseln, während der Herr der Halle gemächlich um die Tafel herumging und schließlich bei Moirrey stehen blieb, die noch immer schlief, den Kopf in die Arme gebettet.

»Das hat natürlich den Vorteil, dass ich kampflos bekomme, was ich haben will.« Comgall hob Moirreys Kopf, ihre Augen waren blicklos. Er ließ ihren Kopf wieder fallen.

»Ich werde euch also in Ketten legen lassen und als Sklaven verkaufen. Zumindest fast alle – eine wird bei mir bleiben und mich unterhalten.« Er strich Moirrey über die Haare, fuhr weiter über ihre Schultern bis zu ihrer Brust.

Bree, die neben ihrer Schwester saß, durchbohrte Comgall mit hasserfüllten Blicken. Comgall, der das sah, lachte und erhob mahnend den Zeigefinger. »Und hinterlistige Schwestern, die einer Geisel eine Waffe zustecken, bleiben auch hier – und unterhalten meine Männer.«

Jetzt ging Comgall wieder zu seinem Platz an der Tafel. Er packte Caitt beim Genick und drehte den Bewusstlosen so, dass die leeren Augen zu seinen Kriegern sahen.

»Und dir, tapferer Anführer, kann ich ja ruhig verraten, was ihr so unbedingt wissen wollt, weil es keine Rolle mehr spielt. Euer Ziel, dieses Clagh Dúibh, ist drüben auf dem Festland, dort, wo das Meer einen Keil ins Land getrieben hat. Ein Ort, an dem man mit Göttern und Dämonen sprechen können soll. Aber da werdet ihr nie hinkommen, weil es den arschliebenden Sklavenhaltern des Südens dort viel zu kalt ist.«

Bree hatte sich nicht anmerken lassen, dass sie sich noch bewegen konnte, auch nicht, als ihr die Hände gefesselt wurden. Ihr Blick glitt über die regungslosen Gefährten am Tisch, blieb an Kineth hängen, der nicht weit von ihr saß und sie anstarrte. Im Gegensatz zu den anderen war noch Leben in seinem Blick.

Sie bewegte unmerklich die beiden gefesselten Hände und zwinkerte ihm gleichzeitig zu.

Er starrte sie weiter an, dann bewegten sich seine Augen nach unten.

Kineth wusste, dass er nur eine Chance hatte. Ihm war, als hätte er noch nie in seinem Leben mehr Kraft gebraucht. Und das nur, um seine Augen zu drehen und Bree zu deuten, was in seinem Ärmel verborgen war. Er betete, dass die anderen Comgall zuhörten und nicht zu ihm sahen. Wenn doch, war alles vorbei.

Bree konnte ihren Blick nicht von Kineth abwenden. Er schien ihr etwas sagen zu wollen.

Kineth brach der Schweiß aus, er konzentrierte alles Leben, was noch in ihm war, auf seinen Arm.

Der sich jetzt drehte.

Bree sah etwas aufblitzen, in Kineth' Ärmel. Dann war es wieder weg, als der Arm in die ursprüngliche Position zurückging.

Er hatte noch eine Waffe.

Bree verlagerte unmerklich ihr Gewicht.

Geschafft!

Kineth sackte innerlich in sich zusammen.

Der Rest liegt an dir, Bree, Tochter des Arlen.

Plötzlich flog das Tor erneut auf, mehrere Wachen strömten herein. Eine von ihnen ging zu Comgall, in den Händen zwei Gegenstände.

Giric konnte sie von da, wo er stand, nicht erkennen. Der Mann sagte etwas zu dem Fürsten, aber Giric verstand nur Wortfetzen.

Eine der Kröten – entwischt –

Comgall nickte finster, dann sah er in Girics Richtung und trat vor.

Hob seine Hände. Jede von ihnen hielt einen abgetrennten Kopf.

Einer war Ébha.

Der andere Ferchar.

Giric war für einen Moment wie aus Eis. Dann brüllte er auf, Schreie des Schmerzes und des Hasses dröhnten durch die Halle, so durchdringend, dass einige von Comgalls Männern unwillkürlich zusammenzuckten. Wie ein wilder Stier warf sich Giric hin und her, seine Bewacher konnten ihn kaum bändigen.

Talorc betrachtete düster die Köpfe in den Händen

seines Herrn. Seine Feinde zu töten war eine Sache, aber das hier –

Alle waren durch Giric abgelenkt.
Jetzt!
Bree hechtete von ihrem Platz auf, ließ sich fallen und rutschte auf dem glatten Steinboden in Kineth' Richtung. Dieser ließ den Dolch los, der aus dem Lederarmband rutschte und zu Boden fiel.

Im Bruchteil eines Augenblicks war Bree da, fing den Dolch auf und packte ihn mit gefesselten Händen. Sie sprang auf, hielt einen Augenblick inne, dann schleuderte sie die Waffe mit aller Kraft quer durch die Halle.

Der Dolch wirbelte durch die Luft und bohrte sich in Comgalls Brust.

Der Fürst von Cattburgh stieß einen gurgelnden Laut aus und fiel vornüber auf die Tafel.

Die Wachen im Saal starrten ungläubig auf ihren toten Herrn.

Giric stand auf einem der Hügel hinter der Festung.

Die Luft war frisch, es hatte in der Nacht geregnet. Jetzt schien die Sonne, der Wind fuhr durch sein Haar und bewegte das grüne Gras, ließ es wie ein Meer hin und her wogen.

Neben ihm stand Domnall, Bogen und Köcher um die Schulter.

Vater und Sohn sahen auf die beiden Gräber hinab, die

vor ihnen lagen. Die Holzkreuze waren liebevoll mit Schnitzereien verziert und die Blumen mit Bedacht angeordnet. Es war ein würdiger Platz, man sah auf das Land, das sich gegen den Horizont erstreckte, und auf der anderen Seite auf die Bucht und das Meer hinab.

Es war ein Platz, der angemessen war, um zweier Menschen, die man liebte, zu gedenken.

Der Wind raunte, schien Worte mitzubringen, die in jener Nacht geflüstert wurden.

Wenn du mich immer noch willst, bin ich die Deine.
Und nur mehr die Deine.

Und jetzt war sie nicht mehr da und würde nie mehr da sein. Und das nur, weil er sich entschieden hatte, im Verlies nach dem Rechten zu sehen. Auch wenn er nur seine Pflicht getan hatte, auch wenn er nicht hatte wissen können, was Comgall vorhatte – er trug Schuld, und sie würde von nun an sein ewig währender Begleiter sein.

Behutsam legte Giric die Hand auf die Schulter seines Sohnes, aber dieser ließ nicht erkennen, dass er die Berührung spürte. Domnall hatte seit jener Nacht kein Wort gesprochen.

Giric hörte Schritte hinter sich und drehte sich um. Es waren Kineth, Caitt und Ailean, die auf sie zukamen. Tynan lief an Kineth' Seite durch das hohe Gras.

Giric hob die Hand zum Gruß. »Ihr seid also bereit?«

Caitt nickte. »Wir werden die Bucht noch heute verlassen.«

»Wir kommen, um dir zu danken«, fügte Ailean hinzu, »für die Vorräte – und das Gold.«

»Das ist das Mindeste, was ich für euch tun kann. Glaubt ihr, dass ihr den Weg nach Clagh Dúibh findet?«

»Egill wird ihn uns zeigen.« Caitts Stimme war sehr sicher.

Giric zog die Augenbrauen nach oben. »Ihr wollt ihn wirklich mitnehmen? Ihr seid für den Tod vieler seiner Leute verantwortlich.«

»Was würdest du mit ihm machen, wenn wir ihn hierließen?«, fragte Kineth.

»Nun, ich nehme an, dass er nicht vergessen hat, dass ich es war, der ihn beim Turm besiegt hat«, antwortete Giric trocken. »Ich wäre also gezwungen, ihn einzukerkern, damit er nicht Verstärkung aus den Eislanden holt und sich rächt.«

»So haben wir ihm das auch gesagt. Und dass wir ihm die Freiheit schenken, wenn er uns hilft.«

»Und?« Giric blickte Kineth fragend an.

»Er hat uns sein Wort gegeben, und ich denke, dass Egill Skallagrimsson sein Wort hält.«

»Wie ihr meint. Aber ihr solltet ihn von der jungen Frau mit dem, äh, etwas hitzigen Gemüt fernhalten.«

Kineth grinste. »Wir werden Mally im Zaum halten, keine Sorge.«

Caitt trat jetzt vor und streckte Giric mit ernster Miene den Arm entgegen. Er war sichtlich bemüht, dem Abschied ein würdiges Gepräge zu verleihen. »Möge der Allmächtige euch und euer Volk beschützen.«

Giric ergriff den Arm. »Möge er euch die Kraft verleihen, eure Aufgabe zu erfüllen.«

Caitt ging zur Seite, dann trat Ailean vor und drückte Giric an sich. Der war überrascht und konnte ein Lächeln nicht verbergen.

Ailean löste sich von Giric. Ohne ein weiteres Wort

zu verlieren, wandte sie sich ab und ging. Caitt folgte ihr.

Kineth zögerte, dann beugte er sich zu Domnall hinunter. Er zog den Dolch aus dem Gürtel, jenen Dolch, der an Egills Kehle gewesen war und der auch Comgall getötet hatte. Er hielt ihn dem Jungen hin.

»Nimm ihn. Er hat uns Glück gebracht, seit wir hier waren, und irgendwer muss ja auf deinen Vater aufpassen.«

Der Junge starrte den Dolch an. Dann, sehr langsam, streckte er die Hand aus und nahm ihn. »Ich danke dir«, sagte er ernst zu Kineth.

Kineth lächelte und zerzauste Domnall die Haare.

»Es ist das erste Mal, dass er spricht, seit –« Giric brach ab.

»Er wird darüber hinwegkommen. Und du auch.« Kineth sah Giric mit festem Blick an. »Und du wirst gerecht herrschen.«

»Du setzt viel Vertrauen in mich. Ich konnte nicht einmal mein Weib beschützen, wie soll ich dann herrschen?«

»Wer hat Talorc und die anderen gebändigt, als ihr Herr tot umgefallen ist? Das warst du – und das nur mit deinen Worten.«

Ein zynisches Grinsen erschien auf Girics Lippen. »*Wenn das Vieh den Stärksten aus seiner Herde verliert, folgt es eben dem Zweitstärksten.* Es scheint, dass er recht gehabt hat.«

»Wir selbst waren auch nicht viel mehr als Vieh in dieser Nacht. Du hättest uns verkaufen oder schlachten lassen können.«

»Dann wäre ich wie er. Und bevor das eintrifft, will ich lieber sterben.«

»Ich würde sagen, ein toter Herr von Cattburgh reicht für den Augenblick.« Kineth lächelte knapp.

Die beiden schwiegen. Dann streckte Kineth Giric seinen Arm entgegen.

»Du bist ein tapferer Mann, Giric, Sohn des Erskine. Es war mir eine Ehre, mit dir zu kämpfen.«

Die beiden Männer umfassten ihre Unterarme.

»Viel Glück. Ihr seid jederzeit in Cattburgh willkommen.«

»Halte das Feuer warm, den Braten knusprig und euer wundervolles Ale kühl, dann kommen wir darauf zurück.« Kineth drehte sich um und ging den Spuren im Gras nach, die Ailean und Caitt hinterlassen hatten. Tynan folgte ihm.

Vater und Sohn sahen, wie der Pikte und sein weißer Wolf sich der Hügelkuppe näherten.

Plötzlich packte Domnall seinen Vater bei der Hüfte und klammerte sich mit aller Kraft an ihn. Giric legte ihm sanft die Hand auf den Kopf. So blickten sie dem blau bemalten Krieger nach, auch als dieser längst hinter dem Hügel verschwunden war.

In der Hütte war es kalt, trotz des Feuers, das in der Mitte brannte. Der Wind pfiff durch die Ritzen, ließ die Flammen ebenso erzittern wie die alte Frau, die in eine raue Wolldecke gehüllt davorsaß.

Mòrag schauderte. Die schreckliche Nachricht, dass Brude an der Krankheit litt, hatte sie alle schwer getroffen. Nur Beacán schien davon nicht erschüttert gewesen zu sein, sondern hatte wie immer vom Zorn seines Gottes gesprochen, und wie immer war sie ihm entgegengetreten. Aber ohne Brude, der sich freiwillig in eine kleine Hütte abseits des Dorfes zurückgezogen hatte, um ein mögliches Ausbreiten der Krankheit zu verhindern, schwand ihre Macht, das spürte sie ganz deutlich. Der Sohn des Wredech war immer ein Mann des neuen Glaubens gewesen, aber zugleich auch ein Mann seines Volkes. Vor alles andere, selbst vor den Gekreuzigten, hatte er das Schicksal der Seinen gestellt, und damit war er ein gutes und mehr als notwendiges Gegengewicht zum Priester gewesen.

Bis jetzt.

Der lederne Vorhang, der vor dem Eingang hing, bewegte sich. Die Augen der alten Frau huschten hin, aber es war alles ruhig.

Er wird es nicht wagen. Niemand wird es wagen, solange Brude lebt.

Mòrag wusste, dass Beacán im Grunde kein schlechter Mensch war. Er vertrat seinen Gott vehement, und das war gut, denn es brauchte diese tiefe, brennende Kraft, einen Glauben mit Leib und Seele zu vertreten. Das Problem mit Leuten wie Beacán war vielmehr, dass es für sie nur ihren Glauben gab, und den auch nur schwarz oder weiß, und nichts dazwischen.

Ein Vorratslager brannte ab? Der Zorn Gottes.

Eine Quelle versiegte? Der Zorn Gottes.

Der Herrscher wurde krank? Der Zorn Gottes.

Dass es manchmal schlicht und einfach Pech, menschliche Fehler oder das Schicksal waren, die die Dinge geschehen ließen, leuchtete Beacán nicht ein und würde es auch nie. Und je länger er in seinem blinden Eifer predigte, und je mehr auf dem Eiland geschah, das seine Ansichten untermauerte, desto mehr nährte er den Zweifel in den Herzen derer, die noch auf ihrer und Brudes Seite waren.

Aber sie würde diesen Zweifel verschwinden lassen. Der Herrscher mochte krank sein, aber sein Wort galt nach wie vor. Schon bald würde er gesunden, und dann würden sie wieder beim Monolithen zusammenkommen, und dann würden sie und der Sohn des Wredech zu ihrem Volk sprechen, wie sie noch nie zu ihm gesprochen hatten. Für den Zusammenhalt, die Dinge, die vereinten, nicht jene, die trennten. Und für ein Miteinander des neuen wie des alten Glaubens.

Das alles waren sie sich und den Neunundvierzig schuldig.

Der lederne Vorhang wurde auf die Seite geschoben und wieder geschlossen. Mòrag sah auf.

»Du? Was willst du hier? Hat dich –«

Eine Axt blitzte auf.

Mòrag riss die Augen auf. Das konnte doch nicht –

Die Axt sauste herab, traf die alte Frau mit dem stumpfen Ende wuchtig auf die Stirn. Mòrag sackte um.

Durch einen roten, dumpfen Schleier sah sie, wie eine Hand ein brennendes Scheit aus dem Feuer nahm und es an die Bettstatt hielt.

Sie sah, wie Flammen auf den Fellen züngelten, erst einzeln, dann immer mehr.

Und sie hörte Schritte, die sich entfernten, während die Flammen größer und größer wurden …

Der Hai glitt lautlos durch die Stille. Wenngleich nicht groß, war er schon ein erfahrener Jäger, der die Gewässer kannte und in den Schwarmfischen reiche Beute fand.

Nicht weit vor ihm tauchte ein solcher Schwarm auf. Die Fische hatten den Hai noch nicht bemerkt und bewegten sich gleichmäßig von ihm weg. Mit einer leichten Drehung seiner Schwanzflosse näherte sich der Jäger von hinten seiner Beute.

Der Jäger bemerkte nicht die schwarzen, seelenlosen Augen, die ihn anstarrten. Er sah weder die große, grauweiße Rückenflosse noch die messerscharfen Zähne – und als er die Bewegung endlich wahrnahm, war es längst zu spät. Ein mörderischer roter Strudel wirbelte das Wasser durcheinander, dann sank der abgebissene Kopf des kleinen Hais auf den Meeresgrund.

Wenig später erinnerten nur noch einzelne Blutfäden, die in der unmerklichen Strömung zu tanzen schienen, an das, was vorgefallen war. Aber auch die hatten sich bald aufgelöst, und die See war wieder schwarz und still.

Aus der Tiefe

»Ein Totenschiff. Wir haben es weit gebracht.« Unen wischte sich verächtlich über Kittel und Umhang, die er einem der hingeschlachteten Nordmänner in den Kerkern abgenommen hatte und die mit dunklen Flecken übersät waren.

Kineth, der neben ihm am Bug stand, kniff die Augen zusammen und blickte zum Horizont. »Wir steuern ihr Schiff. Dann ist es auch besser, wenn wir so aussehen wie sie.«

Hinter ihnen saßen die Männer und Frauen entweder an den Riemen oder lagen auf den Planken und aßen getrocknetes Fleisch und Brot. Der graue Himmel war ruhig und unendlich, der Wind blies nach Süden und brachte das Schiff seinem Ziel stetig näher, die Strömung war stark. Nach der Schlacht gegen die Wikinger und Comgalls Hinterhalt waren alle froh, dass die Fahrt gut begonnen hatte.

»Wen willst du damit täuschen?« Unen tippte sich auf das kunstvoll gemalte Symbol auf seiner Stirn.

»Wenn uns ein Feind so nahe kommt, dass er die Zeichnungen sieht, müssen wir ohnehin kämpfen, ganz gleich, welches Gewand wir tragen.«

Unen schüttelte den Kopf. »Den Kampf fürchte ich nicht. Aber es bringt Unglück, so nach Tod zu stinken wie wir. Vor allem nach einem solch ehrlosen.«

Eine Hand packte seine Schulter. Der Mann der Garde drehte sich langsam um und wollte die Hand abschütteln, aber Egill hielt ihn eisern fest. »Ich bitte um Verzeihung für meine Männer. Ich hätte ihnen im Kerker sagen sollen, dass sie nicht bluten, sondern Blumen scheißen sollen, damit deine feine Nase nicht beleidigt wird.«

Unen blickte dem Nordmann, der gleich groß war wie er, ungerührt in die Augen. »Nimm deine verdammte Hand weg, oder du kämpfst ab jetzt einhändig.«

Egills Augen blitzten. »Einhändig genügt noch für zwei von deiner Sorte.«

»Schluss jetzt. Auseinander!« Gebieterisch trat Caitt zu den beiden. Die Männer machten keine Anstalten, ihm zu gehorchen, sondern starrten sich weiter an. Jeder wartete nur darauf, dass der andere den ersten Zug machte.

Caitt bleckte die Zähne, sein Gesicht wurde rot. »Auseinander, hab ich gesagt!«

Nun sahen alle am Schiff zu den drei Männern. Es war still, bis auf die Wellen, die gegen den Bug schlugen, das Flattern des Segels und das Krächzen einiger Seemöwen, die sich in der Ferne gegen den grauen Himmel abhoben.

Mit einem harten Ruck nahm Egill schließlich seine Hand weg und trat einen Schritt zurück.

Unen nickte beifällig. »Nur weil du uns den Weg zeigst, sind wir noch lange keine Freunde, Nordmann.«

Egill würdigte ihn keiner Antwort. Er drehte sich um und ging langsam unter dem vom Wind geblähten Segel hindurch zum Heck, wo Ailean am Ruder stand.

»Ich werde ihn töten.« Moirreys Augen folgten dem Nordmann, ihre Stimme war kalt.

»Das wirst du schön sein lassen«, sagte Bree, die neben ihr am Mast lehnte und einen Riss in ihrem Gewand mit kräftigen Stichen zusammennähte.

»Sag mir nicht, was ich zu tun habe.«

»Wenn du aufhörst, unsere Suche zu gefährden, höre ich auf, dir zu sagen, was du zu tun hast.«

»Die kluge, tapfere Bree.« Moirrey lächelte, aber das Lächeln erreichte ihre Augen nicht. »Heldin der Halle, Retterin der Krieger.«

»Ich habe getan, was jeder von uns getan hätte, wäre er in meiner Lage gewesen«, stellte Bree fest. »Aber ich habe es nicht getan, damit du alles leichtfertig aufs Spiel setzt.«

»Dafür hat sie noch genug Zeit, wenn er sich nicht an die Abmachung hält.« Dànaidh gesellte sich zu den beiden Schwestern.

»Was soll denn das heißen?« Bree musterte ihn verärgert. »Skallagrimsson hat unser Wort – er hilft uns, danach lassen wir ihn frei.«

»Auf das Wort eines Nordmannes gebe ich nicht viel, und unseres muss er sich erst mal verdienen.« Der Schmied kratzte sich am kahlen Schädel und sah in die Ferne, wo die Wellen und der Himmel zu einer bleigrauen, trostlosen Einheit verschmolzen.

Ailean musterte Egill durchdringend, als er sich neben sie stellte. »Es gibt nicht viele Männer, die es mit Unen aufnehmen können.«

»Und es gibt nicht viele Schiffe, die von einem Weib gesteuert werden. Eigentlich ist mir noch gar keines untergekommen.« Die Stimme des Nordmannes verriet nicht, was er davon hielt.

»Jeder sollte tun, was er am besten kann«, sagte Ailean achselzuckend. »Wer gut kämpft, kämpft, und wer gut steuert, steuert, egal ob Mann oder Weib.« Sie machte eine Pause, strich über das Ruder. »Und wenn wir nicht gerade in einem Sturm sind, dann scheint das Schiff beinahe über die Wellen zu fliegen, leicht und frei wie ein Vogel. Kaum zu glauben, dass es von Menschenhand gebaut ist.«

»Ist es auch nicht. Es sind die unbeschnittenen Nägel der Toten, die unsere Drachenboote so gut machen.«

Als Ailean die Stirn runzelte, grinste der Nordmann – das erste Mal, seit er den Kerker verlassen hatte.

»Totenschiff. Euer Unen hat es so genannt«, fuhr er fort. »In unseren Legenden heißt es, wenn die Erde im Meer versinkt und die Welt von der Finsternis verschlungen wird, nimmt der verstoßene Gott Loki das Totenschiff Naglfar des Feuerriesen Surtr und bringt damit die Feinde der Götter zur letzten Schlacht. Und Naglfar ist aus den Nägeln der Toten gezimmert.«

Ailean seufzte übertrieben. »Es sind keine Kinder an Bord, die du mit deinen Geschichten beeindrucken kannst. Eine einfache Erklärung würde mir reichen.«

»Du wirst dich mit meinen Geschichten begnügen müssen.«

»So viel Angst hast du vor uns?« Aileans Stimme wurde spöttisch.

Egill winkte ab. »Ihr habt uns im Feld besiegt, und wir sind die besten Kämpfer des Nordens. Wenn ich euch jetzt noch den Schiffsbau lehre, seid ihr unbesiegbar – und das will ich den Völkern dieser Welt dann doch nicht zumuten.«

»Und mit euch sind sie so viel besser dran?«

»Wir sind nicht besser oder schlechter als die vor uns und die, die nach uns kommen werden«, sagte Egill. »Wir kämpfen und sterben, und dazwischen leben wir ein wenig. So wie alle anderen.«

»*Mein* Volk bringt nicht seit Jahrhunderten Schrecken über Meere und Länder, es tötet keine gerechten Könige und Diener des Herrn. Und vor allem keine unschuldigen Frauen und Kinder.«

»Es gibt keine gerechten Könige, und noch weniger gibt es aufrechte Diener eures Herrn. Ich habe zumindest noch keinen getroffen, dessen Haut ihm nicht die nächste war, bevor man sie ihm abzog.«

Bevor du sie ihm abgezogen hast, damals, als ihr alle Klöster der Westküste überfallen habt.

Er unterdrückte die Bilder, die in ihm aufstiegen. »Die Welt ist ein grausamer Ort, den man nicht so einfach in Gut und Böse oder Schuld und Unschuld einteilen kann. Wenn du ein bisschen mehr davon gesehen hättest, würdest du mir zustimmen.«

Ailean antwortete nicht, aber ihre starre Haltung und ihre zusammengepressten Lippen verrieten ihre Einstellung besser als Worte.

»Man hat mir erzählt, was Comgall in der Halle mit euch gemacht hat«, fuhr Egill fort. »Und was er über euch gesagt hat.«

»Dann weißt du ja, wer wir sind.«

»Aber nicht, wie ihr überleben konntet und wo ihr euch so lange versteckt gehalten habt, seit –«

Aileans Kopf fuhr herum, Wut stand in ihren Augen. »Was? Seit mein Volk fast ausgerottet wurde, weil sein letzter König gegen euch Nordmänner fiel? Seit die letzten Überlebenden in Nacht und Nebel fliehen mussten und nach –« Sie machte eine Pause. »Du möchtest wissen, wie du zu uns findest? Suche einfach immer nach toten Nordmännern und kalter, blutgetränkter Erde. Hast du beides gefunden, bist du am Ziel. Aber sieh dich vor – du könntest das Schicksal der Deinen schneller teilen, als dir lieb ist.«

»Wir werden sehen.« Egill bemerkte jetzt, dass die große blonde Kämpferin, die sie Flòraidh nannten, mit den beiden Schwestern sprach. Eine der beiden, die Rothaarige, gestikulierte wütend.

»Wir haben auch Frauen in unseren Reihen, die kämpfen«, sagte er nachdenklich. »Allerdings nicht viele. Sie herrschen meist über das Haus und nicht über das Schlachtfeld.«

Ailean deutete auf das Ruder. »Dann bereust du sicher, jetzt in der Hand einer Frau zu sein. Hättest mich besser töten sollen, als du die Möglichkeit dazu hattest.«

Egill ging nicht auf die Stichelei ein. Allerdings hatte er sich die Frage auch schon gestellt: Warum hatte er Ailean verschont? Oder zumindest lange genug gezögert, um es nicht tun zu müssen? Es war ihm bis jetzt keine zufriedenstellende Antwort eingefallen. Ailean war ebenso tapfer wie anmutig, das stand außer Frage, und sie erweckte, wenn er ehrlich war, sein Begehren. Aber Egill Skallagrimsson wäre nicht Herrscher von Borg geworden, wenn ihn die Schönheit eines Weibes davon abhalten würde, sie zu töten, wenn es die Lage gebot. Es war etwas anderes – ein Gefühl, das er damals bei der Schlacht am Broch gespürt hatte, tief in seinem Inneren, und das ihm gesagt hatte, dass er diese Frau noch brauchen würde.

»Der Wolf hat mich daran gehindert.« Er sah Tynan vorne am Bug, zu Füßen von dem, der Kineth hieß. Seltsamerweise hatte ihn das Tier ihn Ruhe gelassen, seit sie zusammen an Bord waren, obwohl er ihm im Kampf noch am liebsten den Arm abgebissen hätte.

»Ja, danach. Davor hattest du alle Zeit der Welt.«

Egill wandte sich ihr zu. Wie sie so am Steuer stand, stark und anmutig zugleich, die dunkelblonden Locken im Wind, die grünen Augen voller Leben, mit den Zeichnungen, die sich anmutig an ihrem Hals hinaufschlängelten – da überdachte er seine Gedanken von vorhin noch einmal: Er wollte sie nicht haben – er *musste* sie haben, und zwar schon bald.

Aber seine Stimme, trocken und überlegt, verriet nichts von seinem Verlangen. »Vielleicht kommt die Zeit wieder, in der ich mich entscheiden muss, und wer weiß, ob ich dann wieder so gnädig bin. Jetzt, wo ich dich ein wenig kenne.«

Sie lachte. »Ich werde mich vorsehen, Egill aus den Eislanden. Aber ich rate dir, dasselbe zu tun. Du hattest eine Gelegenheit, und vielleicht gibt dir der Herr keine zweite mehr.«

Kineth hörte Aileans Lachen, und es versetzte ihm einen innerlichen Stich, auch wenn er nicht wusste warum. Es war lächerlich – der Nordmann war ein Zweckbündnis mit ihnen eingegangen, er würde sein Wort halten und dann wieder verschwinden. Und beim Turm hatte er Ailean noch töten wollen.

Warum dann dieses bittere Gefühl?

Lass es. Er ist nur ein Nordmann.

Kineth zwang sich, daran zu glauben. Immerhin hatte Egill seinen Teil der Abmachung bis jetzt erfüllt: Seit sie gestern von der Insel aufgebrochen waren, hatten sie sehr schnell die Strömung gen Süden erreicht, von der er gesprochen hatte, und sie kamen gut voran. Es schien sich auszuzahlen, dass sie den Mann aus Girics Kerker geholt hatten.

Seine Gedanken schweiften zurück, zu dem Vater und seinem Sohn, wie sie am Grab der Ihren standen.

Du bist ein tapferer Mann, Giric, Sohn des Erskine. Es war mir eine Ehre, mit dir zu kämpfen.

Kineth hatte jedes Wort so gemeint. Aber wie lange würde es dauern, bis die anderen Herrscher der Insel, allesamt gnadenlose Nordmänner, erfuhren, dass Comgall tot war? Wie lange würde es dauern, bis sie wie die Raubtiere über Cattburgh herfallen würden, um den unbedeutenden Befehlshaber wegzufegen und sich Comgalls Gebiet einzuverleiben?

Andererseits hatte Giric sie alle mehr als einmal überrascht, in dem Mann steckte zweifelsohne ein Herrscher. Und dieser Herrscher hatte einen tapferen Sohn. Wenn er sich halten konnte, bot allein das alle Voraussetzungen für eine sichere Regentschaft.

Gib auf dich und die Deinen acht, Sohn des Erskine. Herrsche lange, dann werden wir uns vielleicht irgendwann wiedersehen, eines deiner hervorragenden Bierfässer leeren und uns von unseren Abenteuern erzählen.

So wir sie überleben.

»Der Nordmann scheint sich ja vorzüglich mit Ailean zu verstehen.« Moirreys Stimme klang trocken, aber die Absicht dahinter war offensichtlich.

Flòraidh ließ sich jedoch nicht provozieren. »Warum auch nicht? Wie jemand entschieden hat«, sie deutete mit dem Kopf unmerklich auf Caitt, der an den Mast gelehnt an einem Stück gedörrtem Fisch kaute, »sind wir jetzt Gefährten.«

Dànaidh spuckte laut hörbar ins Meer.

Caitt warf den knorpeligen Rest des Fisches über Bord, rülpste laut und ging zu Egill und Ailean. »Wie lange noch?«

Egill blickte über den Mann, den er um mehr als einen Kopf überragte, zum Bug mit dem Drachenkopf. »Wenn sich das Schiff in der Strömung hält, werden wir bis Abend die Orkneyjars in sicherer Entfernung passiert haben. Dann noch ein halber Tag und wir sind da.«

Caitt blickte ihn argwöhnisch an. »In sicherer Entfernung?«

»Erik Blutaxt schätzt keine Überraschungsbesuche.«

»Blutaxt? Ein klingender Name. Und wer ist der noble Mann, der ihn trägt?«

Egill räusperte sich. »Du solltest lieber zu deinem Gott beten, dass ihr ihn niemals kennenlernen müsst. Erik ist der einstige König von Thule und der Bruder des jetzigen Königs Hakon.« Er machte eine Pause. »Du weißt doch, was die Mönche Britanniens zu eurem Gott beten? Befreie uns, o –«

»– o Herr, von der Raserei der Nordmänner«, vollendete Caitt ungeduldig. »Ja, die Worte vergisst keiner aus meinem Volk. Wir haben sie aus der alten Heimat mitgenommen.«

»Als sie das Gebet schufen, hatten die Mönche wohl Männer wie Erik vor Augen. Sogar unter uns ist er verrufen, er und sein blutgieriges Weib Gunnhild, der er völlig verfallen ist. Sie soll Zauberkräfte haben.« Egill wirkte belustigt. »Als wenn die Spalte eines Weibes Zauberkräfte haben müsste, um einen Mann an sich zu binden.«

»Dass es nicht vielleicht auch ihr Geist sein könnte, kommt Männern wie dir nie in den Sinn, was?«, sagte Ailean ärgerlich.

Egill warf ihr einen irritierten Blick zu. »Kennst du Gunnhild?«

Ailean schüttelte den Kopf.

»Dann sprich nicht über ihren Geist. Ich kann dir versichern, dass es ihr am wenigsten anziehender Teil ist.«

Caitt lachte.

»Wegen ihrer Grausamkeit wurden die beiden mit ihren Leuten sogar aus Thule vertrieben. Jetzt leben sie auf den Orkneyjars, und wer sich gegen sie stellt, wird gnadenlos getötet. Eriks liebste Hinrichtungsart ist der Blutadler.«

Egill machte eine bedeutungsschwangere Pause. Ailean und Caitt sahen ihn fragend an.

Egill deutete auf Caitts Oberkörper. »Dabei schneidet man dem Opfer bei lebendigem Leib den Rücken auf, trennt die Rippen vom Rückgrat ab und klappt sie auf, wie Adlerschwingen.« Der Nordmann untermalte seine Worte mit einer Handbewegung, bei der er die Finger spreizte.

»Das ist ja entsetzlich.« Ailean zog angewidert die Brauen zusammen.

Caitt grinste. »Aber als Abschreckung sicher sehr wirksam.«

»Du würdest dich mit Erik wahrscheinlich glänzend verstehen.« Egill überlegte kurz. »Ich selbst halte es nicht für entsetzlich«, er blickte dabei Ailean an, »aber ein Schnitt durch die Kehle ist genauso wirkungsvoll, und er dauert nicht so lange.«

Ailean sagte nichts. Zusammen mit dem, was sie selbst erlebt hatten, verwandelten die Erzählungen des Nordmannes die verheißungsvolle Welt, in die sie so voller Erwartung aufgebrochen waren, in einen fremden, grausamen Ort. Ob Comgalls Kerker oder die Insel Erik Blutaxts – alles schien vor Pein und Niedertracht zu erstarren.

Dann hat Unen vielleicht doch Unrecht, und es ist mehr als passend, dass wir für diese Welt die Gewänder der Toten anhaben.

Caitt musterte Egill. »Für mich ist dieser Erik nur ein weiterer Nordmann, den man besiegen kann.«

Egill blickte ihn durchdringend an. »Das letzte Mal hattet ihr einen Mann mit einem Frankenschwert in euren Reihen.«

»Ohne Zweifel eine wertvolle Hilfe, aber wir hätten es auch ohne ihn geschafft«, sagte Caitt, als würde er es selbst glauben.

»Natürlich.« Der Nordmann wandte sich an Ailean. »Halte das Schiff auf Kurs, dann brauchen wir das auch nicht auf die Probe zu stellen.«

Die Dämmerung war hereingebrochen. Die Wolken hatten sich verzogen, die Sonne stand tief am Horizont. Die ersten Sterne waren bereits am Himmel zu sehen und blickten auf das kleine Schiff herab, das die glitzernde, unendliche See kreuzte.

Der Wind war kälter geworden und blies unablässig von Norden, blähte das Segel und schnitt durch die Kleidung der Männer und Frauen an Bord.

Die Krieger versuchten, die Kälte nicht zu beachten, so wie sie es ihr Leben lang am Eiland getan hatten. Sie aßen und tranken, dann rollten sich die meisten von ihnen in ihre Decken und bemühten sich einzuschlafen.

Aber wie sollte man schlafen, wenn das Gefühl der Beklemmung, das sich seit der Abreise aus Cattburgh in einem breitgemacht hatte, immer stärker wurde, gerade jetzt, wo einen die bevorstehende Nacht und alles, was sie verbarg, zu verschlingen drohte?

Viele wussten, warum sie sich so unbehaglich fühlten. Nicht wegen Erik Blutaxt, der hinter dem Horizont lauern mochte; die Geschichte hatte sich an Bord rasch verbreitet und bei den Kriegern eher für Belustigung gesorgt. Sie glich denen, die man Kindern erzählte, damit diese in der Dunkelheit im Hause blieben.

Es hatte auch nichts damit zu tun, dass das Überleben ihres Volkes von ihnen abhing. Diese Tatsache feuerte sie vielmehr an, ihr Bestes zu geben.

Die Beklemmung rührte einzig und allein daher, dass sie in Comgalls Halle Gefangenschaft und Tod so nahe wie nie gewesen waren. Zuvor hatten sie sich bewährt, im Sturm, auf dem Eiland und beim Kampf gegen Egills Männer. Comgalls Niedertracht jedoch hatte sie überrascht, und das Schlimmste war die völlige Ohnmacht gewesen, die buchstäbliche Lähmung, einem Feind zuzuhören, wie er ihre Vernichtung in Aussicht stellte, und nichts dagegen tun zu können.

Ich werde euch also in Ketten legen lassen und als Sklaven verkaufen.

Auch wenn eine aus ihren Reihen diese Vernichtung abgewendet hatte, blieb doch der Zweifel in den Herzen bestehen, wie sie mit zukünftigen Fallen umgehen sollten, wenn sie sie denn überhaupt erkennen würden. Und Comgall war nur ein kleiner Fürst auf einer kleinen Insel gewesen – was würden die großen Könige mit ihren Heeren erst auf Lager haben? Wahrscheinlich waren sie Meister der Täuschung und Niedertracht, während ihr Volk nur die kleinen Zwistigkeiten kannte, die das tägliche Miteinander hervorbrachte.

Andererseits waren sie weit gekommen, und nicht einmal eine Tagesreise trennte sie noch von der alten Heimat. Vielleicht meinte es der Allmächtige doch gut mit ihnen?

So wurden sie im Zweifel hin und her gerissen, und während sie sich unruhig in ihren Decken wälzten, beteten viele von ihnen mit klammen Herzen um Beistand, beteten auf ihrem Totenschiff, unter dem weiten, fremden Himmel, im Licht der untergehenden Sonne und der Sterne, aus denen der Wind herunterheulte und sie einem unbekannten Schicksal entgegentrug ...

Kineth stand allein am Steuer, er hatte Ailean vor Kurzem abgelöst. Nicht weit von ihm schlief Egill. Er hatte Kineth aufgetragen, ihn in regelmäßigen Abständen zu wecken, um den Kurs zu bestimmen. Dann hatte sich der Nordmann neben dem Steuer in seine Decke gerollt und fast augenblicklich zu schnarchen begonnen.

Kineth dachte daran, dass dieses große, verzweifelte Abenteuer, in dem er und seine Krieger sich befanden, für Egill nur eine Fahrt unter vielen war. Kein Wunder also, dass er so ruhig schlief.

Und seine Männer? Er hat Kämpfer und Freunde verloren, alle, mit denen er seine Heimat verlassen hatte.

Kineth sah auf den Nordmann hinab. Vielleicht flüchtete Egill sich nur in die Arme des Schlafs, um nicht über seine Schuld nachdenken zu müssen, denn die peinigte ihn ohne Zweifel. Welcher Anführer, der alle seine Männer verloren hatte, würde nicht daran denken?

»Soll ich das Steuer nehmen?«

Kineth erschrak. Er war so in Gedanken gewesen, dass er Gair nicht hatte kommen hören.

»Nicht nötig. Du solltest schlafen – der morgige Tag könnte uns alles abverlangen.«

»Ich kann genügend schlafen, wenn ich erst tot bin. Wie mein Frau und mein Sohn.« Gair rieb sich die schiefe Nase.

»Ich kann nicht einmal erahnen, wie schwer das für dich ist«, sagte Kineth. »Aber Caitt wusste nicht, was auf dem Schiff war. Es hätte jeden treffen können.«

»Hat es aber nicht. Es hat mich getroffen.« Gair schlug auf die Reling. »Und dafür wird er bezahlen. Und wenn es das Letzte ist, was ich auf dieser gottverfluchten Welt tun werde.«

Kineth hatte nicht gewusst, dass Gair so sehr litt. Auf dem Eiland war er ein fröhlicher Gefährte gewesen, das Schwert so sicher wie die gebrochene Nase krumm. Diese Fröhlichkeit war natürlich verschwunden, aber er hatte die Fahrt nach besten Kräften mitgemacht und auch sein Einsatz im Kampf hatte keinen Anlass zum Zweifel gegeben.

Bis jetzt.

Jetzt schienen seine Augen dunkle Löcher, die auf die giftige Blase des Hasses sehen ließen, die ihn ausfüllte. Kineth erschauerte unwillkürlich. Ihm war, als sei Gair verschwunden und an seiner statt ein Rachegott an Bord, einer aus den alten dunklen Zeiten, als die Hände der Götter voller Blut waren und hundeköpfige Dämonen den Mond anheulten, während die Menschen sich zitternd in ihren Höhlen verbargen.

»Er wird dafür bezahlen«, wiederholte Gair, und es klang so endgültig, dass Kineth überlegte, ob der Krieger zur Gefahr für sie und ihre Suche wurde. Gleichzeitig bemerkte er, dass Egill die Augen offen hatte und Gair beobachtete.

»Warum erzählst du mir das, Gair? Caitt ist mein Bruder, egal, was er getan hat, ich stehe zu ihm und damit gegen jeden, der ihn bedroht.«

»Wer bedroht mich denn?«

Caitt näherte sich dem Steuer. Er beachtete Kineth nicht und baute sich vor Gair auf. »Ich wiederhole – wer bedroht mich?«

Dieser gab ihm keine Antwort, starrte ihn nur an. Ein unmerkliches Zittern lief durch seinen Körper.

Caitt hielt dem Blick des anderen stand. »Ich kann nur

noch einmal wiederholen, was ich dir schon auf dem Eiland gesagt habe: Es tut mir aufrichtig leid.«

Gair antwortete immer noch nicht. Die beiden Männer standen sich gegenüber, wirkten im Mondlicht wie Statuen.

Schließlich legte Gair Caitt die recht Hand auf die Brust, auf dessen Herz, als könnte er dadurch ertasten, ob der Mann ihm gegenüber aufrichtig war. »Würdest du es wieder tun? Mich wieder an Bord schicken?«

Caitt fühlte, wie der altbekannte Zorn in ihm aufstieg. Niemand von ihnen wusste, wie es war, zu befehlen, wie es war, Entscheidungen zu treffen. Sein Vater hatte es ihm lange nicht zugetraut, hatte Kineth bevorzugt, hatte die anderen über ihn lachen lassen. Aber das war vorbei, er befahl jetzt, und hatte er seine Männer nicht hergeführt, durch alle Widrigkeiten? Was wusste dieser, dieser – Wurm von der Schwere seines Seins?

Es war dieser Zorn, der ihn antworten ließ und verantwortlich dafür war, was geschah. Später sollte sich Kineth daran erinnern, dass er das Unheil fast körperlich gefühlt hatte, dass sich in diesem Moment, in dieser kalten Dämmerung, über das Schiff legte.

»Wenn du es genau wissen willst – ja, ich würde wieder so handeln.«

Gair nickte. Einen Augenblick packte er Caitt, der völlig überrumpelt wurde und mit ihm nach hinten taumelte. Egill schoss in die Höhe, aber es war zu spät – ineinandergeklammert stürzten die beiden Männer über die Reling und versanken in den eiskalten Fluten.

Das Wasser war allumfassend, schien Caitts gesamten Körper zu packen. Gair hatte ihm von hinten blitzschnell die Arme um den Hals gelegt und drückte zu. Caitt versuchte, ihn abzuschütteln, aber er hatte keine Chance.

Im Nu waren die Gewänder der beiden Männer vollgesogen und zogen sie in die bodenlose Schwärze hinab.

»Mann über Bord! Holt das Segel ein!« Egills und Kineth' Rufe weckten die Schlafenden. Alle redeten und schrien durcheinander.

»*Holt – das – Segel – ein*!« Kineth übertönte alle anderen. Die Krieger, angeführt von Unen, befolgten seinen Befehl, machten die Taue los, die das Segel gehisst hielten, und holten es ein.

»An die Riemen, hart Steuerbord! Ailean, zu mir!«

Ailean war sofort bei ihm. Zusammen legten sie sich ins Steuer, während die Krieger ruderten. Das Schiff machte eine weite Kurve und bewegte sich dann wieder in die Richtung, in der Caitt und Gair untergegangen waren.

»Was ist geschehen?«, fragte Ailean Kineth. »Wer ist über Bord –«

»Caitt. Gair hat ihn angegriffen.«

»Und keiner hat etwas dagegen getan?«, rief sie wütend.

»Ruder halt!«, brüllte Kineth, ohne Ailean zu beachten. Für sinnlose Schuldzuweisungen war später noch genügend Zeit.

Die Krieger ließen die Riemen los.

Gehetzt blickten Ailean und Kineth über die Meeresoberfläche. Aber nichts verriet, wo die beiden Männer waren, keine Luftblasen, keine gekräuselten Wellen, gar nichts.

Gair dachte nicht mehr, fühlte nicht mehr, bestand nur mehr aus Hass und blinder Rache. Die Luft ging ihm aus, sie sanken immer tiefer, aber es war ihm einerlei. Er wollte Vergeltung für die Seinen, um jeden Preis.

Er klammerte sich mit den Beinen um den Leib vor ihm, drückte Caitts Hals noch fester zu. Der Sohn des Brude wand sich erfolglos gegen den eisernen Griff. Luftblasen stiegen aus seinem Mund nach oben.

Immer noch war nichts von den beiden Männern zu sehen. Kineth ließ das Steuer los und machte Anstalten, in die Fluten zu springen. Es war Egill, der ihn am Arm packte und zurückriss.

»Sieh!«

Kineth folgte seinem ausgestreckten Arm.

Eine mächtige, dreieckige Flosse schnitt sich durch die glitzernde Wasseroberfläche. Wenige Augenblicke später tauchte sie unter und war verschwunden.

Caitt wehrte sich nur mehr schwach, als er plötzlich spürte, dass der Druck an seinem Hals nachließ. Dann drückte Gair überhaupt nicht mehr zu, klammerte sich mit Armen und Beinen an Caitt. Der versuchte den Kopf zu drehen, zu erkennen, was hinter ihm passierte, aber es gelang ihm nicht.

Die beiden Männer waren für einen Moment völlig bewegungslos – dann fühlte Caitt einen enormen Ruck und wurde in Gairs Griff hin und her geschleudert, wie ein kleiner gefangener Fisch, den man säuberte, bevor man ihn aus dem Wasser nahm. Gleich darauf entließ Gair Caitt aus der Umklammerung beinahe ebenso schnell, wie er zugepackt hatte. Caitt fuhr strampelnd herum.

Sah, wie ein Schatten Gairs Leib in Stücke riss.

Und schrie, ein stummer, gurgelnder Schrei, der sich in der Schwärze der See verlor und die letzte Luft aus seinen Lungen als Bläschen nach oben steigen ließ.

»Was war das?«, schrie Kineth Egill an. »Sprich, Nordmann!«

Egills Stimme war gedämpft, fast unbeteiligt. »Einer von Ráns Helfern.«

Kineth starrte auf die dunkle See, die nichts von dem Kampf verriet, der dort unten toben mochte.

»Wir müssen doch was tun!« Ailean war verzweifelt.

Egill schüttelte den Kopf. »Glaubt mir, ihr könnt nichts tun. Vermutlich hat Rán eure Freunde bereits mit ihrem Netz gefangen und hält sie in ihren Sälen am Meeresgrund für immer gefangen.«

»Netze kann man zerschneiden.«

»Diese nicht, glaub mir«, sagte Egill leise. »Segelt weiter. Und wählt einen neuen –«

Noch bevor der Nordmann den Satz beendet hatte, holte Kineth tief Luft und sprang über die Reling ins Wasser.

Caitt sank nach unten. Merkwürdigerweise spürte er den glühenden Schmerz, der seine Brust wieder und wieder durchbohrt hatte, als er keine Luft mehr hatte, nicht mehr. Nur sein Herz schlug dröhnend in seinen Ohren, aber auch das wurde langsam leiser. Mit dem letzten Rest seines Bewusstseins, das ihm geblieben war, erkannte er

die Wahrheit – er würde hier unten sterben, und auch sein Volk würde sterben.
Du hast falsch gewählt, Vater.
Verzeih mir.

Kineth tauchte mit kraftvollen Zügen in die Tiefe hinab. Nach kurzer Zeit sah er den Raubfisch, der immer noch mit Gair beschäftigt war, oder besser gesagt mit dem, was von dem Krieger noch übrig war. Zerrissene Gliedmaßen trieben schwerelos umher, während Kineth vorsichtig Abstand von dem Blutbad hielt.

Caitt schloss die Augen. Sein Herzschlag verstummte.

Kineth blickte verzweifelt umher, versuchte die Dunkelheit zu durchdringen. Er hatte kaum noch Luft, seine Brust schmerzte, aber er tauchte immer weiter. So durfte es nicht enden, nicht hier, nicht –
Da!
Er sah etwas schemenhaft vor sich, schwamm darauf zu.

Caitt spürte nicht, wie er unter den Armen gepackt und nach oben gezogen wurde.

Nun mach schon, Bruder – hilf mit.
Aber Caitt hing schwer und leblos wie ein Sack voller Steine in Kineth' Armen. Nur quälend langsam bewegten sich die beiden nach oben.
Über ihnen wurde der Raubfisch sichtbar, der eben ein Bein des unglücklichen Gair verschlang. Kineth machte

jedoch nicht mehr den Versuch, ihm auszuweichen. Ersaufen oder zerrissen werden – es war einerlei. Wenn diese Tortur nur bald ein Ende hatte.

Sie schwammen an dem Fisch vorbei.

Er drehte ihnen den Kopf zu.

Wäre aus Kineth im kalten Meer nicht schon längst jedes Gefühl gewichen, so wäre es jetzt so weit gewesen: Die Augen hinter der spitz zulaufenden Schnauze waren schwärzer als der Abgrund unter ihm, das Maul mit den messerscharfen Zahnreihen schien sich zu einem Grinsen zu verziehen.

Welcher Herrgott erschafft eine solche Kreatur?

Kineth nahm seine letzten Kräfte zusammen. Mit brennenden Muskeln und dröhnendem Herzschlag zerrte er Caitt weiter durch die scheinbar nicht enden wollende See nach oben.

An Bord wagte niemand zu sprechen. Eine Ewigkeit schien vergangen, seit Kineth ins Wasser gesprungen war, aber von den drei Männern fehlte jede Spur.

Plötzlich brachen zwei Gestalten durch die Wellen.

»Da! Da sind sie! Er hat ihn!« Alles rief durcheinander.

Die beiden waren gut zwanzig Schritt vom Schiff entfernt. Kineth keuchte, spuckte, rang nach Luft. Caitt hing leblos in seinen Armen.

»Pullt!«, rief Unen. »Pullt!«

Die Ruderer rissen an den Riemen, und das Schiff setzte sich schwerfällig in Bewegung.

Kineth sah, wie sich das Schiff näherte. Er hörte Rufen, die Kommandos an Bord. Sein Herz raste, und das nicht nur vor Anstrengung, sondern weil er wusste, dass unter ihm das Ungeheuer seine Bahnen zog. Fast körperlich fühlte er den monströsen Schatten, der aus der Tiefe auf ihn zuraste, das Maul mit den Zähnen weit aufgerissen.

Endlich waren sie bei ihm. Sofort streckten sich Kineth Hände entgegen, und er streckte ihnen Caitt entgegen, drückte ihn nach oben. Dann reckten Unen und Egill Kineth die Hand hin, doch bevor er sie ergreifen konnte traf ihn eine Welle von hinten, erreichte das Schiff und drückte es von ihm weg.

Mit einem Male schien es ihm unerreichbarer denn je.

»Kineth! Hinter dir!« Dànaidh zeigte ins Meer.

Langsam drehte Kineth sich um. Sah die Flosse, die aufgetaucht war und sich auf ihn zubewegte.

Aber der Krieger hatte keine Kraft mehr. Er würde das Schiff nie rechtzeitig erreichen, und plötzlich überkam ihn eine alles umfassende Ruhe.

So sei es.

Zumindest würde er dem Tod unerschrocken ins Auge sehen.

Ailean wusste, dass es zu spät war, Tränen schossen ihr in die Augen. Bis sie mit dem Schiff wieder bei Kineth waren, hatte der Raubfisch ihn längst erreicht.

»Achtung!«

Sie duckte sich instinktiv, als Unen ein Seil über sie hinweg zu Kineth schleuderte. Dieser griff blindlinks zu, rutschte ab, griff erneut zu.

Der Mann der Garde, Dànaidh und Egill packten das Seil und zogen daran, so fest sie konnten. Kineth schoss durchs Wasser, aber die Flosse kam immer näher. Ihm war, als würde sich das Wasser gegen ihn richten, würde ihn verlangsamen, während es die Bestie hinter ihm beschleunigte. Er sah bereits die Schnauze aus dem Wasser schießen, die Zähne aufblitzen –

Als etwas über ihn hinwegzischte.

Keine Elle hinter ihm hatte sich ein Speer in die Seite des weit aufgerissenen Mauls gebohrt.

Egills Augen leuchteten zufrieden. Er hatte einen guten Wurf hingelegt, der den Fisch zwar nicht töten würde – kein Speer konnte das –, aber wenn die Asen dem Mann beistanden, hatte er vielleicht noch eine Chance.

Der Raubfisch drehte wild um sich schlagend ab, zog einen Kreis.

Nun packte jeder an Bord, der noch ein Stück Seil greifen konnte, zu und zog so fest daran, als würde das Schicksal des ganzen Volkes davon abhängen.

Kineth war mit einem Mal, als würde alles verlangsamt vor ihm ablaufen.

Der Raubfisch, der wieder auf ihn zu schwamm und dabei den Kopf noch immer wütend hin und her schüttelte, um den Speer loszuwerden.

Sein eigener Körper, der sich auf einmal von der Wasserfläche löste und nach oben gezerrt wurde.

Der letzte Versuch des Raubfisches, ihn doch noch mit einem Biss zu packen.

Und die Planken des rettenden Bodens unter ihm.

Das Tier klatschte gegen die Bordwand und dann in die Fluten, glitt langsam unter das Boot und verschwand in der Finsternis, aus der es gekommen war.

Es war vorbei.

Sie segelten die Nacht durch, was kein Seemann freiwillig getan hätte – zu groß war die Gefahr, vom Kurs abzukommen. Aber Egill war eisern geblieben. Er wollte so schnell wie möglich die Orkneyjars und ihre Umgebung hinter sich lassen, daher hatte er sich an den Sternen orientiert.

Caitt lag dick in Felle gewickelt beim Mast. Als Unen, Egill und die anderen ihn an Bord gezogen hatten, hatte er nicht mehr geatmet. Unen hatte ihm einen grausamen Schlag auf den Brustkopf versetzt, der Caitt zusammenzucken und Wasser spucken ließ. Dann hatte er die Augen aufgerissen, hatte keuchend nach Atem gerungen und war im nächsten Moment in tiefe Bewusstlosigkeit gesunken, aus der er bislang nicht wieder aufgewacht war.

Da der Wind schwach, aber stetig blies, brauchte es nicht die ganze Mannschaft zum Rudern. Die Krieger wechselten sich ab. Wer an der Reihe war, nahm sein Ruder fest in die Hand und konzentrierte sich auf die immer gleiche, kreisförmige Bewegung.

Und jeder hing seinen Gedanken nach, Gedanken, so unterschiedlich wie das Meer weit.

Ich töte ihn. Wenn wir an Land sind, töte ich ihn.

Das Ruder in die Hände des Nordmannes geben! So werden wir Clagh Dúibh nie finden, Brude hätte doch Kineth –

Wenn der Rotschopf nicht achtgibt, werde ich mich um sie kümmern müssen.

Ailean. Immer nur Ailean. Einmal nur möchte ich –

Wie ein wildes Tier. Ich habe immer versucht, auf sie achtzugeben, aber seit Heulfryn –

Sie hat den Namen meines Sohnes ausgesprochen, warum? Was weiß sie?

Wenn er Ailean wieder so ansieht, dann –

Drest. Alles war vergessen und begraben, und jetzt ist er wieder da. Werde ich mit dieser Schuld ewig leben müssen?

So rangen widersprüchliche Stimmungen und Worte miteinander und blieben doch unausgesprochen, während die gleichmäßigen Ruderschläge das Schiff weiter über das nächtliche, mondbeschienene Meer trieben.

Es dämmerte bereits, als der Nordmann zu Ailean kam, die am Steuer stand. Er wies mit der Hand nach vorn.

»Land voraus«, sagt er nur.

Ailean sah ihn verständnislos an. Dann erst wurde ihr die Bedeutung seiner Worte klar, sie überließ Egill das Steuer und eilte an die Reling. Auch die anderen fanden sich schnell bei ihr ein.

In der Ferne war eine Bucht zu sehen, dahinter zeichneten sich kaum wahrnehmbar die Umrisse einiger Häuser ab.

Andächtig blickten die Krieger auf das weit entfernte Land – zur alten, sagenumwobenen Heimat, die seit hundert Jahren endlich wieder in Reichweite war. Alle Geschichten fielen ihnen ein, die man sich auf dem Eiland über das Land der Alten erzählt hatte – aber keine Geschichte, und war sie auch noch so eindrucksvoll erzählt, konnte sich mit diesem Augenblick messen.

Dem Augenblick, in dem die Legende zur Wirklichkeit wurde.

Freude und tiefe Ehrfurcht bewegten die Männer und Frauen, aber auch Angst. Die alte Heimat mochte aus dem Nebel der Erzählungen aufgetaucht sein, war *wahrhaftig*, aber sie gehörte nicht mehr ihnen, konnte Rettung oder Tod bedeuten. In Cattburgh hatte der Tod mit den Kriegern noch einmal ein Einsehen gehabt; sie konnten nur beten, dass er sie auch hier verschone.

Doch niemand sprach es aus, jeder verschlang das Bild vor ihm weiterhin stumm mit seinen Blicken. Es schien nicht richtig, den Augenblick mit Worten zu verderben, und noch weniger mit Bedenken, die vielleicht niemals eintreffen würden.

Unen war es, der die Stille schließlich brach. »Hat diese Bucht auch einen Namen, Nordmann?«

»An Cuan Moireach – die Bucht vor Inbhir Nis.« Egill steuerte das Drachenboot von der Küstenlinie weg. Wenn sie das Land sehen konnten, konnten die, die es bewohnten, sie auch sehen. »Ihr habt mir gesagt, dass Comgall von einem Ort sprach, wo das Meer einen Keil ins Land getrieben hat. Hier habt ihr den Keil.«

»Inbhir Nis«, murmelten die Krieger, sichtlich bewegt.

»Ihr kennt diese Siedlung?« Egill war ehrlich erstaunt. »Sie ist nur eine von vielen, eine Handvoll Hütten unter Konstantins Herrschaft, mehr nicht.«

»Eine von vielen?«, fuhr Moirrey den Mann am Steuer wütend an. »Wage es nicht –«

»Schweig«, schnauzte Ailean sie an und wandte sich

Egill zu. »In Inbhir Nis regierte in alten Zeiten König Brude, hier traf er den Mönch Columban, hier stand Craig Phadrig – die Festung auf dem Hügel, von der aus Brude das alte Reich einte.«

»Von einem Brude oder Columban hab ich noch nie gehört.« Egills Stimme hatte einen geringschätzigen Ton angenommen. »Aber im Augenblick zählt nur eins – dass der Wind wieder schwächer wird.« Egill deutete zu den leeren Ruderplätzen. »Ihr solltet euch ranhalten. Sonst –«

»Dort. Am Horizont!«

Sie hörten Brees Ruf.

Sahen zum Horizont, wo ein Segel aufgetaucht war.

Das Segel eines Drachenbootes, das schnell auf sie zukam.

Egill reagierte vor allen anderen. Er deutete Ailean, das Ruder zu übernehmen, dann hechtete er blitzschnell zu den festgezurrten Vorräten und der anderen Ausrüstung, die sie in Cattburgh an Bord genommen hatten. Seine Hände durchwühlten Fässer und Truhen, als er plötzlich herumgerissen wurde.

»Was machst du da, Nordmann?« Unen und Moirrey starrten ihn misstrauisch an.

»Wo ist das Pech?«

»Wozu –«

Egill blickte die beiden finster an. »Das Schiff, das sich uns nähert, ist eines aus der Flotte Erik Blutaxts. Seine Männer verhandeln nicht, sie töten!«

»Woher willst du wissen, was das für ein Schiff ist?« Moirrey glaubte Egill kein Wort.

Der deutete auf das Drachenboot, das bereits ein gutes Stück näher gekommen war. »Siehst du den Bug?«

Moirrey kniff die Augen zusammen. »Ja, da ist ein Querbalken. Sieht aus wie ein Kreuz.«

»Das ist kein Kreuz.«

Die Männer hatten die Waffen gezogen und blickten starr geradeaus. Die Schwerter und Speere in ihren Händen waren bereit, ihrem einzigen Zweck nachzukommen. Über ihnen spannte sich das pralle Segel, das in der Morgensonne blutrot aussah.

Niemand sprach ein Wort. Am wenigsten der Unglückliche, der am Bug an dem Querbalken gekreuzigt war – die Brust aufgeschnitten, die Rippen herausgebogen. Von der Hüfte abwärts hingen nur noch die Reste einer zerfetzten Mönchskutte ins Wasser.

»Wenn sie an Bord kommen, ist das unser Ende.« Egill ballte die Faust. »Es gibt nur eine Möglichkeit – wir dürfen es nicht zum Kampf kommen lassen.«

Kineth wusste, dass der Nordmann recht hatte. »Tut, was er sagt!«

Moirrey schüttelte den Kopf. »Du befiehlst nicht! Und er kann nicht.« Sie deutete auf Caitt, der bewusstlos beim Mast lag.

Bree wollte ihrer Schwester gerade ins Wort fallen, aber Kineth winkte ab. »Der Nordmann hat keinen Grund zu lügen. Er will überleben, wie wir.« Er blickte Egill an. »Oder?«

Der nickte entschlossen. »Darauf kannst du den Arsch deines Erlösers wetten. Vor den ihr übrigens bald treten werdet, wenn wir noch länger warten.«

»Wir haben also keine Wahl.« Kineth sah seine Krieger während der Frage an, aber niemand widersprach. »Was hast du vor?«

»Holt das Pech und alle Pfeile und Bogen, dazu Lappen, die man um die Pfeile wickeln kann. Und macht Feuer. Wir jagen Brandpfeile in sie und fackeln sie ab, bevor sie uns erreicht haben!«

»Du willst Feuer auf einem Schiff machen?« Moirrey sah den Nordmann herausfordernd an.

»Gegen Erik Blutaxt würde ich unser Schiff sogar abfackeln«, erwiderte Egill wütend. »Und jetzt beweg endlich deinen Arsch, Weib!«

Hallgrim, der Befehlshaber des Drachenbootes, stand neben dem Steuermann. Er war ein Bär von einem Mann, das rabenschwarze Haar lag fächerförmig über dem Wolfspelz, den er um die Schultern trug.

Als er sah, dass das andere Schiff keine Anstalten machte, sein Segel zu hissen und die Flucht zu ergreifen, verzog sich sein Mund zu einem spöttischen Grinsen. Die feige Bande glaubte offenbar, sich freikaufen zu können, dachte Hallgrim.

Sein Blick fiel zum Vordersteven, an den sie bei der Abfahrt den Mönch gekreuzigt hatten.

Frei werdet ihr in der Tat bald sein. Aber anders, als ihr es euch vorstellt.

Kineth, Bree und die anderen Bogenschützen schnitten in rasender Eile Tücher in Streifen. Sie umhüllten damit ihre Pfeile und tauchten einen nach dem anderen in den eisernen Topf mit dem Pech, das ihnen Giric für etwaige Ausbesserungen am Schiff mitgegeben hatte.

Elpin, der als der Geschickteste beim Feuermachen galt, schlug über einer flachen Tonschale das Feuereisen gegen den Feuerstein. Funken fielen auf den Zunderschwamm, der seinerseits Stroh und Holzspäne entzünden sollte – es aber nicht tat.

Elpin fluchte lautlos.

»Das muss schneller gehen«, drängte Egill und blickte dabei auf das feindliche Drachenboot, das immer näher kam.

»Ich tu, was ich kann«, stieß Elpin zwischen zusammengepressten Lippen hervor und schlug weiter Eisen gegen Stein.

Hallgrim hob die Hand. Seine Bogenschützen nockten ihre Pfeile ein, spannten und hoben die Bögen.

Endlich glomm der Zunderschwamm, Stroh und Späne fingen Feuer.

Elpin schloss erleichtert die Augen.

Moirrey und Dànaidh hielten ihre Schilder über das Feuer, um den Lichtschein zu verbergen. Eine heftige Welle prallte seitwärts gegen das Boot, Dànaidh taumelte, sein Schild verrutschte. Er fluchte und brachte den Schild wieder in Position.

Hallgrim stutzte. Für einen Augenblick war es ihm so vorgekommen, als ob er den Funken eines Feuers auf dem anderen Schiff gesehen hatte. Aber dann verwarf er den Gedanken. Kein Nordmann entzündete ein Feuer auf seinem Schiff, nicht einmal wenn es so jämmerlich war wie das vor ihnen.

Seine Hand verharrte in der Luft.

Das Feuer in der Tonschale brannte. Kineth und die anderen hatten die Pfeile vorbereitet, der Topf mit dem Pech war leer. Alle blickten zu Egill, der regungslos neben Ailean stand und das näher kommende Schiff beobachtete. In wenigen Augenblicken würde das Drachenboot in Schussweite sein.

»Sie sind fast da«, flüsterte Flòraidh.

Egill schüttelte den Kopf. »Sie sind noch zu weit weg, da verlöschen die Pfeile im Flug. Wartet auf halbe Schussweite, dann entzündet die Pfeile und feuert auf die Segel. Die nächste Salve dann auf die Männer. Und jetzt duckt euch!«

Hallgrims Hand fuhr herab. Ein Pfeilhagel stieg in die Lüfte.

»Schildwall!«, brüllte Kineth.

Jeder ging unter seinem Schild in Deckung, die gegnerischen Pfeile bohrten sich in die Schilde, gingen daneben – oder fanden ihr Ziel: Kinon und Torcall fielen leblos auf die Planken.

Hallgrim war fast enttäuscht.
Viel zu leicht.

Wieder hob er die Hand, seine Schützen spannten erneut ihre Bogen.

»Jetzt!«, brüllte Egill.
In rasender Eile entzündeten die Krieger ihre Brandpfeile, legten an und schossen. Die brennenden Pfeile stiegen einem Funkenregen gleich in den Himmel und fuhren in Segel und Deck des angreifenden Schiffes.

Hallgrim traute seinen Augen nicht, auch seine Männer waren wie erstarrt. Immer mehr Brandpfeile bohrten sich in sein Schiff, das Feuer verbreitete sich mit unheimlicher Schnelligkeit.
Dann fing er sich wieder. »Holt Wasser, ihr Hunde! Los!«
Die Männer gehorchten und versuchten, den Befehl auszuführen, aber weitere Pfeile hagelten auf sie herab und lichteten erbarmungslos ihre Reihen.

Es war ein erschreckendes Schauspiel, das sich den Kriegern bot: Nur einen Speerwurf entfernt brannten das Schiff und seine Besatzung lichterloh. Das Prasseln des Feuers war überdeutlich zu hören, Todesschreie gellten herüber. Wer konnte, sprang über Bord und wurde so zur leichten Beute von Flòraidh und Moirrey, die mit jedem Schuss einen weiteren Nordmann in den nassen Abgrund jagten.
Ailean sah Egill an. »So also kämpfen Nordmänner.«
»Ich kämpfe, um zu überleben«, fuhr Egill sie an. »Und erzählt mir nicht, dass ihr dieses Schiff, egal wo ihr es herhabt, im ehrlichen Kampf Mann gegen Mann gewon-

nen habt.« Der Nordmann gab Kineth ein Zeichen. »Lass das Segel hissen!«

»Sollen wir sie entkommen lassen?« Moirrey blickte zornig auf das grausame Spektakel, den gespannten Bogen immer noch in der Hand.

»Tun wir nicht«, entgegnete Egill. »Ihr Schiff wird abbrennen, die Überlebenden werden ersaufen oder von Ráns Helfern erledigt. Der Fisch, der Kineth angegriffen hat, war nicht der einzige in diesen Gewässern.«

Hallgrim sah sein Schiff brennen, die Planken unter ihm bersten und das Wasser eindringen. Und er sah seine Männer sterben, während das gegnerische Schiff Segel setzte und langsam Fahrt aufnahm. Er brüllte in Agonie, ergriff den Speer, der zu seinen Füßen lag. Dessen Spitze und auch der Schaft waren durch das Feuer heiß, aber Hallgrim spürte den Schmerz nicht, er spürte nur den Hass auf diese Teufel, die ihn so hinterhältig überrascht hatten. Hass und seinen vernichteten Stolz, der sich noch einmal aufbäumte.

Er holte mächtig aus und schleuderte den Speer dem Schiff nach.

Niemand sah den Speer oder hörte das Zischen in der Luft. Die Waffe bohrte sich in Aileans Schulter und riss sie zu Boden.

Mit Genugtuung sah Hallgrim, dass er getroffen hatte.
Schmor in Hels Abgründen, du Hure!
Dann brach der Rumpf seines Schiffs und riss ihn und den Rest seiner Männer in den Tod hinab.

Blitze zuckten hinter den Hügeln, tauchten die versteckte Bucht und die tosende Brandung in ein unwirkliches Licht.

Sie lauschte, aber es war kein Donner zu hören, das Gewitter war noch zu weit entfernt. Nur das stumme, gleißende Licht blitzte unablässig auf und erlosch wieder.

Es war ein seltsam heißer Tag gewesen, gelbliche, schwere Luft hatte von morgens bis abends über allem gelegen. Viele hatten sich darüber gewundert und nicht wenige sich bekreuzigt.

Sie nicht.

Sie fand, dass es gut zu dem passte, was kommen würde. Und so lag sie hier, auf der Decke in der Bucht, während die Wellen immer wieder an die Küste schlugen, sodass sie die Erschütterungen unter ihrem nackten Körper förmlich spürte.

Wo bist du, Geliebter?

Sie spürte das Ziehen in ihren Lenden, ihre Hand fuhr wie von selbst zu ihren vollen Brüsten, rieb sanft ihre Brustwarzen, und glitten dann weiter hinab, zwischen ihre Beine, wo sie ihre empfindliche Stelle liebkoste. Sie dachte an seinen muskulösen Körper, seinen starken Willen, der sich niemandem beugte, und natürlich an seinen Schwanz, von dem die Frauen, die ihn genossen hatten, mit Ehrfurcht sprachen, und alle anderen mit Neugier oder Neid.

Sie schloss die Augen, rieb fester, fühlte die Lust in Wellen durch ihren Körper rollen.

Heute war die Gelegenheit, heute war das Fest, nur sie beide würden nicht dabei sein. Sie würden hier sein und sich endlich lieben, während die Brandung an die Küste schlug und warmer Sommerregen auf sie niederging ...

Auf einmal fühlte sie, dass jemand über ihr stand. Sie öffnete die Augen.

Er grinste auf sie herab, war ebenfalls nackt.

Sie fühlte eine erregende Mischung aus Lust und Angst, grinste zurück und öffnete wortlos ihre Arme.

Er legte sich zu ihr und umarmte sie. Seine Küsse brannten wie Feuer auf ihrer Haut. Sie griff hinab und führte sein steifes Glied in sich hinein. Sofort fing er an, sich auf und ab zu bewegen, zuerst sanft, dann mit immer kraftvolleren Stößen. Sie stöhnte auf, fühlte ihn in sich, heiß und prall. Sie schloss die Augen und schrie ihre Lust hinaus, immer und immer wieder ...

Dann – das erste Donnergrollen.

Sie spürte dicke, warme Tropfen auf ihrer Stirn. Instinktiv wischte sie darüber, aber es fühlte sich nicht an wie Regentropfen. Sie öffnete die Augen –

– und sah den Schnitt in seinem Hals, aus dem das Blut erst langsam, dann immer schneller sprudelte.

Sah sein bleiches Gesicht, die silbrigen, toten Augen, das starre Grinsen.

Sah schattenhafte Gestalten, die im Kreis um sie herumstanden, hörte die Stimme ihres Vaters »*Tod! Das Urteil lautet Tod durch Erdrosseln!*«, spürte, wie ihr Geliebter sie weiter nahm, während sie immer tiefer in Blut getaucht wurde, sie schrie und schrie und –

»Ailean! Beruhige dich!«

Drest. Allmächtiger, Drest!

Ailean warf sich herum, schrie weiter, konnte nicht aufhören.

Es tut mir so leid!

Dann hörte sie das Klatschen einer Ohrfeige. Fühlte das Brennen auf ihrer Wange, das sie wieder in die Wirklichkeit zurückriss.

»Es war nur ein Traum!«

Sie öffnete die Augen. Kineth und Caitt knieten über ihr, hinter ihnen standen Flòraidh, die Breemallys und Dànaidh.

Langsam kehrte die Erinnerung zurück: Sie war nicht in der Bucht, sie war auf dem Schiff, das feindliche Drachenboot hatte sie angegriffen, und –

Ailean zuckte unwillkürlich zusammen, ein Schmerz fuhr ihr durch die rechte Schulter. Sie brannte wie Feuer. Erst jetzt bemerkte sie, dass die Schulter mit einem dicken, wollenen Tuch verbunden war. Sie verzog das Gesicht.

Kineth wollte aufstehen und ihr etwas zu trinken holen, aber Flòraidh war schneller. Sie trat rasch vor, hob Aileans Kopf und hielt ihr einen ledernen Trinkschlauch an die Lippen.

Das kalte Ale floss Aileans Kehle hinab und verdrängte für einen Moment den Schmerz. Sie war Flòraidh dankbar, aber noch mehr Giric, der ihnen die Vorratskammern der Festung geöffnet hatte.

Dann hörte sie auf zu trinken und wischte sich über den Mund. Flòraidh nahm den fast leeren Schlauch zurück.

»Was ist geschehen?« Ailean betastete das Tuch an

ihrer Schulter, es saß straff und war sauber angelegt. Allerdings zeichneten sich bereits dunkle Blutflecken darauf ab, und wie es sein würde, das grobe, vollgesogene Tuch bei einem Wechsel des Verbands von der Wunde zu reißen, daran mochte sie gar nicht denken.

»Ein Abschiedsgeschenk der Männer von Erik Blutaxt«, sagte Kineth, »aber –«

»Aber du hast Glück gehabt«, unterbrach ihn Caitt. Seine Stimme klang selbstbewusst, seine Wangen hatten wieder eine gesunde Farbe. Nichts erinnerte mehr daran, dass er dem Tod nur um Haaresbreite entkommen war. »Der Speer muss im Feuer gelegen haben, er war so heiß, dass wir ihn kaum herausziehen konnten. Die Hitze hat die Wunde jedoch ausgebrannt.«

»Glück...« Sie schüttelte den Kopf, was ihr augenblicklich Schwindel und Kopfschmerzen bescherte.

»Ja, Glück, im Gegensatz zu Kinon und Torcall.«

Ailean bemerkte erst jetzt die beiden länglichen, in Tuch eingewickelten Bündel nahe des Bugs. Und dass Dànaidhs Bein verbunden war, so wie ihre Schulter. Sie wollte sich aufrichten, aber der Schmerz ließ sie zusammenzucken. Sie sank zurück. »Ich muss das Schiff steuern.«

»Das übernimmt Egill«, sagte Caitt, zögerte und strich ihr dann kurz über die Wange. »Ruh dich aus.«

Ailean wusste nicht, was sie mehr irritierte: dass ihr Bruder sich verständnisvoll gab oder dass der reißende Schmerz mittlerweile von der Schulter auf ihren ganzen Körper ausstrahlte.

»Er hat recht«, sagte Egill. »Mach dir keine Sorgen und schone dich.« Er überlegte einen Augenblick. »Du hast mehrmals *Drest* geschrien, bevor du aufgewacht bist. Sagt dir das etwas?«

Die anderen sahen Dànaidh verstohlen an, aber das Gesicht des Schmieds zeigte keine Regung.

Ailean standen mit einem Mal wieder die Bilder ihres Traums vor Augen.

Blut auf ihrem Körper, das Blut eines Toten, den sie auf dem Gewissen hatte –

»Er war jemand, den ich einst kannte.« Sie ließ den Kopf zurücksinken. »Er ist tot«, sagte sie und schloss die Augen.

Die Steine der einsamen Küste vor ihnen waren über und über mit Algen bedeckt, die dem Gestein eine abwechselnd smaragdgrüne und schwarze Farbe verliehen, so intensiv, dass sie wie Edelsteine in der Sonne funkelten.

»Es ist wunderschön.« Bree sprach aus, was alle dachten.

»Schön aber gefährlich. Die Steine sind wegen der Algen so rutschig, dass man sich schneller ein Bein bricht, als man fluchen kann. Also passt gut auf.« Egill blickte zu Moirrey. »Besonders du.«

Diese stieß einen kurzen Pfiff aus und machte damit klar, was sie von den Ratschlägen des Nordmannes hielt.

Egill zuckte mit den Schultern und steckte sein Schwert in die Scheide. Dann schulterte er sein Bündel mit Vorräten, packte den Speer, der zu seinen Füßen lag, und war bereit, am Bugseil hinabzuklettern.

Die anderen taten es ihm gleich.

Das Schiff lag nahe einer majestätischen Felsformation vor Anker, einige Dutzend Schritte vom Ufer entfernt. Die letzten Schritte würden die Krieger durchs Wasser waten müssen.

Caitt blickte sich um. Die Sonne stand am Himmel, ein frischer Wind wehte vom Meer herein. Die allgegenwärtigen Möwen krächzten, aber diese waren schon die einzigen Anzeichen von Leben, denn weit und breit war keine Spur von Menschen oder einer Ansiedlung zu sehen. »Und du denkst, dass dieser Ort sicher ist, Nordmann?«

Egill lachte kurz auf. »Sicher? Es gibt keinen sicheren Ort auf dieser Welt. Nur solche, an denen man länger überlebt als an anderen. Aber wenn du meinst, dass es ein geeigneter Platz ist, um die Suche nach eurem Schwarzen Stein zu beginnen, dann kann ich sagen – ja!« Er deutete auf die riesigen Felsen. »Diese Brocken verbergen unser Schiff, sodass wir es nicht bewachen müssen. Wir sind weit genug von Inbhir Nis entfernt, damit uns niemand sieht, und doch nahe genug, um die Spur des Steins aufzunehmen.«

Caitt runzelte die Stirn, ihm war nicht wohl bei dem Gedanken, das Schiff zurückzulassen. »Fünf Mann bleiben hier und halten Wache! Mehr können wir nicht entbehren.«

Egill schüttelte den Kopf. »Man braucht mindestens zehn Mann, um dieses Schiff aus der Bucht zu navigieren, geschweige denn es auf See zu halten. Wenn Gefahr droht, sind fünf zu wenig.«

»Er hat recht«, mischte Kineth sich ein. »Wir sind auf feindlichem Boden, jede Waffe und jede Hand, die sie führt, zählt. Lass nur einen Mann zurück, der neugierige Kinder verscheucht, so es hier welche gibt, der Rest soll mit uns kommen.«

In Caitt sträubte sich alles. Seine Befehle wurden hinterfragt, schlimmer noch – die anderen hatten recht. Sie waren zu wenige, um den offenen Kampf zu suchen, aber bei Weitem zu viele, um sich zu verbergen.

Kineth packte ihn grob am Arm. »Die Suche nach dem Grab wird uns alles abverlangen. Was glaubst du wird geschehen, wenn der Herrscher dieses Landes herausfindet, dass feindliche Krieger aufgetaucht sind?«

»Verdammt noch mal, glaubst du, das weiß ich nicht selbst?« Caitt riss sich los und trat einige Schritte zurück, sodass er alle im Blick hatte.

»Warum zögerst du dann? Ist es tatsächlich so schwer für dich, über deinen –«

»Genug!«

Es war Unen, der gesprochen hatte. Alle wandten sich dem riesigen Krieger zu, der mit gezücktem Schwert dastand.

»Mathan –«, begann Kineth.

»Ich sagte genug!«

Kineth verstummte.

Unen zeigte mit der Spitze seines Schwertes auf Caitt. »Du bist unser Anführer. Also führe, verdammt nochmal.« Dann zeigte er auf Kineth. »Und du folge gefälligst deinem Anführer!« Er ließ das Schwert sinken. »Wir sind eine Gemeinschaft, ausgewählt von Brude, Sohn des Wredech. Wir finden Clagh Dúibh, wir finden das Grab. Und dann kehren wir zurück, ob mit diesem Schiff oder einem anderen!«

Gut gesprochen, Mathan, dachte Kineth. *Auch wenn du damit dem Nordmann das Ziel unserer Suche verraten hast.*

»Und wer auch immer unser Vorhaben gefährdet«, fuhr Unen fort, »den spieße ich eigenhändig mit meinem Schwert auf! Hat mich ein jeder verstanden?«

Die Krieger blickten ihn stumm an.

»Bei deiner Stimme verstehen dich noch die Romani in ihren Gräbern«, sagte Elpin schließlich trocken.

Einige lachten, die Stimmung entspannte sich etwas.

Unen konnte sich ein Grinsen nicht verkneifen und schob das Schwert in die Scheide zurück. »Nun denn, Sohn des Brude – wie entscheidest du dich?«

Caitt zögerte erneut. Er wusste, dass er in der Falle saß. Entschied er gegen Kineth, würde Unen vielleicht noch einmal eingreifen. Und nicht nur Unen – die Gesichter der anderen machten deutlich, wie sie über die Sache dachten. Entschied er aber für das, was Kineth vorgeschlagen hatte, verlor er in den Augen der Krieger an Glaubwürdigkeit. Denn auch wenn er es nie eingestehen würde, so wusste Caitt doch tief in seinem Inneren über seine Unzulänglichkeiten als Anführer.

Was willst du sein? Geliebt oder gefürchtet?

Ailean hatte sie durch den Sturm gebracht, Bree hatte Comgall getötet, Kineth hatte ihn vor dem Ertrinken gerettet. Und der verdammte Nordmann hatte sie so gut wie kampflos gegen die Männer Erik Blutaxts siegen lassen.

Dann tu, was du jetzt tun musst, aber handle weise.

Schließlich gab sich Caitt einen Ruck. »Bevor wir losziehen, lasst mich noch eins sagen!« Er fasste Kineth an den Schultern. »Ich danke dir, dass du dein Leben aufs Spiel gesetzt hast, um mich zu retten, mein Bruder.« Er umarmte den überrumpelten Kineth und drückte ihn an sich. Dieser erwiderte nach kurzem Zögern die Geste.

Unen warf Dànaidh einen unsicheren Blick zu, aber der war ebenso verdutzt wie er selbst.

Caitt löste sich von seinem Stiefbruder. »Und du hast recht: Ein Mann bleibt zurück. Die anderen gehen an Land.«

In diesem Moment änderte sich etwas, unmerklich, aber doch wahrnehmbar: Zwischen dem Anführer und seinen Kriegern stellte sich eine Verbundenheit her, vielleicht das erste Mal, seit Brude seine Entscheidung getroffen hatte. Es war keine tiefe Verbundenheit, denn Menschen ändern sich nicht innerhalb weniger Augenblicke. Aber die Männer und Frauen spürten, dass Caitt es ernst meinte, und wenn sie ihn auch nicht liebten, so respektierten sie ihn doch für seine Entscheidung, seinem Bruder zu danken und sich selbst zurückzustellen.

Nur Egill beobachtete die beiden misstrauisch. Entweder hatte der Mann aufgrund seines beinahe eingetretenen Todes eine Kehrtwendung gemacht und endlich Einsicht erlangt, oder er war verschlagener, als es ihm der Nordmann je zugetraut hätte.

Er selbst tippte auf Letzteres. Und beschloss, den Anführer dieser seltsamen Krieger noch mehr als bisher im Auge zu behalten.

Die sieben Männer, die Iona im Auftrag von Brude ausgewählt hatte, waren bereits seit Stunden unterwegs. Der Himmel war grau, der kalte Wind biss ihnen in die Knochen. Aber sie murrten nicht und gingen stetig weiter, denn sie wussten, was auf dem Spiel stand.

Balloch führte sie an, aber auch nur, weil er sich auf dem Eiland am besten auskannte. Vom Gemüt her glich er einem alten, gereizten Walross, und er war unfähig, mit anderen Menschen länger als einen Speerwurf auszukommen. Doch seine Ortskenntnis war unübertroffen, und trotz seines Alters war er zäh wie Leder.

Das Bachbett wurde schmaler und unwegsamer, seit die Männer die Hügel verlassen hatten und sich den Bergen näherten.

Brion keuchte, und wenn Tyree, sein älterer Bruder, ihn nicht gestützt hätte, wäre er wohl an Ort und Stelle vor Erschöpfung zu Boden gestürzt und liegen geblieben. Tyree überlegte, ob ihre Mutter recht gehabt hatte, als sie sie nicht mitgehen lassen wollte, aber es war keine Frage des Wollens gewesen. Sie waren die Söhne des Òrd, sie waren kräftig. Wenn sie die Neunundvierzig schon nicht begleiten durften, dann mussten sie wenigstens jetzt ihren Mann stehen. Also hatten sie sich gegen ihre Mutter durchgesetzt, und sie würden herausfinden, warum die Quelle versiegt war, koste es, was es wolle. So einfach versiegte eine Quelle schließlich nicht, egal, was der verrückte Priester behauptete.

Lass das Mutter hören. Sie hängt dich an deinem Gemächt auf.

Tyree lächelte grimmig. Gràinne war Beacán fast hörig, aber ihre beiden Söhne hatten es sich abgewöhnt, etwas zu sagen. Auch Dànaidh hatte dazu immer geschwiegen, und der musste es ja wissen.

Seitdem das Schiff abgelegt hatte, wurde allen im Dorf immer mehr bewusst, wie beschwerlich ihre Lage tatsächlich war. Viele der Frauen mussten sich nun nicht nur um die Familie kümmern, sie mussten auch für Mensch und Vieh Wasser vom Fluss zum Dorf schleppen, eine Tätigkeit, die kräfteraubend war und anderen Dingen, die es zu tun galt, die Zeit stahl. Der Mangel an Arbeitskraft wurde von Tag zu Tag spürbarer, er zeichnete sich tief in die Gesichter der Menschen ein.

Die Männer stiegen das Geröll entlang des ausgetrockneten Baches hinauf. In der Ferne sahen sie das Eis, das die Mitte des Eilands bedeckte. Oftmals leuchtete es in beeindruckender Schönheit, strahlend weiß vor einem eisblauen Himmel, aber heute nicht. Heute machte es einen grauen und schmutzigen Eindruck, und das passte dazu, wie Tyree sich fühlte.

»Na los, ihr Tölpel. Muss ich schon wieder auf euch warten?« Balloch war mit den anderen stehen geblieben und blickte zu den beiden Brüdern zurück. »Vom Beten und Knien bekommt man keine Muskeln. Eure Mutter sollte euch mehr auf die Jagd schicken.«

Tyree knirschte mit den Zähnen, entgegnete aber nichts. Er packte Brion bei der Schulter und zog ihn weiter mit sich.

Balloch schnäuzte sich in die Hand und ging weiter.

Die anderen folgten ihm und stolperten fluchend das Geröll hinauf.

Plötzlich blieb der Alte wie angewurzelt stehen. Der Rest der Männer schloss zu ihm auf, Brion fiel schwer atmend zu Boden. Alle starrten dahin, wohin Balloch stumm zeigte.

Es war eine Art Spalt im Felsen, das Gestein glatt und rund geschliffen – ohne Zweifel die Stelle, aus der die Quelle seit Urzeiten gesprudelt war. Der Spalt war unversehrt, kein Geäst oder Erde, die ihn verstopfte, kein Geröll, das ihn blockierte. Und doch gab es keine Spur einer Quelle oder eines Baches, nicht das kleinste Rinnsal.

Tyree schluckte. Das hieß, die Quelle war ohne Grund versiegt. Außer Beacán hatte recht, und sie hatten den Zorn Gottes auf sich geladen – immerhin war Brude plötzlich krank geworden und die alte Mòrag kurz darauf in ihrer Hütte verbrannt, als habe Gott ihnen ein flammendes Zeichen gesandt. Der Herr habe Schwefel regnen lassen, so hatte Beacán es ausgedrückt.

Andererseits reichten die Vorräte noch eine Zeit lang, und der Fluss in ihrer Nähe war ebenfalls noch da. Aber auch er konnte versiegen, und irgendwie hatten die sieben Männer das Gefühl, dass dies bald eintreffen würde.

Gott steh uns bei, dachte Tyree. *Und er stehe den Neunundvierzig bei, denn ohne sie sind wir verloren.*

Das Moor bedeckte die Ebene, soweit das Auge reichte. Nur im Süden, kaum erkennbar, ragten Berge in den grauen Himmel.

Bräunlich-gelbes Gras verbarg fauligen Schlamm, der jeden, der hineingeriet, gierig in die Tiefe zog. Doch es war lange her, dass das Moor ein Opfer gefordert hatte, denn die Gegend wurde allgemein gemieden. Ob Soldat oder Bauer, König oder Strauchdieb – niemand setzte sich freiwillig der Gottlosigkeit dieses Ortes aus, und noch weniger den Geistern derer, die ihn einst verflucht hatten.

Nur die Höllenotter, die sich gewandt durch das dichte Gras schlängelte, nahm den kürzesten Weg, um das Moor zu durchqueren. Sie wich dem Schlamm und den übel riechenden Wasserlöchern nicht aus und hielt eine fast gerade Linie ein, deren Ziel die Berge in der Ferne waren.

An einer Stelle musste jedoch auch die Schlange einen Umweg in Kauf nehmen, und das war, als sie die Mitte des Moores kreuzte. Hier schlug sie einen weiten Bogen, der sie um die eingesunkenen Steinquader führte.

Und um den riesigen schwarzen Stein, der in ihrem Zentrum lag.

Der Stein war umgestürzt, die eingemeißelten Zeichen auf der schwarzen Oberfläche blickten zu den Wolken empor, die sich über der weiten Ebene zusammenballten und wieder auseinandertrieben.

Die Höllenotter glitt weiter gen Süden. Die Grasfläche schloss sich hinter ihr, der schwarze Stein blieb in der Öde des verlassenen Moores zurück.

Clagh Dúibh

Elpin blickte über die Hügel, die sich im Zwielicht verloren. Es war noch nicht lange nach Mittag, aber die Wolken, die den Himmel bedeckten, waren pechschwarz und verliehen der menschenleeren Landschaft eine düstere Stimmung. Der Gegensatz zur Küste und ihren prächtigen Klippen war niederschmetternd, und das erhebende Gefühl, das Elpin empfunden hatte, als er das sagenumwobene Land der Alten zum ersten Mal gesehen hatte, war verschwunden.

»Schöne Rückkehr.« Er spuckte zu Boden. »Hieß es nicht immer, dass die Ahnen durch Eichenwälder voller Wild streiften? In denen Quellen gluckerten und prächtig verzierte Steine sich aus dem kühlen Moos erhoben?«

»Man soll eben nicht alles glauben, was erzählt wird«, brummte Unen.

Elpin machte ein verdrießliches Gesicht. »Aber ein wenig könnte ruhig wahr sein.«

»Dann lass dir sagen: Das hier –«, der Mann der Garde deutete auf das Hügelmeer, »mag die Heimat sein. Aber noch haben wir nichts getan, damit sie uns willkommen heißt. Noch ist sie nur ein Schlachtfeld, auf dem es zu bestehen gilt – der Tag, an dem sie wieder unser sein wird, liegt in weiter Ferne. Also vergiss die alten Geschichten.«

Elpin zuckte mit den Schultern. Er verstand, was Unen ihm sagte, aber das verbesserte seine schlechte Laune nicht.

Die beiden Männer standen etwas abseits der anderen, die eine kurze Rast machten. Die Rast geschah nicht, weil sie notwendig war, sondern weil sie Rücksicht auf Ailean nehmen wollten. Natürlich war diese bemüht, sich nichts anmerken zu lassen. Schon an der Küste hatte sie den Vorschlag von Caitt, mit dem jungen Goraidh beim Schiff zu bleiben, so entschieden zurückgewiesen, dass niemand zu widersprechen wagte.

Aber sie litt – zwar stumm, doch es war offensichtlich, dass sie nicht mehr lange durchhalten würde. Das totenblasse Gesicht, durch das sich tiefe Falten zogen, die unnatürlich glänzenden Augen und die klauengleichen Hände, die sich verkrampften und wieder entspannten, sprachen Bände.

»Im Augenblick sehe ich kein Schlachtfeld und nicht viele Gegner. Eigentlich nur einen.« Elpin neigte seinen Kopf unmerklich in Richtung Egill, der neben Ailean und Kineth saß und etwas getrocknetes Fleisch zu sich nahm. Hinter ihnen stand Caitt, der einen großen Schluck aus seinem Trinkschlauch nahm.

Unen blickte nachdenklich zu den vieren. »Um den Nordmann mache ich mir keine Sorgen.«

»Traust du ihm?«, fragte Elpin erstaunt.

»Er hat sich bewährt. Das ist mehr, als man von anderen sagen kann, egal, was sie einem versprechen.«

Ailean fühlte sich so elend wie noch nie in ihrem Leben. Ihre verwundete Schulter brannte, ihr Körper brannte, alles brannte. Sogar ihr Mund, wie viel sie auch trank. Aber sie durfte nicht aufgeben, zu viel stand auf dem Spiel.

Seltsam, dachte sie. Der Auftrag, die Prophezeiung, die Männer, Frauen und Kinder, die auf dem Eiland zurückgeblieben waren – all das war, seit sie aufgebrochen waren, immer wieder in den Hintergrund gerückt. Sie waren so damit beschäftigt gewesen zu überleben, dass sie an wenig anderes gedacht hatten. Aber jetzt, am Boden der alten Heimat, war das Ziel klarer und drängender denn je. Die Quelle auf dem Eiland war versiegt, und sie konnten nur beten, dass es der Fluss ihr nicht gleichtun würde. Ebenso würden die Vorräte langsam, aber sicher weniger werden. Ailean vertraute ihrem Vater, dass er das Dorf und die seinen unter Kontrolle hatte, aber auch er würde einem Ansturm aus Hunger und Verzweiflung nichts entgegenzusetzen haben. Auch Brude, Sohn des Wredech nicht.

Wieder durchbohrte sie ein stechender Schmerz, der bis in die Haarwurzeln ausstrahlte. Sie atmete heftig ein und aus, dann biss sie die Zähne zusammen und wurde wieder ruhiger.

»Du bist stark. Aber du bist nur ein Mensch, und wie jeder verwundete Mensch brauchst du einen frischen Verband und Heilkräuter.« Egill stand auf und sah sich um.

»Haben wir aber nicht«, entgegnete Ailean knapp.

Kineth deutete auf das blutige Tuch auf Aileans Schulter. »Wenn ich mir das so ansehe, dann sollten wir –«

»Nein, sollten wir nicht! Es gibt Wichtigeres zu tun, verdammt noch mal!« Ihre Stimme war schrill, aber sie konnte nichts dagegen tun. Der Zorn, geboren aus Schmerz, hatte sie wie eine Woge überrollt.

Alle anderen verstummten. Caitt musterte seine

Schwester, wandte sich dann mit leiser Stimme an den Nordmann. »Hast du eine Ahnung, wo das nächste Dorf liegt?«

Egill zuckte mit den Schultern. »Ist nicht meine Heimat.«

Caitt fühlte Wut in sich aufsteigen, aber er unterdrückte sie.

Handle weise.

»Das wissen wir alle. Bis hierher sind wir den Steinen gefolgt, wie du gesagt hast.« Egill hatte ihnen, gleich nachdem sie das Schiff verlassen hatten, erzählt, dass es hier keine Straßen wie in Britannien gab, die die Romani hinterlassen hatten. Hier im Hinterland orientierten sich die Bewohner an Wegmarken, meist kleine Steinhaufen, die allerdings oft sehr weit auseinander lagen oder von Wegelagerern entfernt wurden, um mögliche Opfer in die Irre zu führen. »Aber wir haben noch keine Menschenseele getroffen, und das müssen wir, wenn wir erfahren wollen, wo der Schwarze Stein ist. Und wir brauchen Heilkräuter für meine Schwester. Also –«, er visierte den Nordmann mit durchdringendem Blick an. »Was würde einer wie du, der viele Länder befahren hat, tun?«

Egill steckte den Trinkschlauch wieder in den Beutel, den er trug. »Einer wie ich würde weiterhin den Steinen folgen und nicht alles infrage stellen.« Er deutete auf die kleinen Steinhaufen vor ihnen, die sich in unregelmäßigen Abständen durch das Gras abzeichneten. »Sie führen früher oder später zu einem Dorf.«

»Gut, dann brechen wir wieder auf. Schaffst du es?« Caitt hielt Ailean die Hand hin.

Diese stand wortlos auf und folgte dem Nordmann,

der bereits in Richtung der nächsten Wegmarken davongegangen war.

Die Krieger marschierten in schnellem Schritt durch das knöchelhohe Gras. Sie marschierten über den Boden der alten Heimat, und sie marschierten ins Landesinnere – die Letzten der Ihren waren damals aus eben diesem Landesinneren zur Küste geflohen. Dieser Gedanke tat den Männern und Frauen gut, auch wenn er es nicht schaffte, die Sorge um die Daheimgebliebenen zu vertreiben.

Kineth, der neben Egill ging, blickte argwöhnisch in den Himmel, wo der Sturm lauerte. »Er hängt über diesem Land, bricht aber nicht los. Es kommt mir vor, als würde er auf etwas warten.«

Als Egill diese Worte hörte, stand ihm mit einem Mal der Broch vor Augen, bei dem er und seine Leute gelagert und gefeiert hatten, und er erinnerte sich daran, was er Bjorn gesagt hatte.

Der Krieg in Britannien wird kommen. Und dann werden wir Odins Hallen füllen, wie noch niemand vor uns.

Egill grinste. »Wenn du wüsstest, wie recht du hast.«
»Worauf willst du hinaus?«

Der Nordmann spuckte aus. »Du bist genauso neugierig wie deine Schwester.«

»Ailean ist nicht meine Schwester.«

Egill schwieg, aber Kineth spürte die unausgesprochene Frage und fuhr fort. »Ihr Vater nahm mich als seinen Sohn auf, als mein Vater starb. Wir sind also nicht blutsverwandt.«

Egill strich sich durch den Bart. »Ah ja. Das erklärt

deinen finsteren Blick, als ich an Bord des Schiffes länger mit ihr gesprochen habe.«

»Schwachsinn.« Kineth war verärgert und gleichzeitig erstaunt, dass dem Nordmann nichts zu entgehen schien.

»Wer herrschen will, sollte auf alles achten, und ich habe geherrscht. Ich achtete darauf, wer wen töten will, und ich achtete darauf, wer wen ficken will. Lass sie töten, lass sie ficken, gib ihnen gerade genug zu fressen«, Egill hielt drei Finger hoch, »dann herrschst du über alles und jeden bis zum Ragnarök. Das hat schon mein Vater gesagt.«

Kineth wischte sich Haarsträhnen aus dem verschwitzten Gesicht und lachte. »Ein weiser Mann.«

»Sehr weise, in der Tat.« Der Nordmann machte eine kurze Pause. »Aber leider nicht sehr beherrscht. Als ich ein Kind war, spielten wir einmal ein Ballspiel, er und ich. Aber aus irgendeinem Grund war er an diesem Tag nicht sonderlich bei der Sache, ganz im Gegensatz zu mir. Ich wollte nicht nur gewinnen, ich wollte ihn vernichten. Er verlor mit großem Abstand, und ich hatte nichts Besseres zu tun, als es ihm immer und immer wieder unter die Nase zu reiben. Schließlich platzte ihm die Geduld.«

»Er hat dich verprügelt?«

Egill schnalzte mit der Zunge. »Er wollte mich töten.«

Kineth war überrascht, schwieg aber.

»Eine unserer Mägde ging im letzten Augenblick dazwischen und rettete mich«, fuhr Egill fort. »Also tötete er sie.«

Kineth dachte an seinen eigenen Vater, der sich für ihn geopfert hatte, und den er nur gütig in Erinnerung hatte.

Vielleicht war es diese Erinnerung, die dazu führte, dass er mit dem Nordmann mitfühlte und ihm nun offenbarte, was ihm schon länger auf der Seele lag. »Ich glaube, dass du ein aufrechter Mann bist, Egill Skalagrimsson.« Er zögerte. »Daher sage ich dir, dass es mir ehrlich leidtut um deine Männer. Auch wenn sie unsere Feinde waren, verdient doch niemand solch ein ehrloses Schicksal.«

»Was geschehen ist, ist geschehen. Ich werde damit leben und mich ihnen stellen, wenn ich sie in Walhall oder Folkwang wiedersehe ... so die Asen einen würdigen Tod für mich vorausgesehen haben.«

»Mit dem Tod der eigenen Männer leben zu müssen ist eine schwere Bürde. Ich weiß nicht, ob ich das so könnte wie du –« Kineth brach ab und bereute die gedankenlosen Worte, noch bevor sie seinen Mund verlassen hatten. Aber es war zu spät.

Egill packte Kineth und riss ihn herum. »Woher nimmst du das Recht, dir anzumaßen, was ich können sollte und was nicht?«

Kineth wusste, dass er einen Fehler gemacht hatte. Also schwieg er, da er die Situation nicht eskalieren lassen wollte. Mit einer Handbewegung signalisierte er den anderen, die gelaufen kamen, Abstand zu halten.

Egill stand jetzt so nahe vor Kineth, dass sich ihre Gesichter fast berührten. »Es ist leicht, allein durch die Welt zu stapfen und nur Befehle auszuführen! Aber es ist das Schwerste, auf der anderen Seite zu stehen und Befehle zu geben, und erleben zu müssen, wie die, die man führt, sterben. Und sie sterben immer, denn das Leben ist Krieg, und Krieg frisst Leben.«

Für einen Augenblick sah Kineth Trauer in den Augen

des Nordmannes, Trauer und Verzweiflung, die sofort wieder verschwanden.

»Diese Männer waren die besten Krieger der Eislande, ich habe mit ihnen meine Herrschaft aufgebaut. Einer unter ihnen war ein Freund, wie ein Mann ihn sich nur wünschen kann und den sein Weib und seine Kinder den Rest ihrer Tage beweinen werden.« Er ließ Kineth los. »Ich aber habe keine Zeit zu trauern, genauso wenig wie sie es an meiner Stelle tun würden. Ich werde mein Wort halten und euch helfen, aber dann werde ich in die Eislande zurückkehren, um den Meinen ein schützender Herrscher zu sein. Ich handle – denn wer nicht handelt, ist bereits tot.«

Egill wandte sich an die Krieger, die rund um ihn standen. »Ihr glaubt, diese Welt hat auf euch gewartet? Nur weil es einer Handvoll eurer Vorfahren gelungen ist, ihre feigen Ärsche zu retten?«

Caitt und Moirrey griffen zu ihren Schwertern, aber Kineth gab ihnen erneut zu verstehen, dass sie nichts tun sollten.

»Ihr müsst euch euren Platz in dieser Welt erst zurückverdienen, und wisst ihr, womit ihr bezahlen werdet?« Egill spuckte aus. »Mit eurem Blut. Denn das ist der einzige Obolus auf dieser Welt, den jeder akzeptiert. Meine Männer haben das verstanden, sie haben danach gelebt und sind danach gestorben. Seid ihr auch dazu bereit?«

Er trat von Kineth zurück. Niemand sagte ein Wort.

Es ist das Schwerste, auf der anderen Seite zu stehen und Befehle zu geben.

Kineth streckte Egill seinen Arm hin. »Meine Worte waren unüberlegt.«

»Vielleicht wirst du eines Tages am eigenen Leib erfahren, was es heißt zu führen. Dann erinnere dich an meine Worte, und erinnere dich gut.« Egill wandte sich ab und ließ den Krieger und seine Leute stehen.

Moirrey blickte Egill, der an der Spitze ging, finster hinterher. »Auch ich akzeptiere Blut, Nordmann, genauso wie Heulfryn«, flüsterte sie. Dabei rieb sie sich über ihr schmerzendes Steißbein. Dass sie Egills Warnung ignoriert und natürlich prompt auf den glatten Steinen an der Küste ausgerutscht und vor allen auf den Arsch gefallen war, steigerte ihren Zorn noch.

Bree, die neben ihr ging, hatte sie nicht gehört, ebenso wenig Dànaidh. Das war gut, denn die beiden mussten nicht wissen, was in ihr vorging. Mussten nicht wissen, dass ihr das Bild des Leichnams immer vor Augen stand, Tag und Nacht.

Heulfryn, so kalt, so tot.

Wenn das Bild verschwand, dann nur, um zu einem anderen zu werden. Zu Egill, ein blutiges Schwert in der Hand, wie er das Leben ihres Geliebten beendete.

Sie war nicht dabei gewesen, aber sie malte es sich ständig in allen Einzelheiten aus. Sie konnte es nicht vergessen, würde es auch nie vergessen.

Vielleicht hatte das Blut das Nordmannes die Kraft, es auszulöschen?

Über Moirrey war ein Donnergrollen zu hören, weiter vorne blieb Egill stehen. Sie und die anderen schlossen zu ihm auf.

Vor ihnen, in einer Senke zwischen den Hügeln, lag ein Dorf.

Das kleine Mädchen lief zwischen den heruntergekommenen Holzhütten hindurch. Der Junge, der ihr folgte, hätte sie mehrmals fast eingeholt, aber die Kleine war flink, schlug immer wieder Haken und entkam ihm lachend. Das Gesicht des Jungen verfinsterte sich, wenn sie ihm entwischte, aber dann lachte auch er und genoss das Spiel aufs Neue.

Das Lachen der beiden Kinder war der einzige Laut in dem kleinen Dorf. Die wenigen, in armselige Gewänder gehüllten Gestalten, die ihrem Tagwerk nachgingen, erledigten dies stumm. Es waren ausnahmslos Frauen, die mit müden, hoffnungslosen Gesichtern Wasser aus dem nicht weit entfernten Bach holten oder die bereits geschorenen Schafe fütterten, die nur aus Haut und Knochen zu bestehen schienen wie sie selbst.

Wieder lief das Mädchen eine Kurve, dass seine langen roten Haare flogen, wieder ging die Hand des Verfolgers ins Leere.

Das Mädchen kreischte vor Vergnügen, bog um die Ecke der letzten Hütte – und blieb abrupt stehen.

Krieger kamen den Hügel herunter und näherten sich dem Dorf. Große, fremd aussehende Krieger. Über ihnen, am schwarzen Himmel, zuckten Blitze.

Das Mädchen löste sich aus seiner Erstarrung und rannte panisch ins Dorf zurück.

Der Sturm, der über dem Land gelauert hatte, seit Brudes Krieger ihr Schiff verlassen hatten, brach nun mit voller Kraft los. Regen peitschte auf die Dächer der schiefen Hütten, als wolle er sie ersäufen, Wind zerrte erbarmungslos an ihnen, Donner und Blitz wechselten sich unaufhörlich ab und verwandelten das Dorf und die Landschaft ringsum in einen trüben Ort, durch den sich gleißende Schatten schnitten.

Kineth rückte näher an die offene Feuerstelle heran, die sich in der Mitte der Hütte befand. Tynan lag zu seinen Füßen und drückte den Kopf zwischen die Pfoten. Das Holz der Hütte knarrte bedenklich, in den Ecken bildeten sich kleine Rinnsale.

Gebe Gott, dass dieses Drecksloch standhält.

Im gleichen Augenblick schämte er sich. Der alte Mann, der hier das Sagen zu haben schien, hatte sie, ohne Fragen zu stellen, aufgenommen. Er hatte die Krieger auf die Hütten aufgeteilt, weil es keine gab, die groß genug war, sie alle aufzunehmen. Kineth, Caitt, Ailean und Egill waren mit dem Alten gegangen und saßen jetzt in seiner Hütte, auf abgewetzten Fellen, durch die man die Kälte und Nässe des Bodens deutlich spürte.

Immerhin wärmte sie das Feuer, über dem zwei Kessel hingen. Aus dem einen Kessel kroch ein beißender, aber nicht unangenehmer Duft. Zumindest verdrängte er den Geruch nach dem Gemisch aus Torf und Mist, mit dem die Wände der Hütte abgedichtet waren.

Die Frau, die schon in der Hütte gewesen war, als sie sie betreten hatten, beugte sich über den anderen Kessel. Sie musste einst sehr schön gewesen sein, aber jetzt war ihr Gesicht verbraucht und voller Gram. Tiefe Falten durchzogen es, die blauen Augen blickten müde, die roten Haare waren glanzlos und dünn. Die Ähnlichkeit zu dem kleinen Mädchen, das neben dem alten Mann saß, war dennoch unverkennbar.

Die Frau tauchte ein sauberes Stück Leinentuch in den Kessel, dann wandte sie sich Ailean zu. »Dieses Etwas«, sie zeigte verächtlich auf Aileans durchgebluteten Verband, »muss weg. Willst du es selbst machen, oder –«

»Ich mache das schon«, sagte Ailean müde.

»Lass mich.« Kineth berührte sie an der Schulter, aber sie schüttelte ihn ab. Egill machte Anstalten, etwas zu sagen, aber sie kam ihm zuvor.

»Ich sagte, *ich* mache das.« Sie war wütend, weil sie wusste, was auf sie in den nächsten Augenblicken zukommen würde, und sie war wütend, weil die beiden Männer sie offenbar als jemand ansahen, um den man sich kümmern musste. »Ich bin immer noch die Tochter des Brude, also behandelt mich nicht wie eine schwache Sklavin.«

Kineth presste die Lippen zusammen, während Egill den Kopf neigte, einen spöttischen Glanz in den Augen.

Ich muss sie haben. Und ich werde sie haben.

»Dann hör auf zu schwätzen und tu, was nötig ist.« Caitt deutete auf die Frau und das dampfende Tuch, das sie in der Hand hielt.

Ailean holte tief Luft – dann riss sie sich den Verband mit einem Ruck von der Wunde …

»Das müsste für die nächste Zeit reichen.« Die Frau befestigte das letzte Stück des frischen Verbandes und stand auf.

Die Schmerzen hatten alle Befürchtungen von Ailean übertroffen. Ihr war, als hätte jemand einen Haken in die offene Wunde getrieben und ihn dann mit einem Stück Fleisch daran wieder herausgerissen.

»Die Wunde hat sich nicht entzündet.« Die Frau nahm den Kessel mit dem Wasser, das sie zum Auswaschen von Aileans Wunde benützt hatte, und stellte ihn von der Feuerstelle weg. »Die Kräuter werden ebenfalls helfen. Ihr habt die Wunde ausgebrannt?«

»Die Waffe, die sie verursachte, war glühend heiß«, sagte Caitt. »Vielleicht hat das geholfen.«

Die Frau nickte. »Geschadet hat es jedenfalls nicht.«

Ailean lächelte gequält und bewegte die Schulter probeweise. Der Schmerz war noch da, aber nicht mehr so durchdringend. »Ich danke dir für deine Hilfe. Wir hatten Glück, dass wir auf euch gestoßen sind.«

»Da hast du wohl recht.« Die Frau nahm eiserne Schüsseln und begann die Suppe aus dem anderen Topf, der über dem Feuer hing, in die Schüsseln zu schöpfen. »Egal, wer ihr seid, ihr seid nicht von hier und habt doch das einzige Dorf weit und breit gefunden, und das kurz bevor der Sturm losgebrochen ist.« Ihre Stimme wurde schärfer. »Ihr sitzt am wärmenden Feuer, eure Wunden werden versorgt und eure Bäuche mit heißer Suppe gefüllt. Die, die diese Hütten gebaut haben, haben dieses Glück nämlich nicht.«

»Saraid.« Der alte Mann sprach nur dieses eine Wort, aber es genügte. Die Frau verstummte und verteilte die vollen Schüsseln.

Der Alte nahm die seine entgegen. »Entschuldigt, meine Tochter spricht im Schmerz. Esst und stärkt euch erst mal, danach ist noch genug Zeit zum Reden.«

Egill stellte die Schüssel ab. Die wässrige Suppe bestand offenbar nur aus ein wenig Fett, Gerste und Schafsmilch, aber sie war heiß, und das war in dieser klammen Hütte, die auch das Feuer nicht erwärmen konnte, schon genug. Und außerdem konnten sie es sich ohnehin nicht leisten, wählerisch zu sein.

Er zog seinen ledernen Trinkschlauch heraus. »Ich danke euch für eure Gastfreundschaft und darf mich erkenntlich zeigen.« Er bot ihn dem alten Mann an, der ihn mit fragendem Blick entgegennahm.

»Nur zu.«

Das Gesicht des Alten blieb skeptisch. Erst als er einen großen Schluck genommen hatte, leuchteten seine Augen, dann rülpste er genüsslich. »Ale! Wie lange habe ich das nicht mehr getrunken. Erlaubst du –« Er zeigte auf die Frau und das kleine Mädchen.

Egill nickte. »Natürlich. Aber die Kleine soll mir noch einen Schluck übrig lassen.«

Das Mädchen kicherte. Sie wartete ungeduldig, bis die Frau getrunken hatte, nahm dann jedoch nur einen kleinen Schluck, bei dem sie das Gesicht verzog. »Guuut.«

Alle lachten.

»Eine Kämpferin«, sagte Ailean und zerzauste der Kleinen die Haare.

»Das ist sie wahrhaftig.« Die Frau blickte ihre Tochter liebevoll an.

Das Mädchen sah zu Tynan, dann zu Kineth, dann zu

ihrer Mutter. Diese zögerte, wandte sie sich schließlich an Kineth. »Ist dein Wolf bissig? Niamh würde ihn wohl gerne streicheln. Sie hat eine gute Hand mit Tieren, keine Sorge.«

»Ich weiß nicht so recht. Tynan lässt sich nur von wahren Kriegern berühren.« Kineth zuckte mit den Achseln, als ob er um Verständnis bitten würde.

Niamh blickte enttäuscht, bis der Krieger ihr zublinzelte. »Aber ich denke, du kannst es wagen.«

Ein Lächeln erschien auf dem Gesicht des Mädchens, so breit, dass es sogar Caitt warm ums Herz wurde. Niamh näherte sich nun vorsichtig dem Wolf, der den Kopf hob und sie anblickte. Ganz langsam streckte sie ihre Hand seiner Schnauze entgegen. Tynan schnüffelte, dann brummte er leise, aber es klang nicht gefährlich. Das Mädchen streichelte ihn zaghaft. Jetzt klang das Brummen eindeutig wohlig.

Die anderen sahen eine Weile zu, wie sie den Wolf, der größer war als sie, mit verzücktem Gesicht über das Fell streichelte. Es war, als ob zwei fremde Welten aufeinanderprallten, und dieses eine Mal geschah es friedlich.

Dann räusperte sich der alte Mann. »Wir haben gegessen und wir haben getrunken. Nun ist es an der Zeit zu reden.« Er machte eine Pause. »Wir sind natürlich dankbar dafür, dass ihr in friedlicher Absicht gekommen seid.« Der Alte deutete auf den dunklen Umhang, den Egill trug. »Nicht alle der Deinen haben solch ein Gemüt. Was euch betrifft«, er wandte sich jetzt an Kineth, Caitt und Ailean, »ihr gehört offensichtlich nicht zu ihm. Ihr sprecht anders, und ihr habt Zeichnungen auf der Haut, die es in diesem Land schon seit langer Zeit nicht mehr geben dürfte.«

Caitt setzte an, etwas zu sagen, aber der alte Mann hob den Zeigefinger. Es war nur eine kleine Geste, aber sie zeugte von einer solchen Autorität, dass Caitt wieder verstummte.

»Warum ihr also mit ihm zieht oder er mit euch, ist eure Sache, und ich will es nicht wissen. Ich denke, dass man in diesem Land, in dieser Zeit, am besten lebt, wenn man so wenig wie möglich weiß. Wenn ihr also etwas von uns wollt, oder wenn wir euch bei etwas helfen können, so werden wir das tun. Danach aber bitte ich euch zu gehen und uns zu vergessen, so wie wir euch vergessen werden.«

Caitt nickte. »So soll es sein.« Er blickte die Frau und das Mädchen an. »Aber zuvor sagt mir, wo sind die Männer im Dorf, die euch vor solchen wie uns beschützen sollten?«

»Sie kämpfen für den König.« Die Stimme der Frau war tonlos.

Die anderen sahen sie verständnislos fragend an.

»Was meine Tochter meint, ist, dass eine Schlacht bevorsteht, die alle waffenfähigen Männer des Reiches verlangt. Auch die unseren.« Der Alte seufzte. »Dies war nie ein friedliches Land, aber wir sind zurechtgekommen. Doch seit einiger Zeit –« Der alte Mann schien kurz nachzudenken, und als er weitersprach, klang seine Stimme seltsam abwesend. »Seit einiger Zeit lag es wie ein Pesthauch über dem Land – die Ahnung einer erderschütternden Schlacht, wie man sie noch nie gesehen hat, der Kampf um den Fortbestand des Reiches. Dann wurde die Ahnung zur Gewissheit, und jetzt erzählt man überall von Bannern, die im Sturm flatternd gen Süden getragen werden, von marschierenden Heeren und Waffen so zahlreich, dass man meinen könnte, alles Eisen dieser Welt wäre dafür geschmiedet worden. Und von der Schlacht der Schlachten, die uns alle im Blut ersaufen wird.«

»Und in dieser Schlacht kämpfen Bauern und halbe Kinder?«, fragte Ailean ungläubig. »Wer bringt dann die Ernte ein? Wer –«

»So befiehlt es unser König. Und damit ist es Gesetz.«

»Wo wird die Schlacht stattfinden?« Egill stellte die Frage, obwohl er die Antwort schon wusste. Aber er wollte sich versichern, dass seine Kunde richtig war, denn sie betraf ihn mehr als alle anderen, die in dieser Hütte saßen.

Ihn und seinen Bruder, der vielleicht schon bei König Æthelstan war.

»Irgendwo im Süden. Mehr weiß ich nicht.«

»Gut«, sagte Caitt, »dann sollen sie sich dort die Schädel einschlagen.«

»Sollen sie das?« Die Augen der Frau blitzten. »Unsere Männer und Söhne?«

»Saraid!« Wieder nannte der Alte nur ihren Namen, und wieder verstummte sie.

»Es tut mir leid.« Caitt klang ehrlich. »Ich hätte nicht so achtlos sprechen sollen.«

Ich hätte dir auch einfach den Kopf abschneiden können.

Der Gedanke wuchs wie eine giftige Pflanze in ihm hoch, aber er bemühte sich, ihn zu unterdrücken.

Der alte Mann warf seiner Tochter noch einmal einen

ärgerlichen Blick zu. »Nun wisst ihr, was ihr wissen wolltet. Wenn also der Sturm vorbeigezogen ist, dann –«

»Wir suchen einen Stein.« Caitt verharrte kurz. »Einen großen, schwarzen Stein, inmitten anderer Steine. An einem Ort namens Clagh Dúibh.«

Etwas blitzte in den Augen des alten Mannes auf, Caitt hätte schwören können, dass es Furcht war.

»Was – wollt ihr dort?«

Caitt lächelte, aber das Lächeln erreichte seine Augen nicht. »Denk an deine eigenen Worte. Es ist besser, nicht zu viel zu wissen.«

»Das ist es wohl ...«

»Nun?« Caitts Stimme klang ruhig, aber er konnte niemanden in der Hütte täuschen. Jeder hörte die Drohung hinter den Worten.

»Clagh Dúibh ...«, murmelte der alte Mann.

Das Prasseln des Regens wurde lauter, alle beugten sich vor, um den Alten besser zu verstehen. Nur Niamh kümmerte sich nicht um das Gespräch, sondern strich Tynan weiterhin mit verträumtem Gesicht über das Fell.

»Ein verfluchter Ort, weniger als eine Tagesreise im Westen. Es liegt inmitten eines Moors und wird seit Langem gemieden. Seit dem Tag, als der alte Glaube verschwand und die, die ihn ausübten, hingeschlachtet wurden ...« Der Alte verstummte, und als er wieder sprach, war seine Stimme nur mehr ein Flüstern. »In den dunklen Wassern von Clagh Dúibh.«

»In den dunklen Wassern«, wiederholte Egill spöttisch.

»Spotte nicht, Nordmann. Hört, was seit damals von Vater zu Sohn weitergegeben wird.« Er holte tief Luft, und als er sprach, war seine Stimme wieder voll und klar.

Worte verließen seinen Mund, krochen in alle Winkel der Hütte, und obwohl sie jedes Versmaß mieden, fanden sie doch ihren eigenen, beunruhigenden Rhythmus.

Es existiert ein Ort, seit undenklichen Zeiten,
voll trüber Luft und kalter Schatten,
die dem Sonnenlicht den Zugang verwehren.
Das ist kein Hain, kein Altar,
der Boden mit Menschenblut geheiligt.

Die Vögel fürchten sich, darüber zu fliegen,
die wilden Tiere, hier zu lagern.
Kein Windstoß fährt hinein, von selbst bebt das Gras,
obschon es keine Brise rührt.

Wasser ergießt sich aus schwarzen Quellen,
die Steine stehen wie gestaltlose Baumstämme,
in ihrer Mitte der Schwarze,
von Flammen umgeben.

Und es wird sein, dass der Schrecken wächst,
dass unterirdische Höhlen grollend erbeben,
dass die Steine sich wieder erheben,
dass Feuer am Himmel erscheint
und Schlangen sich um die Sterne ringeln.

Wenn die Sonne im Mittag steht,
wenn die schwarze Nacht die Himmel beherrscht,
dann wage dich nicht hinein, wage niemand sich hinein
in die dunklen Wasser von Clagh Dúibh.

Als der alte Mann geendete hatte, war es still in der Hütte. Niemand rührte sich, alle starrten ins Feuer.

Für Kineth schienen mit einem Male Bilder darin aufzusteigen, von Frauen, die Fackeln trugen, im Leichengewand und mit wallenden Haaren. Und von Druiden, die grausige Verwünschungen gegen ihre Feinde ausstießen und ihre Hände zum Himmel erhoben.

Bilder, die verschwanden, als die Pfeile und Speere des neuen Glaubens den Himmel verdunkelten und die Druiden von Clagh Dúibh auslöschten.

Sie brachen noch im Morgengrauen auf, in stillschweigender Übereinkunft. Hatten die Hütten sie auch vor dem Sturm geschützt, waren sie doch beengt und feucht, und alle waren froh, wieder ins Freie zu kommen, auch wenn das Erdreich so matschig war, dass dem einen oder anderen sein Schuh darin stecken blieb.

Der alte Mann hatte ihnen gesagt, dass es im Umkreis nur wenige Ansiedlungen gab und sie daher mit etwas Glück unentdeckt bleiben würden. Hinter der Senke, in der das Dorf lag, war ein dichter Wald, durch den ein Pfad führte. Nach dem Wald mussten sie sich immer nach Westen halten, dann würden sie erst zu einem See gelangen und einige Zeit später auf das Moor stoßen.

Als Caitt und Ailean sich bedanken wollten, hatte der Alte nur leise gemurmelt, er wolle keinen Dank dafür, dass er irgendjemandem den Weg zu einem solchen Ort wies. Ohne ein weiteres Wort war er in seine Hütte zurückgehumpelt.

Während die Krieger abrückten, hatte sich Kineth noch einmal umgedreht; Niamh stand am Eingang der Hütte und winkte ihnen nach.

Kineth hatte zurückgewunken, dann hatte er mit den anderen das wie ausgestorben wirkende Dorf verlassen.

Schon bald stießen sie auf den Wald, von dem der alte Mann gesprochen hatte. Ein schmaler, von Wurzeln und Steinen überlagerter Pfad führte zwischen Bäumen und dornigem Gestrüpp hindurch, das eine fast undurchdringliche Mauer auf beiden Seiten des Weges bildete.

Der Regen hatte aufgehört, die Luft war klar und frisch, aber wie gestern ballten sich schwarze Wolken am Himmel zusammen. Mit den Bäumen machten sie den Tag zur Nacht und erschwerten den Kriegern das Vorankommen. Fluchend stolperten diese immer wieder und rissen sich, wenn sie Halt suchten, an den Dornen die Hände auf.

Unen drehte sich zu Elpin um. »Da hast du die Wälder der Ahnen. Zufrieden?«

»Mich wundert immer mehr«, keuchte dieser, »dass irgendjemand dieses Land je erobern wollte, ob Nordmann oder der Sohn des Alpin.«

»Keine Sorge – wir gelangen schon noch in die Heimat, die du dir ersehnst.« Die Worte kamen ungewohnt sanft aus dem Mund des riesigen Kriegers, und Elpin fühlte auf einmal wieder Hoffnung in sich.

»Glaubst du das wirklich, Mathan?«

»Natürlich. Das Land, in dem Milch und Honig fließen, in dem unsere Feinde uns kampflos das aushändigen, was wir suchen, und sich dann selbst den Kopf abschlagen.« Unen warf den Kopf zurück und lachte dröhnend auf, dass die Vögel in den Ästen über ihm erschreckt davonflatterten.

Das Lachen hallte durch den Wald und verlor sich zwischen den verwachsenen Bäumen. Manche von ihnen waren uralt, die Wurzeln in den moosigen Boden gekrallt. Da und dort ragten umgestürzte, schmutzige Steinblöcke zwischen den Wurzeln hervor.

Steinblöcke, einstmals liebevoll gepflegt und von kunstvollen Symbolen übersät, doch nun seit Langem vergessen und in der ewigen Ruhe des Waldes gefangen ...

Schließlich, nachdem sich Caitt und die Seinen schier endlos durch den Wald geschlagen hatten, endete er auf einmal. Erleichtert verließen die Krieger den beklemmenden Pfad und wandten sich nach Westen, über grüne, lang gezogene Hügel, die vom Regen noch dampften.

Es ging nur langsam voran, weil die Sonne hinter den Wolken nicht zu sehen war und Egill sich am Moos auf den vereinzelten Steinen orientieren musste, das immer auf deren Nordseite wuchs. Aber es ging voran, und nur das zählte.

Ailean fasste sich an die Schulter und hob probeweise den Arm. Es tat weh, doch es war kein Vergleich zu gestern. Ob es der saubere Verband war oder die Heilkräuter – wenn die Heilung so voranschritt, würde sie bald wieder ein Schwert führen können.

Kineth, der neben ihr ging, lächelte. »Die Frau scheint ihr Handwerk zu verstehen.«

Ailean zwinkerte ihm zu. »Bei so einem Kratzer hatte sie es auch nicht schwer.«

Kineth wollte gerade etwas erwidern, als Tynan bedrohlich knurrte. Der Wolf heulte einmal kurz auf, dann hetzte er blitzschnell zurück auf den Hügel, über den sie gerade gekommen waren. Wenige Augenblicke später war er hinter der Hügelkante verschwunden.

Niemand sagte etwas, und doch reagierten alle gleich. Wie von selbst fanden Schwerter in die Hände, zielten Speere nach vorne, reckten sich Pfeil und Bogen in den Himmel. Brudes Krieger gingen in Aufstellung, sie würden bekämpfen oder töten, was auch immer über den Hügel kam.

In diesem Moment tauchten die roten Haare der kleinen Niamh auf. Das Mädchen winkte und lief auf sie zu, während Tynan sie schwanzwedelnd begleitete.

»Da! Seht ihr?«

Niamh, die auf Unens Schultern saß, hatte naturgemäß den besten Ausblick und entdeckte den See als Erste. Auch die anderen sahen ihn jetzt und blieben stehen.

Der See war klein, das Wasser grünlich. An seinem rechten Ende lief er spitz zu, es wirkte, als hätte er sich in die Hügellandschaft geschnitten und ihr dabei eine klaffende Wunde zugefügt.

Der riesige Mann der Garde nahm das Mädchen mit einer Hand von seinen Schultern und stellte sie neben sich. »Und jetzt, kleine Kriegerin?«

Sie zeigte auf das spitze Ende des Sees. »In diese Richtung. Es ist nicht mehr weit. Cullen und ich spielen hier oft.« Sie streichelte Tynan, der sofort zu ihr gelaufen war, nachdem Unen sie auf den Boden gestellt hatte.

Ailean beugte sich zu Niamh hinunter. »Und ich nehme an, weder dein Großvater noch deine Mutter wissen, dass ihr herkommt.«

Die Kleine zuckte mit den Achseln. »Es kümmert niemanden, wo wir uns herumtreiben.« Sie runzelte die Stirn. »Ihr haltet doch euer Wort? Ein Silberstück dafür, dass ich euch so schnell wie möglich zum Moor führe? Ohne mich wärt ihr immer noch in den Hügeln.«

Ailean lachte. »Dein Vater täte gut daran, dich zu seiner Nachfolgerin zu machen, so hart wie du verhandelst.«

»Das wird er auch, wenn er zurückkommt«, sagte das Mädchen stolz. »Ich bin seine Königin, so nennt er mich immer.«

»Und einer Königin muss man im Wort stehen.« Ailean strich ihr über die Haare. »Silber dafür, dass du uns hinführst. Aber ich möchte, dass du mir etwas versprichst.«

Niamh sah sie misstrauisch an. »Was denn?«

»Wenn wir in Clagh Dúibh sind, läufst du gleich wieder in dein Dorf zurück. Und dann will ich, dass du und dein Freund Cullen ab jetzt im Dorf bleibt, oder in seinem näherem Umkreis.«

Das Mädchen verzog das Gesicht. »Aber da ist es langweilig.«

Ailean blickte ihr eindringlich in die Augen. »Besser gelangweilt als tot. Kinder sollten sich in diesen Zeiten nicht so weit von ihrem Dorf entfernen. Vor allem, wenn ihre Väter nicht da sind, um sie zu beschützen.«

Niamh erwiderte den Blick, ihre Augen waren weit offen und ehrlich. »Na gut. Ich verspreche es.« Ailean nickte zufrieden und richtete sich wieder auf. Da streckte das Mädchen zwei Finger nach oben, in Richtung Aileans Gesicht. »Für zwei Silberstücke.«

Jetzt grinsten alle. Alle bis auf Egill, der sich vorstellte, dass Bjorns Tochter – sein Freund war sich sicher gewesen, dass es eine Tochter werden würde – vielleicht ähnlich sein würde, rothaarig wie ihr Vater und mit seinem Mut gesegnet. Aber anders als die Kleine hier würde Bjorns Tochter ihren Vater nie kennenlernen. Egill schwor sich in diesem Augenblick, ihr nie zu erzählen, wie ihr Vater wirklich gestorben war. Niemandem würde er das erzählen. Seine Männer waren wie Helden auf dem Schlachtfeld gestorben und nicht schmählich in Comgalls Kerker.

Ailean beugte sich noch einmal zu Niamh hinab. »Ich schlage dir etwas anderes vor. Ein Silberstück und ein Schluck Ale. Einverstanden?«

Das Mädchen überlegte kurz, dann nickte sie.

Was für ein Mädchen, dachte Ailean. *Gebe Gott, dass sie lange genug in dieser Welt lebt, um sie mit ihren Fähigkeiten zu erobern.*

Niamh blickte fragend zu Egill, der ihr seufzend den Trinkschlauch gab. »Noch mehr von deiner Sorte, und meine Ale hält nicht einmal bis Clagh Dúibh.«

Das Mädchen nahm einen Schluck, schüttelte sich und lief dann lachend mit Tynan voraus, bevor die anderen sie zurückhalten konnten.

»Das Mädchen scheint ja sehr gut verstanden zu haben, was du vorhin über Kinder gesagt hast, die nicht beschützt werden können«, sagte Caitt trocken. »Holt sie zurück, und dann geht abwechselnd voran.«

Als sie die letzte Strecke zum Moor zurücklegten, bildeten die schwarzen Wolken über ihnen seltsame Formen. Kineth hätte schwören können, dass sie den Bildern glichen, die er in der Hütte des Alten gesehen hatte, im Feuer. Aber das war natürlich Einbildung.

Doch nachdem, was der Mann über Clagh Dúibh erzählt hatte, spürte er, dass sein Herz schneller schlug, je dunkler der Himmel über ihnen wurde.

Und noch schneller, als das Moor vor ihnen auftauchte.

Wenn die Sonne im Mittag steht,
wenn die schwarze Nacht die Himmel beherrscht,
dann wage dich nicht hinein, wage niemand sich hinein
in die dunklen Wasser von Clagh Dúibh.

Die Warnung konnte deutlicher nicht sein, und doch waren Kineth und die Seinen jetzt hier, und schwarze Wolken bedeckten den Himmel über dem Moor.

Gebe Gott, dass es nur eine Geschichte war.

Die Krieger betrachteten den Schlamm und die Grasflecken, die diesen an einigen Stellen verdrängten. Manche dieser Flecken mochten fest genug sein, dass man auf ihnen gehen konnte, manche nicht. Wie weit sich das Moor erstreckte, war nicht genau zu erkennen, da eine Art Schleier über allem lag; ein Schleier, der nach Fäulnis und Tod stank.

Elpin räusperte sich. »Ich denke, es ist nicht nötig, dass wir da alle hineingehen.«

Caitt nickte grimmig. »Da hast du verdammt noch mal recht.«

Der faulige Gestank schien tief in ihre Köpfe zu dringen und Schwindel zu verursachen. Sie bemühten sich, den Schwindel abzuschütteln und den Blick klarzuhalten, tasteten sich mühsam den schmalen, unmerklichen Pfad entlang, der ins Moor hineinführte. Er war mit bloßem Auge kaum erkennbar, aber wenn man erst einmal wusste, worauf man achten musste, war es leichter. Da ein Busch, der Halt bot, dort mehrere dunkle Grasbüschel hintereinander, über die man mit schnellen Sprüngen weiterkam.

Keiner der Krieger sprach. Das Platschen, wenn ein Schritt fehlging und der Schlamm an einem zog und zerrte, ein gemurmelter Fluch und das schmatzende Geräusch, wenn der Fuß schließlich mithilfe der anderen herausgezogen wurde, waren die einzigen Laute. Ansonsten war es still; weder Vögel noch Mücken waren zu hören, keine Kröten oder anderes Getier zu sehen. Es schien, als ob alles Leben diesen Ort schon lange verlassen hatte.

Kurz nachdem sie losgegangen waren, hatte Kineth sich noch einmal zu denen umgedreht, die am Rande des Moores auf sie warten würden. Aber diese waren kaum mehr erkennbar gewesen, und kurze Zeit später waren sie ganz hinter dem Schleier verschwunden.

Alles war genau so, wie der alte Mann es beschrieben hatte, und auch der Pfad würde nur in eine Richtung führen – in die Mitte, in das Zentrum, wo der Schwarze Stein sie erwarten würde.

Oder der Schlund der Hölle.

Kineth hätte seine Hand dafür ins Feuer gelegt. Er war ein Krieger des Eilands und kein Kind, das sich von einem gemiedenen, ohne Zweifel unheimlichen Ort Angst einjagen ließ. Aber er hatte das gleiche Gefühl wie damals am Schiff, bevor Gair Caitt ins Wasser gestoßen hatte und sie damit alle drei in Todesgefahr gebracht hatte. Und damals hatte ihn sein Gefühl auch nicht getrogen.

Wie als Antwort darauf war ein Grollen aus den Wolken über ihm zu hören.

Kineth spürte, wie sich sein Magen verkrampfte. Gestern hatten sie mit dem Sturm noch Glück gehabt, aber heute würde sie keine Behausung schützen. Wenn ein Unwetter an diesem Ort über sie hereinbrach, konnten sie sich nirgendwo verbergen. Dann konnten sie nur auf der Stelle verharren, darum beten, dass kein Blitz sie tötete, und darauf warten, dass es zu stürmen aufhörte und sie wieder klare Sicht bekamen.

Hilf uns, Allmächtiger. Führe uns unbeschadet zu unserem Ziel und unbeschadet wieder zu den Unseren.

Egill ging vor ihr. Der Nordmann hatte von sich aus beschlossen, mit in das Moor zu gehen.

Wundert dich das? Und dass er seinen Entschluss fasste, gleich nachdem du Caitt gesagt hast, dass du den Trupp begleiten wirst?

Ailean würgte den Gedanken ab. Sie spürte, was der

Nordmann wollte, aber dies war nicht der Ort und nicht die Zeit, darüber auch nur nachzudenken. Irgendwann würde sie ihre eigenen Gefühle erforschen müssen, aber nicht jetzt, wo nicht einmal klar war, ob sie die Suche überhaupt überleben würden.

Sie hörte Kineth hinter sich.

Irgendwann würde sie eine Entscheidung treffen müssen.

Egill hob die Hand und blieb stehen, Ailean ebenso. Kineth drehte sich zu den anderen um: Caitt war dabei, zu ihm aufzuschließen, dann kamen Unen, Moirrey und Elpin, den Caitt wegen seiner drückebergerischen Worte am Rand des Moores natürlich als Ersten bestimmt hatte mitzugehen. Bree war bei den anderen geblieben, ebenso Dànaidh. Auch Tynan und Niamh waren zurückgeblieben, denn das Mädchen hatte bei dem Gedanken daran, mit ins Moor zu gehen, zu zittern begonnen.

»Nun?« Caitts Stimme war unsicher, er atmete schwer.

Egill kniff die Augen zusammen. »Da vorne ist etwas.«

Die anderen sahen es jetzt auch. Es waren schemenhafte Gebilde, in der Dunkelheit kaum auszumachen, und doch –

Tynan winselte. Seine Augen folgten dem Weg, den Kineth und die anderen genommen hatten.

»Ruhig«, sagte Niamh und tätschelte ihm den Kopf. »Er kommt bald wieder zurück.«

Bree hörte die Worte, die das Mädchen mit einer solch gedankenlosen Überzeugung ausgesprochen hatte, wie es nur Kinder vermochten.

Gebe der Herr, dass du recht hast, kleine Niamh.

Sie blickte ins Moor, über dem die Regenwolken immer dichter wurden. Die Schneise, die die Krieger hinterlassen hatten, war schon wieder unsichtbar, Gräser hatten sich aufgerichtet, Schlammlöcher wieder geschlossen. Es schien, als wären Kineth und die Seinen nie dagewesen, als hätte Clagh Dúibh sie mit Haut und Haar verschluckt.

»Allmächtiger Gott.« Ailean hatte die Worte nur geflüstert, ob aus Ehrfurcht oder Angst wusste sie selbst nicht.

Dein Allmächtiger, wenn es ihn gibt, ist nicht hier, dachte Egill, und seine Hand fasste unwillkürlich zu dem Lederband, das er um den Hals trug und das ihn mit den Runen seines Volkes beschützte.

Doch meine Götter sind es auch nicht. Die, die hier wandeln, wandeln allein.

Sie hatten einige der halb versunkenen, schmucklosen Steinquader passiert, die einen Kreis um das Zentrum von Clagh Dúibh bildeten. Die Quader ragten schiefwinkelig in die Höhe, gleich Pfählen, die man in aller Eile als Verteidigung in den Boden gesteckt hatte, einen tödlichen Ansturm erwartend. Der steinerne Kreis war so groß, dass manche der Quader nur schattenhaft im Schleier des Moores zu erahnen waren.

Innerhalb des Kreises war fester Boden. Verdorbenes Gras bildete eine bräunliche Fläche, in deren Mitte das Ziel der Männer und Frauen lag, die aufgebrochen waren, ihr Volk zu retten.

Der Schwarze Stein.

Er war umgestürzt und ein wenig in den morastartigen

Boden eingesunken, und trotzdem ... trotzdem vermeinten die Krieger die Macht zu spüren, die von ihm ausging. Eine Macht, die einst das Reich der Alten zusammengehalten hatte, bis der neue Glaube alles vernichtet hatte.

Aileans Glaube war stark, und sie konnte nichts mit der Religion der Alten anfangen, von der Unen auf dem Eiland erzählt hatte, aber hier, an diesem Ort, schien alles anders. Hier hatte die alte Religion ihre Berechtigung, denn hier waren die Druiden ihres Volks von überallher zusammengekommen, hier hatten sie die von Blut dampfenden Hände gen Himmel gereckt, zu den Göttern, die die Köpfe der Geopferten verlangten, wann immer es ihnen danach gelüstete. Hier an diesem Ort fühlte Ailean sich von ihrem Gott verlassen, und den Gesichtern ihrer Gefährten nach zu urteilen ging es ihnen ähnlich.

Nur Unen schien als Einziger völlig unbeteiligt von der Stimmung dieses Ortes. Er beugte sich über den Schwarzen Stein, strich sanft über die raue Oberfläche, die mit Reliefbildern verziert war.

Regentropfen fielen vom Himmel, erst wenige, dann immer mehr.

»Mathan –«, Aileans Stimme war eher ein Flüstern, »sei vorsichtig.«

Unen sah sie erstaunt an. »Vorsicht? Was hier war, ist tot. Aber es birgt womöglich den Schlüssel zum Leben unseres Volkes.«

»Still!«

Es war Egill, der gesprochen hatte. Sie blickten ihn an, er deutete hinter den Schwarzen Stein. In einiger Entfernung hatte sich der Schleier über mehreren Steinquadern gelüftet, jetzt wurden Verschläge sichtbar, notdürftig an den Quadern befestigt. Es waren jämmerliche Gebilde, die von Ästen, Fellen und schlammigen Grasbüscheln zusammengehalten wurden. Sie schienen bestenfalls dazu geeignet, Tieren Unterschlupf zu bieten.

Aber die schwarzen Flecken zwischen den Verschlägen zeigten, dass es keine Tiere waren, die hier hausten. Die Flecken waren Feuerstellen, und in einer von ihnen war sogar noch ein schwaches Glimmen erkennbar.

Kineth' Hand fuhr zu seinem Schwert. »Zu den –«

Ein Brüllen schnitt ihm das Wort ab, und dann, wie in einem Albtraum, zogen sich schwarze Gestalten an den Steinquadern aus dem Schlamm empor und kamen von allen Seiten auf die Krieger zu.

Das Knurren von Tynan wurde lauter. Er rollte die Lefzen zurück und entblößte seine kräftigen Zähne.

»Was hast du?« Bree beugte sich hinab zu dem Tier, das am ganzen Körper zitterte. Niamh wich von ihm zurück, die Augen voller Angst.

Der weiße Wolf stieß ein kurzes Heulen aus, das wie ein Kampfruf klang, dann lief er in das Moor hinein, bevor einer der anderen ihn halten konnte.

Kineth und die anderen bewegten sich nicht. Das lag nicht so sehr daran, dass diese Gestalten aufgetaucht waren. Es lag vor allem an den Schwertern und Pfeilen, die die Gestalten auf sie richteten.

Eine der Gestalten trat vor. »Lasst eure Waffen fallen!«

Der Mann – und es waren mit Sicherheit Menschen und keine Moorgeister, die sie umzingelt hatten, weit über ein Dutzend – hatte eine Stimme, dass Kineth die Gänsehaut über den Rücken lief. Sie war undeutlich und erinnerte an das Zischen eine Schlange.

»Lasst die Waffen fallen!«

Der Regen wurde heftiger, prasselte auf die Krieger herab. Sie blickten zu Caitt, aber der schien wie erstarrt, zu keiner Regung fähig. Der Mann wirkte auf ihn wie ein Dämon, mit dem Lendenschurz über dem schmutzverkrusteten Körper und den roten, blutunterlaufenen Augen, die ihn anstarrten.

Unen schnaubte verächtlich, dann ließ er sein Schwert zu Boden fallen. Die anderen taten es ihm gleich.

Aileans Gedanken rasten, suchten nach einem Ausweg aus dieser Falle. Allein, es gab keinen. Die Angreifer waren in der Überzahl. Ailean bemerkte, dass auch Frauen unter ihnen waren, den Umgang mit Waffen offenbar gewohnt. Die Schwerter und Pfeile, die sie auf die Krieger gerichtet hatten, zitterten jedenfalls nicht im Geringsten.

Eine der Frauen trat jetzt zu dem Mann an der Spitze und schmiegte sich an ihn. Er gab ihr einen rohen Kuss, den sie wollüstig erwiderte. Der Mann strich ihr über die schlammverschmierten Haare.

Caitt hatte sich wieder gefangen. »Wer seid ihr?«

Der Mann verzog keine Miene. »Wir sind niemand. Niemand, der auch nur einen Gedanken daran verschwendet, für einen König in eine Schlacht zu ziehen, die einen nicht betrifft.«

Unen spuckte aus. »Feige Strauchdiebe also, nichts weiter.«

Der Mann ließ sich nicht provozieren. »Rede nur. Das wird weder dir noch den Deinen helfen.« Er trat einen Schritt nach vorne, seine Männer ebenso. »Ihr werdet niemandem mehr erzählen können, dass ihr uns gesehen habt. Ebenso wenig wie eure Freunde, die unzweifelhaft nach euch suchen und das gleiche Schicksal erleiden werden.«

Aileans Magen drehte sich um. Das musste ein Fiebertraum sein. Sie waren so weit gekommen, nur um jetzt in den Händen dieser Mörderbande zu sterben?

Auf einmal hörten sie das Knurren.

Kineth kam es vor, als würde sich alles wiederholen. Es war ein anderer Ort, eine andere Zeit, aber hier wie dort war es Tynan, sein Tynan, der wie aus dem Nichts auftauchte, um eine ausweglose Lage zu ihren Gunsten herumzureißen. Gott mochte wissen, wie der Wolf seinen Weg durch das Moor gefunden hatte, vielleicht mit seiner feinen Nase, seinem Mut, vielleicht durch den Allmächtigen selbst.

Es gab jedoch keine zwei gleichen Augenblicke im Leben, so auch hier nicht.

Der Mann mit der zischenden Stimme sah das Tier, das sich den Steinquadern näherte. Er gab einem seiner Männer ein Zeichen, der blitzartig mit dem Pfeil auf Tynan anlegte und schoss.

Der Pfeil schwirrte durch die Luft und bohrte sich in die Flanke des weißen Wolfes, der eben zum Sprung angesetzt hatte. Tynan winselte erbarmungswürdig auf und fiel in das trübe Wasser, das sich gierig über ihm schloss. Augenblicke später war er verschwunden.

»Neiiiiin!«

Kineth brüllte, dass den anderen der Atem stockte. Ohne zu überlegen sprang er den Anführer der Bande an, der überrascht zurücktaumelte. Pfeile zischten durch die Luft, aber sie verfehlten den Krieger, so schnell hatte er sich bewegt. Ebenso schnell reagierten Egill und Unen – der Nordmann holte den Mann neben sich von den Beinen, während Unen den Bogenschützen vor ihm packte und mit einer einzigen Bewegung das Genick brach.

»Macht sie nieder!«, brüllte der riesige Krieger.

Ailean und Caitt rollten sich unter den Pfeilen, die auf sie zuflogen, hindurch. Ailean schnellte empor und sah sich der Frau gegenüber, die beim Anführer gewesen war, und die jetzt wütend ihren Bogen auf sie richtete. In einer einzigen fließenden Bewegung zog Ailean ihr Schwert durch und schnitt der Frau durch den Leib. Diese ließ die Waffen fallen, fasste sich an die klaffende Wunde an ihrem Bauch und fiel ungläubig stöhnend zu Boden.

Nicht weit von ihnen griff Moirrey ihr Schwert und warf es nach dem letzten Bogenschützen. Das Schwert durchbohrte diesen und riss ihn zu Boden. In diesem Augenblick fühlte Moirrey mehr, als sie es wirklich sah, dass sich ihr jemand von hinten näherte. Sie wirbelte herum, sah einen der Angreifer mit seiner Axt ausholen. Abwehrend hob sie die Hände, wissend, dass sie dies nicht vor dem tödlichen Hieb schützen würde. Im gleichen Moment erstarrte der Angreifer.

Dann stürzte er zu Boden, einen Dolch im Nacken.

Moirrey sah von dem Toten zu Egill. Kurz trafen sich

ihre Blicke, dann stürzte sich der Nordmann wieder in den Kampf.

Moirrey tat es ihm gleich.

Auch wenn die Angreifer in der Überzahl gewesen waren, hatten sie der Kampfkunst ihrer Widersacher wenig entgegenzusetzen. Einer nach dem anderen fiel, blutete aus tiefen Wunden in den verdorbenen Boden, der den Lebenssaft fast ebenso schnell wieder aufsaugte.

Kineth jedoch achtete nicht auf das Getümmel, das um ihn herum tobte. Seine Hände krallten sich um den Hals des Anführers. Der keuchte und schlug nach ihm, aber Kineth spürte die Schläge nicht. Immer fester bohrten sich seine Finger in lebendes, pulsierendes Fleisch. Der Mann gurgelte, öffnete den Mund und japste nach Luft. Erst jetzt sah Kineth, dass die vordere Hälfte seiner Zunge herausgeschnitten war. Er drückte immer weiter zu.

So lange, bis der Mann erschlaffte und jegliches Leben aus ihm gewichen war.

»Kineth!«

Er reagierte nicht. Alles war gedämpft, nur sein Herzschlag pochte in seinen Ohren. Wie in jener Nacht, in den dunklen Fluten, als der Raubfisch sein mörderisches Maul aufgerissen hatte, um ihn zu verschlingen.

»*Kineth*!«

Er fühlte die Hand, die ihn schüttelte. Unendlich langsam tauchte er aus der Finsternis auf, dann sah er wieder klar.

Sah, dass er immer noch den Hals des Anführers umklammerte. Regen prasselte unablässig herab, wusch den Schlamm vom Gesicht des Mannes. Er war erstaunlich jung, noch keine zwanzig Jahre. Und er war längst tot.

Kineth ließ ihn los. Er stand auf, taumelte am Schwarzen Stein vorbei, zu der Stelle, wo Tynan im Wasser versunken war. Seine Hände fuhren in die faulige Brühe, seine Finger öffneten und schlossen sich, aber da war nichts.

Das Moor hatte Tynan verschlungen, für immer.

Kineth spürte Tränen in den Augen. Er ließ sie laufen.

Caitt blickte auf seinen Stiefbruder, wollte etwas sagen, schwieg dann aber. Er wandte sich ab, stieg achtlos über die Leichen der Männer und Frauen, die sie angegriffen hatten. Beim Schwarzen Stein blieb er stehen.

»Richten wir ihn auf«, sagte er.

Egill wollte ihm gerade nachgehen, als Moirrey vor ihn hintrat. Sie blickte ihm starr in die Augen, dann gab sie sich sichtbar einen Ruck.

»Ich werde dir nie vergeben können, Nordmann. Aber ich lasse dich am Leben.«

»Dann werde ich dir die gleiche Gunst erweisen.« Und er meinte es so – die Reise mochte Gefahren genug in sich bergen, und es war äußerst lästig, ständig achtgeben zu müssen, dass einem nicht hinterrücks ein Dolch in den Rücken gestoßen wurde. Egill streckte ihr den Arm hin, aber Moirrey nickte ihm nur knapp zu und folgte dann den anderen zu Caitt.

Die Krieger hatten den Stein mit vereinten Kräften aufgerichtet und standen nun vor ihm. Obwohl er über zwei Mann in die Höhe ragte und gute zwei Fuß breit war, war er doch nur so dünn wie drei Finger. Unen strich bewundernd über die Seite – wer vermochte einen solchen Stein zu behauen, ohne dass er brach?

Eine Vielzahl von Symbolen zierten die beiden Seiten der Stele: auf der einen das Piktische Tier, das sich über einem fischschwänzigen Ungeheuer wand, umgeben von gezackten und spiralförmigen Linien, mit kunstvoll verzierten Triskelen an den Rändern. Auf der anderen Seite das riesige Kreuz des neuen Gottes, umgeben und durchdrungen von nicht enden wollenden Mustern, deren Linien sich unentwegt überlappten und doch wieder zu ihrem Ursprung zurückfanden.

»Ich will verdammt sein«, flüsterte Bree voller Ehrfurcht. »Die alte Mòrag hatte recht.«

Die Blicke aller glitten über die Symbole hin, versuchten sie zu deuten. Wie sollte man sie lesen? Was konnten sie ihnen verraten? Wo lag der Schlüssel verborgen?

Langsam wurde der Regen schwächer. Und langsam spürten alle die Nässe und Kälte bis auf die Knochen. Mehr noch aber fühlten sie Hoffnungslosigkeit, weil der Stein sein Geheimnis nicht preiszugeben schien. Solange sie auch schauten und suchten, die Bilder blieben Bilder, die Muster blieben Muster.

»Und jetzt? War es das?« Moirrey war wütend.

»Wir müssen eben genauer hinsehen.« Caitt wusste, wie hilflos das klang, aber es fiel ihm nichts anderes ein. Er hatte wie sie alle seine ganze Hoffnung auf diesen Stein gerichtet, seit sie das Eiland verlassen hatten, und jetzt, nach all den Gefahren, die sie gemeister hatten, stand der Stein vor ihm – stumm und tot.

»Genauer?« Moirrey spuckte ins Wasser. »Da scheiß ich drauf!«

Kineth kniete immer noch abseits der anderen, starrte immer noch auf die Stelle im Wasser, auf die nur mehr vereinzelte Regentropfen fielen.

Es gab keine zwei gleichen Augenblicke, das war richtig, und doch hatte Tynan sie alle zwei Mal gerettet, hatte ihnen mit seinem Eingreifen und seinem Tod den einen, entscheidenden Moment der Stärke verschafft, um sich dem Verderben entgegenzustellen.

Und er sollte es nicht umsonst getan haben.

Leb wohl Tynan.

Noch einmal sah er den Wolf vor sich – den durchs hohe Gras tollenden Welpen, das übermütige Jungtier, den Freund, der ihn durch alle Gefahren begleitet hatte. Gemeinsam bis hierher.

Lebe wohl.

Die letzten Regentropfen kräuselten die Wasseroberfläche, dann war sie still und glatt wie ein Spiegel.

Kineth stand auf und ging zu den Kriegern.

Moirrey griff einen der Toten, der am Boden lag und riss ihn hoch. »Weißt du es vielleicht? Weißt du, was wir suchen?«

»Moirrey!« Bree war hinter ihrer Schwester hergeeilt, versuchte sie zu bändigen.

Diese zog jetzt ihren Dolch und rammte ihn dem Toten in die Brust. »Ich höre nichts, du elender Feigling!«

»Moirrey, Schluss jetzt!« Elpins Worte waren ungewohnt scharf. »Das bringt uns nicht weiter!«

Über ihnen wichen die Wolken langsam zurück, es wurde rasch heller.

»Beruhigen?«, fauchte Moirrey und stieß die Leiche von sich. Diese prallte auf den Schwarzen Stein, glitt langsam daran herunter und hinterließ eine Blutspur.

»Ich soll mich beruhigen?« Sie ging zu Elpin und packte ihn an seinen strohblonden Haaren. »Und das von einem, der bis vor Kurzem noch Getreide angebaut und Ziegen gefickt hat? Wo wärst du jetzt, wenn nicht jemand für dich entschieden hätte?« Sie ließ den verdutzten Elpin los und drehte sich den anderen zu. »Wo wärt ihr alle, wenn ich nicht die verdammten Vorräte angezündet hätte?«

Alle starrten die junge Frau an.

Caitt fing sich als Erster und trat vor Moirrey hin. »Du hast *was*?« Er schrie es fast.

Moirrey wich keinen Schritt zurück. »Die verdammten Vorräte angezündet. Ja! Weil ihr eure lahmen Ärsche niemals in Bewegung gesetzt hättet, um von der verdammten Insel runterzukommen!« Sie sah sich wutentbrannt um. »Aber wenn ich geahnt hätte, dass alles in diesem verfluchten Sumpf enden würden, hätte ich mir die Mühe gespart.«

Caitt stand starr und fassungslos vor der Kriegerin. Dann packte er sie unvermittelt am Gewand und schleuderte sie wütend von sich weg. Moirrey prallte mit voller Wucht gegen einen der Steinquader. Sie schlug mit dem Kopf dagegen und sackte bewusstlos zu Boden.

Niemand eilte ihr zu Hilfe. Selbst Bree blickte nur starr auf ihre Schwester hinab, konnte nicht begreifen, was sie getan hatte.

Egill seufzte. »Zumindest wisst ihr jetzt, dass eure Suche vorüber ist.«

»Nicht unbedingt.«

Alles drehte sich zu Unen um, der bei dem Schwarzen Stein stand und ihn aufmerksam betrachtete.

»Ihr solltet euch das ansehen.«

Ailean war als Erste bei ihm und betrachtete die roten Zeichen auf dem Stein, die vorher nicht zu erkennen gewesen waren. Es waren schmale, unmerkliche Rillen in der Oberfläche, die sich mit dem Blut des Toten gefüllt hatten und deshalb erst jetzt sichtbar wurden. Senkrechte Linien, die in regelmäßigen Abständen von waagerechten Linien geschnitten wurde. »Was ist das?«

»Das ist Oghum.« Unens Stimme klang ungewohnt erregt. »Von euch Jungspunden kennt das niemand, aber die Alten benutzen diese Schrift, um sich Botschaften zu übermitteln.«

Er ließ die Finger über die Rillen gleiten, die jetzt, da die Regenwolken sich verzogen, hell erglänzten. Er dachte an das, was er Brude auf dem Eiland gesagt hatte, als sie beide allein auf dem Friedhof gewesen waren.

Es hieß, wenn die Götter zu ihnen sprachen, begannen die Zeichen zu glühen.

Wieder und wieder fühlte er die Rillen, las die alte Schrift. Dann trat er zurück, die anderen blickten ihn erwartungsvoll an.

»Nun?«, fragte Caitt gepresst. Er konnte die Spannung kaum mehr aushalten.

Unens Miene war unergründlich. »Es ist nur ein Wort, immer das gleiche. Es lautet: Airdchartdan.«

Caitt legte die Stirn in Falten. »Und was bedeutet das?«

Unen hob bedauernd die Hände. »Ich weiß es nicht.«

Caitt fuhr sich mit den Fingern langsam durch die Haare, presste den Mund zusammen. Alles war umsonst gewesen. Er stieß einen Schrei aus, voller Frustration und Wut. Der Schrei dröhnte über den Schwarzen Stein und die Körper der Getöteten.

Auf einmal ließ sich ein Stöhnen vernehmen. Ailean fuhr herum – einer der Körper am Boden regte sich, es war die Frau, die sie als Erste getötet hatte, oder zumindest hatte sie geglaubt, sie getötet zu haben.

Eine Frau, schoss es Ailean blitzartig, die wohl aus dieser Gegend stammte, die den Schwarzen Stein hervorgebracht hatte. Und die vielleicht wusste, was das Wort bedeuten konnte.

Sie stürzte zu der Frau hin, die anderen folgten ihr.

Die Kriegerin beugte sich zu der Verwundeten hinab, die ein schreckliches Bild abgab: Das Gesicht war blutverschmiert, der Boden vor ihr mit stinkenden Eingeweiden bedeckt, die aus ihrer Bauchwunde quollen. Mit sichtlich großer Kraftanstrengung bewegte sie die Lippen. Ailean brachte ihr Ohr ganz dicht an die Frau heran.

»Wasser ...«

»Wasser!«, rief Ailean den anderen zu. Kineth reichte ihr einen Trinkschlauch, den sie ihm hektisch aus der Hand riss. Sie stützte der Frau den Kopf, flößte ihr vorsichtig einen Schluck ein. Das meiste rann ihr wieder aus dem Mund.

»Kannst du mich hören?«, fragte Ailean, aber die Frau

reagierte nicht. »Möchtest du noch mehr Wasser?«, fügte sie hinzu. Jetzt nickte die Frau unmerklich, und Ailean gab ihr einen weiteren Schluck. Dann sah sie die Frau eindringlich an. »›Airdchartdan‹. Was bedeutet das?«

Die Frau hatte die Augen geschlossen, Ailean wiederholte ihre Frage immer wieder, aber die Frau regte sich nicht mehr.

»Zwecklos.« Caitt spuckte aus und wandte sich ab.

Da öffnete die Frau die Augen, blickte Ailean an und sagte kaum hörbar zwei Worte. Dann sackte ihr Kopf zurück, ihr Körper versteifte sich.

Ailean ließ die Tote zu Boden gleiten und verharrte kurz. Sie wischte ihre blutigen Hände an ihrem Kittel ab und stand auf, umringt von den erwartungsvoll dreinblickenden Kriegern.

»Ich bin mir nicht sicher, aber ich glaube, sie hat ›Airchart‹ und ›Nis‹ gesagt.« Sie sah zu Egill. »Sagt dir das etwas?«

Der blickte skeptisch. »›Airchart‹ nicht, aber mit ›Nis‹ könnte Loch Nis gemeint sein. Das ist ein großer See, nicht weit von hier, der das Land von Osten bis tief in den Westen durchschneidet. Vielleicht einen Tagesmarsch entfernt. Gibt jedoch nicht viele Ansiedlungen dort, soweit ich weiß.«

»Umso besser.«

Sonnenstrahlen durchbrachen die Wolken, das erste Mal, seit die Krieger des Brude das Schiff verlassen hatten. Ailean sah, wie die Strahlen auf den Stein fielen, auf die blutroten Zeichen.

Sie schienen zu glühen.

Sie warfen die Leichen der Wegelagerer in den Schlamm hinter den Steinquadern, einfach, weil es ihnen richtig schien. Der Schwarze Stein hatte ihnen den Weg gewiesen, und sie würden ihn nicht entehren, indem sie Diebe und Mörder daneben verrotten ließen.

Dann marschierten sie schweigend zurück. Seit die Sonne schien, hatte das Moor seinen Schrecken verloren, aber vielleicht kam es den Kriegern auch nur so vor, weil sie wieder Hoffnung im Herzen trugen.

Sie waren übereingekommen, für sich zu behalten, was Moirrey getan hatte. Ihr hitziges Gemüt hatte sie zu einer Tat getrieben, die eine große Schuld in sich bergen mochte – oder aber die Rettung, das konnte noch niemand sagen. Am Ende würde sie sich dafür verantworten müssen, aber im Moment würde es nur Unruhe in die Gemeinschaft der Krieger bringen, und dafür hatten sie keine Zeit.

Kineth dachte an den Mann, den er getötet hatte. Warum hatte man ihm fast die ganze Zunge herausgeschnitten, wer hatte ihn dazu getrieben, das zu werden, was er war? Was war das für ein Land, das junge Männer dazu brachte, wie Tiere in einem Moor zu hausen?

Er wusste es nicht.

Er wusste auch nicht, was in der Alten Heimat sonst noch auf sie wartete. Er wusste nur, dass sie weitermachen würden, um das Schicksal der Ihren aufzuhalten.

Koste es, was es wolle.

Eibhlin erwachte. Der Schmerz war da, wie immer, aber er war zumindest nicht so stark, dass sie ihren Mund in die Felle pressen musste, um ihre Schreie zu ersticken. Es war nicht gut, wenn die Schwester des Herrschers und Mutter des Thronerben wie ein schwaches Mädchen schrie.

Die kleine Wiege stand an ihrem gewohnten Platz, am Fußende der Bettstatt. Iona war nirgends zu sehen.

Auch wenn sie Brudes Frau noch nie sonderlich leiden mochte, so rechnete Eibhlin ihr hoch an, dass sie sich nicht nur aufopfernd um das Kind kümmerte, sondern ihm auch noch gab, wozu die Mutter selbst nicht imstande war. Anfangs hatte sie es versucht, aber ihre schlaffe, faltige Brust hatte vom ersten Tag an keinen Tropfen Muttermilch hergegeben, im Gegenteil: Zusammen mit dem Fieber, das nach der Geburt in ihr wütete, entzündete sich auch ihr Busen, und so war ihr schnell klar geworden, dass sie zwar ein gesundes Kind geboren hatte, es aber nicht ernähren konnte. Obwohl die Entzündung schon lange wieder abgeklungen war, schienen ihre Brüste immer noch zu schmerzen.

Auch der Schmerz zwischen ihren Beinen war geblieben, so wie das Fieber. An manchen Tagen, wenn sie sich in Krämpfen auf der Bettstatt wand, zweifelte Eibhlin, ob sie je wieder gesund werden würde. Dass sie dann doch nicht aufgab, hatte nur einen Grund.

Nechtan.

Die Frau lächelte bei dem Gedanken an ihren Sohn, an seine dunklen Augen, die kräftigen Ärmchen, an den Duft der feinen Locken auf seinem Kopf, der an Sonne und Süße erinnerte ...

Er war ihr Leben, ihr Ein und Alles. In den kurzen Augenblicken, in denen sie ihn in die Arme nehmen konnte, verschwand jeder Schmerz.

Wenn sie erst wieder gesund war, würde sie sich mit aller Kraft um Nechtan kümmern, und dann würde alles gut werden. So traurig der Gedanke war – mochte Brude auch sterben, so gab es zumindest einen gesunden Nachfolger, der ihre Linie fortführte. Und er würde klug und gottgefällig herrschen, und Beacán würde ihm dabei zur Seite stehen.

Seit ihr Bruder krank geworden war und sich in die Hütte am Dorfrand zurückgezogen hatte, kam der Priester mehrmals am Tag zu ihr. Er setzte sich fürsorglich zu ihr, nahm ihre Hand und erzählte von den großartigen Taten des Herrn, von den Wundern, die er vollbracht hatte, von seiner Güte und Wahrheit. Oder er hörte ihr zu, geduldig und verständnisvoll, ohne das Wort gegen jemand zu richten.

Eibhlin hatte begonnen, dem Priester mehr und mehr Vertrauen zu schenken. Sie erinnerte sich, wie sie ihm schließlich gebeichtet hatte, was sie seit Jahren bedrückte, ein Geheimnis, das sie mindestens ebenso schwer belastete wie die nicht enden wollende Krankheit. Und sie erinnerte sich an seinen Rat und die Zufriedenheit, die sie danach durchströmt hatte. Sie wusste, dass sie diesen Rat befolgen und danach handeln würde, wenn der richtige Zeitpunkt gekommen war.

Und Beacán wusste es auch.

Jetzt erst bemerkte sie, dass es sehr still in der Kammer war. Vom Nebenraum drang flackerndes Licht herein, wahrscheinlich von der kleinen Öllampe, die immer brannte. Ansonsten war es dunkel, es musste Abend sein.

Auch die Wiege war still, wie der Rest der Kammer.

Auf einmal befiel Eibhlin ein solches Grauen, dass es ihr den Atem raubte. Stöhnend setzte sie sich auf, dann kroch sie auf allen vieren über die Bettstatt zur Wiege.

Streckte die Hand aus.

Griff hinein.

Und fühlte das kalte, leblose Fleisch ihres Sohnes.

Ein klagender Laut entrang sich ihrer Kehle, der anschwoll und zu einem Schrei wurde, der bis in jede Hütte des Dorfes drang.

Der See war ruhig, die Sonne glitzerte auf der Wasseroberfläche.

Noch vor Kurzem hatte Regen auf das Wasser getrommelt und die Fische schläfrig gemacht, doch nun wurden sie quicklebendig. Lachse, Aale, Elritzen, Forellen, Hechte und Stichlinge tummelten sich in den unergründlichen Tiefen, schwammen blitzschnell nach oben und durchstießen die Oberfläche, um sofort wieder hinabzutauchen. Fast schien es, als ob sie sich über die Sonnenstrahlen, die den See und das Ufer in goldenes Licht hüllten, freuten.

Doch dann machte sich mit einem Mal Unruhe bemerkbar. Die Fische stoben in alle Richtungen auseinander, mieden den Schatten, der die Mitte des Sees durchkreuzte.

Nach kurzer Zeit kehrten die Fische wieder zurück und schwammen in ihren gewohnten Bahnen. Was immer sie verschreckt hatte, war verschwunden.

Das Grab des letzten Königs

Flòraidh spähte zwischen den Bäumen hindurch. Vor ihr lichtete sich der Wald, dahinter fiel der Hügel sanft ab und mündete in einen See, der so lang gestreckt war, dass er fast wie eine Meeresbucht wirkte. Und obwohl die untergehende Sonne den Hang des gegenüberliegenden Ufers flammend rot erstrahlen ließ, war die spiegelglatte Oberfläche des Sees pechschwarz.

Flòraidh lauschte. Aber bis auf das feine Säuseln des Windes und das vereinzelte Gezwitscher eines Vogels war nichts zu hören, was von Menschen kündete. Und auch nichts zu sehen.

Die Kriegerin deutete den anderen, noch zu warten, dann trat sie endgültig aus dem Wald hervor. Sie spürte, wie die Abendsonne sie erwärmte, ein plötzlicher Windstoß ließ ihre Haare aufwirbeln. Die Strapazen der letzten Tage schienen mit einem Male wie weggewischt zu sein, doch zugleich keimten Wehmut und Sehnsucht nach ihrer alten Heimat in ihr auf, und sie wünschte sich, sie wäre wieder in ihrem Dorf, auf der vertrauten Insel.

Ein Duft nach Feuerholz und gebratenem Fleisch riss Flòraidh jäh aus ihren Gedanken. Sie machte ein paar Schritte nach vorn und sah, dass das linke Ufer in einiger Entfernung einen Fortsatz hatte, auf dem sich ein Felsplateau erhob – und auf ihm lag ein befestigtes Dorf.

Airdchartdan?

Flòraidh kniff die Augen zusammen und versuchte, mehr zu erkennen. Aus manchen der Hütten, die aus einem Ring aus aufgeschichteten Steinen bestanden, auf denen ein kegelförmiges Strohdach saß, quoll Rauch. Schemenhafte Gestalten gingen zwischen den Hütten hin und her. Die Anlage war durch einen halbkreisförmigen Wall aus Steinen und Palisaden geschützt, der zu den steil abfallenden Klippen des Sees hin offen war.

Im Licht der Abenddämmerung erschien Flòraidh das Dorf wie ein sicherer Hafen, besonders wenn sie an das dachte, was sie seit ihrer Landung in der Alten Heimat alles erlebt hatten.

Sie ging in den Wald zurück und signalisierte den anderen, zu ihr aufzuschließen.

Ein schmaler Pfad verlief entlang des Seeufers, durchschnitt das kniehohe Gras wie eine Schlange. Dann führte er in einem weiten Bogen zum Tor der Befestigungsanlage, die auf einem erhöhten Felsen thronte. Egill, der vorausgegangen war, wies die Männer und Frauen an zu halten. Dann musterte er das Gelände: Folgten sie dem Pfad, müssten sie am Westwall der Befestigung vorbei – zu nahe.

»Wenn uns die Bewohner des Dorfes feindlich gesonnen sind, finden wir so schnell keine Deckung«, stellte er fest.

Ailean zeigte Richtung Wald. »Und wenn wir auf den gegenüberliegenden Hang des Hügels steigen? Von dort hätten wir einen guten Überblick.«

»Da hast du nicht unrecht«, entgegnete Egill und strich sich nachdenklich über den Bart. »Andererseits …«

»Andererseits was?«, unterbrach ihn Caitt ungeduldig.

»Andererseits«, fuhr Egill fort, »verlieren wir dadurch Zeit, und die Dunkelheit wird bald hereinbrechen. Dann wird man uns keinen Einlass mehr gewähren.«

Für einen Augenblick war es still, alle ließen sich Egills Worte durch den Kopf gehen und blickten dabei auf das Dorf.

»Ich meine«, sagte Flòraidh schließlich, »wir lassen unsere Waffen hier und *bitten* um Einlass. Warum sollte man uns den verwehren?«

Caitt drehte sich ungläubig zu ihr um. »Ist das dein Ernst?«

»Ja. Nenn es eine Ahnung.«

Ailean wusste, was die blonde Kriegerin meinte. So bedrohlich Comgalls Palast oder Clagh Dúibh auf den ersten Blick ausgesehen hatten, so friedlich wirkte dieses Dorf, trotz seiner Befestigung. Dass ihr Bruder ein solches Gefühl nicht teilen wollte, wunderte sie allerdings nicht im Geringsten.

»Eine –« Caitt brach ab, überlegte einen Moment und setzte dann ein freundliches Lächeln auf. »Wir sind im Feindesland, und du willst ohne Waffen zum Tor einer unbekannten Befestigung marschieren und treuherzig um Einlass bitten? Verstehe ich das richtig?«

Flòraidh grinste ihn provozierend an. »Richtig.«

»Falsch!« Caitts Stimme wurde lauter. »Wir wissen nicht, wer uns erwartet, und ich lasse nicht zu, dass jemand meine Leute wie die Vögel abschießt!«

»Niemand wird uns abschießen.«

Caitt spürte, dass er nahe dran war, die Geduld zu verlieren. Er sah, dass die anderen, die um ihn herumstanden, unschlüssig waren. Alle bis auf Kineth, der seit

Tynans Tod nicht viel gesprochen hatte, und der seinen Blick jetzt offen erwiderte.

»Willst du mir etwa auch einen Ratschlag erteilen, *Bruder*?«, sagte Caitt grimmig.

»Ich bin Flòraidhs Meinung«, antwortete dieser knapp.

»Du willst also auch die Weiber vorschicken? Vielleicht in den Tod?«

»Der Tod hatte schon bessere Gelegenheiten, uns in seine Klauen zu bekommen.« Kineth schielte zum Dorf. »Es kann ja in diesem Land nicht nur Mördergruben geben.«

Caitt öffnete den Mund, schloss ihn wieder. Als er dann doch zu sprechen begann, war seine Stimme eiskalt. »Ihr wollt euch töten lassen? Immer zu!« Er trat einen Schritt zurück, als würde er damit die Verantwortung für Flòraidhs Handeln abgeben.

Die blonde Kriegerin nickte Moirrey zu, auch Bree signalisierte, dass sie mitkommen würde. Nach kurzem Zögern öffnete Ailean ihren Gürtel und ließ ihn mit den beiden Kurzschwertern ins Gras fallen. »Also los.«

Flòraidh lächelte ihr zu, dann schritt sie voran. Die drei Frauen folgten ihr.

Die anderen Krieger blickten ihnen nach.

»Ob das die richtige Entscheidung war?« Aus Unens tiefer Stimme klang Besorgnis.

»Werden wir bald sehen«, sagte Kineth und fasste seinen Schild fester. »Werden wir bald sehen …«

»Wenn das schiefgeht«, raunte Bree Flòraidh zu, nachdem sie eine Weile schweigend gegangen waren, »dann sollten wir besser unsere hübschen Beine in die Hand nehmen.«

»Prägt euch den nächstgelegenen Felsen ein und sucht im Falle eines Angriffs hinter ihm Deckung«, sagte Ailean, die hinter ihnen war. »Wer verwundet wird, bleibt liegen und wartet, bis die Schildträger eintreffen.«

Je näher sie der Befestigung kamen, desto höher schien diese zu wachsen, obwohl die Mauern nur mannshoch waren und die Palisaden darauf nur knapp fünf Fuß maßen.

»Seht ihr das auch?«, fragte Moirrey und deutete auf die Holzpfeiler. Sie waren mit verwitterten Schnitzereien bedeckt. »Die Zeichen sehen genauso aus wie die auf dem Schwarzen Stein.«

Nun hatten die vier Frauen den Fuß des Felsens erreicht. Ohne stehen zu bleiben blickten sie nach oben: Über ihnen erhob sich der Wall – eine Balkenanlage, die mit groben Gesteinsbrocken gefüllt war. Jetzt drang metallisches Klappern von oben herab, einzelne Speerspitzen ragten über die Palisaden.

»Einfach weitergehen«, sagte Flòraidh, bemüht, sich nicht anmerken zu lassen, dass sie an ihrer Entscheidung zu zweifeln begann. Jeder Schritt, den sie tat, fühlte sich an, als würde er eine Lawine lostreten, die ihrer aller Schicksal besiegelte.

Der Pfad verengte sich so weit, dass die Kriegerinnen nur mehr im Gänsemarsch gehen konnten. Ailean warf einen verstohlenen Blick zurück. Caitt und die anderen waren zwar noch zu sehen, aber es würde lange dauern, bis sie im Falle eines Angriffs hier wären. Zu lange.

Der Wall verlief in einer Rechtskurve, sodass im Hintergrund das Ufer und der finstere See wieder auftauchten.

»Gleich haben wir es geschafft«, flüsterte Moirrey.

»Noch haben wir gar nichts geschafft«, entgegnete Bree und wusste nicht, worauf sie mehr achten sollte: auf den unsichtbaren Feind hinter dem Wall oder auf ihre kleine Schwester, die sie im Falle eines Angriffs sofort packen und in Sicherheit stoßen würde.

Langsam kam das Ende des Walls in Sicht. Der Pfad machte einen Bogen, als die Frauen wie angewurzelt stehen blieben: Vor ihnen säumten Dutzende in den Boden gerammte Pfähle den Weg bis zum Tor. Auf jedem Pfahl war ein menschlicher Schädel aufgespießt, manche verwittert und bleich, an anderen hing noch die ledrige Haut.

»Scheinen gastfreundliche Leute zu sein«, sagte Moirrey.

Plötzlich erschallten mehrere Hörner. Die Kriegerinnen zuckten zusammen, wussten aber, dass es kein Zurück mehr gab. Tapfer rückten sie weiter vor.

Immer mehr Speerspitzen tauchten am Rand der Palisaden auf, aber kein Signal zum Angriff ertönte, kein Pfeil bahnte sich seinen unheilvollen Weg.

Schließlich waren die vier Frauen nur noch wenige Schritte vom Tor entfernt. Sie blieben stehen und blickten nach oben.

Totenstille.

Wer würde wohl diesem Dorf vorstehen, fragte sich Ailean. Ein schroffer, aber gerechter Herrscher wie ihr Vater? Ein selbstherrlicher Wahnsinniger wie Comgall? Ein Strauchdieb wie in Clagh Dúibh? Wer auch immer es war, er hatte ihr Leben in der Hand.

Auf einmal erhob sich eine Gestalt über den Rand der

Palisaden und blickte auf sie herab. Es war eine Frau mit langem, dick geflochtenem rötlichem Haar und einem wettergegerbtem Gesicht von rauer Schönheit.

»Was wollt ihr?«, rief sie mit befehlsgewohnter Stimme.

Die Kriegerinnen sahen sich unsicher an.

»Wir wollen mit dem Befehlshaber dieses Orts sprechen!«, rief Ailean zurück.

»Das tut ihr!«, schallte es von oben herab.

Ailean verbarg ihre Überraschung. »Wir kommen in Frieden und erbitten Einlass!«

»Ich frage euch noch einmal: Was wollt ihr hier?«, beharrte die Frau auf den Palisaden.

Ailean zögerte einen Moment, dann gab sie sich einen Ruck »Wir kommen von weit her, und wir suchen einen heiligen Ort ... die Ruhestätte unseres letzten Königs!«

Das Gemurmel stoppte mit einem Mal. Die Frau verschwand.

Ailean und die andern sahen sich unsicher an.

Wenig später war hinter dem Tor ein Poltern zu hören, als ein großer Riegel entfernt wurde. Ein Flügel des Tores öffnete sich und mehrere Frauen kamen heraus – mit gezückten Schwertern, Schilden und eingenockten Pfeilen. Sie verschafften sich schnell einen Überblick und sicherten das Gelände.

Dann erschien die Frau, mit der Ailean soeben gesprochen hatte, ein verbindliches Lächeln auf den Lippen. »Mein Name ist Gwenwhyfar, Tochter der Màiri, und Obere dieses Dorfes. Willkommen in Aird Chartdan. Und sagt euren Gefährten, dass sie aus ihrem Versteck herauskriechen können.«

In dem großen offenen Kamin der Halle prasselte ein wild flackerndes Feuer. Die groben Steinmauern wurden von Dutzenden von Fackeln erhellt, die Balken des hohen Dachstuhls waren mit denselben kunstvollen Schnitzereien verziert wie die Baumstämme des Walls. In der Mitte der Halle saß Gwenwhyfar auf einem Haufen von Fellen, einen kunstvoll verzierten goldenen Kelch in der Hand, der randvoll mit Ale gefüllt war. Zu ihrer Linken und Rechten saßen je zwei Frauen, deren Arme und Beine mit einer Vielzahl von blauen Linien und Formen verziert waren, und mit denen sie immer wieder leise sprach.

Ihnen gegenüber hatten die Krieger – darunter Caitt, Kineth und Egill – auf Fellen Platz genommen. Ihnen und einem knappen Dutzend war Einlass gewährt worden, die restlichen mussten ihr Lager draußen vor dem Tor aufschlagen. Die Männer waren beim Betreten des Dorfes aufgefordert worden, ihre Hemden auszuziehen. Die anfängliche Verwunderung darüber war schnell der Erkenntnis gewichen, dass ihre Gastgeber nur sehr vorsichtig waren und wohl versteckte Waffen vermuteten. Die Krieger waren der Aufforderung nachgekommen und saßen jetzt mit ihren nackten, bemalten Oberkörpern in der Halle.

Junge Frauen eilten umher, immer darauf bedacht, dass genügend Essen vorhanden war, andere schenkten Ale aus bleiernen Karaffen aus. Etwas abseits spielten einige Frauen auf Flöte, Fidel, Trommel und zwei weiteren

Instrumenten, die die Krieger nicht kannten und die Harfe und Dudelsack genannt wurden. Dem Zupfinstrument entlockten die Frauen liebliche Klänge, die, die dem Dudelsack entwichen, waren dagegen fast furchteinflößend – und trotzdem faszinierend, beinahe hypnotisch.

Bei aller Gastfreundschaft, die ihnen hier widerfuhr, übersah Kineth jedoch nicht die weiblichen Wachen, die an den Eingängen standen und die Fremden nicht aus den Augen ließen.

Ein ähnliches Bankett wie in Comgalls Halle, dachte der Krieger, nur dass man hier auf dem Boden saß. Und dass es weit und breit keine Männer gab, zumindest hatten sie noch keinen gesehen. Weder, als sie ihre Waffen abgaben, noch, als sie durch das Tor traten, und auch nicht, als ihnen einige kleine Hütten zugewiesen wurden, in denen sie die Nacht verbringen durften. Sonderbar war auch, dass keine der Frauen auf ihre Fragen geantwortet hatte, sie hatten nur freundlich gelächelt und waren dann weiter ihren Beschäftigungen nachgegangen.

Kineth wusste, dass dieses Dorf und seine Bewohnerinnen nicht nur in ihm ein seltsames Gefühl hervorriefen, auch Caitt und Egill schienen verunsichert. Unen und Dànaidh hatten es sogar vorgezogen, draußen bei den anderen auf dem Felsplateau zu übernachten, trotz des aufkommenden Regens. »Lieber nass bis auf die Knochen als im Banne dieser Hexen«, wie Unen es formuliert hatte.

Kineth hätte viel dafür gegeben, wenn Tynan hier gewesen wäre, der Wolf hatte immer ein gutes Gespür für Menschen gehabt. Was hätte er hier wohl getan – hätte er die Herrin dieser Halle angeknurrt oder sich von ihr streicheln lassen, wie von dem kleinen Mädchen im Dorf?

Er zwang sich, nicht mehr an seinen toten Gefährten zu denken. Nur das Jetzt zählte, nichts sollte ihn von der Rettung seines Volkes ablenken.

Gwenwhyfar stand abrupt auf und hob ihren Kelch. »Ich freue mich, euch als meine Gäste willkommen zu heißen. Trinken wir auf einen festlichen und friedlichen Abend!«

Caitt wollte sich gerade erheben, seinen Trinkbecher in der Hand, als ihn Kineth am Arm packte und festhielt. Die Frau hatte nicht zu ihm, sondern zu Ailean gesprochen. Diese warf einen kurzen Blick auf ihren Bruder, dann erhob sie sich und hielt ihren Becher ebenfalls in die Höhe.

»Wir danken euch für eure Gastlichkeit. Auf Freundschaft und Vertrauen.«

»Auf Freundschaft und Vertrauen.« Gwenwhyfar leerte ihren Becher in einem Zug, Ailean tat es ihr gleich.

Auch die anderen murmelten »Auf Freundschaft und Vertrauen« und tranken.

Die beiden Frauen setzten sich wieder, dafür stand nun eine Frau zu Gwenwhyfars Rechten auf. »Eurem Auftreten nach zu urteilen seid ihr Krieger«, begann sie. »Auf wessen Seite kämpft ihr?«

Ailean wollte antworten, aber Caitt kam ihr zuvor.

»Wir kommen von einem Eiland, das nur wenige Tagesreisen von hier entfernt liegt«, sagte Caitt und genoss nun endlich die Aufmerksamkeit, die einem Anführer wie ihm zustand. »Ein Eiland, das ihr wohl als Hjaltland kennt. Wir haben dort Fürst Comgall bezwungen, dessen Tage der Unterdrückung und Tyrannei ein jähes Ende fanden.«

Ailean fand die Worte ihres Bruders unnötig theatralisch, und sie schien nicht die Einzige zu sein. Auch die Dorfobere verzog unwillig das Gesicht.

Die Frau zu Gwenwhyfars Linken – offenbar eine Priesterin, die ein großes goldenes Kreuz an einer schweren Kette aus vielen Ringen um den Hals trug – flüsterte ihrer Herrin etwas ins Ohr. Diese nickte, blickte dabei zu Kineth.

»Ihr seht«, fuhr Caitt unbeirrt fort, »wir sind nicht irgendwelche Wegelagerer, sondern –«

Gwenwhyfar hob gebieterisch die Hand und ließ Caitt damit verstummen. Auch die Musik brach schlagartig ab, die Gespräche erstarben.

Die Frau zu Gwenwhyfars Rechten sprach erneut: »Dass ihr nicht von hier seid, ist offensichtlich. Ihr seht auch nicht aus wie Nordmänner, obwohl ihr ihre Kleider tragt. Aber ihr sprecht eine Sprache, die man hier seit sehr langer Zeit nicht mehr gehört hat. Wir fragen euch also erneut.« Die Frau sah nun Ailean an. »Wer seid ihr?«

Ailean wusste, dass Caitt in seiner ungeschickten Art nur versucht hatte, ihre wahre Herkunft zu verbergen. Aber sie wusste auch, dass Gwenwhyfar keine Lüge akzeptieren würde.

Ihr Blick richtete sich auf die Dorfobere. »Mein Bruder sprach die Wahrheit, wenn auch nicht die ganze. Es stimmt, wir kommen aus dem Dorf Dùn Tìle auf dem Eiland Innis Bàn, das viele Tagesreisen entfernt im Nordwesten liegt. Es wird nur von unserem Volk bewohnt, aber es ist nicht unsere Heimat.«

Gwenwhyfar schien zufrieden. »Nein, das ist es wohl nicht.« Sie nickte der anderen Frau zu, die zu ihrer Rechten saß. Diese stand wortlos auf und streifte sich das Kleid aus Wolle ab, stand nun nackt vor ihnen.

Ihr straffer Körper wirkte wie eine meisterhaft behauene Skulptur. Egill und Kineth tauschten einen Blick, der mehr Verwunderung als Verlangen widerspiegelte. Was wollte ihnen ihre Gastgeberin damit zeigen?

Dann drehte sich die Frau um und strich sich die langen Haare aus dem Rücken.

Die Krieger rissen die Augen auf. Von einem Schulterblatt zum anderen zierte eine Bemalung den Rücken der Frau, eine Zeichnung in der Haut, die ihnen nur allzu vertraut war – das Piktische Tier. Das gleiche, das auch Kineth' Brust zierte.

»Wie ... wie ... ist das möglich?«, stammelte Moirrey.

»Ich denke, ihr habt gefunden, wonach ihr gesucht habt«, stellte Gwenwhyfar fest. »Willkommen zu Hause.«

Die Krieger warfen sich ratlose Blicke zu. Als sie sich auf die Reise begeben hatten, hatte sich jeder seine eigenen Vorstellungen davon gemacht, wie es sein würde, wenn sie im Land der Ahnen auf Angehörige ihres Volkes treffen würden. Aber niemand von ihnen hätte sich träumen lassen, hier auf ein solches Dorf zu treffen.

Zu viele Fragen brannten Kineth auf den Nägeln, als dass er still auf seinem Platz hätte sitzen bleiben können. Er erhob sich und trat zu Gwenwhyfar, die ihn mit einem Kopfnicken aufforderte, sich zu ihr zu setzen.

Kineth betrachtete die Frau genauer, sie strahlte etwas aus, das er noch an keiner Frau gesehen hatte: Sie war erfahren, aber nicht alt, sie wirkte herb und trotzdem anziehend, und wenn sie sprach, hatte sie ein Glänzen in den Augen, das einen unwillkürlich in seinen Bann zog.

»Gefällt es dir bei uns?«, fragte Gwenwhyfar und ließ sich von einer Magd nachschenken.

»Ja«, antwortete Kineth ehrlich. »Aber ich muss zugeben, dass ich mir ein Wiedertreffen mit Angehörigen unseres Volks anders vorgestellt habe.«

Die Dorfobere machte ein ernstes Gesicht. »Du hast dir vorgestellt, ein gebieterischer Greis würde euch entgegentreten und euch im Namen der Ältesten willkommen heißen?«

»So in etwa.« Kineth lächelte. »Aber ... wo sind all eure Männer?«

»Wir haben uns ihrer entledigt.«

Kineth starrte die Dorfobere an. Caitt, Ailean und die anderen, die das Gespräch von ihrem Platz aus verfolgt hatten, kamen näher und setzten sich zu ihnen.

Gwenwhyfar, die ihre bestürzten Gesichter sah, lächelte. »Aber nicht, wie ihr denkt.« Sie holte tief Luft, bevor sie fortfuhr. »Wir sind eines Tages zu der Erkenntnis gelangt, dass wir der Männer nicht bedürfen. Wir müssen ohnehin das Feld bestellen, das Essen bereiten, die Kinder aufziehen – wozu braucht es dann noch Männer, die uns schlagen, schelten oder über uns herfallen, wann immer es *ihnen* beliebt?«

»Ihr habt eure Männer aus dem Dorf gejagt?«, sagte Bree mit einer Mischung aus Verwunderung und Unglauben. »Und sie haben sich nicht gewehrt?«

»O doch, einige schon. Ihr habt ihre Schädel draußen vor dem Tor gesehen.«

Egill lachte auf. »Ihr könnt mit Männern umgehen, das

muss man euch lassen. Ich nehme an, ihr habt ihnen nicht nur die Köpfe abgeschnitten?«

Gwenwhyfar tauschte einen belustigten Blick mit der Priesterin.

Die schmunzelte: »Keine Angst, Nordmann. Wir wissen trotz allem einen Männerschwanz zu schätzen.«

Bree spürte, wie ihr bei diesen Worten die Röte ins Gesicht schoss.

Die Priesterin musterte Egill. »Aber nur dann, wenn *uns* der Sinn danach steht.« Als sie seinen skeptischen Blick sah, fügte sie an: »Seht, es ist einfacher, als ihr denkt. Wenn ein Mann Einlass begehrt, zum Beispiel ein Händler, und er stinkt nicht, als hätte er im Schweinekoben geschlafen, dann kann es für ihn und für eine von uns eine sehr vergnügliche Nacht werden. Am Morgen darauf verlässt er das Dorf, und alle sind zufrieden.«

»Und ... die Kinder?« Jetzt wollte es Bree genau wissen. »Was macht ihr mit den Jungen?«

»Die übergeben wir in fremde Obhut.«

»Und ihr habt keine Angst, dass euer Dorf belagert und gestürmt wird?«, fragte Egill. »Ein Haufen allein lebender Frauen ...«

»Sehen wir aus, als hätten wir Angst, Nordmann?«, fragte Gwenwhyfar. »Wir leben nun schon seit vielen Jahrzehnten auf diese Art und Weise. Wir wissen uns unserer Haut zu erwehren. Außerdem stehen wir unter dem besonderen Schutz von König Konstantin, Sohn des Áed.«

Egill blickte überrascht auf.

»Der König weiß, dass er auf uns zählen kann. Wir bestellen das Land und liefern ihm unseren Anteil. Auch enthalten wir ihm keine Männer vor, wenn er sie als Soldaten einziehen will.«

Egill schüttelte den Kopf. »Nehmt es mir nicht übel, aber ich verstehe trotzdem noch nicht, wie ein Dorf voll Frauen unbehelligt in einem Land voller Männer leben kann.«

»Vielleicht, weil wir den Männern in diesem Land nicht ganz geheuer sind?«, antwortete die Priesterin und lächelte geheimnisvoll.

Flòraidh wankte aus der Halle, in der noch immer gefeiert wurde. Sie stützte Elpin, der sich kaum noch auf den Beinen halten konnte.

»Bring mich ins Bett, Weib«, lallte der Bauer, der nun ein Krieger war, und fasste seiner Gefährtin an die Brust.

Flòraidh ließ Elpin los. Der fiel in den Matsch und sah im Liegen zu der jungen Frau auf. »Du glaubst wohl, dass ich keinen mehr hochbekomme, was?«

»Ich glaube es nicht nur, ich weiß es. Gute Nacht, du Held.«

Elpin rappelte sich auf. Er versuchte ein Lächeln, was ihn aber mehr wie einen wiehernden Esel aussehen ließ. Dann trottete er davon.

Flòraidh schmunzelte. Sie wusste, dass Elpin sie nie ernstlich bedrängen würde. Aber der Rausch trieb manchmal seltsame Blüten.

Sie sah sich um. Die Nachtluft war schwer vom Regen. Hinter der Klippe lag der See gespenstisch ruhig. Sie fühlte sich von dem Anblick sonderbar angezogen, und so ging sie mit unsicheren Schritten bis an den Rand des Felsens, der steil nach unten abfiel und dann von der unergründlichen Dunkelheit des Wassers abgeschnitten wurde.

Flòraidh sah hinunter. Ihr war, als wäre die Oberfläche des Sees nur die schwarze Öffnung in eine viel größere Tiefe.

Plötzlich wurde sie von zwei Armen umklammert und nach hinten gerissen.

»Vorsicht, schönes Kind«, sagte eine Frau und hielt sie weiter eng umschlungen. Sie hatte braunes Haar, das sie zusammengebunden hatte. Ihre Gesichtszüge waren hart, strahlten aber trotzdem eine vertrauenserweckende Güte aus, und ihre Falten verrieten, dass sie zumindest zehn Jahre älter als Flòraidh sein musste. Es war die Frau mit dem piktischen Tier am Rücken.

»Wer in der Nacht in den Loch Nis fällt, kommt nicht wieder an die Oberfläche. Der See behält ihn dann für sich, bis ans Ende der Zeit.«

Flòraidh zog die Brauen zusammen. »Ich bin etwas zu alt, um an solche Ammenmärchen zu glauben.« Die Frau löste sich von ihr, hielt nur noch ihre linke Hand. Sie betrachtete das sich windende Muster auf Flòraidhs Haut, strich mit den Fingern darüber.

»Du hast beinahe die gleiche Bemalung wie ich«, sagte sie und fuhr die blauen Linien entlang ihres Armes hinauf, weiter über ihr Kleid, das die Schulter bedeckte, dann über die linke Seite ihres Halses bis zu ihrer rasierten Schläfe, auf der sich eine Triskele wand. Nun stand die Frau wieder nah bei ihr, kaum eine Handbreit trennte ihre Gesichter. »Du musst erschöpft sein von eurer Reise ...«

Flòraidh spürte, wie ihr flau im Magen wurde. Wurde sie etwa gerade –

»Dann wünsche ich dir eine gute Nacht«, sagte die Frau verspielt, machte einige Schritte rückwärts und verschwand in der nächstgelegenen Hütte.

Die Kriegerin stand allein im Regen. Gedanken schossen ihr durch den Kopf, sie war unschlüssig, ob sie jetzt ihre Nachtstätte aufsuchen sollte, oder vielleicht doch –

Die Frau blickte aus ihrer Hütte, das Kleid aus Wolle hatte sie bereits abgelegt. »Worauf wartest du? Komm!«

Im Inneren der Hütte war es stockfinster. Das Licht, das von draußen hätte hereinfallen können, wurde durch einen schweren ledernen Vorhang blockiert. Flòraidh zog die Nadel aus ihrer Brosche, die ihren Umhang zusammenhielt, und ließ ihn zu Boden gleiten. Dann entledigte sie sich des Hemdes und ihrer restlichen Kleider.

Sie war aufgeregt, hatte eine Gänsehaut und spürte eine Mischung aus Angst und Verlangen. Als sie so völlig nackt dastand, kamen ihr plötzlich Zweifel. Woher sollte sie wissen, dass dies keine Falle war? Vielleicht wollten die Bewohnerinnen dieses Dorfs sie erst umgarnen, um sie dann im Schutze der Nacht umzubringen?

Ihr Atem beschleunigte sich, ein panisches Gefühl breitete sich in ihr aus. Flòraidh bückte sich und wollte gerade ihre Kleidung greifen, als sie eine Hand am Arm packte.

»Ich heiße Tavia.« Die Stimme der Frau, die sie hereingerufen hatte. Allmählich wurden die Konturen ihres Körpers in der Dunkelheit sichtbar.

Flòraidh ließ alle Bedenken fahren. Tavia zog sie zu sich hinab, Flòraidh spürte, dass sie auf einem Fell lagen, wohl die Bettstatt. Die blonde Kriegerin berührte Tavias warmen Körper, er fühlte sich weich und fest zugleich an, war warm und roch angenehm nach dem Rauch von Feuerholz. Flòraidh ließ ihre Hände weiter gleiten, von der Taille über die kleinen spitzen Brüste, die sie kurz mit ihren Fingern umspielte, bis sie schließlich Tavias Gesicht in Händen hielt. Sie spürte deren Atem, der ebenso ruckartig erregt ging wie der ihre, dann küsste sie zaghaft ihre Lippen – und hatte das Gefühl dahinzuschmelzen, als ihr Kuss erwidert wurde. Sie öffnete ihren Mund, strich sanft mit der Zunge über die ihrer Gespielin.

Jetzt erhob sich Tavia und drückte Flòraidh sanft auf den Rücken, presste ihren Oberkörper auf den ihren. Sie nahm Flòraidhs Hände und hielt sie auf dem Fell fest. Dann leckte sie der Kriegerin über die Wange, den Hals entlang und über das Brustbein. Sie verharrte bei ihrer Brust und begann, daran spielerisch zu knabbern und zu saugen.

Flòraidh wand sich lustvoll. Lange, viel zu lange, hatte sie warten müssen, um solch einen Moment wieder erleben zu dürfen.

Weil du zu feige warst, dich Ailean zu offenbaren.

Aber dies spielte jetzt keine Rolle mehr, sie genoss die Liebkosungen, spürte, wie ihre Brustwarzen hart und ihre Scham feucht wurde ... als plötzlich eine dritte Hand ihren Oberschenkel entlangglitt.

Flòraidh erschrak, aber Tavia drückte sie auf das Fell zurück.

»Ich bin Sìne«, sagte eine Frau mit sanfter heller Stimme und begann, Flòraidhs Bauch zu küssen.

Flòraidh wurde schwindelig, alles in ihrem Kopf begann sich zu drehen. Hatte sie sich in einem Traum verfangen? Lag sie in Wahrheit betrunken draußen vor der Halle auf dem matschigen Boden?

Tavia und Sìne schmiegten sich an Flòraidh. Dann begannen sie, sich zu dritt zu küssen, und Flòraidh war es schlagartig einerlei, ob sie träumte oder nicht. Sie wünschte nur, dass dieser Augenblick ewig dauern würde …

»Die Inschrift auf dem schwarzen Stein gedenkt einem gewissen Emchath, Sohn des Fionnlagh, der vor Hunderten von Jahren die Grundmauern dieser Festung erbauen ließ. Er war einer von uns«, erzählte Gwenwhyfar. Sie standen am Rand des Dorfes, dort, wo der Felsen in den Abgrund führte. Gwenwhyfar hatte die Sonne im Rücken und wirkte durch das gleißende Licht und die sanfte Brise, die vom See her durch ihr Haar wehte, wie eine Göttin aus einer alten Sage.

Nachdem Caitt, Ailean, Kineth und Egill bei Anbruch des Tages aufgewacht waren, hatten sie sich zunächst in der Halle ein wenig gestärkt und sich anschließend mit der Dorfoberen getroffen, die mehr über sie wissen wollte. Und so berichteten die Krieger, was sie wussten: dass ihr Volk einst aus diesem Land flüchten musste, um der völligen Vernichtung zu entgehen. Wie die Flüchtenden versucht hatten, das Eiland, auf dem sie gestrandet waren, urbar zu machen und mit dem wenigen, was es hergab, auszukommen. Und was jüngst geschehen war, seit die

Krieger den Angriff der gestrandeten Nordmänner niederschlagen konnten.

Je länger die Erzählungen dauerten, umso ungeduldiger wurde Caitt. Nicht, dass er den gestrigen Abend nicht genossen hätte. Das Essen war reichlich und das Ale mindestens genauso schmackhaft wie jenes in Cattburgh. Aber wenn es nach ihm gegangen wäre, hätte er seine Krieger zusammengetrommelt, die vor der Befestigung bleiben mussten. Waffen hin oder her, wenn sie erst im Dorf gewesen wären, was hätten ihm denn diese Weiber entgegenzusetzen gehabt? Dann wüssten er und die Seinen bereits, was es mit der Inschrift auf dem Stein und dem Ort hier auf sich hatte.

»Emchath«, fuhr Gwenwhyfar fort, »herrschte über diesen Teil des Landes und war nur König Bridei Rechenschaft schuldig. Dieser hielt im Norden Hof, in Inbhir Nis, und erwartete den Besuch des Mönches Columban, der von der Insel Ì Chaluim Chille anreiste. Bridei, müsst ihr wissen, hatte den christlichen Glauben noch nicht angenommen, genauso wie der Rest unseres Volkes. Aber Bridei respektierte die selbst ernannten Heilsverkünder dieses neuen, einzig wahren Gottes.«

Die Priesterin, die gerade hinzukam, bekreuzigte sich.

»Nun kam es, dass Emchath im Sterben lag. An seinem Totenbett hatten bereits seine Frau und sein Sohn Viròlec Platz genommen. Als die Kunde an den Sterbenden herangetragen wurde, dass dieser Mönch durch sein Land reiste, schickte er nach ihm, und Columban kam seiner Bitte nach.«

»Was wollte Emchath von einem Gott, dem er sein Leben lang nicht gedient hatte?«, fragte Egill.

Die Priesterin schmunzelte. »Ich sehe, Nordmann, dass du zu den wenigen gehörst, die noch nicht die Botschaft unseres Heilands vernommen haben.«

»Da hast du verdammt recht. Die Asen wachen bis zum Ragnarök über die Eislande, daran vermag auch euer Heiland nichts zu ändern.«

Die Priesterin ließ sich von Egill nicht herausfordern. »Ihr müsst euch den Platz bei euren Göttern erst erkämpfen. Unser Gott gewährt jedem, der sich zu Lebzeiten zu dem einzig wahren Glauben bekennt, Einlass in das ewige Paradies.«

Egill lächelte süffisant. »Ganz gleich, was derjenige zu Lebzeiten angerichtet hat?«

Die Priesterin nickte.

»Ganz gleich, wie schändlich und ehrlos ich mein Leben geführt habe, ganz gleich, mit wie viel Blut von Unschuldigen ich mich besudelt habe – mit meinem letzten Atemzug trete ich zu diesem Gott über und komme in sein Paradies?«

»Ja, sofern du deine Sünden ernsthaft widerrufst.«

»Tatsächlich?«

»Sofern du ernsthaft widerrufst.«

Ailean gab Egill einen Stoß in die Rippen. »Was ist daran so schwer zu verstehen?

»Das ist doch nur ein –«

»Genug!«, unterbrach Gwenwhyfar den Nordmann scharf. »Was du glaubst oder nicht glaubst, ist deine Sache, aber erweise uns zumindest Respekt.«

Egill verdrehte nur die Augen, sagte aber nichts mehr.

»Emchath«, fuhr Gwenwhyfar fort, »vermutete wohl, dass seine Taten zu Lebzeiten von den alten Göttern nicht gutgeheißen würden, also bat er den Mönch Columban, ihn am Totenbett zu taufen. Und um seiner Entscheidung mehr Gewicht zu verleihen, konvertierten alle anderen an seinem Hof ebenfalls zum Christentum, auch seine Frau und sein Sohn.« Sie blickte Ailean an. »Man könnte also sagen, dass dies hier eine der Geburtsstätten des neuen Glaubens unseres alten Volkes ist, und darüber hinaus noch einiges mehr.«

Ailean zögerte, dann nahm sie sich ein Herz. »Wie die Prophezeiung aus den Überlieferungen des Uuradach?«

Gwenwhyfar nickte wissend. »Nur das Grab des Letzten der Könige vermag die Nacht zu vertreiben und ein letztes Reich zu erschaffen.«

»Du weißt von dem Grab?«, brach es aus Caitt heraus. Er hatte von dem ausschweifenden Gerede dieser selbst ernannten Dorfoberen endgültig genug.

»Natürlich. Warum sonst wärt ihr gekommen?«

»Wo liegt es?«

Gwenwhyfar seufzte. »Das ist nicht so einfach zu beantworten.«

»Warum nicht? Entweder du weißt es, oder wir verschwenden hier nur unsere Zeit!« Caitts Gesicht lief rot an.

»Dein Bruder ist wie die meisten Männer«, wandte sich Gwenwhyfar an Ailean, »sie können sich nicht gedulden. Egal, wie dick die Mauer ist, man stürmt erst mal dagegen an, statt sie zu umgehen. Habe ich recht?«

Ailean blickte zu Caitt. Sie wusste, wie unbeherrscht er war, egal was er sich bei der Ankunft in diesem Land vorgenommen hatte. Und sie hoffte, dass er keine Torheit begehen würde, die sie alle gefährden könnte.

Die Hoffnung zersprang, als ihr Bruder den Mund aufmachte und Gwenwhyfar antwortete.

»Das Einzige, was wir von dir bis jetzt zu hören bekommen haben, sind alte Geschichten. Wenn du nicht Willens bist, uns zu helfen, Weib, dann –«

Caitt machte einen Schritt auf Gwenwhyfar zu, im selben Augenblick hatte er ein Messer an seiner Kehle. Die Priesterin, die die Waffe hielt, blickte ihn eiskalt an. »Denk daran, was wir mit jenen machen, die glauben, über uns herrschen zu können. Denk an ihre aufgespießten Schädel.«

Caitt trat wutschnaubend zurück. Schwarze Wogen des Hasses durchfuhren ihn. »Ich bin Caitt, Sohn des Brude«, brüllte er. »Wenn wir wollten, könnten wir euer Nest bis auf die Grundmauern schleifen!«

Gwenwhyfar hob eine Augenbraue. »Ach ja? Du und welche Krieger?«

Caitt blickte zu Ailean, zu Kineth. Beide sahen drein, als ob sie sich seiner schämten.

Plötzlich wurde ihm klar, dass er alleine war. Und dass er ein weiteres Mal vor den Seinen versagt hatte.

»Glaubt nicht, dass ich euch das vergessen werde.« Seine Stimme zitterte vor Wut. Er wandte sich um, schritt zum Tor und war gleich darauf verschwunden.

Alle schwiegen. Schließlich räusperte sich Kineth. »Was können wir tun, damit ihr uns helft?«

»Ah, ein Mann der seine Ungeduld in eine Gefälligkeit zu verpacken weiß... Aber *du* kannst gar nichts tun«, entgegnete Gwenwhyfar und sah Ailean an. »*Sie* muss etwas tun. Als Tochter eures Herrschers muss *sie* sich als würdig erweisen.«

»Würdig?«, wiederholte Ailean ungläubig.

Gwenwhyfar nickte und begann die Klippen entlangzugehen, die anderen folgten ihr. »Nur weil wir euch Obdach und Gastfreundschaft gewährt haben, bedeutet das nicht, dass wir unsere Aufgabe vergessen haben. Oder glaubt ihr, dass wir zufällig an diesem Ort leben? Wir haben jemanden wie euch erwartet, schon seit vielen Generationen.«

Gwenwhyfar und die Priesterin nahmen Ailean jetzt in die Mitte. »Komm mit«, sagte die Dorfobere, »und ich werde dir von dem Ritual erzählen, das es zu bestehen gilt.«

Ailean ging mit ihnen, von dem Gedanken beflügelt, dass sie, nur sie, etwas tun konnte, was zur Rettung ihres Volkes beitragen konnte.

Sie warf einen Blick über die Schulter zurück, zu Kineth und Egill. Zu dem einen, den sie ein Leben lang kannte, und zu dem anderen, der erst vor ein paar Tagen in ihr Leben getreten war. Mit einer Handbewegung gab sie den beiden Männer zu verstehen, dass sie zurückbleiben sollten.

Diese stutzten, taten aber wie ihnen geheißen und ließen die drei Frauen allein weitergehen. »Stell dir vor, du wärst nicht mit uns gezogen. Du hättest das alles verpasst«, sagte Kineth im Scherz.

Egill schüttelte den Kopf. »Ein unfähiger Anführer«, er spuckte aus, »eine Priesterin, die ihm den Schneid abkauft. Und ein Dorf voller Frauen, die sich für unbesiegbar halten. Das ist doch –«

In dem Moment kam Flòraidh aus der Hütte neben den beiden Männern, ihr Hemd offensichtlich hastig übergezogen, die Haare zerzaust, in den Augen ein verklärter Blick. Sie eilte an ihnen vorbei, ohne sie zu beachten.

Kineth und Egill sahen ihr verwundert nach.

»Und was war das?«, wollte Egill wissen.

Kineth zuckte mit den Schultern. »Weiber.«

»Was da drin über Nacht wohl geschehen ist?«, fragte Dànaidh Unen und blickte zum Dorf. Die beiden Männer lehnten nebeneinander mit dem Rücken an einem Felsbrocken und ließen sich von der Morgensonne die nassen Kleider am Leibe trocknen. Bis spät in die Nacht hatten sie Lärm und Musik aus dem Dorf gehört, hatten es aber trotzdem nicht bereut, draußen geblieben zu sein.

»Ich weiß nicht, was die da drin getrieben haben«, antwortete Unen, »aber eins kann ich dir sagen: Das dort ist nicht richtig. Es bedarf Mann *und* Weib im Leben. Stell dir ein Dorf nur mit Männern vor.«

Der Schmied und der Mann der Garde sahen sich einen Moment lang an. Dann rückten sie wie aufs Stichwort ein Stück voneinander weg.

»Andererseits«, Dànaidh überlegte kurz. »Was, wenn die da drinnen jeden Mann ordentlich bedient haben?« Er machte eine eindeutige Geste.

Unen lachte auf. Dann fiel sein Blick auf eine Gestalt, die sich ihnen näherte. Er kniff die Augen zusammen. »Caitt. Sieht nicht so aus, als hätte es dem irgendeine besorgt.«

Die beiden Männer warteten stumm, bis der Sohn des

Brude sie erreicht hatte, sahen sein zornrotes Gesicht und wie er die Fäuste ballte.

»Diese verdammte Fotze von einer Anführerin!«, schrie er. »Wenn ich die zu fassen bekomme, dann –«

»Na, na«, versuchte Unen ihn zu beruhigen. »Wenigstens sind sie uns nicht feindlich gesinnt. Und solange sie uns bei unserer Suche helfen, spielen wir einfach mit. Vergiss das Dorf.«

»*Vergiss das Dorf*?« Caitt starrte den riesigen Krieger an, als würde er ihm gleich an den Hals gehen. »Haben wir nichts riskiert, um die See zu bezwingen? Haben wir nicht mit dem Blut unserer Krieger gegen die Nordmänner bezahlt, um hierherzukommen? Und wofür das alles? Nur für dieses gottverdammte Drecksnest, wo man sich vorführen lassen muss wie ein beschissener Bauer!«

In diesem Moment kam Elpin des Weges geschlendert, den Kopf immer noch schwer vom Ale der letzten Nacht. »Also, ich habe den Abend bei dem Weibsvolk genossen, ehrlich«, sagte er mit leicht schlagender Zunge.

Einen Augenblick später stürzte Caitt sich auf ihn, die beiden rollten ineinander verkeilt den Abhang zum See hinunter. Dann kamen sie zum Stehen, Caitt beugte sich über Elpin und begann brutal auf ihn einzuschlagen.

»Es reicht! Lass ihn los!«, rief Unen, der hinter ihnen hergelaufen kam. Dànaidh folgte in einigem Abstand.

Elpin versuchte, sein Gesicht zu schützen – vergebens. Faustschläge prasselten auf ihn herab und verwandelten sein Antlitz in eine blutrote Masse. Dann waren Unen und Dànaidh da, zerrten Caitt von Elpin herunter. Caitt wirbelte herum und stürzte sich blindlinks auf die beiden. Ein wuchtiger Schlag von Unen schmetterte ihn jedoch zu Boden. Er wollte wieder hoch, spürte aber das Schwert des Kriegers an seiner Kehle.

Es war das zweite Mal an diesem Tag, dass der Sohn des Brude eine Klinge an seiner Kehle hatte, und allein der Gedanke daran machte ihn noch rasender.

»Es ist genug, mein Anführer«, sagte Unen respektvoll drohend.

Caitt wollte sein Schwert ziehen, erkannte jedoch im selben Moment, dass er es am Tor des Dorfes abgegeben und es sich beim Hinausgehen nicht wiedergeholt hatte. Er zögerte, dann hob er die Hände zum Zeichen, dass er aufgab. Unen steckte sein Schwert wieder in die Scheide und trat einen Schritt zurück.

Caitt blieb im Gras liegen. Der Mann der Garde sah auf ihn hinab und grunzte verächtlich.

Elpin wand sich derweilen stöhnend im Gras. Er konnte noch immer nicht verstehen, was ihm zugestoßen war. Dànaidh beugte sich zu ihm hinunter und half ihm auf. »Komm hoch, Bursche. Wollen mal sehen, ob diese Hexen nicht irgendeine Tinktur für dich haben.«

Elpin stammelte einige unverständliche Worte und sackte wieder zusammen, aber Dànaidh packte ihn unter den Armen und fing ihn auf. Dann warf ihn der Schmied über die Schulter und trug ihn in Richtung des Dorfes.

Kineth kniete am Boden der Hütte. Neben ihm hockte eine junge Frau aus dem Dorf, daneben Elpin, das Gesicht mit nassen Tüchern bedeckt.

»Wie geht es dir?«, fragte Kineth.

Elpin zuckte mit den Schultern. Dann flüsterte er: »Gestern ging's noch.«

»Zäh wie Leder, der Bursche«, sagte er lachend und klopfte Elpin auf die Schulter.

Als Dànaidh den Verwundeten ins Dorf getragen hatte, glaubte jeder, dass ihn ein Feind oder ein Tier angegriffen hätte. Aber der Schmied hielt mit der Wahrheit nicht hinterm Berg und erzählte, was sich zugetragen hatte.

In einer ersten Reaktion wollte Kineth Gleiches mit Gleichem vergelten, aber er hatte sich besonnen, hatte abgewartet, bis Elpin versorgt war, und kniete nun neben ihm.

Die Frau nahm die nun blutdurchtränkten Tücher von Elpins Gesicht und legte sie in einen Bottich mit klarem Wasser. Der Mann sah zum Erbarmen aus: An der Stirn, der linken Braue und der rechten Wange war die Haut aufgeplatzt, beide Augen waren beinahe zugeschwollen, die Nase gebrochen, die Lippen aufgesprungen. Behutsam wischte die Frau gestocktes Blut vom Gesicht. Dann nahm sie eine Schale aus Holz, tauchte beide Finger in die dickflüssige Tinktur darin, die einen übel riechenden, harzigen Geruch verbreitete, und schmierte sie über das geschwollene Gesicht des Verletzten. Elpin stöhnte auf.

Kineth beugte sich über seinen Freund. »Hast du mir noch etwas zu sagen, bevor ich Caitt zur Rede stelle?«

Elpin deutete Kineth, noch näher zu kommen. »Ich stehe für mich selbst ein«, flüsterte er.

»Es geht dabei nicht nur um dich«, versuchte Kineth zu erklären. »Wenn wir dulden, dass unsere Gemeinschaft durch einen Einzelnen geschwächt wird, werden wir auf feindlichem Boden nicht überleben. Nur der Zusammenhalt macht uns stark.«

»Ich stehe für mich selbst ein«, wiederholte Elpin.

»Wie du meinst«, sagte Kineth. »Lass dich pflegen, dann sehen wir weiter. Ich kann dir übrigens versichern: Du bist nicht nur in guten, sondern auch in hübschen Händen – nur falls du es durch deine verquollenen Augen nicht erkennen kannst.«

Kineth stand auf, nickte der Frau zu und verließ die Hütte.

Sei es, wie es sei. Dafür wirst du noch büßen, Bruder.

Vor der Hütte traf Kineth Gwenwhyfar, die ihrer Priesterin etwas zuflüsterte und sie dann wegschickte.

Kineth räusperte sich. »Danke für deine Hilfe.«

»Dein Stiefbruder scheint einer jener Menschen zu sein, die glauben, eine Faust spreche immer Recht.«

»Caitt ist manchmal fehlgeleitet«, versuchte Kineth diesen zu entschuldigen, ohne es so zu meinen. »Aber er wird noch erkennen, dass man sich Respekt und Loyalität nicht erschlagen kann. Und Elpin wird keine bleibenden Verletzungen davontragen, hoffe ich.«

»Nein, wird er nicht«, bestätigte Gwenwhyfar. Dann musterte sie den Krieger von oben bis unten mit eindeutigem Blick. »Ich weiß, du bevorzugst dunkelblonde Lockenköpfe«, fuhr sie fort und strich sich durch ihr dick geflochtenes rotes Haar. »Aber Ailean wird heute Abend leider verhindert sein.«

Sie machte einen Schritt auf Kineth zu, lenkte seinen Blick auf ihren Ausschnitt, der ihre prallen Brüste nur notdürftig verhüllte.

»Ich –« Der Krieger war plötzlich verlegen. »Ich danke dir für dein Angebot, aber –«

»Zu spät«, sagte die Dorfobere knapp. »Ein ›aber‹ macht alles, was davor gesagt wurde, zunichte. Du solltest wissen, wann man eine Gelegenheit am Schopfe packt!«

Sie drehte sich um und ging davon.

Nackt und zitternd vor Kälte stand Ailean bis zur Hüfte im eiskalten Wasser des Loch Nis. Die Schwärze des Sees schien alles verschlingen zu wollen. Die Arme um die Brust geschlungen, das Klappern der Zähne dröhnend in ihrem Kopf, wandte sie ihren Blick sehnsüchtig gen Himmel: Die Sichel des Mondes, immer wieder von Wolken verdeckt, hatte ihren Höchststand noch nicht erreicht.

Komm mit, und ich werde dir von dem Ritual erzählen, welches es zu bestehen gilt.

Gwenwhyfars Worte. Sie fluchte innerlich, aber was hätte sie tun sollen? Zwischen dem Grab des letzten Königs und ihnen lag das Ritual.

Erste Zweifel waren Ailean gekommen, als Gwenwhyfar sie fragte, wann sie bluten werde. Als sie antwortete, dass der Zeitpunkt nahe sei, hatten die Augen der Dorfoberen aufgeleuchtet.

Dann wird sich bereits heute Nacht entscheiden, ob du würdig bist.

Würdig in diesem dunklen Loch zu stehen, vom Erscheinen des Mondes bis zu seinem Höchststand, dachte Ailean wütend.

Wenn die Blutung aufhört, dann ist dies der Beweis.

Hinter ihr, am Ufer, standen zwei Frauen aus dem Dorf Wache. Gwenwhyfar hatte sich zurückgezogen, um – wie sie es ausdrückte – für das Zeichen zu beten.

Ailean begann ihre Zehen, die sie kaum noch spürte, zu ballen und zu strecken. Ebenso spannte sie die Muskeln ihrer Beine immer wieder an, um die völlige Erstarrung, die nicht mehr weit war, hinauszuzögern.

Sie zitterte stärker. Noch vor nicht allzu langer Zeit hatte sie nur eines gewollt: weg von dem Eiland, weg von ihrem Dorf und selbst erleben, wovon bisher nur die Lieder gesungen hatten. Aber im Moment hätte sie alles dafür gegeben, wieder in ihrem Dorf zu sein, im Haus ihres Vaters, am wärmenden Feuer.

Wenn die Blutung aufhört, dann ist dies der Beweis.

Würde sie die Prüfung bestehen? Bei dieser Kälte zog sich ihr Unterleib wahrscheinlich so zusammen, dass ihn kein Tröpfchen, egal welches, die nächsten Stunden verlassen würde...

Wieder blickte Ailean in den Himmel. War es nicht schon so weit? Schritt der Mond nicht bereits wieder auf die Berge am Horizont zu? Nein, es hatte keinen Zweck, sich etwas vorzumachen.

Die Kriegerin schloss die Augen, alles hing nun von ihrer inneren Stärke ab. Sie spürte, wie sie sich immer mehr aus ihrem Körper zurückzog, wie er immer mehr zu einer leeren Hülle wurde. Ailean hatte das Gefühl, auf sich selbst hinabzublicken, wie sie in diesem schwarzen Nichts stand, hinter sich das befestigte Dorf, vor sich der nasse Abgrund. Aus den Sternen formten sich Bilder: eine Triskele, die sich wie ein Wagenrad drehte; ein Bulle, der das Rad zerstampfte; das piktische Tier, das den Bullen auf einen Satz fraß und dann über die Landschaft davongaloppierte, der Unendlichkeit entgegen.

Ailean war, als kehrte die Wärme in ihren Körper zurück, als könnte sie mit einem Augenaufschlag alle Mühsal abschütteln, sie müsste dazu einfach nur hinauf, zu den Sternen, die sie willkommen hießen ...

Die Hand auf ihrer Schulter riss sie jäh und gewaltsam ins Hier und Jetzt zurück. Zurück in das eiskalte Wasser, zurück in ihren tauben Körper, zurück in diesen Albtraum von Ritual.

»Es ist Zeit«, hörte sie eine sanfte Stimme und spürte den warmen Atem in ihrem Nacken. Gwenwhyfar.

Ailean konzentrierte ihre ganze Kraft darauf, sich umzudrehen. Ihr war, als versuchte sie einen gefrorenen Ast zu biegen – ihr Körper schien jeden Moment auseinanderzubrechen. Schließlich schaffte sie es doch, sich in Bewegung zu setzen. Gestützt auf die Dorfobere erreichte sie das Ufer.

Die Wachen hatten ihren Platz verlassen, die beiden Frauen waren allein. Gwenwhyfar legte Ailean eine dicke Wolldecke um die Schultern und sah ihr aufmunternd in die Augen. »Der Moment der Wahrheit ist gekommen.«

Sie drückte die Kriegerin, die am ganzen Körper wie Espenlaub zitterte, an sich. Dann murmelte sie rituelle Beschwörungen und fuhr Ailean langsam mit der Hand die Hüfte hinab, zwischen die Beine.

Ailean nahm alles wie in einem absonderlichen Traum wahr:

Die Decke, die keinerlei Wärme zu spenden vermochte.

Die Frau, die sie an sich gedrückt hielt.

Die Hand, die eben noch zwischen ihren Beinen gewesen war und die die Frau nun in die Höhe hielt.

Und die pechschwarze Flüssigkeit, die auf ihren Fingern klebte.

Ailean schwanden die Sinne. War das Blut? War das ihr Blut?

Gwenwhyfar löste sich von ihr und stieß einen tiefen Seufzer aus. »Du ... bist es nicht. Ihr seid es nicht. Es tut mir sehr leid.«

Die Zeit schien stillzustehen.

Nur langsam dämmerte Ailean, was die Worte bedeuteten. Der Kampf gegen den Sturm auf See – umsonst. Der Sieg über Comgall – umsonst. Das schier endlose Ausharren im eiskalten Wasser –

Mit einem Mal schossen sämtliche Lebensgeister in Ailean zurück. Sie packte Gwenwhyfar am Arm, versetzte ihr mit der Faust einen Schlag gegen die Schläfe. Die Dorfobere fiel und schlug mit dem Gesicht voran auf dem steinigen Ufer auf. Ailean setzte sich auf sie, verdrehte ihr mit der Linken den Arm auf dem Rücken und packte mit der Rechten ihre geflochtenen Haare.

»Ich bin unwürdig?«, schrie sie. Gwenwhyfar verzog das Gesicht zu einer schmerzverzerrten Grimasse.

»Ich werde dir deinen Schädel aufschlagen wie ein rohes Ei, das zu Boden fällt! Dann werden wir sehen, wer von uns beiden unwürdig ist!« Ailean stieß einen Wutschrei aus, fühlte sich wie ein wildes Tier, das auf seiner Beute hockte. *Ich – bin – würdig!*«

Dann riss sie Gwenwhyfars Kopf zurück, entschlossen, ihn mit aller Kraft niederzuschmettern.

Sie sah in das Gesicht ihres Opfers und hielt inne.
Gwenwhyfar *lächelte*.
»Jetzt ... bist du würdig, Ailean, Tochter des Brude.«
Die Kriegerin ließ von ihr ab.
Was hatte sie getan? Was hatte das alles zu bedeuten?
Ailean spürte nun, wie ihr die Sinne schwanden. Sie wollte sich aufrichten, doch sie war zu schwach. Im nächsten Moment sackte sie zusammen und blieb bewusstlos auf Gwenwhyfar liegen, während der Mond seinen Höchststand erreichte.

Schmerzen durchströmten seinen Körper, breiteten sich von seinen Händen über die Arme und Schultern aus, bis sie schließlich jenen Punkt erreichten, wo es am meisten weh tat – seinem Innersten. Wann immer das Gefühl nachzulassen drohte, schlug er erneut mit aller Kraft gegen den Baumstamm, vor dem er kniete, ließ die Nadeln der Fichte auf sich herabregnen und genoss das Wiederaufflammen der Pein.

Er wusste, dass er heute zu weit gegangen war. Wusste, dass ihn seine Krieger ab sofort in einem anderen Licht sehen würden. Und er wusste auch, dass er irgendwann dafür bezahlen musste.

Die Frage war aber nicht, wann er bezahlen musste, sondern womit.

Caitt betrachtete seine Knöchel, sah das Blut an ihnen herunterlaufen und hatte das Gefühl, es wäre nicht sein Blut, sondern das von Elpin. Mit jedem Schlag, den er dem Mann verpasst hatte, war sein Zorn auf all jene geschwunden, die ihn seit der Abreise gedemütigt hatten, und war der Zorn gegen sich selbst gewachsen.

Hatte er nicht die Legitimation seines Vaters erhalten?

Du weißt, dass dies nicht seine Entscheidung war.

Hatte er nicht alles getan, um seine Leute zu führen?

Du weißt, dass nicht du sie geführt hast, nicht im Sturm und nicht im Moor.

Und hatte er sich nicht im Kampf bewiesen, als andere Schwäche zeigten?

Du weißt, dass du nie für andere, sondern immer nur um dein eigenes Leben gefochten hast.

Der Schmerz klang ab. Caitt schlug mit geballter Faust gegen die graubraune Borke des Baums, die bereits genauso aufgeplatzt war wie seine Knöchel. In der Stille der Nacht klang das Geräusch des Aufpralls wie das Ächzen des Baums selbst, der das ausdrückte, wozu der Mann vor ihm nicht in der Lage war – ein Schrei aus Wut und Frustration, gewaltig und doch stumm.

Caitt hatte unzählige Fragen, von denen er wusste, dass sie für immer unbeantwortet bleiben würden. Aber die einzig wichtige Frage, die sich ihm im Augenblick stellte, war nicht, warum die Dinge so waren, wie sie waren. Die einzige Frage von Bedeutung war, wie er jetzt noch erreichen konnte, woran er bisher gescheitert war – jenes Ansehen zu erlangen, das ihm gebührte. Nicht verliehen von seinem Vater, sondern ehrenhaft erkämpft vor seinen Leuten.

Du bist kein Anführer, warst du nie. Aber vielleicht bist du ein Herrscher, ein König.

Anführen und herrschen – erst in diesem Moment wurde Caitt bewusst, dass sich die beiden Begriffe im Grunde ausschlossen und nicht bedingten.

Was möchtest du also sein?

Caitt schlug gegen den Stamm.

Geliebt oder gefürchtet?

Wieder schlug Caitt gegen den Stamm.

Maus oder Mann?

Der Krieger betrachtete erneut seine geschundenen Knöchel. Dann stand er auf. Mit dem letzten Schlag gegen den Baum würde er wissen, was er war.

Er holte aus und schlug zu.

Ailean erwachte, hielt die Augen aber noch geschlossen. Es roch würzig nach verbrannten Kräutern, nach Liebstöckel und Harz. Es roch angenehm und beruhigend.

Wo war sie? Hatte ihr nicht eben noch der See den letzten Funken Wärme aus den Gliedern gesaugt?

Jetzt bemerkte sie, dass ihr heiß war, sogar sehr heiß. Dicke Schweißperlen liefen ihren Körper hinab. Langsam öffnete Ailean die Augen: Sie lag nackt auf einer hölzernen Pritsche. Rund um sie herrschte Finsternis.

Ailean setzte sich auf. Vor ihr war eine Erdgrube, in der sich mehrere rötlich glühende Steine stapelten, die eine starke Hitze abstrahlten. Allmählich erkannte sie die Gesichter der Menschen, die mit ihr rund um die Steine am Boden saßen: Gwenwhyfar, ihre Beraterin und die Priesterin. Alle drei Frauen waren ebenfalls nackt, unzählige

Schweißperlen waren im Licht der glühenden Steine auf ihrer Haut zu sehen.

Gwenwhyfar blickte Ailean an, zwei verkrustete Wunden auf der Stirn.

Du wolltest sie umbringen.

Die Dorfobere schien ihre Gedanken lesen zu können und lächelte. »Mach dir keine Sorgen, das heilt schon wieder.«

»Wo ... sind wir?«

»Du bist in unserer Gemeinschaft«, sagte die Priesterin. »Der Herr wollte dich noch nicht zu sich holen, wie es scheint.«

»Wie lange liege ich schon hier?«

»Der Morgen graut bald. Dein Körper hat lange gebraucht, um sich zu erwärmen. Sehr lange.«

Ailean runzelte die Stirn, versuchte sich daran zu erinnern, was geschehen war, nachdem sie den See verlassen hatte.

Du wolltest sie umbringen. DAS ist geschehen.

»Die Prüfung ...« Sie brach ab. »Sich würdig zu erweisen bedeutet nicht, einfach alles zu erdulden.« Gwenwhyfar hielt einen Moment lang inne. »Nur im kalten Wasser zu stehen und zu warten, ob man die Sinne verliert oder doch noch rechtzeitig erlöst wird ... jedes Schaf ist geduldig, bis es geschlachtet wird. Sich würdig zu erweisen bedeutet, sein Ziel zu verfolgen und im entscheidenden Moment das Richtige zu tun.«

Die schweren Felle, die den Eingang verhängten, wurden beiseitegeschoben. Eine Frau mit weiß bemaltem Gesicht trug weitere glühende Steine auf einem hölzernen Gestell herein. Sie kippte sie in die irdene Grube, dann setzte sie sich zu ihnen.

Eine weitere Frau kam herein. Sie hielt einen Krug in Händen, den sie Ailean reichte. Die roch kurz daran, dann trank sie gierig das warme Ale in einem Zug aus. Die Frau nahm den leeren Krug entgegen, verbeugte sich vor Gwenwhyfar und verließ wortlos die Hütte.

Ailean sah zu der Dorfoberen. »Das Grab ...«

»Das hat Zeit, bis du dich erholt hast.«

Die Kriegerin sprang auf. »Das habe ich bereits, ich –«

In diesem Moment spürte sie, wie ihr das Ale zu Kopfe stieg und sich alles zu drehen begann. Die Priesterin sprang ebenfalls auf, stützte sie und half ihr, sich wieder zu setzen.

»Noch bevor der nächste Tag zu Ende geht, werden wir aufbrechen. Aber bis dahin gib deinem Körper die Ruhe, die er verlangt«, sagte Gwenwhyfar und warf eine Handvoll Kräuter auf die Steine, die mit einem Zischen verglommen und die Hütte mit dichtem, würzigem Rauch füllten.

Die Sonne ließ die Wiesen der Hügel rund um den See in saftigem Grün erstrahlen, gedämpft nur von vereinzelten Wolken, die sanfte Schatten warfen. Bei fröhlichem Vogelgezwitscher erschien die dunkle Wasseroberfläche auf einmal nicht mehr bedrohlich, und viele Frauen des Dorfes nutzten das gute Wetter, um im See sich und ihre Wäsche zu waschen. Einige der fremden Krieger taten es ihnen gleich.

Kineth und Dànaidh standen auf einer der Wehrmauern und beobachteten die Männer und Frauen ihres Volkes, die halb nackt am Ufer standen, schwatzten und scherzten und sich mit Wasser bespritzten.

Nachdem sie eine Weile schweigend zugesehen hatten, sagte der Schmied mit einem Lächeln: »Man könnte das Gefühl haben, man ist mit einem Haufen Kinder unterwegs.« Dann wurde er ernst. »Wann erfahren wir, ob Ailean das Ritual bestanden hat?«

Kineth zuckte mit den Schultern. »Wenn sie ihre Hütte verlässt. Mehr weiß ich nicht, die beiden Wachen, die vor ihrem Eingang stehen, sind nicht besonders redselig.«

Dànaidh brummte ungeduldig. »Hast du mit Caitt gesprochen?«

»Nein, der ist wie vom Erdboden verschwunden. Aber er wird schon wieder auftauchen.«

Dànaidh schwieg. Seine Miene hatte sich verdüstert.

»Er ist schließlich immer noch unser Anführer«, fügte Kineth hinzu und versuchte seiner Stimme einen unbekümmerten Klang zu geben.

Die beiden Männer blickten wieder schweigend auf den See, der in der Morgensonne funkelte wie Juwelen auf schwarzem Samt.

Lauter werdende Stimmen rissen die beiden Männer aus ihren Gedanken. Sie wandten sich um und sahen Ailean, die den Dorfplatz betreten hatte, umringt von Kriegern.

Egill betrachtete Ailean. Ihre Haut war immer noch leicht gerötet, ihr Blick müde. »Bist du wohlauf?«

Ailean nickte unmerklich. Die grelle Sonne ließ sie blinzeln, sie fühlte sich erschöpft und seltsam gestärkt zugleich. Jetzt erst spürte sie Egills Hand an ihrem Arm.

Sie sah dem Nordmann in die Augen, sah die Fürsorglichkeit darin. Ein Gefühl der Geborgenheit durchströmte sie, von dem sie nicht wusste, ob es von Egills Gegenwart herrührte oder von der Tatsache, dass sie wieder unter den Ihren war.

Nun eilten auch Kineth und Dànaidh herbei. Kineth zog sie brüsk zu sich. »Und?«, fragte er ungeduldig. »Erachtet dich Gwenwhyfar für *würdig*?«

Ailean sah ihn nur stumm an, bemüht, dem Unterton in seiner Frage keine Beachtung zu schenken. Schließlich wandte sie sich von ihm ab und Gwenwhyfar zu, die soeben zu ihnen getreten war.

»Du solltest dankbarer sein«, sagte die Dorfobere an Kineth gewandt. »Du und deine Leute, ihr steht in ihrer Schuld.«

Kineth verharrte schweigend.

Schließlich fuhr Gwenwhyfar fort: »Ja, Ailean, Tochter des Brude, ist würdig.«

Ein Raunen ging durch die Menschenmenge, die sich inzwischen eingefunden hatte.

Die Dorfobere sah Ailean an. »Bist du bereit?«

Die Kriegerin nickte.

»Gut, dann folgt mir. Ruft eure kräftigsten Männer und Frauen, ihr werdet ein paar starke Arme brauchen.« Gwenwhyfar gab ihren Wachen ein Zeichen, dann setzte sich der ganze Tross in Bewegung.

Egill wollte ihnen folgen, als Ailean ihn zurückhielt. »Das ist nicht deine Aufgabe. Das betrifft nur unser Volk.«

»Du lässt mich hier warten?« Egill musterte sie erstaunt.

Ailean wandte sich wortlos ab und folgte den anderen.

Gwenwhyfar hatte sich an die Spitze des kleinen Zugs gesetzt, gefolgt von Ailean, Kineth, Unen und Dànaidh, sowie einer Handvoll weiterer Krieger. Sie passierten die Hütten, ließen die Halle hinter sich und erreichten schließlich die südlichen Klippen, wo eine Gruppe knorriger toter Bäume stand. Ihr wirres, unnatürlich wirkendes Astwerk und die Farbe ihrer Rinde erweckten den Eindruck, als wären sie von den alten Göttern zur Strafe versteinert worden. Ihre verdorrten Wurzeln ragten aus dem Erdreich, als hätten sie sich mit letzter Kraft befreien wollen.

Inmitten des kleinen Hains machte Gwenwhyfar halt und wandte sich wieder Ailean zu. »Was erhoffst du zu finden?«

Diese zögerte. »Das Grab unseres letzten Königs. Und einen Weg, den unser Volk gehen kann«, sagte sie schließlich.

Gwenwhyfar breitete die Arme aus und machte einige Schritte zurück.

Ailean blickte unsicher zu Kineth und den anderen. Dann ging sie zu der Stelle, auf der Gwenwhyfar zuvor gestanden hatte.

»Hier?«

Die Dorfobere nickte.

Die Kriegerin senkte ihren Blick. Der Boden unter ihr war auffällig stark mit Moos und Flechten bedeckt. Kineth trat zu ihr, hockte sich hin und riss ein großes Stück Moos heraus. Es löste sich überraschend leicht. Darunter befand sich nur wenig Erde, die, als Kineth ein wenig über sie hinwegstrich, eine Steinplatte freigab.

Sofort waren alle Hände damit beschäftigt, es Kineth

gleichzutun, bis eine etwa fünf Fuß breite Platte vor ihnen lag.

»Wir brauchen Keile. Und Stämme«, sagte Kineth und blickte zu Gwenwhyfar auf, die nur stumm auf ein nahes Gehölz zeigte, wo die Dorfbewohnerinnen offensichtlich ihr Brennholz zusägten.

Die Krieger arbeiteten stumm und verbissen, und es dauerte eine Weile, bis sie genügend Keile unter die Platte getrieben hatten, um die Stämme als Hebel einsetzen zu können. Doch schließlich hatten sie es geschafft – keuchend und schwitzend saßen sie am Boden. Die gut zwei Hand dicke Platte war aus ihrer Lage gehebelt und hatte ein Loch freigegeben, das ins bodenlose Nichts zu führen schien.

Kineth steckte als Erster den Kopf in die Öffnung, feuchte, modrige Luft schlug ihm entgegen. Er suchte den Rand nach Trittmulden oder sonstigen Vertiefungen ab, die Halt bieten könnten – vergebens. Der Schacht fiel mit glatten Wänden in die Finsternis hinab.

»Wie tief ist es?«, fragte Kineth Gwenwhyfar.

Die zuckte mit den Schultern. »Wir sind die Hüter des Grabes, nicht seine Erbauer.«

»Wie könnt ihr dann wissen, was das hier ist?«, wollte Dànaidh wissen.

»Du weißt doch auch, dass du ein Herz hast, ohne es jemals gesehen zu haben, oder?« Die Dorfobere lächelte.

Der Schmied brummte missmutig, sagte aber nichts. Er erhob sich, suchte einen faustgroßen Stein und ließ ihn in die Öffnung fallen. Es dauert geraume Zeit, bis sie ihn dumpf aufprallen hörten.

»Etwa zehn Klafter tief«, schätzte Dànaidh. »Aber wenigstens ist der Untergrund trocken.«

Ailean sah auf. »Wir brauchen Fackeln und ein langes, starkes Seil.«

Gwenwhyfar gab einer ihrer Wachen eine Anweisung, die sogleich zu den Hütten zurücklief.

Kineth hatte die Dorfobere beobachtet. »Ich frage mich«, sagte er nach einer Weile leise zu Ailean, »was diese Frauen davon haben, dass sie uns helfen.«

»Muss man immer eine Gegenleistung erhalten?«

Kineth schwieg. Die Erfahrungen seit ihrer Abfahrt aus Innis Bàn hatten ihn gelehrt, dass jeder nur mit Gegenleistungen arbeitete. Sogar der alte Mann im Dorf hatte ihnen nur weitergeholfen, damit sie so schnell wie möglich wieder verschwanden. Ailean wollte etwas erwidern, aber in diesem Moment kam eine junge Magd herbeigelaufen, im Arm einige Fackeln und ein grobes Seil um die Schulter geschlungen.

Kineth trat ihr entgegen, nahm das Seil und entrollte es. Ailean sah ihn besorgt an. »Du solltest nicht als Erster gehen. Wenn dir etwas zustößt, wer soll dann –«

»Sie hat recht«, unterbrach Dànaidh. »Niemand weiß, was da unten auf uns wartet. Und jetzt, wo Caitt verschwunden ist...« Er zögerte. »Wer soll uns anführen, wenn nicht du? Lass mich gehen!«

Kineth schüttelt den Kopf. »Kommt nicht infrage, ich werde –«

»*Ich gehe!*«

Die Stimme kam aus der Richtung des Gehölzes, und sie gehörte Caitt, der sich ihnen jetzt näherte.

»Wo warst du?« Ailean spie die Worte förmlich aus.

Caitt sah seine Schwester abschätzig an. »Was interessiert es dich? Bei eurem Weiberrat«, er warf Gwenwhyfar einen verächtlichen Blick zu, »war ich ja auch überflüssig.«

Er ging zu Kineth und nahm ihm das Seil aus der Hand. Sein Stiefbruder überließ es ihm schweigend. Caitt zögerte einen Moment, er hatte mehr Widerstand erwartet, mehr Fragen, auch nach seinen blutverkrusteten Fingerknöcheln.

Aber niemand fragte.

Er sah in die Gesichter der Krieger, die um ihn herumstanden, las in ihnen eine Mischung aus Erwartung, Skepsis und vielleicht auch Verachtung. Er sah zu seinem Stiefbruder, der nun die Arme verschränkt und die Augenbrauen zusammengezogen hatte.

Geliebt oder gefürchtet.

Caitt wandte sich um und wickelte das Seil um einen der toten Bäume. Er prüfte den Halt, ging an den Rand der Gruft und kniete sich hin.

»Wenn ich angekommen bin, werft mir eine Fackel runter.«

Dann packte er das Seil fester und begann den Abstieg ins Ungewisse.

Mit einem letzten kurzen Sprung erreichte Caitt den felsigen Boden. Er blickte nach oben: Die kreisförmige Öffnung war nur verschwommen zu erkennen und wirkte so klein, dass er beinahe daran zweifelte, dass er durch sie hierhergelangt war.

»Ich bin unten!«, rief er hinauf.

Im nächsten Augenblick kam eine Fackel, stark qualmend, auf ihn zugeflogen. Caitt trat zur Seite und hoffte, dass das Feuer beim Aufprall nicht erlöschen würde.

Er hatte Glück. Funken stoben, als die Fackel am Boden aufschlug, aber sie brannte noch. Caitt versuchte, die Rauchschwaden, die sich in dem Schacht ausgebreitet hatten, mit der Hand zu vertreiben, um zu erkennen, wo er gelandet war. Er hielt die Fackel näher an die Wände, sah die blauen Symbole, die daraufgemalt waren.

Auf einmal machte sich ein beklemmendes Gefühl in Caitt breit. Hektisch drehte er sich, versuchte eine Öffnung zu finden, die ein Weiterkommen ermöglichte. Doch da war keine Öffnung. Der Schacht war rund um ihn herum geschlossen.

Für einen Moment ergriff ihn Panik. Sein Herz begann heftig zu schlagen, seine Atmung beschleunigte sich.

Verdammt, was war das hier?

Ein Grab. *Dein Grab.*

Fast erwartete er, dass das Seil zu ihm herunterfiel und sich die Grabplatte über ihm schloss, endgültig, und dass er –

Caitt schüttelte heftig den Kopf, um die unsinnigen Gedanken zu verscheuchen, aber vergebens. Er fühlte sich wie eine Ratte, die in ein Tongefäß gefallen war und sich gleich die Krallen bis auf die Knochen abschaben würde in dem verzweifelten Versuch, aus dem Gefäß herauszukommen. Er atmete mehrmals tief durch, dann kniete er sich auf den Boden und tastete ihn mit fahrigen Handbewegungen ab. Vielleicht gab es Unebenheiten, eine verborgene Luke.

Nichts.

Und doch spürte er mit einem Mal einen Luftzug, der das Feuer der Fackel erzittern ließ. Oder doch nicht? Hatte er sich getäuscht?

Da! Ein feiner Spalt in der Wand, aus dem kühle Luft zog. Er klopfte dagegen.

Es klang hohl.

Caitt setzte sich auf den Boden, lehnte sich mit dem Rücken an die gegenüberliegende Wand, holte tief Luft – und trat dann so fest er konnte gegen den Spalt.

Ein schneidender Schmerz durchzuckte seinen Fuß, aber darauf konnte er jetzt keine Rücksicht nehmen. Er beugte sich vor und prüfte die Stelle: Der Spalt war größer geworden, rund um ihn herum hatten sich Risse gebildet.

Das ist nicht dein Grab.

Caitt wiederholte den Vorgang, immer und immer wieder. Als Schutt und Erdreich zu rieseln begannen, hielt er für einen Moment inne – dann trat er mit all seiner Kraft gegen die Wand. Ein markerschütterndes Krachen ertönte, die Wand gab nach, Caitt rutschte aus, sein Bein fuhr ins Leere.

Einige Augenblicke lang blieb er wie betäubt liegen. Dann rappelte er sich auf, wischte sich den Staub von Kleidung und Gesicht und starrte in das Loch, das fast mannshoch vor ihm klaffte.

»Caitt, was geht da unten vor?« Aileans Stimme hallte von oben herab.

Caitt gab keine Antwort. Er bückte sich und stieg durch das Loch.

»Caitt?«, rief Ailean erneut.

Keine Antwort. Der Schein der Fackel war verschwunden.

»Ich gehe runter«, sagte Kineth, stieg über den Rand des Schachts und hangelte sich an dem Seil in die Tiefe.

Ailean sah ihrem Stiefbruder nach. Verzweifelt versuchte sie etwas zu erkennen, aber alles war finster. Schließlich spürte sie, wie das straff gezogene Seil erschlaffte. Kineth musste angekommen sein.

»Was ist mit Caitt?«, rief Ailean.

»Er ist weg«, schallte es aus dem Schacht hinauf. »Er scheint einen Gang gefunden zu haben! Kommt runter!«

Ailean sah fragend zu Dànaidh und Flòraidh.

Der Schmied nickte knapp. »Na los, ich halte schon die Stellung.«

»Ich komme auch mit.« Flòraidh zwinkerte Ailean zu. »Oder glaubst du, ich lasse euch da unten allein?«

Ailean antwortete nicht, aber insgeheim war sie froh, die Gefährtin bei sich zu haben. Sie packte das Seil und begann vorsichtig mit dem Abstieg.

Als sie den Boden des Schachts erreichten, umfing Ailean und Flòraidh Dunkelheit. Sie erahnten Kineth mehr, als sie ihn sehen konnten.

»Obacht!« Dem Ruf von oben folgte eine funkenstiebende Fackel, die wie eine Sternschnuppe auf sie zuschoss.

»Und nun?«, flüsterte Flòraidh, als kurz darauf jeder der drei eine brennende Fackel in Händen hielt.

»Hier entlang«, sagte Kineth und stieg durch die Öffnung, die in der Wand vor ihnen klaffte.

Sie gelangten in einen Gang, dessen Ende sich im Dunkel zu verlieren schien.

»Caitt!« Kineth lauschte in die Stille. »Verdammt, wo bist du?«

Wie aus dem Nichts erschien der flackernde Schein einer Fackel am Ende des Gangs – es war Caitt. »Wo bleibt ihr denn so lange?«, frage er fast amüsiert. Er schien wieder ganz der Alte zu sein.

»Hast du was gefunden?«, fragte Flòraidh.

»Nur diesen Gang hier«, sagte Caitt. »Keine Ahnung, wo er endet. Kommt.«

Der Gang war in den Fels getrieben worden, auf beiden Seiten ragten abwechselnd dünne Steinpatten in den Weg, sodass die vier in Schlangenlinien gehen mussten. Auf der niedrigen Decke hingen Wassertropfen wie ein Meer aus Sternen, es roch nach Moos und Kalk.

Je weiter sie liefen, desto niedriger wurde die Decke, sodass sie schließlich geduckt gehen mussten. Ailean war, als würden sie das Innere eines zu Stein gewordenen Monstrums durchschreiten. Als sie bereits befürchtete, dass sie bald auf allen vieren kriechen musste, war der Gang unvermittelt zu Ende. Eine Höhle tat sich vor ihnen auf, so groß, dass ihr Ende vom Schein der Fackeln nicht erhellt zu werden vermochte.

Tropfendes Gestein hing wie gigantische braungraue Eiszapfen von der Decke und wuchs ebenso vom Boden in die Höhe.

Ailean schritt beeindruckt und eingeschüchtert zugleich durch diese merkwürdigen Gebilde, schwenkte ihre Fackel hin und her in der Hoffnung, ihre gespenstischen Schatten vertreiben zu können.

Mit einem Mal blieb sie stehen.

Vor ihr standen Dutzende menschliche Skelette, an Holzpfähle gebunden. Und keines von ihnen hatte mehr einen Schädel.

Flòraidh trat an eines der Gerippe heran und strich mit der Hand über den obersten Wirbel. Er fühlte sich unnatürlich glatt an. Sie prüfte den Wirbel des Skeletts daneben und einen weiteren. »Wie unsere Freunde oben vor dem Dorftor«, sagte sie nachdenklich.

»Eine weitere Warnung?« Ailean verstand nicht.

»Nein«, sagte Kineth. »Das sind Mahnwachen – rituell Verstümmelte, die die Begräbnisstätte beschützen sollen.«

Caitt musterte ihn misstrauisch. »Woher willst du das wissen?«

»Hat Vater oft erzählt. Hast du nie zugehört?«

Der Sohn des Brude enthielt sich der Antwort. Er hatte wenig Lust zu streiten – und schon gar keine Lust, sich daran zu erinnern, dass sein Vater bevorzugt Kineth Geschichten erzählt hatte und nicht ihm.

»Und wer in Gottes Namen liegt hier nun begraben?« Ailean schritt durch die Reihen der Gerippe, die mit ihren kopflosen Hälsen nirgendwo hinblicken konnten.

Dann erkannte sie, was die Toten bewachten. »Hierher!«, rief sie so laut, dass es von den Wänden widerhallte.

Die anderen schlossen zu ihr auf. Kineth und Caitt hielten ihre Fackeln in die Höhe, sahen, was Ailean sah: Vor ihnen erhob sich ein gewaltiger steinerner Thron, auf dem, zusammengesunken und mit Holzpfählen gestützt, ein Skelett saß. Es hatte einen schweren purpurfarbenen Mantel, der voller Löcher war, um die Schultern gelegt,

Hemd und Hosen waren zerschlissen, die ledernen Schuhe verfault. Die rechte Hand lag auf einem Schwert.

Es war das einzige Gerippe, auf dessen Wirbelsäule noch der Schädel saß.

Alle wussten, wer da vor ihnen thronte. Kineth schluckte trocken. Dann sank er aufs Knie und beugte das Haupt. »Uuen – letzter König unseres Volkes«, murmelte er.

Hinter ihm gingen auch die anderen drei auf die Knie.

Schließlich erhob sich Kineth und schritt zum Thron. Er steckte seine Fackel in einen porösen Metallring, der in die Wand eingelassen war.

»›Nur das Grab des Letzten der Könige vermag die Nacht zu vertreiben und das letzte Reich zu erschaffen.‹ So hat es doch geheißen, oder?«, sagte Caitt. »Aber wie in Gottes Namen sollen wir mit einer Höhle voller Gebeine irgendeine Nacht vertreiben oder unser Volk retten?«

»Wir müssen einfach weitersuchen«, sagte Ailean und begab sich wieder zwischen die Tropfsteine, leuchtete mit ihrer Fackel zwischen ihnen umher.

Die anderen taten es ihr gleich, suchten nach versteckten Gegenständen, nach zugemauerten Eingängen – nach irgendetwas, das auch nur annähernd mit der Prophezeiung in Verbindung gebracht werden könnte –

Vergebens.

Sie entdeckten nur zwei schmale Kammern. In der einen lag ein Haufen Tierknochen, die andere war leer.

Kineth spürte eine steigende Unruhe. Die anfängliche Begeisterung, das Grab endlich gefunden zu haben, wich der Angst, dass alles umsonst gewesen sein könnte.

Caitt betrachtete unterdessen die skelettierten Finger

des Königs, die den Griff des Schwerts umklammerten. Er besann sich nicht lange und nahm die Waffe, strich mit den Fingern über die Oberfläche der Klinge, die durch die Jahrzehnte in der Höhle matt und schartig geworden war.

»Das große stumpfe Schwert eines großen toten Königs.« Caitt pfiff abschätzig durch die Zähne. »Wer hätte das gedacht? Vielleicht sollten wir uns zu den Kopflosen dazustellen«, spottete er. »Die verdammten Weiber da oben im Dorf verschließen den Zugang wieder, und dann wird das letzte Königreich für uns Wirklichkeit. Hier unten!«

»Beruhige dich«, wies ihn Ailean zurecht.

»O ja, beruhigen ... ich beruhige mich so sehr, dass du bald keinen Unterschied mehr erkennen wirst zwischen mir und dem da!« Er deutete auf die Gebeine des Königs.

Kineth legte seinem Stiefbruder die Hand auf die Schulter, aber der schüttelte sie wütend ab und fuhr herum.

»Der große König Uuen! So groß, dass man ihn hier unten verstecken musste! Wo ist denn seine Ruhmeshalle? Wo sein Gefolge? Alles nur ein Haufen verrotteter Knochen!« Caitt schwang das Schwert und zerschlug die Skelette in seiner Nähe. »Seht sie euch an, diese stolze Armee!« Er schlug weiter um sich, Knochen splitterten.

»Vielleicht verleiht einem das Schwert Macht? Vielleicht Unverwundbarkeit?«, sagte Flòraidh, glaubte aber selbst nicht daran.

»Ja, gewiss, ich bin unbesiegbar!«, schrie Caitt. Wieder splitterten Knochen. »Fürchtet meine Klinge!« Er lachte wie von Sinnen und hieb auf weitere Gerippe ein.

Die anderen drei hinderten ihn nicht, denn auch sie waren bitter enttäuscht. Sie sahen ihm zu, wie er unter den Toten wütete, bis er schließlich von ihnen abließ.

»Und jetzt, o großer König«, Caitt breitete erwartungsvoll die Arme aus, »flehe ich dich an – weise uns den Weg, erfülle die Prophezeiung!« Er starrte das reglose Skelett auf dem Thron an, dann schlug er mit dem Schwert auf den Steinboden, dass es nur so klirrte.

»Worauf wartest du? Hilf deinem Volk!«

Er hielt inne, als erwartete er, dass der tote König ihnen ein Zeichen geben würde. Dann schlug er wieder auf den Boden ein. Funken stoben, Caitts Miene war wutverzerrt, die Augen voll Hass. »Sprich jetzt oder schweige für immer, o König!« Sein nächster Hieb hatte eine solche Wucht, dass die Klinge in unzählige Teile zersplitterte.

Ein schrilles Klirren erfüllte die Luft und hallte Kineth in den Ohren wider, als hätte er einen Schlag gegen den Kopf erhalten. Er sah seinen Stiefbruder, der wie betäubt dastand, schwer atmend, den Rücken gebeugt, den Kopf gesenkt. Sah, wie er das Schwert, das nur noch aus Schaft und Parierstange sowie einer kurzen abgebrochenen Klinge bestand, in den Händen hielt.

Ein gebrochener Krieger mit einem gebrochenen Schwert.

Dann sank Caitt auf die Knie und schleuderte den kümmerlichen Rest der Waffe gegen den Thron. Das zerbrochene Schwert prallte auf das Skelett, das im nächsten Moment in sich zusammenfiel und vom Thron kippte. Uuens Schädel rollte über den Boden und kam vor Caitts Knien zum Liegen.

Stille herrschte in der Höhle. Zitternd hob der Krieger

den Totenkopf auf, während ihm Tränen über das gerötete Gesicht liefen.

»Warum hilfst du mir nicht?«, schluchzte Caitt. »Gott verflucht, warum?« Als er die leeren Augenhöhlen des Schädels anstarrte, war ihm, als blickte er in seine eigene Zukunft. Zwei tote Herrscher, Auge in Auge.

Kineth atmete tief durch, auch ihn hielt die Verzweiflung eisern umklammert. Er sah, wie Ailean und Flòraidh auf ihren verzweifelten Anführer starrten, unfähig, Worte des Trostes zu finden. Nicht für ihn, nicht für sich.

Ein gebrochener Krieger mit einem gebrochenen Schwert...

Dann bemerkte Kineth den Griff des Schwerts, durch die Wucht des Aufpralls hatte sich der kugelförmige Knauf gelöst. Der Krieger trat näher, nahm den Griff in die Hand. Er drehte ihn zum Licht der Fackel und sah, dass er hohl war.

»Was hast du da?« Ailean kam zu ihm.

»Da ist etwas drin«, sagte Kineth.

Er schüttelte den Schwertgriff, und tatsächlich löste sich aus dem Innern ein aufgerolltes Stück hauchdünnes Leder. Kineth entrollte das Leder, das schmal und lang und über und über mit Schriftzeichen bemalt war.

»So etwas habe ich schon einmal gesehen«, sagte Ailean überrascht. »Solche Zeichen sind in die Klingen meiner beiden Schwerter graviert.«

Die vier blickten sich fragend an. Dann sahen sie auf die Überreste des Skeletts hinab, auf ihren König, der zerschmettert vor ihnen am Boden lag.

Brude stieß den Stab, auf den er sich stützte, dröhnend in den Boden. Er schwitzte vor Anstrengung, sich aufrecht zu halten, aber er würde sich nichts anmerken lassen, um nichts in der Welt.

»Wie kannst du so etwas Schändliches behaupten!«, rief er. »Iona hat sich hingebungsvoll um Nechtan gekümmert!«

Es war ihm trotz seiner Krankheit erlaubt worden, für Iona zu sprechen, auch wenn er sich nur in großem Abstand zu den anderen aufhalten durfte, die in der vollen Halle standen. Hinter ihm wartete der leere Thron, aber Brude war klug genug, ihn nicht zu besteigen. Nicht, bevor er sein Volk von der Unschuld seines Weibes überzeugt hatte.

Eibhlin kauerte auf einem Stuhl neben dem Thron, das Gesicht von Tränen und Trauer zerfressen. Beacán saß mit versteinerter Miene neben ihr. Er ließ sich nichts anmerken, aber Brude war sich sicher, dass der Priester den Auftritt genoss. Schließlich war er es gewesen, der die Zusammenkunft beschlossen hatte, eine Zusammenkunft, die die Schuld an Nechtans Tod feststellen sollte, dem Tod des Thronfolgers.

»Du leugnest also – äh – die Schuld deines Weibes?« Beacáns Stimme war ruhig und ausdruckslos.

Brude fühlte Zorn in sich aufsteigen. »So traurig es ist – Kinder sterben, und sie sind immer schon gestorben. In der alten Heimat wie auch hier in Dùn Tìle. Kaum die

Hälfte erreicht das zehnte Lebensjahr, das wisst ihr alle! Der Tod hält reichlich Ernte, besonders unter den Jüngsten. So war es, und so wird es immer sein!«

Eibhlin sah ihren Bruder mit starrem Blick an.

Stimmengemurmel wurde laut, das Brude als Zustimmung deutete. Er hoffte, dass sie ihm endlich glaubten, dass diese unselige Versammlung bald vorbei sein würde.

Beacán räusperte sich geräuschvoll. »Und doch war – äh – sie es, die dem Jungen die Brust gab, oder nicht?«

Brude blickte ihn verwundert an, auch die anderen in der Halle schienen nicht zu verstehen, worauf der Priester hinauswollte.

»Das ist allen bekannt«, sagte Brude. »Sie hat sich meines Neffens angenommen, als wäre er ihr eigenes Kind.«

Beacán gab Gràinne, Dànaidhs Frau, ein Zeichen. Diese drängte sich durch die anderen und trug stolz ein gemustertes Tuch, das zu einem Bündel verknotet war, in die Mitte der Halle.

»Ist dies dein Tuch, Weib?«, fragte der Priester.

Iona runzelte die Stirn, zögerte kurz. »Ja, es sieht aus wie das meine.«

Gràinne öffnete das Bündel und legte das Tuch auf den Boden, sodass alle sehen konnten, was darin war: gelbe kronblattartige Kelchblätter.

»Hier – äh – sehen wir das Mittel der Heimtücke«, sagte Beacán mit einer Stimme, die keinen Widerspruch duldete. »Blütenblätter der Wolfswurz.«

Entsetzen machte sich in der Halle breit. Iona blickte hilfesuchend zu Brude, doch dem war schleierhaft, worauf der Mann Gottes hinauswollte.

»Wir alle – äh – wissen um die Giftigkeit dieser Pflanze«,

fuhr dieser fort. »Iona muss sie – äh – in äußerst kleinen Mengen zu sich genommen haben. Ungefährlich für einen erwachsenen Menschen, aber – äh – schleichend tödlich für einen Säugling, der das Gift unschuldig mit der Muttermilch zu sich – äh – nimmt.« Beacán schüttelte mitleidig den Kopf und blickte Iona in die Augen. »Möge der – äh – Herr deiner Seele gnädig sein.«

Iona hielt seinem Blick stand, und als sie antwortete, zitterte ihre Stimme nur unmerklich. »Gott ist mein Zeuge, dass ich niemals diese Blüten zu mir genommen habe.«

»Wie – äh – kommen sie dann in dein Tuch?«, unterbrach sie Beacán.

»Das weiß ich nicht. Mòrag war die Einzige, die Wolfswurz besaß und für ihre Salben benutzte. Sie wusste um die Gefährlichkeit der Blüten und hätte sie nie herausgegeben.«

»Nur – äh – schade, dass wir sie nicht mehr – äh – befragen können.« Der Priester bekreuzigte sich.

Bruide stieß einen Wutschrei aus. »Elende Verleumdung! Ich werde nicht zulassen, dass anhand von an den Haaren herbeigezogenen Unterstellungen in meiner Halle Recht gesprochen wird! Solange ich Herrscher bin –«

»Du bist genau so verdorben wie sie.«

Eibhlin hatte gesprochen. Es wurde totenstill in der Halle.

Sie erhob sich mühsam. »Du hast deine Herrschaft mit Blut an den Händen besudelt«, schleuderte sie ihrem Bruder entgegen. »Das Blut von Drest, Dànaidhs Sohn.«

Bruide durchfuhr es siedend heiß. Er starrte seine Schwester an, konnte es nicht glauben.

»Er war unschuldig«, fuhr sie mit kalter Stimme fort.

»Er und Ailean liebten sich. Aber du hast ihn beschuldigt, dass er sich gegen ihren Willen an ihr vergehen wollte, denn er war ja nur der Sohn eines Schmieds und sie die Tochter des Herrschers. Deshalb hast du Lügen über ihn verbreiten lassen, und deshalb hast du ihn hinrichten lassen.« Sie machte eine Pause, bevor sie fortfuhr. »Ich werde niemals den Ausdruck in seinen Augen vergessen, als er dort am Dorfplatz erdrosselt wurde. Und noch weniger werde ich den Ausdruck in Dànaidhs Augen vergessen.« Ihre Stimme wurde leise. »Ailean hat aus Scham und Ehrfurcht vor dir geschwiegen, Bruder, und ich habe geschwiegen, damit du Herrscher bleibst. Aber dieses Schweigen habe ich nun gebrochen, und damit habe ich meine Schuld vor Gott gesühnt.« Sie blickte zu Beacán, der ihr unmerklich zunickte. Dann wandte sie sich wieder ihrem Bruder zu. »Aber du bist und bleibst ein Mörder.«

»Mörder!«, schrie Gràinne. »Er hat den geliebten Sohn meines Mannes auf dem Gewissen!« Auch wenn jeder wusste, dass sie sich einen Dreck um den toten Drest scherte, wurden beifällige Stimmen laut.

Brude öffnete den Mund, wollte etwas sagen, fand aber keine Worte. Einfach weil seine Schwester die Wahrheit gesagt hatte.

Eibhlin sank zurück auf ihren Stuhl. »Deine gottlose Tat hat Unheil über uns gebracht«, stieß sie mit tränenerstickter Stimme hervor. »Ein Volk, geführt von einem Mörder und einer Kindsmörderin. So straft uns der Herr.«

»Ihr habt es alle gehört.« Beacán erhob sich erneut, seine Stimme war volltönend. »Brude und sein Weib haben sich beide versündigt. Und dafür gibt es nur eine gerechte Strafe …«

Die Ratte knabberte eifrig am Fleisch. Alles an diesem Ort stank, auch das Fleisch, aber das war dem Nager einerlei. Beharrlich biss er ein Stück nach dem anderen ab, schlang es hinunter und begann erneut zu nagen.

Auf einmal hörte die Ratte ein Geräusch.

Eilig suchte sie das Weite. Die Überreste der kleinen, fast völlig abgenagten Hand blieben zurück und wurden unter stinkendem Unrat begraben, der von oben herabgeschüttet wurde.

Die steinerne Kirche

»Das ist also die Schrift der Romani«, sagte Unen, die lederne Schriftrolle in der Hand.

Nach ihrem Fund in der Grabkammer hatten Kineth, Caitt, Ailean und Flòraidh den Rückweg angetreten. Dieser war Ailean viel kürzer vorgekommen als der Hinweg, und im Schacht hatten sie sich von Unens starken Armen mehr oder weniger hochziehen lassen. Dann hatten sie Gwenwhyfar in knappen Worten berichtet, was vorgefallen war, und sich zurück zum Felsplateau begeben, wo sie sich im Kreis ihrer Gefährten versammelten.

»Ganz recht«, sagte die Dorfobere jetzt. »Das ist Latein, die geschriebene Sprache der einstigen Besatzer dieses Landes, und das Leder, das du in Händen hältst, nennt sich Pergament.« Sie blickte Egill an. »Heute noch ist es die Sprache der christlichen Mönche, die in ihren steinernen Abteien sitzen und tagein, tagaus solche Zeichen abschreiben.«

»Was für verschwendetes Leben«, sagte der Nordmann und schüttelte den Kopf.

»Das sehen die Mönche anders.« Gwenwhyfar lächelte. »Denn sie übertragen die Zeichen nicht nur, sie verstehen auch ihre Bedeutung.«

»Das heißt, wir müssen einen solchen Mönch finden, der uns sagen kann, was da geschrieben steht?«, fragte Ailean.

Gwenwhyfar nickte. »Und ihr habt Glück: Unsere Töchter wachsen bei uns auf, aber unsere Söhne geben wir in die Obhut von Mönchen. Sie leben auf der anderen Seite des Sees, ein Stück landeinwärts. Am Loch Ruthven.«

»Wie weit ist das von hier?«, fragte Caitt.

»Zwei Tagesmärsche.«

»Oder einen halben Tag mit einem Boot«, fügte die Priesterin hinzu.

Gwenwhyfar überlegte. »Criosaidhs Junge hat gerade sein erstes Lebensjahr hinter sich gebracht. Sie wird euch morgen führen.«

»Warum erst morgen?« Caitt wollte keine Zeit verlieren.

Gwenwhyfar sah ihn mit einem undurchdringlichen Lächeln an. »Weil eine Reise zu den Mönchen vorbereitet sein will. Sie erwarten von uns, dass wir ihnen Kräuter und Beeren mitbringen, die nur hier zu finden sind. Außerdem müssen die Boote ausgebessert werden, sonst werdet ihr mit ihnen nicht weit kommen.«

Caitt nickte. Dann sah er nacheinander zu Kineth und Ailean, die ebenfalls einverstanden schienen.

»Also schön, dann morgen«, sagte Caitt, wandte sich ab und verließ die Versammlung ohne ein weiteres Wort. Auch die anderen Krieger erhoben sich und gingen ihrer Wege.

Kineth, der bei Unen gestanden hatte, verweilte mit diesem noch auf dem Felsvorsprung. Er sah Ailean nach, die zu ihrer Hütte ging. Und er sah Egill, der jetzt zu ihr trat. Die beiden gingen gemeinsam weiter, plaudernd, lachten.

»So in Gedanken versunken?«, fragte Unen, der seinem Blick gefolgt war.

Kineth schüttelte den Kopf.

»Was glaubst du, wen wird Caitt mitnehmen zu den Mönchen?«, brummte Unen.

Kineth zuckte die Schultern. »Die Üblichen«, sagte er gedankenverloren. »Dich, die Breemallys, Flòraidh, Eòin, Lyall ...«

»Den Nordmann auch?«

Kineth schnaubte unwillkürlich. »Ja, den vermutlich auch.«

Unen klopfte dem jungen Mann väterlich auf die Schulter, dann ließ er ihn auf dem Felsplateau zurück.

Mit Anbruch der Abenddämmerung legte sich Stille über das Dorf. Die Menschen hatten ihr Tagwerk verrichtet. Die Krieger hatten beim Suchen der Beeren, Wurzeln und Kräuter für die Mönche geholfen, und Unen war den Frauen des Dorfes bei der Ausbesserung der zwei Boote zur Hand gegangen. Jetzt saß er zwischen seinen Kameraden auf dem Plateau und labte sich an frischem Ale.

Kineth hatte sich ihnen nicht angeschlossen. Er schlenderte gedankenverloren durch das Dorf, betrachtete die Frauen, die ihre Hütten für die Nacht bereit machten. In der Ferne sah er Flòraidh, die eben in einer der Hütten verschwand, zusammen mit zwei der Dorfbewohnerinnen. Kineth konnte ein Lächeln nicht unterdrücken. Doch dann verdüsterten sich seine Gedanken wieder.

Ailean hatte er den ganzen Tag über nicht gesehen. Und den verdammten Nordmann auch nicht ...

Kineth stieg zum Gang der Wehrmauer hoch. Die Wachen kannten ihn und würden ihn nicht behelligen. Er stützte sich auf die lose aufeinandergeschichteten Steine und blickte auf den See, der im Licht der dünnen Mondsichel schwach glänzte.

Kineth nahm einige Blätter Minze aus dem Lederbeutel, der an seinem Gürtel hing, und steckte sie sich in den Mund. Er kaute bedächtig, in der Hoffnung, dass das scharfe Aroma seine gedrückte Stimmung vertreiben könnte. Aber außer einem angenehmen Brennen im Rachen änderte sich nichts.

Weil du nichts daran änderst.

»So allein, Sohn des Brude?«

Die Stimme riss ihn aus seinen Gedanken, er fuhr herum. Es war Gwenwhyfar, die sich an ihn herangeschlichen haben musste.

»Was willst du?« Kineth war zu überrascht, um seiner Stimme einen erfreuten Klang zu geben. Tatsächlich wäre er lieber allein gewesen.

Sie blickte ihn mit einem kecken Lächeln an. »Ich dachte erst, du würdest zu uns in die Halle kommen, um einen Abendtrunk mit uns einzunehmen.«

In ihre Augen trat jenes Funkeln, das ihm auch bei ihrer ersten Begegnung aufgefallen war. Und jetzt erst sah er, was die Dorfobere in Händen hielt – zwei Kelche, von denen sie ihm einen nun darbot.

»Aber dann dachte ich, dass man seinen Abendtrunk ebenso gut hier draußen einnehmen kann. Die Nacht ist lau …«

Kineth nahm den Becher. Gwenwhyfar hob den ihren.

»Auf dich und die Deinen!«, rief sie aus. »Möget ihr finden, was ihr sucht.«

Sie führte den Kelch an die Lippen, doch Kineth zögerte.

»Was ist?« Ein Lächeln umspielte die Lippen der Frau. »Glaubst du, ich will dich vergiften?«

Kineth hob demonstrativ den Becher und trank. Das Getränk schmeckte bitter und brannte, war aber zugleich erfrischend.

»Spiorad«, sagte Gwenwhyfar. »Aus Wacholderbeeren.« Sie lächelte schelmisch und wischte sich dabei eine rote Strähne aus dem Gesicht. Dann trat sie an Kineth heran, so nah, dass ihre Brüste seinen Oberkörper berührten. Ein erregender Duft ging von ihr aus. Sie neigte sich zu ihm, flüsterte in sein Ohr. »Du sollst wissen, dass ich noch nie einen Mann zweimal zu mir gebeten habe.« Sie hielt einen Moment lang inne, dann machte sie einen Schritt von ihm weg. »Und das werde ich auch niemals tun. Also glaube nicht, dass du an meinen Wachen vorbeikommen könntest.«

Die Dorfobere machte eine Pause, dann fügte sie hinzu: »Wenn Ailean dir also ihre Gunst gewähren sollte, rate ich dir, ihr Angebot anzunehmen.«

Gwenwhyfar machte auf der Stelle kehrt und verließ die Wehrmauer.

Kineth blickte ihr nach und seufzte. Warum konnte man immer nur das haben, was man nicht wollte?

Du willst sie also nicht?

Kineth trank einen weiteren Schluck Spiorad und blickte auf die spiegelglatte Oberfläche des Sees.

Wenn Ailean dir ihre Gunst gewähren sollte, rate ich dir, ihr Angebot anzunehmen.

Zwei Frauen, und ebenso viele Probleme. Am besten blieb er hier oben und ließ den Tag ausklingen. Allein und in aller Stille.

Die Wirkung des Getränks war stärker, als Kineth es vermutet hatte. Vorsichtig setzte er einen Schritt vor den anderen, als er die schmalen Stufen von der Wehrmauer herunterstieg.

Vor ihm lagen die Hütten, umhüllt von der stillen Dunkelheit der Nacht. In einigen brannte noch ein Feuer, aber Stimmen oder Musik waren nicht mehr zu hören.

Auf dem Weg zu seinem Schlafplatz kam er an der Halle vorbei, an deren Ende die Gemächer Gwenwhyfars lagen. Kineth blieb stehen, spielte mit dem Gedanken zu tun, was sie ihm so eindeutig untersagt hatte, entschied sich dann aber anders.

In diesem Moment kamen Ailean und Egill auf ihn zu, beide lachten und strahlten eine harmonische Zweisamkeit aus, auch wenn keinerlei Nähe zwischen ihnen zu beobachten war.

Ailean zögerte einen Moment, als sie Kineth erreicht hatte. »Na, auch schon müde vom vielen Ale?«

»Was heißt hier *auch*?«, sagte Egill provozierend. Ailean lachte wieder und legte ihm die Hand auf den Mund.

Warum zur Hölle lachte das Weib jedes Mal so dämlich, wenn der Nordmann das Maul aufreißt, dachte Kineth zornig. Im gleichen Atemzug wusste er, was er nun tun würde. Tun *musste*.

»Ganz und gar nicht«, sagte er und sah Ailean tief in die Augen. »Genau genommen komme ich gerade einem Angebot nach, das ich nicht ablehnen kann.«

Er wandte sich um und ging raschen Schrittes in Richtung der Halle. Zuerst wusste Ailean nicht, was er meinte, dann verstand sie. »Kineth warte! Es ist –«

»Lass ihn«, unterbrach sie Egill. »Der Mann hat gesprochen.«

Kineth verschwand in der Halle.

Ailean war, als würde sie einen Stich ins Herz bekommen – und das ärgerte sie, denn eigentlich hatte es sie nicht zu interessieren, wen ihr Stiefbruder bettete. Und eigentlich konnte sie es ihm gleichtun, hier und jetzt.

Die Frage ist, ob du das willst.

»Ich habe es ernst gemeint: Ich bin noch nicht müde«, sagte Egill und strich Ailean durchs Haar.

»Gute Nacht«, entgegnete diese und ließ den Nordmann alleine zurück.

Wie vermutet hatten die Wachen der Dorfoberen Kineth ohne mit der Wimper zu zucken passieren lassen. Der Raum, in den ihn eine Dienerin nun führte, war über und über mit Fellen behangen. In der Mitte des Raums stand ein Badezuber, in dem sich dampfendes Wasser befand, von dem ein berauschender Duft ausging. Links davon, auf einer Bettstatt aus Fellen und Kissen, saß Gwenwhyfar. Sie hatte sich in Decken gehüllt und hielt in den Händen eine Schale, aus der ebenfalls Dampf aufstieg.

»Ich habe ein Bad bereiten lassen. Verzeih, wenn ich dir keine Gesellschaft leiste, aber du hast auf dich warten lassen.«

Kineth trat näher, sah das Wasser, dessen Oberfläche von sonderbar schimmernden Schlieren bedeckt war. Er zögerte, dann zuckte er mit den Schultern, entledigte sich seiner Kleidung und stieg in den Zuber. »Warum?«

»Warum was?«

»Warum hilfst du mir und meinem Volk?«, fragte Kineth.

»*Das* geht dir gerade durch den Kopf?« Gwenwhyfar sah ihn irritiert an, aber Kineth antwortete nicht. Er schloss die Augen und genoss die Wärme des Wassers.

Die Dorfobere überlegte einen Augenblick lang, dann fuhr sie fort. »Als ich ein Mädchen war, hatte ich mich einmal verlaufen und traf auf eine Gruppe von Kriegern. Doch die Männer wollten mir nicht helfen, sie wollten mich nur einer nach dem anderen schänden. Ich konnte gerade noch Reißaus nehmen. Von ihnen gejagt, kam ich zur Hütte eines Bauern. Der Mann versteckte mich in einer Grube unter dem Boden seines Hauses, und die Krieger mussten unverrichteter Dinge wieder abziehen.«

Kineth tauchte ein Tuch, das am Rand des Zubers hing, in das dampfende Wasser und rieb sich Gesicht und Hals damit ab.

»Als ich in dem Erdloch hockte, wurde mir bewusst, dass der Mann mit Sicherheit etwas dafür wollte, dass er mich versteckte«, fuhr Gwenwhyfar fort. »Ich dachte daher, ich hätte fünf Männer, die mich gegen meinen Willen nehmen wollten, gegen einen Mann getauscht – was grundsätzlich kein schlechter Handel war. Aber als mich der Bauer wieder aus der Grube heraushob, machte er keinerlei Anstalten, mich zu vergewaltigen, im Gegenteil. Er schenkte mir ein Stück geräuchertes Fleisch und wünschte mir alles Gute.« Gwenwhyfar lachte auf. »Ich muss so verdutzt dreingeblickt haben, dass der Bauer mir die Frage von den Augen ablesen konnte. Daher sagte er: ›Wenn man anderen Gutes tut, widerfährt einem selbst irgendwann Gutes.‹«

Kineth dachte einen Moment über die Worte der Frau nach, dann tauchte er mit dem Kopf unter, ließ das heiße Wasser ein letztes Mal auf sich wirken. Als er schließlich wieder auftauchte, sah ihn Gwenwhyfar lächelnd an.

»Besser?«, fragte sie.

Er nickte.

»Trockne dich ab, dann komm her.«

Kein Frage, keine Bitte. Ein Befehl.

Gwenwhyfar atmete tief die Dämpfe ein, die von der Schale aufstiegen. Durch den Rauch sah sie den bemalten Krieger schemenhaft auf sich zukommen. »Hier, nimm.« Sie hielt ihm die Schale hin.

Kineth ließ das Leinentuch, mit dem er sich abgetrocknet hatte, zu Boden fallen und nahm die Schale entgegen. Die Kräuter, die am Boden der Schale glosten, waren ihm unbekannt und rochen harzig.

»Atme tief ein!« Gwenwhyfar sah ihn auffordernd an, Kineth gehorchte. Er musste husten, doch der Duft tat sofort seine Wirkung. Ein leichter Schwindel ergriff ihn, als habe er zu viel Ale getrunken. Die Wände des Raumes schienen von ihm zu weichen, nur Gwenwhyfar schien seltsam näher gerückt und war wie von einem hellen Schein umgeben.

Sie setzte sich lächelnd auf, die Decken rutschen ihren Körper hinab, gaben den Blick auf ihren üppigen, weichen Körper frei.

»Spürst du es?«, fragte sie und nahm ihm die Schale ab.

Kineth nickte, sein ganzer Körper fühlte sich wohlig und kribbelig zugleich an. Gwenwhyfar fuhr mit den Fingern spielerisch über das piktische Tier, das Kineth' Haut zierte, strich seinen Bauch hinab und ergriff seinen Schwanz. Dann packte sie seinen Kopf und führte ihn zu ihrer Brust. Nach einer Weile nahm sie seine Hand und leitete sie zwischen ihre Schenkel. Sie warf den Kopf zurück und begann zu stöhnen.

Gwenwhyfar ließ sich rückwärts auf die Felle fallen, Kineth war über ihr.

Sie öffnete die Augen, lächelte fordernd, und mit einem plötzlichen Ruck warf sie den Krieger auf den Rücken und kam auf ihm zu sitzen. »Vergiss nie, wer in diesem Dorf das Sagen hat«, raunte sie.

Kineth nickte pflichtbewusst und überließ sich seiner Herrscherin.

Lautlos glitten die zwei Ruderboote über das Wasser, zerteilten mit ihrem Bug den Nebel, der alles einhüllte und den Männern und Frauen an Bord die Sicht nahm.

»Würde mich nicht wundern, wenn wir die ganze Zeit im Kreis fahren«, sagte Moirrey. Sie saß im Boot mit Kineth, Ailean, Unen, Bree, Flòraidh und Criosaidh, der Frau, die sie führen würde. Caitt, Egill und die anderen waren im Boot hinter ihnen, das mit einem Seil an das ihre gebunden war.

Die Krieger waren im Morgengrauen aufgebrochen. Inzwischen musste die Sonne hoch am Himmel stehen, doch hinter dem Nebelschleier war ihre Position nicht zu bestimmen.

»Keine Sorge, wir sind auf dem richtigen Weg«, sagte Criosaidh. Sie strich dem Kind, das auf ihrem Schoß saß und genauso feuerrote Haare hatte wie sie, über den Kopf. Der Junge plapperte vor sich her und lachte immer wieder kurz auf.

Ein unpassender Laut in dieser bedrückenden Umgebung, dachte Bree. Sie würde niemals verstehen, wie man freiwillig seine Kinder weggeben konnte. Aber ein Blick in das traurige Gesicht der jungen Frau, die ihren Sohn in den Armen hielt, sagte ihr, dass es besser war, keine Fragen zu stellen.

»Hält das Seil?«, fragte Moirrey Unen, der am Heck saß.

Dieser langte hinter sich. »Es hält«, brummte er, und fügte leise hinzu: »Genauso wie vor fünf Ruderschlägen, Weib.«

Flòraidh, die neben Kineth am Ruder saß, beobachtete das glatte Wasser des Sees. »Tavia hat gesagt, der See würde nichts wieder hergeben, was hineinfällt. Stimmt das?«

Criosaidh zuckte mit den Schultern. »Alles begann, nachdem der Mönch Columban den sterbenden Emchath getauft hatte. Er war, gemeinsam mit seinem Schreiber, einem Mann namens Adomnán, den See hinaufgewandert, und kam zu einer Stelle, wo gerade eine arme Seele beerdigt wurde. Columban sprach eine Segnung, und als Dank erzählten ihm die Hinterbliebenen, was geschehen war: Der Mann sei beim Durchschwimmen des Sees plötzlich von etwas gepackt, gnadenlos unter Wasser gezogen und schrecklich verstümmelt worden.« Criosaidh machte eine kurze Pause. »Es hieß, von einer Wasserbestie.«

Die anderen warfen sich ungläubige Blicke zu.

»Dessen ungeachtet soll Columban Lugne, einem Mann aus seinem Gefolge, befohlen haben, den See ebenfalls zu durchschwimmen, um ein Boot von der anderen Seite für die Überfahrt zu holen. Trotz der Warnung der Hinterbliebenen tat der Mann ohne zu zögern, was der Mönch von ihm verlangte. Aber als er sich mitten auf dem See befand, reckte plötzlich die Bestie ihren Kopf über Wasser und schwamm mit aufgerissenem Maul auf den Mann zu.«

»Eine Wasserbestie?« Moirrey sah sich erschrocken um. Bree musste schmunzeln. Sie wusste, dass ihre Schwester, so ungestüm und mutig sie auch war, sich vor schaurigen Geschichten schnell fürchtete.

»Aber während alle anderen vor Furcht wie versteinert dastanden«, fuhr Criosaidh unbeirrt fort, »erhob der Mann Gottes seine Hand und befahl der Bestie, von dem Mann abzulassen und sich hinfort zu begeben. Zuerst geschah gar nichts, die Bestie schwamm weiterhin unbeirrt auf Lugne zu. Aber plötzlich war es, als würde das Tier von Seilen zurückgerissen. Schließlich ergriff es die Flucht, und der Mann konnte das rettende Ufer sicher erreichen.«

»Ist seitdem jemand von der Bestie verschlungen worden?« Moirrey blickte Criosaidh mit großen Augen an.

»Mally, das ist eine alte *Geschichte*«, sagte Bree.

»Seither vermeiden es die Menschen, den See zu durchschwimmen«, antwortete Criosaidh, »das ist alles, was ich weiß.«

In diesem Moment hob sich das Boot leicht, Moirrey schrie spitz auf.

»Habt ihr das gespürt?«, rief sie.

»Gib endlich Ruhe, Mally«, mischte sich jetzt Kineth gereizt ein. »Das war nur eine Welle.«

»Ist es noch weit?«, flüsterte die junge Frau kleinlaut.

Criosaidh schüttelte den Kopf. »Nein, wir sind gleich da.«

Nachdem sie die beiden Boote ans Ufer gezogen hatten, waren sie einem schmalen Pfad gefolgt, der zunächst am Ufer des Sees entlangführte und sich dann in die Hügel hinaufzog. Criosaidh, die ihren Jungen auf dem Arm trug, ging voran, die Krieger hielten sich dicht hinter ihr.

Der Nebel, der bis vor Kurzem noch über dem See gelegen hatte, lichtete sich, die Sonne trat hervor. Als der Trupp die Hügelkuppe erreicht hatte, sahen sie auf einen weiteren, von Hügeln gesäumten See herab, in dem eine Hundertschaft an Vögeln schwamm. Loch Ruthven hatte Criosaidh ihn genannt. An seinem Ufer waren mehreren Steinhäuser zu erkennen, die von einer Mauer umgeben waren.

»Dort bringt ihr eure Jungen hin?«, fragte Bree und verstand die Frauen im Dorf weniger denn je, denn der Ort machte einen tristen Eindruck.

Criosaidh drückte ihren Sohn fester an sich. »Zur

Abtei der Brüder des Nikolaos. Hier können unsere Jungen aufwachsen, ohne den Gefahren von Stammeskämpfen oder Kriegen ausgesetzt zu sein. Selbst Hunger ist den heiligen Männern in diesen Mauern fremd.«

»Aber sie sehen nie das Leben außerhalb der Mauern«, warf Moirrey ein.

»Und was entgeht ihnen dabei?«

Moirrey dachte an ihr übergroßes Verlangen, das Eiland zu verlassen, und an Heulfryn, der den Preis dafür bezahlen musste. Sie schwieg.

Die Männer und Frauen machten sich an den Abstieg. Kineth ließ die Abtei, die mit ihren grauschwarzen Steinen mehr einer Begräbnisstätte als einem heiligen Zufluchtsort glich, nicht aus den Augen.

Egill schien Kineth' Gedanken zu teilen. »Mir gefällt der Ort nicht. Ich traue keinem dieser Kuttenträger.«

Zumindest das ist uns gemein, dachte Kineth und sah den Nordmann von der Seite an. Er verspürte den Drang, Egill zu fragen, was er und Ailean gestern noch gemacht hatten, nachdem er in die Halle gegangen war, aber die Erinnerung an seine eigene Nacht hielt ihn davon ab.

»Ja, wir sollten auf der Hut sein«, sagte er schließlich. »Auch wenn wir Gaben mitbringen, heißt das nicht, dass sie uns wohlgesonnen sind.«

Die zwei Mann hohe Ringmauer war nun nicht mehr weit entfernt. Erst jetzt bemerkte Kineth, dass sie mit zugespitzten Pfählen gespickt war, von denen verwitterte Fetzen herabhingen, auf die seltsame Symbole gemalt worden waren – ein Kreuz konnte er jedoch nirgendwo ausmachen. Glockengeläut schallte von jenseits der Mauern.

Kineth beschleunigte seine Schritte und holte Criosaidh ein, die den Trupp anführte.

»Was passiert normalerweise, wenn ihr einen Jungen bringt?«, fragte Kineth die Frau.

»Abt Hippolyt nimmt das Kind entgegen und schenkt uns gewöhnlich dafür Stoffe, Gebinde oder sonst etwas, was sie innerhalb der Mauern herstellen. Dann gehen wir wieder.«

»Sie gewähren euch keinen Einlass?«

Criosaidh schüttelte den Kopf. »Selten. Frauen sind bei ihnen ebenso wenig willkommen wie Männer bei uns.«

Als sie beim Tor ankamen, trat Criosaidh vor und klopfte an die schweren Beschläge. Das Glockengeläut verstummte.

Es dauerte nicht lang, und sie hörten, wie das Tor entriegelt wurde. Dann öffnete es sich. Ein Mönch in einer schwarzen Kutte stand vor ihnen, seine Haltung war trotz seines betagten Alters aufrecht und stolz. Sein Haupt zierte kein einziges Haar – sogar die Augenbrauen fehlten ihm. Und seine Haut war so sauber, als wäre er gerade einem Bade entstiegen, stellte Ailean überrascht fest.

»Abt Hippolyt.« Criosaidh senkte ihren Kopf.

»Welche Überraschung«, sagte der Abt mit sanfter Stimme. Er blickte auf den Jungen, der sich im Arm seiner Mutter zu verkriechen suchte, dann auf die Krieger. »Aber du kommst nicht allein, wie ich sehe?« In seiner Stimme schwang Argwohn mit.

»Das sind Fremde. Sie sind von weither gereist, und sie erbitten Eure Hilfe, Pater.«

Der Abt musterte die Männer und Frauen. »Ihr seid gekleidet wie Nordmänner, eure Bemalungen hingegen...«

Caitt trat vor. »Ich bin Caitt, Sohn des Brude. Wir kommen aus Dùn Tìle, aus dem Lande Innis Bàn«, sagte er. »Es heißt, ihr seid gelehrte Männer. Wir hoffen daher, ihr könnt uns helfen, ein Rätsel zu lösen.«

»Ein Rätsel, so, so«, murmelte Hippolyt.

Caitt holte aus dem Bündel, das er um die Schulter geschlungen trug, die Schriftrolle hervor und streckte sie dem Abt entgegen. »Auf dieses Pergament wurden Zeichen gemalt, in Latein, wie wir vermuten. Wir bitten Euch, uns die Worte zu übersetzen.«

Hippolyt zog die haarlosen Augenbrauen überrascht nach oben, was seinen Kopf noch runzeliger wirken ließ, als er schon war. »Eine Übersetzung also? Aber alles der Reihe nach.« Er nahm der Mutter den Jungen aus dem Arm, der bitterlich zu jammern anfing. »Na, na, wer wird denn gleich weinen«, sagte der Abt. Dann strich er dem Kind über den Kopf und drückte es an seine Schulter. »Willkommen, kleiner Nathaniel.«

Bree beugte sich zu Criosaidh vor. »Woher kennt er seinen Namen?«

»Das ist nicht sein Name«, flüsterte diese, während sie mit ihren Tränen rang. »Die Mönche geben ihnen neue Namen.« Jetzt schlug sie die Hände vors Gesicht. Ihre Schultern bebten, als sie stumm zu weinen begann. Ailean nahm sie in den Arm und führte sie einige Schritte abseits.

Hippolyt drehte sich um und gab das Kind an einen Mönch weiter, der es behutsam entgegennahm und davontrug.

»Und nun zu dir, Caitt, Sohn des Brude. Ich nehme nicht an, dass ich euer Rätsel stehenden Fußes lösen soll?«

Caitt ließ die Hand sinken, in der er immer noch die

Schriftrolle hielt, und sah den Mönch ratlos an. Was mochte er meinen? Caitt sah auf die Füße des Mannes, dann wandte er sich zu seinen Leuten um. Kineth zuckte mit den Schultern, und auch Ailean schien ratlos.

Als der Abt ihre Gesichter sah, lachte er auf. »Nun denn, kommt herein«, sagte er und trat zur Seite. »Das Haus Gottes steht allen offen.«

Kineth sah sich aufmerksam um. Vom weitläufigen Innenhof der Abtei führten sternförmig Wege zu verschiedenen Gebäuden, die aus dem gleichen dunkelgrauen Stein gebaut waren wie die Mauer. Zahlreiche Mönche unterschiedlichsten Alters gingen emsig ihrer Arbeit nach. Jetzt sah er einige Kinder, die ebenfalls in Kutten gewandet waren. Zu Kineth' Überraschung hatten auch sie kahl geschorene Köpfe und abrasierte Augenbrauen wie Pater Hippolyt, und waren ebenso reinlich gewaschen. Und es strahlte ihm, wo immer er hinsah, ein freundliches Lächeln entgegen.

In der Mitte des Hofs stand eine Halle, an die ein klobiger Turm angebaut war. Dieser grenzte an eine Mauer, die jedoch niedriger war als jene, die das Areal umgab. Dahinter ragten Obstbäume, Hecken und Sträucher hervor.

»Bitte weise dem Weib eine Zelle im Dormitorium zu, sie wird sich ausruhen wollen«, sagte Hippolyt zu einem seiner Brüder und deutete auf Criosaidh, die noch immer haltlos weinte.

»Ich werde sie begleiten«, sagte Ailean, die es nicht übers Herz brachte, die verzweifelte Frau alleinzulassen. Sie warf Caitt einen Blick zu, der nickte knapp.

Der Abt schien ebenfalls keine Einwände zu haben und machte eine wedelnde Handbewegung in Richtung des Mönchs. »Die anderen werden mit mir gehen.«

Als die beiden Frauen fort waren, schritt der Abt voraus in das Innere der Halle, die den Mönchen offenbar als Kirche diente.

Der Raum wurde von einem niedrigen, tonnenförmigen Gewölbe überspannt, an den Wänden sah man verblasste Bilder – Szenen von Höllenqualen, Folter und Tod. Beacán würde sich hier wohlfühlen, ging es Kineth durch den Kopf.

Am Ende der Halle stand ein schmuckloser Altar. Hinter ihm ragte eine große hölzerne Tafel empor, an die Symbole aus Eisen genagelt waren, die aussahen wie jene, die draußen auf den verwitterten Fahnen wehten. Es roch feucht und modrig. So sauber und gepflegt der Vorhof war, hier in der Halle fiel einem fast das Atmen schwer.

»Ich habe schon so manche Abtei von innen gesehen«, sagte Egill leise zu Kineth, »aber ein solches Loch von einer Kirche ist mir noch nicht untergekommen.«

Kineth nickte stumm. Ihm fiel auf, dass es im gesamten Raum kein Kreuz gab.

Hippolyt trat zum Altar, bekreuzigte sich. Dann wandte er sich den Kriegern zu. »Einen Kapitelsaal, in den ich euch bitten könnte, haben wir leider nicht. Das Haus Gottes ist uns aber ein vollwertiger Ersatz, hierher kommen wir, wenn wir Einkehr und Ruhe suchen oder uns besprechen wollen.« Er wies auf das Gestühl, das sich im

Altarraum befand. »Aber setzt euch doch. Und dann wollen wir sehen, ob ich euch helfen kann.«

Der Abt nahm auf einem der hohen Stühle Platz. Caitt reichte ihm die Schriftrolle und setzte sich ebenfalls.

Hippolyt sah das Pergament erstaunt an. Er drehte es um, wendete es hin und her. Dann begann er zu lesen. Immer wieder fuhr er mit dem Zeigefinger die Zeilen entlang und murmelte dazu. Je länger er sich mit dem Text beschäftigte, desto sichtlich größer wurde sein Erstaunen. Schließlich winkte er einem Mönch zu, der sie begleitet hatte. »Bruder Pontian, sei so freundlich und hilf mir mit diesem Text. Ich möchte sichergehen, dass mir kein Fehler unterläuft.«

In der fensterlosen Zelle, die man ihnen zugewiesen hatte, legte sich Criosaidh auf die einfache Pritsche und schloss die Augen. Noch immer rannen ihr die Tränen übers Gesicht, aber nach einer Weile wurden es weniger. Schließlich überwältigte sie die Erschöpfung und sie schlief ein.

Ailean blieb noch eine Weile an ihrer Seite sitzen, dann stand sie auf und beschloss, zu den anderen zurückzukehren. Hier konnte sie nicht mehr von Nutzen sein.

Sie trat leise aus der Zelle hinaus und blickte sich um. Der Mönch, der sie hergeführt hatte, war nirgendwo zu sehen. Als sie das Ende des Gangs mit seinen vielen Zellentüren erreicht hatte, war sie unschlüssig, wohin sie gehen musste. Sie folgte dem breiten Korridor nach rechts und erreichte schließlich eine Tür, durch die sie auf den Vorhof zu gelangen hoffte. Als sie sie öffnete, lag jedoch ein kleiner, schmuckloser Hinterhof vor ihr. Ein ausgetretener Pfad führte geradewegs zu einem mannshohen Häuschen auf der gegenüberliegenden Seite, das in jene innere Mauer eingelassen war, die sie bereits vom Vorhof aus gesehen hatte. Seine Tür wurde von einem abgewetzten Vorhang verschlossen.

Ailean folgte dem Pfad, doch je näher sie kam, desto unangenehmer wurde der Geruch. Sie brauchte einen Moment, um zu begreifen, was das hier war. Eine ähnliche Örtlichkeit hatte sie zum ersten Mal in Comgalls Festung gesehen. Sie zog den Vorhang beiseite und sah das breite Brett, in dem eine abgewetzte, kreisförmige Öffnung klaffte. Ailean musste unwillkürlich schmunzeln, als sie sich den vornehmen Abt auf diesem Thron sitzend vorstellte.

Sie wollte sich gerade abwenden und gehen, als sie ein Geräusch hörte. Ailean stutzte, hörte genauer hin, aber sie hatte sich nicht geirrt.

Es war das Weinen von Kindern.

Abt Hippolyt sah die Krieger andächtig an. »Dieser Text erzählt von Königen, ihrer Regentschaft und was aus ihnen geworden ist«, sagte er. »Der Verfasser war kein Schriftgelehrter, denn er beherrschte die lateinische Sprache nur mangelhaft.«

Pontian pflichtete ihm übertrieben nickend bei.

Der Abt sah wieder auf das Pergament. »In unsere Sprache übertragen steht hier also in etwa Folgendes: ›So wisse denn, du, der du diesen Text liest, von der großen Ungerechtigkeit, die unserem Volke widerfahren ist. Leidgeprüft und doch siegreich konnten wir uns und unsere Heimat über Generationen verteidigen, ob gegen die

Invasoren aus dem Süden oder die Bestien aus dem Norden. Am Anfang herrschte Cruidne, Sohn des Cinge, Vater aller Stämme, über einhundert Jahre. Sieben Söhne folgten ihm: Fib, Fidach, Flocaid, Fortrenn, Got, Ce und Circinn, von denen Fortrenn siebzig Jahre lang herrschte. Ihm folgte Gede Olgudach, der wiederum achtzig Jahre herrschte.‹« Der Abt sah auf. »Es folgt nun eine Auflistung von Namen und wie lange sie geherrscht haben ...« Der Abt las weiter. »Denbecan, einhundert Jahre, Olfinecta, sechzig Jahre. Guidid Gaed Brechach, fünfzig Jahre ...«

Caitt warf Kineth einen ratlosen Blick zu, doch dieser zuckte ebenfalls nur mit den Schultern.

Das Weinen der Kinder kam von jenseits der Mauer, die auf Höhe des Aborts verlief. Es klang so verzweifelt, dass Ailean ohne nachzudenken handelte: Sie vergewisserte sich kurz, dass sie unbeobachtet war, dann kletterte sie geschickt den Spalt zwischen Mauer und Abort nach oben und ließ sich auf der andern Seite der Mauer hinter einen Busch fallen.

Beim Aufkommen durchfuhr ein brennender Schmerz ihren rechten Knöchel, aber darauf konnte sie im Moment keine Rücksicht nehmen.

Ailean lugte hinter dem Astwerk des Buschs hervor. Vor ihr lag ein Hof, ähnlich dem, den sie durch das Eingangstor betreten hatten, jedoch wesentlich kleiner.

Ein paar windschiefe Holzhütten lehnten sich hier an die Außenmauer, als müssten sie sich abstützen. Auf dem Platz vor ihr ragten mehrere mannshohe Pfähle auf, in deren oberen Enden Eisenringe eingelassen waren. Seltsam aussehende Holzböcke standen daneben. Das Weinen, das Ailean gehört hatte, kam aus einer Hütte zu ihrer Rechten, die nur schmale Fensterschlitze hatte.

Ailean sah sich um, weit und breit war keine Menschenseele zu sehen. Sie humpelte geduckt zu der kleinen Hütte und ging an der hinteren Seite in Deckung. Das Weinen und Klagen war hier lauter zu vernehmen. Jetzt hörte sie auch ein klatschendes Geräusch, das sich in regelmäßigen Abständen wiederholte – es war, als würde man die Hände zusammenschlagen.

Aileans Herz begann heftig zu klopfen, erst jetzt wurde ihr bewusst, dass sie sich womöglich in ernsthafter Gefahr befand. Sie sah sich noch einmal prüfend um, ob irgendjemand sie sehen könnte, dann stellte sie sich auf die Zehenspitzen und lugte durch einen der schmalen Fensterschlitze.

Was sie sah, ließ ihr den Atem stocken.

»Und seine Regentschaft währte siebenunddreißig Jahre.« Hippolyt setzte ab. Die lange Liste der seltsam klingenden Namen ermüdete nicht nur die Zuhörer. Der Abt holte tief Luft, bevor er fortfuhr: »Doch der traurigste Tag unseres Volkes ereignete sich im Jahre des Herrn 839, als unser bis dahin siegreicher König Uuen, Sohn des Óengusa, im Kampf gegen die Nordmänner fiel und Ailpíns Sohn Cináed durch Verrat und Mord Thron und Land an sich riss. Es folgte die schwerste Zeit – eine Zeit von Verfolgung, Mord und Sklaverei, in der unsere Feinde nur ein Ziel kannten: die vollständige Vernichtung unseres Volkes.«

Kineth spürte, wie sein Mund trocken wurde und sich

seine Kehle zuschnürte. Eine sonderbare Wehmut ergriff ihn. War sie in der Heimat auch immer und immer erzählt worden, so hätte die Geschichte seines Volkes doch eine Legende sein können. Nun aber war die Legende bittere Wahrheit geworden.

Abt Hippolyt blickte erneut auf. »Die Reihe der Könige endet damit. Zumindest vorläufig. Denn hier steht noch etwas.« Er runzelte die Stirn, seine Augen fuhren hin und her. Nach einer kurzen Pause fuhr er fort »Uuen, Sohn des Óengusa, war nicht der Letzte seiner Linie, er hatte einen Sohn ... Deoord.«

Caitt stutzte. Er hatte den Namen schon gehört, konnte ihn aber nicht recht einordnen. Er sah zu Kineth, der ebenfalls hellhörig geworden war.

»Dieser konnte vor der Mordlust der Nordmänner in Sicherheit gebracht werden und verließ mit wenigen Gefährten die Heimat, auf dass er eines Tages wiederkommen und sich zurückholen werde, was von Rechts wegen sein war ...«

»Der Bruder von Vaters Mutter hieß Deoord«, sagte Kineth halblaut, blickte dann zu Caitt. »Verstehst du, was das bedeutet!«

»Vater ... Er hätte einen legitimen Anspruch auf den Thron dieses Landes.«

Der Abt hob das Pergament, wedelte damit in der Luft. »Eine letzte Zeile findet sich hier noch«, sagte er und las weiter: »›Doch wem der Worte zu wenig, der soll geblendet werden durch des Königs Ring. Auf dass ihm Tränen aus den Augen rinnen, um zu einem Quell der Erkenntnis zu werden.‹« Hippolyt stutzte. »Mir scheint, es bedarf also mehr als nur dieses Schriftstücks, um einen Anspruch geltend zu machen.«

Da hast du recht, Mann Gottes, dachte Kineth. Man braucht den Ring und eine verdammt große Streitmacht. Denn aufgrund von schönen Worten hat noch nie jemand einen Thron bestiegen.

Ailean wendete sich voller Entsetzen ab. Hatte sie das gerade eben wirklich gesehen? Oder hatten ihre Sinne ihr einen Streich gespielt? Wieder blickte sie durch den Spalt: Im Inneren der Hütte war ein Querbalken auf Holzstützen montiert. Über den Balken waren zwei Jungen gebunden, noch keine zehn Jahre alt, beide weinten, waren nackt und voller Schmutz. Hinter einem der beiden stand ein Mönch, der sich die Kutte bis über den Bauch hinaufgezogen hatte und mit einem Lederriemen auf den stark geröteten Rücken des Jungen einschlug, während er in ihn eindrang.

Ailean wich erneut zurück. Übelkeit stieg in ihr auf und ließ sie würgen. Jede Faser ihres Körpers schrie danach, die Hütte zu stürmen und den Kindern zu Hilfe zu eilen. Aber sie wusste, dass dann die Hölle losbrechen würde – und sie hatten keine Waffen mit. Sie wandte den Blick wieder ab, atmete tief durch und ballte dabei so stark ihre Fäuste, dass sich ihre Fingernägel tief in die Ballen gruben und ihre Knöchel schneeweiß wurden. Am liebsten hätte sie dem Mönch den Schwanz abgeschnitten und ihn ihm ins Maul gestopft, auf dass er gleichzeitig verbluten und ersticken möge ...

In diesem Moment bemerkte sie einen weiteren Jungen, der, ebenfalls nackt, über den Hof schlurfte, einen großen Eimer in der Hand. Er ging zu der Grube, die unter dem Abort lag, und tauchte den Eimer, so tief er konnte, in die Exkremente. Nach einer Weile zog er ihn mit aller Kraft wieder heraus und schleifte ihn zu der Hütte zurück, aus der er gekommen war.

Ailean erinnerte sich an den beißenden Gestank, der zu Hause durch das Dorf gezogen war, wenn der Gerber Häute und Felle mit Kot behandelt hatte. Dort in der Hütte wurden vermutlich ebenfalls Häute gegerbt.

Ailean lief los. Sie achtete nicht auf den Schmerz in ihrem Knöchel, rannte, so schnell sie konnte, über den Platz, schnappte sich den Jungen, der vor Schreck den Eimer losließ, und versteckte sich mit ihm hinter einem Gebüsch. Sie presste den Jungen an sich und ihre Hand auf seine Lippen.

»Ganz ruhig«, flüsterte sie, in der Hoffnung, dass der Junge sie verstand. »Ich tu dir nichts, hab keine Angst.«

Sie spürte, dass das Herz des Jungen mindestens so schnell raste wie das ihre. Ailean atmete tief durch, dann löste sie langsam ihre Hand und drehte das Kind zu sich. Sein Kopf war ebenso kahl geschoren wie bei den anderen Jungen und Männern, aber sein Körper war voller Narben, sein Blick stumpf.

»Mein Name ist Ailean«, begann sie vorsichtig. »Und wer bist du?«

Der Junge sah sie nur an.

»Was tust du da drin?«

Wieder keine Antwort.

Ailean überlegte, wie sie ihn zum Sprechen bringen könnte. »Möchtest du nicht fort von hier? Möchtest du nicht zurück zu deiner Mutter?«

Der stumme Blick des Jungen bohrte sich in ihr Herz.

»Wenn du mit mir sprichst, helfe ich dir. Dann kannst du nach Hause gehen, nach Hause zu deiner Mutter.«

Ailean sah, wie das Kinn des Kleinen zu zittern begann. Dann liefen dem Knaben plötzlich Tränen über die Wangen.

»Schhhh«, versuchte Ailean ihn zu beruhigen und drückte seinen Kopf an ihre Brust. »Sprich mit mir. Was macht ihr Jungen hier?«

»Wir leben, damit die anderen leben können.« Der Junge leierte es herunter, als habe er es auswendig gelernt. »Wir arbeiten, damit für alle genug da ist. Wir dienen, damit es *Ihm* gefällt.« Der Kleine schluchzte immer heftiger. »Wir sind nichts, nur die zwei von dreien.«

Die zwei von dreien?

In Aileans Kopf rasten die Gedanken. Was bedeuteten die Worte des Jungen, die ihm offensichtlich in den Mund gelegt worden waren?

Wir sind die zwei von dreien.

Die Jungen in den Kutten fielen ihr ein, die sie im Innenhof gesehen hatte. Diese hatten nicht den Eindruck gemacht, als müssten sie ein derartiges Martyrium erleben. Ihre Blicke waren klar und kraftvoll, nicht gebrochen und scheu.

Drei kommen, zwei gehen, einer bleibt ...

Wir sind zwei von dreien.

Ailean riss die Augen wieder auf. Sie wusste, was der Junge meinte.

»Und wo finden wir diesen Ring?« Caitt war aufgesprungen und lief unruhig im Altarraum auf und ab.

»Davon steht hier nichts«, sagte Hippolyt und hob die haarlosen Brauen. »Wer weiß, vielleicht ging er verloren. Vielleicht wurde er eingeschmolzen. Vielleicht ist er im Besitz von König Konstantin.«

Hektisch gestikulierend kam der Mönch, der Criosaidh und Ailean zum Dormitorium begleitet hatte, in die Kirche gestürmt. »Pater Hippolyt, das bemalte Weib ... Es ist nicht mehr da!«

Alle Anwesenden richteten ihre Blicke auf den Mönch.

»Was soll das heißen, ›nicht mehr da‹? Hast du sie nicht mit der anderen in eine der Zellen gebracht, damit sie sich ausruhen können?«

»Gewiss, gewiss. Doch dann habe ich mich anderen Arbeiten zugewandt, und als ich zurückkam –«

Hippolyt sprang auf. »Du hast sie allein gelassen?«, donnerte er unvermittelt.

»Nur kurz. Ich ...« Der Mönch senkte sein Haupt.

In diesem Augenblick betrat Ailean schwer atmend die Kirche.

»Wo warst du?«, entfuhr es dem Mönch.

Ailean warf ihm einen vernichtenden Blick zu. »Ich musste auf den Abort. Hätte ich dich um Erlaubnis fragen sollen?«

Der Mönch wich eingeschüchtert zurück.

Der Abt schüttelte den Kopf und wandte sich dann mit gütiger Miene Ailean zu. »Verzeih, das Gemüt unseres Bruders Justinian ist so einfach gestrickt wie das eines Maulesels. Er wollte dir nicht zu nahe treten, er war nur besorgt. Nicht wahr, Bruder?«

Der nickte eifrig.

Hippolyt wandte sich an die anderen. »In Kürze begeben wir uns ins Refektorium. Ihr seid herzlich eingeladen, an unserem bescheidenen Mahl teilzunehmen.«

Caitt wollte dem Abt eben danken und sein freundliches Angebot annehmen, als Ailean hinter ihn trat.

»Wir müssen von hier weg. Sofort!«, zischte sie.

Caitt lag eine scharfe Entgegnung auf der Zunge, aber der Blick seiner Schwester verriet ihm, dass irgendetwas vorgefallen war. Irgendetwas Schreckliches.

Er wandte sich wieder dem Abt zu. »Habt Dank, Pater«, sagte er und versuchte arglos zu klingen, »aber wir müssen unseren Heimweg antreten, wenn wir vor der Dunkelheit ankommen wollen.«

»Das ist bedauerlich, aber verständlich«, sagte dieser und wies zur Kirchentür. »Dann begleite ich euch hinaus ... Bruder Justinian, hol die Mutter des Kindes!« Hippolyt zögerte, dann lächelte er Caitt an. »Ich wünsche euch einen sicheren Weg. Und solltet ihr tatsächlich erreichen, wonach ihr strebt, so vergesst nie, wer euch dazu verholfen hat.«

»Habt keine Sorge«, brach es aus Ailean heraus. »Euch vergessen wir niemals.« Sie wartete nicht ab, dass der Abt ihnen die Kirchentür öffnete, sondern eilte vor ihm hinaus.

Die Körbe mit den Kräutern und Beeren hatten sie im Schatten der Kirche zurückgelassen und verabschiedeten sich nun am Tor von den Mönchen.

»Hier, mein Kind, das hätten wir beinahe vergessen«, sagte Hippolyt und drückte Criosaidh, die immer noch verweint aussah, ein Bündel feinst gegerbten Leders in die Hände. Ailean hätte ausspucken mögen. Sie hatte gesehen, unter welchen Bedingungen dieses Leder hergestellt wurde. Dann überreichte ihr der Abt noch fünf Vögel, die an einem Strick baumelten und ein glänzend schwarzes Kopfgefieder und gelbrote Ohrbüschel hatten.

»Wir sind mit mehr Ohrentauchern gesegnet, als wir zu Lebzeiten verspeisen können«, sagte er und wies auf den See hinter sich, von wo aus das Geschrei der Vögel drang.

»Ich danke Euch.« Criosaidhs Stimme war ausdruckslos.

Der kleine Tross zog nun durch das Tor und ließ die Abtei der Brüder des Nikolaos hinter sich.

Ailean lief erneut voraus, reagierte nicht auf Caitts Rufen. Erst als sie über den nächsten Hügel waren, blieb sie stehen.

Caitt funkelte sie wütend an. »Kannst du mir jetzt endlich erklären, was das Ganze soll? Diese Mönche haben uns gastfreundlich empfangen, und sie haben uns geholfen, das Pergament zu übersetzen.«

Wir sind die zwei von dreien.

»Ihr habt doch alle keine Ahnung«, stieß Ailean hervor und wandte sich Criosaidh zu. »Und ihr, in eurem Dorf – wisst ihr eigentlich, was mit euren Kindern geschieht? Kümmert es euch einen Dreck, wie es ihnen geht, nachdem ihr sie hierhergebracht habt?«

Criosaidh begriff nicht, was Ailean meinte.

Zwei von dreien.

»Dein Junge, den du heute übergeben hast: Weißt du, ob er der Erste, der Zweite oder der Dritte von dreien ist?«

Die Krieger blickten sich ratlos an.

Ailean liefen Tränen über das Gesicht. »Denn wenn er nicht das Glück hat, der Erste zu sein, dann wird er sein Leben lang hausen wie ein Tier, und er wird schuften wie ein Tier, und als Dank dafür wird er von klein auf in den Arsch gefickt!« Sie sank auf die Knie, begrub das Gesicht in ihren Händen und schluchzte bitterlich.

Criosaidh sah sie fassungslos an. »Was ... sagst du da? Wieso –«

»Was hast du gesehen?«, unterbrach Kineth die Frau und blickte Ailean eindringlich an.

»Sie vegetieren hinter der niedrigen Mauer in eigenen Quartieren. Es war so ...«

Egill hatte genug gehört. Seine Feinde zu bekämpfen war eine Frage der Ehre. Sklaven zu verkaufen eine Frage der Notwendigkeit. Aber Kinder zu schänden – dafür hatten die Götter kein Verständnis. Und er schon gar nicht.

»Wir gehen zurück!«, sagte er.

Caitt nickte, gefolgt von Unen, den Breemallys und Flòraidh.

»Nein!« Es war Criosaidh, die gesprochen hatte. Erstaunt wandten sich alle der Frau zu. Jede Trauer war von ihr gewichen, ihre Gesichtszüge schienen sich in Eisen verwandelt zu haben.

»Willst du keine Rache für eure Kinder?« Egill blickte Criosaidh verächtlich an.

»Ganz recht – es sind *unsere* Kinder.« Criosaidh fixierte den Nordmann. »Wenn jemand deinen Vater tötet, möchtest du dann, dass ihn jemand anders rächt, oder nicht lieber selbst dem Mörder dein Schwert in den Magen stoßen und dabei zusehen, wie das Leben aus ihm herausrinnt?«

Sie wandte sich von Egill ab, sah in Richtung der Abtei.

»Es sind unsere Kinder«, wiederholte sie. »Wer ihnen ein Leid zufügt, der soll unseren Zorn zu spüren bekommen, unsere Rache. Und die wird lange und qualvoll sein.«

Nachdem Ailean am Abend ihrer Rückkehr geschildert hatte, was sie in der Abtei gesehen hatte, war es in der Halle totenstill geworden. Viele Frauen hatten nur entsetzt den Kopf geschüttelt, andere waren in Tränen ausgebrochen. Gwenwhyfar hatte ihrer Priesterin einen Blick zugeworfen, als trage diese persönlich die Verantwortung dafür, dass im Namen des Herrn solche Ungeheuerlichkeiten geschahen. Dann hatte sie ihr Schwert ergriffen, war aufgesprungen und hatte mit einem wuchtigen Hieb den Stuhl zerschlagen, auf dem sie gerade noch gesessen hatte – zum Zeichen, dass sie in die Schlacht ziehen und erst wieder ruhen werde, wenn sie siegreich war oder tot. Daraufhin hatten die Frauen in der Halle ein Geheul angestimmt, das Kineth und Egill durch Mark und Bein ging.

Später waren Caitt, Kineth und Ailean mit Gwenwhyfar allein in der Halle zurückgeblieben. Erst jetzt konnten sie der Dorfoberen berichten, was die lateinische Schrift auf dem Pergament zu bedeuten hatte und was sie über ihren letzten König erfahren hatten.

»Wer immer sich die Mühe gemacht hat, das Schriftstück im Grab so sorgfältig zu verstecken«, sagte Gwenwhyfar schließlich, »wird auch den Ring kundig verborgen haben.«

»Du verstehst es, uns Mut zu machen.« Aileans Stimme war trocken.

Gwenwhyfar schmunzelte, dann wurde sie wieder ernst. »Wie lautete nochmal der letzte Satz, mit dem die Schrift endete?«

»Auf dass Tränen aus den Augen rinnen, um zu einem Quell der Erkenntnis zu werden«, sagte Kineth.

»Der Quell der Erkenntnis«, wiederholte Gwenwhyfar gedankenverloren.

»Sagt dir das etwas?« Kineth sah sie fragend an.

Doch Gwenwhyfar schien ihn kaum zu hören. Vielleicht war sie in Gedanken bei den schändlichen Mönchen und ihren Untaten. Oder dabei, wie sie sich rächen würde.

Mit einem Mal stand die Dorfobere auf und schickte sich an, die Halle zu verlassen. Bei der Tür wandte sie sich noch einmal um und sprach nur ein Wort: »Torridun.« Dann ging sie hinaus.

»Torridun?«, rief Caitt aus. »Schon wieder so ein verdammtes Rätselwort? Was soll das sein: Ein Mann? Ein Ort? Ein –«

»Eine Festung.«

Alle Blicke richteten sich auf Egill.

»Lasst mich eins klarstellen: Wenn ich euch dorthin führe, ist meine Leibschuld endgültig beglichen.«

Caitt nickte hastig. »Natürlich. Mein Wort darauf.«

»Torridun liegt an der Küste«, fuhr der Nordmann fort, »und ist eine gewaltige Festung. Auf rauem Fels errichtet, der wie der Kopf eines Wolfs ins Meer ragt. Mit

Mauern aus Stein, die dreißig Fuß dick und zwanzig Fuß hoch sind. Es soll dort einen Brunnen geben oder eine heilige Stätte«, er machte eine unbestimmte Geste, »so genau weiß ich es nicht. Die Legende nennt sie den ›Quell der Erkenntnis‹.«

»Und zu dieser *Legende* sollen wir ziehen?«, fragte Caitt.

»Du schlägst ein anderes Ziel vor?«, fragte Ailean und sah ihren Bruder herausfordernd an. Der schwieg.

»Stellt euch das nicht so einfach vor«, gab Egill zu bedenken, »die Festung gilt als uneinnehmbar. Die Natur selbst schützt den Ort. Denn wenn die Flut kommt, dann überspült das Meer den Landzugang, und die Festung ist von allen vier Seiten von Wasser umschlossen. Eine Belagerung wird so unmöglich gemacht.«

Kineth pfiff durch die Zähne.

Eine Weile herrschte Schweigen. Dann wandte sich Egill an Caitt. »Und selbst wenn ihr den Ring finden solltet, was wollt ihr dann tun?«, fragte er. »Glaubt ihr nicht, dass es mehr braucht als –«

»Lass das unsere Sorge sein, Nordmann«, unterbrach ihn Caitt barsch. »Zeige du uns den Weg zu dieser Festung. Alles andere machen wir.«

Egill warf Caitt einen finsteren Blick zu. Dann sah er Ailean, und seine Züge entspannten sich wieder. »Wie du meinst«, sagte er. »Wir folgen dem Ufer des Flusses Nis nach Norden. Es sind mindestens drei Tagesmärsche von hier.«

Caitt nickte. »Hier hält uns nichts mehr. Wir brechen morgen in aller Frühe auf.«

Noch bevor die Morgensonne über die Hügelkette im Osten geklettert war, hatten sich die Männer und Frauen bereits beim Tor gesammelt. Sie schnürten ihre Bündel, bekamen ihre Waffen ausgehändigt und nahmen Abschied von Gwenwhyfar, ihren Beraterinnen und der Priesterin.

Erst spät kam Elpin angewankt. Er wirkte verschlafen, aber frohgemut. Sein Gesicht war noch grün und blau, aber dafür waren die Schwellungen so gut wie abgeklungen. Er lächelte seine Freunde an, ein Liedchen auf den Lippen. Caitt würdigte er keines Blickes.

Ailean betrachtete ihn verwundert. »Woher diese Fröhlichkeit?«

Elpin schwieg, drehte sich im Gehen noch einmal um und warf Sulgwenn, die ihm nachwinkte, einen Kuss zu. Die anderen Krieger tauschten amüsierte Blicke.

Dann gingen die Männer und Frauen durch das Tor der Ringmauer und schritten den Weg entlang, der von den gepfählten Köpfen gesäumt war. Sie schlossen zu ihren Leuten auf, die bereits vor dem Dorf auf sie warteten.

Nur Flòraidh war zurückgeblieben. Sie stand bei Tavia und Sìne. Alle drei hatten feuchte Augen. »Du könntest hier bei uns bleiben«, sagte Tavia und strich Flòraidh übers Haar. Diese nickte. Der Hals war ihr wie zugeschnürt. Dann flüsterte sie: »In einem anderen Leben.«

Die drei Frauen fassten sich an den Händen, dann machte sich Flòraidh auf den Weg und folgte den Kriegern ihres Volkes, ohne einen Blick zurückzuwerfen.

»Das war es jetzt? Ein Leben weggewischt, wie man eine lästige Fliege wegwischt?« Ionas Augen glänzten, aber es kamen keine Tränen. Sie würde Beacáns Schergen Keiran und Kane, die beim Eingang standen und ungeduldig zu ihnen blickten, diesen Triumph nicht gönnen.

Brude wollte sie umarmen, aber sie zuckte zurück. Ihr Verhalten schien ihn zu verletzen, doch er sagte nichts.

Eibhlins Enthüllung war für Iona wie ein Schlag ins Gesicht gewesen. Wut hatte sie ergriffen, sie konnte nicht verstehen, warum weder ihr Mann, noch ihre Tochter, noch die Schwester ihres Mannes selbst es damals für wert befunden hatten, sie einzuweihen. Sie hätte Drests Hinrichtung niemals zugelassen, da war sie sich sicher, andererseits wusste sie nicht, was Brude dann unternommen hätte. All die Jahre hatte sie geglaubt, ihren Mann zu kennen, aber jetzt, mit dem Wissen, was geschehen war, schien ein Fremder vor ihr zu stehen. Ein Fremder, der den Mord an einem Unschuldigen befohlen hatte, weil ihm dieser zu minder für seine Tochter schien.

Und um die Demütigung zu vollenden, hatte sie von dieser Tat wie der Rest des Volkes erfahren müssen – in einer öffentlichen Versammlung.

Der leere Thron blickte wie im Hohn auf sie herab. Beacán hatte ihnen großmütig einen halben Tag Zeit gegeben, Abschied von ihrem Heim zu nehmen. Schon bald würde der Thron nicht mehr leer sein, dachte Iona, zumindest bis die Neunundvierzig zurückkehren würden, wenn sie es denn jemals taten. Sie hatten Beacán unterschätzt, und die anderen würden denselben Fehler machen.

Sie wandte sich Brude zu. Er war blass, hatte während der Tage seiner Krankheit an Gewicht verloren. Im Gesicht waren keine Bläschen mehr zu sehen, nur noch leicht gerötete Stellen, aber noch wollte niemand an eine Genesung glauben.

Doch trotz seines geschwächten Zustandes war er zu der Zusammenkunft gekommen, um für sie zu sprechen, und sie wusste, dass er das auch in Zukunft für sie tun würde. Er würde für sie einstehen und für sie kämpfen, er würde sogar für sie sterben, dessen war sie gewiss… wenn er nicht doch noch an der Krankheit elend zugrunde ging.

Und in diesem Augenblick, als sie schweigend vor dem leeren Thron standen, wusste sie auch, dass sie ihn noch liebte und ihn mehr brauchte als je zuvor. Sie würde ihn vielleicht nie mehr mit den gleichen Augen sehen wie früher, aber sie würde ihn immer lieben, egal, was er getan hatte.

Brude schien ihren Sinneswandel zu spüren. »Verbannung ist nicht das Ende. Noch leben wir, und das werden wir auch weiterhin tun.«

»Im Landesinneren? Wie sollen wir –«

»Wir schaffen das.«

Sie fühlte, wie ihr die Kehle eng wurde. »Und unsere Kinder? Was wird mit ihnen? Und den anderen, wenn sie zurückkehren?«

In diesem Moment trat ein Lächeln auf Brudes Gesicht. »Schon die Romani fürchteten das Blut, das die Pikten verband, und unsere Kinder sind vom selben starken Blut wie auch ihre Eltern. Sie werden überleben, die Prophezeiung erfüllen und zurückkommen, und dann wird sich Beacán wünschen, niemals das Kreuz gegen uns erhoben zu haben.« Er machte eine Pause, wischte sich über die schweißnasse Stirn. »Deshalb werden wir überleben. Ich möchte mir nicht entgehen lassen, wie der Tag des Zorns über den Priester und die Seinen kommt, wenn die Neunundvierzig zurückkehren.«

Jetzt liefen Iona die Tränen über die Wangen.

Brude zögerte kurz, dann umarmte er sie. Sie hielten sich fest, in der Halle, die nicht mehr die ihrige war und vielleicht nie mehr sein würde.

Man sagt, dass die alten Götter durch die Augen der Raubtiere blickten, um die Menschen zu beobachten.

Die Menschen lebten und starben, und mit ihnen lebten und starben die Götter. Neue Menschen wurden geboren und schufen neue Götter, aber die Raubtiere blieben.

Über Jahrtausende streunten Bären durch die Wälder, schwammen Haie im Wasser, durchstreiften Adler den Himmel.

Und über allem schien das Heulen des Wolfs zu liegen.

Ein Heulen jedoch, das allmählich schwächer wurde, im Sand der Zeit. Schon bald würde es gänzlich verschwinden, und mit ihm das Scharren der Klauen und das Schlagen mächtiger Schwingen, und die Erde würde widerhallen von den Schritten und Stimmen des einen Raubtiers, das über alle anderen herrschte.

Die Festung

Es war Mittag und der Trupp machte eine kurze Rast. Kineth und Egill saßen etwas abseits und aßen orangefarbene Multbeeren, die sie unterwegs gesammelt hatten. Die Beeren waren bitter-säuerlich, die beiden Krieger verzogen immer wieder die Gesichter.

»Ein Stück beschriebener Haut, die wir selbst nicht lesen können, und ein Ring, den wir nicht besitzen«, sagte Kineth schließlich. »Unsere Lage hat sich nicht gerade verbessert.«

»Königreiche wurden schon auf weniger erbaut«, erwiderte Egill nachdenklich.

»Vielleicht auf weniger, aber sicherlich nicht von weniger Kriegern.«

»Wenn du da mal nicht irrst.«

Kineth spuckte die Reste der Beeren aus, stand auf und ging einige Schritte, bis er das Ufer des Sees erreicht hatte. Seit sie gestern das Dorf der Frauen hinter sich gelassen hatten, waren sie keiner Menschenseele mehr begegnet. Die Vorstellung eines entvölkerten Reichs drängte sich Kineth auf, und er fragte sich, warum sie nicht einfach haltmachen sollten und das Stück Land, das sich gerade unter ihnen befand, als das ihre in Besitz nahmen.

Weil es nicht darum geht, Land zu beanspruchen, sondern zu halten.

Seit der Abt durch seine Übersetzung neuen Mut bei den Kriegern geschürt hatte, zerbrach sich Kineth den Kopf darüber, wie dieses Schriftstück und der Ring, sofern sie ihn finden würden, ihnen helfen könnten. Was würden sie damit erreichen? Konnten sie überhaupt etwas erreichen?

Dass Caitt sich keine derartigen Gedanken machte, sondern der Meinung war, man müsse nur laut genug seine Forderungen proklamieren, trug nicht gerade dazu bei, dass Kineth wohler zumute war. Wenn sie Glück hatten, so schätzte er, würde man ihnen die Möglichkeit geben, unter König Konstantin ein Stück Land zu bewirtschaften. Aber war es das, wofür sie aufgebrochen waren? Waren sie gar nur aufgebrochen, um aufzubrechen?

Kineth schüttelte den Kopf, als könne er damit seine Gedanken neu ordnen. Er sah zur Seite, blickte auf den See, folgte dem Verlauf des linken Ufers und blieb an der sanften Hügelkette hängen, die sich am Horizont erhob. Trotz der Entfernung war eine dichte Rauchsäule erkennbar, die hinter den Hügeln emporquoll und sich in den Wolken verlor.

Gwenwhyfar und ihre Kriegerinnen hatten keine Zeit verloren, und Abt Hippolyt dürfte wohl schon in der Hölle schmoren. Wenn die Frauen Erbarmen mit ihm gehabt hatten, was Kineth nicht glaubte.

Er lächelte zufrieden, dann ging er zu den anderen zurück.

Am Nachmittag setzte ein feiner, fadenartiger Nieselregen ein, die fahle Wolkendecke raubte der Landschaft jegliche Farbe.

Als das Meer in Sichtweite kam, machten die Krieger einen weiten Bogen um den Ort Inbhir Nis, der nur eine Ansammlung kleiner Steinhäuser war. Am Abend stießen sie auf die Küste, die von da an zu ihrer Linken lag. Das Gelände war wegsam, sie kamen gut voran und legten nur wenig Rast ein.

Moirrey hatte sich seit dem ersten Tag ans Ende des Trosses fallen lassen. Ihr war nicht nach Gesprächen zumute. Zu sehr zweifelte sie daran, dass ihre Suche nach dem geheimnisvollen Ring Erfolg haben würde. Wenn es nach ihr gegangen wäre, hätte sie das Schiff mit Getreide und Vieh beladen und wäre wieder Richtung Heimat gesegelt. Aber ihre Meinung hatte kein Gewicht, das wusste sie. Daher behielt sie ihre Gedanken für sich, auch wenn sie sich sicher war, dass manch anderer ebenso dachte wie sie.

Dànaidh, der mit Elpin vor ihr ging, zog seinen schweren Umhang enger um sich und blickte grimmig in den Himmel. »Hört es denn in diesem Land nie auf zu regnen?« Er schüttelte sich, und dicke Tropfen rannen den Stoff seines Umhangs hinunter.

Elpin reckte ebenfalls sein Gesicht nach oben. Er empfand das kühle Nass jedoch als angenehm, es tat ihm gut auf der noch immer geschundenen Haut.

»Sogar den Viechern ist es zu nass«, brummte der Schmied mehr zu sich selbst.

»Der Regen stört mich nicht«, meinte Elpin. »Trotzdem wäre ich lieber im Trockenen. Bei Sulgwenn.« Sein Blick war verträumt.

Der Schmied schnäuzte sich in die Hand und wischte sich den Rotz in den Umhang. »Kann vielleicht ein halber Tag vergehen, bei dem du nicht von –«

»Sie hat nicht nur meine Wunden gepflegt«, fuhr Elpin unbeirrt fort. »Sie hat sich um mich gekümmert. So richtig … gut …«

»Ich hab's kapiert. Das Weib hat es dir ordentlich besorgt. Gott sei's gepriesen!«

»Mir ordentlich – du verstehst gar nichts! Sie hat sich mir hingegeben, das ist etwas völlig anderes.«

Dànaidh rollte mit den Augen. »Hingegeben!« Er sah sich zu Bree um. »Wo hat der Kerl nur diese Worte her? Die Weiber in dem Dorf haben ihn völlig verdorben.«

»Also, wenn ich dir etwas sagen darf, Elpin, so von Weib zu Weib«, setzte Bree an, die der Schwärmerei ebenfalls überdrüssig war, »dann klingt das Ganze nach nichts anderem als einer Mitleidsvögelei.«

»Nach einer ganz und gar *wundervollen* Mitleidsvögelei«, korrigierte Elpin. »*Sul* heißt ›Sonne‹, und *gwen* ›leuchtend‹ oder ›heilig‹, wusstest du das?«

»Mann, noch ein Wort«, knurrte Dànaidh drohend und hob die geballte Faust, »und du kannst dich gleich wieder pflegen lassen, ich schwör es dir.«

Moirrey konnte sich ein Lächeln nicht verkneifen. Wenigstens hatten die beiden ihren Humor noch nicht verloren. Sie sah jetzt ebenfalls in den Himmel und wäre fast mit Dànaidh und Elpin zusammengestoßen, als der ganze Zug plötzlich zum Stehen kam.

Egill, der die Führung übernommen hatte, trat aus der Reihe und sah sich zu ihnen um.

»Torridun!«, rief er ihnen zu.

Jetzt sahen sie es auch. In der Ferne lag ein lang gezogener Felsen, der sich von der Küste ins Meer erstreckte. Und an seinem Ende, umgeben von Wasser, trotzte ein massiges Festungsbauwerk Wind und Meer, genau wie Egill es beschrieben hatte.

Kineth reckte den Kopf aus dem hohen Gras und blickte auf die Festung. Er, Caitt, Egill und Ailean hatten einen Spähtrupp gebildet und sich angeschlichen, während die anderen auf einer Lichtung im nahe gelegenen Wald lagerten.

Nun erkannten sie, dass der schmale Küstenstreifen, der das Land mit der Festung verband, durch drei Erdwälle gesichert war, und dass durch die Mitte der äußeren Verteidigungslinien nur ein Weg verlief. Dieser gabelte sich vor der mächtigen Ringmauer und führte in einen der beiden länglichen Bereiche, in die die Festung unterteilt war. Der westliche Teil lag ein wenig höher als der östliche, welcher dichter mit steinernen Häusern bebaut war. Eine Verbindung der beiden Teile war nicht erkennbar. In die Außenmauer, die mit Palisaden nach oben hin erweitert war, waren in einigen Abständen größere Steine eingelassen, in die offensichtlich Ornamente gemeißelt waren.

»Wie kommen wir da rein?«, fragte Ailean. Sie suchte den Bau nach weiteren Eingängen ab – vergebens. Der Verteidigungswall schien lückenlos geschlossen.

»Die Frage ist: Was willst du tun, wenn du drin bist?« Egill strich sich nachdenklich über den Bart.

Ailean wollte etwas erwidern, aber Caitt kam ihr zuvor. »Wir werden diese Quelle suchen.«

Der Nordmann konnte sich ein spöttisches Lächeln nicht verkneifen. »Wollt ihr es machen wie im Dorf der Frauen? Anklopfen und um Einlass bitten?«

»Natürlich nicht.« Caitt bemühte sich, ruhig zu bleiben. »Und ein Angriff wäre auch sinnlos.« Er überlegte fieberhaft. »Vielleicht können wir uns unbemerkt reinschleichen. Nur ein paar von uns – ich, Kineth und Ailean.« Er wirbelte mit der Hand durch die Luft, als würde er seine Gedanken fortspinnen. »Verkleidet. Als Bauern zum Beispiel.«

»Oder als Fischer«, sagte Kineth und deutete auf einen schmalen hölzernen Steg, der am Fuße des Felsens vor dem östlichen Befestigungswall über die Küste ins Meer verlief. »Ich nehme an, dass das ihre Anlegestelle ist.«

Egill kniff die Augen zusammen. »Da könntest du recht haben.«

Mehrere Boote torkelten in den Wellen, die Segel eingeholt, den Rumpf durch Seile mit dem Steg vertäut. Egills Blick wanderte vom Steg den Weg entlang, am östlichen Tor vorbei zu dem höher gelegenen Teil der Burg. Der Nordmann kniff die Augen noch stärker zusammen. War das etwa –

Ailean fasste Egill am Arm. »Was ist los?«

Der Nordmann verharrte noch einige Momente, dann sah er Ailean und die anderen an. »Vergesst es und lasst uns abrücken.«

Caitt warf Kineth einen irritierten Blick zu.

»Was – ist – los?«, wiederholte Ailean energisch.

Egill zeigte hin. »Seht ihr die Banner, die über dem Tor des oberen Teils der Festung wehen?«

Nun sahen die anderen es auch: Auf den Fahnen, von Wind und Regen gepeitscht, prangte ein grüner Baum mit einem Schwert.

»Was hat das zu bedeuten?«, fragte Kineth.

»Das ist das Familienwappen des Hauses Alpin«, sagte Egill. »Genauer gesagt von Konstantin, Sohn des Áed, *König* von Alba.«

»Der König ist hier in Torridun?« Caitt verstand nicht, worauf Egill hinauswollte.

»Nein, das nicht. Dafür sind es zu wenig Banner, auch haben wir noch keinen seiner Kundschafter angetroffen. Außerdem nehme ich an, dass sich Konstantin weiter südlich aufhält.«

Ailean betrachtete ihn durchdringend. »Woher willst du –«

Egill brachte sie mit einer knappen Handbewegung zum Schweigen. »Ich vermute, dass sich jemand aus seiner Familie hier aufhält. Vorübergehend. Einer seiner Söhne oder Neffen.«

»Schön. Aber was hat das mit uns zu tun?« Caitt verstand immer noch nicht.

»Wir können da nicht hinein. Mitglieder von Königsfamilien reisen immer mit einem riesigen Tross durchs Land, angefangen von Stalljungen und Mägden über Köchinnen und Diener bis hin zu den besten Kriegern des Landes. Es wird also in der Festung vor Gefolgsleuten und Wachen nur so wimmeln.«

Einen Moment lang sprach niemand, dann schnippte Caitt mit den Fingern. »Vielleicht fallen wir im allgemeinen Getümmel aber auch gar nicht auf!«

Egill sah den Pikten mitleidig an. »Nicht auffallen? Mit eurer Sprache stecht ihr dort heraus wie ein rot angestrichener Gaul!« Caitt legte dem Nordmann die Hand auf die Schulter. »Dann hilf uns, in die Festung zu kommen. Jemand wie dich wird bestimmt niemand verdächtigen, die Leute kennen die Nordmänner. Wir könnten bei Nacht und Nebel diese Quelle suchen und sind fort, wenn der Morgen graut.« Er machte eine Pause, sah ihn beschwörend an. »Dann bist du nicht nur frei, sondern hast dich auch noch verdient gemacht.«

Kineth glaubte seinen Ohren nicht zu trauen. Einen solchen Plan hätte er seinem aufbrausenden Bruder nicht zugetraut.

Egill verzog den Mund. Es war offensichtlich, dass er kein gutes Gefühl bei der Sache hatte.

»Mehr noch«, fuhr Caitt fort, »man wird sich in unserem Volk Heldengeschichten über dich erzählen, das versprech ich dir.«

Der Nordmann lachte. »Heldengeschichten helfen mir nicht, wenn sie uns in Torridun die Haut abziehen.«

Caitt blieb ernst. »In diesem Leben vielleicht nicht.«

Egill wusste, was Caitt mit seinen Schmeicheleien bezweckte. Sie ließen ihn kalt, denn wenn überhaupt gab es nur einen einzigen Grund, dass er, Egill Skallagrimsson, diesen blau bemalten Kerlen half.

Er warf Ailean einen stummen Blick zu. Sie zögerte, dann umspielte ein Lächeln ihre Lippen.

Die Spielleute auf dem niedrigen Podest in der Festhalle gaben sich redlich Mühe, nicht nur laut, sondern auch harmonisch zu spielen. Allerdings schien das die Gäste, die rund um die Tafel saßen und größtenteils aus alten Krüppeln und sehr jungen Burschen bestanden, nicht zu beeindrucken. Lieber fraßen sie, als würde schon morgen eine Hungersnot ausbrechen, oder gaben sich dem Suff hin, als gäbe es erst gar kein Morgen. Manche amüsierten sich mit leicht bekleideten Dirnen, andere schliefen bereits – niemand schickte sich an zu tanzen, niemand beachtete die Musik.

Am Kopfende der Tafel saß ein Mann, die braunen Haare kurz geschnitten, der Vollbart penibel gestutzt, das Gesicht griesgrämig auf die Hand gestützt – Máel Coluim, Sohn des Domnaill. Als Neffe des Königs von Alba wusste er, was ihm gebührte, und doch war er es leid, von einer Festung zur nächsten zu reisen, von Schmeichlern umgarnt zu werden, die doch nur hofften, dass er bald wieder abreiste, um die Kosten für seine Bewirtung so niedrig wie möglich zu halten.

Aber bald würde es endlich losgehen.

Bald würde er nach Süden aufbrechen, würde seinen Prunkmantel gegen eine Kampfausrüstung tauschen, um gemeinsam an der Seite seines Onkels jene niederzuwerfen, die Alba seit Jahrzehnten daran hinderten, gen Süden vorzurücken. Die Vorbereitungen hatten Jahre in Anspruch genommen, denn Allianzen mussten geschmiedet, Widerstände in den eigenen Reihen unterdrückt und Armeen ausgehoben werden. Máel Coluim schauderte noch immer bei dem Gedanken, dass sein Onkel erst dieses Frühjahr seine Tochter, die als ein Inbegriff von Anmut und Grazie galt, mit diesem Barbaren aus dem Norden, Olaf Guthfrithsson, verheiraten ließ. Ein Barbar, der jedoch das Königreich Dubh Linn auf jener Insel regierte, die westlich von Alba lag. Und damit ein unschätzbar wichtiger Verbündeter war.

Máel Coluim blickte gelangweilt durch die Runde. Seine Gedanken schweiften ab, die Gesichter der Gäste verschwammen, das Gekreische der Huren verklang, und er wünschte sich, er wäre bereits auf dem Schlachtfeld oder zumindest auf der Jagd – namenlos und allein.

Einsam lag die Fischerhütte am Ufer und wäre zwischen den Felsen kaum zu erkennen gewesen, wenn der Mond nicht durchgekommen wäre, nachdem sich die Regenwolken endlich gelichtet hatten.

Kineth, Caitt, Ailean und Egill liefen gebückt den steinigen Strand entlang und erreichten gleich darauf das kleine Boot, das sein Besitzer unweit der Hütte an Land gezogen hatte. Sie verharrten einen Augenblick, vergewisserten sich, dass sie unbemerkt geblieben waren. Dann schoben sie es, so schnell sie konnten, ins Meer und sprangen hinein. Sie hissten das kleine Segel und ließen sich in der Finsternis aufs Meer hinaus treiben.

Als der Morgen zu dämmern begann, suchte Kineth den Horizont nach anderen Fischerbooten ab. Schließlich machte er zwei aus, die nebeneinander auf den Wellen tanzten, die Netze bereits ausgeworfen. Er gab den anderen ein Zeichen. Schweigend holten sie das Segel ein, dann setzte sich Kineth als Einziger aufrecht hin, die anderen kauerten sich versteckt an die Bordwand.

Dass sich Ailean dabei enger an Egill presste als notwendig war, versuchte Kineth zu ignorieren. Er konzentrierte sich auf die beiden Fischerboote, wusste, dass er Geduld haben musste. Bevor sie nicht zumindest eine Ladung Fische eingefahren hatten, machte es keinen Sinn, sich den Booten zu nähern.

Die Zeit verging träge. Das gleichmäßige Schaukeln, die Stille, die nur vom Glucksen der sanften Wellen unterbrochen wurde, lullten Kineth nach und nach ein. Seine Lider wurden schwer, er musste sich anstrengen, wach zu bleiben. Er sah auf die See, sah die beiden Boote in der Ferne hinter größeren Wellenkämmen auftauchen und wieder verschwinden, das fahle Licht der Morgendämmerung im Rücken ...

Als sein Kinn auf die Brust sackte, schrak er auf. War er eingeschlafen? Sein Blick fuhr zu den Booten. Dort herrschte rege Geschäftigkeit – der erste Fang des Tages wurde eingeholt.

Kineth deutete seinen Kameraden, in Deckung zu bleiben. Dann setzte er das Segel und steuerte auf die Boote zu.

Die vier Fischer, die auf ihnen arbeiteten, betrachteten den Neuankömmling, der sein Boot immer näher an sie heransteuerte, mit einer Mischung aus Argwohn und Brotneid.

Kineth lächelte ihnen zu, winkte knapp und hielt den Kurs.

Als er sich ihnen auf Hörweite genähert hatte, rief ihn einer der Männer an: »Dè tha sibh a' dèanamh?« Es klang fremd und feindselig.

Kineth schwieg, hielt weiter den Kurs.

»Thoir do chasan leat!«, schimpfte der Mann, dessen rundes Gesicht ein derart dichter Vollbart zierte, dass sein Mund vollständig darin verschwand.

Nur noch einige Handbreit ...

Die Fischer griffen zu ihren Messern, die sie sonst nur zum Ausnehmen der Fische verwendeten, doch in diesem Augenblick gab Kineth den anderen ein Zeichen. Sie sprangen auf und waren mit einem Satz in den beiden Booten, die Dolche gezückt.

Die Fischer riefen hektisch durcheinander, aber als Kineth dem Bärtigen den Dolch an die Kehle drückte, ließen sie ihre Messer fallen und hoben die Hände. Die Männer begriffen nicht, was die drei blau bemalten Krieger und der Nordmann von ihnen wollten.

Egill deutete den Fischern, die Hemden und Hosen auszuziehen, was diese nach einigem Zögern widerwillig taten. Ailean rümpfte die Nase, als ihr der faulige Geruch nach Fisch in die Nase stieg. Sie wusste mit einem Mal nicht, wann der Gestank der Männer größer war – als sie noch angezogen waren oder jetzt, wo sie nackt waren.

Caitt stieß einen der Fischer in das Boot, mit dem sie gekommen waren. Kineth gab den anderen dreien mit dem Dolch Zeichen, dass sie ihrem Kameraden Gesellschaft leisten sollten.

Als der letzte Fischer hinüberklettern wollte, drückte plötzlich eine Welle die Boote auseinander, der Mann geriet ins Torkeln. Ohne zu überlegen eilte Ailean ihm zu Hilfe. Im selben Moment packte dieser sie mit der linken Hand und griff sich mit der rechten blitzschnell eins der Fischmesser.

Caitt, Kineth und Egill waren genauso überrumpelt wie Ailean, die wie erstarrt dastand. Sie spürte das Messer an ihrem Hals und den halbsteifen Schwanz des Fischers an ihrem Hintern. Doch der Mann hinter ihr hatte offenbar schneller gehandelt als gedacht, denn er schien nicht zu wissen, wie er das Blatt zu seinen Gunsten wenden sollte.

»Leig a' armail!«

Die Krieger ahnten, was der Mann wollte und ließen die Dolche fallen. Die anderen drei Fischer riefen sich unverständliche Worte zu, wollten wieder in ihre Boote zurückklettern.

Ailean spürte, wie Wut in ihr aufstieg. Wie konnte sie nur so unvorsichtig und dumm sein? Blitzschnell griff sie mit der Rechten hinter sich, der Fischer heulte erbärmlich auf, als Ailean seine Eier so fest zusammendrückte, als wollte sie Saft aus einem Stein pressen. Mit der Linken packte sie die Hand, die die Klinge hielt, wirbelte herum und rammte dem Fischer das Messer in die Seite. Der Mann schrie noch lauter, dann verpasste ihm Ailean einen Tritt und beförderte ihn ins Meer.

Der Fischer ruderte wild mit den Armen, unfähig, den Kopf über Wasser zu halten. Schließlich bekam er das Boot mit einer Hand zu fassen, zog sich etwas hinauf und schnappte nach Luft wie ein Fisch, der an Land gezogen worden war.

Caitt trat dem Mann gegen den Kopf. Der Fischer verdrehte die Augen, ließ das Boot los und versank im Wasser. Einen Augenblick später war er verschwunden.

Die anderen drei nackten Männer drängten sich in Todesangst ins Heck ihres Bootes. Egill stieß es mit einem Bein fort und richtete seinen Dolch drohend gegen die Fischer. Diese nickten eifrig, sie hatten die Warnung verstanden.

Aileans Atem ging schwer. Sie hatten, was sie wollten: zwei Boote, um so in die Festung zu gelangen. Aber um welchen Preis? Betrübt sah sie erst ihre Gefährten an, starrte dann auf die Stelle im Wasser, wo der Fischer untergegangen war. »Warum hat er den Helden spielen wollen?«

»Er hat um sein Boot gekämpft und dafür, dass seine Familie heute was zu essen hat«, sagte Egill mit ernster Miene und kletterte mit Caitt in das zweite Boot. »Was hast du erwartet? Und jetzt redet nicht, sondern zieht ihre Kleidung an.«

Sie taten wie ihnen geheißen, dann setzten sie Segel und ließen sich von einer leichten Brise in Richtung Festung tragen.

Ailean war übel zumute. Aber das lag nicht am Wellengang, der das Boot auf und nieder schaukeln ließ, sondern am Gestank, den die Kleidung der Fischer, die sie übergezogen hatten, verbreitete – eine Mischung aus Brackwasser, Fisch und Pisse. Zum Glück kam die Festung schnell näher, die Kriegerin hoffte, dass sich ihr Zustand an Land bessern würde.

An dem Steg, der wie ein Fingerzeig von der Küste wegdeutete, herrschte bereits geschäftiges Treiben. Fischer brachten ihren Fang an Land, andere flickten Netze oder machten ihre Boote klar.

Vielleicht fallen wir im allgemeinen Getümmel nicht auf.

Kineth musste an Caitts Worte denken. Und als er das große Durcheinander sah, das an dem Landungssteg herrschte, hatte er zum ersten Mal, seit sie ihren Plan gefasst hatten, das Gefühl, dass er sogar funktionieren könnte.

»Stoßt zu, mein König, fester!« Die fette Bauerstochter stöhnte laut und inbrünstig.

Máel Coluim genoss die schwitzenden Fleischmassen, die sich unter ihm räkelten. Wann immer er in einer fremden Festung Quartier bezog, war er darauf bedacht, mindestens eine hiesige Maid zu besteigen, die nicht aussah wie ein knochendürrer Ackergaul, also eines jener Mädchen, die man lieber füttern als ficken wollte. Diese hier war gerade recht, und sie war am Morgen zu ihm geschickt worden, wenn seine Lust am Größten war.

Máel Coluim richtete sich auf, ohne die stoßenden Bewegungen zu unterbrechen. Er ergötzte sich an ihren kräftigen Oberarmen, an dem Kinn, das mit einem Wulst in den Oberkörper mündete, an ihren beiden dicken Brüsten, die links und rechts zur Seite hingen, und an ihrem Bauch, an dem er sich bei jedem Stoß abfederte.

»Stoßt zu, mein König«, stöhnte sie jetzt und gab ihm mit einem ehrlichen Lächeln zu verstehen, dass sie es genauso genoss wie er.

Natürlich wusste Máel Coluim, dass man ihr zuvor aufgetragen hatte, ihn mit »Mein König« anzureden, obwohl er mindestens einen Tod eines Blutsverwandten davon entfernt war, König zu sein. Aber worauf warten, hatte er sich irgendwann gedacht. Vielleicht würde er erst König sein, wenn sein Schwanz nur mehr so schlaff wie ein Franke feig war, dann hätte er all die Jahre umsonst gewartet.

Ein Pochen an der Tür riss Máel Coluim jäh aus seinen Gedanken und seiner Lust.

Er hielt inne. »*Was ist?*«

»Mein Gebieter, Herr Parthalán lässt ergebenst fragen, ob Ihr noch etwas benötigt?« Es war die zitternde Stimme eines Dieners.

Máel Coluim sah genervt auf die Bauerstochter unter ihm, doch die schenkte ihm erneut ein Lächeln und begann mit beiden Händen an ihren Brüsten zu spielen.

»Sag ihm, ich lasse nach ihm schicken, sollte mir irgendetwas fehlen!« Er blickte von dem Krug Wein, der neben dem Bett stand, auf seine Gespielin. »Jetzt scher dich weg!«

»Sehr wohl, mein Herr!« Schritte entfernten sich, dann war es wieder still.

»Wo waren wir stehen geblieben?« Máel Coluim rieb sein Becken an ihr, um wieder volle Stärke zu erlangen.

Sie sah ihn durchtrieben an. »Ich glaube wir waren bei: *Stoßt zu, mein König!*«

Die beiden Fischerboote legten an, Caitt und Egill vertäuten sie und schoben zwei Bottiche, in die sie die Fische verladen hatten, auf die wettergegerbten Planken des Stegs.

Ailean hatte sich ihre Kapuze dicht ins Gesicht gezogen, um die Bemalungen an ihrem Hals zu verbergen sowie die augenscheinliche Tatsache, dass sie eine Frau war. Caitt und Kineth packten einen Bottich, Egill und

Ailean den anderen. Dann stapften sie den Weg die Festungsmauer entlang, bis sie zum ersten Tor kamen.

Kineth blickte sich um: Jetzt erst fielen ihm die großen Steinplatten auf, die er gestern von Weitem gesehen hatte und die in regelmäßigen Abständen in die Mauer eingearbeitet waren. Sie zeigten jeweils einen Stier, dessen Körper mit ähnlichen Linien gezeichnet war wie das piktische Tier, das seine Brust zierte.

Kineth strich über den Stein, fühlte einen Augenblick lang die Verbundenheit mit dem Bauwerk und seinen Ahnen.

Als ihn Egill von hinten stieß, ging er weiter. Zu Kineth' Linken hatte die Mauer eine große halbkreisförmige Ausbuchtung, als würde sie etwas im Inneren umschließen, und verlief dann schnurgerade bis zu dem breiten Durchlass, der vor ihm die Mauer unterbrach. Darüber war eine hölzerne Überbrückung gebaut, von Palisaden geschützt. Den Durchlass konnte man mit zwei mächtigen Torflügeln verschließen. Wenn man gegen das Tor anrannte, kam Kineth in den Sinn, wurde man von oben mit Pfeilen beschossen und mit Steinen und Ähnlichem beworfen, ohne dass man sich dagegen schützen konnte. Kein Wunder, dass diese Festung noch nie eingenommen wurde.

Sie näherten sich den Torwachen. Kineth fühlte seinen Herzschlag, aber die Männer beachteten sie nicht, sondern rümpften nur kurz die Nase, als die Fischer in ihren stinkenden Kleidern an ihnen vorbeieilten und in der Festung verschwanden.

Im Inneren des Bollwerks führte ein breiter Weg von einem Ende zum anderen, flankiert von mehreren Dutzend

Häusern und Hütten. Auf dem matschigen Weg wurden Karren geschoben, tummelten sich Mägde, liefen Kinder und Hühner wild durcheinander. Hinter manchen der Häuser fraßen Schweine aus Trögen oder grasten Schafe, hinter anderen wurde Gemüse angebaut.

Zur Linken stieg ein Hang steil an, auf dem eine gewaltige Mauer thronte, die den oberen Teil der Festung abteilte.

»Hier entlang«, sagte Egill und bog um ein Mauereck. Er und Ailean stellten den Bottich ab, dann sahen sie sich rastlos um.

»Es klappt«, sagte Caitt leiser, als er es vorgehabt hatte. »Hier interessiert sich keiner für uns. Ich weiß zwar nicht warum, aber –«

»Weil alle damit beschäftigt sind, den Forderungen des hohen Besuchs nachzukommen«, unterbrach ihn Egill gepresst und blickte sich um. »Keine regulären Soldaten, so weit man sieht. Zum Glück. Sie müssen sie abgezogen und in den Süden geschickt haben …«

»Also schön«, entgegnete Caitt noch leiser. »Dann sollten wir jetzt diese Quelle suchen. Kineth, was meinst –« Er stutzte. »Wo zum Teufel ist er?«

Sie sahen sich um. Von Kineth fehlte jede Spur.

Caitt stieg die Zornesröte ins Gesicht. »Das darf nicht wahr sein. Wie schwierig kann es sein, einen einfachen Befehl –«

In diesem Moment lugte Kineth um die Ecke. »Ich glaub, ich hab's.«

»Du hast *was*?«, rief Caitt. Aber Kineth war schon wieder fort.

Sie bogen um die Ecke und folgten ihm entlang einiger

Häuser, bis sie wieder auf die Außenmauer stießen, durch die sie gekommen waren. Dort, wo die Mauer die halbkreisförmige Ausbuchtung hatte, tat sich vor ihnen nun eine saftig grüne Wiese auf, mit einem offenen Schacht, der in den Fels geschnitten war und mit Steinstufen in die Tiefe führte.

»Was soll das sein?«, fragte Ailean verwirrt.

»Lasst es uns herausfinden«, sagte Kineth und stieg die abgetretenen Stufen hinab. Die anderen sahen sich besorgt um, aber erstaunlicherweise waren weit und breit keine Wachen zu sehen.

Ailean ging als Erste, nach einem Moment des Zögerns folgten ihr die anderen.

Der Raum maß etwa zwanzig Fuß im Durchmesser und hatte abgerundete Ecken. In seiner Mitte war ein Becken in den Boden geschlagen, das randvoll mit Wasser gefüllt war. Über ihm wölbte sich eine an ihrer höchsten Stelle fast drei Mann hohe Kuppel, in der sich ein Loch befand, durch das das Tageslicht wie eine strahlende Säule auf die Wasseroberfläche fiel.

Caitt fuhr mit der Hand die feuchte Felswand ab, die voller eingemeißelter Linien, Triskelen und anderer Formen war. »Scheint alt zu sein. Sehr alt«, sagte er und zuckte sogleich zusammen, so stark hallte seine Stimme.

»Wofür dient das hier?«, fragte Ailean. »Sicher nicht, um Wasser zu holen.«

»Es heißt, dass die Völker, die diese Festung einst beherrschten, ihre Feinde entweder enthaupteten oder jemanden, wenn ihm die Ehre zustand, rituell ertränkten«, flüsterte Egill. »Das hier ist kein einfacher Brunnen, sondern ein heiliger Ort, an dem sich Leben und Tod vereinen.«

Caitt wandte sich zu ihnen um. »Und wo ist jetzt dieser Ring, von dem in der Schrift die Rede war?«

Kineth berührte den Rand des Beckens. »Was würdet ihr mit einem Gegenstand tun, von dem ihr wollt, dass ihn nur jemand findet, der würdig ist?«

»Verstecken«, erwiderte Caitt, ohne zu überlegen.

Kineth hob einen kleinen Stein auf. »Die Frage ist nicht, *ob* du ihn verstecken würdest, sondern *wo*.« Er ließ den Stein ins Wasser fallen und sah zu, wie dieser in die Finsternis hinabsank.

»Da drin?« Ailean beugte sich über den Beckenrand und schaute ungläubig in die Tiefe. »Kannst du den Boden erkennen?«

Ohne zu antworten, begann sich Kineth zu entkleiden.

»Warte, Kineth ...« Caitt umfasste seinen Arm, aber Kineth schüttelte ihn ab.

»Vertrau mir.«

Caitt blickte ihn fragend an. Eine Weile sahen sie sich in die Augen, dann seufzte Caitt. »Gib auf dich acht«, sagte er. »Wenigstens dürfte es da unten keine von Rans Helfern geben.« Er ließ Kineth los und trat einen Schritt zurück.

Kineth musste kurz schmunzeln, dann setzte er sich nackt an den Beckenrand. Das Wasser war eiskalt. Er sah zu Caitt und Egill, lächelte Ailean zu. »Ich bin gleich wieder da«, sagte er, holte tief Luft und glitt in die Tiefe hinab.

Das Wasser war klar, und das Licht der Deckenöffnung warf einen hellen, tanzenden Kreis auf den Boden des

Beckens. Einige Schwimmzüge später hatte ihn der Krieger erreicht, suchte ihn mit den Händen nach Gegenständen ab, aber bis auf einige kleinere Steine und Sand, den er wolkenförmig aufwirbelte, war nichts zu finden.

Kineth sank mit den Knien auf den Grund und sah sich genauer um. Über ihm lag die Wasseroberfläche wie eine kreisrunde Scheibe, rund um ihn waren die glatten, schmucklosen Wände des Beckens. Kein Gegenstand war zu erkennen, schon gar kein Ring.

Kineth spürte, wie sein Brustkorb zu zucken begann, seine Lungen nach Luft verlangten, aber er wusste auch, dass er noch genügend Reserven hatte, um nicht gleich wieder an die Oberfläche schwimmen zu müssen. Seine Augen gewöhnten sich immer mehr an das schwache Licht, das ihn umgab, der aufgewirbelte Sand legte sich wieder. Der Krieger beschloss, das Becken ein letztes Mal abzusuchen, nur um sicherzugehen, nichts übersehen zu haben. Er stieß sich mit den Füßen ab und glitt die Wand entlang. Aber er konnte nichts Ungewöhnliches entdecken.

Noch einmal tauchte er bis auf den Grund, dann sah er es – eine im Boden eingelassene Steinplatte …

Kineth fuhr mit den Fingern darüber, fühlte ein Symbol, das in die Oberfläche eingemeißelt war, das er aber aufgrund der Dunkelheit nicht erkennen konnte. Er tastete die Ränder der Platte ab, wirbelte erneut Sandwolken auf. Seine Lungen begannen stärker zu rebellieren, er brauchte Luft, und zwar bald. Kineth krallte die Finger in den Spalt, der die Platte umgab. Zu seiner Überraschung konnte er sie ohne viel Kraftaufwand heben, ein schmaler Schacht tat sich unter ihm auf.

Er blickte in den Schacht, der in ihm augenblicklich ein Gefühl der Beklemmung erzeugte, dann ließ er die Platte zu Boden sinken, stieß sich ab und durchstieß zwei Schwimmzüge später die Wasseroberfläche.

Kineth hielt sich am Rand des Beckens fest und schnappte nach Luft. Die anderen eilten zu ihm, sahen ihn fragend an.

»Ein Schacht«, japste er. In seinem Kopf rasten die Gedanken, er versuchte abzuschätzen, ob er sich in den engen Tunnel zwängen sollte oder nicht.

Du hast die Entscheidung doch bereits getroffen.

»Ich muss noch mal runter.« Er holte wieder tief Luft und tauchte ab, ohne darauf zu warten, dass die anderen etwas sagen konnten.

Und ohne die Schatten zu bemerken, die hinter seinen Gefährten lautlos die Stufen herunterkamen.

Mit dem Kopf voran tauchte Kineth in den Schacht, der so eng war, dass er nur mit wellenförmigen Bewegungen seines ganzen Körpers vorwärtskam. Die Arme an den Leib gepresst, wurde ihm schlagartig bewusst, dass er im Notfall nicht umkehren konnte. Sollte der Schacht an einer Wand enden, würde das vermutlich sein Ende bedeuten.

Du hast noch genügend Luft.

Schlagartig blitzten Erinnerungen in Kineth auf, Bilder, wie er jeden Morgen im Bach des Dorfs den Kopf unter Wasser gehalten hatte, sich bewusst, dass er jederzeit Luft holen konnte, aber unwillig, es zu tun. Diese Entscheidungsfreiheit war ihm jetzt genommen, der Schacht war alles, was blieb …

Du hast noch Luft.

Der Schacht verlief nicht geradlinig, sondern schlängelte sich dahin. Immer wieder stieß Kineth mit dem Kopf an die raue Felswand.

Jeder Schlag mit den Füßen bringt dich weiter. Du hast noch etwas Luft.

Jetzt schien der Schacht nach oben zu verlaufen.

Unterdrücke den Willen zu atmen. Du hast noch –

Der Schacht verengte sich plötzlich. Kineth scheuerte mit den Armen an den Wänden, wusste, dass er jeden Moment stecken bleiben konnte.

Du brauchst Luft!

Wurde da eine Öffnung sichtbar?

Atme!

Wie eine Robbe schoss Kineth aus dem Wasser in eine kleine Kammer und kam auf einem steinernen Sockel zu liegen. Er hustete, hatte noch nicht begriffen, dass er wieder atmen konnte, sondern überließ sich ganz den reflexartigen Bewegungen seines Körpers.

Langsam legte sich der Husten, sein Atem wurde wieder ruhiger. Die Luft in der stockfinsteren Kammer war unangenehm warm und stickig – und doch die beste Luft, die Kineth je geatmet hatte. Nach und nach begriff er, dass er den Tunnel hinter sich gelassen hatte, dass er dort angekommen war, wohin er wollte.

Aber wohin wolltest du?

Kineth setzte sich auf und stieß sich den Kopf an der niedrigen Decke. Vorsichtig tastete er die Wände ab, die sich glatt anfühlten, als wäre der Stein poliert worden. Allmählich wich die Dunkelheit und gab einige Konturen frei, geformt von dem zarten Licht, das durch schmale Risse im Gestein von draußen drang.

Wo war er hier?

Wer hatte so etwas gebaut, und warum? Vielleicht stimmte, was Egill gesagt hatte: dass es sich um einen heiligen Ort handelte, an dem man mit den alten Göttern sprechen konnte, ein Ort, um zu meditieren, fern der Außenwelt. Abgeschottet von allem, wie im –

Wie im Bauch einer werdenden Mutter.

Kineth runzelte die Stirn bei dem Gedanken. Zu seltsam schien ihm der Vergleich – und doch so passend. Er blickte sich um. Der Stein der Wände schien weiß zu sein. Kineth fühlte Gravuren, legte den Zeigefinger darauf und folgte der Furche. Sie führte entlang der Wand der Kammer, bekam immer wieder Seitenarme hinzu, die in Triskelen oder Spiralen endeten, und mündete schließlich in einer Form. Im Zwielicht erkannte er nun, um was es sich handelte.

Es war das piktische Tier, in Stein verewigt, das immerwährende Symbol seines Volkes.

Als Kineth den Konturen mit dem Finger folgte, fühlte er es: Das Mischwesen mit dem Körper eines Pferds, mit der schnabelartigen Schnauze und dem Zopf am Hinterkopf hatte ein Auge aus Metall, das in die Wand eingelassen war. Die Finger des Kriegers zitterten, als er das Auge berührte und mühelos aus der Wand entfernen konnte – und nun in der flachen Hand hielt.

Es war ein Ring. Rundum waren Symbole eingraviert, eine Ringplatte bildete Anfang und Ende.

Es war der Ring eines Herrschers.

In diesem Augenblick erschien er Kineth wie ein unschätzbares Saatkorn, von dem vielleicht einmal ein ganzes Volk leben konnte. Sein Volk.

Er schloss die Hand zu einer Faust, hielt den Ring so fest, als würde sein Leben davon abhängen. Kineth blickte noch einmal auf das Tier, auf ein Bild aus der Vergangenheit, das die Zukunft in sich trug.

Er verharrte einen Moment lang regungslos, dann holte er so viel Luft, wie er konnte, und stürzte sich kopfüber zurück in den Schlund des Schachts.

Wie eine Schlange durchquerte Kineth den Stollen. Was ihm zuvor beängstigend und nicht enden wollend vorgekommen war, war jetzt eine willkommene Herausforderung für Körper und Geist. Schneller als erwartet gelangte er in das Becken zurück, sah den Lichtschein, der durch das Loch in der Kuppel drang. Es war ihm, als würde er der Sonne selbst entgegentauchen.

Er durchstieß mit dem Kopf die Wasseroberfläche, atmete, keuchte, wischte sich das Wasser aus dem Gesicht. Die Umgebung kam ihm schmerzhaft und gleißend hell vor. Er klammerte sich an den Beckenrand, wollte sich hochziehen. Wo waren die anderen?

»Und wir dachten schon, er wäre ersoffen«, schallte eine unbekannte Stimme hinter ihm.

Kineth ließ sich vor Schreck zurück ins Becken fallen. Jetzt sah er Ailean, Caitt und Egill, der aus einer Kopfwunde blutete. Sie wurden von Wachen mit gezückten Schwertern in Schach gehalten, auf ihn selbst hatten zwei Bogenschützen angelegt.

Was zur Hölle war hier passiert?

Der Mann, der gesprochen hatte, stand nun neben ihm am Beckenrand. Er war klein und drahtig, das dunkle, strähnige Haare hatte er sich ins Gesicht gekämmt und verdeckte damit nur notdürftig die vernarbte Höhle, die dort klaffte, wo sein linkes Auge hätte sein sollen.

»Ich bin Parthalán, Sohn des Carr«, sagte der Mann, ein falsches Lächeln im Gesicht. »Ich bin Herr dieser Festung, und ihr hättet als meine Gäste kommen können.« Sein Ausdruck verfinsterte sich, als er auf den nackten Krieger blickte, der noch immer im Wasser war. »Aber augenscheinlich wolltet ihr das nicht. Und jetzt raus da!«

Kineth spürte, wie unbändige Wut in ihm aufstieg. Wut gegen den Mann, der über ihm stand, Wut gegen die anderen drei, die den Wachen keinen Einhalt geboten hatten, und Wut gegen sich selbst, weil er angenommen hatte, dass sie ebenso leicht aus der Festung marschieren würden, wie sie reingekommen waren.

Er kletterte aus dem Becken, schnappte sich seine Kleidung und wurde mit den anderen nach oben eskortiert.

Sonnenlicht durchflutete die Waldlichtung. Das Rascheln der Blätter und Singen der Vögel hatte auf die Männer und Frauen eine beruhigende, beinahe einschläfernde Wirkung. In einigem Abstand waren Wachposten auf die Bäume geklettert und sollten warnen, wenn Gefahr drohte, auch wenn Unen nicht glaubte, dass sie jemand in diesem abgelegenen Waldstück aufspüren würde.

Elpin hatte ein junges Reh, dass Moirrey im Morgengrauen erlegt hatte, zwischen zwei Bäume gespannt. Er machte einen kleinen Schnitt in die Bauchdecke und trennte es bis zum Brustbein auf. Warmer Dampf stieg aus dem Inneren des Tieres.

»Du wirst also nichts gegen Caitt unternehmen?«, bohrte Flòraidh nach, die an einem der beiden Baumstämme lehnte.

Elpin schüttelte den Kopf. »Ohne ihn hätte ich Sulgwenn nie kennengelernt.« Er löste Darm und Blase und hob das Gescheide aus dem Bauchraum des Tieres.

»Ein Weib im Bett macht also aus Unrecht Recht?«

Elpin trennte Leber und Zwerchfell des Rehs ab. »Wenn ich Rache üben will, müsste ich ihn herausfordern.« Er drückte die Eingeweide der Kriegerin in die Hand. »Und ich glaube nicht, dass ich eine Chance gegen ihn hätte. Tot nütze ich Sulgwenn nichts.«

Die Kriegerin wog die Eingeweide in den Händen, die sich weich und glitschig anfühlten. »Und deinem Weib und deinen drei Kindern ebenfalls nicht.«

Er verzog unwillig das Gesicht, antwortete aber nicht. Gekonnt schnitt er Lunge, Herz, Schlund und Luftröhre bis zum Lecker ab und übergab die Organe ebenfalls Flòraidh. »Wie ich schon sagte – ohne ihn hätte ich Sulgwenn nie kennengelernt. Das genügt mir als Wiedergutmachung.«

Die Kriegerin trug die Innereien zu einer Feuerstelle, über der mehrere kleinere Gefäße hingen. Sie wusste, dass sie den Bauern nie verstehen würde. Und wünschte sich doch, sie könnte es.

Das einzige Licht, das in das Verließ drang, fiel durch das grob geschmiedete Eisengitter an der Decke, das auch den einzigen Zugang darstellte. Ailean rieb sich das rechte Knie, das sie sich beim Aufprall angeschlagen hatte, als der dickbäuchige Wärter sie und die anderen drei hier heruntergeworfen hatte.

»Hast du ihn?«

Es waren die ersten Worte von Caitt, seitdem Kineth aus dem Becken geklettert war.

Dieser öffnete die Faust. Der Ring schimmerte golden auf seiner Handfläche.

Schnell wie eine Schlange schnappte ihn sich Caitt, wog ihn in der Hand und steckte ihn sich auf den Ringfinger seiner rechten Hand. »Der Grundstein für den Fortbestand unseres Volkes.«

Egill schüttelte den Kopf. »Eher der Schlussstein für unser aller Leben.«

Kineth sah Ailean an. »Was ist passiert?«

Ailean ließ den Kopf sinken. »Gleich nachdem du das zweite Mal untergetaucht warst, stürmten sie mit gezückten Waffen herein. Irgendwer muss uns gesehen haben.«

»Verräter gibt es immer und überall«, krächzte eine Stimme hinter ihnen. Die Krieger fuhren herum.

»Seit mehr als drei Wintern hocke ich nun in dem verdammten Loch hier«, sagte die Stimme, die einem zerlumpten Mann mit struppigem Haar und verfilztem Bart gehörte, der in der finstersten Ecke des Kerkers hockte. »Und das nur, weil ich der Tochter des Kommandanten der Festungswache meine höfliche Aufwartung gemacht habe.« Der Mann sah Ailean an. »Ich war einmal ein angesehener Kaufmann, weißt du? Gleann ist mein Name.

Nie hätte ich gedacht, hier unten zu landen, und bin es doch. Und noch viel weniger hätte ich gedacht, jemals wieder ein Weibchen zu erblicken, so ein bildhübsches noch dazu.«

Ailean lächelte gequält.

Gleann rappelte sich auf, ließ mit einer einzigen Handbewegung die Fetzen fallen, die ihm als Hose dienten und streckte seinen knöchernen Unterleib vor. »Die Tochter des Kommandanten war auch ein hübsches Kind. Aber sie hat sich geziert, ihn anzufassen. Immer und immer wieder. Aber vielleicht möchtest du …?« Er kreiste mit dem Becken, sodass sein schlaffes Glied hin und her baumelte.

Egill stand wortlos auf, ging auf den Mann zu und streckte ihn mit einem Faustschlag zu Boden. Dann spuckte er auf den Bewusstlosen. »Freut mich ebenfalls, dich kennenzulernen, Gleann.«

»Lass ihn«, sagte Ailean. »Er ist schon tot. Wenn ihm mein Anblick das Leben hier unten erhellt, soll es so sein.«

»Wie du meinst.« Egills Stimme war trocken. »Aber er würde auch mein Leben erhellen, wenn er sich nach dem Aufwachen seine Hose wieder anzieht.«

»Was glaubt ihr, was sie mit uns vorhaben?« Ailean blickte auf das Eisengitter über ihrem Kopf und sah durch die Schlitze das verschwitzte Gesicht der grobschlächtigen Wache, die sie hier hineingeworfen hatte.

»Ich hoffe, sie haben etwas mit uns vor«, sagte Kineth und sah zu seinen Mitgefangenen, »sonst enden wir wie der da.«

Mit dröhnendem Hall öffnete sich das Tor zur Kirche, in der Máel Coluim vor dem Altar kniete und betete. Bis auf das goldene Kreuz auf dem Altar war das Innere der Kirche rau und schmucklos, aber den Mann störte das nicht. Er hatte die Ruhe und sein stilles Gebet genossen, zumindest bis das Tor aufgeflogen war und nahende Schritte vom Ende dieser Ruhe kündeten.

Máel Coluim drehte sich nicht um. Erst wollte er sein Gebet zu Ende sprechen, auch wenn er wusste, dass die Menschen, die hinter ihm warteten, auf sein Geheiß gekommen waren. Er ignorierte das Tippen von Schuhen, das Schnaufen der Wachen und das penetrante Räuspern, das er Parthalán zuschrieb. Schließlich bekreuzigte sich Máel Coluim mit langsamen Bewegungen, dann erhob er sich, blickte noch einmal auf das goldene Kreuz, das auf dem Altar stand, und drehte sich schließlich um.

Vor ihm standen Männer aus Parthaláns Garde. In ihrer Mitte drei Männer und eine Frau in Ketten und vor ihnen Parthalán, Herr von Torridun, das strähnige Haar wie immer über das fehlende Auge gekämmt. Máel Coluim verschränkte die Hände hinter dem Rücken und hob erwartungsvoll die Augenbrauen.

Parthalán wandte sich an die Gefangenen. »Verneigt euch vor Máel Coluim, Sohn des Domnaill, Mormaer von Moray und Vetter unseres ruhmreichen Königs Konstantin, Herrscher von Alba!«

Die vier Gefangenen beugten notgedrungen den Kopf.

»Diese Eindringlinge habe ich aufgegriffen, als sie die Quelle der Nolwenn entweiht haben, Herr«, fügte Parthalán, jetzt wieder Máel Coluim zugewandt, hinzu.

»Habt eure verdreckten Leiber in den Tränen der Nolwenn gewaschen, was?«, fragte der Mormaer und fixierte Kineth, dessen Haare noch feucht waren.

Caitt warf den anderen einen Blick zu, dann trat er einen Schritt vor. »Ich bin Caitt, Sohn des Brude, des Herrschers über Dùn Tìle und das Land Innis Bàn. Und wir sind nirgendwo eingedrungen.«

Ein gezielter Hieb in den Magen schickte Caitt auf die Knie.

Parthalán fauchte ihn an: »Wage noch einmal zu lügen, du Hund –«

Caitt rang nach Luft, aber ließ sich nicht beirren. »Wir sind nirgendwo eingedrungen«, stieß er mühsam hervor. »Wir haben nur geholt, was unser ist.«

Máel Coluim gab dem Herrn von Torridun ein Zeichen, von dem Gefangenen abzulassen, und legte die Stirn in Falten. »Bitte entschuldigt die etwas hitzköpfige Art meines werten Gastgebers. Sagt mir doch: Was macht euch glauben, in Torridun könnte irgendetwas *euer* sein?«

Caitt hielt sich den schmerzenden Bauch, antwortete jedoch nicht.

»Der Name eurer Heimat sagt mir nichts«, fuhr Máel Coluim fort, »aber ich nehme an, dass es dort geduldet wird, wenn ich mir einfach etwas aus eurem Besitz nehme und es als mein Eigentum bezeichne?«

Die vier schwiegen.

Máel Coluim musterte aufmerksam die Bemalungen der Krieger, dann blickte er zu Egill. »Der da ist nicht von eurem Volk. Ein Nordmann, richtig? Zumindest hat er die Haare im Nacken derart geschoren. Und stinkt auch wie einer.«

Caitt rappelte sich auf. »Dies ist das Land, das einst unsere Heimat war.«

Kineth warf Caitt einen warnenden Blick zu, der machte eine unwirsche Handbewegung. »Worauf wollen wir warten? Wir stehen vor einem Mitglied der Königsfamilie, oder etwa nicht? Wo, wenn nicht bei ihm, sollen wir unseren Anspruch geltend machen?«

Máel Coluim stutzte. »Euren Anspruch geltend machen? Anspruch worauf?« Er sah lachend zu Parthalán. Der Vorfall schien ihn zu amüsieren.

Caitt baute sich stolz vor ihm auf. »Unser Volk lebte dereinst in diesen Landen, die ihr nun Alba nennt«, fuhr er fort. »Aber unser König Uuen wurde verraten, unsere Leute wurden verfolgt und abgeschlachtet. Nur wenige von uns konnten sich retten.«

Er zog die Schriftrolle hervor, die er im Gürtel unter seinem Fischerhemd versteckt hatte.

»Dies beweist, dass unser Vater Brude, Sohn des Wredech, der legitime Nachkomme von Uuen, Sohn des Óengusa, ist!«

Máel Coluim blickte skeptisch zu dem Mann, der ihm solch irrwitzige Ansprüche ins Gesicht schleuderte. »Vorsicht, mein Freund. Deutest du etwa an, dass sich meine Ahnen das Land widerrechtlich angeeignet haben?«

Er hielt die Hand auf und ließ sich die Schriftrolle reichen, öffnete sie und überflog das Geschriebene. »So wisse denn ... Ihm folgte Gede Olgudach ... Denbecan,

Olfinecta, Brechach ... im Kampfe gegen die Nordmänner fällt ... nicht der Letzte seiner Linie ... Sohn: Deoord.‹«

Erneut musterte er die vier Gefangenen. »Das beweist gar nichts. Jeder Wegelagerer könnte damit irgendwelche Ansprüche geltend machen.« Er warf das Pergament auf den Steinboden.

Ailean bückte sich flink, hob es auf und schob es in ihren Gürtel.

»Der Ring des Uuen, Sohn des Óengusa und letzten Königs unseres Volkes ... Beweist auch der nichts?«

Caitt streckte ihm den Siegelring entgegen.

Máel Coluim zeigte sich überrascht. »Den habt ihr in der Quelle gefunden? Ich wusste nicht, dass dort derlei Schätze zu heben sind.« Er sah zu Parthalán, der ratlos mit den Schultern zuckte. »Ein Stammbaum, ein Herrschaftszeichen, ein leibhaftiger Nachfahr ...« Er seufzte übertrieben. »Tja, da muss ich mich wohl geschlagen geben.« Er lachte laut auf, wurde jedoch schlagartig wieder ernst. »Aber ihr habt eins vergessen – Blut!« Máel Coluim schleuderte den Kriegern das Wort förmlich entgegen. »Für jedes Königreich wurde Blut vergossen, um jedes Reich wurde gekämpft. Es musste mit dem Schwert erfochten werden, erst dann wurde es zu Papier gebracht. Nicht umgekehrt.« Mit Genugtuung beobachtete der Mormaer, wie die Erkenntnis in den vier Gestalten vor ihm Einzug hielt.

»Aber genug jetzt«, sagte er schließlich. »Wenn ihr nicht mehr zu bieten habt als das hier, dann ist die Audienz hiermit beendet.« Er gab den Wachen ein Zeichen. »Oder habt ihr noch etwas? Ein Pfand vielleicht? Nichts?«

Die Wachen packten die vier und begannen, sie in Richtung des Portals zu stoßen.

»Wir *haben* ein Pfand!«, rief Caitt gehetzt.

Máel Coluim hob die Hand, und die Wachen blieben stehen.

Alle sahen Caitt an.

»Wir haben diesen Nordmann!«

Ailean und Kineth glaubten ihren Ohren nicht zu trauen.

Máel Coluim machte einige Schritte auf die Gruppe zu. »Einen Nordmann als Pfand? Was in aller Welt soll ich mit *einem* Nordmann?«

»Er ist nicht irgendwer. Das ist Egill Skallagrimsson«, sagte Caitt, »Herr über die Eislande.«

»Skallagrimsson?« Máel Coluim überlegte, dann huschte ein Lächeln über seine Lippen. »Doch nicht der Bruder von Thorolf Skallagrimsson?«

Egill verzog keine Miene und schwieg.

»Das finde ich in der Tat hochinteressant.« Der Mormaer gab den Wachen ein Zeichen, den Nordmann näherzuführen. »Ihr wisst, gegen wen mein Onkel im Moment zu Felde zieht?«

Die Krieger sahen ihn ratlos an. Máel Coluim lachte schallend auf. »Ihr wisst es nicht? Hat es euch euer Freund Egill Skallagrimsson nicht erzählt?«

Egill spürte, wie maßlose Wut in ihm aufstieg. Nein, er hatte es ihnen nicht gesagt, sie waren schließlich keine Verbündete. Er war auch nicht freiwillig hier. Und doch… er sah Ailean an, empfand Scham. Ihr zumindest hätte er sich offenbaren müssen.

»Ein Anwärter auf den Thron, der keine Ahnung hat,

wie es um das Land bestellt ist, das er zu regieren gedenkt!« Máel Coluim lachte erneut auf. »So gestattet mir, dass ich euch über die hiesigen Verhältnisse aufkläre.«

Er schritt vor ihnen auf und ab, wie ein Priester, der zur Predigt ansetzt.

»Wir befinden uns im Norden Britanniens, wo mein Onkel Konstantin, König von Alba, herrscht«, begann Máel Coluim genüsslich. »Südlich von Alba liegt das Königreich Strathclyde, regiert von Eòghann, der sich mit uns verbündet hat. Gemeinsam mit Olaf Guthfrithsson, dem nordischen König von Dubh Linn, ziehen wir in die Schlacht gegen Æthelstan, der den Süden Britanniens unterjocht hat und sich selbst anmaßend ›Rex totius Britanniae‹ nennt. König über ganz Britannien! Dass ich nicht lache!« Máel Coluim schnalzte verächtlich mit der Zunge. »Und dieser Æthelstan hat nun, da er selbst nur einen schwachen und feigen Haufen an Soldaten sein Eigen nennt, Söldner aus dem Norden angeheuert, die angeführt werden von …«, er blickte verschmitzt zu Egill, »einem gewissen Thorolf Skallagrimsson.«

Caitt wurde mit einem Male schmerzhaft bewusst, dass er sich mit seinem Verrat nur ins eigene Fleisch geschnitten hatte.

Máel Coluim grinste breit. »Daher danke ich euch, dass ihr mir den Nordmann ausgeliefert habt. Als Dank dürft ihr den Ring behalten.«

»Wir haben niemanden ausgeliefert!« Ailean wollte sich auf ihn stürzen, aber die beiden Wachen an ihrer Seite hielten sie eisern fest.

»O doch, das habt ihr, meine wilde Schönheit. Aber ich verspreche dir, dass wir uns nach siegreicher Schlacht wiedersehen werden.« Máel Coluim winkte mit der Hand, die Wachen packten die Gefangenen und führten sie zum Portal.

»Ach, und Caitt, Sohn des Brude«, rief er ihnen hinterher. »Eins lass dir noch gesagt sein: Niemand vertraut Verrätern.«

Er wartete, bis die Gefangenen und die Wachen den Raum verlassen hatten, dann ließ er Parthalán zu sich kommen. »Ich werde morgen abreisen.«

Der Stammesfürst gab sich übertrieben bestürzt. »Aber Herr, ich hatte gehofft, dass Ihr mir noch länger die Ehre erweist.«

Máel Coluim ließ sich nicht anmerken, wie sehr ihn das verlogene Verhalten seines Gegenübers anwiderte. »Mein Entschluss steht fest. Zunächst schick aber deine Garde aus. Sie soll die Gefolgschaft dieses Caitt ausfindig machen und auslöschen.«

»Ich kann keine Männer erübrigen, Herr. Die Truppenaushebung... der Krieg im Süden...«

»Tu, was ich dir sage. Diese vier werden nicht allein durchs Land gezogen sein. Außerdem behalte die drei Bemalten im Kerker, bis ich wiederkomme. Sorge dafür, dass sie bei guter Gesundheit sind, denn ich könnte mir vorstellen, dass sie meinen Onkel erheitern werden.«

Parthalán nickte eifrig.

»Den Nordmann nehme ich mit mir. Nur so kann ich sicherstellen, dass er unbeschadet bei meinem Onkel angelangt. Hast du das alles verstanden?«

Parthalán nickte erneut und schwieg. Er konnte nur mit viel Mühe verbergen, wie sehr er die belehrende Art seines Gegenübers hasste. Aber ab morgen früh war er wieder alleiniger Herr über seine Festung. Und die gefangene Kriegerin würde mit Sicherheit eine willige Gespielin abgeben ...

Ein schneidender Schmerz durchzuckte Ailean, als sie in der Grube erneut auf ihren verstauchtem Knöchel landete. Aber der größte Schmerz loderte in ihrem Innern. Dann stürzten Kineth und Caitt neben ihr zu Boden, und das Eisengitter wurde über ihnen geschlossen.

Niemand vertraut Verrätern!

Mit einem wütenden Schrei hechtete Ailean zu Caitt, kniete sich über ihn und begann sein Gesicht mit Schlägen einzudecken.

»Wie konntest du nur? Du mieses Schwein, du –«

Im nächsten Moment hatte Caitt sie abgeschüttelt und sprang auf. »Bist du verrückt geworden? Was ist in dich gefahren?«, fuhr er seine Schwester an.

»Was in mich gefahren ist?«, Ailean konnte es nicht fassen, dass er noch fragte. »Erst verrätst du unsere Pläne und dann lieferst du Egill unseren Feinden aus!« Ailean wischte sich wütend die Haare aus dem verschwitzten Gesicht.

»Er ist keiner von uns! Er ist ein verdammter Nordmann!«

»Ist das dein Ernst, du elender Verräter?«, rief Ailean.

»Nenn mich noch einmal Verräter!« Caitt trat mit geballten Fäusten auf seine Schwester zu.

»Lass sie in Ruhe«, sagte jetzt Kineth und trat dazwischen.

Caitt fuhr herum, seine Augen funkelten, Geifer war ihm vor den Mund getreten. Seine Wut schien maßlos zu sein, wie an dem Tag, als er Elpin so übel zugerichtet hatte. »Stell du dich nicht dazwischen!«, brüllte er. »Du bist auch keiner von uns, Sohn des Uist!«

Ohne jede Vorwarnung traf ihn Kineth' Faust. Caitt ging zu Boden. Kineth beugte sich über ihn. »Wie kommst du dazu, einfach auszuplaudern, wer wir sind und was wir wollen?«

Caitt wischte sich das Blut aus dem Mundwinkel. »Nur der König kann uns –«

Kineth packte seinen Stiefbruder am Hemd, zerrte ihn in die Höhe und drückte ihn grob an die Felswand. »Ja, der König. Der *König*! Ist dieser Mann der König?«

Caitt wandte sich im Griff, konnte sich aber nicht befreien.

»Er ist der scheiß *Neffe* des Königs! Du saudummer Hund hast alles, worauf wir seit unserer Abreise hingearbeitet haben, in einem Augenblick zunichtegemacht!«

Kineth schlug Caitt noch einmal ins Gesicht, dass es diesen erneut zu Boden riss.

»Ich wollte doch nur –«, begann Caitt kleinlaut, aber weiter kam er nicht. Kineth kniete sich über ihn, schlug zu.

»Das ist für Egill!«

Ein weiterer Schlag.

»Und das für Elpin!«

Noch ein Schlag.

»Und das dafür, dass du uns alle in Gefahr gebracht hast.«

Caitt blieb bewusstlos liegen.

Kineth stand auf und trat zu Ailean, die ihn traurig ansah.

»Was werden sie jetzt mit uns tun?« Ailean stiegen Tränen in die Augen, die sie trotzig abwischte. Tief im Inneren wusste sie, dass sie am Ende ihrer Reise angekommen waren. Keine Heldenlieder, keine freudenstrahlenden Gesichter, kein Königreich. Kein Egill Skallagrimsson. Nur ein dreckiges Loch, in dem sie verrecken würden, wie dieser schmutzige alte Mann, der dort in seiner Ecke hockte und sie anstarrte.

Das Leben als Kriegerin, wie sie es gerade erst kennengelernt hatte, war für immer vorbei.

Ein markantes Vogelzwitschern ließ Unen und Dànaidh aufhorchen. Wenige Augenblicke später hatten sich die anderen Krieger, die mit den beiden auf der Lichtung im Wald gesessen hatten, zerstreut und waren im Unterholz verschwunden.

Der Schmied und der Mann der Garde sahen sich an, beide wussten, was dies bedeutete. Ein trotziges Grinsen trat in Unens Gesicht, und auch Dànaidh lächelte, aber nur einen Augenblick. Dann nahmen sie einen kräftigen Bissen von ihren Rehkeulen und erwarteten das Unaufhaltsame.

Langsam kam das Stampfen von Hufen auf dem Waldboden näher, das Klirren von Zaumzeug, das Scheppern von Waffen. Ein Schwarm Vögel brach aus den Baumkronen und flüchtete sich in den blaugrauen Himmel. Dann verstummte der Wald.

Dànaidh griff seinen Hammer, aber auf ein kurzes Kopfschütteln von Unen hin ließ er seine Waffe wieder los.

Augenblicke später brach der erste Reiter durch das Unterholz, ein Hüne von einem Mann, Oberkörper und Arme geschützt mit einem Panzerhemd, auf das Eisenplatten aufgenäht waren, auf dem Kopf einen Helm mit Nasenband. Hinter ihm folgten zwei Dutzend Reiter, die jedoch nur eine ärmellose, aus gepolsterter Leinwand gefertigte Panzerjacke trugen, in den Händen Lanzen. Die Reiter umringten Unen und Dànaidh, ihre Pferde bäumten sich wiehernd auf, als würden sie tanzen.

»Wer seid ihr?«, rief der Hüne. Er musterte die beiden fremdartigen Männer mit ihrer blau bemalten Haut, dann zog er sein Schwert.

Unen und Dànaidh antworteten nicht.

Die anderen Reiter richteten nun ihre Lanzen auf die beiden Männer, die weiter regungslos am Feuer saßen.

»Ich frage nicht noch einmal. Sprecht oder sterbt!«

Es sollten tatsächlich die letzten Worte des Hünen sein, denn nun ging ein Pfeilhagel von den umliegenden Bäumen auf die Reiter nieder, ließ Mann und Tier wie reifes Obst zu Boden fallen.

Unen und Dànaidh sprangen auf. Der Mann der Garde packte die Lanze eines Reiters, riss ihn damit zu sich und ließ ihn direkt in sein gezücktes Schwert fallen.

Dànaidh packte mit der Linken seinen Dolch, mit der Rechten seinen Hammer und donnerte diesen gegen die Schläfe des Pferdes, auf dem der Hüne saß. Das Tier taumelte, stürzte mitsamt seinem Reiter zu Boden. Der Schmied machte einen Satz auf den Hünen zu und ließ seinen Hammer mit voller Wucht auf dessen Helm niedersausen, dass sich dieser derart stark nach innen wölbte, als würde sich kein Schädel darin befinden. Blut quoll unter dem Helm hervor, der Körper des Hünen zuckte noch eine Weile, dann verkrampfte er sich und erstarrte.

Der Pfeilregen hörte auf, blau bemalte Krieger stürmten mit Gebrüll auf die Lichtung, die sich innerhalb weniger Momente von einem lieblichen, sonnendurchfluteten Waldstück zu einem Ort des Grauens verwandelt hatte, untermalt von einer Kakophonie aus schreienden Männern und schreienden Pferden.

So plötzlich wie der Angriff begonnen hatte, so abrupt endete er auch. Partháláns Garde war in kürzester Zeit aufgerieben, da sie auf der Lichtung weder genügend Platz für die Pferde noch für die Lanzen hatte. Und natürlich hatten sie auch nicht mit einem Hinterhalt gerechnet.

Schon bald war die letzte Waffe gesenkt, der letzte Gnadenstoß gegeben. Inmitten des Blutbads standen Unen und Dànaidh, beide außer Atem, beide nahezu unverwundet. Sie sahen sich um, schätzten die eigenen Verluste ab: Vier ihrer Krieger waren von Lanzen aufgespießt worden, ein halbes Dutzend hatte schwere Hieb- oder Stichverletzungen. Bree presste Moirrey, die einen tiefen Schnitt entlang des Schlüsselbeins davongetragen hatte, ein Tuch auf die Wunde, um die Blutung zu stillen. Elpin schien unbeschadet geblieben zu sein – die Blessuren in seinem Gesicht stammten immer noch von Caitt.

Flòraidh verband sich eine Wunde am Oberarm, sie schien jedoch nicht schwerwiegend verletzt zu sein.

»Was machen wir nun? Kineth und die anderen sind immer noch nicht zurückgekehrt«, stellte Dànaidh fest.

»Nicht nur das«, meinte Unen, »ich glaube auch nicht, dass diese Reiter zufällig hier vorbeigekommen sind.«

»Du meinst, man hat nach uns gesucht?« Elpin hatte sich gemeinsam mit den Breemally-Schwestern zu den beiden Kriegern gesellt.

Der Mann der Garde nickte. »Ich glaube, der Herr dieser Festung wusste, dass wir hier sind. Und dies kann nur eins bedeuten.« Unen brach ab. »Wir geben ihnen bis Anbruch der Dunkelheit Zeit«, fuhr er schließlich fort. »Wenn sie bis dahin nicht wieder hier sind ...«

Dànaidh nickte stumm.

»Was dann?«, fragte Elpin besorgt.

»Dann gibt es nur eine Sache, die wir tun können«, antwortete Unen und blickte grimmig von den toten Reitern in die Richtung, in der die Burg lag.

Die Flut hatte eingesetzt, und der schmale Weg, der die Burg mit dem Land verband, war bereits an vielen Stellen knöcheltief mit Wasser bedeckt. Mit der Flut war die Dämmerung gekommen, begleitet von so dichtem Nebel, dass man kaum zehn Fuß weit sehen konnte.

Langsam und im Gänsemarsch gingen Männer auf die Festung zu, von der nur der undeutliche Schein der Feuerschalen auf den Palisaden erkennbar war. Die Männer trugen das Gewand von Parthaláns Kriegern und führten ihre Pferde am Zaumzeug. Einige von ihnen trugen Fackeln. Allen voran schritt der Hüne, gerüstet mit Panzerhemd und Bandhelm.

Die Truppe glich einer Prozession, die sich bewegte, als wäre sie mehr tot als lebendig. Sie passierte den ersten Erdwall, der gut vier Mann hoch war und dessen Krone bereits der Nebel verschlang, passierte unbehelligt den zweiten Wall und traf schließlich auf den dritten. Die Schneise des Weges, die durch die Befestigung führte, hätten zwei große Tore versperren sollen – taten es jedoch nicht, da sie sperrangelweit offen standen. Die Krieger marschierten hindurch, setzten ermüdet und wie am Ende ihrer Kräfte einen Fuß vor den anderen und erreichten schließlich die Festung, die sich vor ihnen wie ein schwarzes Ungeheuer aus dem Nebel schälte.

Knapp vor dem Tor zum höher gelegenen Eingang der Burg machten die Krieger halt, der Hüne blickte zu den Palisaden empor.

»Wie lautet die Losung?« Eine Stimme von oben.

Der Hüne brummte etwas Unverständliches, wankte hin und her, als würde er gleich tot umfallen.

»Bleidd? Wo wart ihr? Was ist passiert?«

Der Hüne brummte wieder etwas, dann sank er auf die Knie, stützte sich gerade noch auf seinem Schwert ab und ließ den Kopf sinken.

»Tor auf für die Garde des Herrn!« Hektisches Stimmengewirr schallte von oben, dann drangen Geklapper und Schritte von der anderen Seite des Tores, das gleich darauf mit markerschütterndem Ächzen aufgedrückt wurde. Einige Wachen liefen heraus, sammelten sich um den Hünen, der im knöcheltiefen Wasser kniete.

»Bleidd!?« Der Mann, der ihn eben angerufen hatte, war jetzt bei ihm, ein schmächtiger Kerl mit schütterem Haar.

Langsam erhob sich der Hüne. Er blickte den schmächtigen Mann an, dem sogleich alle Farbe aus seinem Gesicht wich.

»Wo ... wo ist Bleidd?«, stammelte er, als rund um ihn die anderen Krieger ihre Fackeln in die Flut warfen und zu pechschwarzen Schatten im Nebel wurden.

»Du da! Rauf mit dir!« Der Wärter des Verlieses deutete auf Caitt und warf ein Seil in den Kerker, an dem in regelmäßigen Abständen Knoten gebunden waren. Seitdem Caitt wieder zu sich gekommen war, hatte er kein Wort mit Kineth oder Ailean gewechselt. Er hatte stumm in einer Ecke der Grube gehockt, deren Dunkelheit ihn beinahe vollkommen verschluckt hatte.

Jetzt rappelte er sich auf, er wusste, dass es zwecklos gewesen wäre, den Anweisungen des Wärters nicht Folge zu leisten. Er wollte gerade nach dem Seil greifen, als er sich besann. Geistesgegenwärtig zog er sich den Ring vom Finger und drückte ihn Ailean in die Hand, die neben ihm stand. Dann kletterte er das Seil hinauf und ließ sich ohne Gegenwehr von dem gedrungenen Mann am Kragen packen, während dieser mit einer flinken Bewegung das Seil hochzog und das Eisengitter zufallen ließ.

Der Wärter betrachtete Caitts Hände. »Wo ist er? Wo hast du den verdammten Ring?«

Caitt tat verwundert. »Den Ring? Den hat man mir abgenommen. Als wir vorgeführt wurden.«

»Lügner«, schimpfte der Wärter. »Lügner! Du hattest ihn an der Hand, als ihr zurückgebracht wurdet.«

Caitt streckte seinem Peiniger stumm die Hände hin. »Ich habe ihn wirklich nicht bei mir, du kannst –«

Der Wärter verzog den Mund, sodass sein speckiges Gesicht noch fratzenhafter wirkte. »Lügner! Aber vielleicht hat ihn ja das Weib?« Er schielte durch das Eisengitter. »Soll ich bei ihr nachsehen?« Er wandte sich wieder Caitt zu. »Und ich kann dir versprechen, wenn ich mit ihr fertig bin, wirst du sie nicht mehr wiedererkennen.«

Caitt war wie erstarrt. Sie alle waren diesem Mann, der sie bewachte, völlig ausgeliefert. Sollte er ihn beschwichtigen? Sollte er ihn anlügen? Vielleicht würde er –

Die Entscheidung wurde ihm abgenommen, als ihn der Wärter wieder am Kragen packte, das Eisengitter mit einem Fußtritt öffnete und ihn in die Grube zurückwarf.

»Weib! Komm raus!«

Ailean blickte angsterfüllt hinauf, begann zu zittern.

Das Leben als Kriegerin – für immer vorbei.

Plötzlich spürte sie, wie sie jemand festhielt und ihr den Ring entriss, den sie noch versteckt hielt.

»Ich habe diesen verfluchten Ring!« Kineth streckte seine Hand in die Höhe, den Ring am Finger.

Der Wärter strahlte übers ganze Gesicht. »Na bitte! Warum nicht gleich so?«, sagte er und ließ das Seil erneut in die Grube hinab.

Egill saß auf einem nach Pisse stinkenden Strohlager, das sich in einer Ecke des Burghofs befand. Seine Hände waren in Eisen und an einen ehernen Ring gekettet, der in einen wuchtigen Holzpflock eingelassen war.

Den dichten Nebel, der mit der Dunkelheit über die Festung gekommen war, empfand der Nordmann als beruhigend, schien er doch den Lärm zu dämpfen, den die Gefolgsleute von Máel Coluim machten, die sich für die Abreise rüsteten.

Eine Wache stand bei ihm und ließ ihn nicht aus den Augen. Ein Umstand, der Egill einmal mehr verdeutlichte, wie wichtig dem Neffen des Königs seine frisch erworbene Geisel war. Egills Weg würde ihn nun also nicht mehr zu seinem Bruder, sondern ins feindliche Lager führen – und damit unweigerlich in den Tod, denn sein Bruder würde sich niemals erpressen lassen.

Der Gedanke beruhigte ihn auf seltsame Weise. Thorolf würde zum König stehen, würde für Æthelstan kämpfen und siegen, davon war er überzeugt, und dann würde er heimkehren in die Eislande und über die Ihrigen herrschen.

Er selbst wünschte sich nur noch einen würdigen Tod. Er würde sein Leben im feindlichen Lager so teuer wie möglich verkaufen und dann in Walhall mit erhobenem Haupt seinem Vater gegenüberstehen.

Seine Gedanken schweiften weiter ab. Er dachte an die, die er seit der Abfahrt aus Cattburgh begleitet hatte. An ihren Anführer, der so glücklos gehandelt und mit seinem Verrat nichts gewonnen hatte.

Er dachte an Kineth, der mutiger als alle anderen und der würdigere Anführer gewesen war, auch wenn er es selbst nicht wusste.

Und er dachte an *sie*, an den Kampf am Broch. Warum hatte er sie verschont? Er hatte geglaubt, es sei ein Zeichen gewesen, doch jetzt war er sich dessen nicht mehr sicher ...

Was hast du denn geglaubt? Dass sie mit dir auf die Eislande mitkommt?

Aufgeregte Stimmen und das Ächzen eines Tores rissen ihn aus seinen Gedanken. Er reckte den Kopf, bemühte sich zu erkennen, was vor sich ging. Aber im Nebel war nichts zu erkennen.

Als Kineth der Grube entstieg, empfing ihn sofort ein Schlag mit dem Knüppel. Er taumelte benommen, aber der Wärter packte ihn mit der einen Hand an den Haaren, mit der anderen schnappte er sich Kineth' Rechte.

»Warum nicht gleich so? Und jetzt her damit«, raunte er und zog an dem Ring. Doch er ließ sich nicht lösen, so sehr der Mann auch riss und rüttelte.

Dann schnappte er Kineth, schleifte ihn zu einem Tisch, der sich am Ende der Kammer befand und an dem mehrere Lederschlaufen befestigt waren. Er zwang Kineth in die Knie, schob dessen rechte Hand durch eine der Schlaufen und zog sie fest. Erneut versuchte er, den Ring vom Finger des Kriegers zu ziehen – vergebens, der Finger war zu stark angeschwollen.

Zornig donnerte der Wärter seine Faust auf den Tisch, begann auf und ab zu gehen wie ein gehetztes Tier. »Er will sie bei guter Gesundheit«, spie er aus. »Pah! Ein Finger mehr oder weniger, was tut das schon?«

Der Wärter leckte sich die Lippen. Er griff ein kleines Messer mit schartiger Klinge, das an seinem Gürtel baumelte, und beugte sich über Kineth.

»Wollen doch mal sehen ...« Der Wärter stützte sich mit seinem ganzen Gewicht auf die festgebundene Hand, setzte das Messer unterhalb des Rings an und drückte zu.

Der schmächtige Mann vor dem Tor hatte den Hieb nicht kommen sehen. Hatte nicht gespürt, wie das Schwert des hünenhaften Mannes von oben herabsauste, seinen Körper von der Schulter bis zur Hüfte wie ein Holzscheit spaltete und ihn mit einer ruckartigen Bewegung auseinanderklaffen ließ. Und er würde auch nie wieder etwas spüren.

Unen, von Kopf bis Fuß mit Blut bespritzt, riss sich den Helm vom Kopf, streckte das Schwert in Richtung der Festung und stieß ein Kriegsgebrüll an. Links und rechts von ihm stürmten die Krieger vorbei, die eben noch wie ein müder Haufen dahingeschlichen waren.

Die Wachen, die mit dem schmächtigen Mann vor die Tore getreten waren, waren wie gelähmt. Die jungen Männer, von denen kaum einer zwanzig Winter gesehen hatte, hatten gedacht, sie müssten ihren verletzten Kameraden helfen, stattdessen benötigten sie jetzt selbst Hilfe – die jedoch nicht kam.

Sie wurden einfach überrannt, die Krieger, die sich mit blauer Farbe als Erkennungszeichen eine Spirale auf den Rücken ihrer Panzerjacken gemalt hatten, fielen in die Festung ein wie eine Horde Wilder. Zu schwach führte die Wache ihre Schwerter, zu wenig waren sie aufeinander eingespielt, zu groß war ihre Angst vor dem Tod, der meist sofort eintrat.

Dànaidh stellte sich neben Unen. Dieser verharrte noch immer vor dem gespaltenen Mann, betrachtete dessen mit Blut besudeltes Gesicht und fuhr sich immer wieder mit der Hand über die rasierten Wangen und den Hals. Seit seiner Jugend hatte er sich den mächtigen Bart wachsen lassen, aber der Anführer des Trupps war rasiert, und der Mann der Garde war kein Risiko eingegangen.

»Unen.«

Der riesige Krieger reagierte nicht.

»Unen!« Dànaidh packte den anderen am Arm. »Wir müssen hinein!«

Jetzt erst schien ihn Unen zu erkennen. Er nickte, hob sein Schwert. Wie als Signal stieß der Schmied mit seinem Hammer gegen Unens Waffe, dann stürmten die beiden Männer durch die Tore der Festung dem Kampfeslärm entgegen.

Kineth brüllte auf, als der Wärter zudrückte, er spürte wie die Klinge auf den Knochen traf. Hektisch sah er sich um, suchte einen Gegenstand, den er als Waffe benutzen könnte. Aber er war zu weit weg von allem, und es hielt ihn nicht nur die Lederschlaufe fest. Der Wärter stemmte sich mit seinem gesamten Gewicht gegen seinen rechten Arm.

»Lass ihn los, du fettes Schwein!« Aileans Stimme aus der Grube, angsterfüllt, panisch. »Bist du taub? Lass ihn los, ich flehe dich an!«

Brutaler Schmerz durchströmte Kineth, ihm schwanden fast die Sinne. Nur noch einen Augenblick, dann wäre sein Finger endgültig durchtrennt. Mit verzweifelter Wut riss er am Tisch, der sich ein kleines Stück zu ihm hin bewegte. Überrascht drehte ihm der Wärter den Kopf zu. Kineth packte ihn mit der linken Hand und schlug ihn mit einem Ruck auf die Tischplatte.

Der Wärter riss die Augen auf – dann spuckte er Blut, richtete sich torkelnd auf und fasste sich mit der Hand an die Kehle.

In der sein eigenes Messer steckte.

Kineth löste hektisch die Lederfessel. Die Hand war blutüberströmt, aber auch wenn der Knochen zur Hälfte durchtrennt war, er konnte die Finger bewegen. Dann gab er dem röchelnden Wärter einen Tritt, dass dieser in die Grube fiel.

In dem Moment wurde die schwere Tür, die die Kammer verschloss, aufgerissen, zwei Wachen stürmten mit gezückten Schwertern herein.

Kineth bückte sich und griff mit der Linken eine Eisenkette.

Die Wachen hielten inne.

»Kommt nur her!« Ailean kletterte aus dem Kerker, das blutverschmierte Messer, das eben noch in der Kehle des Wärters gesteckt hatte, in der Hand.

Ihr folgte Caitt, der sich eine Eisenstange griff und Kineth zunickte.

Dann wandten sich die drei den beiden Wachen zu.

Egill traute seinen Augen nicht. Die Wache, die gerade noch hinter ihm gestanden hatte, lief Richtung Tor, vor dem sich jetzt schattenhafte Figuren in einem seltsam anmutenden Reigen tummelten. Egill sah, wie der Mann auf eine dieser Gestalten traf, um gleich darauf zu Boden zu gehen und nicht mehr aufzustehen.

Egill sprang auf, riss an der Kette wie ein wütendes Tier. Aber der Pfahl, an den er gefesselt war, wankte kein Haarbreit. Er müsste sich schon die Daumen abschneiden, um zu entfliehen, dachte er und wusste im selben Moment, dass er dann niemals wieder ein Schwert halten könnte – da würde er lieber sofort sterben.

Der Nordmann blickte wieder in den Nebel, erkannte, wie die Gestalten vom Innenhof aus auf die Palisaden kletterten, wie andere Gestalten von dort hinunterfielen und regungslos liegen blieben. Eine verschwommene Stichflamme, dann fing plötzlich eines der strohgedeckten Dächer im Dunst zu leuchten an.

Vor ihm am Hof wurde an vielen Stellen erbittert gekämpft. Zwei Männer näherten sich der Stelle, wo Egill an den Pfahl gebunden war, hauend und stechend, parierend und ausweichend. Geschickt duckte sich der eine unter dem wuchtig geführten Angriff des anderen, als er auf dem nassen Stroh ausrutschte und mit dem Gesicht vor den Füßen des Angeketteten in den Schlamm fiel. Egill erkannt Dànaidh, den Schmied. Sein Gegner holte zum tödlichen Schlag aus. Egill stützte sich auf den Eisenring, der in den Holzpflock eingelassen war, und sprang Dànaidhs Gegner mit den Füßen voran gegen die Brust.

Aus dem Augenwinkel musste dieser den Angriff wahrgenommen haben, da er noch herumwirbelte und mit dem Schwert zuschlug, bevor er von dem Tritt des Nordmanns von den Füßen gerissen wurde. Egill prallte am Boden auf, spürte das Brennen der Wunde, die an seiner linken Wade klaffte.

Der Schmied rappelte sich auf und zerschmetterte seinem Gegner, der neben ihm lag, mit einem Hammerschlag das Gesicht. Er fuhr herum, um zu sehen, wer ihm das Leben gerettet hatte.

»Egill Skallagrimsson?«

»Derselbe«, sagte Egill mit schmerzverzerrtem Gesicht.

Dànaidh betrachtete die Eisen, in denen der Nordmann lag. »Gute Schmiedearbeit, aber nicht gut genug. Leg sie auf den Pflock.«

Egill gehorchte, der Schmied holte aus und ließ seinen Hammer auf die Kette niedergehen, die die Handfesseln verband. Diese zerbarst mit ohrenbetäubendem Klirren.

»Wo sind Kineth und Ailean?«

Egill riss von dem Unterkleid des Toten zu seinen Füßen ein gutes Stück Tuch ab und verband damit seine wild pochende Beinwunde. Dann blickte er sich hektisch um. »Im Verlies. Ich hoffe, wir sind nicht zu spät.« Er griff das Schwert des Toten und lief los, der Schmied folgte ihm.

Flòraidh erreichte den Wehrgang der Mauer. Sie stieß dem Angreifer links von ihr ein Messer in die Brust und wich einem Schwerthieb des Angreifers rechts von ihr aus. Auf Kniehöhe zog sie ihr Schwert durch, schnitt der Wache, der sie gerade ausgewichen war, durch die Kniekehle. Dann lief sie, so schnell sie konnte, auf der Mauer weiter, näherte sich zwei Bogenschützen, die auf ihre Kameraden im Innenhof Pfeil auf Pfeil jagten. Der Erste der beiden bemerkte bereits die blau bemalte Kriegerin, die mit Gebrüll auf ihn zustürmte. Hektisch schwenkte er seinen Bogen vom Hof auf die Angreiferin, nockte einen Pfeil ein, spannte die Sehne und ließ los. Das Geschoss sirrte auf Flòraidh zu, bohrte sich in die Seite ihrer Panzerjacke und blieb im Futter stecken, ohne die Kriegerin zu verletzen.

Der junge Schütze erkannte zu spät, dass er seine Chance vertan hatte. Flòraidh rammte ihm ihr Schwert mit solcher Wucht in den Bauch, dass es an seinem Rücken austrat und den Schützen hinter ihm mit aufspießte.

Atemlos blickte sich die Kriegerin um, erkannte, dass sie im Moment keinen weiteren Angriff zu befürchten hatte. Sie zog ihr Schwert aus den beiden Leibern und steckte es in ihren Gürtel, dann griff sie sich eine Hand voll Pfeile aus dem Köcher, der an der Palisade hinter ihr lehnte, und einen Bogen. Mit schnellen Blicken überflog sie das Kampfgeschehen, versuchte zu erfassen, wo sie zuerst hinschießen sollte. Aus einem der Häuser strömten Wachen, Flòraidh legte an und jagte den Ersten von vielen Pfeilen auf die Männer.

Kineth, Ailean und Caitt rannten den kurzen Gang entlang, der zu ihrem Verließ geführt hatte, und betraten einen großen Raum, in dem eine Vielzahl von Waffen und Schilden an den Wänden und auf Holzgestellen hing. Fünf Wachen, die den Raum gerade Richtung Innenhof der Festung verlassen wollten, drehten sich überrascht zu den Kriegern.

Drei der Wachen richteten sofort ihre Bogen auf sie.

»Nicht gut«, stieß Ailean hervor. Es war sehr unwahrscheinlich, dass alle drei schlechte Schützen waren.

Von draußen drang Kampfeslärm herein. Die Wachen zögerten, schienen verunsichert.

»Was ist da –«

Plötzlich waren Schreie zu hören, dann hieben Schwerter die Leiber der Wachen entzwei. Nur einer der Bogenschützen ließ noch seinen Pfeil in Richtung der Flüchtigen los, bevor auch er wie ein gefällter Baum umstürzte.

Kineth ging im letzten Moment in Deckung, das Geschoss streifte pfeifend seine Schläfe, durchtrennte sein linkes Ohr und blieb im Holzbalken hinter ihm stecken. Ihm war, als hätte man ihm einen Peitschenhieb verpasst.

Als er wieder nach vorne blickte, erkannte er Egill und Dànaidh, die über den toten Wachen standen, ein grimmiges Lächeln im Gesicht.

Máel Coluim saß auf seinem Pferd, blickte auf die Wagen mit seinem Hab und Gut, das er nun zurücklassen musste. Wenn er etwas noch mehr hasste als Unterwürfigkeit, dann war es Unfähigkeit. Und in diesem Fall waren beide Eigenschaften in einem Mann vereint – in Parthalán, dem sogenannten Herrn von Torridun, einer Festung, die bis zum heutigen Tag als uneinnehmbar gegolten hatte.

Ein drahtiger Mann kam nun zu ihm gelaufen, klammerte sich an den Steigbügel.

»Nehmt mich mit, Herr!« Parthalán sah flehend zu Máel Coluim auf.

»Es ist deine Festung«, sagte dieser verächtlich, »also verteidige sie auch!«

Máel Coluim stieß den Stammesführer mit dem Fuß weg, dann gab er seiner Reiterei das Zeichen zum Aufbruch und galoppierte los.

Parthalán blieb allein zurück, das Schwert mutlos in der Hand, die Knie weich. Der Lärm und das Durcheinander, das um ihn herum herrschte, raubten ihm beinahe die Sinne. Was sollte er bloß tun? Was konnte er tun?

Das, was du immer am besten konntest. Rette die eigene Haut.

Parthalán stakste los, sah das Tor der Festung in weiter Ferne. Er beschleunigte seinen Schritt. Wenn er nur schnell genug war, würde ihn vielleicht niemand bemerken.

Er sah, wie die Wachen aus einem Haus strömten und Mann um Mann im Pfeilhagel fielen.

Besser sie als du.

Er blickte nach vorn, erspähte eine kleine Gestalt, die auf ihn anlegte und einen Pfeil abschoss. Parthalán war, als würde der Pfeil ganz langsam auf ihn zukommen –

Er sah überrascht, dass sich das Geschoss nach links verzog –

Sah mit Freude, wie es an eine Hauswand prallte und der Schaft zersplitterte –

Sah gerade noch, wie die abgelenkte Pfeilspitze auf ihn zu trudelte –

Dann sah er nie wieder etwas. Die Spitze hatte sich in sein gesundes Auge gebohrt. Brüllend vor Schmerz taumelte Parthalán durch den Innenhof, die eine Hand auf der frischen Wunde, die andere auf der Augenhöhle, die ihn seit seiner Kindheit entstellte.

Moirrey sah zufrieden, dass sie ihr Ziel doch noch getroffen hatte, obwohl der Pfeil an dem Mauerwerk zersplittert war. Sie legte den nächsten Pfeil ein, visierte eine der Wachen auf den Palisaden an. Plötzlich wurde sie von Bree nach hinten gerissen. Sie schlug hart auf dem Boden auf, während ein Dutzend Reiter mit ohrenbetäubendem Donnern nur wenige Handbreit an ihr vorbei und zum Tor hinausgaloppierten. An ihrer Spitze Máel Coluim.

»Die werden nicht weit kommen«, rief Moirrey und jagte dem letzten der Reiter noch einen Pfeil in den Rücken.

Als sie keine Antwort vernahm, drehte sie den Kopf zu ihrer Schwester. Bree lag regungslos mit dem Gesicht im Schlamm – eines der Pferde musste sie erwischt haben.

»Bree?« Entsetzt drehte Moirrey ihre Schwester auf den Rücken, wischte ihr hektisch den Schmutz vom Gesicht. »Bree? Was hast du?« Tränen schossen ihr in die Augen, liefen die Wangen herunter und tropften auf das starre Gesicht ihrer Schwester. Moirrey drückte sie an sich, wiegte sie wie ein Kind.

»Rede mit mir, Bree, bitte!«

Brees Körper zuckte. Dann ein Röcheln. »Wann beginnst du endlich, selbst auf dich aufzupassen?«

Sie packte Moirrey an den Haaren und zerrte daran, als wollte sie einem jungen Tier etwas beibringen. Doch die junge Kriegerin drückte ihre Schwester nur noch fester an sich. »Nicht, solange du auf mich aufpasst«, lachte und weinte sie gleichzeitig. Schließlich lösten sich die beiden voneinander, sahen sich in die Augen, erschöpft, aber glücklich, das Schlachten überlebt zu haben. Erst als ein brennender Holzbalken neben ihnen zu Boden ging, erwachten sie aus ihrer Erstarrung.

Jetzt sahen sie, dass bereits jedes Haus der Festung brannte. Rund um sie schlugen Flammen in den Himmel, den ein heißer Wind vom Nebel befreit hatte.

Sie sprangen auf und liefen los.

Kineth, Ailean, Egill, Dànaidh und Caitt hasteten aus dem Haus der Wache und wären beinahe über die mit Pfeilen gespickten Toten gestolpert, die vor dem Eingang im Dreck lagen.

»Folgt uns!«, rief Bree, die gerade mit ihrer Schwester bei ihnen vorbei und in den hinteren Teil der Festung eilte. Im Gegensatz zum vorderen Teil, der Wohnhäuser und Stallungen beherbergte, standen dort keine Gebäude, nichts, worauf das Feuer hätte überspringen können. Nur ein großer Platz, von der Ringmauer umgeben, dem Meer zugewandt.

Egill blickte in Richtung des Tores: Es stand weit offen, die letzten Bewohner liefen hindurch, retteten Leib und Leben vor der Hitze der Flammen und der Raserei der blauen Krieger. Er hatte sein Versprechen gehalten und seine Leibschuld abgedient, hatte jenen, die als Feinde gekommen und nun so etwas wie Freunde geworden waren, zur Seite gestanden. Aber nun war es an der Zeit, seinem Bruder zur Seite zu stehen.

Ailean bemerkte den Ausdruck in seinem Gesicht und nahm seine Hand. »Ich danke dir für alles«, sagte sie und küsste ihn zaghaft auf den Mund. Egill nahm sie in seine Arme, und sie küssten sich lang und innig, als wäre das Inferno um sie herum nur ein harmloses Wetterleuchten, das sie nichts anging.

Der Anblick schmerzte Kineth, aber er verbiss sich den Schmerz. Wenn dies Aileans Entscheidung war, dann hatte auch er damit zu leben. Wenn er es denn je konnte.

Egill machte sich schließlich von Ailean los und wandte

sich dem Tor zu. Doch bevor er loslaufen konnte, spürte er eine Klinge im Rücken.

»Nicht so eilig. Ich fürchte, wir können dich nicht so einfach gehen lassen«, sagte Caitt kühl. »Trotzdem danke ich dir für deine Hilfe.«

»Was soll das heißen?«, fragte Egill und ahnte bereits die Antwort.

»Das, was ich gesagt habe. Jetzt, wo wir wissen, wie sehr König Konstantin an deiner Person interessiert ist, brauchen wir dich mehr denn je.« Caitt lächelte. »Er wird dich als Gefangenen bestimmt schätzen, aber mehr noch wird er jene schätzen, die dich ihm bringen.«

»Caitt, du hast aber versprochen ...« Ailean war außer sich. »*Wir* haben versprochen –«

»Du solltest endlich in der Welt ankommen, in der du leben willst, liebe Schwester«, sagte Caitt spöttisch. Er wirbelte herum und hielt Egill nun den Dolch unter das Kinn. »Und in dieser Welt ist Ehre einen Dreck wert! Nicht der Stärkste überlebt, sondern der Ruchloseste.«

Aileans Lippen bebten vor Wut und Enttäuschung. »Was würde Vater sagen, wenn er dich so reden hörte.«

»Vater ist nicht hier!« Caitt spie die Worte aus. »Alles, was Vater sein Leben lang konnte, war reden! Reden, wie die Vergangenheit war. Reden, was im Moment wichtig sei. Und reden, was in Zukunft nicht alles passieren würde. Aber Vater hatte nie den Mumm zu handeln. Er hat sich nie in die Welt hinausgewagt, von der er uns immer erzählt hat.« Tränen des Zorns traten dem Krieger in die Augen. »Und schon gar nicht hatte er den Mumm, dem Anerkennung auszusprechen, der es verdiente! Alles, was ich getan habe, habe ich für unser Volk getan. Alles!«

Caitt sah die Krieger um ihn herum an – Kineth, Ailean, Dànaidh, ihre Blicke voller Enttäuschung auf ihn gerichtet. »Ihr seid genau wie er! Wann beginnt ihr für unser Volk zu handeln?«

»Ich fange gerade damit an«, sagte Kineth. Mit einem blitzschnellen Ruck riss er Egill nach hinten, stieß Caitts Hand mit dem Dolch weg, der die Kehle des Nordmanns nur um Haaresbreite verfehlte, und verpasste seinem Stiefbruder einen Faustschlag, der ihm mit einem hörbaren Knacken die Nase brach.

Caitt durchfuhr ein gleißender Schmerz, der ihm so schnell in den Schädel schoss, als wäre er in eiskaltes Wasser getaucht worden. Er konnte nichts mehr sehen, seine Augen waren voll Tränen. Er schmeckte Blut, das aus seiner Nase schoss und ihm nun über Lippen und Kinn rann.

Benommen sackte er zu Boden.

Egill gab Kineth die Hand, dann drückte er ihn wortlos an sich wie einen Bruder. Beide fühlten, dass, auch wenn Welten sie trennten, sie doch der Weg verband, den sie sich gemeinsam erkämpft hatten.

Der Nordmann löste sich von Kineth, dann wandte er sich Dànaidh zu. Er klopfte ihm auf die Schulter, dieser nickte knapp zurück. Der Schmied wollte es nicht aussprechen, aber er hatte gelernt, die Tapferkeit und das Ehrgefühl des Nordmannes zu schätzen.

Ailean blickte Egill in die Augen, schien ebenso wie er mit Worten zu ringen. Beide setzten im gleichen Moment an etwas zu sagen, besannen sich jedoch anders. Der Nordmann schenkte der Kriegerin ein letztes Lächeln, dann lief er in Richtung des Tores, vorbei an den brennenden Gebäuden, vorbei an den Toten. Er passierte das Tor, sprang über den schmächtigen Mann, dessen gespaltener Körper das Erdreich getränkt hatte, und durchquerte das knietiefe Wasser, das die Festung und das Land dahinter trennte.

Er lief immer weiter, denn er wusste, was auf dem Spiel stand.

»Das war das letzte Mal, dass du mir im Weg gestanden hast, Kineth, Sohn des *Uist*«, flüsterte Caitt und griff sich unbemerkt seinen Dolch. Er schüttelte seine Benommenheit ab, rappelte sich auf und blickte Kineth mit Todesverachtung an.

»Nein«, entgegnete dieser, »das war das letzte Mal, dass du unser Volk und das, wofür wir stehen, verraten hast. Wir haben vielleicht nicht die Krieger, um Königreiche zu erobern. Wir haben vielleicht nicht die Erfahrung, um in einem Land zu bestehen, in dem jeder gegen jeden kämpft. Aber wir besitzen etwas, das man mit Gold nicht kaufen kann.« Kineth hielt dem Blick seines Stiefbruders stand. »Wir besitzen Ehre.«

Kineth stieß Caitt verächtlich von sich weg. Dànaidh und Ailean stellten sich nun an Kineth' Seite.

»Geh! Und schließ dich uns wieder an, wenn du deine Ehre wiedergefunden hast, Bruder.«

Caitt war, als wäre er in einem Traum gefangen, in dem sich binnen weniger Augenblicke alles gegen ihn verschworen hatte. *Er* sollte gehen? Der Sohn des Brude blickte von Dànaidh zu Kineth zu Ailean – und er erkannte, dass dies kein Traum war. Dies war die Wirklichkeit.

Die Wirklichkeit, die du mit deinen Taten geschaffen hast – oder jetzt schaffen musst.

Caitt spuckte den dreien Blut vor die Füße. Dann hechtete er auf Kineth zu, die Hand gestreckt, den Dolch gezückt.

Der riss die Augen auf – aber es war Dànaidh, dessen Körper erstarrte. Der Schmied hatte sich blitzschnell zwischen die beiden gestellt, jetzt steckte die Klinge tief in seiner Brust.

Einen Moment lang war allen, als hätte jemand die Zeit angehalten, nur damit niemand mit den schrecklichen Folgen leben musste, die folgen würden. Dann war dieser Moment verflogen.

Caitt folgte ungläubig seinem Arm, seiner Hand, dem Dolch – er hielt ihn noch immer umfasst und sah den dunklen Lebenssaft, der aus Dànaidhs Wunde sprudelte. Er bemerkte die Verzweiflung in den Augen seiner Schwester, das Entsetzen in den Augen seines Stiefbruders ...

Endlich ließ Caitt die Waffe los. Er wirbelte herum und lief so schnell er konnte zum Tor der Festung.

In diesem Moment sackte Dànaidh ächzend zusammen. Ailean und Kineth knieten sich zu dem Schmied. Die Kriegerin bettete seinen kahlen Schädel in ihren Schoß, strich immer wieder darüber, als könnte sie damit etwas ungeschehen machen.

»Es tut mir so leid ...«, flüsterte Ailean, während Tränen feine Bahnen durch den Schmutz und das Blut auf ihren Wangen schnitten.

Dànaidhs Körper rebellierte gegen den Blutverlust, begann zu zucken – aber noch wollte der Schmied nicht gehen.

»Ailean«, hauchte er, und die Tochter des Brude beugte sich näher zu ihm. »Sag deinem Vater ... sag ihm, dass ich ihm verziehen habe. Er hat getan, was er tun musste, als er ...«

In diesem Moment schluchzte Ailean laut auf. Sie küsste ihm die Stirn. »Er hat es nicht getan, Òrd. Er hat es nicht getan! Drest hat mich nicht vergewaltigt. Ich war so feige ...«

Dànaidh hustete Blut, legte ihr die Hand auf die Wange. Ein schwaches Lächeln trat auf sein Gesicht. »In meinem Inneren ... habe ich es immer gewusst. Und ich verzeihe dir.«

Der Schmied griff Kineth' Hand. »Führe du, wie Brude es gewollt hätte, verflucht nochmal.«

Dieser zögerte. »Es ist nicht –«

»Beweise deinem Vater, dass du so geworden bist, wie er immer gehofft hatte.«

Kineth nickte verbissen. Dànaidh' Körper verkrampfte sich.

»Macht euch keine Sorgen um mich, denn ich werde meinen Sohn wiedersehen. Jetzt werde ich Drest –«

Der Schmied verstummte, sein Blick ging in die Ferne. Dann erstarrte er.

Ailean stieß einen jämmerlichen Klagelaut aus und ließ ihren Tränen freien Lauf. »Òrd! Das darf alles nicht wahr sein ...«

Kineth schloss Dànaidh die Augen, dann half er seiner Schwester auf. Zu zweit trugen sie den Schmied fort, während hinter ihnen die Flammen in den Himmel stoben.

Caitt hatte das Ufer erreicht und sich erschöpft auf einen Felsen gesetzt. Er betrachtete nun das Bild, das sich ihm bot: Der Nachthimmel war erhellt vom Feuerschein der brennenden Festung, noch immer rannten Menschen auf den Wehrgängen auf und ab, versuchten die Bewohner ihr Hab und Gut und das Vieh in Sicherheit zu bringen. Ihr Geschrei hallte bis hierher.

Auf einmal bemerkte Caitt einen Mann, der – offenbar blind – mit vorgestreckten Armen durchs Wasser taumelte. Als er das Ufer erreicht hatte, stand er unschlüssig da, wimmernd und klagend. Caitt sah, dass an jedem seiner Finger ein Goldring prangte.

Mit wenigen Schritten war Caitt bei ihm, packte ihn und warf ihn zu Boden. Dann kniete er sich auf den Ellbogen des Verletzten, dass dieser umso lauter wimmerte, riss ihm ruckartig die Ringe von den Fingern und verstaute sie in einem Lederbeutel an seinem Gürtel.

Erst jetzt sah Caitt dem Mann ins Gesicht, erst jetzt erkannte er, auf wem er kniete: Noch heute Morgen hatte sich dieser großspurig als ›Parthalán, Sohn des Carr, Herr der Festung‹ vorgestellt. Der Sohn des Brude spürte, wie ihn eine große Genugtuung erfüllte. Wo war nun Parthaláns Macht? Er war nichts als ein blindes Häufchen Elend.

Caitt packte den Mann an seinen strähnigen Haaren und schleifte ihn ins Meer zurück. Dann drückte er ihn so lange unter Wasser, bis sein Körper aufhörte zu zappeln.

Der Krieger richtete sich auf, blickte noch ein letztes Mal zu der brennenden Festung, dann lief er in die schützende Dunkelheit des Waldes hinein. Nicht ohne sich wieder und immer wieder drei Wörter ins Gedächtnis zu rufen –

Gefürchtet, nicht geliebt. Gefürchtet, nicht geliebt. Gefürchtet, nicht geliebt.

Sternenhimmel überspannte das Land, und nur die qualmenden Ruinen der brennenden Festung trübten den funkelnden Anblick.

Die blau bemalten Krieger standen auf dem freien Platz und betrachteten mit einer eigenartigen Faszination, wie die Flammen gierig die letzten Reste dessen verschlangen, was sie eigentlich am Leben hielt. Alle Bewohner dieses Teils der Burg waren geflohen, auch die Bewohner des unteren Teils hatten ihre Häuser verlassen, aus Angst, das Feuer könnte übergreifen.

Was es aber nicht tat.

Und so waren die Krieger allesamt Herrn über die uneinnehmbare Festung, die nun ins Reich der Legenden gehörte.

Die Breemally-Schwestern standen näher als die anderen am Feuer, schienen seine Wärme zu genießen.

»Als die Reiter auf dich zugeprescht sind«, sagte Bree, »da dachte ich, es wäre um dich geschehen, Mally.«

»War es aber nicht«, entgegnete diese, ohne den Blick von dem tänzelnden Licht vor sich abzuwenden, das immer wieder die Form von Heulfryns Gesicht anzunehmen schien. »Dank dir.«

»Irgendwann werde ich nicht mehr da sein, um dich zu beschützen.« Bree strich ihrer Schwester liebevoll über die rußige, mit Blutspritzern übersäte Wange.

Diese nickte. »Und ich hoffe, dass ich deine Hilfe dann nicht mehr benötige.«

Unen konnte nicht aufhören, sich mit der Hand über das glattrasierte Gesicht zu streichen. »Ich halte das nicht aus. Meine Schnauze fühlt sich so zart an wie der Arsch einer Jungfrau.«

Flòraidh, die neben ihm stand, lachte auf. »So einen stacheligen Arsch möchte ich im Traum nicht anfassen.«

Der Mann der Garde grinste, dann blickte er von der Kriegerin zu Elpin, der zu seiner Linken stand. Er legte beiden die Arme um die Schultern. »Drei Männer, die sich heute tapfer geschlagen haben.«

Elpin grinste ebenfalls. »Und einer der drei ist auch noch eine ausgesprochene Schönheit.«

Flòraidh hustete gekünstelt, wurde dann aber wieder ernst. »Ja, wir haben uns tapfer geschlagen, meine Freunde.« Sie sah mitfühlend zu Dànaidh, der mit den anderen toten Kriegern des Volkes unweit von ihnen aufgebahrt lag, die Konturen ihrer Körper sanft vom Feuer erhellt. »Und manche von uns haben sogar alles gegeben, was sie hatten.«

Unen wandte zögerlich den Kopf Richtung seines alten Freundes. Dem Bär von einem Mann trat das Wasser in die Augen, und für einen Augenblick fühlte er den Wunsch, dem Toten zu folgen.

Aber nur für einen Augenblick.

Noch nicht, mein Freund. Es gibt noch viel für mich zu tun, bis wir uns wiedersehen werden. Bis dahin halte mir einen Platz an der Seite der Götter frei, oder wer auch immer da herrscht, wo du hingegangen bist.

Kineth stand gemeinsam mit Ailean auf der Brüstung der Mauer, den Blick aufs Meer gerichtet. Die Kämme der pechschwarzen Wellen funkelten im Mondlicht, nur das Knistern der brennenden Festung störte die Stille.

Widerstreitende Gefühle setzten Kineth zu. Sie hatten gekämpft, und sie hatten gesiegt. Sie hatten die uralte Festung ihrer Ahnen zurückerobert, und das erfüllte ihn mit Stolz. Doch zugleich hatten sie Torridun der Vernichtung preisgegeben. Sie selbst waren am Leben, aber was hatten sie gewonnen?

Nichts von Bedeutung. Oder doch?

Die Verluste, die sie hatten hinnehmen müssen, waren mehr als schmerzlich – Heulfryn, Gair, Dànaidh und die anderen ... nicht zu vergessen Tynan, sein treuer Gefährte. Selbst um Caitt verspürte Kineth eine eigenartige Trauer.

Ailean schien seine Gedanken zu lesen.

»Was wird jetzt aus Caitt?«, fragte Ailean, ohne ihn anzusehen.

Kineth zuckte mit den Schultern. »Er hat für sich eine Entscheidung getroffen, und mit der muss er leben. Genau wie wir mit unserer Entscheidung leben müssen.«

Ailean seufzte, dann umfasste sie seinen Arm, legte ihren Kopf auf seine Schulter.

»Ich habe dir nie dafür gedankt, dass du immer für mich da warst.«

Der Krieger schwieg.

»Aber ich verspreche dir, dass ich es eines Tages tun werde«, sagte sie mit einem neckischen Lächeln auf den Lippen.

Kineth musste schmunzeln. Auch wenn ihn sein ganzer

Körper schmerzte, seinem linken Ohr vermutlich für immer ein Eck fehlen würde, sein Ringfinger, den er dick eingebunden hatte, vielleicht nicht wieder an die Hand wachsen würde, ja sogar völlig ungewiss war, wie ihre Reise weitergehen würde, so zählte dieser Moment, dieses Hier und Jetzt auf den Mauern, die ihre Ahnen errichtet hatten – die Mauern von Torridun. Und dieses Gefühl war mehr, als er sich je erträumt hatte.

»Ob Gott an unserer Seite gekämpft hat?«, fragte Ailean leise, ohne den Blick vom Meer abzuwenden.

»Nein. Ich glaube, dass *alle* Götter an unserer Seite gekämpft haben. Sie können es uns nur nicht zeigen.«

Einige Zeit später durchschnitten bunte Lichtsäulen den wolkenlosen Nachthimmel, ließen ihn im prächtigen Farbenmeer des Nordlichts erstrahlen.

Für manche der Krieger war das Schauspiel ein Vorzeichen zu neuem Land und Reichtum.

Für zwei unter ihnen die Antwort der Götter.

Beacán stand auf dem Hügel beim Dorf und blickte in den nächtlichen Himmel. Das Nordlicht hatte sich gezeigt, und der Priester hatte es mit Genugtuung als gutes Omen für den Neubeginn seines Volkes gedeutet.

Der Allmächtige hatte wahrlich Gutes an ihnen getan. Er hatte es geschehen lassen, dass die alte Unruhestifterin in ihrer Hütte schmählich verbrannte. Er hatte Eibhlin die Kraft gegeben, sich ihm, Beacán, anzuvertrauen. Und so bedauerlich der Tod des kleinen Kindes war – dadurch konnte endlich ein altes Verbrechen gesühnt werden.

Beacán sah ein letztes Mal in das allmählich verlöschende Nordlicht, dann wandte er sich ab und ging gemächlichen Schrittes den Hügel hinab zurück ins Dorf.

Sicher war es in Seinem Sinne, Eibhlin zu vergeben und ihr zu raten, ihr Wissen erst im rechten Moment preiszugeben. Und hatte er, Beacán, nicht Großmut bewiesen, indem er Verbannung und nicht Tod gesprochen hatte?

Der Mörder und die Kindsmörderin hatten das Dorf heute verlassen und es somit als einen von Sünden gereinigten Ort zurückgelassen. Nun lag es am Herrn, mit ihnen zu verfahren, wie es Sein Wille war.

Der Priester erreichte das Dorf und gleich darauf die Halle des Volkes.

Vor der Halle traf er auf Keiran und Kane, die als Wachen eingeteilt waren, und betrat den großen Raum. Links und rechts überragten ihn die Rippen des Walfisches, die nur von wenigen Fackeln erhellt wurden.

Gemeinsam in eine gottgefällige Zukunft. Beacán atmete tief ein. Zum ersten Mal genoss er den Geruch aus feuchter Erde und verbranntem Holz, denn zum ersten Mal würde ihn hier niemand zurechtweisen oder gar demütigen.

Er blickte zu dem hölzernen Thron, der bedrohlich und verlockend zugleich wirkte. Der Priester trat näher, bückte sich. Er zog die Truhe hervor, in der die Gebeine des heiligen Drostan verwahrt wurden, und öffnete sie. Für einen Moment erwartete er fast, dass ihn eine barsche Stimme zurechtwies. Brudes Stimme. Gottes Stimme.

Aber nichts geschah.

Beacán schloss die Truhe wieder. Dann bestieg er den Thron, setzte sich, lehnte sich zurück und legte die Arme auf die mit Schnitzereien verzierten Lehnen. Von nun an würde er das Sagen haben. Er würde darüber wachen, dass die Menschen ein gottgefälliges Leben führten. Beten und arbeiten! *Denn im Schweiße eures Angesichts sollt ihr euer Brot essen, bis dass ihr wieder zu Erde werdet, davon ihr genommen seid.* So stand es in der Bibel. Und beten sollten sie für die Erlösung ihrer Seelen und für die der Männer und Frauen auf See – oder wo immer sie jetzt sein mochten. Wenn sie zurückkehrten, würden sie gewiss verstehen, dass alles so hatte kommen müssen, dass es Gottes Wille war. Er, Beacán, hatte nur das Wort des Herrn vollstreckt.

Und sollten sie es nicht verstehen ...

Beacán ließ seinen Blick durch die Halle schweifen, und ein breites Lächeln erschien auf seinem Gesicht.

Wenn nicht, dann werden sie den Zorn Gottes zu spüren bekommen. Und sie werden sich wünschen, sie wären nie zurückgekehrt.

Glossar

Aird Chartdan: *Burg Urquhart*
An Cuan Moireach: *Moray Firth*
»Dè tha sibh a' dèanamh?«: *»Was machst du da?«*
Dubh Linn: *Königreich Dublin, ein Teilkönigreich in Irland*
Inbhir Nis: *Inverness*
Insel Ì Chaluim Chille: *Iona*
»Leig a' armail!«: *»Waffen fallen lassen!«*
Loch Nis: *Loch Ness*
Nis: *Fluss Ness*
Ol: *sprich Öl*
Rán: *In der nordischen Mythologie ist Rán die Göttin der See und Herrscherin des Totenreichs der Ertrunkenen am Grunde des Meeres*
Spiorad: *sprich Spirräd*
»Thoir do chasan leat!«: *»Verpiss dich!«*

Robert Low

Die Eingeschworenen

»Die gnadenlose Welt der Wikinger, gigantische Schlachten – Robert Low ist einfach grandios!« *Bernhard Cornwell*

978-3-453-41074-9

Raubzug
978-3-453-40905-7

Runenschwert
978-3-453-53409-4

Drachenboot
978-3-453-41000-8

Rache
978-3-453-43714-2

Blutaxt
978-3-453-41074-9

Leseproben unter: **www.heyne.de**

Giles Kristian

»Hart und schneidend wie ein Fjord –
ich liebe dieses rohe Wikingerepos!«
Robert Low

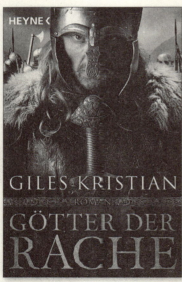

978-3-453-43824-8

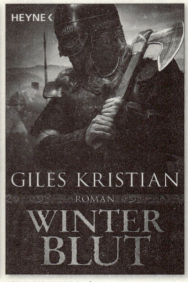

978-3-453-43825-5

Leseprobe unter **www.heyne.de**

HEYNE